読むと書く

井筒俊彦エッセイ集

井筒俊彦

慶應義塾大学出版会

読むと書く――井筒俊彦エッセイ集　目次

凡　例

本書エッセイ集は、生前著者が執筆・発表したもので、『井筒俊彦著作集』（全十一巻、別巻一巻、中央公論社、一九九一―九三年）に収録されていない著作を集成したものである。原則として、新かな遣いに改め、漢字は一部の固有名詞を除いて新字体とした。明らかな誤記・誤植、アラビア語の転写については、著作権継承者の了解を得て、適宜訂正し、本書中での表記の統一は行わなかった。〔　〕は編者による補足である。なお、個々の著作の初出については、「初出一覧」として巻末に付した。

第Ⅰ章　回教学の黎明

ザマフシャリーの倫理観(一)

——『黄金の頸飾』の研究

コーランの註釈を以て不朽の名を回教世界に残したザマフシャリーは、又当時一流の文筆家でもあった。当時と言えば回教暦第六世紀、西暦第十二世紀の前半で、アラビア文学の所謂白銀時代に当り、かのハリーリーが、Maqāmāt を発表して、その絢爛たる文章が嘖々たる名声を得、コーラン以来尊重されて来た韻文（al-saj'）の人気をいやが上にも高めた頃であった。アラビア文学最大の傑作と言われ、コーランに次ぐアラビア語の宝庫と称された Maqāmāt によって実に煥乎たる美を発揮した此の独特の韻文は寧ろ多くの場合外形の華麗に流れるのみで思想情緒の拘束される弊があり、時には全く無内容な美文に堕する事も屢々であったに拘らず、そのアラビア語自身の性質に不思議な程適合しているためもあり、又一面、婉麗を貴ぶ当時の趣味に乗って、人々の喜ぶところとなり、同時代の大小の文学者は翕然としてこれに参集するかの観があった。それ故、その頃、ハリーリーと並んで随一の文章家と称され、更に多年の文法学、修辞学の研究によって言語の活用に於てはハリーリーに対しいささかも遜色を見なかったザマフシャリーが、やはり此の韻文を駆使してその才を世に問うたとしても少しも怪しむに足りないのである。

今我々が読まんとする「黄金の頸飾」――Kitāb aṭwāq al-dhahab は、こうして世に現われた小さな、けれども珠玉の輝きを有った美しい本でもある。もとより筆を取っては当代第一光彩陸離たる文を生む才に加えて、アラビア古今の文学に精通し、博学の点にかけては、その右に出るものがなかったと言う彼が凝りに凝って書き上げた文のこと故、発表された当時ですら完全に理解するものは極く僅かであったろうと考えられる程の難文で、その奥に秘められたザマフシャリーの人生観なり倫理観なりを探り出すためには、先ず何を措いても此の難解無比の文章の殻を破る事から始めなくてはならない。以下本文中に数多く引く引用文は一応現在の私の解釈の限界を示すものではあるが、私はその自分の解釈に対し何等確たる自信を有ってはいないのである。又、本書の如く写本が多く、その上、点一つの違いで全く別の意味となる様な言葉を故意に並べてある文体に於ては、当然従来の読み方にどうしても満足出来ぬ場合が非常に多い。それ故、私は出来るだけ引用文の一つ一つに対し、原文を附ける事にした。志を同じゅうする同学の方々の御批判を切望して止まない。

さて本書に現われたザマフシャリーの倫理観は、本文の解釈さえ出来れば後は容易の様にも思われるが実はそうではないのである。一般的な問題としても、一体モラルと言うものがイスラムに於てはどう言う位置を占めているかを知らなければならないし、特殊な問題としては、未だに完全な解決を見ていない彼とムウタズィラ派の思想傾向との関係を、ともかくも一応は考えて見なくてはならない。そこで私は、本稿では先ず彼の人となりを簡単に説明した後、彼の思想背景、特にムウタズィラとの関係を考察し、更に回教に於ける倫理の位置を決定し、最後に本文に入って「黄金の頸飾」†の分析を試る事にする。

註 †「黄金の頸飾」は脚韻を踏んだ百個の短文から成っている。以下引用文の下に附加した番号は、その文の番号である。

一 ザマフシャリーの人物

ザマフシャリーは当時の社会生活の表面に氾濫して、何時止るとも知れぬ汚濁と卑俗と欺瞞と、特に真の信仰の消失とに口を緘してはいられなかった。恬然として世の不正をそのまま傍観している事は彼のよく為し得ざるところであった。自己の才智学識を深く隠して韜晦するには彼は余りに正直であり真面目であったし、又一方その頃の一般の軽佻浮華の風は衷心から社会のため宗教のために憂える正義の士たる彼に超然たる態度を取らせるには余りに甚だしかったのである。

それ故、彼が一たび世を批評するや、如何に高位高官の人といえどもその悪を指摘するに少しも仮借するところがなかった。妥協と打算とは彼の心に微塵も入り込む事が許されなかった。敵を責める彼の言葉は痛烈、激越を極めたものであった。そして彼の敵とは老若男女、社会の上層下層たるを問わず外には賢善を現わし内には貪嫉を懐く悪人共全てであった。彼にとっては、上は王侯、下は街頭に物を乞う乞食に至るまで悉く義憤の種ならざるものはなかった。

「劣情の奴隷よ、そのずるずるした君の着物は、そりゃ何だ。その威張りくさった君の顔は何だ。その気取った流し眄は何事だ。ねェ君、眼は右と左と同じ様に開いて居たまえよ。今頃はきっと麻屋さんが君の死出の衣を縫ってる時分だぜ」（七四）

地面に曳きずる様な長い着物を着た上、妙に気取った横目をして、一方の眼を他方より細目に開き、しゃなりしゃなりと街をのし廻っていたモダン・ボーイ達の姿が目の前に浮んで来るではないか。当時はようやく治安に慣れて人々の風は奢侈放縦に流れ、街頭を横行するものは取り澄した優柔不断の閑人共であった。人々は刻々に死に直面しているのである。それだのに彼等はこの一番大切な事（al-jidd）——死をすっかり忘れている。

従って、回教徒にとっては最大の関心事たるべき信仰に就いても人々は単に表面に信仰を見せかけ、自分が如何に敬虔な信者であるかと云うことを他人に誇示する事にのみ腐心して、少しも深く信心する深い気持を守るような努力は払わなかった。

「汝の祈を捧げる神は汝の欲するところと欲せざるところとを、汝自身より遥かによく知り給うのである。されば何故に駱駝の鳴き声の様な大声を張り上げて祈るのだ？ 何故に聾にでも聞かす様な調子で怒鳴るのだ？」（六）（wa-duʿāʾu-ka li-man huwa akhbar min-ka bi-mā aradta bi-hi mimmā lam turid ＊ fa-mā hādhā al-rughāʾ ka-anna-hu hadīr ＊ wa-mā hādhā al-ṣurākh alladhī al-aṣamm bi-hi jadīr）それは言うまでもなく他人に示さんが為めである。他人に如何にも敬虔らしく見せかけたいばかりで、本当に心の奥底から神の前に額く深い信仰心がないからである。大声でわめいて祈るのが真の祈りではない。丁度、優れた牝駱駝に鳴声なく、優れた矢に角が無い如く†（inna khayra al-nawq wa-al-qisiyi al-katūm）（六）

註　† katūm と言う言葉に二つの意味が掛けてあって訳すことが出来ない。この形容詞は牝駱駝に関して使う時は、牝駱駝が荷を積んだ時声を立てない事を意味し、弓の矢にかけて使う時は木が円くて凸凹や裂目が無い事を意味する。

「祈りと涙とが、どれ程多くの場合、見せかけと名聞欲とを源にして生じることであろう。目に涙を浮べて祈る奴を見て感心するのは愚だ」（rubba duʿā̓ wa-damʿah ＊ min ajli riyā̓ wa-sumʿah ＊ fa-lā yazdahiyanna-ka kull dāʿin dāmiʿ al-ʿayn）（五一）

そこでザマフシャリーはこう問うて見る、「神を本当に畏れ尊んでいる人が一体何処にいるのだ」（wa-ayna man yattaqī Allāh ḥaqq tuqātih）（五一）と。そんな人は彼の周囲には一人も見当らないのだ。如何に豪宕耿介の彼と雖も時におそい来る索寞の感をどうする事も出来なかったらしい。

「げに世の物事の大半は鍍金細工に外ならず。外は美麗なれど内は人をして眼をそむけしむ」（wa-iʿlam anna akthar al-umūr mumawwah ＊ ẓāhiru-hu jamīl wa-bāṭinu-hu mushawwah）（五一）

「現世は虚偽と欺瞞　　al-dunyā khudaʿ
人間は信仰なき異端」 al-nās bidaʿ（七二）

そうしてこう言う気持は彼をして遂に「嗚呼、この世は日々に退化して止まらず」（fa-inna al-dunyā kull yawm ilā warā̓）（五一）と云う絶望的な歎息を発せしむるに至るのである。

併し乍ら我々は、此を以て彼の人間観の全てであると考えてはならない。勿論、彼とても尽くるところを知らぬ社会の悪風、人々の悪行を見ては、人間そのものに絶望を感じる事もあり、現世の果さを惟っては諸行無常の悲愁をひしひしと身に感じる時もあったろうと思う。又それだからこそ、

「あわれ現世よ、そも幾たびか汝のために人々の心破れ、人々の瞼、涙に赤く爛れたる」†（yā dunyā kam la-ki min akbād jarḥā * wa-min ajfān qarḥā）（九一）

「此の住い（現世）は、それに住う人を欺瞞す。されば早や、救いの途は遁走を措きて外になし。この世に幸福を求めることをやめよ、幸福は此の地にはあらず」（hādhihi al-dār * bi-sākini-hā ghaddār * fa-ihrab min-hā wa-i'lam * anna al-harbs min-hā aslam * ……wa-lā taṭmaʻ fī khayri-hā fa-inna al-khayr fī ghayri-hā）（九二）

と言う様な彼の言葉も理解出来るのである。

註 † qarḥā は qariḥun の複数で「潰瘍を生じた」の意味である。

けれども我々は彼の書き残した多くの書物の中にかかる絶望的な言葉が極めて少ししか発見されないのに注意しなくてはならない。こうした消極的な気分も時には彼に迫って、彼に寂しい逃避を勧めた事は事実であるにしても、大抵の場合、彼にはもっともっと力強い積極的な気性があった。稀には、「世を遁れよ」と人に教えたにしても、彼自身はその自分の言葉に忠実ではなかった。彼の裡にはどうしても世を棄て切る事の出来ぬ気持が潜んでいたのである。故に「世を遁れよ」と云う言葉は寧ろ「世の悪を遁れよ」と云う意味に解釈す可きである。後に本文で詳述する通り、彼は世の悪を憎んだけれども、世の中を憎みはしなかった。軽佻詭激な人心を糾弾して止めなかったけ

れども、人間の性善を信じて疑わなかった。狂信的な信者を軽蔑し、常に論理的思考を尊重し、(七七)、理性の声に従う事を以て最も智力ある人(al-kayyis kull al-kayyis)のなすべきこととなした彼は、現世の積る悪と、その果さとに根柢から絶望して、これに眼をつぶり、世を棄てて山に籠ると云う様な態度は決して取り得なかった。彼の現世否定の裏には常に大きな現世肯定がひそんでいたのを忘れてはならない。

それどころか彼の現世肯定は極めて力強きものであったのである。

彼は現世の苦難をそのまま認める。苦しみ多きが故に、徒らに世を棄てることを勧めはしない。却って勇敢に数多の難関を押し切って来て来世の至福に備えることを勧める。苦なきところに楽はない。

「高邁の精神、大いなる理想(は)赤き死と黒き危険(を惹起す)」(ʿizzat al-nafs wa-buʿd al-himmah * al-mawt al-aḥmar wa-al-khuṭūb al-mudlahimmah)(一八)

「死の危機を経て始めて安住の楽しみあり」(wa-man lam yaqḍi ʿalay-hi ʿusr yaqidhu-h * lam yuqayyaḍ la-hu yusr yunqidhu-h)(一八)

現世を否定するのではない。この世に於ける戯れ事をよせと言うのだ。常に自分が死の一歩手前にある事を思って黠獪の途を避け正しい信仰の途に生きよと言うのである。

人はその心のまま無反省に生きて行くことによっては決して本当に幸福な生活が出来るものではない。此の事実をザマフシャリーは労苦なき生活は来世に於て喜びを与えられぬと言うのである。

それは威嚇でも恐喝でもない。人間生活の真理を回教徒的な表現で現わしたものに過ぎない。

いずれにしても彼は深く人間を愛していた。深く愛するが故に彼等が識らずして次第々々に悪の泥沼に陥って行くのを黙視するに堪えなかったのである。こうして彼も亦、世の中を憤り、世人の匡正し難いのを歎かざるを得なかった。それ故、世の誤りをいましめる彼の言葉は屢々非常に皮肉である。

「弁舌あざやかな連中を羨む事はない。奴等は演壇で大見得を切っているより薪でも切っている方がよっぽどましなのだ」（lā taghtabiṭanna al-khaṭīb al-mushaqqiqa fa-la'alla tashqīq al-ḥaṭab ＊ kāna khayran la-hu min tashqīq al-khuṭab）（五五）

アラビアでは古くから弁論の巧みな事が極めて高く評価されていた。baligh と呼ばれることは大きな名誉であった。この傾向は夙に修辞学、弁論術の発達を促し、人々は先ず何を措いても弁舌に優れるよう一心に努めるのであった。又そうしなければ社会生活に於ける成功者とはなれなかったのである。ところが此の事は、誰にも推測出来る通り、大きな弊害を伴っていた。即ち一般に口先ばかり飾って内心の事には少しも関心しなくなって来た。口に華麗優美な辞句を吐き、手に雕章絵句の文章を有てば、それだけで社会生活に勝利者となる事は明らかであった。かくして世は挙げて滔々と狂言綺語の風に流れて行ったのである。所謂、色厲内荏、徒らに冗語贅説のみ多くして、何等志の見る可きものが無い有様となった。

虚飾を嫌って、ひたすら内の正しきを求めて止まなかったザマフシャリーが、かかる世間の風潮を憤り歎かずに居る訳がない。すなわち、上に引用した言葉は、かくの如く空虚な内容をただ懸河の弁にかけて得意になっていた人々を批評して、あの様な連中は、演壇上で大見得を切っているより、家で薪でも切っていた方がよっぽど気が好いているのだと言う、洒落まじりの、彼一流の痛烈な皮肉なのである。

彼の社会、人生に対する見方は後に本文に於て詳しく調べるとして、茲には、彼の物の見方の一端を紹介するに止めて置く。さて、かくの如き鋭い社会批判を行っているザマフシャリーとは如何なる経歴の人であろうか。

ところが、不幸にして、この回教思想史上の一大人物の公私の生活に就いては殆んど何一つとして重要な事は知られていないのである。彼もまた、著書のみによって不朽の名を保っている、あの輝かしい、併し何処か淋しさのまつわった偉大な学者達の一人なのだ。通常はあれほど正確な事実を伝えてくれる ibn Khallikān（1211–1282 A.D.）の Wafayāt al-a'yān によっても、ザマフシャリーに関しては、歴史的事実らしいものは少しも得られないのである。

彼は回教暦四六七年（西暦一〇七五年）ザマフシャルに生れた。伝わる所によれば彼は隻脚で、片方の脚は木製の義足であった。それは彼が或時旅先で大雪に遇い、片足が凍って了ったのだとも言うが、それとは全然別な話も伝えられている。即ち彼がバグダードに来た時、有名なハニーファ派の学者ダーマガーニーと会見したが、どうして脚をなくしたのかと言うダーマガーニーの質問に対し彼は次の様に答えたと言う。

「実は、これは私の母の呪詛によるのです。それと言うのは私が未だ子供の頃、雀を捕えて脚に糸を付けて遊んでいた事があった。ところが其の雀が穴の中に逃げ込んだので、引っぱり出そうとしてとうとう脚をもいで了ったのです。母はこの残酷な私の行為に一方ならず腹を立てて『この子供も、自分が雀にやった様なひどい目に合うがいい』と大きな声で言いました。後に大きくなって、諸処を遍歴して学問をするようになった時、私はボハラに行って最後の勉強をしたのですが、其処で私は馬から落ちて脚を折り、怪我が余りひどいので遂にその脚を切断しなければなりませんでした。」

そして此等二つの説の内いずれが正しいかはハッリカーン自身の言う通り神様以外には知る者もないのである。

此の様な話は彼の思想とは殆んど関聯もない些細な出来事に過ぎないが、ハッリカーンを読んでもこの程度の事しか分らないのである。但し一つだけ重要な事が記述されている。以下ハッリカーンの文そのままの引用である。「ザマフシャリーは公然とムウタズィラ派の思想を表明していた。他人に聞いた話であるが、彼は友人を訪問すると必ず、ムウタズィラ派のアブー・アル・カーシムが来たと言ってくれと取次を頼んだ。又、彼のコーラン註釈の最初の言葉にしても元々は『コーランを創造せる（khalaqa）神を讃美す』となっていたのであるが、そのままでは一般の読者は折角の労作を軽蔑して見向きもしないであろうと言う友人達の意見を容れて khalaqa を ja'ala（置いた）と訂正した。けれども実はムウタズィラ派では ja'ala と云えば khalaqa の意味なのである。尤も茲ではこう言う事を細かく書いている余地がないが、ただ一つだけ附け加えて置きたいと思うのは、本書の多くの写本では、書き出しの文が『コーランを下し給える（anzala）神を讃美す』となっている事、そして此は明らかに後人が手を入れたのに違いない事である。」

ここではハッリカーンはザマフシャリーを明白なムウタズィラ派の一人と見、その証拠として、彼の大著たるコーラン註釈――Kashshāf――が、「コーランを創造し給えるアッラー」となっていた事実を指摘している。コーランはアッラーが啓示し、下し給えるものでなくして創造し給えるものであると言うのは、後に説明する通りムウタズィラ派の根本的信条の一つであった。

茲に於て我々は、ザマフシャリーが果して真にムウタズィラに属していたか否かと言う古来の難問に逢着するのである。

二　ザマフシャリーの思想的背景

ザマフシャリーはムウタズィラの一人であったろうか。

或る人はザマフシャリーは完全なムウタズィラの思想を抱いていたと言う。又ある人は彼は寧ろ内心は正統派の思想に傾いていたのだと言い、又別の人は、否、ザマフシャリーは一種の折衷主義者だったのだと主張する。諸説紛々として我々は帰するところに迷うのである。

併し我々は、此の世に在る全てのものと同じく、人間の思想も時に著しく変化する事もあるものだと言う事実を忘れないようにしなければならない。ある一人の人の青年時代の思想と、壮年期の思想と、老年の思想とを全て一緒にして同一平面上に並べたのでは、首尾一貫した結論が出て来る筈がない。ザマフシャリーの場合にも、研究者の側にこう言う不備が無いか否かよく考えて見なければならないのである。

彼のコーランの註釈（カッシャーフ）と、後の「黄金の頸飾」との間には、明瞭に大きな思想の変化がある。果して此は彼が折衷主義者であったせいなのか、時日と共に彼の考えが変った為めなのかは非常に興味ある問題であるが、その解決に当っては数多い著書の一つ一つ、特にカッシャーフの如きは一字一字精密に調べて見なければならない。それは又それとして大きな論題であって、此の小論文のよく取扱い得るところではない。

だから私は今、問題を局限して、ムウタズィラ派と正統派とが完全に正反対の位置を採っている予定論（宿命論）のみを選び、而も取扱いの範囲を「黄金の頸飾」に限って平面的な説明をするにとどめて置く事にする。

ザマフシャリーの倫理観㈡
――『黄金の頸飾』の研究

三　ザマフシャリーの思想的背景（承前）

「如何なる個人の如何なる所業と言えども、仮令それが全く彼自身の個人的利害の為めになされたにしても、それは神の意志から独立して在り得るものではない。ただ一度のまばたきも、ふと心をかすめ去る幻影の如き思想も、悉く神の叡慮と力と希望と意志とに依らざるはないのである。そして此事は善も悪も、利益も損害も、イスラムも異教も、知識も無智も、成功も失敗も、罪も義も、神への服従も狂信も、多神教も一神を信ずる事も全てを含めて言うのである。」（Iḥyāʾ ʿulūm al-dīn『宗教諸学のよみがえり』第一巻）

この有名なガザーリーの言葉はアシュアリー Ashʿarī によって代表される回教の正統派の予定論

をそのまま彼一流の表現で言い表わしたものと見ることが出来る。つまり、此世に起るありとあらゆる事は、善であれ悪であれ、又其他の何であれ、人間の自由意志では何一つ起り得ない、悉く神の意志によると言うのである。即ち、神の予定の絶対性を認めるのである。善でも悪でも、楽しみでも苦しみでも全ては神の叡慮によって生ずる。如何なる人が如何なる行為をなすにしても、それ以前に必ず神がその行為を為している。又何人も神の知らぬ事を為すと云うことは絶対にない。神を措いて他に創造主はなく、人間の善行、悪行共に神の創造せるところである。人間は何一つとして創造する能力を有っていない。一言にして言えば人間の自由意志の否定である。

これがアシュアリー一派の考えであり、従って回教の正統派の人間観であるが、かかる観方は人々を容易に二つの注目すべき方向へ導いて行った。その一つは、どうせ始めから全ての事が決っているのならば、自ら苦しんで事をしても仕方がない、寧ろ無為の世界に身を沈めるにしかずと言う極端な寂静主義と、それに伴う陰鬱な宿命論とであり、もう一つは、神は至善にして完全無欠なのではないか、その至善なるものがどうして現に見られる如き数々の悪を好んで創造したのであるか。此世の悪を神の意志に帰する事こそ却って神に対するこの上もない侮辱ではないかと言う当然の質問に端を発した劇烈な論争であった。

この二つはザマフシャリーの立場を決定する上にも極めて重要なのであるが、それに先立って、ムウタズィラ派発生の事情を一応説明して置くのが都合がよいと思う。

ムウタズィラ派が華々しく回教世界に打って出たのは言うまでもなくアッバース朝のカリフマア

ムーン Ma'mūn の治世（西暦八一三—八三三）の時であって、回教暦二一二年ムウタズィラを公認の宗派とし、その教えを否応なしに一般民衆にまで押しつけて了った、あの有名な法令が発布され、茲にムウタズィラ派の勢力は絶頂に達したのである。マアムーンは宗教上の事柄、個人の心の問題に至るまで政治と法令とによって干渉しようとした珍らしいカリフであった。けれどもムウタズィラの本当の起りは既に百年も前に求められるのである。

さて、当時から百年ばかり遡って見ると其処に二つの学派が発展しているのを発見する。一は所謂ムルジア派 Murji'a であり、他はカダリーア派である。

ムルジア派は歴史的にはウマイア朝の御用学派とも言う可きもので、最初は特にウマイア家に対するハーリジー派 Khāriji（但し通常は複数にして Khawārij と言っている）の劇烈な批難攻撃からウマイア家を弁護する役をつとめる為めに発生したものと思われる。周知の通りハーリジー達はウマイア家を攻撃するのに少しも仮借する事なく、ウマイア家の人々は完全な異端者だと言って止まなかった。彼等から見ればウマイア家は口にイスラムを信ずる如く言いふらしながら、真のアッラーの信徒を虐殺する罪人に過ぎなかったのである。如何に信仰があったにしても、罪を犯せばその信仰は何の役にも立たなくなる。悔い改めないで死んだ信者は実は信者の名にふさわしくはないのである。こう言うのが彼等の根本的な信念であった。此に対し、ムルジア派は著しく妥協的である。ウマイア家はともかく事実上イスラム国家を現に支配している支配者である。信徒は彼等に忠誠を誓い、又彼等はアッラーの唯一なる事と、ムハンマドがアッラーの使徒なる事を認めている。されば、彼等を異端呼ばわりするのは不当ではないか。彼等を多神教徒と見做すべき根拠は全然存在しない。而も多神崇拝こそ、あらゆる罪の内で最大なるものである。そして此の最大の罪を犯せる者以外の人々に対しては徒らに非難の矢を向ける可きではない。もし彼等が悪ければ、神が最後の審判の日にこれを裁き給う筈である。故に全てウマイア家の人々に対する判断は審判の日まで下してはならないのである。これがムルジア派の主張する所であった。序ながら、この最後の点からして彼等は murji'ah と呼ばれたのである。即ち、al-irjā' とは、どちらとも決めずに中途で留めて置く事を意味する。尤も此の語源には色々外に異説があって、にわかに決し難いが、大体普通には上の様に解釈する事になっている。

以上の如く、ウマイア家とハーリジー派（シーア派も含む）との間に歴史的役割を負って出現したムルジア派は、次第にその歴史的発生の地盤から遊離して、政治から純粋な思弁的神学に移って行った。その推移の跡を辿ることは茲にはその暇が無いが、結局、彼等の学説は信仰による罪の救いとなって行ったのである。人は信仰によって救われる。否、信仰に依らぬ限り絶対に救われる事は無い。信仰のみがよく人を地獄の劫火から救うのである。人は罪を犯しても、アッラーとその使徒に対する信仰を失わないかぎり、永遠に地獄に落ち込んで了うと云う事はない。即ち大きな罪を犯した人も、彼に若し信仰があるならば、立派に回教徒なのである。そう言う人を非信者として回教徒の内から排除し去るのは絶対に正しくないと言うのである。此の点はムウタズィラとの関係に於て非常に重要である。

もう一方のカダリーア派の発生はムルジア派の様な歴史的政治的な原因によるのではなく、宗教的哲学的なものであった。イスラムに限らないが、宗教が強力になる時、必然的に起る大きな問題の一つは人間の意志の自由と、神の予定との衝突である。この事は上にも少し触れたが、特に、神が常に絶対的な人間の君主として表象されるセム民族にあって実に避け得ざる信仰上の危機である。そして、この点に於て、イスラムを興したアラビア人は完全にセムの子であった。

アッラーの権力が絶対であって、宇宙のありとあらゆるものはその意志によって決定されるものとすれば人間の行為は一体どうなるのか。勿論人間の為す事は、その一挙手一投足に至るまで神の意志によるのでなければならぬ。人間は何一つとして自分の意志や自分の力によって創り出す事は出来ぬ。況んや彼等は自分の行為を自分で決定出来る筈がない。もし人間にして、自分でその行為を創り出せるものとすれば彼は一個の創造主ではないか。そして此を認める事は、アッラーの他に創造主を認める多神教ではないか。

ところが、この様な考えは、それ自身としては成程、首尾一貫した考えではあるけれども、何時までも人々に無条件で受け入れられる訳には行かなかった。それと言うのは人々が、周囲に為される大小様々の罪業、悪業に気付き出したからである。理想的な善のみの行われる社会に在っては、かかる単純な考えでも通るかも知れぬが、社会に多くの悪が生じて来ると、人々の胸にも当然、執拗な疑問が頭をもたげて来る。現にイスラム社会に於ては何人も眼前に展開するすさまじい社会悪の繁衍に目をふさいでいる事は出来なかった。例えば横暴な支配者達が多くの信徒の尊い血を流す時、この憂うべき事が、どうして神の意志に依ると考えられようか。これを以て見れば人間は確かに自分の行為に関して自由でなければならぬ。即ち彼は自らその行為を決定する力（al-qadar）を有っている。かくして所謂カダリーア派（al-qadariyah）は精神的な地盤から発生するに至ったのである。

以上の二つの思想的傾向を背景にして、始めてムウタズィラ派の発生は理解されるのである。その具体的な起源に関しては可成り伝説的な話が伝えられている。以下、煩を厭うて一々明記しないが、大体に於てシャフラスターニー al-Shahrastānī（西暦一〇七一―一一五三）の Kitāb al-milal wa-al-niḥal（宗教上の学派及び哲学上の学派に就いて）によって、その辺の事情を簡単に説明して見ようと思う。

回教暦百十一年に死んだ当時最大の学者 al-Ḥasan al-Baṣrī は、その頃の学問を一身に集めたと言われる稀に見る教師であったが、或時、バスラのモスクで誰かが彼に「罪ある回教徒は始めから信仰なき者共と全く同じに地獄へ落されるのでしょうか。罪はあっても信徒たるものは、信徒ならざる者とは又別な位置を与えらる可きはないでしょうか。」と言う難問を呈出した。さすがのハサンも直ちに答える事が出来なかったと言われている。

此の質問は先に述べたハーリジー派の思想とムルジア派の思想とを知らなくては本当の意味が分らないであろう。ハーリジー派は如何に信仰があっても一度罪を犯せば最早信徒とは見做されぬと云う強硬論であり、ムルジア派の方は、罪を犯しても、信仰さえ失わなければ救われる、即ち信仰があれば、罪の有無にかかわらず信徒であるとの妥協論であった。そこで、今述べた質問は、ハサンに対して、貴方はムルジア派の考えに従うのですか、それともハーリジー派の考えを良しとされるのですかと言う質問なのである。

其時、ハサンは多くの生徒に取巻かれて坐っていたが、速答し兼ねて、考え込んで了った。すると彼が未だ口を切らぬ内に、生徒の一人、ワーシル Wāṣil ibn ʻAṭā' が乗り出して、「僕の意見はこうだ。罪を犯した回教徒は永遠の生を楽しむべき選ばれたる人々にも属さぬし、さればと言って地獄に落とされる非信徒等と同じだとも言われない。つまり、どちらでもなく、その中間だ。若し其人が罪を犯したままで死ぬとする、そうすると其人は確かに地獄へは落ちるが、信なき人々程に酷い罰を受けはしないだろうと思う。」こう言うと彼はつと立ち上って、そのモスクの内の別な場所へ行って彼の意見に賛成した人々に改めて詳しく自分の考えを説明した。それまで黙々として此を見ていた師ハサンは唯一言、「彼は我々から離れ去った。」(iʻtazala ʻan-nā) と洩しただけであった。これがムウタズィラ派のそもそもの起りであり、彼等がまたムウタズィラ muʻtazilah (離脱者) と呼ばれる所以である。尤も、最初にハサンの傍を去って独立した生徒はワーシルでは無くてウバイド ʻAmr ibn ʻUbayd であるとも伝えられているが、どちらであっても思想史的には大して関係はない。

かくの如くして発生した初期のムウタズィラ派は、その思想に於ては大体、カダリーア派の思想を受け継ぎ発展させたものと見て差支えない。両者の考え方の間に差違と認むべきものは殆んど存在しないのである。それ故、時にはムウタズィラの代名としてカダリーアの名が使われた位であった。要するに彼等も亦人間の意志の自由を認めたのである。生、死、健康、病気、其他この世に起る外部的な浮沈は神のカダルによって定められたものと認めてもよい。けれども人間の行為に関しては話は自ら別である。人間の行為まで全て神の決するところであるならば、何故人間は自分のした悪に対し罰を受けなくてはならないのか。自分が知らない内に神が勝手に決めた事に対して、その結果だけは彼が責任を負わされるとは余り不当ではないか。こう合理的に物を考える様になっては、最早、人間は自分の行為を決定するカダルを有っているものとするより他に仕方がないのである。だからムウタズィラ派の人々は、人間が来世で受ける賞と罰とは全て自ら招けるもので、彼は自分の意志により自由に善なり悪なりの行為を創造するのであると考えた。それ故、若しこの社会に悪がはびこるなら、それは人間が悪を創り出したからである。即ち悪や不正の責任は全く人間自身の上にかかっているので、神に悪を帰するとは不当も甚だしいものと言わねばならぬ。この点と、外にもう一つ、彼等がアッラーの諸属性の存在を否定した点からして、ムウタズィラの人々は別名Aṣḥāb al-ʿadl wa-al-tawḥīd（義なる事と一なる事との主唱者）と呼ばれるのである。茲で「一なる事」とは神は唯一にして、その諸属性を神から独立せる存在者の如く考えてはならぬと言う彼等の主張を暗示せるものであり、「義なる事」とは神に対して、人間が自分で好んで創り出した悪の責任を負わせる事は不当であると云う考えを意味する。

さてここで我々の当前の問題から見て一番重要な事は、ムウタズィラ派が人間の意志の自由を認めたところに在るのは勿論であるが、実はこれは彼等が始めて取上げた問題なのではなくて、ムハンマド自身が逢着した大難点だったのである。従ってコーランに於ては、神の完全な予定と人間の自由に関して、意外にも全く相矛盾する意見が発見される。

もとよりイスラムの信条からしても、アッラーの絶対的権力は当然認められている筈で、又事実、この思想はコーランの至るところに見出され、一々例示する必要もないが、あらゆる事物はアッラーの意志と命令により創造されたもので、人間及び其他の被造物の生命の裡に起る全ての事は予め神によって定められているのであると言う考えは、たとえば三十三章（三十六節）等に明瞭に記録されて居る。

「アッラーとその使徒（ムハンマド）が、ひとたび定めたる事に就きては、如何なる信者も選択の自由を有さず。」

又、信仰に関しても、「欲する者は神の途を選ぶ。さりながら神が欲せざる限り、何人も（神の途を選ぶことを）欲する事能わず。」等と言われている。即ち人は自分から進んで神の途を選ぶ（イスラムの信仰に入る）かの如く見えるが、実は、その神の途を選ぼうとする気持が起る事が既に神によって予め定められているのだと言うのである。

然るにコーランの中には、これと正反対な思想があって、それも亦可成り多数の章句に発見されるのである。ムウタズィラ等よりも早く、ムハンマド自身、現世に行われている限りなき悪と不正とを見て、その心に強い疑いを起したものと思われる。此の世の余りにも甚だしい悪行に直面しては、彼とても時には、この責任はアッラーにはない、人間にあるのだとの感を深くせざるを得なかったのであろう。これ程の悪を至善なる神が欲する訳がない。慈悲深き神は人間に自己の救済の途を与えたにも拘らず、多くの人間は徒らにそれを悪用し、或は棄てて顧なかった。

Mā aṣāba-ka min ḥasanatin fa-min Allāhi

Wa-mā aṣāba-ka min sayyiatin fa-min nafsi-ka

汝の逢う善き事は全て神より来り。

汝の逢う悪しき事は全て汝自らより（四章、八十一）

Wa-quli al-ḥaqqu min rabbi-kum

Fa-man shā'a fal-yu'min

Wa-man shā'a fal-yakfur

説けよ『真《まこと》は汝等が主より来る。

されば、信ぜんと欲するものは信じよ。

又、背かんと欲するものは背け。』と。（十八章二十八）

此等の有名な言葉や、七章二十七の「アッラーは悪を命ずる事なし」と云う様な句を考え合せて見れば、神の途に進むも進まぬも、ひとえにかかって人間の意志によるものとされている事が分る。神が下し給うた真理（al-ḥaqq）を信じて来世に永遠の楽しみを得るのも人間の自由であれば、又その反対に、折角の神の大慈悲を棄て去って来世に地獄の劫火の責を受けるのも彼が自ら選んで行った行為の結果なのである。罰を受けるのは誰が悪いのでもない、自分が悪いのだ。ましてやその責任を神になすりつけて、神が悪い事をさせたからいけないのだ等と言う事は甚だしい不虔である。

こう言う考えは、少し一般化されると、単なる信仰上の問題をはなれて、人間の為す事はどの様なものでも悉く、彼自らが選ぶのであって、善行、悪行いずれにせよ、人間はそれを実行するその瞬間まで、為すか為さぬかの選択権を有っていると云う思想になって来る。そして、これが上に述べたムウタズィラの思想であり、又我々が今関心を有するザマフシャリーの思想でもあった事は、彼のコーラン註釈（Kashshāf）を一読すれば明白なのである。

（未完）

アラビア文化の性格
——アラビア人の眼

一

アラビア人は古くから眼の鋭いので有名であった。これは元来感覚の鋭敏を以て聞えたセム人種の血を受けついだ為めとも考えられるが、その他に、アラビア人が長らく生活して来た地域の状態も大いに働いているものと思われる。

事実、灼熱の太陽の下に、あの荒漠たる沙漠を、僅かの草と水とを求めて漂泊し彷徨して行くノマド達にとっては、遥かにうごめく動物の姿を眼ざとく見付け出し、或は無上の憩いを与えてくれる木立を発見し、或はまた地平線の彼方に巻き起る砂塵を見て直ちに敵軍の陣形やその武器を知る事は、容易ならざる生活上の重大事であったのである。若し遠方の木立や獣類の存在に気が付かず、これを見逃がして了えば、彼等は忽ち飲食の材料に窮し、攻め寄せて来る敵の部族が、ずっと近付いてからでなくては、その人数も見分けられない様では、その部族は沙漠に存続することが出来ないのである。

アラビア遊牧民族の勇敢にして不撓の精神、獰猛極りなき掠奪の習性は既に屢々多くの人々によって指摘されて来た。然し乍ら、我々はそれにもまして彼等の眼の鋭さに注意しなければならない。この特性を識る事なくしては、アラビア文化の重要な要素は理解すべくもないのである。

アラビア人の視覚の異常な発達を物語る話はイスラム以前にもイスラム以後にも多く残されているが、その最も顕著な例の一つは、アブー・アル・ファラジュ・アル・イスファハーニーの「歌の本」に伝えられたイスラム以前の女詩人ヤマーマのザルカー（Zarqā' al-Yamāmah）の話であろう。ザルカーは其の名（青い眼の女）が示す様に澄み通った青い眼の女であった。彼女は漠々たる砂原が天に接する地平の彼方に在るどんな小さなものでも一目で見分けると言う驚く可き視力の持主であった。

彼女が属していた部族はジャディースと言い、それと同系の部族タスムと共に、アラビア中部の、後にヤマーマと呼ばれる地方に居住していた。そして此の両部族を一人の王アムリクが支配していた。

ところがアムリクは自分がタスム族の出であった為め、絶えずジャディース族を圧迫し、事々に虐待して止まなかったが、ジャディース族の女詩人フザイラ（ビント・マーズイン）に対する余りにも酷い仕打は、此の両族の間に恐るべき流血の惨事を惹起せしめる導火線となった。

それと言うのはフザイラは夫から離縁された時、せめて赤子だけは自分の傍へ置きたいと思って、アムリクに訴えて憐みを請うたのである。然るにアムリクは意地悪くも、却って其の子供を自分のところへ取上げて了った。

激怒と悲しみに涙を流しながらフザイラは次の様な詩を歌った。

我、正しき裁きを望みてタスムの子を求め来りしに、
そのフザイラを裁く事、何ぞ不当なる。

正しき法を守る者と人は汝を思えるに、
その法を破る事、如何に劇しき。

併し、かくの如き言葉は、この暴君を益々横暴ならしめるばかりであった。此事あって以来、ジャディース族に対する彼の支配振りは言語に絶するものがあった。かくしてジャディースとタスムとは血を分けた兄弟の部族であるにも拘らず、互に敵意を深め、両者の関係は正に一触即発の事態に押し推められたのであった。

丁度その時、ジャディース族の首、アル・アサドの妹ウフアイラがアムリク王に辱められると言う重大な事件が起った。こうなっては最早、両部族の衝突を防ぐべき力は無くなって了ったのである。

此の時、ウフアイラが兄アル・アサドに向って、相手のアムリク王は勿論、タスム族の人々を一

人残らず鏖殺する事を勧めるために歌った詩は、怨讐に燃える彼女の気持を反映し、引き裂く様な韻律は一読、鬼気迫る感を覚えしめる有名なものである。

当時は、詩は決して芸術上の楽しみではなかった。それは遥かに厳粛な生活要素であった。その頃のアラビア人に在っては、高昇せる感情、情緒は必ず詩となって表わされた。故に、一見不思議の様であるが、劇しい悲しみ、劇しい喜びは決して散文として表現されなかったのである。又、それと同時に、韻文は彼等にとっては一種の魔力を有つものであった。詩によって人を呪い、或は人を祝福するのは、尋常の事ではなかった。二つの部族が相戦う時、先ず第一に両方から各部族を代表する詩人が進み出て歌合戦が行われる彼等の習慣も、普通はそれによって味方の好戦的精神を誘導するためと解釈されている様であるが、実はそうではなくて、詩の有つ魔力によって戦う以前に早くも相手を打ち負そうとする努力の表われであったのである。

それはともかく、フザイラの劇烈な呪詛の詩に、彼女の兄アル・アサドは直ちに応えてタスム族鏖殺の計画を立てた。その為めに彼は部下に命じてタスムの戦士達を迎えて大饗宴を設けさせた。かかる策略があるとも知らぬタスムの人々はアムリク王を主に一同喜んで其席に臨んだ。宴なかばにしてジャディースの人々は砂中に隠して置いた剣を抜いて相手を切り殺した。此時タスムの人々の中で僅かに身を以て逃れたのはリヤーフ・イブン・ムッラ一人であった。そして偶然にも彼は「青い眼の女」ザルカーの兄であった。

彼はイエメン王ハサン・イブン・トゥッバの傍に遁れて其の援助を求めた。王は直ちに、ジャディース族殲滅の目的を以て兵を起したのであった。

リヤーフはザルカーの視力を知っているので、途中ハサン王に注意してこう言った。

「私にはジャディース族の者に嫁いだ妹が居るのですが、その眼の鋭い事と言ったら、地平線に現れた砂塵を見て直ちに兵数と、その兵器とを知る程です。だから進軍中は兵士の一人一人に樹の枝を切って、それに身を隠して行く様におさせになった方がよいと思います。」

ハサン王はこの忠告に従って、リヤーフの言う通りにした。併し、これ位の事で騙される様なザルカーではなかった。苦心の策略を一目にして看破って了った彼女は、危急を告げる歌を作ってジャディースの人々に刻々迫り来る恐るべき軍隊のある事を知らせようとした。


心せよ、我が部族の人々よ、我が見るは尋常の危機にあらず。

我が見るは動き来る樹々、人を隠す樹々。森なるか。さなり、兵士の森。

武器を取れ、陣をととのえよ、恐ろしき劒の君が頭にきらめく前に。

我は見る、一人の男の子、羔の焼肉を口に銜え、又一人、その手に鞋の紐を結ぶ。

この軍勢の来る道の泉の水を悉く埋めよ。かくすれば恐怖と災害は離れ去らん。

さもなくば一時も早く進み出で、夜暗に乗じ攻めかかり、無数の敵を殺すべし。

（バスィート調、カーフィアR）


然るに、ザルカーの力を知りぬいている筈の味方の人々も、此時ばかりは魔がさしたと言うものか、誰一人として彼女の注意に耳を傾ける者もなかった。

その翌日、イエメン軍に完全に包囲された自分達を見出して驚いたジャディースの人々は、最早、惨殺されるより外に途がなかったのである。ハサン王は「青い眼の女」を捕えて、その両眼を刳り出し、その上ジャウ門に磔けて残虐を極めた殺し方をした。

此時、ジャディースの中で死なかったのは、どうして逃れたか分からないが巧みにイエメン軍の囲みを抜けてタイに遁走したアル・アサドただ一人だけであった。

二

アラビアの文化は著しく視覚的な文化である。アラビア人の鋭い眼光は、彼等の創り出した文化のあらゆる層に浸徹して、極めて視覚的な特性を形づくっている。彼等の文化を、研究し、その歴史を辿り、その源泉を探らんとする人は、この事を一時も忘れてはならないのである。

「物を視る」事にかけては、アラビア人は実に比類のない民族である。彼等は自分の身の廻りの、どんな細かいものでも見逭しはしない。どんな小さな、どんな下らない物でも彼等の眼から逃れる事は出来なかった。そうして、こう言う一々のものに、彼等が見た一つ一つの物に彼等は皆んな特色のある別々の名を付けた。個々のものに個々の名を持たせなければ彼等は気が済まなかった。例えば親指とか中指とか小指とか共通な要素を使ったのでは承知出来なかった。各々の指は全部互に無関係の名を与えられた。その上、彼等は指と指との間にも一々別の名を付けた。こう言う原則が、彼等の眼の及ぶあらゆる事物に適用される時、しかも彼等の目が、どの様な些細なものをも見逃さぬ鋭さを持っている事に考え及ぼす時、アラビア語が稀に見る語彙の豊富な言葉であることも容易く理解出来るのである。

かくの如き視覚の異常な発達に、更に聴覚の鋭敏を加えれば沙漠のアラビア人の最も顕著な特質は尽されたと言っても決して過言ではない。昔、アテナイのギリシヤ人は「美しくて善い」(kalos kagathos)を以て理想的な人物としたが、沙原に移り歩くベドウィン達は「眼光射る如く、常に耳をそばだて」ている男を理想とした。だから、詩にもある通り、

tarā-hu ḥadīda al-ṭarafi ablaja wāḍifan
a'azza ṭawīla al-bā'i asma'a min sima'in

(その眼光は刺す如く、顔色晴やかに輝き、性高潔に力強く、その耳はスィマウより敏し)

と称される事は、彼等の無上の名誉とする所であった。序ながらスィマウ sima' と言うのは牝の狼と牡の鬣狗との間に出来上る、極めて耳の鋭い動物と信じられ、勿論現実には存在することなき、架空の動物である。

アラビア人の耳に就いても色々面白い話があるが、今は彼等の眼だけに限るとして、ともかく、この眼を忘れては彼等の文化の重要な部分が理解され無いと言う事はよく銘記して置かなければならぬ。

先に書いた様に、ベドウィン達はその生活に関係して来る物なら、どんな小さな、下らぬ物でも

見遁す事は無かった。尤も下らぬ物と言うのは既に彼等の見方ではないので、我々にとっては、本当につまらないと思われる様なものでも、彼等の一種独特な眼を通して視られる時には、決して下らなくはなかったのである。彼等はどの様な微細なものでも、そして其等の物の隅々まで眺めずには止まなかった。そして、こう言う風に眺められた一々の物は彼等の感じ易い心に深い感動を与えた。この深い感動は直ちに美しいリズムを有った抒情詩となって表現された。

アラビア人が創り出した文化的産物の中で、最も独特な、最も世界に誇り得る唯一のものは抒情詩であるとはよく人の言うところである。

イスラム前の時代から、イスラム以後、今日に至るまで、正に百花乱れ咲く美観を呈したアラビアの抒情詩は、実にその背後に彼等の異常な眼と耳とがあって始めて生じ得たのである。

彼等は個々の物を詳しく、直観的に捉え、それから深い感動を受けることにかけては、天才的であったけれども、この感動と、その表現とは、飽くまで印象的断片的であった。此等の個々の感動を更に整理して、これに論理的構成を与える事は彼等のよくせざる所であった。彼等の心には生々しい幾多の印象が雲集し、先を争って表現されようとしてはいたが、其処に論理的秩序は無かった。それ故、近世、殊に大戦後、西欧の文学に接してその影響を受けるまでは、彼等の間には論理的構成を必要とする叙事詩や劇は発生しなかったのである。

三

上述した事実は、もう一つの、アラビア人が中世紀に於けるアリストテレス・プラトン哲学の伝達者であった周知の事実と矛盾するかの如く見えるかも知れぬが、実はそうではないのである。

アッバース家のカリフの統治下、アラビアの有数な学者が競ってギリシヤ哲学に走ったのは、その論理的な哲学の世界が、彼等に親しみ深いものであったからではない。彼等がギリシヤの哲学をあれ程の熱意を以て研究し、之を後世に伝える大事業を成し遂げた事を目して、恰もギリシヤ哲学がアラビア人の精神の底に眠っていた彼等の真の素質を目覚めしめたのであるかの様に解釈するならば大きな誤解である。

アッバース朝の初期、シリアの学者を通じて導入されたギリシヤ思想の波が驚く可き速力を以てアラビア思想界に押し寄せ、遂にはコーランの教えと正面衝突さえする程の状態に立ち至ったのは、決して新しく流れて来た思想がアラビア人の元来有っていた性質にぴったり適合したからではない。寧ろ、ギリシヤ思想の世界が余りにも珍らしかったからである。ギリシヤの哲学は彼等が夢にも知らなかった論理的な美しい世界を彼等に見せてくれた。彼等はこんな世界があったのかと心から驚いた。そして当時の回教国の優れた知識階級は翕然として其処に走ったのであった。

併し、それより更に重要な事は、この所謂アラビア哲学の本当の偉大な創始者達は大部分スペインの回教徒や、トルコ、ペルシヤ等の出身の人々であって、純粋のアラビア人ではないと言う事実である。勿論、純粋なアラビアの血の流れている人々も、或る者は此の外来の新思想の新しさに感嘆し、その研究に向いはしたが、更に一歩進んで、その知識を完成させ、優れた論理的体系に作り上げるのは彼等の得意とするところではなかった。古いアラビア人は稀に見る天才の持主であったけれども彼等の天才は論理的な方面とは正反対の方向に在った。

イスラムが始まって以来今日に至るまで、あらゆる宗教的、精神的活動の源泉となって来たコーランこそは、こう言う非論理的な天才の生み出した驚異すべき産物なのである。

コーランは論理的に見れば矛盾に満ち溢れている。この事は後に回教徒自身の認める所となり、多くの学者は此等の数々の矛盾の論理的解決に一生を捧げた。併しながら、コーランを論理的に組織立てようとする企みは、寧ろ本来のコーランの精神に合致しないのである。其処では論理的構成は始めから問題になっていないのだ。当時のアラビア人は何等その様なものを要求しなかった。ところが、真のアラビア人の天才的側面、即ち視覚的側面から見る時、コーランは実に類稀なる特色を顕して来る。

コーランは如何なる経典にもまして、著しく視覚的な経典である。

コーランは隅から隅まで視覚的なイマージュに満ちている。この事は従来、誰も重要視していない様であるが、実はコーランを研究し、それを理解する唯一の鍵である。

人はよく、それ迄多神教、偶像崇拝の巣窟であったあのアラビアに、厳格な一神教を唱えるムハンマドの教えが、あれ程の速さで拡がって行った事に驚くが、これはムハンマドの教えが極端に視覚的であった事を知れば、少しもあやしむに足りないのである。上に詳説した通り、アラビア人は極めて視覚的な民族であった。そしてムハンマドは、意識的にか、無意識裡にか、ともかくこのアラビア人の根本的な特質を十分に利用したのであった。

当時のアラビア人は何でも眼に見えるものでなくては信用しなかった。彼等に向って抽象的に神の存在や、神の絶大な力を説いて見たところで、一向利き目はなかったのである。であるから、コーランに於てはアッラーは先ず何にもまして「生ける神」である事が強調されている。そしてアッラーは恰も人々の目の前にありありと見えるかの如く描かれてある。其処では神は、人間と同じ様に手もあり足もあり、顔もあり、顔には勿論目も耳も口も、更に口には舌もあって人々に話しかける。彼は人間が善い事をすれば喜んでこれを愛し、悪い事をすれば反対に烈火の如く怒る。一口に言えば極めて人間的な神である。そして、この人間的な神は空一杯の大きさの玉座にどっかりと腰を下ろして（istawā）いるのである。かかる神の観方はアラビア人を相手にして布教する以上、どうしても避け得ないところであり、又茲にイスラムの成功の原因もあったのであるが、一面に於てAnthropomorphismus に陥る危険も多分にあった。事実回教徒のある一部の者は完全にかかる思想に走った。又或る人々は、コーランの意味に、内意と外意とを区別して、神はまるで人間の様に書かれてはいるが本当はそれは外面的な意味に過ぎないので、真意はその中に象徴的に宿されていると説くに至ったが、かくの如き解釈が元来のコーランの精神に合う訳でもなく、勿論ムハンマドが内意と外意を区別していた訳でもない。

これは一例に過ぎないが、コーランでは、とにかく全ての事が眼に見える様に書いてある。本来ならば眼には見えない筈の神の力まで、眼に見える物を通して説明されている。「アッラーは、あらゆる事に対し能力を有す」(inna Allāha 'alā kulli shay'in qadīrun) とだけ言ってもアラビア人は少しもアッラーの力を感じはしなかった。それ故コーランでは、この言葉には必ず具体的な説明がついている。それは時には空を流れる雲であり、乾き死んだ地を蘇生させる雨であり、又時には地を走る動物、空を飛ぶ動物、満天の星、月の運行太陽の出没であった。一言にして言えば、何でも眼に見える物が神の力の具体的な現れとして説かれた。

こう言う神の力の眼に見える現れが通常 "sign" 等と訳されているアラビア語 āyah (複数 āyāt) なのである。かくしてアラビア人達はイスラムに依って自然に対する新しい見方を教えられ、自然の事物に神の力をしみじみと感じて深い喜びに包まれたのであった。

ムハンマドはアラビア人の根本的精神を捉えて利用したと言えばそれまでであるが、そこに至る彼の途には数々の困難があったものと思われる。彼が人心を握ったと言うのも、決して一朝一夕に為された事ではない。その事はコーランを注意して読んで見れば直ぐ分る事である。当時のアラビア人に向って、うっかり抽象的な議論をして、例えば具体的な事物を示すこと無しに、自分は神の使徒だから自分には神の āyah が在る等と言おうものなら、人々は待っていた様に、「そんなら此処へ出して見せろ」(fa'ti bi-hā) と迫って来るのであった。

併し大抵の場合、ムハンマドは、こう言う人々の性質を反対に活用して異常な効果を収める事が多かった。コーラン全体を通じて一種のテーマの様に繰り返されては現われる fa'nẓur（されば見よ）と言う言葉は、何でも眼で見なければ承知しないアラビア人に対して発せられる時、ある独特な意味を持って来る。「見よ。その具体的な現れは汝等の眼の前にある。されば見よ。見て、然る後に信ぜよ」と言うのである。こうして眼に見える実例を示されると、彼等は一も二もなく信ずるのであった。

四

私は最後に、一番非物質的なるべき霊魂をアラビア人が如何に物質的に、即ち眼に見える様に考えていたかを歴史的に考察する積りであった。併し既に与えられた紙数が尽きて了ったので、この興味ある問題はいずれ後の機会に譲らなければならなくなった。

ともかく、霊魂に関するアラビア人の長々とした沢山の書物を読んで見ると、我々は彼等の霊魂観の余りにも物質的なのに驚かざるを得ないのである。彼等は、どうしても霊魂を肉体から切り離して考える事は出来なかった、と言うより或る思想家達は、明らかに霊魂と肉体とを混同していた。言い換れば彼等は常に霊魂を視覚的に表象していた。全然眼に見えぬ霊の存在が考え出されたのは遥か後になって、彼等がキリスト教の霊魂観と接触し、外来思想の影響の下に所謂スーフィズム

（神秘主義）が大きな勢力を有ち出してからの事である。

アラビア人の文化は根本的に視覚的文化である。そして、この事は一面に於て彼等の文化が著しく外面的で皮層的である事を意味すると共に、他面に於ては他の追随を許さぬ彼等の鋭い眼によって作り上げられた文化が全く類の無い独特なものである事をも意味している。

アラビア人は遂に、物質主義者であった。而も、幾多の思想的変遷の波を経て来た今日に於ても依然として彼等の根本的精神は物質主義である。

『私は当地に来てから間もなく、こう言う事を感じました。つまり、私が注意しなくてはならぬのは何をコーランやハディースが教えているかでなくして、その教えの中の如何なる部分を彼等が本当に自分の物としたか、更に彼等の教師達が彼等を教育するに際して如何なる点を特に利用したかと言う事である。例えば霊魂の問題を取って見ましょう。私が今まで調べたところでは、彼等の霊魂観は極めて物質的である。尤も物質的と言っても、普通の肉や物体とは幾分違う風に考えている様ですが。いずれにしても彼等には非肉体的な霊魂等と言う観念は全然ないらしいのです。彼等は何かを想像するのでさえ、何等かの理由で今は現われてはいないかも知れないが、ともかく或る形か体を之に与えずに済まないのです。実に、こんな徹底した物質主義者があるものでしょうか。』

これはベイルートの近東神学校長 Lootfy Levonian に対して、一宣教師が送った報告の手紙の一節であるが、この面白い観察が、我々にとって何を意味するかは、前まで読んで来られた読者には言わずして明かであろう。

回教神秘主義哲学者　イブン・アラビーの存在論

世に所謂「回教神秘主義」――スーフィズム（原語 al-taṣawwuf）なるものは、元来、現世のはかない夢の如き栄華を棄ててひたすら永遠の世界を求め、偏えに神を拝する隠遁者の生活様式を意味するものであって、それは主義でもなければイズムでもなかったのである。その意味するところは行であって知識ではなく、ましてや哲学的体系ではない。

現世の財宝や栄耀栄華をはかなむ心は如何なる宗教にも見られるところであって、回教に於ても極く初期から一部の人々の間にはかかる現世厭離の気運が力強く働いて居り、教祖ムハンマド[註]の言行録にも屢々このような思想を表わす言葉が発見される位で、スーフィズムの淵源はまた実に古いものと言わなければならないが、数百年に亘るその長い発展の歴史に於て、回教神秘主義は嘗て一度も理論的に体系付けられたことはなかったのである。勿論、神秘的体験は人間精神に於ける驚異的な更生であり、一たび絶対者に死して後新しく生れ出るという重大な意義をもつ以上、これが深き宗教家や思想家に影響を与えぬということは考えられないし、また事実、恰もキリスト教神学に於ける聖トマスの如き位置を回教に於いて占める大神学者大哲学者ガザーリー（al-Ghazālī）などはやはり一神秘主義者としてこの無限に豊富な体験の洗礼を受けた後にはじめて彼の壮麗無比なる思想体系の大殿堂を打ち建てたのであって、回教神学や回教哲学の発達史上に及ぼしたスーフィズムの影響は誠に無視し難きものがあるが、それ等は飽くまで影響であるにとどまり、スーフィズム自身が哲学化された訳ではないのである。

（註）ムハンマド Muhammad 俗に英語読みにしてマホメットとして知られているが、本論に於ては原音に稍々近くムハンマドと書く。

回教が西に東に拡大して輝かしい歴史を展開しつつある間に、世を棄てて山野に遁れ、信仰の道にいそしむ隠者の数は増大する一方であった。そして其等の人々の伝統の中に、異端の罪を以て残虐極りなき磔刑に処されたかの有名なハッラージュの如き、また深淵の如き思想を妙なる詩歌にのせて世界の文学に不朽の名を留めたペルシヤの神秘的詩人達の如き優れた神秘主義的行者が回教世界の各処に輩出したが、特に神秘主義的哲学者の名に価するものは一人も出なかった。

かかる事情なるが故に、イブン・アラビーの回教思想上に於ける位置は極めて特殊なものがあるのである。なんとなれば彼のみは唯一の例外、すなわち神秘主義者であると共に哲学者であるから。彼はアリストテレス哲学の伝統の流れをひき、この光輝ある哲学の助けによって、彼の神秘主義者としての深き体験を体系化せんとし、その大事業に一生を捧げた稀有なる哲学者なのである。

イブン・アラビーは完名をムヒーッディーン・アブー・アブドッラーハ・ムハンマド・イブン・アリー・イブン・ムハンマド・イブン・アラビー（Muḥyī al-Dīn Abū ʻAbd Allāh Muḥammad ibn ʻAlī ibn Muḥammad ibn al-ʻArabī）と云い西暦一一六五年、すなわち回教暦五六〇年スペインのムルシア（Murcia）に生れた。八歳の時、当時回教学の一大中心地であったセビッリア（Sevilla）に出て学業を修め始めたが、西暦一二〇一年東方の旅に出で、アラビア半島を経てバグダード、マウシル、ダマスコと諸処を巡り一二四〇年（回教暦六三八年）ダマスコに死んだ。その著書は実に驚くべき数に上り、大小の論文の如きものをも合せると現存するものだけでも百五十に達するのである。そして其の中でも彼の主著とすべきものは、かの厖大なる Al-Futūḥāt al-Makkīyah 及び特に Fuṣūṣ al-ḥikam とであり、後者は彼の死前約十年に完成され、前者は死の三年前メッカで完成されたのである。イブン・アラビーはこの両書に於て彼の神秘主義的哲学全体系の大殿堂を建立せんとした。従って彼の思想の全般を知らんがためには此等の二書を研究すれば足りると言っても過言ではない。併しながらその研究の困難さは実に言語に絶するものがある。第一に、如何にアラビア語に対して自信を有するアラビア人と雖もその前には完全に自己の無能を告白せざるを得ないと称される彼の表現の難渋さは之を読過せんとする哲学史家を困惑させるに充分である。加之、彼が繰り返し繰り返し、而も屢々驚くべき自己矛盾を平然として犯しつつ叙述するところの思想内容は、彼と同じ神秘的体験を経験した者でなければ之を正確に理解することは全然不可能である。故にイブン・アラビーの哲学の解説者は何れも自分自身の解釈に対して多少とも疑いを抱きつつ筆を進めることを余儀なくされるのである。

私は今、主として存在論を取扱った彼の小論文 Inshā' al-dawā'ir（ed. Nyberg）を主とし、先に挙げた両書を参照しつつ、論理的であると同時に幻想的であり壮麗なる体系を成しながら而も雑然として無秩序な誠に世にも奇異なる彼の思想の出発点たる存在論の一部を出来得る限り平易に叙述して見ようと思うのである。併し乍ら前述の如き事情にある以上、私は勿論自分が彼のアラビア語を正しく理解し得たか否かという点にすら完全な自信は有っては居ない。

あらゆる神秘主義的思想家と同じく、イブン・アラビーに於てもその哲学的思考の出発点となったものは、かの超論理的にして超認識的なる絶対者、言語もそれを語るに力なく思惟も之を考えるにすべなき本体の世界、ただ親しく体験する者のみが識ることの出来る永遠恒久の実在であった。イブン・アラビーは此の時空を絶した幽玄微妙なる実在を「一」と呼んだ。まことに「一」こそは彼の全哲学的思惟の出発点であり、同時にまた帰着点でもある。よって人は彼の哲学を「有の唯一性」（waḥdat al-wujūd）の説と名付けたのである。

この「一」は人間の認識と論理とを超絶せるものであるから、各人が強烈なる体験によって之を深く自覚するより他にその真相を洞見する方法はない。従ってイブン・アラビー自らも「一」に就いては詳しく説明していない。よって我々もまた彼の論述に従い、「一」の働きから考えを進めなければならないのである。

さて我々が現に生きているこの日常生活は実に種々なるものが雑然として存在し、其等の物は互に他から判然と区別され、各々完全に独立しているように思われるが実はこれは我々が全体を全体として把握することの出来ない所に由るのであって、一たび神秘者として絶対的な体験によって超越的な眼が開かれれば、今まで雑然たる多の世界であったものは忽ちにして寂然たる一の世界と化するのである。此処に見らるる清浄純粋な「一」が唯一なる真実在であり、これが「神」であるに他ならない。これに就いてイブン・アラビーは言っている、「若し汝等が彼（絶対者）を通して彼を視るならば、すなわち彼は唯一性なる彼自らを通して彼自らを視るのである。しかるに若し汝等が汝等を通して彼を視るならば、此の一は瞬時にして消え失せるであろう」(Fuṣūṣ) と。故に多の世界と見ゆるものも誠は一の示顕にほかならず、「彼を通して彼を視る」ことの出来る人の眼に於ては多は一にして、また一は多なのである。

茲に人は印度的な思想の香気がかなり濃厚に揺曳しているのを見遁さないであろう。事実イブン・アラビーは直接には印度哲学に触れはしなかったが、かの熱狂的なペルシャの大神秘主義者バーヤズィード (Bāyazīd) に学ぶことによって、間接に印度思想の影響を受けたものと思われる。バーヤズィードは、印度の神秘主義的哲学に導かれ、徹底的に否定に否定を重ね遂に有名な「消滅」(fanā') ——絶対者の裡に自己を没入せしめること——を体験し、而もこの深淵の如き体験を理論化せんとした人で、「三十年の間超在的なる神は私の鏡であった。併し今や私は私自身の鏡である。すなわち今や私は嘗て在りし私ではない。『私』と神と「を対立させること」は神の唯一性を否定することである。私はもはや在らざる故に、超越的神は彼自らの鏡である。つまり私は私自身の鏡である。なぜならば今、私は既に消滅して神が私の舌を以て語りつつあるのであるから。」とか「恰も蛇がその皮を脱ぎ棄てる如く、私はバーヤズィードなることから抜け出して来た。そこで私はあたりを見廻して見た。すると驚くべし、愛する者と愛されるものと愛とは一つであった。これ唯一性の世界に在っては全てが一であるが故である。」の如き言葉を以て神秘思想史上ひろく知られたスーフィーである。

さて、イブン・アラビーは此の一と多との関係を色々な比喩を以て説明しているが、中でもその主著 Fuṣūṣ al-ḥikam の中に繰り返し繰り返し現われるものは鏡とその映像の比喩である。

いま一の物体の前に大小様々な鏡を立てればその同一物は全ての鏡に映り、而もその映像は鏡の大きさや形に従って色々に異った姿を示すであろう。一と多、すなわち真実在と現象界との関係もまたこれと何等異るところは無いのである。一はすなわち物体自身であり、多はこれが諸々の鏡に映れる姿であって彼の真実在の影にすぎない。映像にのみ執する俗人の眼には世界は多としか見えないが、超絶的眼識を有する達人は、この現象的差別の多の底に無限無窮にして万物を囲繞するところの絶対的な一を見得するのである。微妙なる霊機に触れて心眼開けし人が見れば、真実在たる一はありとあらゆる現象的多の下に玲瓏明白に露現しているのである。これすなわち神は全て見る者の裡に在りて見、全て聞く者の裡に於て聞くと言われる所以である。かくて一はあらゆるものの裡に在ると共にあらゆるものを超絶すると言わなければならぬ。絶対者は如何なるものの裡にもあるが、決してそのものに限定されるのではない。であるから、神がこれこれの物の中にのみ在るというのは著しい異端である。この意味に於てキリスト教の主張するキリストの受肉説は否定されねばならぬ。「キリストは神だ」と言うことは正しい。「キリストはマリアの子だ」と言うこともよい。けれどもこの二つを合せて神は「マリアの子キリストだ」と言うのは誤りである。それは或る意味に於て神をキリストに限定することであるから。「キリストは神だ」という主張が正しいのは、全てその他のものもまた神だと言うことが出来るのと同じ意味なのである。神、この玄妙なる絶対的実在は一切の裡に千里浩蕩として浄厳なる姿を露わして居るのであって、あれとかこれとかの特定なものの中にのみ宿るものではない。

以上の如きが彼の出発点となった絶対的体験であるが、もしこれだけに止るならば、他の多くの汎神論的スーフィー達と何等異るところは無いと言わねばならぬ。併しかかる体験を基礎として、この上にアリストテレス的な存在論を築き、しかも遂に絶対者と現象界との中間に独特なロゴス論を導入し来るに及んで、イスラム思想史上に於けるイブン・アラビーの特殊なる位置が生ずるのである。

さて、イブン・アラビーによれば「有」はこれを絶対的有と相対的有とに分けることが出来る。一体、我々は普通に、或るものが有る（存在する）とか無い（存在せぬ）とか言っているが、こういうものは本当に存在するのでもなく、また本当に存在しないのでもなくて、単なる一種の関係に過ぎぬ。真の意味に於て本当に「有る」と言われ得るものは唯一無二なる絶対者——神のみであって、この真実在はただ神秘的体験によってのみ知ることが出来るのである。

この絶対的有に対立するものは何もない。そして茲で「何もない」と言ったその非有は絶対的な非有である。絶対的非有なるが故にそれは何等の形を有たないから、これを積極的に表象しようとしても表象されない。

「絶対無（al-ʿadam al-maḥḍ）は知がこれを対象とすることは出来ぬ。なぜならばそれは何等の形も有たず、また何等の属性によっても規定されることなく、純粋否定（al-nafy al-maḥḍ）以外には一定の本質というものを有たないからである。そして純粋否定からは心の中に何ものも生じはしない。若し何かが生じたならば無ではなくて有である。」（Inshā）であるから、我々は此の絶対的非有を例えば「針の穴を通る駱駝」であるとか「神の妻」であるとか「神の御子」であるとかいうような存在の矛盾的概念によって僅かに認知し得るに過ぎない。イブン・アラビーはかかる絶対的非有のことを、「仮定されたる非有」（al-maʿdūm al-mafrūḍ）とも、また「絶対に存在することのあり得ない非有」（al-maʿdūm al-ladhī lā yaṣiḥḥ wujūdu-hu al-battata）とも呼んでいる。「仮定された」とは考えようとしても考えられないからであろう。

かくの如き絶対的な存在に対し、我々が現に生きているところのこの世界、千差万別の現象界もまた存在していると謂われる。併し乍らこの有は、上の絶対的有と同じものではなくしてそれの限定されたものに過ぎぬ。すなわち相対的有に過ぎない。そしてかかる相対的有に対してもまた非有がある。この意味の非有は絶対的有に対する絶対的非有とは違って、大きな意味の有の下に、相対的有と並んで包含される関係的概念である。

相対的非有をイブン・アラビーは三つに大別している。

その一は、「在らねばならないのであるが、この『ならない』というのが必然的でなく単に選択的であり選取的である如き非有がこれである。例えば類の中の個物とか、正しき信仰ある人々に対する天国の至福など。」(Inshā) つまり、自ら選択の自由を有して、何等他から拘束されることなく働くところの能動者に依って必ず存在を有すべき非有者のことである。例えばある一つの類の下にある個物は或る能動的決定者の来らざる間は存在を有たないが、一たび能動者によって選択されるならば必然的に存在の中に入るのである。

その二は「存在することが可能である (yajūz) に留るもの、例えば海水の甘いこととか甘いものが辛くあること等」(同書) すなわち、存在することは出来るのであるが現実には存在していない非有者のこと。海水はそれ自身としては別に塩辛くなくてはならぬ訳ではないのであって、甘くもあり得るのであるが、現実に於ては甘くはない。

その三は「選択的に在り得ないもの、すなわち類中の第二、第三以下の個物。」(同書) この意味は、或る能動的決定者の選択決定によって存在を与えられないものを言うのである。上の㈠の場合に於て或る類中のある一個物が選ばれて存在を有するに至るとき、他の個物は同時に存在に入ることが出来ないところから起る非有である。

かかる相対的非有や前に述べた相対的有は単に一種の関係に過ぎないのであって、それは東西とか左右とか前後とかいうのと少しも異るところが無いのである。すなわちかかる意味に於て存在するとは或る具体的なものが肯定的に有ることであり、存在しないとは或る具体的なものが否定的に有ることに過ぎぬ。この点に就いてイブン・アラビーは次のように言っている。

「元来、有（wujūd）とか非有（ʿadam）とかは、有るもの（存在するもの mawjūd）や無いもの（存在しないもの maʿdūm）に対して外から加わったものではないのであって、それは端的に有であり非有であるのである。ただ通常人間は有と非有とを有るものや無いものに帰属するところの一種の属性の如く考え、例えば何か今まで無かったものが『存在（有）に入った』などと言うが、かくの如く有と非有とを、存在者や非存在者が入って来る家のように考えるのは実に空虚なる想像に過ぎないのである。……だからこそ或る一つのものが或る関係の下に於ては同時に有と非有とを受けることも可能なのである。例えば茲に甲という具体的に存在する人物は市場に居るが同時に家には居ないことが勿論可能である。然るに若し仮りに、有と非有とが黒とか白とかの如き属性であったとしたならば、甲が（市場に）有ると同時に（家に）無いというようなことは絶対にあり得ない筈である。有と非有とが属性であるならば、若し無いならば決して有りはしないであろう、丁度或物が若し黒くあるならば絶対に白くはあり得ないのと同じに。」（同書）

こうして彼によれば、有と非有とは黒と白の如き属性ではなくして寧ろ存在者と非存在者自身をある一定の相に於て見た姿なのである。だから黒と白とは相互に相手を排除し合って、ある一つのものが黒くあると同時に白くあることは出来ないが、同じ一つのものが、ある点に於ては存在し、他の点から見れば存在しないということが可能なのである。

併し茲で一つの疑問が起って来る。「人あって若し私に、『それでは或る物が具体的には確かに存在しているにも拘らず、ある関係に於ては存在していないと言われ得ること、また反対に或る物は具体的には存在して居ないのにも拘らず或る世界や或る関係に於ては存在しているということは一体如何にして生ずるのであるか』と問うならば、私は次の如く答えるであろう。

そもそも如何なる物にも有から見て四つの段階を認めることが出来る。

㈠具体性に於けるそのものの存在（wujūd al-shay' fī 'ayni-hi）
㈡知に於けるそのものの存在（wujūdu-hu fī al-'ilm）
㈢語に於けるそのものの存在（wujūdu-hu fī al-alfāẓ）
㈣文字に於けるそのものの存在（wujūdu-hu fī al-ruqūm）

これは我々が例えばザイド（人名）の名を理解するに際し、その名が紙に書かれたものによって理解するか（四）、ザイドと口で発音して見てその意味を理解するか（三）、或はザイドが実際に姿を現わしたのを見て理解するか（一）或は彼が居合せなくともただ頭の中に彼を憶い浮べてその意味を理解するか（二）のいずれかであるということで、これ等四段階がいずれも同一の意味を指示しているのである。だから段階が幾つもあるからと言って別にザイドの意味が増す訳ではない。そしてありとあらゆるもの――無限の過去より在るものも、偶成的なものも――全てかならずこれ等の四段階のあるもの、又はその全部に包含されるのである。全て『有る』と言われ得るものはかならず此等四つの中のどれかに在る。若しある物が、四段階の中の何れか一つに無い場合、その段階に於てはその物は無い（存在しない）と言われる」（同書）

さて此の四段階の中、第三の語に於ける存在と第四の文字に於ける存在とは、その頃イスラム思想界に広く行われていたアシュアリー派のコーラン解釈学に用いられていた概念を利用しただけであって、イブン・アラビーの存在論的見解を知るためには大して必要ではないが、第一と第二の関係に対する彼の見解を、同じくこの問題に対するアシュアリー派の神学者達の意見と対照させて見ると非常に興味ある事実が見出されるのである。極端なノミナリストであったアシュアリー派の存在論に於ては所謂 Universalia sunt post rem が唯一無二の真理である。彼等にとっては、具体的な個物的な存在——これを彼等は「外的存在」al-wujūd al-khārijī と呼んだ——のみが根源的な第一義的な存在であって、普遍的な概念的な存在——これを彼等は「内心的存在」al-wujūd al-dhihnī と名付けた——は第二義的な、というより寧ろ「影の如き」存在に過ぎないのである。

これに対してイブン・アラビーの根本的立場は所謂 Universalia sunt ante rem である。すなわち彼は極端なレアリストである。彼の考えに依れば、神の知から見ると、物は全て先ず第一に知の中にあり、それから具体的存在者なのである。つまり茲に「知」（ʿilm）——→「物」（ʿayn）という順位が成立する。この論理的順位に対してそっくり存在論的順位が対応する。かくて物は先ず最初肯定的に神の知の中に観念として存在し、それから次いで具体的存在者となるのである。すなわち茲に、上の「知」——→「物」なる順位に対し「非有」（ʿadam）——→「実在」（wujūd ʿaynī）となる。この非有とは、だから決して絶対的な無ではなく、神の知に於ては存在と全く同一である。

以上は神の知から見てのことであるが、若し人間の知から見ると事情は反対になる。人間は神と違って具体的な個物（al-tafṣīlāt）を感覚によって受けるところから出発するのであって、茲では個物の底にあってこれを謂わば規定しているところの概念が人の心の裡で現実化されるのである。イブン・アラビーと同時代にやはりスペインに在って偉大なる哲学的活動をなしたイブン・ルシュド ibn Rushd——俗に訛ってアヴェロエス Averroes と言う——がまたイブン・アラビーと同じく普遍者は物の中に潜勢的に在り、我々の精神裡に於て現実的となるという意見を抱いていたことは、更にこれに対するトマス・アクウィナスの批判と共に西洋哲学史上でも有名な事実に属する。

更にまた精神裡に於ける普遍者の現実化に際し、類と個物との関係はどうであるかとの問題に関しては、イブン・アラビーは次のように言っている。すなわち知がその対象を認識するためには、その類に含まれている全ての個物が一つのこらず具体的存在性を有する必要はないのであって、類中の一個物のみがそれを有すれば足りる。すなわち、この場合には人間の感性がその一個物を先ず受容すれば残りの、未だ相対的非存在の状態にある個物も全部それに伴って精神裡に於て現実化される——すなわち認識されるのである。また、その類の諸部分が別々の個物に拡散している場合にも、同様に認識は可能である。なぜなら、この場合は類は謂わばそれ等の存在する個物の母体であるから。かくて人間の認識過程は先ず第一に帰納的な途によって概念に達し、そこから今度は演繹的に進むのである。

以上の如き考察を基として我々は一般に存在者なるものを三つの範疇に分つことが出来る。

第一、絶対的存在（al-mawjūd bi-dhāti-hi）すなわちそれ自らによって存在するものであって、無より発生せるものではなく、万物の根源、万物に存在を与え、万物を創造し規定し、これを導く無制限な絶対者――神（アッラー）である。この第一の範疇に就いてイブン・アラビーは次の様に言っている、「存在者の第一は、それ自らによって存在すと言われるもので、すなわち此は現実態に於て（fī ʿayni-hi）それ自らによって存在し、その有（wujūd）が無より来るということは有り得ず、他の如何なる物より生ずるのではなくて、絶対的に存在するのである。若し他の何物かより生ずるとすれば、その物は之に先行することになるであろう。否、寧ろ此こそ万物を存在せしめるものであり、それ等の創造主（khāliq）であり、又それ等の支配者にして管理者なのである。要するに此こそ全然制限を有さぬ絶対的有（al-wujūd al-muṭlaq）――神に他ならないのである。」（Inshā）

第二、神によって存在するもの（al-mawjūd bi-Allāh）すなわち限定されたる有、天上天下のあらゆるもの、宇宙の森羅万象のことである。

宇宙は始めから現実的に存在するのではなくて、その存在は第一の範疇たる絶対的存在者によって二次的に生じたものである。宇宙がかくの如く非有より有へ移る過程を人は「創造」（khalq）と言う。併し乍ら、此の所謂創造なるものを時間的に考えてはならぬ。時間的創造というようなものは絶対に無い。すなわち神は決して時間的に宇宙に先行するのではなく、本質的に先行するのみである。故にそれは例えば昨日が今日に先行するという意味に於ける先行の如きものである。昨日の今日に対する先行には時間の観念は含まれない、なぜならば此の先行そのものが時間なのであり、時間は時間を有ち得ないから。「かくて宇宙は現実態に於ては存在していなかったものが存在するに至ったのではあるが、この宇宙とそれを存在させる者との間に後者（創造主）が時間的に先行し、前者（宇宙）がその後から来ると云う風に先とか後とかの時間を入れて考えてはいけない。このような事は絶対にあり得ない。創造主が有に於て先行すると云うのは丁度昨日が今日に先行するという意味に過ぎない。そして昨日と今日との間には時間上の前後関係は無いのである、なぜなら、それは同じ時間であるから。こういう訳で宇宙の無も決して時間の内にあったのではないのであるが、一般の人々は何時も色々なものの間に感覚によって時間的前後関係を認めつけて居るため、それに慣れて創造者と被創造物との間にまで、何等かの時間的延長を想像せずには居られないのである。」(Inshā)

第三、存在するでも無く存在しないとも言われぬもの（mā lā yattaṣif bi-al-wujūd wa-lā bi-al-ʿadam）――すなわち実在の実在、イデアのイデア、類の類であり、思惟され得る最も普遍的な観念であり、ありとあらゆるものを包含するところの母体である。これに就いてイブン・アラビー自身は次の様に言っている。

「第三は有であるとも無であるとも云えないもので、また無限の過去より在ったとも、有始的偶有的であるとも云えないのである。それは無限の過去より在るところの真実在（神）と共に在るものであり、従って宇宙に対して時間的に先であるとも後であるとも云われない性質のものである。」

(Inshā) 更にこのものの性質に関しては、「又これには全体もなければ部分もなく、増もなければ減もなく、無始にして無終、宇宙の根源にして、宇宙はこれより現われたのである。すなわちこの第三の範疇は宇宙の絶対的可知的なる諸観念の観念であって、永遠的なるものに在っては自らを永遠的に示現し、偶有的なるものに於ては自らも偶有的なものとして現われる。若しこのものを以て宇宙なりと言うも真である。これを以て至高至尊なる永遠の真実在（神）とするも亦正しい。併し乍らこれを以て宇宙にあらず、至高至尊の真実在にあらずと言うもこれまた真なのである。すなわちこのものは、絶対的にして最も普遍的、実有偶有を共に包括し、諸々の存在者の数だけ数を有するが、しかも諸存在者の分割により自らは分割されることなく、諸々の概念の分割と共に分割され、存在者でもなく非存在者でもなく、宇宙ではないがやはり宇宙であり、他であって他でなく」（同書）と云う絶対的矛盾的性格を有するのである。

そもそもイブン・アラビーをして、存在者の第三範疇の位置にかかる矛盾的性格のものを措置するに至らしめた端緒は何であるかと言うと、それは彼の思想体系建設に際して重大な意義を与えられた「人」の観念なのである。既に述べた通り、イブン・アラビーによれば、我々が生きているこの世界、現象界というものは泥細工をする人形師の如く神が無より拵えたものではなく、寧ろ真実在たる絶対者そのものの外的側面に過ぎず、これを内面的に見れば直ちに神の姿なのである。故に如何なる現象も何等かの意味に於て絶対者の明々白々なる露現である。路の辺に咲く名も無き一輪の花にも、足もとにころがる一個の石塊にも人は絶対者の像を拝さねばならぬ。併し乍ら、この点に於て、あらゆる他のものよりも遥かに高い位置を占めるのは人間である。人は一つの小宇宙であって、その中には神のあらゆる属性が結合されている。そして絶対者たる神すら、人間に於てのみ始めて自己の全き意識を得るのである。

かくて神性は人間性に於て具体的に露現する訳であるが、同じく人と言っても善人あり悪人あり種々様々で優劣の度に甚だしき差違があって、神性はこれ等の人々全部に同程度に映し出されるのではなく、其処にもやはり大きな差違の生ずることは当然である。神性を最も優れた姿に於て顕すものは最も完全な人でなければならぬ。茲に後の回教思想発展上重大な意義を有つに至った彼独特の「完全なる人」(al-insān al-kāmil)の考えが成立するのである。神はコーラン(第十五章二十九節)に於て「われ人の裡にわが霊を吹き入れたり」と言っているが、かかる意味に於て真に神の像たるにふさわしき人、すなわち神の恩寵の媒介者であると同時に、この世界を維持して行く宇宙的原理を裡に蔵せる人を「完全なる人」というのである。かかる人は具体的には誰であるかというと勿論先ず第一に教祖ムハンマドである。併しここで重要なのは歴史的な人物としてのムハンマド、肉の人としてのムハンマドではなくして、彼の裡に生きている霊的なもの——これをイブン・アラビーは「ムハンマド的実在」(al-ḥaqīqah al-Muḥammadiyah)と呼んだ——であり、このものは決してムハンマド一人のものではなく、原人アダムに神がその息を吹き込んでより以来連綿として預言者から預言者へと伝わって来て最後にムハンマドに宿ったのである。これをイブン・アラビーは自分の尊敬していた有名な教父アレキサンドリアのオリゲネースがロゴスを表わすために用いた「諸イデアのイデア」（ἰδέα ἰδεῶν）に倣って「諸実在の実在」（ḥaqīqat al-ḥaqā'iq）と名付けた。この「実在の実在」こそ上に述べた存在者の第三範疇「在るとも言えず在らずとも言えぬもの」のことに他ならない。

茲にこの実在の実在と宇宙との関係が当然問題にされねばならないが、この問題に就いてイブン・アラビーの言うところは大体次の通りである。上述せるところによって明かであろうが、彼が実在の実在と呼ぶところのものは一の観念的普遍者であって、これに対しては有も無も述語となることが出来ないのである。それは具体的に現実の世界には存在せず、ただ人間の悟性の中にのみ在るものであるが、個々の具体的なものの出現と共に存在者となり、その具体的なものが永遠的であろうと、時間的であろうと全く分割されることなく、増減することなく其等全部の裡に姿を露わすのである。すなわち、具体的な存在物の出現と同時に、このものもまた完全に出現する。そしてこの過程の結果が我々の生きている現象的世界、即ち宇宙なのであって、その過程は既に欠けるところなく完結しているから、未だ出現せずして隠れているというような観念は最早絶対に残って居ない。

さてこの観念的普遍者は個物と共にその中に現われ来ること上述の如くであるが、従ってそれの在り方は個々の存在物の在り方によって異る。例えば永遠的なるものの裡にあってはそれも永遠的であり、時間的な事物の中に於ては時間的である。つまりそれはありとあらゆる物の中に純粋観念として、分割されることもなく増減もなく存在するのである。それは例えば種々なる器物の素材としての銀に較べることが出来るであろう。この点に就いてイブン・アラビー自身はこう言っている、

「さて此の限定されることなく、また有とも云われず無とも云われず、偶成的とも云われず永遠的とも云われぬものの宇宙に対する関係は、恰も材木が椅子や箱や檀や台に対する関係、或は銀が化粧箱や耳輪や指輪の如き銀製品に対する関係の如く考えれば理解されるであろう。但し其処に決して減少を考えてはならぬ。例えば今或る材木から箱を造ればその材木は減る訳であるが、このものには減少ということはあり得ない。一体材木というものが実は「木性」（木であること）の一つの特殊な形相に過ぎないのであって、我々は本当は材木ではなくて此の可知的なる普遍的観念（木性）を考えなければならないのである。そうすれば此の木性が減少することもなく部分に分れることもなく而もありとあらゆる木製品、椅子、箱等に完全なままで見出され、いささかも増減なきことが分るであろう。……故にこのものを「諸実在の実在」（ḥaqīqat al-ḥaqā'iq）と呼んでもよし、又「ヒューレー」（al-hayūlā）と呼んでもよし、または「第一質料」（al-māddah al-ūlá）と呼ぶも、或は「類の類」（jins al-ajnās）と呼んでもよい。そして更にこのものが包含するところの諸観念を第一観念（al-ḥaqā'iq al-uwal）とかさもなければ高次の類（al-ajnās al-'āliyah）とか呼ぶことにしたい」と。すなわち茲に至って我々は教祖ムハンマドの霊たりしものが遂に発展してアリストテレスの第一質料となっていることを発見するのである。

更にイブン・アラビーは此の第一観念、或は高次の類は十個あるとなし、「第一質料表」（al-jadwal al-hayūlānī）と称する円を描いている（Inshā 二十五頁）。

ところが、中央の al-jawhar から周囲の九つの語を並べて訳を附して見ると、正にそれがアリスト

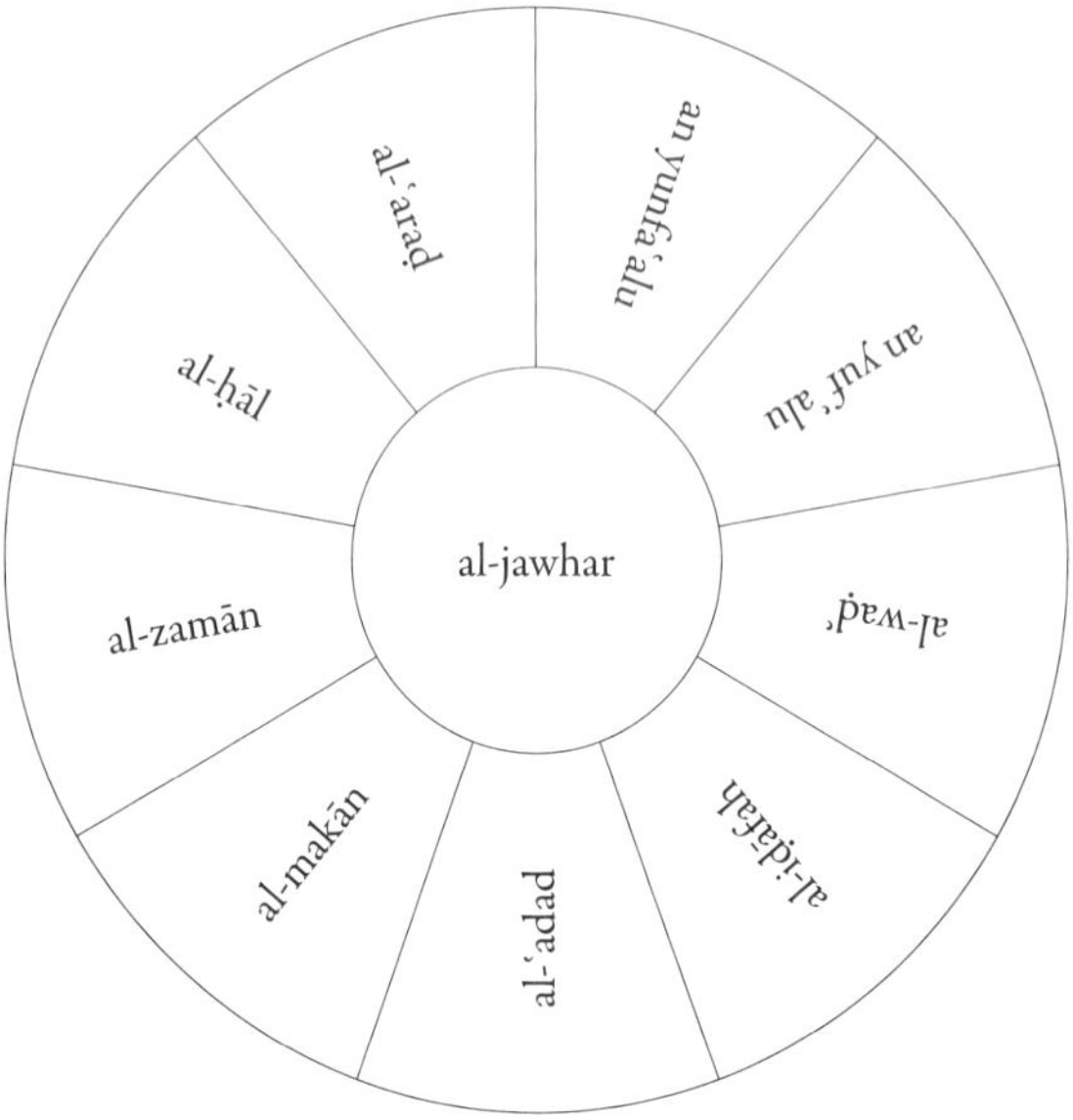

テレスの十範疇に該当することが誰の眼にも明らかとなるのである。すなわち、

1. jawhar「実体」（= οὐσία, τὸ τί ἦν εἶναι）
2. ʿaraḍ「性質」（= ποιόν）
3. ḥāl「状態」（= τὸ κεῖσθαι）
4. zamān「時間」（= ποτέ）
5. makān「場所」（= ποῦ）
6. ʿadad「分量」（= ποσόν）
7. iḍāfah「関係」（= πρός τι）
8. waḍʿ「所属」（= ἕξις）
9. an yufʿalu「能動」（= τὸ ποιεῖν）
10. an yunfaʿalu「受動」（= τὸ πάσχειν）

この表に関して彼は下の様な説明を付加している。「さてこの質料表は真実在（神）が之を素材として、高次低次のあらゆる存在を存在せしめたところのイデアであって、それは全存在物の包括的母体（al-umm al-jāmiʿah）である。そしてそれは人の悟性の裡に可知的に在る（al-maʿqūlah fī al-dhihn）ものであって、現実に存在する

(maujūd fī al-ʿayn) ものではない。またそれの存在は、永遠的或は時間的なる個々の存在者の出現に依っているのであって、個物が仮りに全く無かったとしたならば、我々はそれを頭に考えることが出来ないであろうし、また反対に若しこのものが無いとしたならば我々は個々の存在者の本質を理解出来ないであろう。かくてそのものの有は個物の有に依存し、個物に対する（人の）知識を前提として居るのである。だから、それを知らないものは諸々の存在者を相互に区別することが出来ず、例えば無機物と天使とは同一だ等ということにもなるのである。これは本質というものを知らぬため、従ってまた個々の存在者を互いに他から区別するところのものを知らないからである。……かくして、このものは、その本質上、可知的なる普遍者（al-kulliyah al-maʿqūlah）であって、有るとも云えず無しとも言えず、ありとあらゆる者の素材として、全存在者の出現に伴い、既に完全に現われて了って居り、もうこれ以上は何も残って居ないのである」（Inshā）

こうして見ると、このものは個物によって始めて有を持つのであるから宇宙より後であると考えられるかも知れないが、若し茲で謂う「後」が時間的意味に於けるそれであるならば絶対に正しくない。この普遍者は時間的に見ては宇宙に先行するのでもなく後行するのでもない。其処では時というものは始めから問題になっていないのである。先とか後とか言っても、それは単に相対的な先後であるに過ぎない。この関係をイブン・アラビーは彼の主著の一部（Futūhāt I）に於て、夜明けと太陽の関係に比較している。すなわち、太陽が昇って昼が始まる（夜が明ける）のであるから、日の出は昼の始まりに先行している訳である。併し実際上は日の出と昼の始まりとは同時であって、どちらが先でも後でもない。ゆえに昼の始りというものの存在の原因は確かに日の出であるが、存在という点では両者は同時なのである。

かくの如くイブン・アラビーが存在の第三範疇として導入した所謂「実在の実在」なる観念は彼の全哲学体系に亘って重大な役割を果すことになるのであって、これを哲学史家はイブン・アラビーのロゴス論と呼ぶのである。

——十八・二・二一——

回教に於ける啓示と理性

私はこれから回教の思想的根拠について少しお話致したいと思いますが、これは実は非常に特殊な問題でありまして、皆様に興味を以って聴いて戴けるかどうか、疑問なのでございます。私は元来大体アラビヤ文学、ペルシヤ文学、トルコ文学というようなものが専門でありまして、それ等の文学が全部回教文学である為に、自然回教をやらなければならぬので多少研究いたしたまでであります。それ故、哲学御専攻の方々に申上ぐべきことは何も持って居りませんので、さだめしお聴きづらいところもございましょうが、それらの点に就きましてはあらかじめ御容赦の程お願い申し上げて置きます。

我が国に於いて回教研究の必要が強調されるようになりましたのは、比較的最近のことで、随ってこの研究に従事している学者は至って少数であり、その業績も亜欧諸国の長き伝統を誇る国々に比較いたしますと、残念ながら余りにも貧弱であります。併しながら東洋の情勢は今や我々をして従来の如き研究を以って満足して居ることを許さなくなって参りました。我が国の支配下に入った南方諸地域だけを考えてもそこには九千万の回教徒が居り、アジア全部を考えますと二億五千万に近い回教徒がいるのであります。若し我々がこの機会に回教を徹底的に研究せず、浅薄なる理解を以って足れりとなし続けて行くならば、これ等占領地域は固より、アジアの回教徒一般に深く交渉し、之を正しく指導することは全く不可能であり、その指導階級或いは知識階級の人々から却って嘲笑を買うであろうことは明白であります。又その研究内容にしても、今までのような教祖マホメットの小説的な伝記とか、或いは回教の外面的儀式的方面、例えばメッカへの巡礼の様式とか、教徒が礼拝の時に行う祈りの形式であるとかいうようなものでなく、もっと深く内容的、根本的に回教の思想的根拠というものが問われなければならないと思います。

それでは回教の思想的根拠はどこにあるかと申しますと、普通人はコーランにあると考えて居ります。ところがこれは非常な誤りである。つまり、これは回教にも歴史的発展があるということを忘れた為に生じた大きな誤解なのであります。例えば同じ東洋の宗教でも仏教などになりますと、原始仏教と大乗仏教を混同して話す人は先ずないと思われる。ところが回教の方ではその程度のことが平気で行われているのであります。コーランに見られるものは原始回教であって、それは純粋なアラビヤ人、即ち昔のアラビヤ半島にいた沙漠のベドウィンの宗教であります。現在我々が回教と称しているものは、理論上ではこの原始回教が発達したものではあるが、実際上は決してコーランそのものから流出したものではなくて、寧ろ原始回教の面影は回教発生後約二百年にして、全く影を潜めているのであります。この短い年月の間に回教は教祖ムハンマド（俗にマホメット）の考えていたものとは似ても似つかぬものとなってしまうのであります。又それなればこそ今日ここで皆様にお話申上げようとする啓示と理性の対立というようなことも起って来るのであります。

私は西洋哲学のことを詳しく存じませんが、伺うところによりますと、西洋哲学史に於いて中世哲学と言われているものは、稍々類型的な見方をすると、先ず理性と啓示との勢力争いであると言ってよいと存じます。回教に於いてもその初期の発展は全くこの理性派と啓示派の勢力争いであって、この両者が激しい対立闘争の結果、回教は四分五裂し、遂に完全に破滅し去るかと思われる一大危機に当面するに至ったのであります。その時に西洋哲学の方でいうならば、先ず聖トマス・アクウィナスに当るような大人物であるガザーリー（西洋哲学でいうアルガゼル）という人が出てこの闘争を解決し、ここに始めて回教の思想的根拠というものが確立されるに至ったのであります。

一体原始回教と申しますものは唯一なる神（アッラー）が教祖ムハンマドを選んで之を預言者となし、その口を通じて人々に語り給うた言葉、即ち神の啓示を根拠として成立っているものでありまます。それは徹題徹尾啓示一点張であって、そこには理性というようなものは全く考えられていない。大体アラビヤ人に限らず、一般にもセム人種というものは極めて感覚的情緒的な人種であって、論理的思惟の如きは彼等の最も不得意とするところであります。中でも昔のアラビヤ人、つまりアラビヤ半島の本当のアラビヤ人でありますが、これは感覚が著しく発達していて、特に視覚聴覚に至っては、一寸人間業とは思えないような力を持って居たのであります。それでこれ等のアラビヤ人にとっては自分の感覚のみが唯一の頼りであります。彼等は抽象概念とかイデヤの世界とか論理とかいうものに対しては、全く関心を持たないのであります。随って回教の聖典コーランは極めて感覚的な経典であって、著しく非論理的であることを以って特徴として居ります。否寧ろここでは論理というものは始めから問題になっていないのであります。回教が若しあの狭いアラビヤ半島から一歩も外に出なかったならばこれで結構であったかも知れませんが、幸か不幸か教祖がなくなりましてから百年も経たない間に、回教はトルコ、ペルシヤの如き西アジアの重要な文化地域は勿論、中央アジア、印度、北アフリカ、スペインというような広大なる地域に弘まって参りました。かくて新しく回教徒となったこれらの諸国の人々は最早非論理的なコーランを非論理的に、ただ有難い神の言葉として頂戴して行くことは出来なくなったのであります。そこで彼等はコーランの解釈ということを始めました。

兎に角回教にとっては、コーランは神の言葉そのものであります。されば之を信ずるに当っても、先ず之を完全に理解して、神意の何れにありやをはっきり知らねばならぬというのであります。今までのように分かっても分からなくてもそのままに戴いて置くのではなくて、分からないところはどこまでも徹底的に追究して、分かるまでやらねばならぬ。こういう訳で人々は熱心にコーランの文句を主題にして考え始めたのであります。

ものを考える以上、そこに理性が働くことは当然であって、一度理性的な眼を以ってコーランを見ると、そこには実に驚くべき無数の論理的矛盾が見出されるのであります。元来コーランは論理的な頭の働かない人が、全然論理などを知らない民衆に与えた経典であって、若し後世の人がかかる研究をするようになろうと教祖が知っていたならば、もう少し何とかしたかも知れませんが、甚だしい場合になると、或る行で言ったことが次の行では全く否定されて、それとは正反対なことが説かれていることも屢々あります。そこに論理的に首尾一貫した神の御心を汲み取ろうとした人が大いに当惑したのは寧ろ当然であります。そうしてその何れが真意であるかという問題を繞って、そこに果しのない論争が起り、回教世界は囂々たる喧騒の声に包まれてしまったのであります。

この甚だしい論争の結果、彼等の間には種々のスコラ的な弁証法が発達致しました。そうして人々はこの鋭利なる新しい論理的道具を振廻して、凡ゆる宗教問題を解決し去らんとしたのであります。かくて所謂回教思弁神学というものが発生し、その代表的なものはアッバース朝の中期、即ち大体西暦九世紀頃、当時のイスラム精神界を滔々として大河の如く席巻し尽くしたムウタズィラ派と言われる合理的神学の一派であります。

恰も時のカリフたりしマアムーンはギリシヤ哲学を尊重し、ギリシヤ科学を絶対視して之を回教界に導入し、あの西欧の近代科学の源となりました所謂アラビヤ自然科学というものを興した程の人であり、又哲学神学に於いても自らムウタズィラ派の合理的思想に深く共鳴を致し、ムウタズィラ派の教義を公認の神学として全国に法令を発して、この派の教養に従わざるものを迫害致したのであります。かくて理性派は回教に於いて非常な勢力を得るに至ったのであります。

ムウタズィラ派は徹底的な理性至上主義であって、彼等は従来回教に於いて主となって居った見方に反対して、この世に於ける善は神より来たものであるが、悪は人間のなすものなりと致しました。今までの考では、神は絶対的な天地万物の創造主であって、この世に於けるありと凡ゆるものは悉く神の御旨によらざるものはないというのでありました。併しムウタズィラ派は、これは理屈に合わない。なぜなら人間は何も自分で好んで悪をした訳ではない。ただ神が御自身で謂わば御勝手に人間に悪いことをやらせて置いて、こんどはその責を問うて地獄に堕すのでは余りに不当ではないか。神は正義の神であるべきで、コーランにも神は正義の神であると明白に説かれている。そこで結局彼等の説によれば、神は善のみ為すのであって悪は絶対になさないというのであります。而もここで善とか悪とか申すものは、従来の考では、神が啓示に於いて善となしたものは善、悪となしたものは悪というのでありますが、ムウタズィラ派はこれに反して善悪共に理性によって定めらるべきものである。理性が善となしたものは、神と雖も善と認め、理性が悪となしたものは神と雖も悪と認める。即ち神なりとも理性の前には一歩譲らなければならぬというのであります。かくて彼等は人間は自分の行為を自由意思によって行うのであると主張するに至りました。

これは回教の神学では人間行為創造論と申しまして長く回教思想史上の論争の因となったものであります。つまり彼等は神のみが唯一の創造主であるという説に反対を致し、人間にも一種の創造力を認めたのであります。これが後にこの派が遂に葬り去られる重大な原因をなしたのであります。

又コーランに於いては、神は慈悲深いものであるとか、力あるものであるとか、愛するものであるとかいうような、所謂神の属性が多数挙げてあって、一般の回教徒はそれをそのまま信じて居た訳でありますが、ムウタズィラ派はこれを取上げて疑い始めたのであります。神の属性なるものを認めることは、神の唯一性の否定ではないかと、彼等は言うのであります。コーランにも明文を以って説かれてある通り、神は絶対的に唯一なるものである。然るに属性は多である。然らば如何にして一が多であり多が一であり得るか。又それ等の属性は神の属性である以上、皆神の本質に与るところあるものでなければならぬ。即ち神が絶対であるならば、それ等の属性もやはり絶対でなければならぬ。そうすると神の外に絶対的なるものが幾つもあることになって、絶対者は唯一ではなくなるという。かくてムウタズィラ派の中でも極端な人々は、神からありと凡ゆる属性を剥奪致しまして、これによって始めて神の唯一性が護られると主張致しました。併しながら実際は、こうして神を裸にしてしまうことによって、神は実に色も味もない、漠然として捉えどころのない抽象的なものになってしまったのであります。

元来アラビヤ人の属しているセム人種というものは、古くはアッシリヤ、バビロニヤの宗教を見ても、又近くはユダヤの宗教を見ても分かります通り、神を極めて人間的に、而も一種の独裁的専制君主として表象する強い傾向を性来持った人種であります。アラビヤ人も亦その代表的なものでありまして、仍て原始回教に於ける神は多数の人間的属性を以って表象されて居り、ムウタズィラ派の属性否定論は完全に原始回教の否定となったのであります。

その他彼等の説いたいろいろな教義に至っては、頗る複雑多岐に亘り、ここで申し上げる閑がございませんが、要するに彼等にとっては、理性のみが絶対的基準であって、回教の信仰箇条の如きも、彼等によって悉く理性的に、論理的に作り替えられるに至ったのであります。ここでは総べて予め概念的に理解され、説明されたものでなければ、全然価値を認められないのであります。論理的に証明されない宗教的真理の如きは無意味である。否、真理は宗教の否定されるところに始まるとさえ主張するに至りました。

このムウタズィラ派の神学と相前後して、プラトン、アリストテレスの流を汲む所謂回教哲学が発達しつつありました。先程お話申上げました通りアッバース朝のマアムーンというカリフはギリシヤの精神的文化に眩惑されて、自ら学者の先頭に立ち、哲学や神学の研究に身を窶した程の知性人でありました。即ち彼はバグダッドに壮大なるアカデミーを建てて、ギリシヤの科学、哲学の翻訳を盛んに奨励いたしましたので、ついにギリシヤの自然科学の書物は固より、プラトン、アリストテレスの主要なる著書が悉く完訳されるに至ったのであります。

かくてギリシヤ哲学の流が滔々として回教の中に流入して参りました。そうして益々理性尊重の思潮を助成することになったのであります。このプラトン、アリストテレス的思想の上に立って発達致しました一種独特の哲学を世に回教哲学と申して居り、その代表者が有名なイブン・スィーナーとイブン・ルシュドの二人であります。西洋哲学ではこれを訛ってアヴィセンナ及びアヴェロエスという名で伝えられて居ります。

このアヴィセンナ及びアヴェロエスの二人が、中世哲学史上に大きな影響を及ぼしたことは、皆様既に御承知の通りでありまして、二人は同じくギリシヤ哲学より出発した思想家でありながら、互に根本的に違った態度を示して居ります。即ちアヴェロエスが純粋なアリストテレス主義者であるに反して、アヴィセンナも同じくアリストテレス的問題、例えば、質料と形相の関係、現実態と可能態の問題のようなものを取扱っては居りますが、その根本的態度はプラトン的というよりも、寧ろネオ・プラトン主義である。どうしてそうなったかを詳しくお話する閑はありませんが、極く大要を申し上げますと西暦六世紀頃、これは西洋哲学史でも有名で皆様御存知のことと思いますが、「アリストテレスの神学」と称する書物が著わされました。この書物の序文を見ますと、アリストテレス自身が、この本は自分の生涯の仕事の成果であると言って居ります。ところが本書の内容は実はプロティノスの「エンネアデス」の第四巻及び第六巻の方々を切取って継ぎ合した偽書でありま す。この偽書が西暦九世紀にアラビヤ語に完訳され、如何にも当時の人々の宗教心に適合したので、これがアリストテレスの真の思想であると誤解され、大いに学界にもてはやされて、回教哲学の主流となってアヴィセンナに至ったのであります。それでアヴィセンナは宇宙の基礎を考えるに当っても、全くプロティノスと同じように「流出」（エマナティオ）というものを考えて居ります。随って唯一にして必然的なる存在者たる神から、一つずつ下へ下へと鎖の環のように次位のものが必然的に流れ出て最後に最下級の物質的世界に到るというのであります。この考では宇宙というものは必然的な第一原因を頂点としたところの一聯の必然的階段をなすと考えられて居り、その頂点に当る必然的な第一原因たる神が、永遠の過去から存在するものである以上、それから流出した宇宙も亦必然的に無始なる過去からあるということになって居ります。

ところが御承知の如く回教はユダヤ教の如く、神の時間的宇宙創造論をとる宗教であって、これを否定することによってアヴィセンナの宗教哲学は、従来の回教の信仰と正面衝突をするに至ったのであります。

これに反してアヴェロエスはこのアヴィセンナから稍々遅れて、時の回教の一大中心地であったスペインのコルドバに生まれた大哲学者であります。彼は従来のアリストテレスの説なるものの信ずるに足らざる点多きを痛感して、根本的にアリストテレスそのものに還らんとしたのであります。かくて彼によって始めてネオ・プラトン主義的色彩から引き離された純粋なアリストテレスの説が発見されることになったのであります。

彼のアリストテレス研究は実に精密にして科学的なること驚くばかりであって、西洋の中世紀に於いて、ただアリストテレスの注釈書といえば彼のものを指す程に、そのアリストテレス注釈者としての名声は拡まって居たのであります。それ程学界に偉大な貢献をなした事は、人類の思想発達という点から見ると、否定すべからざる功績ではありましょうが、回教そのものから見ると必ずしも幸福な結果を生まなかったのであります。徹底的にアリストテレス主義者である彼は、当然徹底的理性主義であって、彼によれば、人間が理性によって認めたものは、仮令神がこれを偽りなりとするもやはり真理である。ここに於いて回教の啓示というものは、全くその権威を失ってしまったのであります。そうしてこの過激なる思想は当時の伝統的な教義学者の反感を買って、彼は生命の危険を感ずるに至り、世に有名な「宗教と哲学の一致」という一種の自己弁護論を発表して、啓示は決して哲学的真理と矛盾しない。一見矛盾する如く見えるのは人間の考が足りないからで、聖典の文句の内容が深く理解出来ないからであると主張致しました。そうして聖典が哲学的真理と相反する如く見ゆる時は、聖典のその個処を悉く象徴的に解釈しさって、聖典の文句が哲学的真理と一致するようにしなければならぬと主張致しました。彼によると、哲学的真理は真理それ自身である。真理を何等潤色せずに剝き出しにしたものである。併し恰も太陽を肉眼を以って直視する時は、その光が余りにも激烈である為に、却って眼の組織が破壊される如く、真理をそのまま頭の足りない者に見せると、却って危険があるから、そこで神はそれ等の頭の足りない者共に、危険なく真理が分かるようにと、大いなる恵みを以って聖典を与えたのである。そこに預言者ムハンマドの意義があると申しました。

併しながらこれでは一般の教義学者はまるで馬鹿者扱いをされた訳でありまして、更に一般民衆は烈火の如く憤り、彼は遂に異端の宣言を受け、アフリカのモロッコに追放されて、一一九八年その地で淋しく生を終ったのでありました。

回教に於ける理性偏重の主張が齎した災害は、凡そかくの如きものでありました。かかる思想界の傾向に対して、啓示に固執せんとする人々も、これ亦古くから多くの学派や団体となって、激しい抗争をして参ったことは申すまでもありません。元来イスラムというのは絶対的帰依という意味であって、何の議論もせずに神の啓示をそのまま受け容れ、それに服従するという意味を始めから持って居りました。この啓示派と言わるべき者に大体二つの傾向があって、その一つは、「啓示」

を厳密にコーランの意味に解し、それ以外の総べてのものは異端なりとして排斥するのであります。これは謂わば回教を原始回教に限定せんとする人々であります。この派の人々は遍に神の正義なることを信じ、神の言葉は絶対的なる真理と確信して、これに関する一切の議論を避けるのであります。彼等によればコーランは神の言葉そのものであって絶対的であるから、そこに議論の余地など聊かたりともない。コーランに書いてあるところのものはどこが間違っているとか矛盾しているとかいうことは全然考えずにそのまま信じなければいけない。例えばコーランに「神の手」ということがあれば、ムウタズィラ派の人々の如く、神にどうして人間のような手があるかという疑問を起すことなく、書いてあることをそのまま信じなければならぬ。又信じさえすればそれでよいのであると主張するのであります。このような行き方を昔から回教ではビラー・カイファと称して居り、これは「如何にと問うことなしに」の意味であります。即ち人は聖典の文句を一字一句の末に至るまで、如何にと問うことなしに信じなければならぬ。これがこの派の根本的主張であります。この傾向を代表して、その当時の当るべからざる合理主義的主張に敢然として刃向った者が、有名なアフマド・イブン・ハンバルという人であります。

このアフマド・イブン・ハンバルという人は、所謂ハンバル派という回教正統派の一派の開祖となった有名な法学者であって、彼が出たのは先程思弁神学の発達のところでお話致しましたムウタズィラ派成立の時代であります。而も彼のマアムーンが法令を以って合理主義的教義を全回教徒に強要せんとした頃であります。この暴力を以って圧迫して来るカリフに対してただ一人敢然として対抗し、一歩も揺がず、遂に恐ろしい拷問にかけられても決して妥協することなく、最後まで自説を護り通した大人物であります。若し彼にして時の権威に屈して居たならば、回教は合理主義的思潮に圧服され、遂には自己を見失ってしまったことであろうと思います。勿論彼の態度は原始回教を一歩も踏み出すまいとする頗る旧式な考え方であって、刻々に進展して行く内外の情勢に適応して進むには余りに偏狭でありますが、兎に角彼一人出た為に、回教は遂に回教たることを失わずして今日に伝って参りました。このイブン・ハンバルの精神は一時次第に下火になり、殊にオスマン・トルコの勃興によって消滅するかと思われましたが、十八世紀に至って再び盛な活動を開始致しました。之をワッハーブ運動とかワッハーブ主義とか申します。今日皆様が新聞雑誌でよく見かけられるイブン・サウド王の治めているアラビヤ半島のサウディアラビヤというのが、このワッハーブ主義の代表的国家であります。

この種の啓示派の中からは、又多くの回教法学者兼教義学者が出て参りました。世に回教法学者というものは、これは謂わばユダヤ教に於けるパリサイ人の如きであって、宗教を立法化することによって、その教義の変化を防ごうとする人々であります。そうして合理主義的思想の大きな勢力に対して、神の言葉に従う古い宗教を純粋に護らんが為に、信徒の行に関する凡ゆるものを教義化し、儀礼化せんと致しました。かくて彼等の努力によって、回教徒の公の生活は固より、私の生活の隅々に至るまで細大漏さず神聖法として規定されるに至りました。之によって回教は制度として揺がすべからざる力を持つに至ったのであります。

併しながら宗教がかくの如く儀礼化し制度化されるに伴なって、個々の信徒の胸の暖い信仰が次第に冷却し、真の信仰というものは全く影を潜めて行ったことは申すまでもありません。

ところがかかる傾向とは独立して、もう一つ理性派の合理主義的傾向に正面から反対し、而も信徒の一人々々の胸に宿す信仰の灯火を消すことなく、この宗教の改革に起上った大きな勢力がありました。これが先程申上げた啓示派の第二のものであります。彼等は啓示をコーランの意味に解せずして、啓示を個人的啓示の意味に解したのであります。即ち信徒個人々々の絶対的神秘的体験に重きを置いたのであります。これを世に回教神秘主義スーフィズムと申して居ります。元来この傾向は回教の第一王朝である、ウマイア家時代に余りにもカリフの非宗教的であるのを悲観した多くの男女が、世をはかなんで現世を捨て、山野に隠遁したことに端を発するのであります。最初はこれ等の人々は全然理論的解釈には関係しないで、只管神の御名を称えて難行苦行を行う道を修めんとしていたのであります。ところが哲学のところでお話申し上げました如く、新プラトン主義的思想がギリシヤから非常な勢いで流れ込んで来ると、深くその影響を受けまして、今までの如く難行苦行を以って来世の救済を得んとする傾向は一転致し、急速に思索的となって、遂に回教神秘主義的思想と言われるものが生じました。かくの如く思索的になってからのものをスーフィズムと西洋では呼んで居ります。勿論こうなっても今までの如く難行苦行は続けられましたが、それは最早来世に於ける神の怒りを避けんが為ではなく、それによって修行者が自分の魂を清め、現世的な慾望に曇らされたその心の曇りを拭い去って、恰も明鏡がものを映す如く神を映し、かくすることによって神を識り、更に進んで神を愛し、最後にこの愛の絶対境に於いて相対的の分別知を断絶し、直接に絶対者を体験する。即ち彼等の言葉によれば、「神と一になる」ことを目的とするものであります。元来コーランに描かれている神は、先程も申した如く著しく超越的な神であって、万物の創造主たる神は余りにも高い所にある。それと万物との間には無限の深淵が横たわっているのであります。然るに同じコーランの他の部分には「我を呼べ、されば我汝等に答えん」とか、又「汝等何処《いずこ》を向くもそこに神の御顔あり」とも言って居ります。即ちこの神は著しく遍在的内在的である。ここに於いて神秘主義者達はこの神の超越性と遍在性、内在性という一見矛盾して相容れざる二つのものが神秘的体験、神と人の愛の結合に於いてのみ、何等の矛盾なく結合すると主張する。神と人との間には超え難き空隙があるが、日夜を分かたず努め励み、心を清澄な状態に置いてじっと神の働きかけるのを待っていると、軈て機が熟するや、突如として眼も眩むばかりの光明が心の壁を破って流れ込み、彼の自己意識は跡かたもなく消え去って、無限に遠き神が一瞬にして無限に近いものとなって、見るものと見られるものは一となり、在るものはただ神のみになるというのであります。

かくの如きスーフィズムがその体験の深さに於いて、従来の外面的回教信仰と比較にならぬことは勿論でありますが、スーフィズムは要するに個人の魂の救済を意図するのであって、結局一種の独善主義であります。自分が救済されれば他人はどうなってもよく、又他人をどうすることも出来ないのであります。而もその独善主義から汎神論的になり、遂には回教神秘主義とは名ばかりで、全然回教の名に価せぬものになりました。

かくて回教は理性派と啓示派との激しき対立に於いて未曾有の危機に直面致しました。若しこの時偉大な精神の持主が現われなかったならばどうであろうか。信仰のことごとくを論理的な思弁の対象となすことから救い、而も人々が発見し発達させたところの厳正なる論理的思惟そのものはこれを活用し、又回教法学者達が宗教を外面化するのみであって、これを内面化することを忘れていたことを匡正し、その外面的規定を神秘主義者の如く勝手気儘に破ることなく、そっくりそのまま神秘的体験によってこれを内面的にする、そういう偉大なる事業をなす者が現われなかったならば、回教は思想的根拠を失って、単なる迷信の固まりと化したかも知れないのであります。天は幸いにも回教を見捨てなかった。この偉大なる事業をなし遂げたのが、西暦一〇五八年に生まれた大思想家ガザーリーその人であります。

ガザーリーが出てから、回教は全くその方向を一転するのであります。彼の立てた宗教的人間学の体系がそのまま回教正統派の教義として公認されるに及んで、確固たる基礎の上に立つ宗教として、回教は隆盛の一路を辿ることとなったのであります。併しながらガザーリーが具体的に如何なる理論を齎したか、彼の畢生の大事業である宗教的人間学体系とは如何なるものであるかということは、只今申し上げた二倍三倍の時間があってもよくお話申し上げることは出来ない。実に厖大なるものでありますので残念ながらそれは何れ他の機会に譲り、今日はガザーリーが出るに至るまでの回教思想発展の荒筋だけを申し上げるにとどめて置きたいと存じます。

イスラム思想史

イスラムの始祖ムハンマドの預言者としての活動は彼の終末論的確信にはじまる。彼は積極的活動に乗り出す以前、久しくユダヤ教徒やキリスト教徒の教えを、断片的ながら耳にして、それに深く心を動かされていた。彼の説く教説の大部分は此等異教から借用し獲得せるものであって決して彼自身の独創にかかるものではない。イスラム教の血統は正しくユダヤ教からキリスト教につながるセム人の宗教運動の流れに遡るのである。ユダヤ教とキリスト教（特にネストリヤ教）の精密な知識なくしては、回教の発生を歴史的に論ずることは出来ない。

ムハンマドがメッカに於て説き出した神の道の出発点となった彼の終末論的確信もやはりユダヤ・キリスト教的表象から汲み取られたものに他ならないのである。通常歴史家はムハンマドの活動を、彼がメッカよりメディナへ遷った所謂「ヒジュラ」の年、西暦六二二年を中心としてメッカ時代、メディナ時代の二期に分けるが、この第一期すなわちメッカ時代の天啓は著しく終末論的なることを特徴とする。その調子は極めて陰鬱であって全体的に憂愁沈吟の色にぬり込められている。
当時のアラビア沙漠の人々は精神的に完全に行きづまっていた。人のいのちの儚さを知り、此の世の哀れにも頼り難さを痛感した人々は、自暴自棄になって、ただ瞬間的な官能の快楽のみを日夜追求していた。現世をはかなむ気持ちに於ては此等のアラビア人達の考えも、コーランにそのまま残っているメッカ時代のムハンマドの説くところも全く同じである。

聴けよ汝等！　現世は遊びなり、戯れごとなり、虚飾なり、また互に血統の高きを誇り合い、財宝と子孫とを増さんとするに尽く。現世は雨来りて春草萌え、信なき者共喜ぶよと見る間に忽ち枯れ凋みて色褪せ、やがて跡なく消え去るに似たり。

というコーラン五七章二十節のペシミズムは

此の地、かつては我が恋しき人の
住み家なりしが、
はやダッラージとムタサッラムの平原に
荒寥たる廃墟となりて、
訪えど応える人なきぞ悲しき。

今その跡は寂寞たる獣の棲家となり
瞳澄みたる野牛、白毛の羚羊等
群立ちて次々に現れ来り
仔獣ら乳を求めて
その母の後を追い走れり。

われ、はたとせの歳月を経て
再びこの曠野に佇めば
あわれ、かの華かなりし村落も
杳然として見分け難くなりぬ。

という無道時代の大詩人ズハイルの哀愁と深く相通ずるものを我々は見るのである。併しながら此の共通の気分から発した両方の結果は実に対蹠的な差違を示している。現世は儚く、人の生涯の須臾にして過ぎ行くことを防ぎ得ずと覚った無道時代のアラビア人達は、それならば僅かながら与えられた時を充分に楽しもうと、こぞって酒と女と戦いにその日その日の快楽を求めて行った。人がこの様な精神状態で居る時に、其処に栄えるものは物であって霊でないことは勿論である。人々は物質を追求することにのみ急にして、精神はこれを顧みようともしなかった。宗教心の如きはその片鱗をも留めぬ程に破壊され尽していた。此の救うべからざる人々の心をムハンマドは救おうと言うのである。日夜をわかたぬ底抜け騒ぎに笑いさんざめく男女に向って彼は早く真面目になれと説くのである。彼は此等の軽躁浮薄なる人々に神の怖るべき怒りの必ずや下るべきことを信じて疑わなかった。神の審判は近付いた。若し人にして一刻も早く悔い改めなければ、嘗てその頑迷なる心の故に遂に神の激怒に触れて、一瞬にして滅び去った数々の民族や大帝国の如く、彼等も亦神の一撃を下されるであろう。全智全能の神、唯一なる天地の創造主を絶対的に信ずると共に、この神の前に人は「顫えおののか」ねばならぬ。何故ならばこの神は特に正義の神であり、「審きの日の王」であるから。

神を懼れることを知らず、自らの罪深さに気付かず、迂闊にも浮れ騒いで罪に罪を重ねて行く此等の人々を、やがて神は正義を以て審き給うであろう。メッカ時代のムハンマドの教えは要するに「唯一なる正義の神を信じ、審判の日を信ずること」の二点に帰着するのである。この時期のコーランの章句を根本的に色づけているものは深き懼れの情である。「主の御前に顫えおののく者こそ真の信者なれ」とコーランは定義している。如何なる人も神を懼れ、神罰の恐ろしさを憶わねばならぬ。メッカ時代に説かれたイスラムに於ては信仰と恐怖とは同意である。恐怖とは人が自分の罪を反省する時に彼を襲う一時的な情緒ではない。またそれは固き信仰によって払掃さるべき単なる気分でもない。寧ろ人間存在の根源そのものが恐怖なのである。胸に恐怖なき人は人たるに値しないのである。

かかる見地からムハンマドは当時の人々の軽薄なる心をはげしく責めた。浅ましい欲望に追いたてられて、現世の快楽のみを求めてやまぬ人々の「無関心」を彼は何にもまして非難し詰問した。コーラン中の初期の章句は、此等の罪人が悉くその墓地から曳き出されて正義の神、審判の日の主アッラーに審かれ地獄へ落とされる恐ろしい映像に満ちている。此の「最後の日」は嚠喨と天地に響き渡る喇叭の音に始まる。そして耳を聾する霹靂が天を揺るがし、何ものとも知れぬ崩壊と衝撃の凄まじい音響が起る。大地は恐ろしい地震に裂けひろがって、地底深く埋蔵されていたものが悉く吐き出される。天蓋はぐらぐらとよろめき、不気味な亀裂が縦横に走って遂には下から巻き上がってしまう。山々は動き互に衝突して轟然たる大音響と共に粉々に飛び散り、太陽は折れ曲り、月は裂け、星々は光もなく地上に雨と降って来る。天は火焔を吹き噴煙濛々として万物を焦がす。墳墓は口を開いて、死者はことごとく甦り審きの場に曳かれて行くのである。この時、巻き上げられ破れ去った天蓋の彼方に八人の天使に保たれた天の御座が現われる。但しその時に人々は神自らの姿を直接に拝し得るや否やということはコーランだけでは、はっきり分らないので後に色々の説を生み、回教神学上の大問題となった。

死と審判の日との間は意識なく夢なき深い睡りである。人が最後の息を引きとる時、霊は神に取り去られて、甦りの日まで全然意識を有たない。だから人は審判の日に目覚めても、自分がどの位眠っていたか少しも分らない。というより寧ろ人は死ぬと共に審判が始まるように思う。故に審判が事実上は何ケ月の後、何万年の後に来るに過ぎないとしても、人は決して安閑とはして居られないのである、なぜならば死と審判との間は完全な無意識であって、無に等しく、従って審判は死と共に来るものであるから。審判が近いというのはこの意味に於て近いのである。人は死の床に目をつぶる時、その瞬間早くも神の審きの迫り来るを聞くのである。

天啓の性質は、ムハンマドが六二二年にメディナへ僅かの同志と共に身を以て遁れて以来、にわかに大転換を示す。上述せる如き終末論的色彩は次第次第に薄くなって、その内容は著しく立法的となり、その調子は烈しい抒情的なものから転じて極めて散文的となる。現行のコーランの前半に当る長いスーラは殆んど全部メディナ時代の天啓の記録である。時の状態は既に彼をして、嘗ての如く終末論的表象を以て人々を説き諭し、以て迷える心を神の途に導かんとする消極的態度をとり続けて行くことを許さなかった。彼は積極的活動に乗り出さねばならぬ。言葉を棄てて剣を抜かねばならぬ。今まで繰り返し繰り返し「信仰なき人々を避けよ。異端者に交わるな」と信徒に教えていたムハンマドは、にわかに態度を変えて今度は、「至るところ異端者に遇わば之を殺戮せよ」「神の途に戦えよ」と絶叫するに至った。メッカ時代あれほど深いペシミズムを以て現世の儚くして頼み難きを説いていた彼は、もはや決して現世の悪を口にしなくなって了った。それどころではない、彼自らも予期しなかった程の政治的軍事的成功の結果、今や彼は現世の一大王国を建設しなければならないのである。今まで魂の救いのみを目的としてひたすらその道に尽力して来た預言者は、茲にイスラムに基く大国家建設という極めて現世的な事業に手をつけ得る政治家となった。かくて彼の著しい手腕によってイスラムは着々と制度化されて行った。イスラムを制度化し、日に日に拡大する領土を治めるためには法律が必要である。コーランが次第に立法的性格をとり出したことは当然である。後に制度としてのイスラムの最も重要なる中心部をなすに至った回教法なるものは、ここにその淵源を有するのである。

かくの如く後期メディナ時代のコーランは殆んど大部分が法律的問題を取扱ってはいるが、ムハンマドは決して一個の立法者として体系的な意図の下に法律を制定したのではなく、唯単に日々起って来る具体的な個人的、社会的問題に解決を与えて行ったに過ぎないから、コーランだけでは回教法というものは成立しないのである。其処に、ムハンマドの死後、回教法学者と称する特殊の学者が生じた理由がある。我々はイスラムの思想的活動の第一歩たる回教法の形成に一瞥を与えておかねばならぬ。

コーランは回教徒にとって、少くとも理論的には唯一無二なる聖典であって、宇宙の真理は悉く此処に見出される訳であるが、事実上は決してそうではない。コーランが実際に法律的規範として働いていたのは回教の極く初期、特に預言者ムハンマド在世の間であって回教発生後百年に足らずしてかの驚異的領土を獲得した征服工作の発展と共に新社会事情は次から次へと起って、忽ちにコーランの不充分なることは信徒の眼にも明らかになったのである。第一コーラン全体の中で、法律的問題を取扱ったものは僅かに五百章句に足りず、而もこの僅かな部分は方々に無統一に散在して居って決して一個所に纏められて居るのではない。事実、回教の裁判官が判定をなすに当り、その典拠となすものはコーランではなくして後述する如き法学者の体系的教科書である。だからコーランは、所謂「回教法の基礎」四つの中の第一位を占めてはいるが、それは飽くまで理論上のことで、実際上は第二、第三の基礎の方が遥かに強力である。

回教法第二の基礎は「スンナ」である。コーランはその編纂の性質上、またこれを齎したムハンマドの性格上極めて非論理的で、法律的な問題についても互に矛盾する章句が少からずある。その場合両方ともコーランの聖文である以上それ自身としては同資格であって優劣を決し得ない。そこでムハンマドが在世中に実行した慣行、すなわちスンナがそれを裁決することになった。のみならず、新社会状勢の発展に伴って続々と発生して来る無数の法律的問題の解決をコーランの隅から隅まで探しても見当らないことのあるのは寧ろ当然である。そのような場合にも、コーランに聖文としては無いけれども神の使徒は此の種の問題に対してはどういう事を行ったか、またはどんな命令や禁止の言葉を発したかというのがコーランの補足解釈のために絶対に必要と認められるに至った。

従って回教初期の学者達は挙ってスンナの蒐集に努めた。スンナを記録したものを「ハディース」と言う。回教発生後二、三百年の内に多くのハディース集が作られたが、その中でブハーリー（歿年、回暦二五六―西暦八七〇）ムスリム（歿年、回暦二六一―西暦八七五）アブー・ダーウード（歿年、回暦二七五―西暦八八八）ナサーイー（歿年、回暦三〇三―西暦九一五）ティルミジー（歿年、回暦二七九―西暦八九二）イブン・マージャ（歿年、回暦二七三―西暦八八六）の六人が夫々編纂した六ハディース集が「六冊の正しき書」と言われて公認の如き形をとり、特に最初の二冊、すなわちブハーリーのものとムスリムのものとは「二つの正しき書」として後世殆んど神聖視されるに至った。ハディースというものの権威が一般に認められるに及んで回教は思想的に著しい発展の可能性が与えらるることとなった。回教が、コーランに代表されるところの原始回教とも謂うべきものから全く違った方向に発展して行くことが出来たのも偏えにハディースの力によるのである。爾後、回教に於ては法律はもとより、教義も政治理論もあらゆるものがハディースの形を採ることになった。そして此の形式によって、ユダヤ教、キリスト教をはじめ、ギリシヤ思想、ペルシヤ思想、印度思想など種々様々な外来思想が、始祖ムハンマドの権威をかりて回教の中に入って来た。回教法にかぎらず、回教の思想的活動はハディースを無視しては絶対に考察出来ない。

かくの如く、回教法の第二の基礎たるスンナは、同時に回教そのものの最も重要なる基礎であるが、回教法のみを論ずるならば、これよりも更に第三の基礎「イジュマー」の方が上である。イジュマーとは法学者の一般的意見の一致を言う。イジュマーが回教法の基礎として認められたのは勿論コーランやスンナより後のことであるが、その事実上の権威に至っては前二者は遠くこれに及ばない。実に回教法なるものの拘束力は全くイジュマーに基くものであって、これ無しには回教法は存立し得ないのである。

よく引用されるムハンマドの言葉に「我が教徒等は誤謬に就いて意見の一致を示すことはないで

あろう」というのがあるが、この有名な言葉は裏から解釈すると、回教徒の意見が一致した場合、それは全く真理であるという意味にとることが出来る。回教宗団は始祖の此の言葉を有力なる根拠として遂に自己の絶対無謬性を堂々と強調するに至った。この種のことは決して回教だけに起った孤立的出来事ではない。キリスト教に於てもカトリック教会が、如何なる人でも如何なる時にでも頼ることの出来るような真理の源泉を求め、遂に自己の確実無謬であると唱えるに至ったことは周知の事実である。イジュマーとは、此の回教宗団の無謬性の表現にほかならない。これこそ回教法の形而上学的基礎であり、ただに理論上のみならず実際上にも最も厳密な意味に於ける回教法の「基礎」である。コーラン即ち天啓は言うまでもなくムハンマドの死と共に完全に停止して後続するものはなく、伝承された始祖の言行にも限度がある。勿論ハディースの伝えるところはムハンマドの真の言行ではなくて大部分は後人が自分の思想を始祖の口に依って語らせたものに過ぎないから人は自由にこれを捏造することが出来たが、余りに各人思い思いのハディースを作って世にひろめたため、相互に幾多の矛盾が生じて、回教徒自身がこれに対して大いに懐疑的になり、比較的早くから、ハディースの真偽を見分ける一種の本文批判学が生じた程である。であるから、一般の信徒はハディースをそのまま信用するのではなく、寧ろイジュマーによってそれが真実であると確認されたとき始めて安心してこれを信用するという風であった。而も、多くの新問題に対して全く黙して語らざるコーランやハディースとは違って、イジュマーのみは、何時でも、如何なる問題に就いても決して黙することなき有効無比な機関である。かくてイジュマーが第一第二の基礎にもまさって本当の意味の基礎として絶大なる権力を振うに至ったことは、いささかも驚くに当らないのである。ただ、イジュマーには一つの避け難い弱点があった。それは回教徒の意見の一致とか、回教宗団の無謬性とかいう場合に、回教徒とか宗団とかの語は極めて曖昧で、その範囲が全然不明であることである。回教徒とは何処の回教徒であるか、また単に学者を意味するのか、それとも一般大衆をも含めるのであるか。一体回教法学の本源はメディナ市にあるので、最初はメディナの回教徒が一致したものはただちに真理であるとされた。然るに後、メッカも自己の権利を主張するに至ってメッカ、メディナ両市ということになった。そして更に後になるとイスラムの行われる全土にまでその範囲は拡大された。併しそれにしても、その地域の回教徒全体の意見が一致しなければならないのか、ただ回教法学者だけでよいのかも色々議論された。若しイジュマーが、あの広大なイスラム全土の、老若男女、学あるものも学なきものも凡そ回教徒と称する人々全部の意見の一致をまって初めて成立するというのならば、事実上イジュマーは有って無きが如く、何等の価値を持ち得ないであろう。かくしてイジュマーの範囲に就いては、回教法学諸派の始祖夫々に見解を異にしている。

回教法第四の基礎は「キヤース」である。キヤースとは類推を意味する。或る事件に対する直接の解答がコーランにもハディースにも見出されないが、その事件に類似せるものに対する解答が明文を以て与えられている場合、後者から類推して前者に判定を下す論理的操作である。神聖法に論理の活動を入れてよいか否かということは、初期の法学者の間に甚だしい異論異説のあるところで、キヤースが回教法学者全般に承認されるまでには非常に長い時日を要した。併し理論上これを承認するかしないかという問題は別として、実際上は如何なる法学者も類推を全然信用せぬ人は無かった。

以上の四つは回教法の四基礎であるが、決して全ての法学者が此等四つを全部同じ程度に認めていた訳ではない。或る学者は一を重要視して四を無視するとか、又或る者は二と三とを重んじて他を顧ないとか、色々人によって行き方を異にしていた。しかるに此の差違が時と共に次第に大きくなって遂には意識的に対立を示すようにもなった。かくして所謂回教法学諸派なるものが発生した。此の学派のことをアラビア語で「マズハブ」と言う。マズハブとは「行き方」の意味である。すなわち此等は単に「行き方」の違いであって、本当の意味の学派ではない。併し通常人はこれを学派と呼んでいるから茲でも学派として置く。

此の所謂回教法学諸派は、主として外面的な宗教的儀式や、法律解釈上の細かい違いによって相互に区別されていたに過ぎないから、始めは種々様々な派が現れ、次第に発展し或は消滅して行った。その中で現在まで相当の勢力を保って来たものは、第一にハニーファ派である。この派は西暦八世紀、アッバース家時代の初期にペルシヤから出た有力な神学者アブー・ハニーファの創始にかかり、極めて理論的思弁的であって論理的操作（上述第四の基礎キヤース）を重要視し、少くとも初めの内は非常に非実践的であった。現にトルコ・中央アジア及び印度の一部に行われているものはこれである。第二はマーリク派で、これは西暦八世紀メディナに出たマーリク・イブン・アナスの興すところである。元来メディナ市はハディースの本場であるから、当地出身のマーリクが特に第二の基礎たるスンナを尊重したことは当然である。而も彼はアブー・ハニーファの如き理論家ではなく、実際にメディナで裁判官をしていたから、その学風は著しく実践的である。現にこの派は上部エジプト、北アフリカ全部に絶大な勢力を有し、嘗てスペインが回教国であった時代には、スペインもやはりマーリク派であった。

第三はシャーフィイー派である。この派の創始者は、ムハンマド・イブン・イドリース・シャーフィイーといい西暦八世紀の後半から九世紀の初頭にかけてバグダード及びエジプトに活躍した大法学者で、その特徴はキヤースの使用を局限し、いささかたりとも個人的解釈の色あるものは悉く之を排除し、更にイジュマーの範囲を或る一定時代の全回教国の学者の総意にまで拡大したところにある。此の派は南アラビア、バフライン島、中央アジア、ダグスタン、それにマライ東印度諸島の全部、フィリッピン等に勢力を有する。

第四はハンバル派といって、西暦九世紀の神学者アフマド・イブン・ハンバルの創始せるものである。彼がバグダードに居た頃は丁度神学の方ではムウタズィラ派の全盛時代で、時のカリフたるマアムーンまでこれを支持し、思想界は合理主義的思潮の跋扈跳梁するにまかせていた時代であるが、アフマド・イブン・ハンバルは敢然として此の合理主義的思想傾向に反抗し、あらゆる恣意的論理的要素を全イスラムから駆逐し、ただコーランとスンナのみに還らんとした。如何なる迫害に逢ってもいささかもひるむことなく、如何なる権力をも恐れることなく、死を賭して自己の正しいと信ずるところを守り続けた誠に悲壮な生涯の奮闘は空しからず、俗衆の絶対的支持を受けて合理主義崩壊の端緒を開き、法学派としては十五世紀頃までメソポタミア、シリア、パレスティナ等に強力な力を有っていたが、オスマントルコの起るに及んで次第次第に圧迫され、減少の一路を辿って行った。

以上の四派が現在まで残存せる主なもので、其故この四つは回教正統四派とされている。従って正統派の回教徒はその中の何れに属していても全く同等であり、一派から他派へ移ることも自由である。現に西暦十二世紀初頭の神学者ムハンマド・イブン・ハラフの如きは、初めはハンバル派に属していたが、後にハニーファ派に転じ更に次いでシャーフィイー派に移ったので「ハンファシュ」という綽名を貰った位であった。「ハン」はハンバルのハン、「ファ」はハニーファのファ、「シュ」はシャーフィイーのシュである。だから同一家族で父子、兄弟が夫々別の派に属しているようなことは極くあたり前で無数に例が〔…〕

さてハンバル派の勢力は前述せる如く次第に弱まって、これに属する信徒の数は年々減少するばかりであったが、それは決してアフマド・イブン・ハンバルの精神まで死滅したことを意味するのではない。何故ならば、此の精神は十四世紀に至ってイブン・タイミーヤの復古運動となって現れ、更にイブン・タイミーヤの手をつけた運動は十八世紀になるとかの強烈なワッハーブ主義として華々しく近世社会に開花するからである。

イブン・タイミーヤの復古運動とは要するに「スンナ」に還れという叫びである。そしてスンナ以外の如何なるものもイスラムから排除されねばならぬというのである。彼は回教の教義に於ても、また信徒の信仰生活に於てもスンナに見出されないようなものは悉く異端としてしりぞけようとする。そして又事実、十四世紀頃までにはコーラン、スンナ時代の原始回教では思いも掛けぬ要素が無数に回教に入って来ていた。しかもその大部分は公認されていたのである。前にも説明した通り、回教に於てはイジュマーというものを認める。しかるにイジュマーは結局、民衆の意志の表現にほかならないから、厳密に云えば恐るべき異端とされねばならぬようなものでも一度俗衆の間に喰入って了うと、何時の間にか公認されることになるのである。こうして回教信仰の中枢部まで入って来た最も著しい異端的要素は預言者及び聖者の崇拝である。回教はその成立の根本に於て峻厳な一神教であって、神の他に何者も拝してはならないのである。唯一なる神の他に何か人でも物でも崇拝すれば、それは「シルク」と言って回教の教義上では最大の罪である。ひとたび此の罪を犯したものは絶対に地獄より救い出されることはないと言われている。然るに一般俗衆の信仰心はこれでは満足出来ぬ。私は他の論文「マホメット」に於て、ムハンマド自身があれほど注意していたにも拘らず彼の在世中から既に人々は彼を神聖視しはじめていたことを書いた。それ位であるから此の傾向は彼の死後ますます強くなる一方で、遂には年毎のメッカ巡礼は、ムハンマドの墓に参詣しなければ完了しないように考えられる程になった。しかし、神の使徒ムハンマドならばまだよいとしても、人々は比較的初期から聖者崇拝というものを始めた。実際、コーランやスンナの説く神は余りにも偉大であって近寄ることが出来ない。然るに俗衆は神様にお縋りしてお願い申したいことを色々有っている。病気になれば一刻も早く癒していただきたいという、商売ではうんと金を儲けさせていただきたいという、そのほか子供が欲しい、幸福が欲しい、名誉が欲しい、欲しいものは無数にある。然るに天地の創造主、審判の日の王たる神が、こんな個人的な小さな事に関心をもって下さるか否か疑わしいものである。こういう訳で人々は、自分から余りに遠すぎる神は敬遠して置いて、聖者の墓にお詣りする。地方地方にはかならずその地方の聖者が出来た。聖者を「ワリー」という。ワリー崇拝は原始回教の立場から見れば明かに偶像崇拝であるが、十四世紀頃までには完全に回教中に市民権を獲得し少くとも俗衆に関するかぎり、信仰とはワリー崇拝以外の何物でもなくなって了った。

西暦十四世紀の初頭シリアに出た神学者イブン・タイミーヤは此のイスラムの堕落に対して猛烈な非難攻撃の矢を向けた。そして彼は我々はスンナに還らねばならぬと絶叫した。すなわち原始回教に還ることである。従って聖者崇拝、ムハンマドの墓参詣はもとより、所謂回教哲学も、回教正統派神学たるアシュアリーの教義学も、汎神論的神秘主義（スーフィズム）も全て異端の刻印を押されるに至った。イブン・タイミーヤの此の態度は、イジュマーの基礎の上に立つ所の神学的権威に真正面から弓ひくものである。従って彼の説は上下から共に劇しい反対を受けて全く何等の表立った成功を見ずにしまった。

併しながら彼の思想は思いもかけぬ時、十八世紀に入って、しかもアラビア半島の只中に、当るべからざる勢いを以て具体化されることになった。私は所謂ワッハーブ運動のことを言っているのである。ワッハーブ派を興した人はムハンマド・イブン・アブドゥルワッハーブである。彼はイブン・タイミーヤの著書に親しんで深くその思想に感激し、イスラムからあらゆる異端的要素を駆除して以って原始回教時代の清浄なる状態に返さんとし、アフマド・イブン・ハンバルの精神に基く神学的社会的運動を興すに至った。而も彼は神学者であると共に武人でもあったから、その勇敢なる剣の下に此の宗教運動は著しい成功を収めることが出来た。但し、コーラン、スンナの他に何等の権威を認めず、七世紀頃のメディナ市の生活を理想とするこの宗派が今日の文化諸国家の間に立って果たして存立し続けて行けるや否やは現在のところ全く不明である。

上述せる回教法学が未だ発展の緒にもつかざる先、初期回教は大きな政治的危機に直面した。それはアリーとムアーウィアとの対立、及びその結果回教最初の政党たるハーリジー派が成立したことである。政党としてのハーリジー派の起源は回教史の取り扱うところであって、茲にはそれを説明している暇もなくまた必要も無いが、やがて此の党派は実際的政治的地盤を遊離して次第に純思弁的な独特の理論を樹て、遂には回教神学の第一歩たるムルジア派と対立するに至る点に於て、イスラム思想史も之を無視し去ることは出来ないのである。

問題の起りは始祖ムハンマドが自分の後継者を指定せずに死んだことにあった。実はムハンマドの死の直後、既に此の後継者の問題をめぐってイスラム世界は分裂の徴を示し、事態は一時ただならぬ緊張を示したのである。幸いにウマルの見事な政治的手腕によって第一代の後継者はアブー・バクルに決定し、次で第二代の後継者となったウマルは稀に見る大政治家で反対者に一分の隙も見せなかったが、実際はムハンマド直系の親族ではない他人が預言者の後継者となることに少からぬ不満を抱いている人々が沢山あった。そしてその代表者はムハンマドの娘の婿にあたるアリーであった。またその他に政治的野心に胸を焦し、折あらば自分がカリフ*の位を奪ってイスラム世界に号令しようと虎視眈々として好機を待っている者もあった。そしてその代表者はムアーウィアであった。かくて、第三代の後継者ウスマーンが反対党の凶刃に斃れるや否や、アリーとムアーウィアとはイスラム界を二分して血腥い闘争に入った。アリーは自分がムハンマドの女婿に当る故を以て当然の権利としてカリフの位に就いた。しかるに当時シリアの領主として大なる勢力を該地方に有っていたムアーウィアは自分が殺されたウスマーンと同族の者たることを口実に、カリフの位は当然我が物であると主張して互に譲らず、かの恐るべき回教最初の内乱が発生したのである。然るにたまたまアリーの旗下には極めて過激な思想を有し、且つ武力に於ては勇敢獰猛なること他に類のなき多数の人々があったが、アリーの優柔不断にして恃み難いのを痛感し、遂にその軍より脱出して別に一派を立て、アリーにもムアーウィアにも共に敵意を示すに至った。これをハーリジー派というのである。

＊ムハンマドの後継者をアラビア語ではハリーファ khalifah と称し、俗に「カリフ」として知られている。

ハーリジー派の人々の考えによれば、アリーもムアーウィアも唯々物質慾と、権力に対する浅ましい野望に動かされて争っているのであって、此等両人にとっては実際は宗教などはどうでもよいのである。このような者が如何にして神聖なるカリフの位に就く権利を主張し得ようか。真のカリフは本当にそれに値する人が、全回教徒の自由選択によって定めらるべきであるという。それまではカリフになるためにはクライシュ族の純アラビア人でなければならぬとされていたが、ハーリジー派によれば、エチオピアの黒人奴隷でも若し資格があれば立派にカリフに成ることが出来る。だからカリフたるべき者は、最も敬虔なる代表的回教徒でなければならぬ。何よりも彼は先ず最大量の信仰を有たねばならぬ。一度カリフに選ばれても若し一般の信徒が彼を不適当と認めた場合には自由に之を廃して他に替えることが出来る、というのである。

やがてハーリジー派はアリーを暗殺して了うので、彼等の劇烈な非難攻撃は自然ムアーウィアの方に向けられるようになった。ムアーウィアは西暦六六一年、ダマスコに都を定めて歴史上謂うところのウマイア朝を興した。

ハーリジー派に言わせるとウマイア家は全くの異端者である。彼等ウマイア家の人々は口先だけは回教を信奉するごとく言いふらして居るが、実際の行動は驚くべき無信仰者のそれである。すなわち彼等には信仰が無いのである。ハーリジー派は信仰の概念の中に行為を含ませる。これは回教思想の歴史上最初のことである。一般に行われている回教の教義によれば、「アッラーの他に神なく、ムハンマドはアッラーの使徒なることを証言す」という所謂信仰告白を以て何人も回教徒となることが出来るが、ハーリジー派の論者はこれでは足りぬという。如何に口では信仰告白を繰り返しても、その人が実際上信徒たるに適わしからぬ行動をなしているならば、信仰はないと見做さねばならぬ。彼等は極めて過激であったから、そのような見せかけだけの似非信者はよろしくすみやかに殺害すべきであるとした。こうして彼等は信仰の概念中に実践的要素を包含せしめたから、善い行為、悪い行為によって信仰は増したり減ったりするという理論が生ずるに至った。これはハーリジー派が政治的に敗退して純思弁的傾向を取り出してからは、信仰増減論として回教教義学の中に発展して行った。今日南アラビアのオマーン及び北アフリカ諸地に相当な勢力を有するイバード派というのは、此のハーリジー派の残存せるものである。

さてハーリジー派の猛烈な攻撃に対して、ウマイア家も強力な味方を有していた。ハーリジー派はウマイア家を異端呼ばわりし、口に信仰告白を唱えても、実際生活で罪を犯しているものは信徒ではない、ましてや、そのような者をイスラム国家の統治者として戴くとはもってのほかである、という。これに対して、ウマイア家の立場を弁護し、一体人間が他の人をとやかく判断しようとすることが第一いけないのだ。もしウマイア家の人々が本当に異端者で、悪者であるならば神が審判の日に正義を以て裁き給うであろう。その日が来るまでは、人間は一切勝手な判決を保留して、「アッラーのほかに神なし、ムハンマドは神の使徒なり」と口に唱し、メッカの神殿に向って定められた祈禱をなす者は悉くこれを正しい回教徒と認めて置くべきである、というのである。かかる立場を取る人々をムルジア派と言う。

ムルジア派はこういう訳で政治的地盤に発生したのであるが、これも次第に自分の主張の理論的根拠を求めるようになって思弁神学の流れに入って来るに至った。彼等がこの方向に於て第一にとり上げた問題は信仰論である。前述の如くハーリジー派は信仰の概念に行為をも含めて解釈したが、これに対してムルジア派は信仰を行為から切り離した。信仰と、善行とは別ものである。信仰はそれのみで完全に独立したものであって、行為によって影響されはしない。ハーリジー派の言うように、信徒が一寸よいことを行ったからと言って信仰が増し、一寸悪いことを為たからといってそれだけ信仰が減るのであるならば、信仰はおよそ哀れな不安定なものになって了うであろう。信仰は行為によって絶対に増減することはない。そうでなければ信徒がある場合にある行為を免除されるということもあり得ない訳である。例えば重病の者は祈禱を免除され、貧者は法定施物を免除される。しかし重病者でも貧者でも信仰より免除されたということは嘗て聞かぬ。であるから信徒は罪を犯すといえども依然として信徒である。信仰は救いである。信仰さえ有れば罪人でも地獄の劫火から救われる。これ等の人々を全て異端者の名の下に回教徒の宗団から駆逐しようとするのは却って大きな罪である、というのである。

このハーリジー派とムルジア派の意見の衝突は、次第に当初の政治的色彩を失って神学的議論と化して行く点に於て、回教思想史上第一の神学的運動とも見做されるのである。

ハーリジー派がウマイア家に反対したのと同時に、アリーを支持する一派も亦ウマイア家を不倶戴天の敵として之に対抗したことは言うまでもない。この派をシーア派と言い、回教史上最大最強の党派になった。彼等がウマイア家に対して主張するところは、前にも一言した通り、ムハンマドと最も深い血のつながりを有するアリーの子孫を措いて他人がイスラム全国の統治者になることは不当だというにあった。しかし彼等はハーリジー派の如き武力を有っていなかったため、ウマイア家の治下たびたび反乱を起しても悉く失敗に帰し、特に西暦六八〇年歴史に有名なケルベラーの合戦でアリーの子フサインが虐殺され、後にムフタールの乱も事なく平定されるに至って、直接的武力抗争を棄て、シーア派の分子は地に潜ってしまった。彼等が地下にひそんだために却ってその勢力は時の主権者にとって危険を増大した。而も彼等はウマイア家が壊滅してアッバース家の時代になっても、依然として恐るべき地下工作を止めなかった。危険を感じた主権者達は何んとかして之を根絶せんものと躍起になって彼等を逮捕し殺害した。迫害に迫害が継ぎ、彼等の流す血は初期回教の政治史の頁を真紅に染めたのである。かかる事情の下にあって彼等は巧みに秘密結社を形成し、自説の宣伝に余念なかったが、そのため、シーア派に於ては早くから極めて特色ある一種の倫理が発生した。それによれば、シーア派に属するものは、敵が優勢なる位置にある国や地方に於ては、自分の真の信仰を隠蔽し偽装せねばならぬというのである。それが重大なる宗教的義務だというのである。彼等の書き残した文献が今日読んでみても実に陰鬱で何処か内に含んだ深い瞋恚を感じさせるのはこのためである。

シーア派の主張の中心点は何かというと、それは正統派のカリフなるものを否認し、そのかわりに回教の合法的統治者として「イマーム」というものを立てるところにある。第一のイマームは勿論アリーである。イマームとはアリーの血筋を引く人で神意によって時の全回教徒の聖俗両方面に於ける絶対的主権者たる者である。一体回教の教義では、カリフは回教国の立法権司法権及び兵権を代表する俗人であってキリスト教の羅馬法王などとは大分意味が違うのである。然るにシーア派の言うイマームは第一に聖権の持ち主である。彼は神がその裡に置き給うた特別なる神的性質によって、一般の人間とは全く性質を異にする神聖な存在である。彼等の説によると、神がアダムを創造し給うたとき、一種の聖なる光体が生じ、これが特に神に選ばれた人に代々伝わって、遂に預言者ムハンマドの祖父まで来た。茲でその光は二つに分岐し、一はムハンマドの父を経てムハンマドに伝わり、他はアリーの父を通ってアリーに入り、アリーから代々のイマームに伝えられて来たのである。此の不可思議な光は世々モーゼ、イエス等の預言者を通ってアリーの血筋に流れ込んだのであって、この光によって結ばれる者は全て特別な超人間的な系図を形成しているのである。

アリー及び彼に続くイマームが普通の人間とは実体上違っているという信念は、シーア派の人々の間に時と共に烈しくなって、しまいには、アリーとイマーム達とは神の肉体化と考えられるに至った。もはや彼等は単に神聖なる属性を与えられているという程度ではなくて、端的に神の本質そのものが具体的姿を取って地上に下り来ったものと考えられるのである。シーア派の一分派に「アリー・イラーヒー」と称するものがあるが、これは読んで字の如く「アリーは神なり」というのである。かくて始祖ムハンマドは人間なるが故に、アリーよりも下位でなければならぬという、回教にとっては誠に思いもかけぬ奇妙な結果も生ずるに至った。

イマームをかくの如く尊敬するところからして、シーア派の教義にもまた他には見ることの出来ぬ特殊な信仰箇条が加えられることになった。すなわち、シーア派の教義に於ては「アッラーの他に神なく、ムハンマドは神の使徒なることを証言す」と唱えただけでは信仰は成り立たないのである。その上になお「我はアリー及び全てのイマームに至誠を誓う」と加えなければならないのである。

シーア派教義のもう一つの特徴は、これも当然のことであるが、イマームの無謬性を最も重要な教説の一に数えていることである。イマームは決して謬りに陥ることなく、また罪を犯すこともあり得ない。尤も正統派の方でも早くから始祖ムハンマドの無謬性は問題とされたが、それは少し意味が違う。何故ならば、信徒が如何にムハンマドを神聖化せんとしても、他方に於て彼自身が聖典中に於て自分が罪に陥り易き一個の人間であることを明かに認めているので、その彼が罪を犯さぬとすれば、それは彼自身の内在的徳によるのではなくて飽くまで上からの、すなわち神からの恩寵なのである。然るにイマームの無謬性は神の恩寵ではなく、その裡に内在する聖なる実体によってである。それであるから、シーア派に於ては真理の標準は常にイマームにある。全てイマームの一人に遡る言説は確実無類な知識である。そしてこういう無謬の神聖な真理の標準が出来れば、正統派の法学で真理の標準となったイジュマーの如きは何等意義を有たなくなることは勿論である。政治でも法律でも教義でも、ありとあらゆる問題はイマームの裁決をまって初めて正しく解決されるのである。かくて、イジュマーの上に立つ正統派と、イマームの権威の上に立つシーア派とは今日に至るまで対立しているのである。

以上叙述し来った思想潮流はいずれもその源を政治的事情に発するのであるが、これとは別に始めから純粋に宗教的思想的なもう一つの潮流が此等と並んで発展しつつあった。これが後に回教思想の最も重要な要素たる思弁神学（アラビア語で「カラーム」kalām）となるところのものである。

元来、回教の聖典コーランは、視覚的聴覚的な特性を有し、著しく感覚的で非論理的な経典であって、断片的に諸処を声高く朗誦する時は、聴く者に素晴らしい影響を与えるが、全体を一の論理的に統一された体系として捉握せんとすると、忽ち越し難き障害に逢着せざるを得ない。この事はコーランの性質そのものからして極く当然のことで、何等怪しむには足りないのである。コーランは始めから論理を無視している。コーランに論理を求めてはならない。ところが実際の事情はこれと正反対のことを人々に要求した。すなわち人々はコーランを研究することを余儀なくされた。何故かというとムハンマドが死んで、天啓が断絶してしまったからである。ムハンマドの受ける天啓の内容に前後矛盾撞着するところがあることは、彼の生存中から敵も味方も気が付いていたが、彼が生きている間は、少くとも信徒にとって大した困難はなかった。何でも疑問があれば直接に預言者を訪れて、その意見を伺うことが出来たからである。然るに彼が六三二年に亡くなると、もうそうは行かなくなった。生きた絶対的権威というものが無いからである。頼るべきものはコーラン唯一つである。まだハディースも発達せず、ましてやイジュマー等は無い頃のことである。故に人々はどうしてもコーランを完全に研究して其処に示顕している神意を知らねばならぬ。しかるにコーランは多くの箇所に於て極めて不明瞭であり、明瞭なところには無数の矛盾がある。そこで人々の間に限りない論争が発生した。かくて初期回教徒の敬虔なる努力、神の言葉（コーラン）をよりよく知らんとする善意に満ちた努力は、不幸にして反対な結果を生むに至った。即ち信徒達は無数の派に分裂し、最重要なるべき自己の信仰も忘れて、所謂スコラ的な論争に耽り出したのである。この論争は大体に於て次の三つを主要問題として、それをめぐって行われていた。

第一は人間の自由意志の否定と悪に対する責任の問題である。コーランの主要なる章句に於て人間は全く自由意志を否定されている。一体アラビア人に限らず、セム人種というものは神を絶対的専制君主として表象する精神的伝統を有っている。従ってあらゆるものは此の専制君主の意志によって生ずるのである。此の世に起るあらゆることは、喜びも悲しみも、幸福も不幸も、人間の善行も悪行も、いや人が手を上げ足を動かし、無意識にまばたきすることも悉く神が之を希望し意志するが故に生じたのであって、其処に人間の自由意思が働くべき余地は全然無いのである。ところがその同じコーランは他の場所に於て人は自己の行う悪の責任を負うものとされている。神は人間に真理を示し給うのであるが、或一人はこれに従い、また或人はこれを棄てて顧みず、自ら好んで迷いの途に入る。かくの如き人が来世に地獄に落されても、それは彼が自分で選んで行った事の当然の報いであるというのである。

第二の問題は神の属性に関してである。コーランでは神に九十九の属性を認めている。と同時に一方では、神の絶対的唯一性が強調されている。唯一なる神が知者であり、力ある者であり、生ける者であり、意志ある者であり……ということは如何にして可能であるか。如何にして一が多であり、多が一であり得るのか。

第三の問題は世界の無始論である。コーランの明文によれば、「天とその下なるもの」すなわち世界は神が自由意志によって無から創造せるものである。しかるに神はあらゆる点に於て永遠的*であるから、その意志も亦永遠的でなければならぬ。そうすれば神の永遠的なる意志によって意志されたもの、すなわち世界は永遠的である筈である。ところが此の結論はコーランの説く宇宙の時間的創造説と矛盾するばかりでなく、神の他にもう一つ宇宙という永遠的なるものを認めることになる故、神の唯一性が冒される。

*「永遠的」とは回教神学の術語で、却初より存在するということを意味する。

此等三つの問題の中で、最も早くから、そして最も劇しく論争されたのは第一の問題である。回教思弁神学は此処から出発したと考えることも出来る。

此の問題に対して、神の予定の絶対性を主張し、人間に全然自由意志を認めない人々が先ず最初に一団となって一種の神学的学派の如きものを形成した。これを世にジャブル派と呼んでいる。そして此の派の思想が極めてセム的な思想であり、原始回教の非論理的非理性的な考え方に近いことは前述せるところからも明かであろう。

併し乍ら人は一たん物を考え始めると、どうしても理性的にならざるを得ない。古アラビア人のような単なる印象や感覚で物を見て行くやり方では満足出来なくなる。そして理性的に思惟を働かせて来ると、忽ち此のジャブル派の主張に根本的な矛盾が含まれていることに気が付くのである。実はこの矛盾はコーランそれ自身の矛盾なのであるが、人々は先ずジャブル派に対する非難攻撃という形でこの不満を表現した。

コーランには「予め神の書き定め給いたることならでは我等に起ることなし」と明記してあるが、ジャブル派の主張はかかるコーランの章句を根拠となしつつ、人間は一挙手一投足の末に至るまで自己の自由意志を以て行うにあらずして、全ては神の意志によって予め定められたる如く行われるのであると言うのである。しかしながら、若しジャブル派の主張するところが正しいとするならば、人間の為す善行悪行も当然また神の意志に依るものでなければならぬ。其処に人間の責任というものは全然無い訳である。神が自ら予定して人間に善なり悪なりを行わせて置きながら、後になって善には賞を、悪には罰を与えるとは不当ではないか。このような稍々論理的な思惟によって、ジャブル派に対立し、神の予定論を否定し、人間の自由意志を認める一団の人々をカダル派と言う。

丁度その頃はウマイア家の治政末期に当り、政治は堕落して社会には無数の矛盾が繁衍し、世は尽きることもない動乱、陰謀、醜悪なる貪婪、佞邪の巷と化しつつあった。如何に神は全能なりとはいえ、かくも恐ろしき悪業の数々を神が行わしめ給うであろうか。此の悪は断じて神の仕業ではあり得ない。社会に瀰漫しつつある悪は人間が勝手に自分で創り出すのである。人は悪も創るし善も創る。人は自分の行為の創造者である。この考えを神学上「行為の創造」と称し、カダル派の根本的特徴に数えられている。

カダル派の勢力は次第次第に増長して、ウマイア家が敗れアッバース家の治政時代になると当るべからざる大河の如き合理主義の潮流となって回教思想界を席巻し、カダル派は発展延長して茲に歴史上有名なムウタズィラ派が出現するのである。特にアッバース家全盛時代のカリフたるマアムーンは自らムウタズィラ派に入り、法令を発して同派の教義を公認として全回教徒に強い、これに従わざる法学者、神学者には戦慄すべき迫害を加えた。かくて政治が宗教に干渉するという回教史上未曾有の大事件が起ったのである。

ムウタズィラ派の人々は自己を「正義と唯一性の派」と呼んでいる。正義も唯一性も共に神のそれであることは言うまでもない。彼等の主張によれば、神の正義と神の唯一性とはただムウタズィラ派の説を採ることによってのみ保たれるのである。既にカダル派の人々も主張した通り人間の行為は人間が之を創造するのであって、人間は第二の創造主である。神は善であるから善しか為さぬ。神が悪を為すとするなら神は悪になってしまう。神は善悪を理性によって識別し、善と認めたことのみを為す。だから善や悪それ自身は神も如何とも為し得ない。従来の回教徒の考えでは神が善いと言ったものは善であり、神が悪いと言ったものは悪なのであるが、ムウタズィラによれば善悪とは理性的に善いとか悪いとかいうことであって、神も理性には従わなければならないのである。かくして人間は自分の行為に対し責任を負わねばならぬ。彼が自ら好んで悪を為すならば神罰の下されるのは当然の報いである。神は人間に対し決して不当なることは為さぬ。すなわち、かく考えることによって始めて神は完全に正義の神となる。彼等は神の正義の弁護者である。

次に彼等は神の属性論を取り上げた。彼等によると、神は永遠性以外の永遠的なる属性を有っていない。つまり神は無始永劫の過去より存在して居るもので、これのみが唯一の本源的属性であるという。コーランには神の属性として九十九の性質が挙げられているが、それ等は全て神の裡に無始の過去より内在せる性質ではない。若し其等の属性が神の永遠性に参与しているものとすれば、神の唯一性はそれ等によって脅かされるであろう。従って、属性の一たる言葉も永遠性を否定されることになる。ところが回教では、神の言葉とは具体的にはコーランのことである。そこで彼等はコーランも亦他の全ての被造物と等しく神に創造されたものであると唱えるに至った。それまで全ての回教徒は、コーランは神の言葉として永劫の過去より神と共にあったと信じていたので、この大胆な「コーラン創造説」は嘗て見ざる大騒動を惹起した。その是非はともかく、ムウタズィラは、こうしなくては神の唯一性が犯されると固く信じて疑わなかったのである。この信念の下に彼等は自己を神の唯一性の弁護者と呼んだ。

併し乍ら、かくの如き極端な合理主義が、神学的訓練なき一般の善男善女を満足させる筈がない。前述の如くマアムーンは法令を以て此の教義を民衆に強いようとしたが、これは却って一般の反感を煽るばかりであった。この民衆の意志を代表し、ありとあらゆる迫害と困苦とにも屈せず、敢然と立って合理主義に反抗したものが、回教法学のところで述べた彼のハンバル派の始祖アフマド・

イブン・ハンバルである。コーランとスンナに還れ、正しき父祖の大道に還れという烈々たる彼の叫びは、遂に神学界にも大なる反響を喚び起し、ムウタズィラ派はその内部から崩壊し始めた。茲に極端なる合理主義を排除し、イブン・ハンバルの精神に基いてイスラムを再びコーランとスンナに還し、而もムウタズィラ派によって著しい進歩を見た思弁的方法の長所はこれを棄てることなく、面目一新せる回教教義を創始せる人が、有名なアシュアリーである。彼は四十歳までムウタズィラ派の大立物として輝しい活躍を示していたが、ふと感ずるところあって、彼の所謂「迷い」から醒め、イブン・ハンバルの警告に応じて立ったのであった。今日、回教正統派教義と言われるものは、此の時アシュアリーの創始せるものの発展に外ならない。

茲に説明せる教義学、思弁神学と並んで同時に所謂回教哲学なるものが発達しつつあった。この哲学はプラトン―アリストテレスの思想を受け継ぎ、純然たるギリシヤ哲学の影響の下に一種独特な学説となったもので、その二人の代表者イブン・スィーナーとイブン・ルシュドとは夫々Avicenna（アヴィセンナ）Averroes（アヴェロエス）というラテン化された名前の下に西洋中世哲学史に於ても有名で、聖トマス等に影響するところ極めて大であった。

ギリシヤ哲学が回教世界に流入して来たのは、神学上の合理主義を代表するムウタズィラ派を支持したアッバース朝のカリフ・マアムーンの治政時代（西暦八一三―八三三年）で、此の知性的にして、何よりも学問を好むカリフは自らの趣向にまかせ、ギリシヤ哲学のアラビア語訳及びその研究を奨励し、西暦八三二年には主都バグダードに「智の家」と称する壮大なる学校を建て、宮廷附きのネストリア教のシリア人に命じてユークレイデス、ガレノス、ヒッポクラテス、アルキメデス等の自然科学的な著作を始めプラトン、アリストテレスの主要なる著書殆んど全部を翻訳させた。そして西暦九世紀の後半には早くも優れた哲学者の出現を見た。その第一がバスラの人キンディーである。彼は極めて博学で、その著書も音楽、天文学、占星学、幾何学、医学、心理学、政治学、雄弁術、気象学、光学などに亘っているが、哲学史的に重要なことは、知性を四分して、アリストテレスの能動的知性なるものの働きを重要視したことと、一種の流出論的宇宙形成論を主張し、第一原因たる神から因果関係の連鎖によって次第に最下位の物質的世界まで降りて来る説明をなしたことの二つである。しかし、プラトン、アリストテレスの伝統をひく思想界にどうした訳で流出論が始めから有力な位置に置かれたかというと、それはプロティノスの書物が「アリストテレスの神学」なる名の下に流布して、アリストテレスの真作と信じられたからである。此の「アリストテレスの神学」というのは六世紀に書かれた偽書で、その序文に於てはアリストテレス自らが、本書は自分の全思想活動の最後の華であって、絶対的究竟者たる神の宇宙支配を説明することを目的とすると言っているが、本当の内容はプロティノスの「エンネアデス」第四巻及び第六巻の諸処を綴り合せたものに過ぎない。本書は西暦九世紀の中葉にアラビア語の完訳が為され、キンディーを始め同時代の哲学者達は悉くこれをアリストテレスの著書と信じて疑わなかった。かくて此の偽書に導かれてキンディーが唱え出した流出論はアヴィセンナに至るまで長く回教哲学の伝統となった。

次に出た有名な哲学者はファーラービーである。彼はアリストテレスのオルガノンを熱心に研究し、何よりも先ず真理を愛した。人は真理によって魂を純粋に保つことが出来る。そして哲学は真理を求める学問であって、哲学的思惟の結果が聖典コーランの教えと衝突しても真理を棄てるべきではないと大胆に主唱した。彼に至ってようやく回教哲学は回教的であることより先に哲学的となった。併し彼もまた「アリストテレスの神学」をアリストテレスの真作と信じていたから、かかるネオ・プラトン主義的な立場に立ってアリストテレスとプラトンの説は根本に於て完全に一致することを論証せんと努めると共に、先にキンディーによって取上げられた知性論と宇宙の流出論的説明を発展せしめ、次に来るアヴィセンナへの途をつくった。彼の流出論の特徴とすべきは、その流出論的体系の頂点に位する神、すなわち第一原因は必然的存在者であることを特に強調せるところである。この必然的存在者に於ては存在性は、他の存在者に於ける如く本質に対して外から加えられるものではなく、本質と存在性とは同じものであって、かかる必然性からして回教教義の説く神の唯一性が証明されると彼は考えた。神は自分自身を永遠的に知る。この知るという事に於て神は永遠的に一つの永遠的なる存在者を生む。此の最初に生み出されたものが第一知性である。然るに第一知性はその本質によって自らを可能的なりと知り、同時に神によって自らを必然的なりと知る。この始めの働きにより第一天圏の質料を生み、後の働きによって第二知性を生み、更に自らの本質を知る点に於て第一天圏の形相を生む。かくて同様に、第二知性から第二天圏と第三知性が生じ、最後の知性が生物の活源たる魂を生むのである。

かくの如く始められた哲学的思惟は西暦九八〇年ブハラに生れた世界的に有名な哲学者イブン・スィーナー（アヴィセンナ）によって壮麗な一の哲学体系にまで組織された。彼の体系によると、学を思弁的な学と実践的な学とに二分し、思弁学の方には自然学、数学、形而上学、論理学の四つを含め、実践学の方には個人倫理、家庭倫理、公民倫理、政治学の四つを入れている。併しながら彼が最大の関心を持っていたのは形而上学の根本問題である存在性及び存在者の概念と、実有、偶有、現勢、潜勢の如き存在に附随するあらゆる概念の規定、及び特に必然的存在者たる神から物質的世界に至る階段的体系とであった。

此の第二の問題は言うまでもなくキンディーからファーラービーを通って発展して来たもので、アヴィセンナに至って一応決定的形を採るに至った。

必然的存在者にして、主体も対象も主体が対象を捉える働きも同一である如き知性——すなわち神を頂点とし、そこから下降的に順々に上のものが下のものを生んで行く此の宇宙形成の階段に於ては、下のものは直前のものの必然的結果であるから、その階段そのもののもまた必然的である。併し、必然的存在者の此の連鎖は、その第一番目の鎖、即ち神を除いては悉くそれ自身では可能態に於てあるものであって、此等が現実態に於ける存在者になるためには他の存在者の力を恃まねばならぬ。なぜならば全て可能態にあるものは、既に現実態にあるところの存在者の力によってのみ始めて現実態に入り得るのであるから。従って全てのものの最頂には純粋現実が存在しなければならない。すなわち神は純粋現実である。

なお最下の天圏は月圏であるが、その下にあるところの物は全て質料と形相とより成るという一の特殊性を有っている。併しそれではその質料と形相とは何処から生じたのであろうか。両者は完全に結びついていて、同一原因から生じたものと考えざるを得ない。けれどもよく考察して見ると、質料は一であり形相のみが多数に在るのである。だからこれは月下の物が流出して来た源たる諸天圏に元来一なるものと多なるものが有ったものに違いない。果して諸天は周廻運動を為す点に於て一である。この運動が最下層の知性の助けを借りて一なる質料を形成するのである。そして色々の天体が同じ知性の力によって雑多なる形相を生むのである。

かくしてアヴィセンナの宇宙階段は、神——永遠的なる天——質料と形相とを有し、従って生成消滅するところの月下の領域——となり、此の必然的連鎖につながる宇宙は永遠的、即ち無始なる過去より存在すると考えられる。かくてアヴィセンナの哲学は宇宙の神による時間的創造を説くコーランと正面から衝突するに至った。

以上キンディーからイブン・スィーナーに至る哲学の系統はバグダードを中心に発達した東方回教世界の代表的思想であるが、これと並んで西方、即ちスペインに於ても一系の哲学が発達しつつあった。そして此の西方回教哲学は西暦一一二六年コルドバに生れた天才的思想家イブン・ルシュドに於て完成の域に達した。イブン・ルシュドのことを西洋哲学ではアヴェロエスといい、中世哲学の純合理主義的思想潮流の一つの源とまでなったことは既に哲学史的常識である。

アヴェロエスの学的業績は大体に於て二つの領域に分けて考えることが出来る。すなわち一はアリストテレス註釈者としてのそれであり、他は哲学者としての彼自身の思想体系である。

ダンテはその「神曲」でアヴェロエスを「大註釈者」と呼んでいるが、それ位、彼のアリストテレス註釈は世界的に有名であり、また極めて学問的にして組織的であった。彼は他の如何なる哲学者よりもアリストテレスを偉大なりと考え、その著作を徹底的に研究した。彼は従来のアリストテレス解釈が非常に不純にして粗雑であることを確信し、アリストテレスの思想をその純粋なる姿に於て捉えようとした。此の態度は回教世界に於けるアリストテレスの理解を一新させるところの正に劃期的なものであった。彼以前の哲学者達は、先にも述べた如く、アリストテレスを多かれ少かれプラトン的、乃至はネオ・プラトン主義的に潤色して解釈していた。東方哲学界の代表者たるアヴィセンナの思想の如きは明かにアリストテレスをネオ・プラトン主義の框に嵌めて組織化し直したものである。アヴェロエスはアヴィセンナの此の態度及びそれから生ずる結論を峻烈に批判している。特にアヴィセンナの流出論的宇宙論には大なる矛盾があるという。アヴィセンナの説によると、唯一なる最上位の第一原因、必然的存在者から多の世界が階段的に流出して来る訳であるが、唯一者から多が流出する一番始めに生ずるところの第一知性は、それ自身を可能的なるものとして対象とすると同時に自らの必然的存在の原因たる神をも対象とするというところから見て複合的性格を有する。アヴェロエスは、かかる説は知性の働きに於ては知るものと知られるものは一なることを忘れているために生じた誤謬であると言っている。のみならずアヴィセンナの階段的系列を成立せしめている重大な要素たる、各知性はそれ自身では可能的であるが、その原因によって必然的であるという説も誤りである。アヴィセンナの言う可能性は実は可能性ではない。彼は可能的と必然的とは丁度白とか黒とかいうような偶有的属性の如く考えているが、本当は必然性は主体に対し外から加えられた一属性ではないのであって、必然的存在者の本質そのものの中に含まれている属性なのである。故に知性を生み出す原因が必然的に働く以上、其処に可能性というものはあり得ない。こうしてアヴェロエスは遂に流出論的世界像を完全に否定する。彼の思想は動的でなくて静的である。彼は生成し運動するこの絶え間なき世界の中に一つの大きな秩序を見る。宇宙のあらゆる動きは悉くある一つの非物質的原理乃至は存在者によって統一され秩序づけられている。この存在者が至高唯一なる神である。アヴィセンナが宇宙を一から多へ諸実在が順を追って必然的に流出して行くという謂わばプラトン的な見方をしているのに反して、アヴェロエスは宇宙の雑多と活動とを一つの原理によって統合されている一秩序と見ているのである。

また月下界に於ける諸存在者の質料と形相の関係、特に形相は何処から来るかという問題に就いてもアヴィセンナと対立せる意見を有っていた。アヴェロエスはこれに就いて次のように説いている。或る人々の意見では、形相は始めから物の中に潜んでいるのであって、外から働きかける者が物から其等を引き離すだけであると。また他の学者によると創造主が質料も何も要さず、つまり無から全てを創り出すのである。しかし此等の説に対しては、無からは何物も生じない。生成があるためには必ず其処に主体があってそれに形相が加えられるのでなければならないという反駁が可能である。そして一部の学者（例えばアヴィセンナ）は、その際、形相を創って之を質料の中に置くものは質料から全く独立した能動者（アヴィセンナによれば能動的知性）であるとも言い、また一部の学者は、その能動者は唯一ではなく、質料から分離独立もして居ないと言う。併し正しい説は、此の能動者は質料の中に何か質料から別にあった物を入れるのではなく、質料そのものを可能態から現実態へ移行させるのであるとする考えである。例えば霊魂を生むとは、霊魂を質料の中に置くことではなくて、可能態に於ける生命を現実態に於ける生命に移行させるに過ぎない。だから茲に生れるものは形相ではなくて、始めから形相と質料との結合したものである。こう考えなければ結局無から形相が創造されるという不合理を犯さねばならぬ。そしてかかる不合理を平然として犯している者は回教神学者達である。だから彼等は火が焔えるのも水が物を濡らすのも、いや人間が一つの石塊を動かすのでさえ一々神がこれを創造するのである等と言わなければならないのである、と。こうして回教哲学は茲でもまた回教の教義と正面から衝突するに至った。彼は他方に於て、所謂「哲学と宗教の一致」という有名な理論を呈出し、哲学の結論が宗教の教えるところと矛盾する如く見えることがあっても、それは単に表面的であって深く考えれば両者は完全に一致すると唱え、以て自説を弁護せんと図ったが、彼の真意は誰の眼にも明かであったから、時の神学者達の激烈な反対に遇い、遂に異端と宣告されモロッコに追放され、其地で西暦一一九八年波瀾に富んだ生涯の幕を閉じた。

アヴェロエスの如き純粋に知性的な性格を有する哲学者は別であるが、東方のキンディーからアヴィセンナに至る系列や、西方のアヴェロエス以前の哲学者達はいずれもその根本的態度に於て深く神秘主義的なものを有っていた。プロティノスの神秘主義を彼等があのように熱狂的に迎えたのも、かかる素地が彼等の側に出来ていたからである。我々は茲で回教思想の一大潮流を成す神秘主義的思想の発展を瞥見しなければならぬ。

回教に於ける神秘主義の起源は極めて古いが、それが大きな傾向となって社会の表面に出て来るのは回教発生後約二百年頃で、特にアッバース家に大なる期待を抱いていた敬虔な人々は、寧ろウマイア家時代よりもますます甚だしく瀰漫して来る罪業の数々、果てしも知れぬ社会の動乱に失望し、やがて来るべき神罰の恐ろしさに駆られ、何千という男女が続々と世を棄てて隠遁生活に入った。既にコーランそのものの中にも、メッカ時代に下された章句は、かかる神罰の近く来らんことを強調し、現世を根本的に悪と見ていることは先に述べた。この点に於て此等の遁世者達は初期コーランの精神を具体化したものと考えることが出来る。であるから彼等は思索的ではなくして、苦行的な修道者であった。茲では未だ神秘主義的思想を云々することは出来ない。そして、イスラムが発生する以前からアラビア半島にはキリスト教の隠者達がたくさん隠栖生活をして居たから、今度新しく世を棄てた人々は彼等の生活を手本とし、多くの点に於て著しい影響を受けた。

さて此等回教の隠遁者の行を特色づけるものは「ズィクル」（dhikr）であり、いささか彼等の理論的活動の端緒とも見らるべきものは「タワックル」（tawakkul）である。

ズィクルとは唱名を意味する。すなわちコーラン第三三章の神命に基き、「アッラー！」「アッラー！」というように絶えず、休みなく神を呼び、以て一種の瞑想三昧に入ることである。回教正統派の宗教法に於ては一日五回の定時礼拝が聖なる義務として定められているが、彼等はかかる儀式的形式的な礼拝に価値を認めず、真の信仰ある人は一刻も休まず神の御名を唱えて神に触れなければならぬとした。夜更けて沙漠を行く旅人は、よくブンブン唸る蜂の音の如きものに驚かされたことが其頃の詩に書かれているが、この異様な音こそ、庵中に静止して、夜通し一睡もせず唱名を続ける隠者達の声なのであった。

もう一つのタワックルとは信頼とか依存とかの意味で、すなわちありとあらゆる人間側からの働きを棄て、ひたすら神のみに依存しなければならぬというのである。かくて彼等は商売、職業などに従事せざることは勿論、日々の糧を乞い求めることもせず、病にかかっても絶対に薬を飲まなかった。例えば、初期神秘道の重要な一人物たるイブラーヒーム・イブン・アドハム（没年西暦七八〇年頃と推定）はもとアフガニスタンのバルフの王族に生れた貴公子であったが、当時の法学者教義学者の説く儀式的外面的な宗教の形式に堪え難い不満を感じ、現世的欲望の絆を絶断して内面的に神に近付かんがため、若くして王家を棄てて、牧者の衣ただ一枚を身に纏って沙漠に入った人であるが、彼に就いて、これと親しく生活を共にせる弟子イブラーヒーム・イブン・バッシャールは次の様に語っている。

或る晩のこと、私は先生と一緒に居りました。ところが、もう夜も更けましたのに私共のところには明朝の朝食にするパン屑一つ無く、何か食物を手に入れる手だてもありませんでした。先生は私がどうしたらよかろうかと心配で心配で如何にも悲しそうな顔をして居るのを御覧になりますと、私にこんな風にお諭しになりました「イブラーヒームよ、いと高きにましますは貧しい哀れな人々に、此の世に於てもあの世に於ても何という有難い幸福と安らぎとを恵み給うたことであろうか。審判の日、神は貧しき者共に対しては、喜捨を行ったかとも、聖地巡礼はどうしたかとも、また親戚のつきあいや、同胞に向って義務を欠かなかったかとも何も尋問なさらずに宥して下さるのである。併しながら、此等の哀れむべき奴等——現世に於ては金持ちであるが来世に於ては貧しく、現世では権勢を誇って居るが審判の日には浅ましい姿となる此等の人々のみは神の烈しき責問に遇うであろう。さあ、お前もそう思いわずらうな。そう悲観するな。神様はきっとお前にその日その日の糧をお恵み下さるから。思えば本当に、我々こそ富裕なる王者ではないか。現世に於て早くも心の平安を頂いた我々は、ただ至尊至大なる神を崇め奉って居りさえすれば如何なる状態に於て朝が来り夕が来ろうとも、平然としてそれを迎えることが出来なくてはならぬ。」と、こうおっしゃって先生は礼拝に立って行かれました。それで私も礼拝に立ちました。すると程なく、実に思いもかけない時に一人の男が訪ねて参りまして、パン塊八つに沢山の棗椰子の実を私共の前に並べ、どうぞ召上って下さいませ。神の御恵み皆様の上にあれ！　と申しました。先生は鄭重に礼をのべられた後、私に向って「さあさあ悲観やさん、食べなさい」とおっしゃいました。丁度その時、物乞いの人が一人入って参りました。先生はこれにパン三塊と椰子の実を添えてお与えになり、私には三塊のパンを下さり、御自分はパン二塊お上りになりました。そして「皆んなに自分のものを分けてやることは、回教徒として必ず守るべきものだ」と教えて下さいました。

（アブー・ヌアイム・アル・イスバハーニー著［西暦十一世紀］「イスラム聖人伝」より）

しかるに此の頃、前述せる如く回教世界には、ギリシヤ思想が大なる潮流となって滔々と流れ込んで来た。そして此等の隠栖者達までその影響を受けるに至るのである。すなわち彼等は単に修道者としての行の途から転じて、思索的傾向をとり、ここに始めて本当の意味に於ける回教神秘主義的思想が発生する。この神秘主義を西洋では普通スーフィズムと言い、原語ではタサウウフと呼ぶ。

従来の隠遁者達にとっては、その行うところの難行苦行は来世に於ける救済を目的とせるものであった。しかるに今やその目的は一転し、苦行は行者が自らの魂を清浄ならしめ、その曇りを去って明鏡が物を映すごとく神を魂に映し、神を識り、神を愛し、最後に神と合一せんがための手段であると見做されるようになった。爾後、スーフィズムに於ては、此の愛というものが全ての統一的原理として極めて重要な概念となるのであるが、神の恩寵として人間に与えられる愛（神を愛すること）の存在を始めて説いたのは回教発生後約二百年、バグダードに出た有名なスーフィー Maʿrūf al-Karkhī マールーフ・アル・カルヒーである。彼は彼等の所謂「神の愛に酔えるもの」であった。併し乍ら思想的に更に重要なのは、彼の高弟 Sarī al-Saqatī サリー・アル・サカティーである。彼は回教神学で盛んに使っていた「タウヒード」という言葉を採り上げて之に極めて特色ある意義を与えた。一体「タウヒード」とは教義の方では最も重要な概念で神の唯一性、すなわち正統派教義の第一条にもある如くアッラーのほかに神なきことを云うのであるが、彼はこの語を「神の一なること」の意味から「神と一になること」の意に転換させた。すなわちスーフィーとしての修業を積むことによって完全に純粋な状態に達した人の魂が遂に神と合して一に成ることである。神を至高至尊なる専制的君主の如く、著しく人間的に表象するアラビア人の創めた回教が、神を愛するとか、神と合一するとかいう考えを容れるようになったとは、何と大きな変化展開であろう。彼以後、タウヒードは回教神秘主義の重要な術語となった。

スーフィズム発展の歴史に於て大きな働きを為した人は、西暦九世紀前半のエジプトに出たズー・アル・ヌーン Dhu al-Nūn である。彼は神の愛に加えて、更に神を識るという概念を深く考えた。彼は言っている。

神を本当に識ることとは単に、あらゆる回教徒が有っているところの神の唯一性を知るというような簡単なことではない。しかし、さればといって、それはまた、哲学者や神学者達が専門とする如き論理や証明から引き出して来た知識でもない。それは聖者達が自分の心を以て神を凝視し、此の世に於ては誰も他の人には示されないものを神によって顕示されることにより始めて獲得することの出来る神的一の諸属性の知識であり、聖者の心を突然皎々と照す純粋無雑な神的光明である。

と。かくの如くして神を真に識る人は

もはや彼等自身によって存続するのでなく、彼等が彼等であるということは、すなわち彼等が神に依って存続しているということである。彼等が動くときは、それはそのまま神の意志なのであり、彼等が話す言葉は神の言葉そのものが彼等の舌を通して語られるもの、彼等が物を視る時は、それは直ちに神の視力が彼等の眼を通して視ていることなのである。

と。かかる識は普通の知識、或は分別知とは根本的にその性格を異にするものであって、彼はこの絶対知を maʻrifah「マーリファ」と呼んで、通常の認識や知識を意味する ʻilm「イルム」と区別した。神秘者が忘我入神の絶対的境地に於て、寧ろ知を断絶することによって直接体験するものを、「マーリファ」という言葉を以て表現したことは、ズー・アル・ヌーンの大なる功績であって、スーフィズムに欠くことの出来ない大切な術語となった。

原始回教、特にコーランに描かれている神は全智全能にして宇宙を超絶せる絶対者である。神は宇宙万物の創造主であるけれども、この創造主と被創物との間には何等内的聯関がない、すなわち神は人間から無限に遠い彼方に在る。一言にしていえば神は超越的である。然るにその同じコーランの他の章句によると神は愛深き者（ワドゥード）と呼ばれている。第四〇章六二節では神自ら信徒に向って「我れを喚べ、さらば我れ汝等に応えん」と明言して居る。また、神は我々に対し、我々自身の頸の血管よりも近いとも言われている。すなわち此等の章句に於ける神は著しく遍在的内在的である。汝等いずこを向くも其処に神の顔ありとも言われている。神の超越性と内在性。回教神学や哲学や法学はいずれも此の神の超越性のみを強調して、神の温かい慈愛を完全に忘れてしまった。彼等の説く神は信徒から余りにも遠く離れ去って、喚べど叫べど答えぬ神であった。或は抽象作用の極限に見出される必然的存在者というような冷たい一個の概念であった。神学や哲学に於てイスラムが生んだ優れた思想家達が論争に論争を重ねて行く間に、論理学は発達したであろう、弁証法の技術は進んだであろう、神学や哲学の雄大な体系が堂々と樹立されたであろう、併し乍ら、昔日のかの偉大なる人格神、あの懐かしい神は何処へ行って了ったのであろうか。人々は不安になって来た。もう一度愛の神の懐に還りたくなって来た。換言すれば、神の超越的側面でなく、内在的側面が恋しくなったのである。

この役目を買って出たのがスーフィズムである。彼等の思想が神と人との愛の結合を中心としていることを私は前に述べた。これは要するに神の内在的側面を強調することである。併し乍ら、いやしくも回教徒である以上、彼等は神の超越性をも無視する訳には行かぬ。けれども超越性と内在性との結合は一の明かなパラドクスである。そしてスーフィー達は彼等のみが、この結合の可能性を知っているのであるという。スーフィーの神秘的体験に於てのみ、絶対的に超越的なる神はそのまま内在的となるのである。元来、神と人との間には越え難き無限の空隙があるが、その空隙は此の体験に於て無となる。しかし無限の空隙を消滅せしめることは相対者たる人間の為し得るところではない。人はただ絶対者の側からの働きかけを待つのみである。スーフィーが日夜を分たず勤め励む難行苦行の全ては、此の神の光を心に迎えるための準備に他ならない。そして念願果されて目も眩むばかりの光明が突如として心の壁を破って流れ込む時、彼の自己意識は跡かたもなく消えて、無限に遠い神は無限に近くなるのである。この時、見る者と見られるものとの区別は消滅し、在るものはただ神のみとなる。此の神秘的直観に於ける自意識の消滅を「ファナー」fanāʾ（消滅の境）と名付けて理論化した人は、ペルシャの生んだ最大の神秘者の一人バスタームのバーヤズィード Bāyazīd であった。此の消極的見解に対し、後にこれまた有名な神秘者たるアブー・サイード・アル・ハッラーズ Abū Saʿīd al-Kharrāz は自意識の消滅はスーフィーの究極の目的ではない、人は一たん自己に死したる後、神に生きなければならぬと説き、ファナーに対して「バカー」（baqāʾ）存続という原理を立てた。

我はわが愛する彼（神）にして、わが愛する彼は我、
我等は一つの身体に宿る二つの霊。
汝もし我を見ば、彼を見る
汝もし彼を見ば、我等二人を見る。

と歌い、入神の恍惚境に於て「我こそ実在（＝神）なれ」と絶叫した世界的に有名な神秘者ハッラージュが遂にバグダードに於て異端者として磔刑に処せられたのは回教暦三〇九年、即ち西暦九二二年の事であるが、それ以後スーフィズムは次第に汎神論的色彩が濃厚になり、西暦一一六五年にスペインに生れたアリストテレス的神秘主義哲学者イブン・アラビーに至ってその絶頂に達した。かくて回教神秘主義は完全に非回教的となって了った。

スーフィズムは個人的内面的体験の深さに於て極めて高き価値を有つが、それは要するに個人個人の体験であって、一種の独善主義である。スーフィー達にとっては自分の魂が重大な問題なのであって、他人の救済というものは彼等の関するところではない。併し乍ら他方に於て、全信徒の救済を目的とする筈の正統派の回教は、思弁神学者達の煩瑣にして無益な概念によって荒され、加之イスラムに於けるパリサイ主義の代表者たる回教法学者は人間生活を公私共に悉くドグマ化することによって社会制度としての宗教の権勢を強化せんと図ったため、信徒の一人一人の心には本当の意味で信仰といわるべきものは全く影をひそめて了っていた。一定の信仰箇条を外面的に守ることが信仰の全てなのであった。時代は正に「重病にかかって」いた。この重き病を癒す途は、スーフィー達の独善主義に陥ることなく、汎神論的傾向を追うことなく、ただその深刻なる絶対的体験、彼等の所謂「神的光明」のみを活用して、形式化し固定化し枯凅した信仰を再び信徒一人一人の胸の裡に生きかえらせ、宗教の内面性を甦らせるほかはない。そしてこの療法によって時代の病を癒した名医こそ、西暦一〇五八年に生れたイスラム第一の思想家ガザーリーなのである。彼の思想は、法学者達の熾烈な反対にも拘らず、最後の勝利を占めて遂に回教正統派の根本的思想として公認されるに至った。彼が回教の範囲内に留まりつつ、万人を救済するために書いた名著「宗教諸学のよみがえり」は此の劃期的事業を後世に証明した、回教思想史上の大紀念塔である。

マホメット

ムハンマド——俗にマホメット——の伝記は、多くの歴史家や小説家の所謂「マホメット伝」によって既に我が国の読書界にも古くから知られている。併し乍ら、その濃厚な文学的粉飾を除いて考えても、其等のマホメット伝の与えるものは多くの場合、「伝記」ではなくて寧ろ「伝説」であることを我々は知らねばならぬ。わけても彼が天啓を受けて神の使徒たる聖職に立ち上るまでの生い立ちの記は殆んど全て後人の想像力が産み出した仮作のはなしであって、歴史的事実ではない。伝えるところによると、彼が最初に天啓を受けたのは四十歳の事であるというが、その四十年の長い間を彼が何をして暮して来たか、彼の職業は何であったか、また何時何処で生れたのかすらも正確には分らないのである。彼自らも屢々明言して居る如き平々凡々たる一メッカ市民の生い立ち等を誰が記録することを夢見たであろう。そして一たび忘却の淵に沈み去って後は、誰がそれを再びもとのままの姿で引き上げ得たであろう。

けれども後世の人々はそれでは満足しなかった。熱烈な信仰に燃え、始祖ムハンマドに対する愛慕尊敬の念の時と共に高まり行くにつれ、人々はそれを何とかして忘却の水底から引き上げようとした。無理にでも引き上げようとした。何も上ってこなければ、勝手に想像力で作り出したものを鉤先にくっつけてまで、自分自身を満足させようとした。かくて、アラビアに於けるムハンマド伝として最古の最も信頼するに足るイブン・イスハークの「預言者伝」等が語る始祖生誕の奇蹟的事件は悉く此等初期回教徒の敬虔なる心が生んだ伝説に他ならないのである。

例えば彼の誕生に関して次のような話が伝えられている。彼が生れた時何とも知れぬ一の耿耿たる大光明が全世界の東から西に輝きわたり、母アミーナはメッカに居りながらシリアの諸神殿や、多くの駱駝等の頸まで一々手にとる如く見ることが出来た。そしてムハンマドは母の胎内から外に出るや否や地上に落ちて一握の土をにぎり、まなざしも鋭く、きっと天の一角を睨んだ、といわれている。そして彼の身体は生れた時から清浄にして一点の汚れもなく、臍緒は切れて居り、既に割礼も施されてあった、と。また聖書の神力によって此の異常なる幼児の誕生を感知した、メディナ市のユダヤ人達はその夜、街々に互に喚びかわして騒然たるものであった、と。

人々の想像力は尽きるところを知らぬ。それはムハンマドの生涯を次第次第に神秘化して行くと同時に、それと反対の方向にも驚くべき創造の手を延ばして行った。すなわち、それはムハンマドの祖父アブドウルムッタリブにまで数々の奇蹟を行わしむるに至った。従って、ムハンマドが母の胎内に居る間に幾多の不思議が起ったことは寧ろ当然過ぎる位である。母アミーナは妊娠中も全然腹に胎児の居るのを感じなかった。或る日の事、彼女が睡るでもなく、醒るでもなく、うつらうつらしていると何処からともなく不思議な声が喚びかけて来た、「汝が産む児は己が民の支配者となり預言者とならん」と。暫くしてから彼女は再びその同じ声を聞いた。それは彼女に「悪意ある人々より遁れて唯一永遠なる神のもとに来れ」と告げた。そして数日後に彼女はまたその不思議な声を聞いた。今度はそれは「汝の児をアフマドと名付くべし」と命じた。アフマドとはムハンマドと同じである。

ムハンマドは預言者として立ってからも、自己の神聖化されることを懼れ、機会ある毎に自分も他の人々と何等変らぬ一個の人間、「肉」の人に過ぎぬことを強調し続けて終始その態度を改めなかったにも拘らず、早くもその生前から一般信徒は彼を神聖化し始めて居た。だから西暦六三二年彼が愛妻アーイシャの胸に抱かれて最後の息を引きとった時も、人々はその死を信じようとはしなかった。彼が自らを飽くまで単なる人間なりとしたことは、当時アラビアに一大勢力を有っていたキリスト教のイエス・キリスト神人論に対立して彼の根本的立場を闡明せる極めて重要な主張であったのであるが、自分の宗教の始祖が一介の肉の人であるという考えでは満足出来ぬ信徒達は彼をして遂に神か人か区別し難きものとなしてしまったのである。スペインに於て文名を博した、かのカージー・イヤードの有名な「ムハンマド伝」の如きは実に此の種の伝記の典型であって其処に現われて来るムハンマドは始めから終りまで悉くこれ理想化されたムハンマドであって歴史的のそれではない。

此等のムハンマド伝は上述の如く、大部分に於て歴史的直接資料とは云えないが、信徒のムハンマド観を如実に現わすものとしては、回教思想発展の研究上極めて大なる意義が認められるのである。のみならず、若し茲に慧眼無類の歴史家があって、此の真偽の糸条が綯い合わさって殆んど解き難く見える資料の中から手さばき鮮かに真理の糸のみを引き出して見せるならば我々はこれに讃嘆の声を惜しまないであろう。残念ながら私にはそのような才能は無く、さればと言って唯雑然とムハンマドの生涯をこの短文に描いても、既に前から世間に行われている彼の伝記と大同小異であろうから、私は茲に伝記的記述を棄て、一般に余り考察されていない問題、すなわち当時のアラビア社会に於けるムハンマド出現の意義と彼の思想の根本的特徴とを簡単に取扱って見たいと思う。そしてそのためには先ずイスラム発生以前のアラビア人の精神生活から考察し始めなければならない。

沙漠のアラビア人は夢なき人々である。私達が幼い子供だった頃、私達の心をあんなに躍らせ、恍惚とさせたあでやかな幻想の世界、絢爛たる夢と現実の交錯する世界、あのアラビア夜話、千夜一夜の世界ほど実は本当のアラビアの姿から遠いものはないのである。まことに考えて見れば、アラビア文学の中で千夜一夜物語のみ一般に知られているという事実は何という不思議なことであろうか。あのアラビア文学の末流、アラビア文学の中で最も非アラビア的なもの、単にアラビア語を以て書かれているというだけで、その内容の殆んど全てがペルシヤと印度の物語にすぎぬ千夜一夜のみ独りアラビア文学の代表として世界文学の一たる位置を占めるに至ったということは真のアラビアにとって或る意味ではとりかえしのつかぬ不幸であった。

アラビア人はもっともっとはげしい現実主義者だ。そのきびしい現実凝視の態度は一点の想像をも侵入させぬ程のものである。彼等は一瞬たりとも現実を遊離して夢の世界に遊ぼうとはしない。彼等は茫漠たる地平の彼方に縹渺と浮ぶ遠いあえかな未来を夢みてそこに幸福を求めようとはしない。沙漠のアラビア人は世にも稀なる鋭い感覚の持主である。彼等に於ては、現実の世界とは感覚の世界を意味する。彼等はこの現実の世界から一歩たりとも外へ踏み出すことを頑として承知しない。だからアラビア人には神話というものがない。* この事は実に著しき事実である。イスラム発生以前あれほど多くの神々がアラビア半島では信仰されて居りながら、その神々は全然系譜を有たず歴史を有っていないのである。

*尤も最近の学者の中には、アラビアにも神話があったと主張する者もある。印度から留学生としてエジプト大学に来り、ヨーロッパ的学問の方法による新興アラビア学の二人の代表者ターハー・フサインとアフマド・アミーン両教授の指導の下に注目すべき博士論文「イスラム前のアラビア神話」(al-Asāṭīr al-ʻArabīyah qabla al-Islām, Cairo, 1937)を著したムハマンド・アブドルムイード・ハーンの如きはその代表者である。彼は「所謂神話なるものは如何なる民族にもあるものであって、これに例外は絶対にあり得ない。故にアラビア人も神話を有っていたと主張しても少しも不当ではない」と始めから仮定して、古アラビアの文献にフレイザーの方法を適用しようとするのであるが其処に非常な無理のあることは一読して明らかである。

沙漠のアラビア人は実に驚くべき感覚の持主であった。彼等の精神の唯一の支柱は感覚であり、彼等は感覚が虚妄であるかも知れぬとは嘗て考えたこともなかった。また、それだけに彼等の感覚は今の我々から見ると、到底人間業とは思われないような鋭さを有っていた。そして此の強烈無比な感覚を通して受納された現実は彼等の胸に激発的に劇しい感動を惹起し、その感動は直ちに抒情詩となって湧出するのであった。イスラム以前のアラビア人が後世に遺した唯一のもの、ひろく世に知られた沙漠の歌は、かくて、彼等の仮借することなき峻烈な現実凝視から発した劇しい抒情なのである。

感覚の中でも特に彼等に於て極度に発達していたのは視覚であった。古きアラビア半島の沙漠に漂泊の生活を続けていたベドウィン達の視覚の恐るべき力は正に天下無類である。* そしてその中でもとりわけて優れた視力を有ち、而もその視力によって現実を直観的に深く把握し、烈しく崇高な感動を胸に受ける素質のある人を彼等は「よき眼もつ人」（ナーズィル・ムタワッスィム、或はナーズィル・ラティーフ）と称し、この名を以て呼ばれることは彼等の無上の光栄とするところであった。

「うるわしき此の乙女等を眺めては、よき眼もつ人の胸のよろこび如何に深からん」

という詩人ズハイルの言葉はこういう特殊の視力を与えられた幸福な人のことを指しているのである。

「彼等は見たのである。何事よりも先ず見たのである。見得たのである。凡ての不思議は此の泉から涌き出る。誰だとて物を見てはいる。だが凡ての者は同じようには見ない。それ故同じ物を見ていない。……誰も物を見るとは云う。だが真に物を見得る者がどれだけあろうか」

という柳宗悦氏の魅力ある言葉を読むたびに私はアラビア人の眼を憶わずには居られない。

＊アラビア人の特異なる視覚に就いては上に挙げた「イスラム以前のアラビア神話」の著者も同書十九頁以下に於て豊富な材料に基いて詳しく説明し、「視力の鋭さはアラビア人にあっては第二の先天的能力である」と結論している。

すぐれて感覚的であった彼等ベドウィン達は同時に恐ろしく非論理的であった。と言うよりも寧ろ彼等にとっては整然として冷やかな論理の世界などというものは無に等しかったのである。だから彼等がその比類なき感覚を以て現実から受けとる個々の映像や印象は実に強烈を極めているが、それを更に大きく統一することは出来なかった。エジプト大学の教授として現代新アラビア学の最先端に立つ碩学アフマド・アミーンはその不朽の名著といわれる「イスラムの黎明」に於いて、かかる沙漠のアラビア人に就いてこう言っている、「彼は物のまわりをぐるっと廻って見る。そして其処に五色燦然たる真珠の玉を幾つも幾つも見付け出す。けれども此の美しい真珠の玉には、それをつなぐ糸が通っていないのだ」と。それ故、彼等は少しでも論理的操作を要する問題になると、まるで手足の利かぬ人のように哀れにも不器用である。イスラムの聖典コーランが、決定的な形を与えられるために、始祖ムハンマドの死後、二回も編纂されているにも拘らず、なお我々が今日見る如き混乱紛糾の限りを尽した非論理的様相を呈しているのは一に彼等アラビア人の非論理的性格によるものである。人はよくコーランの内的矛盾多き非論理性を説明して、それは始祖ムハンマドが始めから一定の計画の下に本書を成したのではなくて、恰も釈迦の対機説法の如く機に応じて断片的に発表して行ったからであるとするが、私は単にコーランの内容の非論理性を言っているのではない。此の聖典の外的な構成そのものが非論理的だというのである。凡そ世界に聖典と称さるるものは少しとしないであろうが、コーラン程論理を無視した構成を有つものは他に無いと思われる。若しコーランを編纂した初期イスラムの学者達にして、いささかの論理的顧慮を払ったならば、彼等の聖典は現代見らるる如き形では決して伝わらなかったであろう。実にコーランの非論理的構成は、抒情詩に於てあれほど輝かしい天才を発揮しながら、論理的構成力を要する叙事詩は遂に発芽すらさせ得なかった彼等アラビア人の性格に深く根ざしているのである。そして此の感覚性とそれに伴う論理性の欠如とはただひとりアラビア人のみの性格であったのではなく、更にひろくセム民族一般の根本的性格でもあったのであって、この事実は後述する通り、回教のムハンマドの意義を理解する上にも、また基督教のイエス・キリストの意義を正しく評価するためにも極めて重要な視点となるのである。

かくて、アラビア人は極端な現実主義者である。彼等は現実の地盤を一歩も外へ出ようとは思わない。しかし此の現実主義的なアラビア人が一見、その現に生きつつある世界から遊離するごとく見える場合がある。それは勿論、想像の世界に遊ぶためでもなく、遠い未来に遥かな憶いを馳せるためでもなくて、過去の世界に遊ぶためである。アラビア人は過去を痛愛する。彼等は過去に執着する。見方によってはアラビア人は過去の追憶に生きる人々であると言われるかも知れない。併し乍ら我々は茲でよく注意しなければならぬ。彼等は現実を遁れて過去に赴くのではないのである。過去は遥か彼方に流れ去り、時の狭霧におぼろに霞んだ遠いなつかしい憶い出の国なのではない。彼等にとっては過去は第二の現実である、というより寧ろ現実そのものである。彼等の鋭い感覚を通して心に印された映像は時が経つと共にますますその姿を明瞭にこそすれ、決して夢のように薄らぎかすみはしないのである。現にあるものは直ちに過去の経験を喚び、喚び起された過去は更にはげしく現在をはね返す。現実と過去の交錯するところに織り出される此の抒情の世界は絢爛としてあでやかである。彼等にとっては過去は現在であり現在は過去である。いや過去は現在よりもっと尊い現在である。彼等の過去に対する執心は実に想像以上である。彼等は過去を神聖化した。此の過去に対する彼等の気持がわからないと、アラビア人の精神文化というものは理解出来ない。彼等は過去、すなわち自分達の祖先が幾百年となく踏み行って来た途を神聖視し、これを「スンナ」sunnahと呼んだ。ムハンマドがイスラムを以て立ち上った時、アラビア全土騒然として之に反対する声の起ったのも、一に彼の齎したイスラムが、彼等の神聖なるスンナを破壊すると見えたからである。ムハンマドの断行せる宗教運動はまことに大胆無謀極りなき劇烈な革命であった。人々は言った「我々は我々の祖先が、汝の説き勧める如き事を為したのを嘗て知らぬ」と。これに対してムハンマドは絶叫した、「汝等は、祖先が明かに迷妄の途にありしことを知りつつも、なお祖先に従わんとするのであるか」と。この対立はコーランの至るところに顕われている。

しかし最後にイスラムが勝利を占め、所謂「無道時代」が終りを告げても、やはりアラビア人達は過去なしには生きて行かれなかった。かくて彼等も亦スンナというものを、イスラム信仰の最も重要な一要素として採用した。但しこのスンナが内容を一変し、無道時代の祖先の途ではなくして、始祖ムハンマド、及びこれを取巻いていた人々の慣行の意味となったことは当然である。初期回教徒のスンナに対するあれ程はげしい執着の心は、かくして始めて完全に理解されるのである。

さて上に説明したような精神的特徴を有するイスラム以前のアラビア人達は何を理想として生きていたのであろうか。一体彼等に生の理想と呼ぶことの出来るものがあったのであろうか。徹底した現実主義者である此等の沙漠の住民達は、現在と過去にのみ生き、理想なきその日その日を快楽の裡に過して、それで満足していたであろうか。彼等には深刻な生の悩みは無かったか。一つ、たった一つだけ彼等は大きな望みを有っていた。たった一つだけ、彼等の心を焔え立たせ、やるせない憧れに身を褰らせた理想があった。それは「永生」を獲るということである。未来永劫に生きて行くことである。而も極端な現実主義者、仮借することなき物質主義者たる彼等は此の世ならぬあの世の永生の如きものを以てしては満足出来なかった。第一彼等はそのような彼岸の世界とか肉体を離れた美しい霊魂のみの世界などというものは考えて見たこともなかったのだ。永生とはこの世に於ける永生でなければならぬ。肉体のまま享受し得る永遠の生命でなければならぬ。かかる永生を彼等は「フルード」(khulūd)と名付けた。フルードが彼等の理想であった。

この世に於ける永遠のいのち！　峻厳な人生の苦しみの路を辿りつつ、彼等はその苦悩の黯黮たる闇の底にぽっかり浮んだ夜の灯のような永生の希望に身を打ちまかせて、ひたぶるに此の理想を追求し、之に到達せんとして身悶えした。けれども、彼等がもがけばもがく程、その灯は遠くへ去って了うのであった。この世に於ける永遠のいのち——それは余りにもはかなき夢の如き望みなるが故に、これを無二の理想としてあれ程熱心に追求していたベドウィン達の姿は我々の心を痛ましめるのである。彼等はこの理想の追求に於て実に驚くばかり真面目であった。そして彼等の努力が真面目であればある程、厳しい現実の前に力尽きて斃れ伏すときの彼等の悩みは如何ばかりであったろう。彼等がそれを認めることに於て最も敏捷であった現実そのものが彼等の理想を無慙に打ち壊して行くとは何という皮肉な運命であろう。

彼等がこの理想追求のあらゆる努力が遂に水泡に帰したことを知った時、その絶体絶命の極点こそ、却って茲に大飛躍をとげて高次の絶対的世界を打開し得る最も大切な瞬間であり、救いの機会であったのであるが、現実主義者なる彼等は死して生きるということを遂に知らなかった。かくて絶好の機会を与えられながら、彼等はそれを捉えるに能なく、悄然として再び現実の世界へ曳きずり下ろされてしまうのであった。こうして空しく現実に連れもどされた彼等は二つのことを覚った。一つは、全て彼等の努力を挫折せしめたものは「時」(dahr)にほかならぬこと。二は此の世に於て永生を獲ることが出来ないならば、せめて与えられた短い人生を出来るだけ楽しく暮さねばならぬということ。

人間は時の両手にはさまれた人形の様にその思うがままに支配されるのである。子供が生れる、大人になる、やがて老人になると「棒のようにひからびて」土になって了う。これが人生である。併しこれは一体何者の仕業であろうか。「時」だ。皆んな時が持って行ってしまうのだ。人間は如何に努力しても忽ち時が来ってそれを無に帰せしめる。

見よ君よ、孜々として財宝を守り貯めたる守銭奴も、
いさぎよく使い流せし放蕩児も、死しては一の墓ならずや。

今その墓を訪えば、ただ二つ土の盛り上りて、
その上に石また石と積めるのみ。

あわれ人間の生涯は一夜一夜と減じ行く貯えの金に似たるかな、
過ぎ行く時に流れ去りては、空しく消えて跡もなし。

（タラファ――ムアッラカ）

時は人に喜びを齎すかと思えば、堪え難き苦悩をも与える。人に幸福を来らすかと見れば不幸を招きよせる。時は人に物を与え、人から物を奪い去り、人を生れさせ人を殺す。人の生死、幸不幸全て一にかかって時の力によるのである。時はこの世界の秩序を掌中に収めているものでなくては

ならない。こういう訳で昔のアラビア人に於ては「時」ダフルは運命とか宿命とかいう語と同意義であった。また多くの部族は「時」を神として崇めていた。当時アラビア半島に於ける最も有力な部族の一たるフザイル族の部族神アウズは「時」の神性化されたものである。だからムハンマド出でて厳格な一神教を唱え、宇宙のありとあらゆることは悉くこれ唯一にして全智全能のアッラーの統べ給うところなりと主張しても、仲々一般のアラビア人は承知しなかった。彼等がムハンマドの教えに正面から反対し、「否、我等を生かし、我等を死せしむるもの時を措きては他になし」と言ったことがコーランに記録されているのはすなわちこれである。

茲に彼等は刹那的快楽主義に走るに至った。「ああ此の瞬間《とき》を楽しまん、やがては死の訪れ来る身にしあれば」と詩人アムル・イブン・クルスームは歌っているが、永生の理想にやぶれた人々が、どうせ永遠の生命を獲ることかなわぬならば、せめて須臾にして消える炬火の如く儚き人生だけでも充分に楽しもうという心になったその哀れむべき気持は我々にもよくわかるのである。

我が悦楽と殺戮に沈湎するを誹謗する汝
さらば汝、われに永生を与え得べしや。

と云う一詩人の有名な言葉は、峻厳なる現実の前に敗北し、そのやるせなき悶々の情を肉の快楽と、自暴自棄とも見える戦闘に紛らわそうとする沙漠の青年のこういう気持を最もよく表現しているというべきであろう。
その頃の、少し物を考える程の若者達は皆こうして酒と女と戦争の中に、その胸の蕭寥たる憂さを忘れんとしていたのである。彼等の天幕には「かんばせ星の如く輝く」若者が朝な夕なに集り来って芳醇な酒をくみかわし、香をたき、脂したたる肉を食い、そこに粧をこらしたペルシヤやシリヤの妖艶な歌姫が夜ごとに来って彼等に尽きぬ快楽を与えるのであった。

来れや君よ、この朝け、われ一盞を君にすすめまいらせん。
よしや君、既に醺々として来るとも、更にこの一觴を尽して酔を重ね給うべし。

ああ我が歓楽のともどちは顔ばせ白く輝きて星の如く、
夕風立てば、歌姫の綾羅の衣縞《ころも》ゆるやかにまといて訪れ来り、
胸も露わに嫋びやかなるそのからだは、愛撫の指先に悩ましく打ちおののけり。

「いざや君、かの一節《ふし》歌いてよ」とこれに望めば、
愁い深きその声は嫋々と響き流れて消えて行く。

やがてまた繰り返し歌い来れば、凄々たるその唄声は

子を失いて咽び泣く母のなげきを憶わしむ。

ああ、かくもかぐわしき酒、かくもはげしき歓楽をいかでわれ棄て得んや

かくて、われ悉くその資産を蕩尽し、

遂にうからやから全てわれを見棄てて

汚れたる駱駝より去るごとく、人々我が傍を離れ去りぬ。

さりながら我が悦楽と殺戮に沈湎するを誹謗する汝、

さらば汝、われに永生を与え得べしや。

汝そのこざかしき智恵をもて、定めの時を防ぎ得ずとならば

寧ろ許して死の来らざる内、我が財産を費やし果さしめよ。

――タラファの代表長詩より――

このようなアラビア沙漠のベドウィン達の人生観は、西欧の文学界にもその名を知られたアラビア古詩選「ハマーサ」の第三巻に見出される次の詩に最も優れた形に於て要約されている。作者は

無道時代の一詩人スルミー・イブン・ラビーアである。

或る時は肉を炙り盞を重ねて酔い
あるはまた足どりも確かなる九歳駱駝に鞍置きて
思いのままに駆りに駆り
渺々として涯なき沙原を征く。
またまばゆき肌の乙女ら大理石《なめいし》の彫像のごときそのからだに
金糸を散らせる紗綾《さや》をまといて翩々と舞うとき、
ああ限りなき富、悩ましき懈怠、憂いなき心、噎び泣くギターの絃の哀傷
これぞ儚き人の世にまたと得がたき快楽《けらく》なれ。
若き子よ、楽しめよ、やがては「時」に消え滅びゆくいのちなり、
苦しみも楽しみも、安逸も貧窮も、いな、すべて
ひとたびこの世に生れては死にて果つべき定めなり
君見ずや、かの栄耀を誇りてしタスムのやからも
ガズィーユもズージュドゥームも「時」の力に滅び去り
歓楽の都マーリブもジャーシュも今は夢と消えて
ルクマーンの一族もトックーンも跡訪れん由なきを。

回教の始祖ムハンマドが天地万物の創造主、全知全能の唯一なる神アッラーの使徒として立ち上ったのは正にかくの如き時代精神の只中に於てであった。既に述べたところによって明かなる如く当時のアラビア人は、何とかして救われなければならない事態に立ち至っている。若しここで救われなければ彼等は精神的に破滅するよりほかはなかった。恐るべき自暴自棄に陥って、ただ官能的快楽の追求のみに日夜を送っていた彼等を救うべき途は何処にあったか。併し乍ら翻って歴史的な高い見地から見るに、この問題は単にアラビア人だけの問題であるにとどまらず、セム人種全体に課された精神的死活の大問題であったのである。セム人の間に興った大宗教は全てこの根本的大問題を、いずれかの方向に解決したところに始めてその確実なる第一歩を踏み出し得たのである。極端なる現実主義者、無比なるノミナリスト、己が感覚以外のいかなるものをも信用せざる烈しい感覚主義者たるセム人は、文化を建設し精神的活動を始める時かならず此の問題に突きあたった。ユダヤ教もそうであった、キリスト教もそうであった、そして今やセム人種の生んだ最後の大宗教たるべきイスラム教もそうであった。また其処にこそ、此等の宗教を興した始祖達の非凡なる天才と独創性とが認められるのである。

自分の眼で視、自分の耳で聞き、自分の手で触ってみたものでなければ絶対に信用しないという、局外者にとっては時に不愉快な依怙地とも思われる程の妥協を知らぬ感覚主義——この強靭にして抜くべからざるセム根性が行きづまる時、これを打開して人々を救済する道は二つしかない。すなわち敢然としてこの感覚主義を克服し、此のセム根性を一挙に高く超越し去るか、或は逆に此の感覚主義を飽くまで深く掘り下げ、之に徹することによって、欠点と見えるセム根性に却って深い意義を与え、暗黒の底に沈んで更にそれをつきぬけ、全く新しい世界を伐り開くか、いずれか一つを選ぶより仕方がない。イエス・キリストは第一の道を採った。あの烈しい現実主義の真只中に在って而もよく「我が国は此世の国に非ず」と叫び得たイエスの精神力に我々は感嘆の言葉を惜まないのである。この観念主義が仮りに印度に於て唱えられたにしても我々は別に之を怪しみはしないであろう。併しこの言葉が一人のセム人によって、セム人の世界の只中で堂々と説かれたということは正に驚嘆に価することでなければならない。「我が国は此世の国に非ず」――此の言葉を以て、セム人の血に生れセム人の世界に人と成ったイエスは完全にセム人の伝統的精神を超越して了った。併し乍ら彼の道はやはり荊棘の道であった。彼の観念主義は決して容易に人の受け容れるところとはならなかった。第一に彼は当時のユダヤ人中のユダヤ人、ヘブライ人中の選民として熾烈な民族精神に生きていた代表的セム人――所謂パリサイ人と正面衝突をしなければならなかった。いやパリサイ人ばかりではない、一般の民衆そのものがすこぶる頑迷であった。当時、イエス出現の噂に四方から雲集し来った民衆の大部分は、ただイエスの奇蹟にひかれて集ったに過ぎない。彼が奇蹟を演じて見せなければ彼等は頑として彼の説く福音に耳を傾けようとはしなかった。奇蹟とは超人間的力が感覚的姿をとって現われたものにほかならぬ。セム人は感覚的にその偉力を見聞き出来ないような漠然たる神は考えることも出来なかった。全知全能の神はそれにふさわしい偉大なる徴《しるし》、すなわち奇蹟によって始めて信じられるのである。此の徹底的感覚主義は遂にさすがのイエスをも「曲れる世は徴《しるし》をもとむ」と慨歎せしむるに至った。

奇蹟――徴《しるし》のことをアラビア語で「アーヤ」(āyah)と言う。ムハンマドが立って新しき宗教を興さんとするや、至るところ人々はこれを取巻いて「徴」を求めた。徴なき神は神ではない。若し汝を選んで使徒となした神が唯一にして万能の神ならば何故彼は汝を通じて奇蹟を行わないのか、と人々は或いは迫り或は嘲笑した。何等の奇蹟をも示し得ないただの人間が神の使徒であるとは僭越も甚だしいではないか。此の「食物を食い、市場を歩きまわる人」(コーラン二十五章八節)が何で神に選ばれた預言者であり得ようか。神の使徒ならば使徒らしく、モーセのように杖を蛇に変えて見せたらいい、イエスのように病人を癒し死者を甦がえらせて見せるがよい。

此の感覚主義を、すぐれてセム的であったアラビア人ムハンマドは、他人から言われるまでもなく底の底まで知り抜いていた。併し彼はこれをイエスの如く超越し克服せんとすることなく、反対にこのセム根性を完全に掌中のものとなし、自由自在に動かして全く違った方向へ導いて行った。彼は始めから世の常の人が呼んで徴《しるし》となす如き奇蹟を否定するのである。第一、彼は自分が他の人々と何等異るところなき「肉の」人間であることを至るところに於て大胆に公言した。いと高きにいます至大なる神の偉力は決して神のつかわし給う使徒が神の名に依って行う不思議によって始めて顕われるのではないのである。彼は言う、真の徴《しるし》は一見平凡と見えて人々の普通気付かぬほどの事にあるのだ。徴は天地至るところに在るではないか。流れる水、空ゆく風、海上を走る舟、飛び行く鳥、乾き切った大地を一瞬にして蘇生させる春の豪雨、山は高く沙漠は広漠と拡がり動物は生きている、これ等は考えて見れば実に絶妙なる不思議ではないのか。ムハンマドはありとあらゆる沙漠の事物生物をとり来ってその一つ一つが驚くべき奇蹟なることを縷々として述べる。だから、コーランは初めから終りまで視覚的なイマージュに充満している。コーランは他に類のない感覚的聖典である。これにはアラビア人も深く感動しない訳にはいかなかった。かくて彼等の感覚主義は全く新しい方向に於て活用されるに至った。感覚主義は神に向う門になった。ムハンマドに教えられて人々は全然違った眼を以て自分の周囲を見廻した。そしてあらゆる自然のものものに神の栄光の輝くのを見て深い感激に包まれるのであった。

アラビア科学・技術

アラビア科学は近世ヨーロッパ諸科学の温床である。近世ヨーロッパ自然科学の輝かしい発展に於て人類文化の向上に大なる貢献をなし、ヨーロッパはそれを誇りとしているが、若し中世紀にアラビア科学なるものが興って、ギリシヤの科学、印度の科学、更にバビロニア・アッシリア、エジプトの科学を摂取融合し、これに自己の創意を加えて独特の科学体系をつくり、之を西欧に伝えなかったとしたならば、ヨーロッパに此の名誉は与えられなかったであろう。この点から見て、アラビア科学の文化的使命が完全に終りを告げた今日に於ても、今日の科学の源をさぐり、その発展の歴史を知らんとする者は、此の特殊なる科学史の一時期を忘れてはならないのである。

併し茲に注意すべきは、世に所謂「アラビア科学」なるものが決して純粋にアラビアの科学でないことである。これはその内容が、純アラビア所産のものではなく、ギリシヤ、印度等先進諸国の科学の伝承に過ぎぬというだけではなく、これに従事した学者達の殆んど全てがアラビア半島のアラビア人ではなかったことを云うのである。アラビア科学を興した人の大部分はアラビア人ではなくて回教を信奉せる外国人である。しかしながら、これはただアラビア科学のみに限ることではなく、アラビア文学にしてもアラビア地理学、歴史学にしても全て「アラビア」と俗に言われているものは寧ろ回教（イスラム）と言い直した方が真に近いのであって、それ等は悉く回教を信奉するところの諸民族の壮大なるコンクールであり提携協力事業である。そしてこれが寧ろ回教文化の一大特色なのである。其処ではアラビア人も、ペルシヤ人も、トルコ人も、アフリカ人も全てが民族的境界線を越え、アラビア語という唯一の学術語を共通の地盤として美しい協調を示している。アラビア科学も決してこの原則に例外ではあり得ない。というよりは寧ろ、特にアラビア科学に於てはアラビア人ならぬ外国人の働きが顕著である。であるから、回教に於てアラビア人が宗教的政治的に余り権勢を振って外国人を貶めた結果、「シュウービーヤ」という反アラビア主義運動が起ったとき、シュウービーヤの人々は、アラビア人に対して、君達は科学に於て何を為したか、あの輝かしい代数学も幾何学も天文学も悉く我々の業績ではないかと此の方面に於ける純アラビア人の無能を嘲笑するのが常であった。

けれども此の純アラビア人も、ある点に於ては生れついた自然科学者であった。少くとも自然観察者ではあった。そして鋭い自然観察が、自然科学の第一歩であることは云うまでもないであろう。私はアラビア沙漠に漂泊するベドウィンの感覚性を機会ある毎に強調して来た。中でも昔のアラビア人達の眼の鋭さと耳の鋭いことは天下無類である。彼は深い精神的価値を知らず、抽象作用というものを有たず、イデアの世界は嘗て夢見たことすらなかったが、形而下の事に関してはいささか誇るところがあった。人はよくアラビア語の語彙、特に名詞の余りの豊富さに驚嘆し、これを学習せんとする人は茫然として為すことを知らない場合が屢々起るが、このアラビア語の語彙の豊富さは彼等沙漠のアラビア人達の類稀なる自然観察の結果なのである。彼等は実に微に入り細を穿って自然を観察した。どんな細かいものでも、どんなに小さなものでも彼等の眼を遁れはしなかった。そして彼等は自分の感覚が捉えたものに全て特別の名称を与えて行った。回教では極く初期からアラビア語彙学というものが独立の重要な学問となったが、此の語彙学は単語の構成や派生を論ずるよりも寧ろ個々の単語（主として名詞）が指す対象物を主として論ずるものであって、一種の博物学とも見ることが出来る。従ってこの方面に於てだけは、純アラビア系の学者が早くから沢山出ているが、特に西暦八世紀バスラに出た大アラビア語学者アル・アスマイーの著書、「馬に就いて」「駱駝に就いて」「野獣に就いて」「草木に就いて」「棗椰子に就いて」「人体の各部の名称に就いて」等は語学書であると共に代表的アラビア博物学の書物でもあるのである。

併し乍ら本来の意味に於けるアラビア科学は何と言っても、ギリシヤ科学の翻訳移植に始まるものと見なければならぬ。そして此の翻訳移植事業が華々しく社会の表面に現われて来るのは西暦七五〇年以降のアッバス家時代であって、その前のウマイア家時代に於ける科学的活動に就いては殆んど文献に記されていない。しかしウマイア時代にも実際には可成り盛んな活動が、ペルシヤのジュンディーシャープールから来たキリスト教やユダヤ教の学者を指導者として、特に医学を中心に主都ダマスコで営まれていたのである。一体ペルシヤの西南部にあるこのジュンディーシャープールという都は西暦四世紀頃からササン王朝の庇護の下に当時並びなき科学の中心地となったのであって、わけても西暦五二九年ユスティニアヌス帝がアテナイの諸アカデミーを閉鎖したために優秀なギリシヤの学者達が多数この都に遁れて来て、茲に期せずしてシリア、ペルシヤ、インドの学者達と共同研究に入ったのである。市中には立派な設備を持った大きな病院が建てられ、四方にその名を輝かしたアカデミーでは学者が翻訳に研究に余念なかった。此の都は、回教時代に入ってもそのまま学問の一大中心地として存続し、多くの学者がダマスコに派遣されて、所謂アラビア科学の基礎をつくった。

ウマイア家の権勢が地に堕ちてアッバス家がこれに代ると、科学研究は隆盛への途を辿り始めるのである。アッバス家のカリフは代々学問を熱愛する人々であった。そして特にギリシヤの学術を完全に摂取せんとする努力はいよいよ本格的になって来る。第二代目のカリフたるアル・マンスールはジュンディーシャープールのキリスト教学者を聘してギリシヤ学術の書籍を或は翻訳させ或は祖述させた。またそのような紹介事業だけでなく、医学に於てはハールーン・ラシードの主治医ユーハンナー・イブン・マーサワイヒが直接アラビア語で多数の医書を著述した。

ギリシヤ科学尊重の傾向は、思想史の方でも合理主義を法令によって民衆に強要せんとしたので有名なアル・マアムーンが主都バグダードに「智の家」と称するギリシヤ学術典籍の翻訳専門の学校を開くに及んで絶頂に達した。この学校に仕事をした多くの学者はギリシヤ語、シリア語、アラビア語の三国語に精通せるシリア人が主で、中でもフナイン・イブン・イスハークは哲学及び自然科学両領域に亘る驚くべき博識を以て名声を内外に響かせた。特に彼はガレノスを崇拝し、一人でガレノスの著作殆んど全部を翻訳した。彼はヒッポクラテスよりガレノスを尊重し、この態度は長く後世まで影響を及ぼしたのである。フナインにはフバイシュという甥があったが、これがまた非常に優れた翻訳者で、医学書の紹介に大なる貢献をなした。そのほか、メソポタミア出身の有能な数学者サービト・イブン・クッラを始め多数の天文学者、数学者が輩出してユークリドの幾何学、プトレマイオス、アルキメデス、ディオファントス等が次々に翻訳された。かくて此の時代のアラビア数学は著しい進歩をとげ、特にムハンマド・アル・フワーリズミー（没年八四四）の如きはギリシヤ数学のみならず更にインド数学を親しくインドに遊学して研究した。彼の代数学概論 al-Jabr wa-al-muqābalah「ジャブルとムカーバラ」は西暦九世紀のアラビア学術に於ける記念碑的名著といわれ、ラテン訳によって中世紀のヨーロッパにも大なる影響を与えた。本書の表題にある「ジャブル」とは方程式に於て左右いずれかにある負数を他の式に移して両式共に正数のみのものとなす操作のこと、「ムカーバラ」とは同類項を約して方程式を簡単にすることである。此のジャブル（定冠詞を冠せてアル・ジャブル）という語が Algebra となって今日代数学の名称として広く使用されるに至ったのであって、以て西欧の科学に対するアラビア科学の影響の如何に深刻であったかを察することが出来る。また彼は算術に於ても極めて精密な運算の方法を考え、沢山の著書を残して居る。しかし幾何学に於ては三角形、平行四辺形、円等の面積を計算している位で大して注目すべきものを残して居ない。フワーリズミーに限らず一般にアラビア科学に於ては幾何学は代数学程に振るわなかったのであって、大体に於てユークリッド以上には出なかった、のみならず、寧ろアラビア数学者達は、もともとギリシヤでは幾何学的に取り扱われていた命題を代数学的に取扱うことを特徴とする位であった。

数学と並んで天文学も早くから発達した。そして印度及びギリシヤから翻訳輸入された天文学は、これもやはりマアムーンの時代から本格的になるのである。此の学問熱に冒されて回教徒としての信仰を忘れ去った異常なるカリフは、バグダードに始めて壮大な天文台を建て、観測所を設けて天文学の研究を奨励したから、恒星の観測は大いに進んでギリシヤ伝来の恒星表の訂正が行われる程であった。其他、日食の観測、緯度経度の算定、子午線度長の計算等に於ても著しい業績を示した。

しかし天文学に於て最も傑出せる大人物は西欧に於ても中世紀から文芸復興期にかけてAlbategnius という名で学界の称讃を一身に集めるに至ったアル・バッターニー al-Battānī（西暦八五〇?―九二九）である。彼は月食、日食、黄道の傾斜、視差其他種々なる天体現象に対する観察の精密正確なるを以て数々の注目すべき業績を挙げたが、特に彼の名を不朽ならしめたのは、三角函数の概念を発展せしめたことで、今日三角法に於て使用されている「サイン」（正弦）という語の如きは彼が用いたジャイブ jayb（彎入）なる言葉のラテン語直訳 sinus から来ているものである。彼は球面三角形のみならず斜角三角形にも精通して居り、計算に於て弧の全弦を用いずに正弦を使うという三角法上重要なる主張をなし、タンジェント（正切）の概念を導入した。かくして

$$\sin a = \frac{\tan a}{\sqrt{1+\tan^2 a}} \qquad \cos a = \frac{1}{\sqrt{1+\tan^2 a}}$$

の如き公式まで彼は説明するに至った。またコタンジェント（余接）を使って太陽の高度は

$$\sin(90-a) = \frac{\cot a \cdot 60}{\sqrt{12^2+\cot^2 a}}$$

なる公式によって計算されるに至った。これはもはやギリシヤ数学の世界ではない。既に近代数学への第一歩である。一般にアラビア科学が近代西欧科学への橋渡しであると言われていることの意義もこれによって理解されるであろうと思う。

このアラビア天文学はバッターニーから稍々遅れて出たアブー・アル・ワファー Abū al-Wafā に至って更に著しい進歩を見た。アブー・アル・ワファーは天体観測に極めて精巧な種々の器械を使って月の二均差を始め色々の重要な発見を為した。当時天文観測には所謂「アストルラーブ」（測定儀）なるものが一般に使用されていたが、人類の科学的活動の貴い歴史的遺物として今日まで伝えられた此の器械はその頃の天体観測の優秀さを直接に証明しているもので、精密な天体観測から出発して発達した暦法の如きは東西に影響し、遂に支那にまで伝わって郭守敬の授時暦を生んだことは周知の通りである。

さて、アブー・アル・ワファーはかくの如く天体観測に天才を発揮したばかりでなく、幾何学に於ては優秀な作図法を考案した。作図は両脚部の開閉によって行うべしという幾何学作図の重大な

原理は彼の主唱に始まるものである。また彼は三角法に於ても公式

$$\sin(a+b)=\frac{\sin a\cos b+\sin b\cos a}{R}$$

を発見し、正弦表の計算法を発見し、正切の函数を立てて正切表を作った。そして彼の門下からは有名なイブン・ユーヌスが現れ、球面三角法を発展せしめ、更に正弦と余弦の積を、その和或は差に変化させるという原理により、世界的に知られるに至った恒星表「ハーキム表」を作製して不朽の名を留めた。この「ハーキム表」は後に蒙古の旭烈兀の伊児汗国に於て、その代表的碩学ナスィールッディーン Naṣīr al-Dīn al-Ṭūsī（没年西暦一二七四年）によって修正され、世に所謂「伊児汗表」なるものの製作される母体となった。このナスィールッディーンという学者は蒙古侵入後の回教世界が生んだ最高の数学者天文学者で、その綜合的頭脳は実に驚嘆すべきものがある。彼は上記イルカン表の作製のほか、種々なる天文学上の業績をあげて回教天文学を天下に誇るべきものたらしめたばかりでなく、ギリシヤ時代から当時までの代表的数学書を一人で編纂して学界に与え、自らは

$$\frac{\sin a}{\sin A}=\frac{\sin b}{\sin B}=\frac{\sin c}{\sin C}$$

を確立し、さらに $\sin b=\frac{\tan c}{\tan C}$ の関係に基く正切法を考案し、平面三角法、球面三角法の原理を組織化した。

　またアラビア天文学は西方スペインにも伝来されてスペイン独特のすぐれた天文学を発達せしめ、

コルドバ、トレド等の都には研究所や図書館が設けられて幾多の天才的学者を出した。中でもアル・ザルカーリー al-Zarqālī（西欧では Arzachel と呼ぶ）は優秀な測定儀を発明し、「トレド表」を作製してヨーロッパにも大なる影響を及ぼした。

天文学、数学と並んで、同時に所謂アラビア化学が発達しつつあった。此の化学は元来錬金術から発達したもので、茲では未だ化学と錬金術とを判然と分つことが出来ない。つまり純粋な学問や実験と迷信とが混合している。しかしながら西欧の近代化学といわれるものも、要するに此のアラビア科学の基礎の上に建設されて行ったものであって、その歴史的価値は絶大なるものがある。

一体、錬金術を意味するアラビア語 al-Kīmiyā'（英 alchemy の源）は古エジプトの「黒」を意味する kemit に由来するという説もある位で、その語源の当否は別問題としても、事実上、錬金術が古代エジプトに発生したものであることは疑いを容れないところである。これをギリシヤ人が継承して一種独特の学問に成長させたのであるが、それは次の二つの根本的原理に基いている。すなわち第一は、全ての金属は本質的には同一物であるから、何等かの手段によって一を他に変えることが出来るということ。第二は、全ての金属中最も純粋なものは金であるということ。従ってどんな金属でもこれに薬品を加えたり加熱したりして居ると金に還元することが出来ると考えた。そこで化学的な実験が大いに盛んになったことは言うまでもない。ただ不幸にして、ギリシヤの錬金術が発達した中心地アレキサンドリアには、当時ネオ・プラトニズム及びグノーシス派の神智主義が隆盛を極め、一般学界は神秘主義的な精神に覆われて居たから、この実験もそういう神秘的気運と結合して、純粋に学問として発達せず、寧ろ迷信的な妖術に堕して了ったのである。そしてアラビア人が受け取ったのは正にかくの如く妖術とも学問ともつかぬ奇怪なものであった。従って彼等も亦この迷信的な要素から容易に離脱し得なかったけれども、優秀な学者の努力によって著しく実験は進歩し、近代化学と言われるものに次第に接近して来たところにアラビア化学錬金術の大きな意義がある。

この方面に於て傑出せる才能を示した最初の大錬金術師は西暦八世紀に出たジャービル・イブン・ハイヤーン Jābir ibn Ḥayyān である。この人はアラビア錬金術の父と称され、西欧にも Geber という名前で早くから知られて中世の科学に著しい影響を及ぼし、長く学者の尊敬の的であった。例えば十七世紀に彼の著と伝えられる「完成の太陽」を英訳したリチャード・ラッセルは、彼を Geber, the Most Famous Arabian Prince and Philosopher と呼んでいる。併し乍ら、ジャービルが余り尊重された結果、彼より百年も二百年も後の人々まで自分の著書をジャービルの名に於いて発表するという不幸な現象が起った。従って、ジャービル著として現存する書物は百余の多数にのぼっているが、その中の多数は西暦九—十世紀頃の学者達が書いたもので、特に此の頃ネオ・プラトニズム的な世界観に立って一種の秘密結社を作り盛んに神秘的通俗哲学を宣伝しつつあった有名な「清浄同胞会」の出版せる書物が大分混入しているものと思われる。かかる次第であるから、通常ジャービルの業績と称されているものが、どの程度まで本当に彼の仕事であるか大いに疑問とすべきものがあるけれども、ともかく彼が理論方面ではなくて実証的方面に天分を有し、幾多の優れた実験によって錬金術から化学への第一歩を踏み出したことは何人も否定することが出来ない。すなわち、彼は濾過法、昇華法を発見し、金属鎔融法、蒸溜法、晶化法、蒸発脱水法等を考案した外に、辰砂、亜砒酸、硫酸、明礬、アルカリ、硝石、塩化アンモニア等の製出に成功し、其他種々なる瓦斯体の興味ある実験を残した。彼がその考案せる蒸溜釜に付けた名称アランビークは西欧にそのままalembic となって伝わり、日本まで「ランビキ」の名の下に此の語を使用するに至ったことは面白い。其他、彼の用いた専門語で西欧語に入り、今日まで使用されているものに alkali, antimony を始め tutia, realgar, aludel 等がある。但し各種の金属から金を獲る方法に至っては、ジャービルも全く、他の錬金術師と選ぶところなく一種の醱酵作用によって異分子を取り除けば金が残ると考えていた。この醱酵作用を起させるに使う酵素を「賢者の石」と称したことは周知の事実である。

錬金術乃至化学の発達は色々な方面に於て実際的な結果を生んだ。例えばこの知識は直ちに製薬に応用されて医学の発達を助け、また硫黄、硫鉄鉱、硝石等の混合によって火薬が製造され火砲が発明されて、戦争の性質を一変せしめるに至った。のみならず錬金術実験の必要上、種々なる植物、鉱物が大いに研究されたから、植物学、鉱物学も著しい進歩を見た。

物理学に於ても回教徒は種々なる業績を残したが、中でも大なる発達を示したものは光学である。光学がそのように進歩したのは、西暦九六五年バスラの都に生れた天才的科学者イブン・ハイサム Abū 'Alī ibn al-Haytham の素晴しい功績があったからである。イブン・ハイサムを西欧では Alhazen という名で伝えているが、その「光学大全」Opticae Thesaurus は早くからラテン語に訳されて、ロージャー・ベーコンやヴィテッリオの如き人々を始め、下ってはレオナルド・ダ・ヴィンチやケプレル等に根本的影響を与えた。

彼の研究方法は極めて科学的であって、人間の視覚そのものの性質から実験的に研究を進め、光の反射及び屈折に関して劃期的学説を出すに至った。彼はユークリドやプトレミーの如きギリシャの学者が光源は人の眼にあって、眼から一種の視的光線が対象物に向って発されるのであるとしていたのに正面から反対し、却って対象の方に源があると主張した。茲にも既に彼の鋭い頭脳が示されているが、更に彼は眼球は四膜質と三流動体とより成り、その主要部は水晶体であるという、今日の知識に近い説を出している。

又、光に就いては、彼は特に反射現象を重要視し、凸面或は凹面の球鏡に於て、一定位置にある対象物が、一定位置にある眼に反射される点如何という、世に有名な「アルハーゼン問題」を呈出し、其処に導き出される四次方程式を双曲線を用いて解決した。彼が光屈折の実験に使用した鏡は実に平面鏡、円錐鏡、球鏡、凸面鏡、凹面鏡等の多数にのぼり、焦点位置の決定、屈折の測定法等に大なる功績をのこした。また彼は光線及び色彩の伝播を論じ、錯視の問題を実験的に取扱い、例えば日没時に水平線近くなった太陽が特に大きく見えるのは、地球上の色々な事物と対比されるためであると説明した。

かくて途を開かれた物理学は時の経つにつれてますます発達し、その結果が実地に応用されたため、機械技術等も長足の進歩を遂げた。特に重力重心の問題が研究され、槓杆の原理が発見されたために種々の機械が製造されて、水時計、水車など精巧なものが造られ治水工事の技術が発達し、大規模な灌漑工事を可能ならしめた。また物理学の知識と理化学的知識とが結合して、その結果各種の製造工業が異常なる発展を見た。例えば硝子の如きはシリアを中心として早くも西暦八世紀頃から製造されていたもので、後にバスラ、バグダードにも拡がり、大工場が建てられて、精緻を極めた硝子細工が行われた。また製紙技術も発達し、刺繍、織物、金属細工等に於ては実に驚くべき優雅な工芸品を製造し、それ等は全世界に伝播され、所謂サラセン工芸として美の愛好者に珍重されるに至った。

マホメットとコーラン

「コーラン」は我々が普通常識的に考えている本とか書籍とかいうものとは遠くかけはなれた、大変に特殊な本である。第一にこれはマホメットが執筆したものではない。マホメットが神憑りの状態に入って、自分自身の意識を喪失し、「神の口」になりきって語り出した言葉の集成である。だからこの本には著者というものはない。強いて言うなら神（アッラー）が著者である。しかもこの神の言葉は連続的に、現在我々が持っている「コーラン」の順序通りに語られたのではなくて、切れ切れに、何の順序もなく、言わば行きあたりばったりに流出したものである。その流出には約二十年の歳月を要している。

二十年と言えば普通の人間の一生でも少なからぬ部分を占める。ましてや神の使徒、神の預言者としての活動に入ったマホメットの最後の二十年間は、それこそ彼自身も夢想だにしなかったような世界史的事件の連続であった。最初は殆んど歯牙にもかけるものとてない一介の哀れな神憑り、最後は既に後世「サラセン帝国」の名で知られる軍事的政治的一大機構の堂々たる指導者。彼を見る世間の眼もかわったが、彼自身も人間的に成長し、脱皮し、変貌した。この変成を反映するコーランは、同じ一つのアッラーの「啓示」とは言っても、初めと終りではまるで別物である。内容も形式もまったく違った二つの世界なのである。

こうして我々はコーラン自体の中に一種の発展史を認めざるを得ない。それはごく大ざっぱに言って次の三つの段階に大別される。

一、メッカ時代——初期

二、メッカ・メディナ時代——中期

三、メディナ時代——後期

今度岩波文庫に入った口語訳のコーラン上・中・下三巻は大体に於いてこの三つの年代的区別に対応している。但し順序が逆で、上巻が後期のメディナ時代、中巻が中期、下巻が最初期のメッカ時代に当る。現行コーランはこういう奇妙な順序を採っているのである。先にも触れた通り、コーランはマホメットが自分で書いたものでも編集したものでもなく、当時は天啓が下るたびに身辺につきそっていた者がそのまま空で暗記してしまい、僅かに補助手段として動物の肩骨や石ころなどに書きつけておいたもので、順序も何もなかった。それを彼の死後十数年も経って、第三代目のカリフ——マホメットの後継ぎ——ウスマーンの時に、その命によって編集したものである。これを世に「ウスマーン本」と言い、現行コーランの基礎テクストとしている。その時の編集方針によって、大体において啓示年代の後のものほど前に置かれることになったのである。

マホメットは西暦七世紀の初め、メッカで預言者としての第一声をあげた。メッカは、現在でもそうであるが、アラビア半島北部の中心的商業都市、血の純潔を誇るアラビア人の邑《まち》である。有名な神殿カアバの祭礼、それをめぐる市場の商売で沸きかえるようなところ。そしてまたここは多神教、偶像崇拝の一大中心地でもあった。

マホメットが此処で最初に神アッラーの声を聞いたのは大体四十歳頃のことと推定される。それまでの彼はただの商人だった。神のお告げが自分に下るなどとは考えてもみたことがなかった。彼は苦しみ、おびえ、遁げようともがいた。しかし何者とも知れぬ者の鉄のような手が彼を摑えて離さなかった。旧約聖書のアモス書に生々と描かれているものと同性質の、セム人種独得の一神教的預言者体験である。

メッカ時代の啓示、とくにその初期のもの（口語訳では下巻の最後約五分の一）はマホメットのこの内的苦悶と強烈な神憑体験を如実に反映して、不気味な緊迫感がみなぎっている。ことに終いの方になると一章が僅か五節、六節、しかも各節いずれも極度に短い語句で、喘ぎつつ吐きだす言葉が鋭角的に異常な効果を以って迫ってくる。正に沙漠の巫者の文学である。次に挙げるのは第百一章の全節、現行コーランでは十四番目のものである。

どんどんと戸を叩く者あり、何ごとぞ戸を叩くとは？

どんどんと戸を叩く者、何ごとぞとは何で知る？

人々あたかも飛び散る蛾のごとく散らされる日。
山々あたかも捲り取られた羊毛のごとく成る日。
秤の重く下る者には快い来世があろう。
秤の軽くはね上る者は底知れぬ穴に陥ち込もう。
底知れぬ穴は何かと何んで知る？
炎々と燃えさかる劫火だぞ。

メッカのアラビア人たちは頑強にこの新興宗教に抵抗し、あらゆる手段を動員してマホメットをおしつぶそうとした。形勢は不利になるばかりで、先の見通しは暗澹たるものであった。しかしその反面、この苦悩の十年がマホメットの人間を磨き上げる絶好の道場となったこともまた争われぬ事実である。小心翼々たる宗教家、自分でもよくわけのわからぬ不思議な信仰だけに危げに支えられたこの「神憑り」は次第に巌のような意志の人、機を見るに敏でどんな小さなチャンスも最大限に活用する権謀術数の人に成長して行ったのである。恐らく生れながらの大政治家であったのだろう。隠れていた天性の素質が周囲の圧力を受けて表面に出て来ただけなのであろう。いずれにせよ彼の預言者活動の後半は彼が史上稀に見る政治的手腕の持主であることを証明した。

この後半期の端緒となるのが世に有名な六二二年のメディナ「遷行《ヒジュラ》」である。メディナ——その元の名はヤスリブ——はユダヤ色濃厚な町、ここには古くから多くのユダヤ人が住んでいて、住民はいずれも人格的一神教というものに親しんでいたし、神の啓示、聖典というような考えも奇異ではなかった。純アラビア的な多神教徒の町メッカとは町の空気が全然別だった。それかあらぬか、ここへ移ってからのマホメットの運勢はにわかに隆盛の一路を辿りはじめるのである。そしてそれと相呼応して、当然のことながら、コーランの文体も内容も著しく変化し発展する。尤も文体の方はこれよりやや早く、メッカ期の後半にはいるともうはっきり大変化の徴候を示していたのであったが。最初の頃のあの断続的な、息切れしたような語句の積み重ねはもうそこにはなかった。緊迫した語句が次第に弛緩して、ゆるやかな沙丘のような起伏を描き始めていた。自己意識を喪失した神憑りの発想法は次第に遠のき、やがてメディナ時代に入ると、殆んど完全に消滅する。それはもう本当の巫者文学ではない。或る程度までその形態は残しているが、それは人為的、技巧的な形骸であって、内容と渾然融合した、生きて躍動する形態ではない。切れ切れの言葉を吐き棄てるのではなくて、連続する言葉の流れがゆっくりと何かを物語り始めるのである。メッカ期の最後からメディナ期の前半は、マホメットの説話的想像力が一番よく発揮された時期である。次に示すのは現世で善行にいそしんだ報いで天国に入った人たちの描写。回教徒には現世では葡萄酒は御法度だが、天国ではいくら飲んでも絶対に酔わない酒がこんこんと泉から湧いているのである。

だが、真面目な信者だけは種々様々のおいしい果物がたらふく食わしていただけるぞ。高い名誉を与えられ、幸福の楽園に入り臥牀《ねだい》の上にみんな互いに向い合って坐れば、一座にはこんこんと湧き出る泉から汲みたての盃が廻り、白く澄みきって、飲めばえも言えぬ心持よさ。（現世の酒とはことかわり）これは飲んでも頭がふらつくでなし、悪酔いの心配は少しもない。

しかも側に侍《はんべ》るは眼差《まなざし》ういういしい乙女ら、ぱっちり眼《まなこ》の美人ぞろいで、体はまるで砂に隠れた（駝鳥の）卵さながら……

と言った具合。そこに旧約聖書から借用したアブラハム、モーセ、ヨセフ、ソロモン等々の説話が長々とはいり、更に当時の民間伝承《フォーク・ローア》に由来する様々の物語が次々に織り込まれて行く。これらは、大部分ユダヤ人との交りの成果である。

しかしメディナ期の後半になると、これに更に現世的、現実的な問題の論議が加わってコーランは益々一風変った聖典になってくるのである。メディナへ遷ってからのマホメットは単なる宗教上の指導者ではない。彼は既に現世的王国——後世のいわゆるサラセン帝国——の政治的指導者でもある。彼の身辺には、めまぐるしく現実の情勢が動き流れていた。新しい政治団体をめぐって次々と応接にいとまなく問題が起ってくる。結婚の方式、妻妾の数、離婚の可否、遺産の処理、異教徒との戦い、祈りの形、甚だしきに至っては便所から出て来たあとで手をどうするか、などという問題に至るまで——序ながら、沙漠には水も紙もないことを注意しておこう——そういう無数の現実的問題がすべてコーランによって解決されなければならない。この時期のコーランが「散文的な、あまりに散文的な」ものとなる所以である。今度の口語訳上巻は正にこのような部分に当るのである。

コーランと千夜一夜物語

『コーラン』と『千夜一夜』、この二つの名前は僕らの耳になんとも言えぬ懐しい親しみをもって響いてくる。いかにも異国趣味的でありながら、しかも自分の身内《みうち》のように親しいのだ。僕と同年輩の人は大抵そうだろうと思うが、少年の頃、僕は『千夜一夜』——アラビアン・ナイト物語——を耽読《たんどく》した。魔王の壺《つぼ》や不思議なランプの物語を飽《あ》きもせず何度でも読んでいた。勿論『コーラン』を読んだことはなかったが、それでも『千夜一夜』のおかげで、コーランとかアッラーとかについては、我がことのように知っていた。

事実、『コーラン』と『千夜一夜』とは我々の大部分にとってまさにアラビアそのものを代表している。大抵の人はアラビアと言えば先ずこの二つを考え、そしてこの二つしか知らない。『コーラン』はアラビアの宗教を、『千夜一夜』はアラビアの文学を代表し、そしてその全《すべ》てなのである。しかしこれはなにも日本だけに限ったことではない。最近では世界政治の急激な発展でアラブの動きが注目の的《まと》になっているし、また例えばイギリスなどではそろそろ本格的なアラビア文学の作品が翻訳され出しているのでいささか事情が変りはしたが、それにしても常識的にはやはり西欧でも、この二つがアラビアの代表的書物であることに違いはない。ヨーロッパの人たちは『コーラン』についてては中世紀、かの十字軍遠征のころからその有難みをいやというほど思い知らされて来たわけだし、また『千夜一夜』の方も十八世紀の初めフランスのガラン Galland が翻訳——とは義理にも言えぬ半ば翻案、半ば偽作のようなもので一気に読書人の人気をさらって以来、忘れ得ぬ書物の一つとなって今日に至った。アラビア文学と言えば『千夜一夜』しかないとすら思っている人も少なくないのである。

僕はここで専門的な立場から一寸こういう常識的な見方に異を唱《とな》えてみたいと思う。それによっていくらかでもアラビア文化とかアラビア精神とかいうようなものが正しく理解されるようになれば幸いである。

と言っても、無論『千夜一夜』の文芸的価値を貶《おとし》めようなどとするつもりではない。この大きな物語の集成がこうまで世界的人気をかちえたのには、それだけの裏付けがちゃんと備わっていたからなのであって、たしかにそれは他に比類ない独自な文学性をもっている。ただここで僕が問題としたいのは、それが本当にアラビア文学の代表的作品か、純アラビア的な創作か、ということである。そして我々が一度こういう立場に身をおいて見ると、『千夜一夜』は忽ちその非アラビア性をあらわにするのである。『千夜一夜』のアラビア性はほんの上辺だけのお飾りにすぎない。アッバス朝の都バグダードの街《まち》にアラビア風の名前の人物が入り乱れ、文化史上有名な名君ハールルーン・アッラシードが活躍し、事あるごとにアッラーの「いと高き御名」が讃《たた》えられ、『コーラン』の文句が唱えられる、こういう表面だけを見るとこれがアラビア文化というものかと誰しも考えるのは一応はもっともだが、も少し深く考察すると、このいかにもアラビア的な見せかけの表皮のすぐ下にはおよそアラビア精神とは縁のない、全く異質的な文化の精神が生々と躍動しつつあることを知るのである。

　この作品全体を貫いて流れている文学性、物語の発想形式、さらにもっと技術的な、個々の話の筋立《すじだ》て、話の運び、話の材料及びモチーフそのものまで、『千夜一夜』の主要部分は、根本的に、インド・ペルシア的である。第一、この物語の最も顕著《けんちょ》な特徴と言うべき「枠《わく》づくり」の構成法、つまり一つの物語が展開して行く途中で次々に他の物語を、いわば劇中劇のような具合《ぐあい》に挿入して行く方法も元来インド文学の独特な手法であって、アラビア文学としては、およそ異質的な形式である。そればかりかこの膨大なお伽話《とぎばなし》の集成が西暦九世紀から十六世紀乃至十七世紀に至る約八百年の長年月にわたって生長して行ったその地域は、シリア、メソポタミア、エジプトなど、いずれも本来のアラビアではなくてかつてアラビアに征服され、自分の母国語を失ってアラビア化された、異民族の国々であったことに注意する必要がある。

　今、僕は本来のアラビアと言ったが、これがいわゆるアラビア半島、特にその北部地帯を指すことは勿論である。そして本来のアラビア人、つまりアラビア人中のアラビア人とはこの半島の沙漠に住む遊牧の民、ベドウィン達であることも。

ところで、こういう観点から、さきに挙げた「純アラビア的」ということを取り上げてみると、『千夜一夜』どころか『コーラン』すらいささか問題になって来るから奇妙なものである。

沙漠のベドウィンは、その特異な生活環境と風土からくる幾つかの極めて著しい特徴をもっている。ここでは紙面に限りがあってそれらを一々述べることができないのは残念だが、文学的に見て、一番重要な特徴として、想像力の欠如ということだけを指摘しておこう。乾燥《かんそう》アジアの名のごとくかさかさに乾き切った沙漠のクリマの中では、人間の空想力や想像力は影も形もなく蒸発してしまうのでもあろうか。

アラビア人は峻酷《しゅんこく》な現実主義者だ。彼らの生きている現実そのものがそれほど峻酷だからである。彼らの精神には空想という一種の弛《ゆる》みがはいりこむ隙《すき》はない。鋼《はがね》の糸のようにぴーんと張り切っているのだ。こんな精神の持主には、物語は作れない。物語とは、要するに直接の現実を遊離して、空想の導きに身をまかせた時はじめて生れる文学だからである。だから古代アラビアには神話すらなかった。マホメット出現以前、北アラビア一帯では幾百という偶像神が祀《まつ》られていたが、それらの神々には系譜《けいふ》がなかった。この事実がどんな大きな意味をもっているかは、ギリシアの神々のあの複雑な系譜と、それをめぐって展開する数々の神話を考え合わせるだけで充分だろう。アラビア沙漠には神々はあっても神話はないのである。これは殆んど他に類例のない異常なことである。神々の物語が生れなかったくらいだから、まして『千夜一夜』式のお伽話など生れようはずがない。

アラビア沙漠の生み出した唯一の本格的文学は抒情詩である。それは烈《はげ》しいベドウィンの精神が烈しい沙漠の現実にぶつかって発した呻《うめ》き声のようなものだ。空想や幻想は微塵《みじん》もない。感じやすい彼らの魂が自分で本当に生々しく感じたこと、体験したこと、己が目で見、耳で聞き、膚《はだ》で触れたことばかりである。それらの詩をめぐって、一体どんな詩人がどんな時にそれを歌ったか、その詩人はどんな一生を送った人だったか、そこに歌われている事件はどうして起ったか、というような伝承もまた古くから沙漠には伝わっていたのであって、これは言わば口碑文学の一種であり、事実またそれは時代と共にますます伝説的性格を帯びてくるのだが、しかし本来的には、それはあくまで現実にあったこと、本当に人々が見聞きした事件のルポルタージュなのである。我々が物語文学として理解しているものとは性質が違う。

見方によっては『コーラン』にすら問題があるとさっき書いたのもこれに大いに関聯がある。文庫の口語訳『コーラン』の中巻の解説で、僕は、中期の啓示の大きな特色としてその物語性ということを指摘した。抒情的性格が顕著だった初期の啓示に対照して、中期では言葉が連綿と流れ、ゆっくり一定の筋の展開を追っている、と。この現象は当時のアラビアでは、今日僕らが外から考えるより遥かに深刻な意義をもっているのだ。簡単に言えば『コーラン』中期のこの説話性、物語性は、著しく非アラビア的な現象なのである。そしてこの異常な現象が、メディナの邑《むら》でのユダヤ人との親しい交《まじわ》りから来たものであることも、僕が同じところで指摘した通りである。『旧約聖書』

は美しい、珍らしい説話の宝庫のようなものである。ユダヤ人の邑メディナに移住して来たマホメットは旧約文学からこうして決定的影響を受けるのである。

しかしもっとよく考えて見ると、マホメットには始めから異常な想像力、幻想の資質があった。彼が天使ガブリエルの姿をありありと認めて、その促《うなが》しによって回教《イスラーム》という宗教を興したそもそもの最初から、彼は普通のアラビア人とは根本的に違った不思議な人間だったのである。『コーラン』初期の啓示を充《み》たしているあの恐ろしい天地終末の光景、手にとるごとく描き出される天国と地獄のありさま、いずれも異様な幻想的性質を予想せずには理解できぬものばかりである。

イスラームの二つの顔
――時局的関心の次元を超えイスラームという宗教・文化の精神を把握するための方途を説く

はじめに

イスラームは二つの顔をもっている。二つの顔は正反対の方に向いている。だから、どちらの面からイスラームに近付くかによって、イスラームという宗教あるいは文化について、我々のもつイマージュがまったく違ってしまう。だが、二つのイスラームがあるわけではない。イスラームはあくまで一つである。ただ、一つのイスラームに二つのまるで違った顔があるのだ。

宗教としても文化としても、イスラームは根源的には一つの統一的構造体である。すべてのイスラーム教徒がそれを意識している。しかし、この根源的統一体が、二つのまるで違った、いわば正反対の顔を我々に見せている。そのことから、我々のイスラーム理解をきわめてむずかしくするような微妙な事態が生じてくる。というのは、二つの顔によって喚起される全然違った二つのイマージュが、我々の意識のなかで二重写しになって、なんとも捉えようのない不思議なものにイスラームをしてしまうからである。だが、また逆にいえば、こうしたイマージュの二重写しのうちにこそ、イスラームの根源的統一性が現われるのであって、このような経験を経ることなしには、イスラームというものを理解することはできない。

I　時局的関心を超えて

十字軍以来、何世紀にもわたる長い奇妙な付合いで、ヨーロッパの人たちはイスラームが一筋縄でいくような相手ではないことをいやというほど思い知らされてきた。学問的にも、十九世紀の中葉以来、イスラーム文化の諸相に関する研究は急速に進歩し、その成果は重厚な積み上げとなって現在のイスラーム学に高い水準を保持させている。当然、それにともなって、ヨーロッパの一般的知識人のイスラーム理解も、常識的次元においてすら、かなり深い。

これに反して日本では、従来イスラームは、学問的にも常識的にも、ほとんど一般的関心の的になったことはなかった。イスラームにたいする今までの日本人の態度は、一口に言えば、無関心ということで尽されると思う。日本の東洋学はインド、チベット、中国などの研究分野では世界の学問の最高水準にあるとよく言われるが、同じアジアの広大な、そしてきわめて重要なイスラーム圏については、不思議なことにまるで空白状態である。イスラーム学の専門領域で、世界の学界に堂々とその成果を示すことのできるような仕事をした人は、今までのところあまり例がないのではなかろうか。

学問としてのイスラーム学がそんな状態であるならば、ましてや一般人の一般的教養としてのイスラーム理解の水準はもっと低い。要するにイスラームは、日本人の意識のなかで奇妙な空き地をなしてきたのである。

どうしてこんなことになったのか、不思議なようだが、よく考えてみれば、イスラームにたいする日本人の一般的無関心にもそれだけの理由がないわけではない。たしかに常識としても、現代世界の三大宗教は、と問われれば、仏教、キリスト教、イスラーム、と誰でも答える。つまりイスラームにも一応形式的には重要な位置が与えられている。しかし日本人の主体的、実存的関わりということになると、仏教・キリスト教とイスラームとでは全然違う。少くともつい最近まで、イスラームにたいしては日本人には実存的関わりがまるでなかったのだ。仏教が日本文化や日本人の意識構造の形成にどれほど深く参与してきたかは、ここでことさら言うまでもない。キリスト教もキリシタン文化という形で我々と歴史的に深い関わりがある。が、それだけでなく、というよりもっと重要なことは、明治維新以来、一途に欧化の道を辿ってきた我々の意識には、その西洋の文化の精神的基盤としてのキリスト教が、いやでも実存的重みをもってのしかかってきたのである。キリスト教を理解することなしに、我々は西洋文化を摂取し、近代日本文化の基礎としてそれを創造的に生かすことはできなかった。だが、イスラームが我々にとって、このような意味での関わりをもったことはかつてなかった。最近のアラブ・イスラエル紛争のなまなましい光景を目のあたりに見ながらも、それがイスラームそのものにたいする日本人の関心をひき起すきっかけとはならなかった。日本人の世界表象においては、それはイスラームという宗教とは結び付かない、たんなる中近東の政治的危機にすぎなかったのである。

しかしそんなことですましてはいられない事態がとうとうやってきた。昨年の一月、イランに勃発した「革命」がイスラームを正面に押し出してきたからである。世界全体の関心がイスラームに集中した。日本でも、日本なりの動機から、日本なりの形で、イスラームにたいする関心が異常に高まってきた。そうなってみて、はじめて我々は今までいかに我々がイスラームに無関心だったか、いかに無知だったかを悟ったのである。こうして今では、イスラームというものを理解したい、理解しなければならないという気運が各方面に興っている。イスラームとは一体何だろう。イスラームはどんな宗教であり、またそれが産み出した文化はどんな文化なのだろう、と。

異国文化の理解と摂取にかけては、日本人は歴史的にかなりの経験者だ。一旦異国的な何かに主体的な関心をもったら、どこまでもそれを追求して、完全に自分のなかに取りこんで、自分のものにしてしまわなくては満足しないという一風変った性向を我々はもっている。仏教の日本化がいい例だ。より一般的に、それが日本文化形成の史的過程の決定的パターンでもあった。その点から考えれば、これからはイスラームについての我々の知識がどんどん増していくだろうことは推測するに難くない。イスラーム、あるいはそれを中心とする中近東の文化という我々日本人の東洋意識の空白は、今後、急速に埋められていくだろう。ただし、このイスラーム理解が、たんにイスラーム世界に日々めまぐるしく生起する新しい事件や事態の時局的追求だけに終ってはならないと思う。時局的関心を蔑むわけではない。が、時局的事態の正しい把握のためだけにも、時局的関心の次元より一段深いところで、イスラームという宗教、イスラームという文化の精神が捉えられなければならない。そのような根源的な形で把握され摂取されたとき、はじめてイスラームは我々日本人の複数座標軸的な世界意識の生きた構成要素として、我々のうちに創造的に機能しはじめることだろう。およそ、このような視点から、私は以下「イスラームの二つの顔」について語ろうとする。

II　イスラームと沙漠

イスラームというと人はすぐアラビア沙漠を憶う。大抵の人はそうだ。例えば和辻哲郎。彼はその風土学的哲学の全体的構想において、イスラーム文化の根本精神を沙漠的人間のメンタリティーに関係付けて解明しようとした。

茫洋たる沙の海、照りつける灼熱の太陽、地平線に影絵のように浮ぶ駱駝の列。沙漠の心象にはロマンチックな魅惑がある。そしてたしかにイスラームの思惟形態そのものには一種独特な乾燥性がある。が、そこにまた我々のイスラーム理解を誤たせる危険もあるのだ。なぜならイスラームという宗教は全体としてたんに沙漠的宗教ではないし、ましてイスラーム文化を沙漠的文化として規定することはできないからである。

イスラームはアラビア沙漠の真只中から興った。それは事実だ。そしてイスラームの始祖、預言者ムハンマド（マホメット）に沙漠的メンタリティーが生きていたことも、また事実である。だがそれだからといって、イスラームは、少くともその起源に関するかぎり、本質的に沙漠的だと簡単に割り切ってしまうことはできない。実はムハンマドは、メッカという当時のアラビアとしては国際的商業都市に生れ育ってイスラームを興し、後にメディナという、これまた第一級の国際都市で活躍した都市的人間であり、宗教的にも政治的にも彼は都会人として、むしろ沙漠的人間の精神に反抗して立ったのである。ムハンマドが生涯かけて超克しようとしたこの沙漠的人間の精神がどんなものであるかについては、後で述べることにしよう。

しかもイスラームは勃興後百年たらずの間に、広大な古代文明の領域に拡がっていく。北アフリカから中央アジアに及ぶいわゆるサラセン帝国。そこには、勿論、沙漠もあった。だから当然、沙漠的なものもイスラーム文化の史的形成に参与した。だが決してそれだけではなかった。ビザンチン的キリスト教、地中海的グノーシス、ゾロアスター教的光と闇の幻想性、ヒンドゥー・仏教的湿潤性。これら、古代諸文明の遺産が入り乱れ錯綜しつつ作用する特殊な文化コンテクストの中で、イスラーム文化は一つの独自な、国際的文化として発達した。そのような複雑な構造体として、イスラームは現代我々の前に立っている。イスラームを単純に沙漠的文化と考えて近付くと、我々はたちまち足を掬われてしまう。イスラームの二つの顔のうちの一つは、それでもなんとか説明がつくけれど、もう一方の顔がどうして、どこから出てくるのかは、全然説明できなくなってしまうのである。

III　イスラームの現実主義

イスラームが我々に向ける二つの違った顔。その一方を私は仮に現実性あるいは現実主義という言葉で固定してみたいと思う。よく世間では、イスラームは現実主義的宗教だという。多くの場合、その意味は、イスラームが現世における人間の生活のことばかり考えている、利害打算的な低俗な宗教であって、キリスト教のように実存的深みのある信仰に基く宗教ではない、ということだ。しかしこのような底意地の悪い解釈とは別に、イスラームが現実主義的だということは事実である。ここで現実主義的とは、イスラームが現世にたいして根本的に肯定的であり、建設的であること、現世にたいして逃避的でなく、むしろ積極的に批判的かつ建設的態度を取ることをもって特徴とするということを意味する。

普通我々は宗教という言葉を聞くと、すぐ現世否定を憶う。実際、我々の知っている大多数の宗教の底には根源的なニヒリズムがある。宗教的な目で見た人間の現存在は暗いものであり、我々がそこに生れ、生存し、そして死んで行く現世は悪に充ちた世界、そこに生きる人間の生は苦である。

人生は苦、存在は苦。そのような存在の場としての現世は厭うべきもの。存在についてのこうした実存的ニヒリズムを古代インドの宗教が典型的な形で示す。存在苦の自覚こそ、一般にインドにおける宗教の出発点である。「現世は苦に充ちている。それは生あるためである」という『ニャーヤ・スートラ』の有名な一文にあるように、この世に生れて来て、生きる、生きなければならない、そのこと自体が苦（duḥkha）なのだ。だから、その苦を脱却するために修行の道に入る。それがインド的意味での宗教である。

宗教のこのようなインド的パターンを、我々日本人は仏教を通じて知っている。仏教は「法印」（仏教をして仏教たらしめる根本的標識）の一つとして「一切皆苦」を説く。「四諦《たい》」（四つの根源的真理）の第一に「苦」が立てられていることも、この点で特徴的だ。というのは、これが仏教の宗教性を決定する第一の要因だからである。存在苦の自覚と苦の脱却、それが解脱であり、それが宗教である。存在の苦を脱する、あるいは滅する、つまりそういう苦しみがもはや成立しない、成立しえないような意識と存在の次元に出ることが解脱なのであって、その目的のために全てを放擲してひたすら修行する。それなくしては仏教という宗教は成立しない。

イスラームの宗教性はこれとは対蹠的だ。勿論、存在苦の意識がイスラームにないわけではない。存在が苦に充ちていることは、人間が人間としてこの世に生きるかぎりどうしても経験せざるをえない普遍的事態であって、仏教であろうとイスラームであろうと、この点ではなんの違いもあろうはずがない。老・死の不可避性ということ一つ考えただけでも、存在は苦であるという命題は即座に成立してしまう。だから、人間であるかぎりイスラーム教徒にも苦の意識はある。しかしその苦の意識が、イスラームという宗教の中心軸になったり基盤になったりすることはない。そこにインド系宗教との根本的違いがある。

もっとも、そうはいっても、イスラームの史的発展を時期的に細分して、『コーラン』の啓示それ自体に描き出されているものを最初期とし、その最初期をさらに前期（メッカ時代）後期（メディナ時代）に二分して考察するなら、メッカ時代、つまりイスラーム生誕に直結する一番早い時期には、現世が厭うべきものであるという痛切な感覚が、ほとんどニヒリズムすれすれのところで働いている。事実、この時期の啓示は、現世がいかに儚く、頼りなく、いまわしいものであるかを繰り返し強調する。しかもこのような、苦と悪に充ちた生死流転の現世にたいして、神の支配の完成する来世という観念も、すでにこの時期からはっきり打ち出されている。そしてこのことが、イスラームの宗教性の進むべき方向を根本的に決定するかのように見える。つまり、苦と悪に充ちた現世を一刻も早く棄て遁れて、来世の事に専念せよ、という方向だ。仏教や、より一般的にインド的考え方だと、当然そういうことになるだろうし、またイスラームでもメッカ期の数年間はたしかにそうだった。だがそれも短いメッカ期だけのことで、メディナ期に入ると、コーランの啓示そのものが、がらっと性格を変えて、イスラームの宗教性はまるで別の方向に進んで行ってしまう。そしてそれが、今ここで問題にしているイスラームの二つの顔のうちの一つ、私が始めに現実主義と呼んだもの、を形成するに至るのである。

この方向に進んだイスラームは、仏教の例えば浄土教などで、西方浄土を憶いつつ、極楽にいます阿弥陀如来を念じながら、ただ念仏一筋にと、現世にたいして否定的になり、ひたすら彼岸に憧れる、というような態度を取らない。むしろ、来世、彼岸の形象を心に抱きつつ、それの要請するところに従って現世の現実を鋭く批判しながら、それを一歩でも理想に近い形に作りなおしていこうという現世肯定的態度を取る。人間存在の現実はたしかに悪に充ちている。それなら、徒らにその悪を避けようとするかわりに、むしろ、そんな悪や苦のない場所として現世を作り変えようという。来世の理念に適合するような理想的生活形態をこの世に打ち立てていこうとする、きわめて意欲的、積極的な態度でそれはあり、あくまで現実の形成に責任をもっていこうとする一種の大胆な現世肯定である。但し、現世肯定とはいっても、それには一つだけ条件がつく。すなわち、現世のあるがままをそのまま肯定するのではなくて、神の意志に従って、一刻一刻が神の意志の実現であるような緊張した形で、現世を建てなおしていく、そういう意味での現世肯定でなければならないということである。だから、こうして構想された現世とは、神の意志の実現の場所としての存在秩序であるはずだ。ここにイスラームの宗教性の根源があり、またこれがイスラームの現実主義の核心なのである。

IV　罪の意識のあり方

　この意味でのイスラーム的現実主義が、罪悪感、罪の意識のありかたと密接に関連していることが注意されなければならない。およそいかなる宗教においても、人間の罪の意識は存在悪と存在苦の意識から切りはなすことのできないものであり、罪を主体的にどう扱うかということが、その宗教の性格を決定するからである。

　イスラームにおける罪の意識。ここでもまた我々はメッカ期とメディナ期との間に根本的な対立を見出す。大ざっぱに言って、イスラーム最初期の、そのまた第一期であるメッカ時代の啓示の言葉は罪の意識の暗いかげりに覆われている。実存的自覚としての罪悪感がそこにはある。そしてこの痛烈な罪の意識から、「怖れ」(taqwá) という、人間の主体的態度が出てくる。罪深いものであることを自覚する実存、その深みから湧いてくる怖れのこころ。この場合、怖れとは神を怖れること、神の怒りを怖れること。後にイスラーム神学の重要な術語の一つとなるこの「怖れ《タクワー》」という語こそ、『コーラン』の最も古い部分の全体を支配するキー・ノートであり、イスラームにおける信仰概念の中核をなす。つまり、このコンテクストでは、神の怒りを怖れることが、とりもなおさず人間の神に向って取るべき信仰態度なのだ。この意味で、メッカ期のイスラームは著しく旧約聖書的な世界である。

ところが、メッカ期が過ぎてメディナ期に入ると、「怖れ」の内的構造そのものが根本的に変ってくる。あれほどはげしかった罪の意識の実存的なまなましさはどこかに消え去って、「怖れ」は信仰あるいは敬神の同義語となる。そしてこの事実は、イスラームの宗教性そのものについて、ある非常に本質的なことを示唆している。つまり、イスラームには罪の意識はあるけれども、キリスト教的な原罪の意識はないということだ。原罪、人間の本性そのもののなかに本源的に植えつけられ、実存の深部に染み込んだ根元的罪をイスラームは知らない。イスラームにも失楽園という考えはある。しかし、キリスト教におけるような重みをそれはもたない。『コーラン』の失楽園説話（第二章、三三―三七）でも、それは非常に軽く取扱われている。すなわち、人類の始祖、アダムとイヴは「この木にだけは近付くな」という神の禁を犯して楽園を追われ、地上に追い落されるが、すぐまた神の宥しを得てしまう。この説話は、たんに神が人間にたいしていかに慈悲深いかということの証拠として語られているにすぎない。

イスラームの見方からすれば、人間はたしかに罪深いものではあるが、その罪悪性は原罪ではない。つまり十字架上のキリストの死によって贖われなければ、もうどうにもしようのないものではなくて、人間が自分で処理できる人間性の歪みにすぎないのである。罪をこのようなものとして考えるということは、イスラームが人間の本性を本来的に清浄なものと考えることに基いている。現実の人間がどれほど汚れた悪いものであるにしても、人間の本性そのものは罪で染ってはいない。ただ、『コーラン』に言われているとおり、人間は「生れついての粗忽者」であり、その軽率さのゆえに、ともすると己れの清浄な本性から逸脱してしまう。つまり己れの本性の自覚がしっかりしていない。要するにそれだけのこと。だから神の意志によって、「神の似姿」として造られた自分の本性をはっきり自覚しさえすれば、正しいもとの姿に立ち戻ることができる。また自分の力でそういう努力をしなければならない。それがイスラームという宗教の道である、と考える。こうして、罪の意識の取扱い方を考察することによって、我々はここでもまたふたたび、イスラームの現実主義、すなわち現世にたいする積極的、建設的態度の確認に連れ戻されるのである。

以上の簡単な叙述でもわかるように、誕生直後のいわゆるメッカ期のイスラームは、メディナ期およびそれに続く正統的なイスラームとは著しい特徴によって区別されている。メッカ期の啓示では存在悪と存在苦の意識とがきわだっていた。それに伴って実存的な罪の自覚があった。このような暗い意識が、一般に現世にたいするニヒリスティクな態度に導きやすいことを我々は知っている。また、メッカ期以後のイスラームの歩みがこうしたニヒリズムに対抗する肯定的傾向の展開であったことも。だが、ニヒリズムが簡単にそれで消滅してしまったわけでは勿論ない。現世否定的あるいは現世逃避的態度は、俗にスーフィズムの名で知られるイスラーム神秘主義の潮流として、メディナ期以後も永く存続して今日に及ぶ。今まで叙述してきた正統的イスラームの歩んだ道とそれは正反対の方向である。正反対であればこそスーフィズムは、イスラームの長い歴史の過程でしばしば異端視され、迫害されたのだ。いくら迫害されても、しかし、それは強靭な生命力を示し続けた。強靭な生命力をもって、それはイスラームの第二の顔を形成する内向的精神の大潮流に合流していく。だが、それについては後で述べる機会があろう。ここではもう少し、イスラームの第一の顔を追求してみたい。

V　濃厚な政治性

イスラームの現実主義的性格は、何よりも先ず、顕著な政治性として現われる。イスラームは宗教として、始めから政治的関心によって鮮かに色付けられていた。世の中が悪い、この世に存在することは苦である、だから世を厭い世を棄てるというのでなしに、むしろ逆に世の中が悪いなら、悪くない世に作りなおしてやろうというイスラームの現世構築的な姿勢は必然的に政治への強い関心とならざるをえないのだ。しかも悪い世の中を悪くない世の中に作り変えていくためには、神の意志のままに動くほかはない。神の意志は、啓示、すなわち神そのもののなまの言葉（それを記録したものが『コーラン』）と、神に直結する人としての預言者ムハンマドの言動（それを記録したものが『ハディース』）とに具体的な形で表明されている。『コーラン』と『ハディース』の指示するままに、つまり神の意志に従って生きようとする努力を通じて、積極的に現世という存在形態を正しくしていくことが宗教の道であるとすれば、宗教は自から濃厚な政治性を帯びてくる。だからイスラーム宗教共同体の首長たるものは、宗教的最高指導者であると同時に政治的最高指導者でもある。イスラームの始祖ムハンマドは文字どおりそうだったし、彼の死後、彼のあとを継いで、彼の

「代理人《ハリーファ》」（いわゆる「カリフ」）として世を治める地位についた人たちも、少くとも理念的にはそうだった。イランの現状がよく示しているように、この理念はイスラームの栄枯盛衰の歴史を通じて生き続けて現代に至っている。

よく世間でイスラームに関して云々される政教一致とはこのことである。政教一致とはこの場合、聖俗不分、すなわち人間の生活において聖なる領域と俗なる領域との別を立てないということ。この点でイスラームは、同じくセム的一神教ではあるが、キリスト教とは根本的に違う。イスラームにはカトリック教会に類するような教会組織は全然ない。モスクの名で知られる聖堂はあるけれども、あれは集団礼拝の場所であって、教会とはまったく別物だ。教会制度がないから、勿論、ポープもいない、司祭も牧師もいない。つまり聖職者、あるいは僧侶というような特別の階級は存在しない。日本的にいうと、出家と在家の区別がないわけである。

キリストは「我が王国はこの世のものではない」と言い、「カイサルのものはカイサルへ、神のものは神へ」と言った。明らかに存在の聖なる領域と俗なる領域とが区別されている。イスラームではこうは言わない。宗教とか宗教的とかいう特別の存在領域が聖別されているのではなくて、いわば存在の全体がそっくり宗教的世界なのだ。だから人間に関して言えば、人間生活のあらゆる局面が宗教の管轄圏内に入ってくる。もし「聖なるもの」というなら、「聖なるもの」が一切に浸透している、あるいは浸透しなければならない。原則としてそうなのである。だから、ここでは宗教は個人の良心、個人の実存だけの問題ではない。勿論、それも問題だが、もっと広く、個人の日常生活、家庭生活をはじめ、社会における人と人との公共の結び付き、それらすべてが本質的、第一義的に宗教に関わってくる。個人的、社会的、国家的、およそ人間が生存するところ、そこに宗教がある。そしてこのように広く人間存在のあらゆる形態を通じて、終始一貫して神の意志を実現していくこと、それがイスラーム的に見た宗教生活なのである。

VI　法と共同体

ところで人間が現世をいかに生きるべきか、すなわちどういう生き方が神の意志に従った生き方であるかは、前にも言ったとおり『コーラン』と『ハディース』に書き示されている。ただこれら聖典の叙述はあまりにも具体的である。つまり個別的な特殊状況に密接につながっていて組織的でないし、従ってまた多くの場合、そのままでは一般的、普遍的適用性をもたない。それをきちんと組織化して、正しい人間生活のあり方を全体的に規制する一般的規範の体系の形に作り上げたものをシャリーア（sharīʿah）と呼ぶ。これが世に有名なイスラーム法である。宗教としてのイスラームがこのような意味で根本的に法的性格をもっていること、すなわちイスラームが律法的宗教であることは、イスラームをユダヤ教に近付ける。

人間生活の理想像が整然たる法的規範の体系として構造化されたのは西暦八世紀初頭から九世紀にかけてのこと、すなわちイスラームの歴史としてはごく初期のことであり、それ以後、イスラームは律法的宗教としての性格をいささかも改変することなく保持して今日に至った。

　キリスト教の三位一体の教義をイスラームは徹底的に否定する。勿論、キリストが神の独り子であるという考えも。キリストは、イスラームにとって、アブラハム、モーセなどと並んで歴史的にムハンマドに先行する一人の預言者にすぎない。このような立場は、当然、イスラームをキリスト教と鋭く対立させる。しかし、この種の信仰内容に関わる違いとは別に、イスラーム教徒自身は自分の宗教をキリスト教から区別するとき、預言者キリストは法律をもたらさなかった、これに反して預言者ムハンマドは法律をもたらした、ということを強調する。すなわちイスラームの預言者は法組織の制定者、立法者——ムシャッリウ（musharriʿ）すなわち「シャリーアを立てた人」——なのである。しかもこのことは、たんにイスラームの外的形式だけに関わる、比較的重要でない事実として主張されるのではなくて、その宗教的重要性においては、例えば三位一体論の否定に少しも劣らぬほど決定的なキリスト教との違いとして意識されている。それがイスラームという宗教の一つの大きな特徴である。つまりイスラームの立場からいうと、宗教なるものがあってそれが一つの領域を占め、それとは別に、それと並んで法的規範の領域がある、というのではない。シャリーアそのものがすなわち宗教なのだ。なぜならシャリーアとは、先に述べたように、現世の存在秩序についての神の意志の体系化された表現形態にほかならないからである。言い換えれば、イスラーム教徒にとって、シャリーアは、人と神とが相互に「我と汝」関係において人格的に結びつく場所なのである。もっとも、律法なるものの性質上、この我—汝関係は著しく形式化されており、そのかぎりにおいて間接化されてはいるけれども。

このようなものとしてのシャリーア、すなわちイスラーム法は、我々が普通常識的に考える法律とは非常に性質の違ったものであって、現世に生きるかぎりでの人間生活を端から端まで神の意志に従って規制する「命令・勧告・禁止」体系である。「こうしなければならない」「こうしたほうがいい」「こうしないほうがいい」「こうしてはならない」という四つの原理に基いて、人間の内的・外的行為に関わる一切が厳密に規定される。日常生活の隅々まで、聖俗の区別なしに、である。そしてまたそれが、当然、人間を通じての現世における神の意志の実現という法的理念の政治性でもあるわけで、先に一言した宗教としてのイスラームそのものの政治性の根底がここに見出されるのである。

この問題に関連して、ここに注意すべき一つの非常に重要なことがある。それは、シャリーアを実践すべき人間主体が第一義的には個人としての人間ではなくて、むしろ信仰共同体であるということだ。つまり、神は唯一絶対であり、預言者ムハンマドはその神がこの世に遣わした使徒であるという同じ一つの信仰に生きる人々全体によって構成される信仰共同体がシャリーアの主体なのである。この意味でのイスラーム共同体をアラビア語で「ウンマ」（ummah）という。そして既に述べたとおり、シャリーアは宗教そのものであるのだから、要するにウンマがイスラームという宗教の主体であるということになる。これもまたイスラームの大きな特徴の一つをなす。

一体、ウンマと呼ばれる全イスラーム教徒共同体の理念が成立したのは、預言者ムハンマドが西暦六二二年にメッカからメディナにその活動の本拠を移してからのこと。原始イスラーム史の第二期に当る。メッカ時代、すなわちムハンマドが突然異常な精神的経験に捲きこまれて不思議なヴィジョンを見、不思議な声を聞き、天啓を受けだした当初は、イスラーム的信仰の主体は一人一人の個人だった。個人としての実存が宗教体験の主体だった。当のムハンマド自身がそうであっただけでなく、彼を信じて彼のまわりに集った人々もそうだった。ところがメディナ期に入ると、事態は一変して、信仰の主体が個人ではなくてウンマ、すなわち信徒の構成する共同体となる。

むろん、共同体が信仰の主体であるとはいっても、それの構成員一人一人が個人として、信仰に生きる本当の宗教人でなくては話にならないわけだが、なにしろメディナ期になると、最初のメッカ期とは違って、預言者の指導下に入ってくる信徒の数が急増する。大集団をなす信徒たちの間には、同じ一つの信仰にしても深浅、強弱、様々な度合の違いがあって、とうてい一人一人の宗教的実存の実態を掘り下げて問題にしている余裕はない。だから最後的には、「アッラーは唯一の神、ムハンマドは神の使徒」と、いわゆる信仰告白をしたものはすべて一様平等にイスラーム教徒として認められるということになってしまうのだ。初期のイスラーム神学で、思想家たちが一種の危機意識をもってこれをイスラームの生死に関わる大問題として取扱ったが、その時にはすでにウンマの理念は完全に成立してしまっていた。そしてウンマの理念が成立するとともに、イスラームにおける宗教の理念そのものが一変した。

この宗教理念の変化は、同時にまた、イスラーム以前のアラビア文化との関連において、実に革命的意義をもつ大事件だった。この「革命」は沙漠的人間を根本的に特徴づける部族精神の否定という形で実現した。

VII　人類の宗教へ

イスラームが出現するまでのアラビアでは、人間存在の基礎は部族主義だった。アラビア半島の大部分を占める沙漠に遊牧の生活をいとなむベドウィンたちの生活伝統として、どこまで遡るかわからない長い歴史の重量をもつ、神聖な存在形態。それを叩きこわそうと企てる無謀な男が自分たちの間から出てこようなどとは、誰一人考えてもみなかった。

ところで部族的社会構造とは、徹頭徹尾、血のつながりによる。血縁関係が人と人とを結ぶ至上の紐帯である。ただ一人の共通の祖先——それは実在の人物である場合もあれば、伝説的人物であることもある——に遡る血統、あるいは血統意識によって固くつながれた一群の人々、それが部族というものだ。人間の社会的統一性は、身体に流れる血の共通性によってのみ保たれる。沙漠のベドウィンばかりでなく、メッカやメディナのような国際商業都市においても、社会のあり方はまったく同じ部族構造だった。

人間生活の一切が部族という中心をめぐって展開する。人は部族のために生き、部族のために死ぬ。一人の人間が受ける名誉は部族の名誉、一人の人間の受ける恥辱は部族の恥辱。預言者ムハンマド自身、メッカ市の有力な大部族、血統の高貴さを天下に誇るクライシュ族の一員だった。その彼が、イスラームを武器として、クライシュ族だけでなく、アラビア社会の根幹ともいうべき部族制度そのものに敢然と戦いを挑んだのである。部族的社会構造へのイスラームのこの果敢な挑戦は、先祖伝来の部族中心的存在様式を唯一絶対、神聖犯すべからざるものとして、その精神ですべてを律して来たアラブ全体への挑戦を意味した。アラビア全土が騒然となったのも無理はない。新しい宗教という形で、社会構造を根底からゆるがす革命が勃発したのだ。

あくまで父祖伝来の部族精神に生きようとする沙漠的人間にたいして、ムハンマドは血統を誇り、血統のよさの上に名誉心を保持しようとすることの、いかに空しく、愚かしいものであるかを説いた。『コーラン』の第四九章、十三節——非常に有名な個所だが——は、血筋の高貴さが人間の高貴さをきめるのではない、人間の高貴さをきめるものはただ一つ、信仰の深さだけだと断じている。ここに旧来の社会組織とは全く違う一つの新しい社会構成の原理の成立が宣言されたのである。つまり、血の共通性でなくて、信仰の共通性が人と人とを結ぶ唯一の正当な統合原理として樹立された。これがウンマ、すなわち宗教共同体、信仰共同体の理念である。

この理念は、宗教としてのイスラームを一つの普遍的な世界宗教として発展せしめる基礎となったという意味で決定的重要性をもつ。幾多の注目すべき類似点をもちながらも、あくまで民族の歴史意識を離れないユダヤ教と、ここでイスラームはきっぱり袂を分かつ。そして、幾つかの根本的差違を示すキリスト教と、この点で同じ立場に立つ。

もはや血のつながりは問題ではない。どんな部族、どんな人種でも、アラブでも非アラブでも、白人でも黒人でも、イスラーム的信仰を表明する者は誰でもウンマの一員だ。この原則が確立されるとともに、イスラームは世界性を得た。つまり全世界に開かれ、普遍的な人類の宗教たるべき資格を獲得したのである。もっとも、そうはいっても、これは理念上のことであって、歴史の現実としては、根強いアラブの部族精神と血縁意識がそう簡単に一掃されるわけのものではなく、ウマイヤ朝以来のイスラームの長い歴史を通じて、アラブ的部族主義と、非アラブ教徒の支持する反部族主義的、普遍宗教的精神とは激しい確執を続けていくのであり、それがまたイスラーム文化史を華かに、そしてしばしば悲劇的に色付けるのだが、ここではその側面はこれ以上追求しない。ただ、イスラームという宗教の根本的性格を決定する上で、ウンマの理念の成立が、いかに重要な意味をもつものであるかを指摘するに止めておきたい。要するに、私が始めから主題としてきたイスラームの現実主義、すなわち現実肯定的性格とは、ウンマと称する信仰共同体が主体となって、人間の生きるこの現実の世界、いわゆる現世を、シャリーアを通じて、神の意志の正しい実現の場として積極的に構築していこうとする前向きの姿勢を指すのであって、聖と俗の区別もなければ教会制度もないイスラームの、これが決定的な特徴をなすのである。このような宗教が、本性上、政治的であることは言うまでもない。

VIII　シーア派とスーフィズム

しかし、もしこれだけであったなら、イスラームは明快で男性的な、積極的建設的な宗教として、少くとも理念的には事はすこぶる簡単だったかも知れない。だが幸か不幸か、これだけではなかった。イスラームにはもう一つの、まったく別の顔がある。現実主義はたしかにイスラームの根本的な性格ではあるが、それが唯一の性格ではない。実は、現実主義とはまるで正反対と見えるような、もう一つの特徴が、イスラームの内部から同じくらい強めに働きだしてきて、イスラームという宗教と文化とを非常に複雑な、容易には理解しがたいものにしてしまうのだ。

イスラームについてこれまで述べてきたことは、本当はイスラーム全体の特徴ではなくて、普通西洋で正統派《オーソドックス》などと呼ばれている、いわゆるスンニー（sunnī）派の特徴、人種的に言えば、主としてアラブ系のイスラームの特徴なのである。これに対立して、イスラームのもう一つの顔を代表するペルシア的、イラン的形態、シーア（shī'ah）派のイスラームがある。スンニーとシーア、この対立が正にイスラーム文化を二つに分ける。むろん、アッラーが唯一絶対の神であるとか、ムハンマドが神の預言者であり使徒であるとか、コーランが神の言葉であるとか、イスラームの根本信条では完全に一致しているが、それを一歩離れると、ほとんどすべての重要な点において両者は互いに背を向ける。と言うより、両者の精神そのものがまるで違うのだ。

イスラームにおけるシャリーア（律法）の重要性について私は語った。シャリーアこそウンマ

（イスラーム共同体）の宗教そのものであり、ウンマの宗教的生命である、と。シャリーアの否定はすなわちイスラームという宗教そのものの否定である。これはスンニー派の立場。

シーア派もシャリーアを否定はしない。宗教を社会生活の基礎として構造化し、それによって社会秩序を守っていくためには、人間生活のあらゆる側面を厳格に規定した法体系としてのシャリーアは必要不可欠だ。現にシーア派でも、イスラーム法学はあらゆる学の首位を占める。だがシャリーアを取扱う主体的態度が違う。つまりシャリーア即宗教、ではないのである。

一体、シーア派は、何事によらず、事の内面を重視するという注目すべき特徴をもっている。どんなもの、どんな事象でも、それの目に見える表側ではなくて、目に見えぬ裏側にこそ、それのリアリティーがある、という考えだ。宗教も例外ではありえない。

シーア派的観点からすれば、シャリーアは要するに宗教の可視的な外側、表面であり、果物でいえば外皮にすぎない。皮で包まれた不可視の内面にこそ、みずみずしい宗教の生命がある。法的規範の体系という外面ではなくて、その内面の深みにひそむ精神的リアリティー、それがイスラームという宗教を生きた宗教たらしめる真の宗教性である、という。外面的、律法的宗教としてのシャリーアは時の流れと共に移り変る、だが、その内側には永遠に不変不易の精神的実在があって時を越える。かくてシーア派的イスラームは内面への道を取る。

宗教だけではない。あらゆる物、あらゆる事について、シーア派的イスラームは内面的リアリティーにすべてを賭ける。内面への視座、それがシーア派的イスラームの最も根本的な特徴である。

すべてのものの不可視の深層にひそむこの「内側」を術語ではハキーカ（haqīqah）という。ハキーカとはアラビア語で、字義通りには実在とかリアリティーとかいう意味。つまり、あらゆるものについて、それの真のリアリティーは表面《ザーヒル》（ẓāhir）にはなくて内側《バーティン》（bāṭin）にある、と考えるのである。

この内面性の重視、内面への道の選びにおいて、シーア派はスーフィズム（イスラーム神秘主義）と完全に一致する。シーアとならんで、スーフィズムもイスラームの第二の顔を形成する重要な思想系譜である。

同じく内面への道を取りながらも、スーフィズムとシーアとは別々の道を行く。しかし広い意味で、歴史を窮極まで遡って見れば、両者は同じ一つの源泉に由来すると考えられないこともない。ここで広い意味での同一の源泉とは、古代オリエント一帯、特に地中海的世界に拡がって各地の文化に一種独特の精神主義的色彩を与えたヘルメス的秘教主義、密儀宗教、錬金術などの、いわゆるグノーシスの大潮流であって、この潮流がイスラームに入って、イスラーム的形態をとって現われたものが、大ざっぱで大胆な言い方をすれば、スーフィズムでもあり、またシーアでもある。そして、もしそうとすれば、スーフィズムとシーアとをともに根本的に特徴づける内面主義、存在の深みを中へ中へと追い求めて行く執拗な内面探究は、遠く古代オリエント的なグノーシス伝統につながるものと考えられるのである。

このようにグノーシス的秘教主義の精神に支えられて、等しく内面探究の道を辿るシーアとスーフィズムとが、多くの点で著しい類似性を示すことは当然でなければならない。だが、一つの重要な差違が両者を分つ。この違いは、現世にたいする肯定的・否定的態度の対立という形で現われる。

IX　シーア派における内面性の探求

さきにスンニー派的イスラームの性格を説明したとき、それが根本的に現実主義的であり、現世肯定的であることを私は指摘した。あるがままの現世は悪と苦に充ちている事実は認めるけれど、それだから現世に背を向けて隠遁し、存在の現世的秩序を否定せよとは、それは言わない。現世が悪いなら、神と預言者の指示に従って、悪くない存在秩序に作りかえていこうという積極的、現世建設的態度を取る。これに反してスーフィズムは現世否定的だ。現世が根源的に悪の場所であるなら、一刻も早くそこから逃れることこそ唯一の正しい道なのでなかろうか。世を厭い、世を棄て、実存的孤独のうちに、禁欲と瞑想の生活を通じて、魂の救いを求めようとする。スーフィズムにとって、これが内面への道なのである。

ところがシーアでは、内面性の探求はそういうことにはならない。スンニー派の場合と同じく、現世を神の意志に従って建てなおしていこうとそれはする。つまりスンニーと同じく現世肯定的だ。ただ、神の意志に従って現世を建てなおすという、その「神の意志に従って」をどう理解するかが問題なのである。

スンニー的イスラームでは、神の意志に従って、とはすなわちシャリーアに従って、ということであった。シーア的イスラームでは、それは、ハキーカに従って、ということを意味する。シャリーアを否定するわけではない。だがシャリーアの内面にハキーカという内的、精神的実在を認めたとたんに、「神の意志」の理解の仕方が一変してしまうのだ。シャリーアは、神の意志であるにしても、要するにそれの外面であるにすぎない。完全に外面化し、形式化された神の意志。神的生命の躍動する力はそこにはない。みずみずしい、生きた神の意志は、外面的に固まった形式ではなくて、その底に、その内側にひそむ精神的実在、ハキーカである。このハキーカを捉えて、それに従って生きてこそ、真の意味で神の意志を地上に実現することになるのだ、と。

ではどうやってハキーカを捉えるのか。ここにおいてシーア派は、聖典すなわち『コーラン』と『ハディース』との「内的解釈」なるものを提唱する。内的解釈（これを術語でタアウィール ta'wīl という）は、この場合にかぎらず一般に、シーア的思惟形態を決定する最も重要な解釈学的原理である。あらゆるテクストが内的解釈、すなわち象徴的解釈によって、その隠れた内的真相を露呈する、と考えられるからである。この ta'wīl という語は、アラビア語の原義では、「もとへ連れ戻す」ということ。つまり一々の単語の通常の意味を表面に現われた意味にすぎないと見て、それをもとの、内面的意味に解釈し戻す、ということである。

この原則に従えば、内的解釈は当然、聖典にも適用されなければならない。そうでなければ聖典のもとの意味、すなわち神の意志の本当のあり方は現われてこない。聖典のテクストを、あたかも普通の言葉であるかのように、通常の意味で理解するスンニー派の聖典解釈（これを術語でタフスィール tafsīr という）は、表面的、外面的な解釈であって、それがスンニー派的シャリーアの基礎になっている。こんな浅い解釈では聖典から神の真意を探り出すことはできない。外面的意味の底に隠れている内的意味、すなわちハキーカを探り出して、それに基いて律法を内面化し、精神化しなければならない、とシーア派は主張する。このような態度は、極端に走ると、ハキーカを重視するあまり、シャリーアを軽視し、あるいは完全に無視することにもなりかねないのであって、例えば、シーアの一分派であるイスマイル派は、西暦一一六四年八月八日、アラムートの城砦で、純粋無雑な「内面的イスラーム」時代の到来を告げ、一切のシャリーア的法規の廃棄を宣言して、完全な異端となった。これはあまりに極端な例だが、これほどではないにしても、シーアの歴史全体を通じて、シャリーアだけでは宗教は外面的規定の体系に終ってしまう、真の宗教は内面に、ハキーカにあるという思想が流れている。シーアだけではなくて、スーフィズムにもまた同じくシャリーア軽視（極端な場合には完全無視）の傾向がある。内面探求を事とする神秘主義としては当然のことだが、西暦九・十世紀、バクダードを中心にスンニー派的スーフィズムが成立するに至って、この傾向は危うく阻止された。

X　霊的人間＝イマーム

スーフィズムに深入りすることは避けることにして、シーア派にまた話を戻すが、いかなるものについても、内と外とを区別し、外面に止まらずに内面に深く入っていこうとするこのシーア的性向は実に根強いものだ。それはシーア的イスラームの至るところに働いて、その文化を一種異様な秘教的色彩に染める。従ってその具体的例は枚挙にいとまがない。ここではシャリーアの内面化と密接な関連のあるシーア派独特の内面的人間論だけに焦点を合わせてみることにする。

我々が日常経験の世界に見出す普通の事物の一つ一つに、必ずその外側の目に見える形とは違った内面的リアリティーが伏在しているように、人間にもその内面にハキーカがある。重く、粗く、不透明な肉体的人間の内部に、透明で軽く、精緻な純精神的人間、「光の人」がいる。シーアの象徴的言語でいうと、天使がひそんでいる。この内面の人、天使的人間を自覚することが、人間の人間としての完成である。肉体的人間を純精神的な、霊的人間に変成させる、という。一種の精神的錬金術だ。まさしくシーアが古代オリエントのグノーシス伝統の流れに棹さすものであることを、それは物語る。

勿論、この人間変貌、肉体的人間の精神化、霊化、天使化ということは、普通の人間にそう簡単にできることではない。仮りにできたとしても、仏教の菩薩の修行にも比すべき長い修行の道程を必要とするだろうし、またそれをもってしてさえ、とうてい完全無欠な変貌は望むべくもないだろう。ところが、ここに、始めからそのような霊的人間として生れついた人がいるのだ。それを「イマーム」(Imām)という。だから、シーア派の用語法でイマームというのは、普通の人間ではない。天使的人間──我々の通俗的言葉に引き下ろして言えば、異常な霊的能力、つまり超能力をもった人──として生れた人である。そしてそうした特別な資格をもって生れてきた人こそ、ハキーカに基く内面的イスラームの最高指導者、主権者であらねばならない、とシーア派は主張する。

ここまで来ると、宗教ばかりでなく、政治的理念としても、シーア派とスンニー派の違いは鋭角的な対立として現われざるをえない。預言者その人とイマームとの関係が問題になってくるからだ。元来ムハンマドは、自分は「ものを食い、街を歩きまわる」ただの人間にすぎない、自分は神ではないし、神的人間でもないと繰り返していた。仏陀と同じく、彼は自分が神化され、そのようなものとして崇拝されることを厳に戒めた。いわんや、彼の後継者としてイスラーム共同体の主権者の位置を占めるカリフたちが神的人間でありえないことは明らかである。ところがイマームには自分が天的ないし神的存在であるという自覚がある。

シーア派の有名な伝承にこんな言葉がある。「預言者たちは時とともに過ぎて行く。しかし我々(イマーム)は永遠の人間である」と。この伝承は預言者を「時とともに過ぎ行くもの」としている。すなわち預言者を存在の時間的秩序に属するものとして、永遠性の次元に属するイマームと対立させている。勿論シーア派も、イスラーム教徒であるかぎりは、預言者の最高権威を認めはする。預言者(イスラームの場合、具体的にはムハンマド)がイマームより一段低いとは言わない。しかしまた、イマームが預言者より無条件で一段低いとも言わない。そこに問題がある。

だが、このアポリアをシーア派は、また内面性の探求の一課題として、すなわち預言者それ自体の内的リアリティーの問題として解決してしまう。つまり、すべてのものに外側の可視的部分と内側の不可視的、精神的中核とがあるように、イスラームの預言者ムハンマドその人にも外側と内側があった、と考えるのだ。外なる人としてのムハンマドは西暦七世紀、アラビアでイスラームを興した歴史的人物。しかし、この歴史的人物としてのムハンマドの内面には、目に見えぬハキーカが生きていた。この内なる人ムハンマドは、時間と空間の制約を越えた永遠の精神的実在として全存在界に遍満する。大乗仏教の仏身論の説く「法身」(dharmakāya)にも似たこの内的実在をシーアの思想家たちは「ムハンマド的光明」(nūr Muḥammadī)と呼び、また「ムハンマド的実在」(ḥaqīqah Muḥammadīyah)と呼ぶ。

XI　カリフとイマーム

スンニーとシーア両方に共通する一般的イスラーム信仰の根本的テーゼの一つとして、ムハンマドは最後の預言者——天地創造以来、連綿と続いてきた長い預言者系列は、ユダヤ教のモーセ、キリスト教のイエスの後、ムハンマドに至ってついに終結し、もうこれ以後はいついかなるところにも地上に預言者なるものは出現しない——という考えがある。だから、時間的、歴史的次元における預言者の系譜は、たしかにムハンマドとともに終った。だが、とシーア派は言う、歴史的ムハンマドに内在していた内なるムハンマド、つまりムハンマドのハキーカは、歴史的ムハンマドを越えて、その死後も絶えることなく生き続け、それぞれの時代において一人の歴史的人物に受肉して世に現われる。ただ、そういう人をもはや預言者とは呼ばないで、イマームと呼ぶ、というのである。歴史的人物としてのムハンマド、すなわち外なるムハンマドは外面的イスラームをもたらしたが、内なるムハンマドは内面的イスラーム、秘教的イスラームを教えた。内なるムハンマドのこのひそかな秘教的教えを継承する人々、それがイマームである。従ってムハンマドのなき後、イスラーム共同体の真の主権者たるにふさわしい者は、イマームを措いてはほかにない。

もともとシーア派のイマーム論は、歴史的には、ウンマの最高主権者たる資格をもつ人は誰であるかという問題と密接にからみ合って起ってきたものであって、始めから著しく政治的性格を帯びていた。ウンマ、すなわちイスラーム共同体とはいっても、もうその頃は、最初メディナでムハンマドの周囲に形成された小規模な宗教団体ではなくて、中央アジアからアフリカに及ぶいわゆるサラセン帝国となった、あるいはまさになろうとしている巨大な共同体である。それの最高主権者となると問題は重大だ。スンニー派のほうでは、周知のとおり、共同体の最高主権者としてカリフを立てる。「カリフ」とは原語でハリーファ（khalīfah）、もとの意味は代理者ということ。つまり、神の地上経綸の代理者としての預言者のそのまた代理者としての資格で天下を治めるべき人。

歴史的事実はともかくとして、理論的には、カリフの地位につく人は、信仰深く、徳高く、知力すぐれ、有能で、実際上イスラーム共同体の統治者として一番適当な人、しかも一般人民の圧倒的支持を得て、その意味で一般人民の意志を反映する人でなければならない。要するに、カリフは人民の総意によって選び出された人であるはずである。とすれば、カリフはいわばデモクラティックな原理で選出されるわけである。西暦十一世紀前半、バグダードで最高裁判官の地位にあったマーワルディー（Abū al-Ḥasan al-Māwardī, d. 1066）の著書『国民統治論』（al-Aḥkām al-Sulṭānīyah）――ついでながらこの本は、イスラーム史上最初の組織的な政治理論として、きわめて高く評価されている書物である――は、カリフ制について、このようにそれが人民全体のデモクラティックな選挙に基くことを原則とする、と書いている。もっとも、人民の総意とはいっても、事実上は人民全体ではなくて、人民を代表する権威ある人たち、すなわち限られた数の第一級の法学者たちの意見の一致ということだから、果して実際に全イスラーム教徒の総意を反映する人がカリフとして選ばれるかどうかすこぶるあやしいけれど、とにかく理論的には右のとおりであった。

　ところがシーア派の考えるイスラーム共同体の最高主権者、イマームは絶対に選挙で決められるようなものではない。預言者なき後、その衣鉢を継いでイスラーム世界を治めるにふさわしいのは、先に述べた内的ムハンマド、すなわちムハンマド的ハキーカをそのまま体現する人でなければならない。しかし、ムハンマド的ハキーカは、衆にすぐれた超一般の人なら誰にでも宿るというわけではなくて、歴史的預言者としてのムハンマドの娘ファーティマの子孫、つまりムハンマドの血統を正しく継ぐ一系列の人たちだけに宿ると考えるのである。

注目に価するのは、またまたここで、血統という古い考えがイスラームの真只中に復活してきた事実である。前にも書いたとおり、イスラームはアラビア沙漠の部族的社会構造の根幹であった血統とか血筋とかいう考え方を超克することによって、一つの世界宗教として自己を確立したのだった。血筋がどうであってもかまわない。ただ信仰一つでウンマの一員になれる。むろんカリフにしても、血筋など問題ではない。ところが、シーア派の思想を通じて、また血統の重要性の意識が帰ってきた。しかも今度は昔のアラビア沙漠の部族主義とは違って、もっと深みのある、精神的、グノーシス的人間論の形で「血」の意識がよみがえった。それがシーア派独特のイマーム論である。

とにかく、こうして預言者ムハンマドの従弟で、娘ファーティマの夫、アリーを第一代のイマームとして、アリーとファーティマの息子、それから孫というふうに、代々この「血」の系統だけに内的ムハンマドのハキーカが継承されていく。内的ムハンマドのハキーカとは、要するに宇宙に遍満する神的生命の実在性のことだから、このハキーカを体現するイマームは、その血管の中に神的生命が流れている人、神的人間、あるいは天使的人間であり、これを形象化するイマージュは著しく幻想的だ。またこのような神的あるいは天使的人間を頂点として、その下に拡がるシーア的世界も、世界像としてはそれ自体、きわめて幻想的である。

こうしてシーア的世界は、幽玄な幻想的イマージュに充ちた流動的世界。この点でも、一切の事物が鮮明な輪廓線で区切られた、アラブの現実主義的な乾燥性の世界とは対照的である。世界そのものに裏側あるいは内側、つまりハキーカを見るのだ。全存在界の内側にひそむこの不可視の実在性は、象徴的イマージュとなって自己を可視化しつつ湧き上ってきてシーア的世界像の空間を充たす。内と外、世界が二重構造をもって現われる。ここに我々は、イスラーム的形態をとった古代イランのゾロアスター的幻想性を認知できるかも知れない。グノーシス的幻影といってもいいだろう。とにかく、スンニー派の見る世界とはまるで異質の、一つの別の世界なのだ。そしてシーア的内面探求の創造性がそこにある。

XII　スンニー派とシーア派の歴史意識

それからもう一つ、これもまたイマームの存在に深く関わる事柄だが、スンニー派とシーア派との間には、世界の歴史的展開にたいする見方について、実に顕著な違いがある。それは、簡単にいうと、スンニー派が原則的に回顧的であり、過去志向的であるのに反して、シーア派は未来志向的だということ。シーア派にとって、この世界は未来に向って開けた世界、動的に展開して行く創造的世界である。

前にも述べたように、イスラームの根本信条として、預言者の系譜は西暦七世紀のムハンマドで完全に終止符が打たれてしまう、ということがある。イスラーム教徒であるかぎり、これを疑う人は誰一人ない。しかしムハンマドが人類の歴史に現われる最後の預言者であるということは、神の啓示がそこで途絶えてしまうことである。人間にたいする神の直接の語りかけは、もうそれ以後は世の終りまで聞かれない。実に容易ならざる事態だ。だから時が移り、世が変り、昔は想像もできなかったような問題が次々に起ってきても、それに対処するためにどう行動し、どう考えるべきか、その根拠は過去に遡って『コーラン』と『ハディース』に表現されている神の意志を探るよりほかに見出しようがない。いつでも、何が起っても、あらゆることの源泉である聖典に戻って、つまり過去に戻って、そこに神の裁決を見付けてこなくてはならないのだ。しかも、イスラーム史の初期に、前述のシャリーア、すなわちイスラーム法なるものが、聖典に表われた神の意志の組織的解釈として決定的に成立してしまった後では、誰もが自分勝手に聖典を読み、解釈して、自分がそこに見出した神の意志を根拠として事を処理することは絶対に許されない。およそイスラーム教徒たるものは、シャリーアの四大学派のいずれかに必ず所属して、己れの属する法学派の標準的解釈に従わなくてはならないのである。そればかりか、裁判官の地位にある人ですら、自分自身の責任において法(すなわち神の意志)を自由に解釈して、当面の事件に判決を下すことは許されないのだ。裁判官、あるいは専門的イスラーム法学者の法解釈の自由を術語でイジュティハード(ijtihād)というが、スンニー的イスラームで「イジュティハードの門が閉された」のは西暦九世紀。それ以後は、個人の自由な法解釈は完全に停止した。

シーア派ではこういうふうには考えない。イマームが存在するかぎり、イジュティハードの門はいつまでも開かれているからだ。新しい事態のなかで、いくら新しい問題が起ってきても、イマームの内的精神の照明の光のなかにある法学者は、その都度、律法を自由に新しく解釈して、柔軟に問題を処理していくことが許される。常に過去に戻って、動かしがたく固定された形式に準拠する必要はない。

一体、シーア派が法解釈に関してこのような、未来に向って開かれた自由を認めるのは、既に繰り返し言ったように、シァリーアの内面にハキーカを認めて、それに全重量をかけるからである。そしてこれが、人間的ハキーカとしてのイマームの理念に基いていることは言うまでもない。なるほど、預言者の系譜はムハンマドで完全に終結した。だが、とシーア派は考える、神の啓示がそれで終結したわけではない。外面的啓示はたしかに終ったけれど、まだ内面的啓示というものがある。内面的啓示はイマームを通じて、生きたイスラームの思考として具現する。そればかりか、外面的啓示、すなわち『コーラン』のテクストですら、これに内面的解釈(前述のタアウィール)をほどこせば、時代の移り変りに適応した新しい意味を、驚嘆すべき可塑性をもって提示するのである。『コーラン』の内面的解釈とは歴代のイマームの教えるところ。それは、神の言葉にたいするイマームたちのかぎりなく深い読みである。

現代イランのイスラームを代表するのは「十二イマーム派」というシーアの有力な一派だが、この派では、その名の示唆するとおり、十二人のイマームを認める。すなわちアリーを第一代目とするイマームの系譜が第十二代まで来ると突然途切れてしまう。具体的にいうと、ムハンマド・イブン・ハサン(Muḥammad ibn Ḥasan)という第十二代目のイマームが、まだ幼少の頃、突如として蒸発してしまう。西洋の歴史家は、勿論、暗殺されたのだというが、シーア派の人たちはそうは考えない。姿を隠して、存在の見えざる次元——また例の「内面」という考え方——に身を移して、この世の終りの日まで、その不可視の存在次元から現世を支配していくのだ、と主張する。これを「隠れた状態」(ghaybah) におけるイマームという。

第十二代イマームがこの「隠れ」状態に本格的に入ってしまったのは西暦九四〇年のことで、それ以来、世の終りまで、存在の目に見える次元にはイマームはいない。イマーム不在の時が続く、このイマーム不在の時代には、イマームに代ってその代理人が世を治めていく。代理人は、不可視の世界にいるイマームと内的に繋がって、イマームから流出してくるハキーカ的霊感の指導の下でイスラーム世界を支配する。誰が不在イマームの代理人の地位につくか、シーア派にとってこの問題が異常な重みをもつのは、こういう事情があるからである。それはともかくとして、隠れたイマームという考えが、いかにイラン的であり、グノーシス的であるかは誰の目にも明らかであろう。すべてのものに内側があり、ハキーカの次元がある。歴史にもまた内側、すなわちハキーカの次元がある。それは人間の歴史の不可視の次元であり、隠れたイマームはその帝王。

我々が現実に経験する歴史、それの展開する場所としての可視的、感覚的世界、それと全く同じ広さで拡がって、それとぴたりと一枚になった不可視の超感覚的世界がある。存在のこの不可視の次元、永遠性の次元の内的エネルギーが、存在の可視的次元に働きかけてくる。そこに人間的時間の世界、すなわち我々の経験する歴史が展開し、この存在の歴史的形成のエネルギーの源泉としてイマームがいる。ここまで来ると、スンニー派の頭にあるカリフの形象と、シーア派の人々の頭にあるイマームとの間に大きな隔絶があることがわかる。そしてイスラーム共同体の主権者についての両者のこれほど大きな差違が、要するに、何事によらず内面性、内面にひそむ真の実在性を求めなくてはやまぬシーア派のヘルメス的、グノーシス的性向に由来するものであることは注目に価する事実であると私は思う。

おわりに

イスラームにたいする関心が高まり、「イスラームとは何か」という問いがいろいろなところで、いろいろな次元で問われている。だが、「イスラームとは何か」というこの一見単純で簡単な問いに答えることが、実はどれほどむずかしいことであるかを、専門家は知っている。イスラームとは、数えきれないほどの異質的要素が錯綜しつつ歴史的に発展してきた一つの巨大な文化構造体、近頃の文化記号論の言葉でいえば巨大な文化的テクストである。しかし、どこから手をつけたらいいか、とまどうばかりのこの複雑な文化的テクストのなかに、もし何か本質的なものを求めようとするなら、どうしても先ずスンニー派とシーア派の二つの系統を区別してかかることが必要である。イスラームの二つの顔、スンニーとシーアはイスラーム文化を二分する。アラブとイラン人、西アジアのこの二大民族がイスラーム文化の二つの根幹として、その歴史的形成に寄与したものを明確に区別して意識した上で、一つ一つのイスラーム的現象を分析していかなければ、イスラームを正しく、深く理解することはできない。

（「イスラームとは何か」と題して、去る四月二十三日、日本文化会議において談話形式で発表したものをあらためて文章に書いてみた。もともと、イスラームとは一体どのような宗教であるのかと興味をもたれる一般の知識人を頭においての雑談の記録であって、専門家の披見を煩わすに値するようなものではない。イスラームについての理解がひろく要求されつつある現在、その目的のためにいささかなりとも役立つところがあれば幸いである）

序詞〔『イスラーム神秘主義におけるペルソナの理念』への〕

世界の現代的状況における中近東の重要性が、政治的、経済的、軍事的に増大するにつれて、最近は欧米でもイスラームにたいする世人の関心が高まり、それに伴って、当然のことながら、これを専門に研究する学者の数も著しく多くなってきた。

しかし、数だけは多くなったけれど、最近のイスラーム学者は、ひと昔以前にくらべると、概して小粒になったような気がする。つまり学識一世を風靡するような巨人的学者がいなくなってしまった、ということだ。勿論、純粋に客観的な学的業績という見地からすれば、どっちがいいのかはわからない。一人の巨匠が学界に文字通り君臨して、まわりを取り囲む小物たちは、その人の前ではろくに物も言えないようなボス支配的状況より、たとえ小粒でも多数の学者が肩をならべて輩出し、各自が己れの狭い専門領域を限定して、そのなかで精密な研究の成果を自由に発表していく今の状態の方が、学問を広くもし、また急速に進展させもするだろう。だが、そこに一抹の淋しさのようなものがなくもない。

ひと昔前といえば、大体、十九世紀の後半から二十世紀の前半にかけての百年足らずの時代だが、ヨーロッパのイスラーム学における、それはまさしく巨匠時代だった。その名を聞いただけで誰もが恐れ入ってしまうような大物たちの支配する一時期。そして事実、彼らの並はずれた学識には、それほどの崇敬を要求するだけのものがあったのだ。例えばロシアのクラチコスキー、フランスのマッスィニョン、イタリアのカエターニ、スペインのアスィン・パラシオス、オランダのド・フーユ、ドイツのネルデケ、ハンガリーのゴルドツィーヤー等。そしてイギリスではブラウン、少し後れてニコルソンが並び立つ。今、最後に名を挙げたニコルソンが本書の著者である。

一九四五年のニコルソンの死は、西欧イスラーム学の、この光輝ある巨匠時代の終末でもあった。いささか大ざっぱな言い方になるが、否定しがたい実感である。要するにニコルソンの後、文句なしに傑出した大物としてこちらがどうしても頭を下げざるをえないような人は欧米のイスラーム学界には見当らなくなってしまうのだ。大体ニコルソンあたりを境として巨匠時代が終るということは、彼の高弟としてケンブリッジ大学でその学統の跡目を継ぎ、目を見張らせるばかり旺盛な研究活動で斯界の最高権威の一人となったアーベリーを彼と並べてみるとよくわかる。成程、アーベリーも立派なイスラーム学者だったし、特にその業績は量において師を凌駕する。だが、せっかくのその厖大な業績も、質的には師のそれに遥かに劣る。同じくスーフィズムの大家といっても、実は両者は以て非なるものだ。一流と二流の人物の違いかもしれない。どんな主題を取扱っても、ニコルソンにはどこか他人《ひと》と違ったところがあるのだ。

これと同様の関係が、しかしもっと微妙な形で、マッスィニョンとコルバンの間にも、明らかに成立する。巨匠時代でも特に目立って光っていたルイ・マッスィニョン。その高弟として、先年物故するまでスーフィズムとイラン・イスラームの第一人者として活躍し続けたアンリ・コルバン。今は亡き畏友コルバンの業績を私は高く評価しているし、わけてもシーア派イスラームにたいするそのグノーシス的アプローチの独自性を認めるに吝かでない。それに彼のスーフィズム理解は、例えばアーベリーなどとは比較にならぬほどすぐれていたし、その視野も広かった。しかし、それでもなお、コルバンはその師に比べれば一段落ちると言わざるをえない、特に東洋思想にたいする読みの実存的深さにおいて。

とにかく、イスラーム研究に専念するこれら巨匠たちには異常な情熱があった。その情熱の烈しさが読む人の胸を打つ。例えば、ハッラージュを論じる時のマッスィニョン。あれはもう我々が常識的に考える「学問」などというものではない。全人間的「変融」体験の極において「アナ・ル・ハック」（我こそは神）と、己れの死を賭して叫んだ、あるいは叫ばざるをえなかった西暦十世紀のスーフィーと、二十世紀の真只中でそれをじかに受けとめる、マッスィニョンという魁奇な一精神との実存的邂逅の生きた記録、でそれはある。それが尽きせぬ興味を惹き起し、たんなる学問を遥かに越えた不思議な世界に我々を誘う。冷静な科学的客観性を標榜する現代の西欧のイスラーム学には、こんな感激はもはやない。

従来、久しくイスラーム世界で支配的だった西洋主義、西洋崇拝への劇烈な反動として、力強い反西洋主義が、イランを中心としてイスラーム教徒自身の間に、今、勃興しつつある。それかあらぬか西洋でも、イスラーム学者の自己批判みたいなものが起ってきて、今までのイスラーム学は要するにためにする研究だった、露骨にそういう意図は示さないまでも、結局はキリスト教布教のため、または植民地政策の推進に資するためのものであって、研究者の側のこういう不正な態度のゆえにイスラームは甚だしく歪曲されて提示されてきた、という声が高い。それもある程度まで事実だが、しかし事はそれほど単純ではないと思う。少くとも、このような批判が、先に述べた巨匠時代の学者たちの仕事には当てはまらないことだけは確かである。

イスラーム学を奨励し、その研究を促進した西欧諸国の為政者たちには、たしかにそんな意図があったに違いない。学者の業績がそういう目的のためにしばしば利用されたことも否定できない。だが、上に名を挙げた学者たち自身をイスラーム学に向って衝き動かしていたものは、決してそのような政策的意図ではなかった。彼らの作品そのものが、何よりもよくそれを証しする。

ここに訳された *THE IDEA OF PERSONALITY IN SUFISM* は一九二二年、イスラーム学、わけてもスーフィズムの専門家として令名ようやくイギリスの内外に高まりだしたニコルソン、五十四歳の作である。題名の示唆するごとく、キリスト教の根源概念としての persona の観点からスーフィズムを検討したもの。つまり、日常的、常識的意味に解された person（人格）ではなしに、むしろそのような常識的意味での「人格」概念の源泉となった、キリスト教神学のキリスト論の術語的ペルソナ概念を中心に据えて、その視点から、その視点がイスラーム神秘主義の中に拓く問題点を追求しようとする。

意図的に取られたこのキリスト教的視点、うっかりすると、「西洋嫌い」の人たちから、またイスラームのキリスト教的歪曲だと非難される恐れなきにしもあらずだが、しかし初めからこういう見方で本書を読むならば、イスラームにたいする著者ニコルソンの真摯な態度が全く不公平に誤解されてしまうばかりでなく、イスラームとキリスト教との両方に対して局外者、第三者として臨むことのできる立場にある我々が本書から学び得る一番大切なものを完全に取り逃がしてしまうことにもなる。

むしろ我々としては、ニコルソンが特にキリスト教的観点からスーフィズムの重要な一側面を解明しようとしたということに、そしてそのキリスト教的観点がキリスト教宣教師たちの通俗的観点とは全然異質の、高度に学問的なそれであるということに、本書の価値を認めるべきだと私は思う。事実、ニコルソンはこういう観点を取ることによって、イスラーム思想の史的展開過程に潜在する、しかしイスラーム教徒自身の宗教意識内にかつて顕在化したことのない、イスラーム思想のある特殊な、そして極めて興味ある問題性を引き出すことに成功したのだった。この意味において、本書は明らかに一種のすぐれた比較思想的業績である。

キリスト教の中核をなす三位一体の教義をまぎれもない多神教、偶像崇拝の一形態として糾弾し、キリストもムハンマドも含めて全ての預言者の神性を徹底的に否定することが、初期イスラーム思想の根本的立場だった。だが時の経過とともに、預言者ムハンマドに対する信徒の尊敬と熱烈な愛とは、ムハンマドを、彼自身の意図に反して、次第に神格化していく。そしてここに至って、キリスト教のキリスト論とイスラームのムハンマド論とは、いわば平行線をなして展開しはじめるのである。しかし、そうなっても、両者の間には、その著しい類似性にもかかわらず、注目すべき幾つかの相違点がある。その相違は極めて微妙なものだ。両者のその類似と相違とをニコルソンは見事に描きだして見せる。

だが、無論、それだけではない。スーフィズムの歴史に現われた多数の神秘家たちの中から選ばれた三人の偉大な人物の思想を主題的に取扱いながら、それぞれに個性的なそれらの特殊ケースを通じて、スーフィズムそのものの深奥をニコルソンは我々に垣間見させる。そこにはスーフィズムの概説や史的叙述には見られない何かがある。スーフィズムをして真に人類の精神的遺産たらしめる、宗教的実存の主体性の本質的構造が、「人格性」の観念をめぐって浮き彫りにされる、ということだ。そこに展開されるスーフィー的主体の形象は、スーフィズムを越えて、より普遍的に、神秘主義的主体性の本質を衝く。形の上でこそ、原文約百頁の眇たる小冊子ではあるけれども、本書から我々の学び得ることは、以上の点から見て、まことに大きいものがあると私は思う。

もっとも、本書にもそれなりの難点がないわけではない。特に実際上の難点の最たるものは、本書がスーフィズムについての可成り進んだ知識を、初めから読者の側に予想して書かれていることであって、スーフィズムはもとより、イスラーム思想に馴染みのうすい日本の読者には、本書に叙述されている事柄を、イスラーム思想の全体的見通しのうちに正確に位置づけることは非常に困難であるだろうし、またもしそうした位置づけが、暗黙のうちに読者自身によってなされなければ、本書はせいぜいスーフィズムについての幾つかの事実の断片的叙述としての役割りしか果さないことになるだろう。だが、そのようなものとして読まれることは、スーフィズムという一つの特異な精神的現象の実存的有機性を主題とする本書にとっては、実は致命的なことなのである。

本訳書の巻尾に後記として付された簡略なスーフィズムの発展史は、もともと、この危険をいくらかでも取りのぞきたいという訳者の希望から書かれたもの。また、やや詳細なスーフィズム概説としては、幸いに同じニコルソンの好著 *The Mystics of Islam*（1914）が『イスラームの神秘主義』（オリエント叢書3）の題目で、中村広治郎教授によって既に翻訳刊行されている。それによって、本書に足りないところが補われることを期待する。

日本では、イスラーム学は一つの若い学問である。西欧に見られるイスラーム学の伝統のごときものは我が国の学界にはない。ということは、もっと広い見地からすれば、従来の日本の東洋学においては、イスラームはほとんど全く位置を与えられていなかったということだ。だが、世界の現状は我々に、イスラームにも正当な位置を与えることができるような形で、東洋なるものを、あるいは東洋学なるものを、あらためて構想し直すことを強要している。

しかしながら、そのような構想し直された東洋学は果しなく広く、その道は困難に充ちている。この広漠たる世界に一生を賭して踏みこもうと決断するには、よほどの勇気が必要だし、またその責任は重い。このような決意をもって、この道を行こうとする若い学人たちのために、本書が一つの貴重な指針ともなるであろうことを願いつつ、いささか蕪詞をつらねた次第である。

一九八〇年晩秋　鎌倉の寓居にて

第II章　言葉と「コトバ」

トルコ語

シベリアを東の境とし、中央アジアを経て西の方バルカン半島に至る広大な領域を占めるトルコ語が、東洋は勿論、現代世界に於て最も重要なる言語の一であることは何人も之を否定出来ないであろう。

嘗てトルコ民族は、アジアから東ヨーロッパにおよぶ驚くべき地域をその領土となし、至るところに自己の文化的性格の極印を残した彼の大オスマン帝国を建設したが故に、この生命力横溢せる民族の歴史とその性格とを究めることなしには過去の世界を論ずることは出来ないのである。またトルコは、偉人ケマル・パシャの大改革よりこの方新興イスラム世界の第一線に立ち、今や着々として近代的文化圏たる過程にあり、経済的に政治的に、アジアの関門としてますますその重要性を増大しつつあるが故に、この国の動向に通ずることなくしては、今日の世界、未来の世界を語ることは出来ないのである。そして此の民族を知るためにも、またその文化を理解するためにも、先ずトルコ語に精通することが第一の条件であることは茲に言を新たにする必要を見ざるところである。

　トルコ語は言語的には所謂ウラル・アルタイ語族の一たるアルタイ語群に属し、蒙古語、ツングース語と親族関係を有し、フィノ・ウグリア諸語と浅からぬ縁を有っている。従って此等の言語は構成上極めて著しい類似点を有しているが、トルコ語は親族関係にある他の諸語から分離して既に長い年月を経た上、その発達の地盤、環境を甚だしく異にし、特に西暦十世紀の中葉より回教に帰依し、熱烈真摯なイスラム教徒となってから、文化的にも言語的にも著しく独特の発達を示すに至った。中でも現在全トルコ民族を代表するトルコ共和国の標準語、イスタンブルの方言は、オスマン・トルコ大帝国の隆盛期以来、久しきに亘って精錬に精錬を重ね来ったこととて、表現に発音にかくも優美な言語は他にこれを求めることが出来ない。

　トルコ語はその構成上極めて知性的な言語である。その文法は膠着語の特徴を遺憾なく発揮して極度に論理的規則的であって動詞の変化にしても名詞の変化にしても一の変化型式を知れば直ちに以て他のものにそれを応用することが出来、助動詞以外には不規則動詞と云うものは存在しない。しかも所謂「母音調和」が働いて同種の母音は出来得る限り同種同志で結び付こうとするから、その音楽的美しさは無類である。

　かくの如きトルコ語を以てなされた芸術、すなわち真にトルコ文学と言わるべきものが興ったのはトルコ民族が回教に帰依してから後のことであって、大体十四世紀から十六世紀の半頃までを初期とする。この時代は多く中央アジア出身の文人がペルシア文学の模倣によって活躍した時代で、ペルシアの神秘主義（所謂スーフィズム）なしには此の頃のトルコ文学を考えることは出来ない。

第二期は大体西暦十六世紀の後半から十九世紀の初期に亘る長い時期で、古典的トルコ文学、世にオスマン・トルコ文学と称するものは茲に発達した。此の第二期にはペルシア文学の勢力は依然保持されていたが、それと同時に特に散文に於てはアラビア語が新しいモデルとなって絶大な権力を振うに至った。而も当時の代表的文人達はアラビア語の単語、熟語、表現等を自国語に導入するに際し、これをトルコ化することなく、アラビア語そのまま、文法の変化した形までそのまま取入れてそれにペルシア語的要素を混じ、一種の奇妙なる文語を造り上げたのである。従ってその散文はトルコ語でありながら、文の結合に必要な助動詞の如きものがあちらこちらに散在するのみで、他は何処にもトルコ語は見当らず、名詞も形容詞も、動詞も副詞も悉くこれアラビア語か然らずんばペルシア語という状態であった。併し詩歌の方面では幸いにこれ程極端でなく、ペルシア詩の影響の下にありながらもなおよくトルコ的な独自性を守り得た数名の大詩人が出た。

然るに西暦一八五三―一八五六年のクリミア戦争はトルコの文学界、従ってトルコ語そのものを一変せしむる大運動の端緒となったのである。その最も有力なる動機はトルコ民族の民族的覚醒である。この気運は言語の方面に於てはかの十九世紀後半の有名なイブラヒム・シナスイの国語独立運動となって顕れた。それは余りにもトルコ語中に跋扈しているアラビア語及びペルシア語を排除して、純粋にして力強き新トルコ語を創造せんとする運動であった。

この民族的思想は政治的にも文学的にも益々濃厚となって、詩人も小説家も従来のアラビア文学ペルシア文学的趣味を一掃し、西欧特にフランスの文学を学んで新しき文学手法の摂取につとめると共に、題材を広く同族トルコ民族の歴史や生活に求め、多数の民族的文学の発生を見るに至った。

ケマル・アタテュルクの出現は遂にこの民族的気運の成功を決定的ならしめた。彼は従来禁じられていたコーランのトルコ語訳を断行し、礼拝にすらアラビア語を排してトルコ語を使用することを命じ、トルコ語からアラビア語、ペルシア語的要素を駆逐して古きトルコ語或は現代トルコ諸方言の要素を以て之にかえ、一九二九年には芸術的ではあるが不合理なアラビア文字を断然廃してローマ字を採用した。かくてトルコ語は旧来の殻を脱ぎ棄てて、茲に全く新しい方向を取り始めたのである。

トルコ語の将来は誠に洋々たるものがある。全てはこれからだ。この新しい言語を以て彼等東洋と西洋の聯結点に在るトルコ人が如何なる文学を創り出すか、我々は胸を躍らせてそれを待っているのである。

アラビア語

今を去る約千三百年の昔、アラビア半島の一角にムハンマド（俗にマホメット）が生れなかったならば、そして此の人が天啓を受けてイスラム（回教）を興さなかったならば、アラビア語も今日見るごとき世界有数の言語とはならなかったであろう。誠に回教の出現こそは、アラビア語の位置を決定的に最高位に引き上げた重大な事件であったのである。それまで狭隘な沙漠の一半島の特殊語たるに過ぎなかったアラビア語は、西暦紀元七世紀の初頭から僅か百年にして中央アジア、西アジアはもとより、印度西部、北アフリカ、スペインをその領土と為した彼の世界歴史の一驚異たる回教征服事業の輝かしき成功と共に、一躍して文化的共通語としての性格を得るに至った。このアラビア語の進出は遂にイラク、シリア、レバノン、パレスティナ及び北アフリカの大部分に行われていた原住民の言語を死滅せしめ、此等異民族の母国語となって現在に及んでいる。

かくの如くアラビア語が新しき母語となるに至った所謂新アラビアの他に、ウマイア朝、アッバス朝と次第にサラセン文化が絢爛たる華を開くにつれて此の言葉は宗教上、学術上、文芸上の回教共通語となって、ペルシア語、トルコ語、ウルドゥー語（ヒンドスターニー）等の語彙、文法、表現法等に深く侵入してこれをアラビア化するに至った。トルコ、ペルシア（イラン）の如き国に於ては近年国民主義的運動の活動が盛んになり、出来得る限り外国語の要素を排除して自国の古語から得た要素を以て之に代えんと努めているが、今日でもなお、もしトルコ語やイラン語の辞書からアラビア語の分字〔ママ〕を全く除外するならば少くともその半分は空欄となって了うであろう。のみならず、回教徒の学術的共通語としての位置は、いやしくも回教徒たる以上その国籍の如何を問わず、その民族の何たるかを論ぜず、学者として知識人として立つためには必ずアラビア語を自国語の如く、或はそれ以上に完全に習得することを必然的のものたらしめ、殊に往時サラセン文化の最も盛んなりし頃は、トルコ人もペルシア人もアフリカの人もアラビア語を以て学術的著述をなすことを常とした。従って哲学に自然科学に、また其他の学術に於て世界文化の発展に対し寄与するところ多かりし嘗てのサラセン文化を研究せんとする人は先ずアラビア語に精通することを要するのである。

　併しながら現在の我々にとってアラビア語の重要なることは、単にその文化史的な過去の役割にのみあるのではなく、此の言語の研究が現に東洋に於て我が国の占めつつある位置にかんがみて正に焦眉の急を告げているからである。

　従来、我が国の一般に教養ある階級にとっては、アラビアをはじめ、トルコ、ペルシアの如き西アジアの国々は、同じ東洋でありながら、西洋よりも更に遠く離れた夢の国、有名な千夜一夜の物語の幻想が織り出す妖しくも甘美な夢の国に過ぎなかった。しかし、急激に変転しつつある世界の動静はもはや我々にかかる態度を採り続けて行くことを許さないのである。我々は広大なるアジアに眼を向けて、その現実を認識しなくてはならぬ。そして、此の目的のためには、東はイラクから西はモロッコに亘って東洋西洋間の国境の如き観を呈しつつ蜿々と続いているアラビア地域の情勢に鋭き注意を払うことを忘れてはならない。また、現に世界には約三億三千万の回教徒が居ることをも銘記せねばならぬ。既に我が国と密接なる関係に入ったインドネシアには六千万の回教徒が、マライ半島には二百万、タイには四十九万、仏印には三十万、満洲には五十万、支那には千五百万の教徒が居ることを考えなければならぬ。此等の人々と深く接触し、或は之を正しく指導するためには、回教なるものを根柢から理解しなければならないのである。そして回教の徹底的理解は正確なるアラビア語の知識なくしてはあり得ないのである。

さて、現在世界に於てかくも枢要なる位置を占めるアラビア語は、言語学的には東洋の一大語族たるセム語族中、西南セム語派に属するものである。このセム語族の共通祖語が何処で形成されたかという問題に関しては未だ学界に定説がないけれども、多くの点より推察するに恐らく狭い意味のアラビア、すなわちアラビア半島であったろうと思われる。そして此処から後にアッカド人(バビロニア・アッシリア人)となるべきセム人種が豊沃なるメソポタミア地方に向って大移動を起して出て行ったのは大体西暦前四千年頃であり、後にヘブライ人(ユダヤ人)となるべきものがパレスティナに向って此の半島から旅立ったのは西暦前千四百年、西アジアに重要な文化的役割を果すべきアラム人が出たのは同じく西暦前二千五百年、エチオピア人が移住して行ったのは西暦前数世紀のことであろうと推定されるのである。従ってアラビア語なるものは、その母体たるセム共通祖語の故郷にその儘独りとり残されて沙漠の中に生い育ったものと考えられる。故に世人はよく、アラビア語は数多いセム語の中で最も原始セム語の面影を残した言語であると思っているが、事実は正にその正反対である。西暦五世紀、アラビア語が彼の百花繚乱たる抒情詩を以て歴史の世界に登場して来る時、それは既に最高度に発達せる文法組織と、限りなく精錬された表現形式とを完備した一の優雅にして精緻極りなき言語である。元来セム語というものは印象的にして情緒的表現をその根本特色とするものであって、アラビア語の如く秩序整然たる組織を完成せしめたものは他にその例を見ない。またセム語のみならず一般に東洋の諸言語は概してその表現法が非論理的気分的であって、厳密な自然科学的思考に不適当なることを思うと、その一糸乱れぬ構成が恰も精巧を極めた時計の機械を視る如き秩序の美を呈するアラビア語は、東洋諸語の中に於ける一奇観といわなければならない。

かくの如き言語を乗輿とするアラビア文学は、回教発生以前約二百年乃至百年の抒情詩に始まる。そしてこの抒情精神こそ、千五百年を経た今日に至るまで依然としてアラビア文学の精神でもあるのである。二十世紀に至って西欧文学の息吹きが彼等の文学活動の地平に一つの全く新しい視野を開くまでは、アラビア人は神話も有たなかった、小説も有たなかった、戯曲も有たなかった。彼等が純文学の領域に於て世界に誇示し得るものは一つ抒情詩あるのみである。併しその抒情詩は何という素晴らしいものであろうか。

古きアラビアの詩人達はその生活のありのままを歌う。馬と、駱駝と、曠野の羚羊と、雨と風と太陽と星とを歌う。彼等を取巻いている全てのものが歌われるのである。そしてその描写の何と力強く、何と鮮明であることだろう。また其処には何という厳しい写実的精神が働いていることだろう。彼等の詩の一篇を朗誦して行く時、人はかかる生活の断片的な絵画が次から次へと走馬灯の様に続いて展開し去るのを見るのである。而もその写実的描写の合い間合い間には、其等の物々を見つめる彼等詩人達の胸に湧き起る激情が唄いこまれていて、ある時は読む人を纏綿たる恋の情緒に誘い込み、ある時はその凜冽たる気魄に人の心を粛然たらしめ、又ある時はその悲痛慟哭の声惻々として人に迫るのである。彼等の詩は何等、超感覚的なものを表現せんとするものではない。其処には楽しい神話も、美しい物語もない、ただあるものは純粋無雑なる抒情精神のみである。

アラビア文学は、以上の如き純ポエジーをその主流としつつ、百年二百年と歳月が経つにつれて次第に色々な異分子を加えつつ生長して行った。すなわちウマイア朝の末期からアッバース朝にかけて、彼等独特の「歴史」というものが一つの厳密な学としてよりも寧ろ一個の文学的ジャンルとして確立されたのである。有名な「歴史家」タバリー（西暦八三八―九二三年）が数千頁に及ぶ厖大な世界史を書いてより以来、イブン・アスィールや、『黄金の牧場』の著者マスウーディーやアブー・アル・フィダー等西洋の史学界にもその名を知られた作者が続々と輩出し、散文文学は著しい発達を見るに至った。此等の所謂アラビア歴史家達は、十五世紀の世界的大歴史哲学者たるイブン・ハルドゥーンを除いては殆んど全て批判的精神を欠き、彼等の著作を歴史の資料として取扱うことは極めて危険であるが、これを文学として見る時は、アラビア人も過去に於て一種の小説を有していたと言うことが出来るであろう。特にこの傾向の著しいのは十一世紀のイブン・ミスカワイヒで、その人物描写の的確さ、繊細なる心理描写の妙、正に西欧の近代小説の世界を髣髴たらしめるものがある。なお、これと文学的には同一ジャンルに編入さるべきものに、かのイブン・ハッリカーン（十三世紀）によって完成された伝記物がある。

かくて詩に散文に輝かしい発展を示したアラビア文学は十六世紀トルコ人が回教世界の支配権を掌握するに及んで急激に凋落の一路を辿り、文学者はただ徒らに数のみ多くして一人の天才も出ることなく、詩人も旧来の形式を墨守して昔日のかの激しき詩精神は永遠に失われたかと思われた。

併しながら此の睡れる民族にも新しい時代の浪は押し寄せて来た。ナポレオンのエジプト遠征以来今まで彼等の見も知らなかった一つの新しい世界が、西欧文化が彼等の目の前に突然現われた。彼等は再び俄然著しい知的活動を始めた。彼等はむさぼるように此の新文化を吸収しようとした。かくて文学も亦、全く新しい世界にその第一歩を踏み入れたのである。しかし文学に於ける西欧の影響が決定的になったのは前世界大戦以後のことである。自然主義、写実主義、象徴主義、古典主義、浪漫主義、あらゆる西欧文学のイズムが清流濁流共に流れ込み、殆んど全ての西洋文学の傑作が翻訳され研究され、幾多の天才的詩人、小説家、評論家がエジプト及びシリアを二大中心として出現し、現在では此等西欧文学の影響を脱して、この経験の上に純アラビア的新文学を樹立せんとする気運すら見えている。今や世界の大動乱の渦中に在って、アラビア文学も、アラビア諸民族の運命と共に一大転換期に臨んでいることは茲に言うまでもない事実である。そして今後彼等が如何なる活動を示すかを常に注意して見守って行くということも、東洋の将来に思いを馳せる我々の一つの義務でなければならないのである。

ヒンドスターニー語

ヒンドスターニー語は現代印度の共通語である。印度なるものが一個の国家というよりは寧ろ一大陸とも見做さるべき広汎な地域であって、人種的にも民族的にも文化的にもその状態は実に複雑多岐を極め、其処に二百数十の言語が話されて居る事実を思う時、この印度全体に通ずる共通語ヒンドスターニーの位置が如何に重要なものであるかは贅言を要しないであろう。

ヒンドスターニーは全ての印度人によって己が共通語なりと承認された訳ではない。けれどもそれは事実上既に完全に共通語としての位置を占めてしまったのである。今日、印度の如何なる処に行ってもヒンドスターニーは通用する。そして、かかる性質を獲得した言語は広い印度にも此の言葉一つしかない。今や印度に新しき時代が夜明けんとしつつある時、印度教徒と回教徒が従来の激しき軋轢を忘れ、恐ろしき敵意を棄て、国民主義的自覚の上に立って新印度を建設せんとしつつある時、印度文化と回教文化との奇しき結合より生れ出たヒンドスターニーもまた、この印度二大宗教に共通の表現機関、交通機関として従来にも増して重要な役割を演ぜんとしつつあるのである。

人はよくヒンドスターニーは流麗なる言語ではないと言う。その文学はペルシア文学の影響を受けつつも、ペルシア文学の絢爛たるに比すべくもないと言う。確かに印度の内部に於てすら、ヒンドスターニーより遥かに豊麗なる言語はある。文学的に洗練された言葉もある。併しながら政治的重要性に於て、文化的重要性に於て、此の言語に肩を並べ得るものは無いのである。而も今後、印度教徒と回教教徒の緊密なる提携が実現された暁には、此等両教徒の共通語として益々洗練され、益々優れた文学を生むであろうことは疑いの余地なきところと言わねばならぬ。

回印両教徒と回印両文化との混交を永遠に記念する世にも珍しき此の言語ヒンドスターニーはガズニー（アフガニスタン）の有名なるスルタン・マフムードが印度北部に侵入し、特にその息マスウードの統治下に於て回教徒と印度教徒とがガズニーに於ても、また印度のラホールに於ても接触し始めた頃から次第に形成され出したものと見るのが正しい。此の回教徒の言語というのはペルシア語であって、それが多数の印度方言の内いずれと混交したものであるかに就ては色々異説があるが、大体ガンジス河とジャムナー河との中間、昔日の婆羅門文化の一大中心地たりしドーアーブ地方に行われて居た西部ヒンディー方言であろうと思われる。併しながら、通常説かれているように、ヒンドスターニーはこの西部ヒンディー語を基体とし、これにペルシア語の語彙が加えられて出来たものと説くことは正しくない。それは語彙、文法、文章法、表現法、文学的形式に至るまで完全に両言語が混合して出来上ったものであって、いずれが基体とも定めかねるものである。

かくて生じた言語は最初ヒンドウィー或はヒンディーと呼ばれていたが、後レーヒタと呼ばれ、更に暫くするとウルドゥーという新名称を得るに至った。然るに東印度会社時代イギリス人はこれをヒンドスターニー（印度の言語）と名付け、それ以来此の名を以て世界に知られるに至ったが、印度人自身はこの名を余り歓迎せず、回教徒は自分の言葉をウルドゥー語と呼び、印度教徒はヒンディー語と名付けて今日に至った。同一の言語であるとはいいながら回教徒はアラビア文字を使い、印度教徒はデーヴァ・ナーガリー文字を使用する上に、特に文語となると回教徒の言葉は印度教徒には理解し難きまでにペルシア語、アラビア語の要素に満たされ、同時に印度教徒の言葉はサンスクリットよりの借用語に満ちてこれまた回教徒には理解されぬという有様であったから、これを一個の名称で統一することは事実上大きな不合理が在ったのである。併し乍ら今後の印度は国家的統一のためにも全国共通なる一言語の存在を必要とし、それがためには両要素が適度に混合した民衆の言葉が採用されることは必然的であるから、ヒンドスターニーという名称は従来よりも遥かに広く用いられるに至るであろうと思われる。

タミル語

若し人が単に政治的重要性、或は実用的通用性をのみ論ずるならば、今日の数多き印度諸語のうちヒンドスターニー語に匹敵するものは絶対にない。現在の印度に於ける共通語ヒンドスターニーの重要性は、実に比較を絶しているのである。併し乍ら言語それ自身の洗錬された性格、美しきリズムの魅惑、そして特にその言語を以て表現された高尚なる宗教的情操、深遠なる詩的精神を求めるとならば、北のベンガール語と南のタミル語に比すべきものを人は全印度に見出さないであろう。将来、東亜共栄圏中の最も重要なる一環として大きな意義を有する印度に活躍せんとする程の人は必ずヒンドスターニーを学ばねばならぬ。けれども、現代印度の文化を愛して、その精神を深く理解するために、また東洋人としての自己の人間的教養のために外国の言葉を学ばんとする人々のためには、我々はタミル語を推すに躊躇しないであろう。誠に我々は、あらゆる崇高な精神的糧を東西に求めることに驚くべき熱情を示し来った我国の知識階級の人々が、従来印度といえば古代のサンスクリットか現代のヒンドスターニーを僅かに学習することを以て満足し、文学的にかくも美しきタミル語、言語学的にかくも興味あるタミル語を殆んど完全に無視し来った事実を深く怪しみ、かつ遺憾とせざるを得ないのである。

タミル語は、ベンガール語、パンジャーブ語、グジャラーティー語、ヒンディー語、ウルドゥー語の如き諸言語によって代表されるインド・アーリヤ語に対立して、南印度全体に亘って現存する大語族ドラヴィダ語の一であって、全南印度に於いて政治的に文化的に最も重要なもの、文学的には古来最も豊富な文献を有する代表的文化語である。

今を去る数千年の昔、世に所謂「印度人」すなわちインド・アーリヤ人が印度西北より侵入し来った時、この地方には既に可成りに発達せる文化を有った人々が生活を営んでいた。優勢なる軍力をたのむインド・アーリヤ人に或は殺害され、或は奴隷とされ、激しき迫害を受けて次第に南へ南へと駆逐されつつも、最後まで自己の文化を失うことなく、自己の言語を棄てることなく、爾来久しきに亘って婆羅門文化に対抗し今日に至った此の強靭な民族こそドラヴィダ民族なのである。

ドラヴィダ語族の他語族に対する親族関係に就いては未だ学界に定説なく、種々なる仮説が提出されており、特に語順、文の構成法から見る時はフィノ・ウグリア語群、更に一般にウラル・アルタイ語族と著しき類似性が認められるが、ドラヴィダ語の文献にして西暦五百年以上に遡り得るものの無く、関係各語が印度語の如く完全に研究されていないため今日まで決定的なる説とすべきものは存在しない。また此等のドラヴィダ語が、思想表現の形式に於て我が日本語と驚くべき類似を示している事実は、歴史的親族関係の問題を別にしても、我々にとって極めて興味ある所といわなければならぬ。

さてドラヴィダ語族は、タミル語の他にマラバール海岸の山地に行われるマラヤーラム語、マイソール州其他に在ってジャイナ教の豊富な文学を有するカナラ語及びハイダラバード州の東に至るテルグ語などを主要語とする一大語族であるが、その中でタミル語はマドラス市の北方数哩の地点よりマイソールに至る線より南に拡がってセイロン島の北半分に及び、その使用者数は、ドラヴィダ語使用者総数約六千五百万のうち一千六百万を占めている上に、本土以外のビルマ、印度支那、タイ、マライ、南アフリカ等に少からぬ使用者を有っている。

タミル人は昔から文学を愛すること深き民族で極く初期より粗雑な日常語とは非常に異った文学語を完成した。この優美にして艶麗な文学語を「シェン・タミル」といい、日常語を「コドン・タミル」という。シェン・タミルの文法は西暦八世紀以前に早くも完全に整頓され、有名な『トルカーツピヤム』の如き古典文法書が八世紀には編まれており、十五世紀には最大の傑作『ナンヌール』が出て茲に古典的文学語の文法は全く動かし難きものとなって近世に及んだ。

純文学に於ては西暦九世紀より十三世紀に至るパーンデイヤ王朝に、ジャイナ教徒の活動によって最初の黄金時代を有った。この時代にタミル人の『ヴェーダ』と称され、全ドラヴィダ古代文学中の最高峰とも言うべきテイルヴァツルヴァルの倫理的な詩『クラル』が作られた。人生の三大目的たる法と財と愛とを主題とせる此の詩はその深刻なる人生観によって全て哲学を愛し人生の省察を好む人に愛好され、その美しき韻律はタミル語を読む人に無限の喜びを与えている。またこの時代に女流詩人アッヴァイ（通常敬意を表してアッヴァイヤールと呼ばれている）が出て、『アーッティ・シューディイ』や『コンライ・ヴェーインタン』の如き繊細高雅な詩を残した。ジィーヴァカン王の事蹟を歌う三千行の叙事詩『チンターマニー』や、甘美な表現と音の調和を以ては他に比類なしといわれる詩人カンバンの叙事詩『ラーマーヤナン』が出たのも此の時代である。

十八世紀以後は以上の如き古典タミル文学に対して近代タミル文学が発達した。中でも有名なものは汎神論的哲学者ターユマーナヴァンの瞑想的な作品と、ヴィラマームニなる筆名を以てタミル語の駆使に驚くべき才能を示したイタリアのジェズイット僧J. Beschiであった。彼が聖書のヨセフ物語を語った一種の宗教的叙事詩『テーンバーヴァニ』は一外国人の作でありながらタミル文学上の不朽の名作に数えられている。

一千九百年代に入ると英文学を中心に西欧各国の文学が次から次へと翻訳され、文学もその影響を受けて著しく性格を変え始める。特に近時「マルマラルッチ・イエジェット」（新しく吹き出した文学）という新興文学運動が興って、古来の余りにも文学的で俗人には全く理解することの出来ぬシェン・タミルの使用を廃し、逆に日常語を洗練することによって新しき言文一致の文学が確立され、幾多の天才的小説家、詩人、随筆家が輩出して文学の国タミルの特性をますます発揮しつつあるものである。

記号活動としての言語

ものは何でも、見る人の見方で、実にいろんな風に見えるものである。

例えば一個の桃がある。腹が空いていれば、うまそうだ、と思うだろう。画家は静物画のモデルにいいと考えるかも知れないし、俳人は、これは風情があると一句ひねりだすつもりになるかも知れない。食べものとして、美的観賞の対象として、又は科学的分析の対象として、等々、その用途目的の側から考えただけでも、実にさまざまで、更にそれに他の要素、例えばその時々の気分などが入って来ると益々千変万化である。そのものズバリの一個の桃でさえこうである。物は同じでも、それを扱う態度によって今まで全然気づいてもみなかった新しい面が現われ出て来ることは、学問についても同様である。

言語学は、日常我々が意識しないでそれをしゃべり、それで考えている言葉を対象としているが、その対象が卑近なだけに、それだけ、それを扱う態度なり角度なりは複雑である。尤も、新しい角度、新しい視野と云っても、勝手気儘に、何でも自由な見方が取り入れられ得る、又取り入れられたと云うのでは勿論ないので、やはり常に、時代の動きに応じ、時代的な制約のもとで展開して来たことは事実だけれども。

現代の学問的動きの全般にわたる一番大きな特色は、機能的《ファンクショナル》ということである。機能的な見方は必然的に実験的研究、観察を伴い、それは又、諸学の相互提携、綜合を促進する。そして近年の言語理論はその対象の性質上、他の精神科学諸分野に先がけて、最も顕著にこの傾向を取りつつある。

言語の記号学的見方がこれである。記号活動はなにも人間のみには止まらない。動物、植物、更には細胞間、細胞内にすら見られる現象で、従って、言語はこれを機能的見地から記号として見た場合、従来の人間個有のものとしての孤立を脱し、学問的には、はるかに広い視野が開け、より深い考察が可能になったのである。

刺激《ステイミユラス》――反応《レスポンス》、生物乃至生体に於けるこの現象を一般に行動《ビヘイヴィア》と云っているがビヘイヴィアの或る特定のものが記号活動である。或る生物に対して、或る刺戟Aが与えられたとき、その生物が刺戟Aに反応するだけでなく、Aに反応することにより、もひとつ別のものBに反応するように導かれる、即ち、実際上は、Aを通してBに、結果的には直接Bに反応したことになった場合、そのとき、AはBの記号としての資格で働いたと考える。つまりこの刺戟Aは、単なる刺戟ではなく、記号性をおびた刺戟としてこの生物に働いたのであり、AはBの記号と呼ばれるのである。

記号活動の比較的プリミティヴで簡単な例を一つ考えてみよう。

広い牧場に羊の群が草を食んでいる。のどかな風景だ。突然地平線に黒雲の層が湧き上ったと見る間に、すごい早さで青空を覆い始める。と、今までのんびり草を食んでいた羊の群は一せいに退避を開始するのである。羊が雨宿りの場所を得て落付いたと思われる頃、案の定、沛然たる豪雨がやって来る、と云う訳である。こんな例は牧人にとっては日常の見聞であろう。この場合、羊は黒雲を見て、それに反応しただけだと考える人もあるだろう。実際上はたしかにそうである。羊は、まだその雨の大粒に、ぴしりと鼻先を一つすらお見舞されない先に行動したのだから。だが結果的に見ると、羊はたしかに、その後に起った雨に対して退避の行動を起した。つまり羊は黒雲の後には雨があると察知（したかどうかは神ならぬ身の羊の内心まで知るよしもないが）結果的に黒雲自体は羊にとって何の害もないのに反して、羊だって大雨にぬれることはたまらぬだろうし、第一病気の原因になる訳で、種族保存の本能から云っても、この場合、結果的に、羊は黒雲をさけた訳ではなく、その後に続く雨をさけたと考えるのが妥当である。羊にとって黒雲は刺戟A、雨はBとなり、Aはこの場合記号性をおびて働いた、つまりAはBの記号であった。黒雲はこの場合、雨の記号である。（この場合はと註をつけて置こう。黒雲は常に雨の記号としてのみ働くと考えてはならないから——客観的、外面的自然現象としてはそうだが——他の生物の場合、又他のシチュエイションでは黒雲は雨とは別の、何かの記号ともなり得ることが考えられる。）

この場合は例を羊にとり、記号も謂ゆる自然記号（ナチュラル・サイン）とよばれるが、このように自然を記号的に読み取ることは勿論、人間に於ても、人間が動物である限り、その自然的環境に順応して行く上に必要であるばかりではなく、更に高次な、人間が人間として行う認識活動の場で随所に活用しているところでもある。

碧巌録《ヘキガンロク》第一巻、第一則に、

「山を隔てて煙を見て、早くも是れ火なることを知り、牆《カキ》を隔てて角を見て、便《すなわ》ち是れ牛なることを知る」

とある。

記号活動とは謂わば又スイッチの切り換えに譬えられよう。記号になるものは先ず自分が相手の注意を自分の上に引き寄せ、相手がそれを認知した途端にそれを他に流す役をするのである。従って例えば道しるべの指の絵などはあまり美しく画き過ぎては却って具合が悪い。絵の指が指輪をはめていたり、泰西名画だったりしたのでは、其処で行われる筈のスイッチの切り換え（記号活動）が電光石火の早さでスムースに行かなくて、指の示す方向よりもむしろその指に注意力が少しでも長く留まることになってしまうからである。

このように、生物、例えば人間や動物が、或るもの（物でも事態でも、ともかく記号的に一単位となるようなもの）を認知した場合、これに直接反応しないで他の一定の単位に反応すると云う記号活動的パタンが、集団的、社会的に出来ていて、これに従うことはよりよく自己をその環境に順応させて行くと云う生物学的意義を持っているのである。

さて、ここにあげた黒雲、道しるべの二例の間にはある重要な差異が認められる。前者の記号（黒雲）には発信者がいないが、後者の道しるべは、（その場に折合さないにしても背後に）発信者があると云うことである。記号を学問的に取扱う人たちは前者を自然記号と呼んで前段階的な、プリミティヴな記号とし、一般に記号と云うときは特に発信者のあるものを指すのが普通である。言語記号活動は勿論後者に属するのである。

人間言語を単にそれだけのものとして見ずに、もっと広い記号活動の一種として見ると云う見方は、既に今世紀のはじめ、ジュネーブ大学の言語学者、ソシュールによって提唱されたが、それは漠然とした単なる提唱におわり、又彼の後継者によっても何ら具体的な成果を生まなかった。

言語学を記号の一部として位置づけ、言語学に新たな記号学的視野が開かれたのは極く最近のことで、しかも直接には言語学者の手によってではなかった。言語学は、その対象自体の観察だけでは容易に見出されなかったものを、多くの生理学、心理学、生物学、更には生化学や物理学等、諸分野の実験的成果からも学んだのである。これ等の実験によって、細胞内に又細胞間に、更に同種生体間、異種生体間に於いて等しく同じ型のビヘイヴィア、つまり記号的活動が存在することが認められるに至った。言語に関するこういう記号学的見方の発達の直接の動機となったのは、ソ聯の生理学者、パブロフの条件反射の研究、アメリカのビヘイヴィアリズムの哲学、テクノロジーの理論、英国のエムピリシズム、それに数理哲学者達の創始した記号論理学、等々であって、これ等の綜合と相互提携が期せずして言語学に新たな記号学的視野の端緒を開くに至ったのである。

言語活動は、それ自体、全体的に見れば、非常に高級、複雑なものであるが、基礎構造的には、我々の躰の内部で絶えず造られている種々なホルモンの働きや、アセチルコリンなどの化学的物質の分泌による筋肉の収縮や、蟻や蜜蜂の記号活動、更に昆虫と花の間に行われている記号活動と何等異るところがない。言語は、言語によらない他の様々な「伝達」(コミュニケィション)の手段と、記号であると云う点では全く同じである。

否と云う代りに首を振ったり、止れ、進めと云う代りに赤、青のランプを点じても、その効果、反応は言語による場合と全く同じである。言語記号を、このように言語以外の諸記号と置き換えることが可能である場合が非常に多い。事実、我々の実際生活に於ては言語のこのような使い方が非常に重要な且つ主要な部分を占めているのである。

しかし言語記号には、言語によらぬ他の諸記号と同列に断ずることの出来ぬ独特の面があり、それが言語を他の諸記号から判然と分ち、又それを操作する人間を他の生物から区別し、人間を人間たらしめているのであると云っても決して過言ではない。

もし、ネコと云う二シラブルの音で、我々がその音にではなく猫に反応したならば、このネコは一つの言語記号となって働いたのである。だがこの場合のネコに対する反応は、交通信号の青、赤や「止れ」「進め」に対する程端的、簡単なものではない。ネコと云う言葉から、我々は、今現に存在している猫、昨日見た猫、更には想像上の長靴をはいた猫など、そのいずれを頭に思い浮べることも自由自在である。ネコは全てこれらの猫に対して共通に用いられるのである。現実の猫だけでも、三毛あり虎毛あり、ぶちあり足の長いのや、顔の大きいのや、世界中に一匹として厳密には全く同じ猫は存在しない。にもかかわらず、あのぶち、この三毛は我々にとって等しく猫である。云いかえれば、ネコと云う言葉は決して具体的な個々の猫を指してはいないしそれを指し示す何等の手段をも兆候をも含んではいない。ネコと云う言葉で把握し、表現されるものは、謂わば人間の精神内に取り入れられ、その内部操作によって精神化され主観化された猫であって、厳密には現実に存在する一匹一匹の猫とは決して同一のものではないことに気づくだろう。

地球上の全ての猫とまではゆかなくても、ともかく手当り次第、近隣のノラやタマやミイをその形状、鳴き声などから分類し、一つにまとめることだけならば、我々人間にとって何も言語的把握によらなくても経験的次元で可能なことである。だが分類した一群のものを何かの名で呼ばなくては我々にとってこれは無意味な分類であり、ましてやその分類の成果を操作することなど不可能だ。だがいったんそれをネコと名づけさえすれば、地球上に存在する、空想上の、又現実の、あらゆる猫をその名で包含することが出来る。人間はこのように言語によって初めて外在物を人間の心内にまで取り入れることが出来、謂わば外界を内在化する強力な手段を言語によって与えられているのだと云えるのである。

今仮に、ネコと云われれば、我々はたとえその場に猫がいなくても猫なるものを直ちに理解し、猫を頭に思い浮べることが出来る。つまり我々人間は、現に身を置く具体的状況から完全に独立して心を働かせることが可能なのだ。これがドイツ人の云う精神的《ガイスト》な働きであり、そうした内面操作の積み重ねによって出来上った世界が、すなわち「ガイスト」の世界である。どのような未開状態にある人間でも、たとい野獣と紙一重の生きかたをしている野蛮人でも、およそ人間とよばれ得るものにおいては、このガイスト的な働きが必ずはっきり現われている。それの最も幼稚な文化的現われが神話《ミュトス》の発生である。ミュトスのことは此処では暫くおくが、この精神的多次元的世界は人間だけに特有のものであり、その成立を可能ならしめるに至った、又可能ならしめている重要な要素として、人間の言語記号活動を除外して考えることは出来ないのである。

さて、では、反対に、現に身を置いているシチュエイションにかたく結びつけられている、とはどう云うことか、カール・フォン・フリッシュの蜜蜂の研究について、これを考えて見よう。蜜蜂は、蜜蜂のダンスと云われる或る特定の運動によって、花蜜に関する極めて正確な情報を仲間に伝達することが出来る。例えば、巣から北々東に向って三粁の地点に、凡そ何匹分の蜜があり、しかもそれがどんな種類の（何の花の）蜜かを、である。だが蜜蜂は同じくそのダンスによって仲間をだますことはあり得ないし又出来もしない。そのダンスを仲間の前で演じて見せる為には、そのダンスの示す内容と厳密に対応するシチュエイションが事実でなければ駄目である。つまりシチュエイション・バウンド（シチュエイションにしばりつけられている）である。しかも蜂は、蜜を探知して巣に帰ってから直ぐにこのダンスを行うので、そのダンスを、仲間にひまが出来てからなどと翌日にまでのばしてとって置くことは出来ないし、それを受けた仲間も又、今日は疲れたから明日行きますと云う具合にはゆかない。つまり記号に対する反応は直接的である。そしてこの反応が又十中八九型にはまっていて多様性がない、つまり一線的である。

これは行動的結果的に見れば、交通信号の青、赤に置換可能な場合の言語記号、「止れ」「進め」のケースに似ている。言語がそうした働き方をする場合に、それをサインと呼び、それに対するものとしてシンボルがある。

仮に誰かが晴れた日に突然、「雨」と云う言葉を発したとする。相手が思わず窓の外を見たり、途端に洗濯物を取り入れに立ったりしたとすれば、この場合の「雨」と云う言葉はサインとして働いたのである。又相手がそれを聞いて「え？　雨がどうしたって」と反問してくるか、又は急に雨のムードに浸ってヴェルレーヌの詩でも思い出したとすればその場合「雨」と云う言葉はシンボルとして働いたことになる。つまり前者の「雨」を相手は現実のシチュエイションに結びつけ、雨と云う記号に対して直接的な反応を起しているが、後者の場合、その相手にとって、雨と云う言葉と現実のシチュエイションとの結びつきは、はるかにゆるやかなものとなり、従ってその記号に対する反応は間接的、且つその人その時によって前者よりずっと多様、多次元的である。

サインが常に現実に結びつけられるものであるのに対して、シンボルの世界は過去、未来、更には想像上の世界にまで及ぶものである。従って結果的に云い換えれば、サインの場合、その記号Aと、記号の指示するものBが常に大体同次元に並列され得るものであるのに対して、シンボルの場合は、AとBの間に謂わば無限の次元の開きが可能である。

碧巌録に、

「倶胝和尚凡そ所問あれば只一指を堅《た》つ」

とある。つまりその頃の修道僧が、仏の本質とは何ですかとか絶対とは何かなどと質問を投げかける度に、倶胝は只だまって、いつも指を一本突き出した、と云うお話である。これは極端な例だが、倶胝の突き出した指と、それによって示そうとしたものの間には、全く無関係と云える程の開きがある。だが我々は又、「神」と云う言葉に托して、正にどれ程の謂わば深い、高い次元を表現しようとすることだろうか。

スチュワート・チェイスは、犬や猫は現実主義者《リアリスト》だ、人間だけが全くろくでもない夢想家で、役にも立たぬ妄想や迷信を生み出す、と云っているが、正にその通りで、その原因になるものが、人間固有のこのシンボル的ビヘイヴィアであり、それのもっとも発達したもの、それの主体をなすものが言語活動である。迷信や妄想を生んだその同じものが、又宗教を、芸術を、文学を、学問を生み、文化文明を成立せしめる原因となって働いて来たのである。

言語哲学としての真言

《はじめに》

本日この意義深い会合にお招きいただきまして、弘法大師ゆかりの地、真言密教の世界的中心点であるこの高野山で、真言密教についてお話しさせていただく機会を与えられましたことを、私は限りない身の幸せと存じております。しかし、真言宗にとってまことに記念すべきこの年この時に、真言密教の思想的根幹ともいうべき重大なテーマを取り上げて特別講演をするという、その責任の重さを考えますと、私としましては、当然のことながら、自分自身の能力と資格につきまして深い疑念がないわけではございません。

事実、ご招待を受けました時、私は迷い、躊躇いたしました。東洋哲学というものに自分の学問的生活の焦点を合わせてまいりました者の一人といたしまして、東洋哲学諸伝統の全体の中で、決定的に重要な位置を占める弘法大師の哲学的な立場につきましては、かねがね強い関心を抱いてまいりました。とは申せ、真言密教について、私は要するに一個のアウトサイダーであり、よそ者であるにすぎません。一般に密教あるいはエソテリシズムなるものがそうでありますように、そしてまた、密教の密という字、あるいはesotericという言葉自身が示唆しておりますように、真言密教もまた、一切のアウトサイダーの容喙を断固として拒む峻厳なものを、その秘伝的修行道と、それに基づく思想の中心部に持っているものと私は承知いたしております。そのような修行の道を歩んだ経験もない私のようなよそ者に、真言密教の精神性の真髄がわかろう道理もございません。そればかりか、理性的に理解できる限界内での真言密教の教理的側面につきましても、その内面からの理解は私などにとりましては至難のわざでありまして、私はただ外側からその一部をのぞき見ただけのこと、結局真言密教なるものがどの程度まで私にわかっておりますか、自分でもまことに心もとない次第なのでございます。

本日ここにお集りの皆様方の多くは、真言密教の専門家として、理論的にまた実践的に、その研究に一生を捧げ専念していらっしゃる方々であろうと拝察いたします。真言密教の思想的内容にも色々な形で内側から通暁しておられる皆様方に、私が、今申しあげましたような、浅薄であやふやな理解内容をそのままお話し申しあげたとしても、それはまことに詮ないことでございます。

ただ真言密教は、真言という言葉、文字通り「まことのコトバ」という名称に端的に現われておりますように、コトバの哲学としての側面をもっております。側面と申しますよりも、コトバがすべての中心であり、根底であり、根源であるような、一つの特異な宗教哲学として考えることができる、あるいは少くとも、哲学的にはそう考えなければならない、そういう思想的体系であるのではないかと私は思います。

他方ひるがえって、構造主義（Structuralism）勃興以来、いわゆるポスト構造主義を経て、今やそのポスト構造主義のかなたへの乗り越えすら云々されております今日の世界の思想的現状を考えてみますと、その展開の過程全部を通じまして、言語、コトバというものに対する異常な関心が、終始一貫してその動向を圧倒的に支配してきたことに気づきます。事実、言語についての理論的反省を抜きにしては、現在の、特に現代的とわれわれが感じているような世界思想の先端的部分について、語ることもできなければ、それを理解することもできないような現状であります。このような現代的人間の思想コンテクストにおいて、真言密教の言語理論はどのような位置を占めるものか、千年以上の永きにわたってコトバの「深秘《じんぴ》」、つまりコトバの表層的なあり方ではなくて深層的あり方、コトバの奥の奥、について思いを潜め反省しつづけてきた真言密教の言語理論が、現代世界の言語中心的思想動向に、積極的に参加して、それに重大な貢献をしないはずはないと私は考えます。およそこのような見地から、私は今日、言語哲学としての真言という古くして新しい問題、千年前の思想でありながら、しかも取り扱い方いかんによっては現代哲学の前衛的、アバンギャルド的な思想でもありうる問題を、皆様とご一緒にしばらく考え直してみたいと思うのでございます。

一　《存在は言葉である》

そこでこの目的のために、私はまず、言語に関する真言密教の中核的思想を、密教的色づけはもちろん、一切の宗教的枠づけから取り外しまして、純粋に哲学的、あるいは存在論的な一つの根源命題に還元することからはじめたいと思います。私が考えておりますます根源命題とは、「存在は言葉である」ということであります。

ハイデッガーの有名なテーゼに、「人間は言葉である」というのがございますが、ここではそれとは少し違う角度から、人間だけではなしに、人間も含めてあらゆる存在者、あらゆるものがコトバである、つまり、存在性そのものが根源的にコトバ的である、という意味で、「存在はコトバである」と主張してみようと思うのであります。

「存在は言葉である。」このような命題の形で提示された真言思想は、もはやとくに密教的でもなく、宗教的ですらありません。一つの純粋に哲学的な、あるいは存在論的な立場の提唱であり、一つの普遍的な思想パターンの命題的表明にすぎない。そういうところから出発し直してみようというのであります。

それでは、「存在は言葉である」というこの命題は、具体的には一体何を意味するのか。形式的には、一見頗る単純な主語―述語関係でありまして、誰でもすぐわかる簡単な立言のようにみえますが、内容自体に立ち入って理解しようといたしますと、実はそう一筋縄でいくようなものではございません。存在がコトバである――そんなことはでたらめであり、ナンセンスであるとして、はじめから拒絶反応を起してしまうなら話は別ですが、もし少しでもまじめに、この命題は何らかの真理を言い表わしている、あるいは言い表わしているはずだという有意味性の仮定の上に立って、それではその真理、その意味は何であろうか、と考えようといたしますと、たちまち困難にぶつかってしまいます。

第一に、この命題の主語である「存在」と、述語である「コトバ」との結びつきが、普通、人が常識的に了解している存在と言葉の関係とは非常に違ったものであります。常識では、コトバと存在とはそれぞれ別々の系列でありまして、存在がすなわちコトバであるとか、この経験世界に存在する事物事象、つまりいわゆる森羅万象が、実は全部コトバなのである、などとは決して考えません。存在とコトバとの関係は、せいぜい、違う二つの系列の間の相応関係（correspondence）であります。しかも、存在論的または認識論的順位から申しますと、存在、つまり物が断然先に来る。まず物があって、それをコトバが命名する、あるいはコトバが指示するというわけであります。

ところが、「存在はコトバである」という命題においては、この順位がひっくりかえってしまう。存在世界、事物事象の世界は、経験的には確かに、われわれの目の前にひろがっている。つまり、存在世界は客観的にそれ自体で自立して、第一次的にはコトバとは関係なしに存立している。それが常識的人間にとっては、疑いの余地のない経験的事実であります。

しかし、われわれが今問題にしておりますす命題の立場からみますと、そういう考えは、単に表面的な経験の事実にすぎないのでありまして、事の真相は全くそれとは違う。表面的にはそれ自体で自立してそこにあるように思われている存在世界は、全体としても、またそれを構成する個々の事物から申しましても、すべてコトバ的性質のものである。コトバを源泉とし、コトバによって喚起され、定立されたものである。つまり、簡単にいえば、「コトバである」というのであります。この一見奇妙な主張をどう理解したらよろしいのか、それが問題の出発点であります。

こう申しますと、皆様はすぐ真言密教的コトバの哲学での解決をお考えになるかもしれません。当然のことです。実は私自身も、のちほどその方向に考えを進めていこうと思っておりますのですが、それより先にちょっと考えておかねばならないことがある。それは、真言密教の説くコトバというものは、われわれが普通に考えているコトバとは違いまして、いわばそれを一段高い次元に移したもの、つまり異次元のコトバであるということであります。弘法大師ご自身『弁顕密二教論』の中で、密教をすべての顕教から区別する決定的な目印の一つとして、「果分可説」ということを挙げておられます。ご承知の通りでありますが、これが今申しましたことの、一つの証拠になると存じます。

「果分可説」――「果分」とは要するに、意識と存在の究極的絶対性の次元。通俗的な言葉で申しますならば、仏様方の悟りの内容ということになりましょう。ですから「果分」は、意識と存在の絶対超越的次元でありまして、普通この次元での事態を、言語道断とか言妄慮絶とか申します。

つまり言語を越えた世界、コトバのかなた、人間のコトバでは叙述することも表現することもできないもの、そういう形而上的体験の事態を意味します。ところがこれを弘法大師は「果分可説」、つまりコトバを越えた世界をコトバで語ることができる、あるいは、コトバを越えた世界そのものが自らコトバを語りだすと主張されまして、この立場を真言密教の一つの標識となさいました。つまり、「果分」という絶対意識、絶対存在の領域は、無言、沈黙の世界ではなくて、この次元にはこの次元なりの、異次元のコトバが働いている、あるいは働きうるというのであります。

一体、コトバのかなた、言語表現を越えた意識と存在の次元なるものが、瞑想的体験上の事実として成立するのでありますならば、当然そこでは一切のコトバは脱落し、すべては深い沈黙の底に沈み込んでしまうはずであります。そう考えるのが一番自然であり、また事実、洋の東西を問わず、すべて神秘主義といわれているものは、一般にそういう立場を採ってまいりました。

しかし、真言密教はそうは考えません。むしろ今申しましたように、「果分」、つまり悟りの世界を言語化することを可能にする異次元のコトバ、あるいはコトバの異次元性というものを考えます。もっとも、悟りの世界を言語化すると申しましても、人間が人為的に言語化するというのではなしに、悟りの世界自体の自己言語化のプロセスとしてのコトバを考え、さらにそれがそのまま存在世界現出のプロセスであると考えるのでありまして、もし、そういうプロセスがありうるものといたしますならば、当然、「存在はコトバである」という命題が、無条件で成立するわけであります。

そのような異次元のコトバなるものがどうして考えられるのか、またそれが言語哲学的にみてどういう性質、どういう内的構造をもつはずであるか、ということは、のちほど主題的にお話し申しあげるつもりでおりますが、しかしそこまでいきませんでも、「果分」に対する「因分」の世界、つまり、われわれ普通の人間の、普通の経験的現実の世界で通用している日常的言語の次元でも、「存在はコトバである」という命題が、実は立派に成立するのであります。「存在はコトバである」という命題が、もし「果分」の領域で無条件的に真理であるとしますなら、「因分」の領域でそれが全然通用しないということはありえないことと考えます。

純粋に「果分」の超越的領域で働くコトバの異次元性を、弘法大師は「法身説法」という世に有名なテーゼで形象的に提示しておられます。「法身説法」、大日如来そのものの語るコトバ。しかしそれと同時に弘法大師は、「コトバの根本は法身を源泉とする、この絶対的源点から流出し、展じてついに世流布《せるふ》のコトバ（つまり世間一般に通用している、普通の人間のコトバ）となるのだ」と言っておられます。つまりわれわれが常識的にコトバとよび、コトバと考えているものも、根源的には大日如来の真言であり、真言の世流布の形、つまり世間的展開形態であるにすぎない、ということであります。

「果分」のコトバと「因分」のコトバとが、このような仕方で内的につながっているといたしますと、「果分」において絶対無条件的に成立する「存在はコトバである」という命題が、「因分」においても、たとえ条件的、類比的にではあれ、成立するのは当然でなければなりません。そこで私も今、果分におけるコトバを論じるに先立ちまして、まず、因分における言葉の情況を考えてみることからはじめたいと存じます。

二　《言語の意味分節機能》

そこでわれわれの当面の課題といたしましては、「存在はコトバである」ということの命題を、「因分」、すなわち今申しましたごく普通の日常的言語の通用する領域で、どのようにして理論的に正当化し、根拠づけることができるかということになってまいります。

この観点からみて、まず注意を引かれますことは、人間言語特有の分節機能ということ、もう少し詳しく申しますと、われわれ人間の言語には、その最も根本的機能の一つとして、現実を意味的に分節して行く、分けて行く、働きがあるという事実であります。分節――英語で articulation などと申しますが――分節とは、文字通り竹の節が一本の竹をいくつにも分けて行く、そのようにものを区分けして行くことであります。最初にちょっと申しましたように、常識的な考え方、つまり、いわゆる素朴実在論的な考え方でいきますと、まず物があって、様々な物が初めから区分けされている。それをコトバがあとからなぞっていくというような具合なのですが、今お話ししはじめました分節理論によりますと、まさにその正反対でして、初めには何の区分けもない、ただあるものといったならば、渾沌として何が何やら区別もない原体験のカオスだけ、というわけであります。その、のっぺりしてどこにも節のない存在の原初的素材を、人間の意識が、言葉の意味の指示に従っていろいろに区切り、節をつけて行く。その一節一節が、あたかも最初からそこに自立自存していたもの（いわゆる事物事象）であるかのごとく現われてくるというわけであります。つまり、コトバが提供する意味の数だけものがある、それら様々な意味単位の複雑な相互連関構造、それがいわゆる存在の地平を決定していくのであり、それが存在そのものである、ということであります。すなわち、そこでは単にものばかりではなくて、様々に分けられたものの間の相互連関の仕方まで、すべて言葉の意味によって規定されていると考えるのであります。言語分節理論の要点は、一口に申せば、まあこういったことであります。

この分節理論なるものが西洋の思想史で起りましたのは、それ程古いことではございませんので、大体十八世紀の後半から十九世紀にかけまして、フンボルトあたりから現われはじめる比較的新しい思想動向なのでありますが、それに反して東洋では、大変古くからある考え方であります。現に大乗仏教では、われわれの日常的経験世界、いわゆる現象界の事物の本性を説明するのに、「妄想分別」という言葉を昔から使っております。もっとむつかしい唯識系の術語で申しませば、たとえば「遍計所執《へんげしょしゅう》」（サンスクリットで parikalpita）などと申しますが、要するに我々が通常現実と称しているこの現象世界に、客観的に存在する、つまり実在すると考えられている一切の事物は、いずれも人間の心が妄想的に喚起した幻影のごときものであるということでありまして、「妄想分別」、この分別をブンベツと読めば、その表現自体、それが現代の言語哲学でいう分節と本質的には全く同じ事態を意味していることになります。ましてや、この妄想分別の源を、仏教でも言葉の意味形象喚起機能というものに帰するのでありますから、ますます同じことになります。

ただし、妄想分別とか遍計所執とかいう術語が何よりもよく物語っておりますように、一般に大乗仏教——密教からみて顕教ということですが——では、こうしてコトバの喚起する意味形象にたばかられて、人間の意識が作り出し、いわゆる外界に投射した事物に対して、根本的に否定的な態度を取るのを常といたします。この世のすべては、畢竟するに言語的妄想の所産。夢、幻、蜃気楼のごときもの。要するにことごとく空しき虚構。本当にはありもしないものをあると思い込んで、それに執着する人間の愚かさよ、というわけであります。

ところが、同じ大乗仏教でも真言密教だけは例外でありまして、コトバの意味形象の所産である経験的世界の事物に対して、反対に真正面から肯定的態度を取る。なぜ肯定的態度を取ることができるのかと申しますと、それは、真言密教が、顕教一般のようにコトバというものを日常的言語、今日の言語学者が「言葉」とよんでいるもの、だけに限定してしまわずに、その向こうにもう一つ別の次元のコトバの働きを認めるからであります。真言密教もまた、顕教の場合と同様に、現象界のあらゆる事物事象の現出の源泉がコトバの意味分節機能であることは認めはいたしますが、しかしそこで止まってはしまわずに、さらに一歩進んで、そのように働くコトバのそのまた源に、先ほどちょっと触れました「法身説法」、つまり、形而上的次元における言語エネルギーの働きを考えるのであります。ですから、われわれの経験世界を構成する一切の事物事象、いわゆる森羅万象は、経験的次元に働くコトバの中に、自己顕現する異次元のコトバ、絶対的根源語——宗教的用語でいえば、大日如来のコトバ——の現象的結晶ということになる。要するに、すべてのものは大日如来のコトバ、あるいは、根源的にコトバであるところの法身そのものの自己顕現、というわけでありまして、その限りにおいて、最高度の実在性を保証されることになるのであります。しかし、この「法身説法」の言語哲学的意義づけにつきましては、後ほどまた詳しくお話しすることになりますので、只今はこの程度にとどめておきまして、ここでは日常的言語次元における意味分節理論の、もうひとつの極めて重要な側面にごく簡単にふれておきたいと思います。

先ほども申しましたように、言語の存在分節機能理論が西洋に起りましたのは、割合に近年のことでありまして、否定的にせよ肯定的にせよ、同じく意味分節を強調する仏教の言語哲学が、何世紀にもわたる永い歴史を持ち、しかもインド・中国・日本という、広いアジアの文化地帯に展開してきた一つの雄大な思想系統であるのとは比較になりません。ただ西洋のその理論が、最近急激に発展してまいりました記号学、文化人類学、文化記号論などに組み込まれまして、非常に精緻な学問的理論を展開しながら、著しく現代的感覚に適した形をとって発展しつつある、そういう点で、仏教哲学とはまた違った鮮烈な興味をそそる何ものかを持っているのであります。

とは申しましても、西洋でもこの意味分節理論なるものが、それ程有力な思想潮流であるというわけではありません。どちらかというと、人気がない。説得力が弱い。とにかく、ともすれば疑いの目で見られがちな有様であります。つまり、「存在はコトバである」という命題を無条件的に真理であると認めるのに、大抵の人は躊躇するというわけであります。

なぜそうなのか、原因は色々ありましょうが、一番決定的に重要な原因は、西洋における言語学の専門家たちが、一般に「言語」という言葉で理解するものは、文化的制度としての言語記号体系、あるいは、理念的構造体としての言語、つまり、ソシュールのいわゆるラング、に限られているということ、少くとも、今日までそういう傾向が圧倒的に強かったということにあると私は思います。

確かに社会制度的言語、すなわちそれの重要な意味単位が、単語という形で辞書に記載され、それらの単語間の連結の様式が文法規制、シンタックスとして文法書に記述されているような意味での言語、だけを考える人たちの立場では、コトバがものを産み出す、コトバが存在世界を表わす、存在はもともとコトバなのである、というようなことはちょっと考えにくい。やはり何と言いましても、まず世界があって、世界の中にいろいろなものがあって、それらが互いに関係し合っていて、それをコトバが外側から指示し、叙述し、表現する、それが意味と呼ばれるものだということになってしまうのであります。しかし、コトバをこのような形で考えることは、コトバというものを、ごく浅い表面的機能においてみることに他なりません。そこでは、コトバは社会制度的記号システムとして、第一次的には人間相互間のコミュニケーションの手段として、考えられております。コトバは初めからそこに出来あがっている。人間はただそれを使うだけ。ですから、すでにそこにある世界や、世界内の事物事象に対して、コトバが創造的に作用するなどというようなことは考えられないのも道理です。

しかし、本当は、コトバは決してそれだけではないと思います。というより、コミュニケーションや表現より先に、もっと大事な、根源的な機能、人間をして人間たらしめる機能がある。それはコトバの意味生産機能、そしてさらに進んで、その意味が存在を生産していく機能、意味の存在生産機能、ということであります。つまり、コトバは意味を通じて存在世界を産み出していく、ということなのであります。しかし、このようなことは、コトバというものを、先ほどからお話ししておりますような、表面的な、表層的な領域で考えている限り理解できない。それを理解するためには、どうしても、コトバが人間の深層意識、あるいは下意識的領域に根源的な形で関わってくるようなところまで降りて行って、考え直されなければならないのであります。

一般に近代の言語学者は、社会的記号コードとしての言語、つまりラング、に対立するものといいますと、すぐ発話行為パロールを考えます。ラングとパロール、それが普通の考え方です。しかし実際は、ラングとパロールを対立させる以前に、ラングの底に潜んでいる深層意味領域というものを考えなくてはならない。それでこそ初めて、そのような、いわゆる意味の太古の薄暗がりから立ち現われてくるパロールの創造性というものが、本当に理解できるようになるのではないかと私は思います。

皆様ご承知の通り、現代の記号学では、言語記号を含めましてすべて記号なるものを、シニフィアンとシニフィエの結合体として構想するのが常識となっております。とくに言語記号の場合、シニフィアンというのは、聴覚的音声表象、音の表象であり、シニフィエというのは、意識内に生起する意味表象のことであります。簡単にいえば、シニフィアンは音、シニフィエは意味ということでありますが、それはともかく、私がとくにここで申しあげたいことは、このシニフィアン・シニフィエ結合体において、とくにシニフィエの側、すなわち意味の側に、古来多くの人びと、わけても人一倍感受性の鋭い詩人たち、宗教家たち、神秘家たちなどが、いわば底知れぬ深遠のようなものを感知してきたという事実であります。身の毛もよ立つばかり恐ろしく、しかも抵抗しがたい力で人を魅惑するもの、例のルドルフ・オットーの、いわゆる「ヌミノーゼ的」なもの、要するに意味体験の限りない深み、現象学的に申しますと、開かれた構造としての意味、ということでありま す。現代ヨーロッパの記号学では、その代表的思想家の一人であるジュリア・クリステーヴァの、いわゆるル・セミオティーク(le sémiotique)つまり意味生成プロセスの根源的カオス状態などというものがそれに当たると思いますが、そのような事態が成立する場所を、私どもは構造モデル的に、言語意識の深層領域として想定するのであります。

こう申しますと、何か非常に特殊なことであるかのように聞こえるかもしれませんが、本当は誰の言語意識でも例外なくこのような構造をもっているのでありまして、ただ違いは、それをはっきり自覚しているか、気づかずにいるかというだけであります。もともとわれわれの言語意識の表面は、いわば社会的に登録済みの、既成の語と既成の意味とによって、ほとんど完全に占め尽くされております。われわれ普通の人間は、大抵の場合、そういう生活レヴェルで生きています。だからこそ、われわれにとって、世界はほとんど既成の意味に対応する出来合いのものばかりで構成されているのであります。しかし、一旦言語意識の深みに目が開けてみますと、世界の様相がすっかり変わって見えてきます。この深みの領域では、もはや既成の意味というようなものは一つもありません。すべてが時々刻々に新しい。言語意識の表面では既成の意味だったものも、ここでは概念化の留め金を外されまして、浮遊状態になり、まるで一瞬一瞬にゲシュタルトを変えるアミーバのように、伸び縮みして、境界線の大きさや形を変えながら微妙に移り動く意味エネルギーとして現われてきます。言語意識の表層で、たとえば「山」といえば、普通のありきたりの山を意味しますが、この深層領域ではもう山という固定したものを意味しません。何か流動的で、たえず姿を変えるダイナミックな意味エネルギーが、何となく山という意味、あるいは漠然と山的なもの、山らしきもの、に向かって結晶しようとしている、そんな意味生成の過程的状態があるだけであります。それがおよそどんなものであるかということは、たとえば『周易』(『易経』)の八卦の中の艮《ごん》(☶)をごらんになるとよくおわかりになると思います。「艮」、一番上に陽の一線、その下に二本の陰の線を重ねた陰陽のコンビネーションでありまして、普通これを山を表わす、山を意味すると言われておりますが、もちろんこれは通常の山ではありません。強いて言えば山的な何か、山的なエネルギー、要するに今ご説明しましたような意味で、深層的意味としての山なのであります。

それはともかくとして、山のような場合は、言語意識の表面でも、はっきりその意味に対応し、それを固定させているヤ・マという二音節があります。つまり山という意味、山というシニフィエには、それと固く結ばれた「やま」というシニフィアンがあるというわけであります。しかし、言語意識の深層領域では、このように一定のシニフィアンとまだ結びついていない、不定形の意味可能体のようなものが星雲のように漂っている。まだはっきり意味をなしていない、形成途中の、不断に形を変えながら、何とか自分の結びつくべきシニフィアンを見出そうとして八方に触手を伸ばしている、とでもいうような、潜在的、潜伏的意味——まさに唯識の深層意識論が説く「ビージャ」、種子、意味の種です。すでに一定のシニフィアンを得て、表層領域で立派に日常言語の一単位として働いている固定的な意味、そして今お話ししたような、形成途中の流動的意味、そういう数限りない意味が、みんな深層領域の奥深いところに蓄えられている。そこでは、それらの意味と意味可能体とがもつれ合い、絡み合いながら混在している。そして、それらの意味と意味可能体の発散する気のようなものが、われわれの意識の認識機構に作用して、われわれの感覚的原体験のカオスを様々に区切り、それらの区切りの一つ一つが、あるいは明確な、あるいは漠然としたものという存在形象を産み出していく。そして、それらの様々に明確度を異にする存在形象が、意識の向こう側に、いわゆる客観的な存在世界の地平を描き出していく。だからこそまた、このようにして現出した、いわゆる客観的世界は、すべてが明確な境界線で区切られた事物事象だけからなるものではなくて、むしろ全体的には、常に茫漠として、漠然として捉えがたい曖昧性、不分明性の深い靄に包まれた形で、われわれの前に現われてくるのであります。いずれにいたしましても、ここでは、言語意識の深層にうごめく意味と意味可能体が、無数に異なる形、無数に異なる度合において、いずれも一種の存在喚起的エネルギーとして構想されていることが注目されます。

要するに、われわれが普段使用しているコトバ、すなわち言語の日常的使用次元におきましても、そこに働いている言語意識の深層領域に注意を向けてみますと、通常は自分でも気づいていなかったような不思議なコトバの働き、コトバの存在生産性ともいうべきものを、われわれは見出すということであります。

さて以上は、われわれの日常使っておりますままの普通のコトバのレヴェルにおいて、意味分節なるものが、どんなふうに存在創造性を発揮するかということを極度に単純化してお話ししたのでございますが、しかし、本日のテーマにとってそれよりもっと重要なことは、言語的意味のこの存在喚起エネルギーが、決して通常の経験的次元だけに限定されるものではなくて、実は、われわれ人間の言語意識の表層、深層の二つを共に含む全体そのものをさらに越えた異次元のコトバの領域にまで続いていくということなのであります。少なくとも、真言密教やそれに類する他の東洋的言語哲学は、そう主張いたします。では、これらの思想伝統の説くところに従って、意味と存在との関係をコトバの異次元的根源までたどって行きましたならば、そこにどんな情景がわれわれの目の前に立ち現れて来るでありましょうか、それが、ここからの主題であります。

三　《宇宙的存在喚起エネルギーとしてのコトバ》

個々の人間の言語意識を越えた異次元のコトバ、そこでは今お話ししました意味の存在喚起エネルギーは、一つの雄大な宇宙的エネルギーとして考えられます。すなわち、意味に内在する存在喚起エネルギーは、そこでは宇宙に遍満し、全宇宙を貫流して脈動する永遠の（つまり無始無終の）コトバのエネルギーとして表象されるのであります。表象される、と今申しましたが、これは単なる想像ということではございません。まして理論ではございません。一種の実在感覚です。このような言語哲学を真剣に提唱する人びとには、その思想の根柢そのものにこのような一種の異常な実在感覚がある。その実在感覚の生々しい力に押されて、この人たちはどうしても、宇宙的スケールのエネルギーというものを考えなくてはならなくなってくるのであります。

しかしもちろん、この種の実在感覚をもって生れた人がすべて、必ずコトバのエネルギーを考えるとは限りません。色々な他の考え方があります。たとえば『易』の形而上学の場合のように、陰陽の気のエネルギーを考える者があります。ピタゴラス派の「数」象徴主義のように、「数」を神聖視して、それを宇宙に遍満する存在喚起エネルギーとみる見方もある。あるいはまた、人格的創造神としての神なるものを立てまして、その神の創造力をそのまま存在喚起的エネルギーと見る人もいる。といった具合で、根源的直観は同じでも、それを具体的に表象し、表現し、理論化する仕方は様々であります。

特にこの点で私が常々大変おもしろいと思っておりますのは、中国の古典『荘子』の天籟、地籟の譬喩であります。『荘子』の「内篇」第二「斉物論」に出て来る余りにも有名なこの譬喩、皆様ご存知の通りで、別にご説明申しあげるまでもあるまいと思いますが、言語哲学としての真言という、今日のテーマの論旨に直接関係してくるところだけを、最小限度にかいつまんでお話しいたします。

虚空、すなわち無限に広がる宇宙空間を貫いて、色もなく音もない風が吹き渡っている。宇宙的な風、これが天籟です。人間の感覚にとっては無に等しいこの天の風が、しかし、一度地上の深い森に吹きつけますと、樹々は忽ちざわめきたち、地籟（地上の風）となって、至るところに様々の音が起る。この太古の森の中には、幹の太さが百抱えもあるような大木がありまして、その幹や枝には、いろいろな形をした無数の穴がある。それらの穴に風が当たりますと、すべての穴が、それぞれ自分独特の音を出す。「万竅《ばんきょう》努号す」というわけです。岩を噛む激流の音、とどろく雷鳴、空飛ぶ矢の音、泣き喚く声、怒りの声、悲しみの声、喜びの声。穴の大きさや形によって出る音は様々ですが、それらすべての音が、みんなそれ自体では全く音のない天の風によって喚び起こされたものなのだ、というのであります。

天籟、地籟の譬喩を描くこの一節、『荘子』全篇の中でも指折りの文学性の高い箇所でございますが、真言密教に親しんでおられる方なら、これを読まれて、きっと弘法大師の御著作の中の幾つかの箇所を想い出されると思います。たとえば、「内外《ないげ》の風気纔かに発すれば、必ず響くを名づけて声と曰うなり」とか、同じく『声字実相義』の中のあの有名な言葉、「五大に皆響あり、十界に言語を具す」――地水火風空の五大、五つの根源的存在構成要素、普通は純粋に物質的世界を作りあげる物質的原質と考えられているのですが、それが実はそれぞれ独特の響を発し、声を出している。つまりすべてが大日如来のコトバなのであって、こういう見地からすれば、仏の世界から地獄のどん底まで、十界、あらゆる存在世界、はコトバを語っているのだ、という。その他いくらでも想い合わされる箇所がございます。

もっとも荘子自身は、天籟に引き起される地上のざわめきの光景を描くにあたって、別に宇宙的コトバというようなことをはっきり言っているわけではございません。種々様々な地上の事物、すなわち現象的多の存在次元が、それの根源である「音のない」、つまり現象以前の、絶対的一者とどんな具合に関っているのかを、鮮烈な詩的形象で描いているだけであります。しかし、現象的多の世界の事物が、己れの存在性を主張する、その存在性の主張を、荘子がそれらの物の発する響、または声としているところに、私は甚だ意味深いものを見ます。そしてまたとくに、それらの万物の響と声の源泉として、それ自体では無色透明、何の音もなく何の声もない、しかしまた、いかなる音、いかなる声にでもなりうる天の風なるものを荘子が措定したことを、私は真言密教の言語哲学との関連において、非常に興味あることと思います。

天籟、人間の耳にこそ聞えないけれども、ある不思議な声が、声ならざる声、音なき声が、虚空を吹き渡り、宇宙を貫流している。この宇宙的声、あるいは宇宙的コトバのエネルギーは、確かに生き生きと躍動してそこにあるのに、それが人間の耳には聞えない、ということは、私が最初にお話しいたしました分節理論の考え方で申しますと、それが絶対無分節の境位におけるコトバであるからです。絶対無分節、つまり、まだ、どこにも分かれ目が全然ついていないコトバは、それ自体ではコトバとして認知されません。ただ巨大な言葉生成の原エネルギーとして認知されるだけです。しかし、この絶対無分節のコトバは、時々刻々に自己分節して、いわゆる自然界のあらゆる事物の声として自己顕現し、さらにこの意味分節過程の末端的領域において、人間の声、人間のコトバとなるのであります。

　このように自己分節を重ねつつ、われわれの耳に聞える万物の声となり、人間のコトバとなっていく宇宙的声、宇宙的コトバそれ自体は、当然、コトバ以前のコトバ、究極的絶対言語、として覚知されるはずでありまして、こうして覚知されたあらゆる声、あらゆるコトバの究極的源泉、したがってまた、あらゆる存在の存在性の根源であるものを、真言密教は、大日如来、あるいは法身として表象し、他の東洋の諸宗教はしばしば神として表象いたします。

　もっとも、神が言葉で世界を創造したというのでしたら、『旧約聖書』の「創世紀」をはじめとして、その他色々な民族の宇宙生成神話によく出て来る考え方で、それほど珍しくはありませんが、神がコトバであるということになりますと、だいぶ話が違ってまいります。

　それにつけて想い出しますのは——私の個人的経験の思い出話になりますが——『新約聖書』、

「ヨハネ伝、福音書」の冒頭の一節です。ずっと遠い昔、まだ中学生の頃でございますが、私のおりました学校がたまたまミッション・スクールでありました関係で、強い反撥を感じながらも『聖書』を読むはめになりました。ある日何の気もなしに『新約』のページを繰っておりました時、偶然「ヨハネ伝」のはじめのところが突然私の目の中に飛び込んでまいりました。それを読んだ時の驚きがどんなであったか、私は今でも忘れません。そこにはこんなことが書かれてあったのでございます。「太始《はじめ》に（はじめに、と申しますのは、つまり天地創造以前にということであります）コトバがあった。コトバは神のもとにあった。というより、コトバは神であったのだ。ありとあらゆるものがこれによって成り、およそ成り出でたもののうち、ただひとつもこれによらずに成り出でたものはなかった」と。

驚きとも感激ともつかぬ、実に異様な気分に圧倒されたことを、私はおぼえております。「コトバは神であった」。何という不思議なことだろう、と私は思いました。もちろん、その頃の私には、意味はわかりませんでした。しかし、意味不明のままに、しかも何となく底知れぬ深みを湛えた神秘的な言表として、この一文は、その後も永く消し難い余韻を私の心の奥に残したのでございます。

ずっと後になってからわかりましたことですが、この一節のギリシャ語のテクストでは、コトバという訳語に当たる原語は「ロゴス」であります。もともとロゴスといいますのは、ギリシャ語では非常に複雑で微妙に浮動する意味内容を持った、いわば深層的意味がそのまま言語意識の表面に出て来てしまったような作〔ママ〕なのでありますし、それにキリスト教のキリスト＝ロゴス論的な教義を考え合わせますと、これを簡単に「コトバ」と訳して済ませるようなものでもございませんが、しかし私としましては、今でもこの一節における「ロゴス」を、宇宙的存在喚起エネルギーとしてのコトバ、先程から話題にしております異次元におけるコトバ、という意味にとっておきたいという気持ちに駆られます。

しかし、それはともかくといたしまして、コトバを神、あるいは神に当たるものと同定する考え方は、「ヨハネ伝」第一章のような特殊な場合だけでなく、東洋思想の色々なところに、もっと明確な形で姿を現わしてまいります。ヒンドゥー教における聖音オームの崇拝などもその一例ですが、より一般に古代インドでは、すでにヴェーダ時代に、ヴァーチ（vāc コトバ）を形而上的最高原理として崇める思想が現われておりますし、その思想が後にミーマーンサー学派の字音崇拝を経て、ついに初期ヴェーダーンタ哲学の大立者バルトリハリ（Bhartṛhari 紀元五世紀ごろ）に至って、言葉をブラフマンそのものと同定する「声・ブラフマン」（śabda-brahman）の壮大な言語哲学にまで発展するのであります。バルトリハリの思想につきましては、すでに我国でも中村元博士の詳しいご研究がありますので、ここでは細かいことは一切申しません。ただ今日の私のテーマとの関連で最も重要なことは、バルトリハリにおいては、一切存在の絶対的根源であるブラフマンが、本性上コトバ的なものであるとされ、コトバこそブラフマンのリアリティであり、結局はブラフマンは言葉なのであるということであります。しかもこのような考え方は、古代インドだけではなくて、ユダヤ教やイスラムのような、仏教とは歴史的関係のない人格的一神教の中にも、著しく真言密教の言語哲学に近い形で、現われてまいります。一つの普遍的な東洋思想パターンの存在を示すものとして非常に興味ある事実でございますので、少しくそれについてお話ししてみたいと思います。

四　《イスラームの文字神秘主義》

まずイスラームでございますが、イスラームを特徴づける一つの重要な思想潮流として、世に文字神秘主義、あるいは文字象徴主義という名称で知られているものがございます。これは、紀元十四世紀イランの北方に現われました一人の魁偉な思想家ファズルッラー（Faḍl Allāh）という人が起した学派でありまして、始祖ファズルッラーは異端の罪を問われまして、モンゴル王朝の支配者ティームールの息子に捕えられ、死刑に処され、その胴体は切り刻んで犬どもに与えられ、その頭はドブに投げ捨てられるという、実に悲惨な最期をとげましたが、かれの思想は、これに反して、強力な思想潮流となって生き延びまして、永くイスラーム思想を動かすに至ったのであります。

そのファズルッラーの説きますところは、大体次のようなものでございます。万物が存在し、われわれが存在しているこの経験的世界、われわれが感覚的知覚的に認識して物質界と呼んでいるもの、それは四つの原素から構成されている。四つの物質的原素とは、いうまでもなく地水火風のことであります。真言ならば五大、六大というところですが、イスラームでは、四大説。これらの四原素が触れ合い、ぶつかり合う時、その衝撃で響を発する。響はすなわち声である、と彼は申します。四原素がぶつかり合わなければ声は出ない。ということは、ただ声が実際にわれわれの耳に聞えてこないということであって、本来は原素間に衝突は起こらなくとも、声はいつでもそこに起こっている。そして、この万物の響、万物の声こそ、他ならぬ神のコトバなのである、と。

ファズルッラーのこの発言は、先に引用いたしました弘法大師の『声字実相義』、「内外の風気纔かに発すれば、必ず響くを名づけて声と曰う」とか、またすぐその後に見られる「四大相触れて音《おん》響《こう》必ず応ずるを名づけて声と曰う」というような表現を髣髴させるものではないでしょうか。この声の源泉を、大日如来とよんでも、神アッラーとよんでも、もうここまでくれば、構造的には全く同じことです。ファズルッラーにとって、人が普通物質とよび、物質だと思っているものは、実は、すべて神の声であり、神のコトバなのであります。

この神のコトバの内的構造を、ファズルッラーはどのようなものとして考えているか。この点について彼の所説を聞きますと、彼の思想が驚くほど真言密教の言語哲学に似ていることに、われわれは気づきます。彼はこう申します。われわれが生きているこの経験的世界の事物は、無常で儚く、あらゆるものは不断に変化しつつ流れてゆく。一瞬も止まらない。まさに諸行無常。この世界はそれ自体で自立的に存立しているものではない。存在世界がとにもかくにも存在性を保っていられるのは、その背後に、ある巨大な力が働いているからである。すべての存在を存在にまで引き出し、それを存在性において把持する、この無始無終の巨大な力、存在性の永遠のエネルギーこそ、世人が神アッラーと呼ぶものである。この神は、とファズルッラーは続けて申します、純粋にそれ自体の境位においては、人間にとっては無に等しい。すなわちそれは、絶対に不可視、不可知。神のまわりはすべて漠々たる濃霧に包まれて、神の本体はわれわれには知るよしもない。しかしながら、神、すなわちこの宇宙的存在性のエネルギーの本性がコトバであることを、人はそれの自己顕現の姿を見ることによってさとる。神はその自己顕現の位相において、コトバ性を露呈するというのであります。

真言密教の場合、ファズルッラーの神に当たるものはもちろん法身でありましょうが、真言密教の考える法身も、決して、寂滅の境に沈み込んで、永遠に不変不動、その自己完結性を自ら享受するアリストテレス的な神ではなくて、不断に活動し、創造的に働いて止まぬ主体的実在であります。それと同じように、ファズルッラーの神も、自らは絶対に不可視、不可知でありながら、しかも、不断に現象的存在次元に自らを現わしていくものと考えられております。

原初的存在エネルギーである神が、わずかに自己顕現的に働く時、そこに言葉が現われる。つまり神自身が、言葉として自己顕現するわけであります。しかし、コトバとはいっても、この段階ではまだ、われわれが普通理解しているようなコトバではなくて、一種の、純粋な根源言語、まだ何の限定も帯びない、全く無規定的、無記的、無相的なコトバでありまして、これが次の段階ではじめて、アラビア文字三十二個のアルファベットの形をとると申します。

ご承知かもしれませんが、アラビア語のアルファベットは二十八文字でありますが、それがイラン、ペルシャに入りますと、それに四文字加わりまして、三十二文字となります。ファズルッラーはペルシャ人ですから、三十二文字説を採ります。もっとも、アラビア文字、ペルシャ文字などと申しましても、それが具体的にアラビア語、ペルシャ語のアルファベットになるのは、もっとあとの末端的段階でありまして、今お話ししている段階では、まだすべてが神的次元での事態であり、そこに現われるアラビア文字は、純粋に神の領域に起こる根源文字でありまして、それ自体は人間には不可視であり、その音は人間の耳には聞えません。耳には聞えないけれども、それが宇宙全体に遍満し、あらゆる存在の第一原理として働いている、と彼は言うのであります。

この根源アルファベットは、そのままでは何の意味も表わしません。何の意味も表わさない、無意味であるということは、存在でないということです。なぜなら、有意味的なもののみが、つまり、何らかのものの名前であるもののみが、存在でありうるのですから。「声発して虚しからず、必ず物の名を表わすを号して字と曰うなり。」（虚空に響き渡る様々な万物の声が、虚しく無意味に落ち込まずに、物の名を表わす場合、それを名づけて文字と呼ぶのである）という『声字実相義』の言葉が想い出されます。

ファズルッラーにとって、根源アルファベットそれ自体は、今申しましたように、まだ何等の物の名を表わしていない。それが物の名を表わし、意味を表わすようになるのは、神の自己顕現の次の段階、つまり、アルファベット組み合わせの段階であります。つまり、シラブル、音節に組み合わされた時の状態であります。この段階で文字が色々に組み合わされ、統合されて、いわゆる語となり、そこにはじめて色々の意味が現われ、意味は、それぞれ己れに応じた物を存在的に喚起していく。つまり、前の根源アルファベットの段階では、未分の流動的存在エネルギーであったものが、今お話ししている段階ではじめて、その流れのところどころにエネルギーの集中が起り、仮の結節が作られていく。それがアルファベット文字結合の真相であり、その結節の一つ一つがものであるというのであります。

こうして、ファズルッラーの文字神秘主義的直観によりますと、すべては文字であり、文字の結合であります。この広い世界、人はどこを見ても、ただアラビア語のアルファベット二十八文字、あるいは三十二文字の様々な組み合わせを見るのみ。それ以外は何もない。つまり、存在世界を一つの巨大な神的エクリチュールの広がりと見るのであります。

要するに、アラビア語のアルファベットを、絶対的コトバ、宇宙的根源語のエネルギーが四方八方に溢出しつつ、至るところに存在を喚び出してくる喚び声とみるのでありまして、したがって、三十二文字の描き出すエクリチュールの空間としての存在世界は、神の声の鳴り響く、神的響の空間でもあるわけであります。でありますから、この根源言語の喚び声が、いわばその源泉からはるかに遠く隔たって、幽かに響くにすぎない周辺地帯、すなわち、われわれの生きている現実世界でも、そこに見出されるすべての事物事象の一つ一つにまで、根源語の力は行き渡っていると、ファズルッラーは主張するのであります。かれはこう云います。この世界のすべての存在者、すべての物は、語、すなわち名前に還元される。そして、名前はアルファベットの文字に還元される。そして、アルファベットの文字は音に還元される。あるいは声に還元される。つまり、一切のものは究極的には声にすぎない。そして声はすべてコトバとしての神自身の自己顕現の形にすぎない、と。

以上、かなり長々とファズルッラーの言語哲学思想を叙述いたしました。日本の真言密教の哲学を主題とするはずのこの講演で、それとは直接関係のないイスラーム思想史の一局面を、私がなぜこんなに詳しくお話しいたしたのかと申しますと、それが真言密教の言語哲学的構造に意外なほど強力な側面からの光を当てることになるのではなかろうかと考えたからでございます。むろん、このような仕方での真言密教の解明がもたらすものは、文字通り側面からの理解、外面からの理解であるにすぎないかも知れません。が、それにいたしましても、皆様もお気づきになったことと思いますが、両者の構造的類似はまことに驚くほどでございます。細部的には、もちろん、多くの著しい相違がある。それは確かですけれど、しかし、東洋思想全体という広い一般的見地から見まして、真言密教も、イスラームの文字神秘主義も、ともに極めて特徴ある同じ一つの思考パターンに属し、それを二つの全く違った宗教文化的枠組の中で表わしていると言って間違いないと私は思います。

最初の私の計画では、なおこの他に、ユダヤ教のカッバーラーの言語哲学のことをお話しするつもりでおりましたが、時間の都合で詳しいことはお話しできませんので、要点だけをかいつまんで申し上げるにとどめておきます。カッバーリストたちは、神をそのままコトバであるとは申しません。神がコトバであるかないかは、人間にはわからない。神は絶対超越者ですから。ただ、神の無底の深みに創造の想いが起こる。すると、この最も内密な、創造への意志が、その場で忽ちコトバになると申します。神の無底の深みから直接湧き出して来るこのコトバは、そのままでは全く音のない声という不思議な声であります。無音の声が、次の段階では、まだ全然分節されていない、絶対無分節の響となって、神の外に発出する。そしてさらにこの根源的な響が分かれて、二十二個のヘブライ文字アルファベットとなり、——今度はアラビア文字ではなくてヘブライ文字です——そしてアルファベットは様々に組み合わされ、互いに結び合って物象化し、そこからいわば下へ向かって、層一層と感覚性の濃度を増しながら、様々に結晶して、次々に被造界を形成して行くと考えるのであります。

このようなプロセスによって、上は至高天子の領域から、下は物質界に及ぶ存在世界の階層的構造が成立するのでありますが、世界現出のこのプロセスが、始めから終りまで、全部神のコトバの自己顕現のプロセスなのであります。ありとあらゆるものが、結局、ヘブライ語アルファベット二十二文字の所産であるというのですから、全存在世界が根源的に言語的性格を帯びてくることは当然であります。

五　《法身説法》

ここで真言密教に戻りまして、今お話し申しましたことを、前にふれました「法身説法」ということと考え合わせていただきたいと思います。

「法身説法」、大日如来の法身そのものが説法するというのは、仏教としてはむしろ異常な考え方だと云われております。そうであればこそ、これが真言密教の一大特徴とされる所以なのでございましょうが、こういう考え方は、法身、すなわち存在性の絶対的究極的原点を、コトバと見ることによってはじめて成立しうる思想であると私は思います。

永遠に、不断に、大日如来はコトバを語る。そのコトバは真言。真言は全宇宙を舞台として繰り広げられる、壮大な根源語の活動であり、そしてそれがそのまま、存在喚起の活動でもある。これが真言の哲学的世界像であります。

大日如来の説法として形象化される、この宇宙的根源語の働きには、原因もなければ理由もありません。いつどこで始まるということもなく、いつどこで終わるということもありません。終わると見れば、すぐそのままそれが新しい始まりとなる、永遠の円還運動であります。しかしこの永遠の円還運動には、構造的に——時間的にではなく構造的に——それが発出する究極の原点がある。それが阿字です。すなわち、サンスクリット・アルファベットの第一字音であるア音が、大日如来のコトバの永遠の原点なのであります。

アという字は、サンスクリットのアルファベット文字の第一文字であるだけでなく、「人が口を開いて呼ぶ時に、必ずそこに阿の声がある」と言われておりますように、すべての発声の始め、すべてのコトバの開始点であります。そしてこの時点、すなわち、口を開いて呼ぶア字発声の構造的瞬間の事態を観察して見ますと、ア音はそれ自体ではまだ何等特定の意味をもってはおりません。

つまり、まだ特定のシニフィエと結ばれていない、純粋シニフィアンなのであります。

私はこの講演の最初の部分で、われわれ普通の人間の日常言語の次元における言語意識を、表層領域と深層領域に分けまして、両者の間に認められる重大な記号学的差違についてお話しいたしました。その要点はすなわち、通常の人間の言語意識の場合でも、深層領域まで降りて見ますと、シニフィアン、シニフィエの間の均衡が破れまして、シニフィアンの方、つまり音の方は、表層領域でのもとの形そのままに取り残され、シニフィエ、つまり意味だけが、ひとりでずんずん深くなり、広くなっていく、というようなことでございました。

ところで、今話題としております、異次元のコトバの極限状態におきましては、この関係が逆転いたしまして、シニフィエ、つまり意味が零度に近く稀薄化し、それに反比例して、シニフィアン、つまり音の方が、異常な力、宇宙的に巨大な力となって現われてきます。これが、真言密教のコトバ構造におけるア音の原初的形態であります。すなわち、この極限的境位では、大日如来のコトバはアというただ一点、つまりただひとつの絶対シニフィアンなのであります。もちろん、ア音にあとから色々な意味をつけることは可能であります。現に、たとえば『大日経疏』巻七の一節に、ア字に三義ありとして、三つの根本的意味が挙げられております。その一は不生、つまり本不生、その二は空、その三は有。まだこの他にもいくつでも違った意味を考えることができると思いますが、これらはいずれも、あとから加えられた解釈的意味づけでありまして、記号学のいうシニフィエとしての意味ではありません。

「阿の声は阿の名を呼ぶ」、と云われておりますが、今私が考えております極限的境位でのア音は、アの名が喚び出される前、つまり一切のシニフィエ成立以前の、純粋無雑なアの声なのでありまして、すでに名となったアとは構造的に区別されるべきものなのであります。アという声が、アという名になりましてから、はじめてそこに意味すなわちシニフィエを考えることができる。しかしそうなりましてもまだ、これがア音の意味であるという形で、一つの特定なシニフィエを指定することはできません。不決定的、可能的に、いくつかの違うシニフィエを考えることができるだけであります。

こうして、真言密教の構想する異次元の言語では、すべては今お話しいたしましたような意味での絶対シニフィアン、すなわちシニフィエに伴われていないア音、からはじまります。この絶対シニフィアンの発声とともに言葉が始まり、言葉が始まるまさにそのところに意識と存在の原点が置かれるのであります。人がアと発声する、まだ特定の意味は全然考えていない。しかし、自分の口から出たこのア音を聞くと同時に、そこに意識が起こり、それとともに存在性の広大無辺な可能的地平が拓けていくのであります。ア音の発声を機として、自己分節の働きを起こした大日如来のコトバは、アからハに至る梵語アルファベットの発散するエクリチュール的なエネルギーの波に乗って、次第に自己分節を重ねていきます。そして、それとともに、シニフィエに伴われたシニフィアンが数限りなく出現し、それらがあらゆる方向に拡散しつつ、至るところに響を喚び、名を喚び、物を生み、天地万物を生み出していきます。「五大に響あり」と言われるように、それは地水火風空の五大悉くをあげての全宇宙的言語活動であり、「六塵悉く文字なり」というように、いわゆる外的世界、内的世界にわれわれが認識する一切の認識対象の悉くが、文字なのであります。

こうして、全存在世界をコトバの世界とし、文字の世界、声と響の世界とする真言密教の世界観が成立します。すなわち、イスラームの文字神秘主義や、ユダヤ教のカッバーラーの場合と同じく、真言密教においても、存在世界は根源的にエクリチュール空間であり、そのエクリチュール空間は、声鳴り響く空間なのであります。

六　《おわりに》

「存在は言葉である」という根本命題を立てまして、そこから私は本日の話を始めさせていただきました。存在は言葉である。すでに、日常言語の次元において、この命題が分節理論的に真であることをわれわれは見ました。真言密教やそれに類する東洋哲学諸派の、言葉についての思想展開を、簡略ながら分析し検討してみました今、われわれは日常言語の次元を越えた異次元のコトバにおいても、この同じ命題が、やはり、といいますよりも、もっと強力に、もっと広い形而上学的射程をもって、その真理性を主張し続けていることを知ります。「存在は言葉である」という命題の絶対的真理性の主張において、真言密教の言語哲学は、東洋思想全体の歴史的展開の中で、決して孤立無援の思想ではなかったのであります。

以上、いろいろ思いつくままに勝手なおしゃべりをいたしました。最初に申しあげました通り、真言密教について、私が何を考え、どれほどの言葉を費やしましょうとも、すべては所詮一素人の戯論にすぎません。真言密教を専門的に研究し、理解しておられます皆様方の耳には、さぞお聞き苦しかったことであろうと存じますし、また、私の考え方に少なからぬ誤りを見出されたことでもあろうと思います。深くお詫びいたしますとともに、長時間にわたるご清聴を心から感謝いたします。

東洋思想

古来、東洋には多くの思想潮流、思想伝統が現われて、それぞれ重大な文化史的役割を果たしてきた。それら相互間に生起した対立、闘争、影響、鍵概念の借用・流用、移植と摂取の歴史。時代と場所を異にする多くの思想伝統が、直接間接、多重多層の相互連関において織り出してきた壮大華麗な発展史的全体テクストを、われわれはそこにみる。東洋思想のこの歴史的連関性の展開史を、構造的構成要素の同位的相互連関性に組み直すことができるなら、東洋思想は、そこに、一つの共時的構造テクストとして定立されるであろう。上記の目的のためには、このように、東洋思想全体を、一つの有機的秩序体としてとらえ直すことによって、全包括的・統合的な俯瞰図を描いてみることが、どうしても必要である。こういう知的操作を通したうえで、はじめてわれわれは東洋思想を、全人類的思想の普遍性の地平において論じることができるようになるのではないか。東洋思想を一つの有機的構造として組み立てること、それこそ――われわれが〈東洋〉を、来るべき世界の思想文化パラダイムの構想の一環として生かそうと望む場合――われわれの第一に考えるべき課題であろう、と思う。

とはいえ、〈東洋思想〉には、さまざまな側面があり、それらのなかのどの側面に焦点を合わせるか、どういう視角からアプローチするか、によって、全体像が大きく違ってくる。いずれにしても、すべてを包括的に統合しようとする試みは、しょせん、著しい単純化の操作たらざるをえないのであって、不可避的に無数の取りこぼしが残ることは目に見えている。それを承知のうえで、筆者は以下、〈東洋思想〉の全体像（らしきもの）を、そのごく局限された一側面において、ある特殊な角度から、略述してみようとする。

〈東洋思想〉の全体的構造を根本的に規制する座標軸として、筆者は、ここで、言語と存在の原初的連関に対する、東洋の思想家たちの根深い、執拗な関心を指摘したい。そしてまた、このような主体的態度から生じてくる東洋思想の、きわめて特徴ある哲学的パラダイムを解読するための鍵言葉が俗にいう〈言語不信〉である、ということを。

ここで言語不信というのは、もちろん、哲学的ないし存在論的意味でのそれであって、ごく簡単にいえば、次のような事態をさす。まず、コトバは、その存在分節的意味機能によって、いたるところに存在者（事物事象）を生み出していく、と考えること。次に、こうして生み出された個々の存在単位は、すべて、個別的な語の意味が実体化されたものにすぎない、とすること。存在者が言語的意味の実体化にすぎないのであれば、すべての事物事象は、臨済の言うように、「みな、これ夢幻」であって真実在ではない、ということにならざるをえない。自分自身をはじめとして、自分を取りまく一切の事物事象を、そのままそこに存在する客観的対象であると思いこんでいる人びとは、だから実は、「いたるところに空名を見」ているのみだ、と臨済は言うのである。〈存在＝空名〉という形でフォーミュラ化することのできるこの見地が、東洋の存在論を根底的に規定する一つの重要な哲学的立場であることを、冒頭に指摘しておきたい。

〈存在＝空名〉というこの立場に対して、古来、東洋には、〈名→存在＝実在〉という立場もある。つまり、コトバと存在との間に、一対一の実在的対応関係を認める立場である。古代インドでは、小乗仏教アビダルマや、ヒンドゥー哲学のサーンキヤ（数論《すろん》派）、ニヤーヤ（正理派）、ヴァイシェーシカ（勝論《かつろん》派）などがそれを代表する。簡単にいえば、物が実在し、それをコトバ（〈名〉）が実在対応的に指示するという立場である。

例えばヴァイシェーシカ（Vaiśeṣika）は徹底した実在論的思想家のグループである。この問題についての彼らの主張を要約すれば、次のようなことである。個物としての牛は実在する。それに正確に対応して〈牛〉という語がある。もちろん、〈牛〉という語が、もともと概念的普遍者としての牛を意味することは、彼らも知っていた。だが、普遍者も、個物と同じ存在度をもって、そのまま外的に実在する、と彼らは主張した。有意味的なコトバ（〈名〉）があれば、それがどんな〈名〉であれ、必ず、可感的個物ないし非可感的普遍者が、独立の外在者としてこれに対応する、というのである。

〈存在＝空名〉の立場をとる人びとにいわせれば、ヴァイシェーシカ流の実在論者は、コトバの意味分節単位にすぎないものを、誤って、ただちに外在する事物事象と考えているにすぎない。むろん、実在論の側では、それを認めない。経験界でわれわれが出あうすべての事物事象は、はじめからそこに、客観的に実在する存在者なのであって、外在するそれらの事物事象をコトバが指示する、それが意味（意味作用）と呼ばれる現象なのだ、と彼らは考える。この立場からすれば、コトバは存在真相の正確な鏡である。一点のかげりもない鏡が、物のあるがままの姿をゆがみなく映し出すように、コトバは客観的存在リアリティの構造を忠実に映す。それが、コトバと存在との間に、本来的に成立している対応性である。

コトバと存在との間には、このような本源的な対応関係があるというこの実在論的立場を、非常に特徴的な形で展開したのが、孔子の思想に直接淵源する初期儒教の場合である。経験的存在世界は、本質に依拠して成立する〈実有〉的世界である、というのが孔子の揺るぎない信念だった。彼の孫、子思の著として伝えられる『中庸』の冒頭の一句、「天の命ずる、これを性と謂う」（天命之謂性）が明言するごとく、宇宙の森羅万象、その一つ一つが天の命令によって（つまり、先天的に）定められた本性を中核として存在している。経験世界の事物事象は、それぞれ、永遠不変の本質を存在根拠としてもつ。要するに個々の物は、いわば天与の本質をもつことによってまさにその物なのであり、同時にそれによって完全に実在性を保証される。そして、言語的意味分節単位としての〈名〉は、この本質（本性）と厳密な指示的対応関係にある。すなわちコトバは、本質を第一次的、直接的に指示し、本質指示を通じて、外在的存在者を第二次的、間接的に指示するのである。

だが、孔子はコトバが実在を忠実に映す鏡であるとは言わなかった。それは彼の主たる関心事ではなかった。もしこの同じ比喩を使うとすれば、彼はきっと、コトバは実在を忠実に映す鏡であるべきである、と言ったことであろう。であるとであるべきであるとの、このすき間に、孔子はある重大な政治的・倫理的含意を読みとったのだった。

己れの生きる現実の世界のいたるところに、孔子は〈名〉と〈実〉（コトバと〈実有〉）との食違いをみた。彼の目に、それは深刻な文化的危機として映った。社会生活のあらゆるところに彼が目撃した分裂は、彼にとって、彼が文化の理想的パラダイムとした周王朝の〈礼〉秩序の内部崩壊を意味した。例えば〈王〉という〈名〉が、王たる者の本質を具現していない人物（むしろ、〈盗賊〉という〈名〉にこそふさわしい人物）に当てられている、というようなぐあいに。本質と直接かつ厳密な対応関係にあるコトバと、そのコトバが現実に適用されている対象との間に、このようなずれが生じるとき、社会生活はよるべき規範を失って混乱に陥る。〈名〉と〈実〉とが正しく対当するように言語秩序を立て直していくこと、それを孔子は「名を正《ただ》す」と言う。「必ずや名を正さんか」（必也正名乎、『論語』十三）。〈正名〉こそ、孔子の政治理念の根基であった。言語秩序の回復↓存在秩序の回復↓社会秩序の回復。

〈名〉が正しく定まって、はじめて天下は治まる、という孔子のこの言語中心的政治（倫理）思想は、やがて戦国時代、荀子《じゅんし》にいたって、精緻を極めた〈正名論〉にまで発展する。一般に春秋戦国時代（いわゆる「諸子百家」時代）は、思想的には、まさに名実論の時代である。多くの第一級の論客が現われ、コトバとその指示対象との関係をめぐって思想界はわき立った。

古代中国のそれとは思想文化の系統をまったく異にするが、ユダヤ教やイスラームにおいても名実論に当たる思想が非常に重要な位置を占める。もちろん、ここでは、濃密な神話的形象のナラティヴ的展開という形をとるので、表面に現われた姿を見るかぎり、中国の名実論の概念的論理性とはまるで別物のようにみえるけれど、思想の骨子は同じである。

「神、光あれと言えば、光があった」と旧約聖書「創世記」の冒頭にいう。天地開闢《かいびゃく》、すなわち存在世界の最初の顕現、の叙述であるが、それが、神のコトバ（あるいは、根源的コトバそのものである神）による存在生起の事態、として描かれていることが注目される。ヒカリ（原ヘブライ語では ōr《オール》）という〈声〉の発動とともに、それに応じて〈光〉というものが、それの指示対象として現出してくる。「ヨハネ伝」最初の一句（「はじめにコトバありき……コトバは神なりき」）にあるごとく、神がコトバであり、コトバが根源的に神であるならば——この点で、古代インド思想における宇宙的絶対実在〈ブラフマン〉が、もともとヴェーダ聖句の誦唱や祭官の呪言に内在するコトバの霊力であったことが憶い起こされようし、また日本の真言密教における大日如来のコトバ（「法身説法」）、「阿字本不生」的根源語の存在喚起性が思い合わされるであろう——神的なコトバの拡散であるすべての個別的語は、必然的に自立的実在者であるはずであり、そしてまた、もしそうであるとするならば、自立的実在であるコトバから現出する事物事象もまた、すべて自立的・外在的な実在者でなければならない。

イスラームの聖典『コーラン』でも、天地創造は神のコトバによるものとされている。いかなるものであれ、「神がただひと言、あれと言えば、それはある」（十六、四十二）と。ただ、『コーラン』の場合、経験世界のすべての存在者（事物事象）も、それらそれぞれの〈名〉も、神の被造物として同位・同格的であり、神の第一次的創出にかかるものとされている。すなわち、コトバものも、ともに被造物としての実在性をもつ。しかも、この場合も、〈名〉と〈実〉との間には完璧な実在的直接対応関係が成立するという形で創出・制定されているのである。

さきに触れた「創世記」の一節にしても、神はヒカリという語で〈光〉というものを創造したというのであるから、〈名〉と〈実〉との連関性は絶対に恣意的ではありえない。この意味で、コトバの対象指示性は完全に的確である。コトバは決して人を欺かない。〈名〉の指さす線をたどってゆけば、その先に、必ず人は〈実〉（実在する対象）を見いだす。

この点で、上述した古代インドのヴァイシェーシカが、〈事物〉〈もの〉を padārtha という語で術語的に表わしていることは興味深い。〈パダールタ〉（〈パダ〉・〈アルタ〉 pada-artha）とは、文字どおり「語の意味」ということ。つまり、コトバの意味が、そのまま、ものである、という考えであって、われわれはここに、言語の実在指示性に対する深い信頼感の端的な発露を見る。はじめに一言した〈言語不信〉の、まさに対極をなす立場である。

〈言語不信〉。事実、東洋には古くから、〈名〉と〈実〉との関係について、言語不信ともいうべき徹底的な言語否定的立場があった。コトバの実在指示性を根底から疑い、否定する立場。ナーガールジュナ以後の大乗仏教や、老子、荘子の道家哲学が、それを代表する。

　われわれがごく自然な形で経験する世界（華厳哲学のいわゆる〈事《じ》法界〉）は、無数の事物が、それぞれ本質的自己同一性を保ちつつ、自立的実在性において存在している世界である。われわれはそれを、ふつう現実と呼び、それを確実に実在する世界だと思っている。しかし、唯識哲学はそれを〈遍計《へんげ》所執性《しょしゅうしょう》〉と呼んで、その実在性を否定する。

〈遍計所執〉とは、要するに〈妄念分別〉ということ。この術語にはっきり示されているように、〈分別〉とは存在を、〈実有〉的存在分節単位としての個別的事物事象に分割してみる見方であって、そのような〈分別〉によって成立するいわゆる経験的現実は、根本的に〈妄念〉の所産であり、偽りの世界である、と考えるのである。

　仏教哲学と親密な関係にあるヴェーダーンタの代表的哲学者シャンカラは、これを、〈ブラフマン〉の幻力《マーヤー》の織り出すスクリーンに現われる幻影にたとえた。〈マーヤー māyā〉とは、何も無いところから、さまざまな事物事象の形姿を、あたかも沙漠の地平線上に浮かび上がる蜃気楼のように現出させる宇宙的な幻想能力である。プラトンの「洞窟の住人たち」が、一生、太陽に背を向けたまま、眼前の岩壁に映る事物の影だけを眺めて暮らし、それを現実だと思いこんでいるように、マーヤーの垂れ幕の表面に描き出される幻影のごとき事物を、客観的に実在する事物と思いこんでいる人たちは、マーヤーの垂れ幕の彼方（真実在《ブラフマン》それ自体）を見ようとはしない。

何が、いったい、このような存在幻影をつくり出すのか。今われわれが問題にしている言語否定的立場の思想家たちは、コトバにその究極的な原因がある、と言う。彼らによれば、人間言語は、意味分節＝存在分節を第一の本源的機能とする。すべての語は、それぞれ特有の意味をもつが、この意味の表示する〈区画〉線（荘子のいわゆる〈封〉〈畛〉）によって、存在がさまざまの違った形に分別されるのである。「夫れ道は未だ始めより封《ほう》有らず。言《げん》は未だ始めより常あらず。是《これ》が為《ため》にして畛《しん》有るなり」（夫道未始有封。言未始有常。為是而有畛、『荘子』二　そもそも存在リアリティの真相なるものには、なんの限界もない。他方、それに対応するコトバには一定不変の意味があるわけではなく、ただ相対的、差異的にのみ事物を区別して示す。このゆえに、存在リアリティが言語化されると、そこにさまざまな境界線［畛＝田のあぜ］が現われてくるのである）。

　コトバの意味による存在のこの境界づけを、仏教哲学では〈区分け〉（〈分別〉vikalpa）と呼び、漢訳仏典はこれを〈妄想分別〉と訳す。実際には無い存在区別を、コトバの意味ゲシュタルトがつくり出していくのだ。こうして妄想的に立てられた存在の差別相が、存在の無限定的形而上性（絶対空）を覆って見えなくしてしまうのである。

　大乗仏教哲学の創始者ナーガールジュナ（龍樹）は、コトバのこういう本源的存在分節機能、言語的意味の存在ゲシュタルト喚起作用を〈プラパンチャ prapañca〉と呼んだ。それの漢訳は〈戯論〉。〈戯論〉というと、何か非常に特殊な色合いを帯びるが、もとのサンスクリットでは、〈多様化〉とか〈拡散〉とかいう意味である。ただし〈拡散〉は、この大乗仏教哲学的コンテクストにおいては、意味分節的存在単位（〈仮有〉的存在者）の現象的〈拡散〉という〈仮有〉的事態の生起を意味する。すなわち、本来、内的〈区分け〉のない無縫の存在リアリティが、さまざまな語の意味分割に促されて分散し散乱して、さまざまな事物事象の形姿を幻影的に現出させること、である。

こうして、意味分節を根源的機能とするコトバは、渾然《こんぜん》として無差別・無限定な存在の表層に無数の分割線を引いて、そこに〈分別〉的存在風景を描き出す。この立場からすれば、われわれが普通ものと呼びものと考えならわしている存在単位は、言語意味的分節単位の、いわば素朴実在論的実体化にすぎないということになるのである。つまり、普通一般に存在界と考えられているものは、実は〈名〉の世界、老子のいわゆる〈有名〉（無数の〈名〉によってさまざまに分割された存在次元）にほかならない。「道の常（＝真相）は名無し」（道常無名、『老子』三十二）、「道は隠れて名無し」（道隠無名、『老子』四十一）。〈道〉、すなわち存在の究極的境位は、〈有名〉でなくて〈無名〉でなくてはならない。〈無名〉、すなわちコトバ以前、存在の言語的分節以前のあり方、絶対無分節、そしてその意味での〈無〉。

コトバ（〈名〉）とその指示対象（〈実〉）との関係に関するかぎり、大乗仏教も老荘もヴェーダーンタも、原則的には、同じく言語否定的立場（コトバは〈実有〉を指示しえない）をとる。例えば、『荘子』（外篇）の一節は断言する、コトバによって伝えられるのは名と声だけであり、名と声とは事物事象の真実を伝ええない、と。

同様に、古代インド哲学の源泉であるウパニシャッドは次のように説く（『チャーンドーギヤ』六、

一、四)。一塊の土が、いろいろな器物に作り変えられる、壺とか碗とか皿とか。それらは、まったく同じ一つの土の変容《ヴィカーラ》にすぎない。〈変容 vikāra〉とは、存在論的差異態、特殊態、個物態、ということ。それらの器物は、相互に異なる独立の存在者として認知されるが、その差異は、要するにコトバ、すなわち〈名称 nāma-dheya〉の違いであって、結局、どれも土器である。「土である」というだけが事の真相なのである、と。この場合、「土」というのは、比喩構造的に、万有の根源である〈ブラフマン〉をさす。つまり、〈ブラフマン〉は、それ自体としては絶対無限定的存在リアリティなのであって、それがさまざまに分別(分節)され、分別されたものそれぞれが〈名〉を帯びることによって、個別的なものの世界が現象する。その世界では、意味の差異に依拠する〈名〉の差異によって、一つ一つのものは〈仮有〉的自己同一性を保っている。しかし〈仮有〉的自己同一性は、コトバの意味的幻影にすぎない。こうして現象的存在世界全体が、一つの巨大な、宇宙的言語幻想に還元されるのである。

とはいっても、コトバの意味分節に依拠して生起する個々の存在単位が、それ自体でそのまま幻想であるとか妄念の所産であるとかいうのではない。コトバで区分けされた意味分節単位にすぎないものを、自己原因的に自立する客観的存在者(いわゆる〈実体〉)と誤認することを妄念・妄想というのである。そのように誤認されたかぎりにおいて、われわれの経験的現実は〈コトバの虚構〉、偽りの存在世界に転成する。つまり、言語的意味分節に起因する、事物の〈仮有〉的自己同一性に〈実有〉的自己同一性を賦与するところに、〈コトバの虚構〉の虚構性がある。だから、この虚構性を脱するためには、ただ、現象的事物の自己原因的自立性（〈実体〉性）を否定すれば足りる。解体論的にいうなら、ものの実体性の解体である。

すでに中世（一三世紀）のスペインのユダヤ哲学者アブー・ラアフィアが、このことを、より形象性の強い表現を使って、存在の「結ぶこぶを解きほぐす」こと、と言っている。アブー・ラアフィアによれば、日常意識の目に映る形での事物は、すべて〈粗大〉な事物である。〈粗大〉な事物の形姿が、一枚布のように広がる存在リアリティのいたるところに、無数の〈結びこぶ〉を作り出す。それが、われわれの経験世界の自然のあり方であって、それらの〈結びこぶ〉を解きほぐすことによって、事物は〈粗大〉な姿から〈微細〉な姿に戻り、存在はその本来の非実体的流動性において覚知されることになる、という。

非実体的流動性。見せかけの実体性を解体された事物事象は、固定性の拠りどころを失って浮遊し、それら相互間の境界は不明確・不分明となり、ついにはすべてが根源的無差異性のなかに消えていく。仏教的あるいは老荘的にいえば、存在がその本源的無分節性を露呈する、のである。

コトバの意味的差異によってさまざまに分別された存在の現象的あり方は、唯識哲学のいわゆる〈遍計所執性〉の世界であり、虚構の世界である。虚構の世界ではあるけれども、それがそのまま虚無であるというわけではない。先に一言したごとく、この意味的虚構の世界も、現象現成としての存在性をもっているからである。しかも、それこそがわれわれにとっては、もっとも切実な経験的事実であるのだ。事実上、そういう形で現に経験されるかぎりにおいて、この虚構の世界を、仏教哲学は〈仮有〉として定立する、半ば否定的、半ば肯定的に。

無でありながら有、有でありながら無、という〈仮有〉のこの中間的存在性は、二つの対照的見方を可能にする。第一に、〈仮有〉を〈実有〉としてみる立場。そうすると、〈仮有〉は現象的虚構の世界となる。これに対して、〈仮有〉を厳密に〈仮有〉としてみる立場もある。ナーガールジュナによれば、この第二の見方こそ、存在の唯一の正しい見方なのであって、彼はこの意味での〈仮有〉を〈空〉と呼ぶ。〈空〉の原語〈シューニヤ śūnya〉が、文字どおりには、「からっぽ」「空虚」を意味するところから、ナーガールジュナの〈空〉も、通俗的には、よくそういう意味に誤解されるが、実は彼の術語としての〈空〉は、空虚《から》を意味するのではなく、前述のごとく実体性（自己原因的自立性）を解体されて——あるいは、実体性を本来もたずに——浮遊する事物事象の原初的な〈仮有〉性を指示するのである。そして、このように解された〈空〉をナーガールジュナは構造的に〈縁起〉と同定する。

〈縁起 pratītya-samutpāda〉とは、現象界に生起する一切の存在者の相互依存性ということである。唯識哲学は、これを〈依他起性《えたきしょう》〉という。〈依他起性〉、他による現象的存在のあり方。この存在ヴィジョンにおいては、本来的な意味での自なるものは存在しない。すべてのものは、それぞれ他に依存し、他との相依相関性においてのみ、仮に自として現われているだけ。〈依他起〉的な自を、他から切り離し、あたかも他に依拠せぬ独立の自であるかのように考える、その虚構性に、前述の〈遍計所執性〉が成立する。われわれの認識機構の性質上、〈依他起〉は、いともたやすく〈遍計所執〉にずれ込んでしまうのだ。しかしまた、そうであればこそ、〈遍計所執〉を〈依他起〉に引き戻し、〈転換〉させるだけで、〈仮有〉的存在の実相が把握され、こうして〈仮有〉が〈仮有〉として把握されることにおいて、唯識〈三性論〉の存在論的極致である〈円成実性〉が現成するのである。

だが、この〈三性論〉的（あるいは〈中論〉的）存在論の基底には――ナーガールジュナはそれを意図的、方法論的に主題化しなかったけれど――絶対無分節としての〈空〉、相対的〈空〉に対する絶対〈空〉（絶対無）の境位が措定されていることは言うまでもない。禅が、全存在世界を〈本来無一物〉〈廓然《かくねん》無聖〉などの表現で一挙に払拭《ふっしょく》し撥無《はつむ》し去るときの、その〈無〉がすなわちそれである。

注意すべきは、ナーガールジュナ的意味での〈空〉（＝〈縁起〉）の世界は、形而上的絶対無限定性、今言った絶対無的〈無〉ではなくて、すでに存在分節の始まっている現象現成的世界だということである。すなわち、さまざまに意味分節された事物事象は、可感的な形で、そこにある。ただ、それらの存在者は、いずれも相互依存性、純粋差異性においてそれらであるのであって、〈実有〉的自己同一性において存在しているのではない、ということである。事物事象の〈実有〉的自己同一性とみえるものは、実はコトバが意味的に喚起する〈妄想〉にすぎないということを、仏教の〈仮有〉論者たちは明確に意識していた。

このような〈空〉的（＝〈縁起〉的、〈依他〉的）存在観が、大乗仏教の哲学を特徴づけるものであることは言うまでもないが、決して仏教だけに特有の考えではなく、むしろそれは、東洋哲学一般の根源的思惟パターンの一つとして、いろいろなところに、いろいろな形で現われてくる。例えば荘子の存在論の鍵概念〈渾沌〉など。〈渾沌〉は、単純になんにもないことではない。文字自体がそのことを示している。やはり、少なくとも第一次的には、現象的世界の存在度が問題とされているのである。

考察の出発点は、〈空〉の場合と同じく、意味的に分節された無数の事物の構成する世界。しかし、よく見ると、それらの事物を相互に分ける分節境界は茫漠として浮動的、どこにも明確な分割線は引かれていない。ということはすなわち、いかなるものも、〈意味＝本質〉的な自己同一性をもたず、例えば善悪、美醜、大小、長短のごとき二項対立的相対性においてのみ成立する疑似的・浮動的な意味凝固性をもつにすぎない、ということである。ものとものとを互いに分別対立させる存在境界は、コトバの意味分節機能に依拠する人間意識の妄想的所産である。それを取り去ってしまうことができさえすれば、一切は渾然たる無差別性のなかに没入してしまうはずである。

存在境界の抹消は、したがって、人間の存在認識機能からその妄想性を払拭していくことによってのみ可能である、と荘子は考える。それが彼の説く存在〈渾沌〉化のプロセスである。このプロセスの主体的側面はここでは論じないことにして、存在論的側面だけをごく大まかに述べるとすると、存在〈渾沌〉化は、全体として、二段階に分けて考えることができると思う。第一段階の〈渾沌〉は、あらゆる存在者が、言語意味的な相依相関性によって危うく存在性を保持している状態、完全無化へのいわば一歩手前。この段階での〈渾沌〉は、前述したナーガールジュナの〈縁起〉的〈空〉と、ほとんど違わない。〈縁起〉とは要するに、事物事象の相依相関的無自性《むじしょう》性ということだからである。

しかし荘子の説く存在〈渾沌〉化のプロセスはこの段階にとどまってはしまわない。ナーガールジュナ的〈空〉が、その背後に絶対〈空〉を想定し、それと理論的に直結していたように、荘子の〈渾沌〉化はさらに進んで、絶対無（絶対無分節という意味での〈無〉）にいたる。〈渾沌〉は極限的に〈無〉なのである。そして、〈渾沌〉の極限としての〈無〉が、ここでもまたコトバ以前であることは言うまでもない。

東洋哲学において、非常に多くの場合、コトバ以前が存在の絶対究極的境位とされていることは周知のとおりである。コトバ以前という表現には、通俗的解釈から哲学的解釈に及ぶさまざまな理解の仕方があるけれども、哲学的にはそれは言語的意味分節以前（老子のいわゆる〈無名〉の境位）、すなわち存在論的未分節・無分節を意味する。

この絶対無分節的境位を、肯定的に、根源的〈有〉と措定するか、否定的に、根源的〈無〉と措定するかによって、東洋の形而上学は大きく二つに分かれる——〈有〉の形而上学と、無の形而上学と。だが、存在の始原、根源、極限を無分節と解するかぎり、結局は同じところに帰一してしまうのである。

通常、〈有〉の立場の代表として挙げられるウパニシャッド（『チャーンドーギヤ』六、二、一）に、

「太初、有（sat）だけがあった。それは絶対無二であった」とある。根源実在、宇宙万有の太源としての〈ブラフマン〉についての立言であって、これだけ見ると、いかにも絶対に〈無〉の入りこむ余地のない純粋〈有〉的な形而上学の根本命題であるかのようだが、この〈有〉は、これにつづく一節において、次々に段階的に自己限定を重ねることによって存在世界を生み出してゆく太源として叙述されている。つまり〈有〉はここでは、まだ分化していない、自己限定以前の、存在分節以前の絶対者〈ブラフマン〉として理解されているのである。このことは『チャーンドーギヤ』と並ぶもう一つの最重要な古ウパニシャッド（『ブリハッド・アーラニヤカ』一、四、十一）の次の立言と比べることによって、もっとはっきりする。曰く、「太初、世界にはブラフマンだけがあった。それはまったく独一であって、まだ分化・開展していなかった」と。〈有〉であるとはいえ、この境位においては、まだなんらの分化・開展もない絶対無限定的全一なのであるから、この〈有 sat〉は〈非有 a-sat〉（→〈無〉）と、ひっきょう、同じことである。絶対無分節の〈有〉は、無分節（未分節）であるという意味で、つまりまだそこに何ものの表徴もないという意味において、完全に〈無〉と同定されうる〈有〉なのである。

事実、ウパニシャッドのなかには、〈有〉ではなくて、逆に〈無〉を存在の太源とする立場もはっきり打ち出されている。例えば『タイッティリーヤ』（二、七）はこう断言する、「太初には非有だけがあった。そこから有が生じた」と。この立場は『リグ・ヴェーダ』までさかのぼる非常に古い思想である。なお、〈無〉を〈無〉と言わないで、〈非有〉といっていることも、すこぶる示唆的である。
〈無〉をコトバ（〈名〉）の存在分節機能と直結させて、『老子』（一）は「無名は天地の始」（無名天地之始）と言っている。コトバ以前、すなわち意味分節が起こる前の境位こそ、〈天地〉（〈名〉によって分別された存在世界開展の始点）の根源である、ということである。この場合は、〈無〉は〈有〉にかぎりなく近い。というよりむしろ、〈無〉即〈有〉、すなわち〈無〉と〈有〉との鏡映的相互同定なのである。なぜなら、〈無〉を絶対無分節という意味に解するかぎり、それはまだ万有に分化する以前の、存在論的に未発動の状態なのであって、これから自己分化、自己限定、自己分節の動的プロセスに移ろうとしている〈無〉は、あらゆる存在者を潜勢的に包蔵しているという点からみて、すでに〈有〉であるのだから。

　以上のような考察によって、東洋哲学の性格を根本的に規定する〈有〉〈無〉の概念が、単純な〈有〉〈無〉ではない、ということをわれわれは知る。いずれの場合にも、〈有〉と〈無〉の、一見それとわからぬ形での相互滲透がある。〈無〉の側からすれば、〈無〉は〈無〉であってしかも〈有〉。〈無〉であることが、すなわち〈有〉であること（「真空妙有」、「空即是色」、老子の「橐籥《たくやく》」の比喩、など）。反対に〈有〉の側からすれば、〈有〉はその存在充実の極致においてかえって〈無〉（「無極而太極」）。ちなみに、周濂渓《しゅうれんけい》・朱子の「無極にして太極」とは陰陽二気に原分化する以前の存在の〈有〉的根源である〈太極〉が、その究極的無分節性において〈無極〉である、ということである。また、ここではその理論的特殊性についての詳説は避けるが、〈色即是空〉も、要するに、〈有〉即

〈無〉、〈有〉であることがすなわち〈無〉である、ということにほかならない。

東洋哲学における〈有〉〈無〉の形而上学に関しては、まだまだ論ずべきことが多い。そしてまた、ここで取り上げることができないが、この形而上学との密接な連関性において、東洋的主体性（〈我〉）も、東洋哲学の構造論的概説には欠かすことのできない枢要な主題である。

意味論序説
——『民話の思想』の解説をかねて

畏友、佐竹昭広氏の名著『民話の思想』の思想を構造的に分析し、その底流に伏在する学的原理を解明するという、興味深い、しかしまたすこぶる困難な役割を担う。私はこの仕事を与えられたことを喜び、かつ誇らしく思う。

我が日本文学界の重鎮、現代の学界の最先端にあって指導的位置を占める佐竹氏が、厳正なテクスト・クリティシズムと、比類稀れな文献学的本文解釈とを以て同学の人々の渝ることなき賛嘆の的であることは、今さらここに述べたてるまでもないことだし、それに、本書の読者のひとりひとりが自分でたやすく確かめることのできる事実でもある。

しかし佐竹氏の学問に関しては、それを根本的に特徴づける、他の全てにまして重要な、特色があることを、私はここで特に指摘したい。それは佐竹氏の学的業績の一切を通じて氏の思考の基底をなし、いかなる場合でもゆらぐことのない、ひと筋の強靭な学的態度であり、氏の取り上げる全ての言語現象を、表層・深層の別なく、統轄する凝視の姿勢である。あらゆる対象にたいする意味論的アプローチ——それがこの「凝視の姿勢」の名であって、この基本的態度こそ、佐竹氏をしてたんなる国文学の第一流の文献学的専門家であることをはるかに越えて、一個の独創的 Denker たらしめる決定的な要因なのである。『民話の思想』は、それのささやかな例証のひとつにすぎない。

佐竹氏をして一個の独創的デンカーたらしめている、この根本的に意味論的な立場——『民話の思想』に展開される具体例の分析に入る前に、私は、より抽象的・理論的な形で、その大筋を叙述しておこうと思う。なぜそんな迂遠な（とも見えるかもしれない）行き方をするのかというと、第一に、佐竹氏は、少くともこの本では、自分の思索の基礎である意味論的アプローチを理論としては述べていないからである。そこでは意味論は、どこまでも隠在的な形での理論与件として扱われ、文面の表側にはほとんど全く現わされない。

第二に——そしてこの方がもっとずっと大事なことなのだが——一般に、「意味」について語ることが、必ずしも「意味論」ではないからである。ある特定のテクストの語の意味や文章の意味を解釈し論究するのは、解釈学ではあり得ても、ただそれだけでは、意味論ではない。今日、意味論はひとつの厳密な学であり、学であるからには、それ独特のメトーデがなければならない。どういう知的操作を経て与えられたテクストの構造を体系的に析出するか、そこに問題の全てがあるのだ。

以上二つの理由によって、ここでの私の仕事は当然、或る特定の方向に向って限定されることにならざるを得ない。

『民話の思想』の思考展開には、そのプロセス全体を支配する理論的原則群がある。だがいままも言ったように、著者はそれらの原則を、事実的叙述の内に秘めて、理論的原則としては表に見せない。それを私は敢えて表に曳き出して、顕在的状態においてはそれが総体的にどのような構造分析のテクニークであるのかということを解明しようとするのである。そしてこの解明作業の実行に当って、私は私自身の理解するかぎりにおける唯一の正しい「意味論」であると思うところに従う。但しこのように了解された「意味論」が、私個人の勝手気儘な思い付きではなく、現に『民話の思想』に伏在して、その全体をひとつの有機的統一体たらしめている潜勢的意味論と（奇妙？に）一致するのだ。この主張が、私の側での、いわゆる我田引水でないことは、本論を一読された上で、『民話の思想』を繙かれる方々には、さしたる疑問もなく認めていただけるであろうと私は期待している。

もっとも、意味論とか意味論的構造分析のテクニークとかいっても、それがただひとつしかないというようなことは考えられないかもしれない。特に、「意味を云々する人の数だけ、それだけ多くの様々に異る意味論がある」などと主張する言語学者までいるほどの混乱状態にあるこの学問の現状では、むしろそういう不決定こそ取るべき正当な態度であるとすべきかもしれない。

だから、先刻私は「唯一の正しい意味論」などという表現を使ったけれど、それはどこまでも私にとってということなのであって、絶対的に唯一の正しい意味論ということではない。まして、現代の構造主義的言語理論において、いまだに圧倒的支配力を保持する『講義』時代のソシュールが、意味現象についても、あくまでコトバの表層レベルだけに注意を限定して、言語意味の社会制度的側面における構造分析のみを事とする顕著な傾向を示すのに反して、私自身は、東洋的言語論を代表する唯識学の伝統に従って、意味なるものを、コトバの表層における社会制度的固定性に限定せず、むしろ下意識的あるいは無意識的深層における浮動性の生成的ゆれのうちにこそその真相を把捉しようとする。コトバそのもの、あるいは意味そのもの、にたいするこれら二つの対照的態度が、互いに著しく異る二つの意味論として現われてくることは当然でなければならない。

ちなみに、いま述べた、コトバにたいする二つの対照的立場——一方は表層的、社会制度的、社会学的見地、他方は深層的、下意識的、意識論的見地——のうちの後者は現代西欧の思想界では、特にジャック・ラカンの深層意識論が有力である。しかもラカンの心理学は「無意識はコトバである」という基礎テーゼが示すように、著しく言語関与的であり、その上、元来ソシュールの言語理論を継承し展開させたといわれる彼の立場は、この点では、むしろ唯識哲学の中核をなす「言語アラヤ識」論の系統に属すといっても過言でないほど東洋的なのであって、事態は非常に複雑である。だが、ここではこれ以上この問題に踏み込むことはやめておこう、それがそれ自体としてはどれほど興味ある主題であるにしても。それよりも我々にとっては、『民話の思想』に直接関係のある意味論的原理を解明することこそ目下の急務なのだから。

最も根本的な（と私の考える）一点から考察を始めることにしよう——「意味するもの」と、「意味されるもの」との結び付きとしての意味現象とは、そもそもどのような基礎構造をもつものであるのか。

話題のきっかけを作るために、先ず、ソシュールの所論を取り上げてみる。その言語理論が学界の趨勢を支配するようになって以来、「意味」と言えば人々は、すぐ、彼のシニフィアン・シニフィエを憶う。シニフィアン、「意味するもの」「能記」、シニフィエ、「意味されるもの」「所記」。つまり、いわゆる記号なるものを、一方は意味する要素あるいは側面、他方はそれによって意味される側あるいは要素、との二つに分けて、それら両者の関係に意味の成立を見るのだ。一見すると簡単明瞭で、わざわざ指摘するにも価しない、ごく当り前のことのようだが、実はこの一見当り前の主張の中に、ある革命的な——言語学だけでなく、より一般に哲学的にも、革命的な——立場が宣言されていたのだった。それは、簡略化して言えば、「意味」なるものがそっくりそのまま内的事態である、ということである。「意味するもの」と「意味されるもの」との両側面を合わせて、全体を心内の事態、意識内部に起る事態、に還元してしまうのだ。全ては言語主体の意識の内面だけに生起する事柄であって、いわゆる外的世界、我々の外《そと》に客観的に実在する世界（本当はそんな世界が実在するかどうかが哲学上の大問題なのだが、いわゆる外的世界の実在性・非実在性はここでは問わないことにして）は完全に「意味」の柵外に追い払われてしまう。ここでは、外的事物は全て、言語意識が己れのまわりに織り出す主体的意味連関の網目の一環になってしまうのだ。

いま私の目の前にある一個のリンゴ。それが、我々の常識の目が見るとおり、万人共通の客観的実体性を以てそこに実在しているのか否か、は問うところではない。同じひとつのリンゴを我々ひとりひとりが、自分の言語意識のあり方に従って、どう見るか、また何と見るかというだけのこと。極端な形で言えば、それがシニフィエとして「私」の経験するリンゴなのである。

　このような形での意味現象内在化に反して、ソシュール以前の普通の言語学では、意味は語と（外的）事物との関係として考えられてきた。「リンゴ」という（単）語が、リンゴという物的対象を指示する。語は内在的だが、それの指示する物は明らかに外在的であると。これに反対してソシュールは、いまも言ったように、我々が常識的に「語」（「単語」）と呼んで、単一実体的に考えているものを、ひとつの機能的複合体とし、それを二つの部分あるいは側面に分ける、「意味する」側と「意味される」側と。そして言う、語が物（外在的対象）を指すのではない、語の一部が同じ語の他の部分を指示するのだ。つまり全てが心の限界内での出来事であって、外的事物事象、外的世界は、少くとも第一義的には、意味現象の構造の中に入ってこないのだ、と。

　ところで、ソシュールは『講義』の中で意味現象の構造に関する自分の考えを説明するに当り、いま言った語の音的側面（シニフィアン）を image acoustique「聴覚映像」と名づけ、もう一方の意味内実的側面（シニフィエ）を concept と呼んだ。「聴覚映像」は読んで字のごとく、それが一種の心象であることを端的に示す。が、これに反して concept という用語にはかなり深刻な問題がある。

　もともとソシュールの理解するところに依れば、シニフィアンもシニフィエも、それぞれ心象

(image) であって、その点では両者のあいだに差異はない。それなのに、なぜソシュールはシニフィアンの方にだけ image という語を使い、シニフィエには concept というような曖昧な語を当てたのであろうか。両方ともに「イマージュ」であることが明らかであるからには、一方にこの語を使った以上、他方も「イマージュ何々」と言えばよさそうなものを。適切な形容詞が見付からなかったからだ、と考えて簡単にすましてしまうこともできなくはないかもしれない。が、どうもそれだけではなさそうだ。なにか不必要に煩瑣なことを論じ立てるようだが、実際はここにソシュール的意味論の重大な欠陥がひそんでいるかもしれないのだ。もう少しこのテーマの帰趨を追ってみよう。

確かに concept という語は、それの曖昧性において問題である。もしこのソシュール的用語の背後に conceptum というラテン語を想定して、ソシュールは「内部に孕まれたもの」ないし「心の中に思い描かれたもの」というような意味にこの語を使っているのだとすれば、いちおうの解決にはなる。だが、なんといっても、いささか無理である。言うまでもなく、この語の普通の意味は「概念」であって、そう取るのが自然であり、それに、何よりも先ずソシュール自身もそういう意味(あるいはそれに近い意味)に使っていたのではないかと思わせる節が充分にある。

その事の強力な証拠は、自分の独自の言語理論を立てようとしていた時期のソシュールは、晩年アナグラムの秘密解明に没頭するようになる時期の彼とは違って、前にちょっと触れたように言語なるものの観察をその表層だけに限っていたのであって、彼の考える「意味」も当然、表層言語、すなわち社会制度的レベルにおけるコトバの記号性に完全に限定されていたからである。

社会制度的表層において記号コード化された形で働く場合、「意味」はおのずから概念的性格を帯びる。社会生活の表面で、多数の人々のあいだの実践的なコミュニケーションの道具として円滑に機能するためには、「意味」は概念的であることがいちばん望ましい。概念的、すなわち概念的一般者としての「意味」——例えばキというシニフィアンは「木」一般を意味し、ヒトは「人」一般、ウマは「馬」一般という具合に、である。

概念的一般者としての意味は、一義性への顕著な偏向を示す。勿論、それでも生きたコトバであるからには、本性的にアナログ的であって、例えば交通信号のようにただひとつの対象だけを指示するデジタル的機能を付与された信号とは違って、その意味は柔軟であり、かなりの幅をもつことは事実だが、それにしても、言語生活のこのレベルでは、全体的一義性の支配力には否定すべからざるものがある。

意味論が主題とする「意味」、すなわち意味論的「意味」、の理論的射程が、いま言及した概念的一般者としての「意味」のそれと、どれほど違うかということをここで、あらためて解明しておかなければならないだろう。

便宜上、ここではシニフィエに当る側面を漢字であらわしておいたが、ソシュールの『講義』では、樹木の略画、馬の略画等が描かれている。前述のごとく、ソシュールの言語理論では、シニフイエは全て心的イマージュだから、これらの略画は、実物の木や人や馬ではなくて、キとかウマとかいうシニフィアンによって喚起されるはずの、事物の心的形象をあらわす。そしてそれらの心象はいずれも対象の普遍的・一般的図示――つまり概念的一般者――なのであり、従ってシニフィアンとシニフィエとのあいだに成立する意味指示的関係は、原則として一義的であることを特徴とする。

たまたま私は上の叙述において、シニフィエを全て漢字で表示したが、それにはそれ独特の利点があったのである。元来、中国の漢字学で、漢字の形態的構成の六種の基本的パターンを扱う「六《りく》書」論の第一に「象形」と呼ばれるパターンがある。そこでは例えば、

(シニフィアン)	――→	(シニフィエ)
キ		木
ヒト		人
ウマ		馬

「木」という字は、地中に根を下ろし地上に枝をひろげた立ち木の略図、「馬」は頭に鬣《たてがみ》を持ち四足と尾の目立つ獣の図形。ソシュールの考えていた一般者のイマージュとしてのシニフィエも、おそらくそのようなものであったろうと思う。

キやウマは、それぞれいま言ったような略図形を心象として一義的に喚び起す。それがキやウマというシニフィアンに対応するシニフィエ、つまり「意味」のあり方である、という。抽象的な思考のレベルで、「意味」の純粋に形式的な基本構造だけを問題とするのであれば、これで充分でもあろう。だが、意味論的「意味」はこれとは全く異なる

方向に展開する。意味論的「意味」は、我々の言語生活の現場に溌剌と躍動する生命の流れを組み込んだ理論を要求する。

勿論、意味論的「意味」の場合でも、正式のシニフィエであるためには一般者でなければならないが、それは概念的・抽象的で一義的な一般者ではなくて、複雑に錯綜する浮動的な内部分節構造を持ち、個別的具体的状況に応じて柔軟に機能する一般者なのである。この点は意味論的「意味」の性格を知るための重要な手掛りであるので、ここでもう少し詳しく分析してみよう。

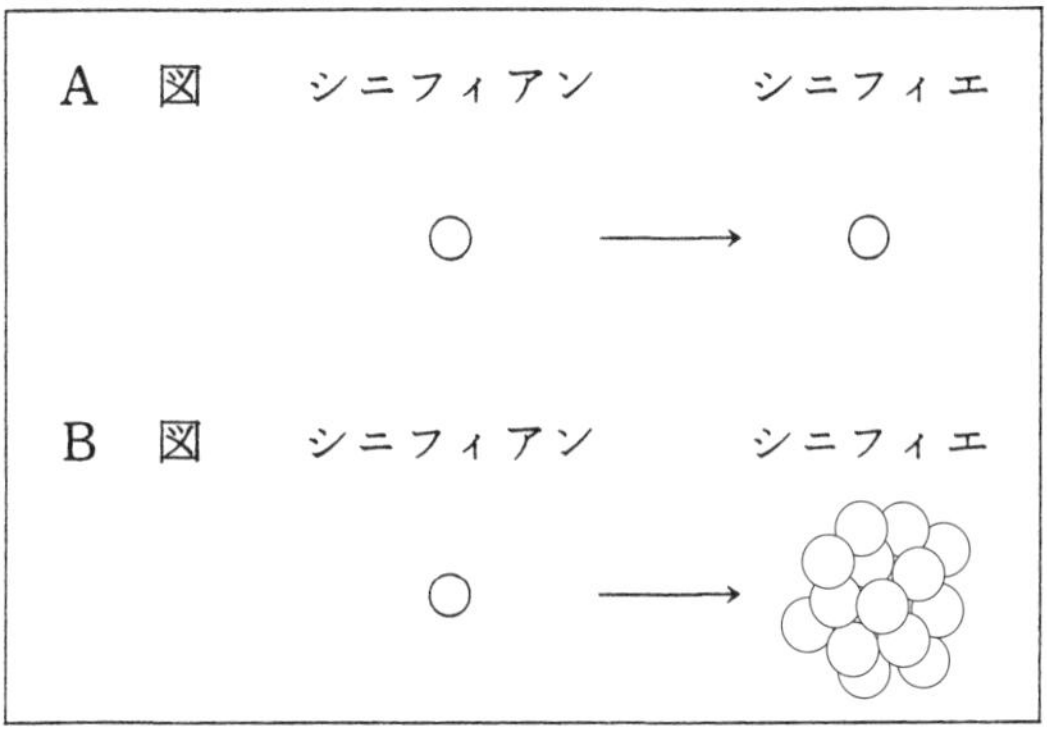

さきに述べた概念的一般者の場合、意味現象を成立させる二項目、すなわちシニフィアンとシニフィエとは、原則的に一対一の関係に立つ（A図）。だからこそ一義的なのである。これに反して意味論的「意味」現象の成立においては、シニフィアンは一つだが、それに対応するシニフィエの方は、原則的に、一義的ではない（B図）。一義的でないということは、しかし、直ちに多義的ということでもない。通常の、いわゆる多義性とは本質的に形態を異にして、それは様々に異なる意味構成要素の寄り集る一群である。物に譬えるなら、鈴生りの果実のギッシ

り詰まった一房とでも言うか。互いに交錯し、多重多層に結び合う、多くの意味構成要素の、濃密な有機的全体である。これはソシュールの説く語の連想連合的つながりのシステムと一見似ているが、両者のあいだには根本的なアプローチの違いがある。本論の説く意味論的「意味」は、語群の連結組織ではなくて、ひとつの語のシニフィエそのものの内部分節を問題とするものだからである。言い換えれば、ここでは「意味」はひとつの有機的フィールド構造としての内部分節的拡がりなのであって、それを構成する個々の要素、がシニフィアンに対応する「意味」、すなわちシニフィエ、なのではない。ただ、それらの要素のうちのどのひとつに注意の焦点を合わせるかによって、全体が違ったものとして現われてくるだけのこと。そして、そのたまたま選び出されたひとつの要素が全フィールドの中核的意味となり、残りの全てはこの優勢的意味にたいして劣勢的意味要素としてそれを取り巻くのだ。

後で見るとおり、『民話の思想』における「またうど」の意味構造が、この事実を具体的な形で我々に示す。「またうど」という語が、仮りにいかほど語源的に「正直な人」という意味を強力に示唆するにしても、「またうど」を一義的に「正直者」と同定することはできない。反対に佐竹氏によるこの語のすぐれた意味論的分析は、マタウドのシニフィエが、いま私の言った多くの異る意味構成要素の有機的フィールドの拡がりであることを明示する。しかし、『民話の思想』そのものについては後述することにして、ここではいま語り始めた意味論的「意味」の構造について、もう少し話を進めていかなければならない。

多数の、複雑な形で相互に連関する構成要素の塊りのようなもので、それがあることは明らかになったと思うが、注意を要するのは、それら多数の要素が、あるひとつの意味フィールドの構成要素として機能する限りにおいては等質的だが、それらのひとつひとつを別々に観察すれば、実に様々な、異る系統に属する単体、の雑然たる集合である（あり得る）ということである。その全体が、等質的である、あるいは等質化されているのは、それらが各自、同じひとつのフィールドの内部分節であることによって語としての独立性を失い、意味フィールド全体の成立に寄与する構成要素という性格を帯びてそこにある、ということ。そして、また、それが有機的であるというのは、それの一部（一要素）が動いただけでも、直ちに全体が動くような緊密な統合体をなしているということにほかならない。

それら無数の構成要素を、全部個別的に論述することは不可能である。だからここでは、それらの構成要素の一々に、程度の差はあれ必ず関わってくる意味のカルマ的性格の問題だけを、簡単に説明してみよう。最も分りやすい例として、日本語の「花」を取り上げる。

ハナというシニフィアン。ソシュールなら、これに対応する一義的シニフィエとして、なんの花ともつかぬ漠然たる花一般（それが一体、正確にはどんなものであるのか私には分らない）の図形を描くだろう、全ての草木に共通する「花」の概念的形象として。だが、そんな概念的一般者としての「花」は、日本語の意味論的「意味」から程遠いことを我々は知っている。植物学上の術語としてならいざしらず、我々日本人の生きた言語感覚では、ハナというシニフィアンに対応するシニフィエには纏綿たる情緒の縁暈がある――と言って言い過ぎなら、少なくともそういうことを非常にしばしば我々は経験する。特に「花」という語がパトス的言語主体のなまの声である場合には。そしてそれこそ、いま一言した言葉の意味のカルマの働きを端的に示すものなのである。

最初期には、梅をはじめ、さまざまな花として具体的に形象化されていた「花」は、次第に桜花との特定的同定性において一種独特の色合いを帯びてくる。そして、果ては本居宣長のあの烈しい桜花への執心ともなる。(勿論、そうなってからでも、ハナは、無限定的に、桜花以外の「花」の名でもあり得るが、ここでは特に桜と同定された場合にだけ話を限定する。)

ほとんど妄執というに近いこの宣長の「花」(=「桜」)に対する情熱も、決して彼の個人的感情だけの問題ではない。これには長い歴史があるのだ。ハナのシニフィエがいかに特殊な、日本独特のものであるか、は例えば鎌倉時代初期、鴨長明の歌論書『無名抄』の有名な一節などに、異常なほどの鮮明度をもって現われている。歌題としての「花」(=桜)に関連して、長明はこんな驚くべき(と我々には思われるような)ことを書いているのだ。曰く、

「但し題をば必ずもてなすべきぞとて、古くよまぬ程の事をば心得べし。仮令(例えば)郭公などは、山野を尋ね歩《あり》きて聞く心をよむ。鶯ごときは待つ心をばよめども、尋ねて聞く由《よし》をばいとよまず……

又桜をば尋ぬれど、柳をば尋ねず。……花をば命にかへて惜しむなどいへど、紅葉をばさほど

惜しまず」（岩波版日本古典文学大系65、頁37―38）

これよりさらに古くは、例えば『古今和歌集』（一）に、天地一杯に咲きほこる桜花の爛漫たる陶酔をうたう歌人たちの姿を我々は見る。そしてまた、「しず心なく花の散るらん」（紀友則）という桜花の底知れぬ憂愁。春の夜の夢の幻想の中でまで散る桜、「やどりして春の山べに寝たる夜は夢のうちにも花ぞ散りける」（紀貫之）。下ってはあまりにも有名な「ねがはくは花のもとにて春死なむ」（『山家集』）西行の言葉。その他、数えあげていけば際限もない。

このようなものは、全て遠い昔の話であって、現代生活を忙しく生きる今の我々の日本語にはもはやなんの関わりもない、と、もし言う人があれば、それは一般に言語なるもののカルマ的本性を知らない、あるいは敢えて無視する、ことから来る誤解であろうと思う。

言語のカルマ性、すなわち意味のカルマとは何か。意味のカルマとは、かつて言語的意識の表層において現勢的だった――つまり顕在的に機能していた――意味慣用が、時の経過とともに隠在化し、意識の深層に沈み込んで、そこでひそかに働いている力のこと。意識の深底に隠れて、表面にはほとんど姿を見せないが、しかしその反面、隠在的であればあるだけ、見方によっては、かつて現勢的であった時よりも、はるかに強力で、執拗に現在の我々のコトバの「意味」を色付け、方向付ける重要な要因となっているのだ。このように、心の不可視の奥底に累積されて、下意識的に生き続けている古い意味慣用、それを意味のカルマというのである。

数限りない意味のカルマが蓄積される場所《トポス》を、唯識哲学派は、意識構造理論的に措定して、奇しくもそれを「アラヤ識」（ālaya-vijñāna）と呼んだ。「アラヤ」とは文字どおり「貯蔵庫」を意味する。意識構造モデルの最下底領域を、比喩的に、無数の意味的カルマの集積の場として表象するのだ。そこに集積された意味のカルマは、複雑に絡み合い縺れ合い、互いに反発し合い相互に融解し合いつつ、新しい「意味」を生成してゆく。唯識の術語では、それらの意味的カルマの一々を「語言種子」と呼ぶ。

「語言種子」、コトバの、コトバへの、可能体。「種子」はコトバすなわち「名」を求め、「名」を志向し、「名」を得れば「意味」として発芽する。前述した表層言語（あるいは表層に近い）領野における意味構成要素群の有機的拡がりとしての意味論的「意味」の内部分節構造は、まさしくこの「言語アラヤ識」内部における「種子」の絡み合いを、表層言語にふさわしい形で再現し反映するものにほかならない。

「言語アラヤ識」についてはは語るべきことがあまりにも多い。だが、唯識哲学の下意識あるいは深層意識にまで筆を進めることは、本論の主旨を逸脱する。ここではただ、言語生活の表層（あるいはそのあたり）で観察される意味論的「意味」の特殊な構造が、意識深層における「アラヤ識」的事態にその基底を有するということを確認するだけで充分である。

最後に一言、意味とは、存在論的に、いかなるものであるか、という問題を残す。哲学的には決定的に重要な意義を持つこの問題の詳しい考究はここでは不可能であるにしても、少くともそれへの言及なしには意味論序説は完了しない。

本論の全体を通じて、私は「意味」をことさら定義せず、ただソシュール的「シニフィアン↓シニフィエ」関係という構造論的フォーミュラだけを使って論述を進めてきた。しかしこのやり方は、意味なるものの（哲学的に）最も重要な側面である存在論的中核を無視（あるいは不当に軽視）してしまうことになる。存在論的「意味」、の意味、それをここで簡単に考察することで小論の終りとすることにしよう。

存在論的含意における「意味」とは、ソシュール系統の用語法で言えば、「差異化」あるいは差異性の原理ということになろう。より東洋哲学的な伝統によって、私はそれを「分別」または「分節」と呼ぶ。様々な事物事象がそれぞれに識別され、自分自身の区画線によって他の全てからの独立性を獲得する。例えばある記号がAを意味する場合、AはB、C、D、E……等一切の他者から自己を区別して独立する。それによってAはAとしての存在性を発揮しだす。すなわちAは、意味分節によって、はじめてAという存在者として現象的に自己を開示するのだ。事物事象、すなわち我々が、通常、存在者および存在世界として感知しているものは、個別的にはひとつひとつの意味分節形態、全体的には無量無数の意味分節形態の、厖大な有機的システムにほかならない。意味的な差異化と識別性とがなければ、様々に異る事物事象から成る存在世界なるものは存在し得ない。

私はこの事実を、「意味分節は存在分節である」(意味分節・即・存在分節)という基礎命題の形にフォーミュラ化して表現する。

尤もそうはいっても、これはあくまで原則としてそうなのであって、実際は事物事象の相互差異化は、たいていの場合それほど明確に行われない。すなわちA、B、C、D等々のそれぞれは、そんなにはっきりした形で他から分別されないのだ。それら相互のあいだの区画線は、ほとんど常に浮動的であり曖昧であって、特に周辺部位では、しばしば隣接領域とのあいだに混乱、混同が起る。意味分節が不確定的であるということは、すなわち存在者相互間の区別が浮動的だということを意味する。

いちばん原則に近い形で分別が成立するのは、前述した概念的一義性の場合だけである。つまり、概念的意味の場合だけは、分節線が固定的であって、例えばAがBと混同するというようなことは原理的に排除されている。我々の普通一般の言語生活において、知覚・感覚的認識経験の基礎をなす生きた意味論的「意味」の場合は、むしろ分節の浮動性こそ原則的なのであって、この事態が、上述した意味構成要素の有機的集合体としての意味フィールドの拡がりを根本的に特徴付けるのである。意味論的「意味」を根本的に特徴付けるこの事態が、これまた上述した言語的「アラヤ識」の、より根源的な事態に基くことは言うまでもない。

「アラヤ識」の中に貯えられた「語言種子」、すなわち自己の言語化を志向しつつ一瞬も休まず蠢動する意味可能体の一々は、当然、まだほとんど自己を分別して独立した単体となるに充分なだけの力能を持たない。それらは互いにぶつかり合い、混交し、融合し、交錯し合いながら自己分節の可能性を模索するのみである。だがそれらは、表層言語の領域に入るにつれて、次第にある程度の固定性を獲得し、整理されて、そこに幾つかの、前述した意味構成要素の集合を、意味フィールド的に形成するに至るのである。このようにある程度まで秩序立てられているとはいえ、表層的意味フィールドにも明らかに分節線の絶えざる動揺が認められる。意味フィールドのこの領域的定めなさ、浮動性のうちに「アラヤ識」の構造を支配する、あの原初の意味分節的カオスの深みを、我々は垣間見るのである。

以上、私は意味論の根本原理（と私の考える）ものの粗筋を叙述した。まことに不完全、不充分な叙述ではあるが、とにかくこれに照らして考察されるならば、『民話の思想』の読者は、この著書がいかなる点で意味論的労作であるのか、その理論的根拠を容易に理解されるであろう、と思う。始めに一言したとおり、著者佐竹昭広氏は、研究の成果を記述するに当って、その基底に伏在する意味論を、組織的にはほとんど開示して見せることをしない。理論的側面は、我々読者の側で読み取っていかなければならないのである。ただ、そのような解読操作によって、せっかくの原作のもつ文芸的含意の香気を喪失させてしまう怖れなしとはしないけれども。

『民話の思想』の出発点をなす中心的課題は、狂言の舞台で顕著な働きをする「またうど」(完人、全人、正人、真人)という語である。佐竹氏はそれを語源的に、形容詞「またし」「またい」に遡行させ、昔の辞書その他信頼すべき文献の証言に基いて「正直」の意と解する。従って「またうど」は、ひとまず「正直な人」の意とされるのである。

しかし、こう解しても「またうど」の具体的形姿はまったく浮んでこない。求められているのは、「またうど」の一義的定義ではないからである。だが、もし我々が、「正直者」をもって「またうど」を意味するもの(すなわち「またうど」=「正直者」)とするなら、それは「正直者」を「またうど」の一義的意味とすることになってしまう。つまりそれは、前者を後者のシノニム(同義語)とすることである。だが本当は、これら二つの語は、決して互いにシノニム関係にはない。「正直者」は「またうど」の意味の、ほんの一部であるにすぎない。それがどれほど重要な部分であるにせよ、部分はどこまでも部分であって、「またうど」の意味全体をカヴァーすることはできない。

第一部で詳しく説明したように、もし両者がシノニム関係にあるものとすれば、両者それぞれの意味フィールド全体が相手の意味フィールド全体と完全に一致するはずだ。ここで、意味フィールド全体、というのは、前述したところに従って、当該意味フィールドの構成要素全部ということ。まさしくそれが意味論的「意味」なのである。

言い換えるなら、「またうど」には「正直者」をはじめとして、数多くの意味構成要素――シノニムではない――があって、それらが互いに交錯しつつ「またうど」のまわりに群れ集り、それを取り囲んでいるのである。

佐竹氏の鋭い分析の目は、「またうど」のこの意味構成要素の複雑な聚合を分解して、その中の最も重要なものを個別的に取り上げ、ひとつひとつ厳正な文献学の方法に基いて検討してゆく。

こうして「おとなしい」（＝「温和で、何をされても腹を立てない」）という性格が、「またうど」の意味形成の第一の要件として指摘される。この意味での「おとなしさ」は転じて「弱さ」（「気の弱い」）となり、さらに一転しては、「愚鈍」「薄馬鹿」「たはけ者」ともなる。そうかと思えば人間的善の理想像として、その頃の人間的善性の具体的な表現形態として、「勤勉」（「怠惰」の反対、「馬鹿みたいに営々と働き続ける人」）の意ともなる。このほか種々様々な要素を佐竹氏は指摘する。等々、その詳細は『民話の思想』そのものに譲るが、とにかくこれだけで、「またうど」がある極めて特殊な性格であり、従ってそれがユニークな、他に同じものを認め難い複雑な内容の語であることは明らかであろう。「またうど」をどれかひとつの構成要素のシノニムとすることは、とうてい出来ないのである。

そしてこのことは、本書における佐竹氏の狙いが、最初から「またうど」の一義的意味ではなく、それの意味論的「意味」の解明にあったことを物語る。様々に異る個々の意味ではない、それらの全体が問題だったのだ。全体、すなわちそれらの個別的意味が「またうど」の周囲に繰り拡げる有機的な全一的意味フィールドが。

この意味フィールドを構成する諸要素のうちの、どのひとつに焦点を絞るかによって、「またうど」は温良無比な好人物ともなり、また「うすのろ」、極端な場合には「怠け者」にすら頽落しかねない。この驚くべき意味のフレクシビリティーに、我々は意味論的「意味」としての「またうど」の本性を見る。

こうして、分節の本質的な非固定性、遊動性、の流波に揉まれつつ、「またうど」の意味フィールドは、その構造的広袤を拡げてゆく。佐竹氏の繊細な分析感覚は、この「またうど」そのものの内部の深層に分け入って、それが極度の善良性と極度の遅鈍性に分裂し、その意味で善悪二元的構成であることを示しつつも、しかも全体総括的には根本的善良性の原理であることを指摘する。結局、「またうど」は、本性的に親切で正直で勤勉で柔和で「身に悪事せず欠けたる事なき」人物なのだ。

人間的善性の具現化ともいうべき「またうど」のこの意味フィールドの拡がりが、その周辺領域において、もし日本的物語性のコンテクストに出逢うならば、「またうど」はいわゆる「善玉」として、その反対の慳貪者、意地悪、強欲者、邪悪などいわゆる「悪玉」と烈しく対立し、この対立が物語的形態を取って展開する。「花咲爺」をはじめとする様々な「昔話」の世界がそこに花開く。

「善玉」と「悪玉」の対立。この対立の緊張の只中から、善性の極致を具現化する「花咲爺」が誕生するのだ。勿論、その正反対である「悪玉」の具象化が出現する場合もあるが、ここでは特に善性の側からだけ話を進めることにしよう。構造的には善でも悪でも、この場合、全く同じことなのだから。

とにかく、善性と悪性との対立的緊張からのみ、善性の極致としての「花咲爺」の物語が生れるということは、「花咲爺」物語の形成プロセスに、悪性が否定的な形で参与していることを示す。

しかし、もしそうだとすれば、この事態はたんに物語の形成過程だけのことではなく、物語化の段階より一段以前の、意味論的「意味」そのものの構成にも深く関わることでなければならない。例えば「またうど」の意味フィールドは、積極的・肯定的構成要素ばかりでなく、「またうど」にたいして否定的・破壊的で、その意味フィールドの形成を阻止し妨害しようとする要素（正直者の反対の、慳貪者、意地悪、強慾者、邪悪など）が自己否定的な形（慳貪者でない、意地悪でない、等々）で、反対の側から「またうど」の意味フィールドの構成に参与している。そしてこのような否定的要素の参加によって、予想外の新側面が付加され、「またうど」の意味フィールドはさらにその地平を限りなく拡大していくのだ。

もともと意味フィールドの構成を阻止するはずの否定的要素が、自己否定によって逆に意味フィールドを構成するものとして機能する。この事実は、人間の心のメカニズムの奥底にひそむ根源的逆説性、あるいはパラドクス、を垣間見せるものではないだろうか。

第III章　「詩」と哲学

ぴろそぴあはいこおん
——philosophia haikôn

海は暗くなっていた。しとしと時雨の降る日海岸の砂に天井を向いて寝ていたら、まっ白い土人がそろそろとはい寄って来てこんな事を言った。私は東へも西へも平気で飛ぶ鳥になって蝶々の夢が見たいです。昔あなたの国にローシとか言う人がいて、その弟子にバショーとか云う人がいましたっけ？　万物は流転して一理ありですか。あなたの国では分らない人が多ぜい居るそうですね。私達は生れるときから知ってます。うかうかするとイカルスになると云うことじゃありませんか。海でもだめ、空でもだめ、ああ！　地平線が恋しい。僕は答えた、ああ僕も地平線が見える。だけど、僕は海が恋しいんだ。おおタラッタ。タラッタ。ふと見たら白い土人は何処かへ居なくなって、大きなALBATROSSがグルグル空を旋回していた。そしてマラルメの笑いを笑っていた。——（虚実論）——

詩と宗教的実存
——クロオデル論

Me voici,
Imbécile ignorant,
Homme nouveau devant les choses inconnues

見よ　われは
愚かなる者、無智なる者、
新参の者にして、わが眼前にあるは悉く見知らぬ事物のみ

美しい花から花へ舞い戯れて行く春の胡蝶のように、地殻の表面に現象する多彩な美の幻影のみを追いもとめている詩人がある。この世に生きる人間の儚い歓楽や悲愁をやさしいまなざしでじっ

と見續めながら、それらの心内風景を甘い歌の調べに転成させて行くことだけを務めとする詩人がある。彼等の詩歌はこの上もなく美しく、読む人の胸を或いは輝かしい喜びに充たし、或いは縹渺たる悲しみにさそう。併しその喜びは軽く、悲しみは淡い。人々は彼等の詩を読んで楽しみ、同感し、そして何時しか次々に忘れてしまう。クロオデルはそのような詩人ではない。私達は彼の詩を読んで楽しむことはできない。ジャク・リヴィエールがいうように、クロオデルを読むということは本当に恐ろしいことだ。それに、私達は彼の詩を読んでこれを真に理解したが最後もはや絶対にそれを忘れることができないのだ。なぜなら、クロオデルを識ることは、彼と共に生れかわることである。クロオデルを真に理解する人は、その瞬間から、生きながらにして、搏動する心臓を何者かの力強い手にむんずと握られてしまうのだ。

――「認識」（コネサンス）は「共に生れること」（コ・ネサンス）を意味するとはクロオデルの宇宙論の根本信条である――全く新しい人となって、新しき宇宙秩序の前に投げ出されることだからである。クロオデルを真に理解する人は、その瞬間から、生きながらにして、搏動する心臓を何者かの力強い手にむんずと握られてしまうのだ。

クロオデルの詩を独り静かに朗読していると、何か深い深い地の底から響きあげてくるような重い荘厳な律動をからだ全体に感じて思わず慄然とすることがある。それは、もはや単なる言葉の律動ではなくて、どこか遠いところから私達のからだにじかに伝わって来る恐ろしい、滲み入るような地響きだ。私達はその響きに原始的宇宙の喚び声を感ずる。実際クロオデルの詩の世界は鬱蒼として昼なお暗い原始林を憶わせはしないだろうか。宇宙創成のその日から何人も足を踏み入れたことのない大原始林の無気味な蠱惑！　クロオデルが「樹」について語ることを好むのは偶然ではない。彼は人間を樹木にたとえ、樹木を人にたとえる。「全自然界にあってただ樹のみが、或る特徴的な理由によって人間のごとく垂直である。人間とは歩む樹ではないのか？」樹象徴は彼の芸術の根源形態である。そして、これは決してかりそめの思いつきではないのだ。原始の密林の奥深く、堅固不動の根を拡げ、群葉を四方に張って嵐にざわめくひと本の大樹として、彼は自分を直観しているのである。そしてこの樹は明らかに全宇宙の中心に卓立している。

真昼時のしじまのうちに、鬱蒼たる葉むらの全てを挙げて
そうそうとざわめき立つ樹木のごとく、詩人よ、君が語り出だすとき
我等の裡に一つまた一つと、思惟の散乱は鎮まって、平安がこれに替り行く
この音楽なき歌によって、この声なき言葉によって、我等は世界の諧調に調律される
詩人よ君は何事も説き明かすことをしないのに、全てのものは君によってその意義を我等に顕示する。

――（La Ville）――

エルンスト・ロベルト・クルチウスはクロオデルを論じた見事なエッセの中で、この詩人から受ける第一印象を「歴史性の欠除《ゲシヒツロージヒカイト》」という言葉で定着している。茲で歴史性の欠除というのは、勿論ただ史的感覚が欠けているという消極的な意味ではなくて、寧ろ歴史と時代の真只中に息づきながら而も歴史と時代の制約を突き破って其等を無にひとしいものとしてしまう深い恐るべき永遠の原

初性を意味する。クロオデルの魂の奥処には確かにそういう深玄な、底の知れない原初性があって、そこから、いつも、何か物凄い自然のエレメンタールな力が彼の詩の世界をぼうぼうと吹き抜けているのである。著しく歴史的で、時代の一進一転に余りにも神経質な近代フランスの文化人達の間にあって、ただひとりクロオデルのみは、永遠に太古さながらの蒼然たる姿を保つ原始林のように、大自然の荘厳な美と静謐と威力とを一身に集めたかのように、一切の時代的羈束の外に超然と屹立している。この豪宕な自然人に較べるとき、ポオル・ヴァレリの如き同じ世代の詩人が何と羸弱な文化人に見えて来ることだろう。ヴァレリは勿論クロオデルとは別の意味で真に偉大な詩人なのであるが、しかしそれにしても、彼の額には余りにもあからさまに時代の刻印が焼きつけられてはいないだろうか、あの病的な程に繊細で自意識過剰な時代の刻印が。純粋透明な知性を極限にまで逐いつめながら結晶させて行くポオル・ヴァレリこそ、一見しては誰よりも歴史を超越している筈なのに、本当は彼は誰よりも時代的であり歴史的な人間なのである。ヴァレリは何といっても二十世紀の詩人だ。二十世紀という時代のみが彼を生むことができ、また反対に彼の詩は二十世紀の知性のポエジーとしてのみ真に理解されるのである。しかるにクロオデルはそれとは違っている。彼は決して二十世紀の詩人ではない。いや、彼はいかなる時代の詩人でもない。彼は全ての時代の詩人であり、永遠の詩人である。もとより彼は衆に抽んでて鋭敏な時代的感覚を有する現代の人であり、二千五百年に亘る西洋精神の伝統を自己の魂の裡に溶解して、これを見事に近代化し、新しく創造しなおすだけの能力をもって生れた近代人ではあるが、それにも拘らず時代は彼の額に決定的な焼印を捺すことができなかった。彼は二十世紀を代表する詩人ではない。彼は永遠の人間性のみを代表する。それは、彼の魂の秘奥に自分でもどうすることもできぬ原初的生命の火が炎々と燃え続けているからである。「世界を天地創造の第一日に於ける新しさに於いて」眺めることのできる、いや眺めざるを得ぬ原初的詩人だからである。さればこそ、あの濃厚な時代的雰囲気の中に生き、外交官としての世俗的業務に生涯の大半を送りながら彼の詩魂はいつまでも幼児の瞳の清い輝きを失わなかった。

かくて彼はランボオと共に近代人中の近代人でありながら、ダンテと共に中世詩人であり、アイスキュロスと共にギリシヤ詩人なのである。彼は真に創造的な人間であるが、彼の創造の源泉は歴史というものが始まる以前の、幽邃な形而上学的地下の深みにひそんでいる。そして、この根源的原初性こそ、実は神そのものの原初性に他ならなかったのである。万有の奥底なる永劫の源泉から湧き上りつつ、彼の舌を通すことによって人間の言葉と化して行く不思議なものの声を、クロオデルは神の声としてはっきり意識している。かくして詩人は宇宙創造の大業に参与し、神の摂理の協力者となる。

あらゆる事物を一つ一つ名指しながら
詩人よ　君はまるで父親のように秘めやかに事物をその根源に於いて名付け
そして、嘗て万有の創造に参与した君は、いまや其等の存立に協力する

――（Les Muses）――

恰も白一色の光線がプリズムを通ると忽ち七彩に散って花咲き乱れるように、何人の目にも見えず、何人の耳にも聞えぬ神の声は、ひとたび詩人の口を通るとき荘厳な律動の波となって、或いは高く、或いは低く流れ出す。その一語一語に、世界の意味が解きあかされ、生れかわった、新しい、みずみずしい世界の地平が私達の目の前に繰りひろげられて行く。詩人は底知れぬ地軸の深みから地上に生えいでて、私達の世界に意味を賦与する人。物音一つない真昼間の寂寞の中にただ独り、そうそうとざわめき立つ神秘の樹木。宇宙の謎の解明者、見えぬものを見える姿に刻み出し、聞えぬものを聞える言葉になおしてくれる人。神の声を世に伝えるといういうきびしい責務を負うために、宇宙の謎の解明者となるために、クロオデルは、神の喚び声に応じて重々しく、そして苦しげに立ち上る。嘗てパレスチナの荒野に、神の召命を受けて立ち上ったイスラエルの預言者達がいずれもみな詩人であったように、クロオデルもまた預言者にして詩人である。さればこそ私はこの現代の詩人・預言者の詩作のあとを辿ることによって、詩的体験と宗教的体験とが互いに接近し遂に結び合う、あの不思議な、ひそやかな霊のいとなみの秘義を解きあかすことができるのではないかと思う。

クロオデルに就いて語るべきことはあまりに多い。私は今ここで全てを論じ尽そうとするのではなく――それには数巻の書物が必要であろう――寧ろ其等全ての発端をなす部分を、神に喚ばれて立ち上るに至ったクロオデルの、ささやかな、併し限りなく荘重な詩人としての第一歩を語りたいと思うのである。「全ての堅固さの根源をなす地底にまで私は降りて行った。土台の下にある根基に私は触れた」と断言する彼の成熟したポエジーに、たぐいなき奥深さと堅固さとを与えている、あの見事な万有相関の力学的象徴的形而上学に就いて語る前に、彼がそのような成熟に達することができた抑々の記念すべき第一歩を描き、この堅固な宇宙論の底深いところに脈々と搏動し続けている宗教的根本体験のなまなましさに触れてみたいのである。蓋しかくすることによってのみ私達は難解をもってきこえる彼の詩歌の本質を探り、それと同時に、詩と宗教的実存という古来の難問に、せめて一条の側光を投ずることができるであろうから。

クロオデルは詩人である。併し、人が若し「詩人」という名のもとに優婉繊美な都会のやさ男を聯想しながらクロオデルに接するならば、おそらく彼は最初から壁に突きあたってしまうであろう。淫楽と痴情の巷に彷徨して、大都会の恐怖に充ちた誘惑を底の底まで知りつくしたボオドレエルの如き風流子とは似ても似つかぬ自然人を人は其処に見出して戸惑いすることであろう。クロオデルはタルドノアの田舎者だ。簡朴で、粗剛で、嬌飾というものを知らぬ田夫野人、寒暑風雪にもめげぬ黒い巌石のように豪放魁偉な男だ。彼を親しく識る人は彼を評して牛のような男だという。渺茫たる曠野にひとり立ちはだかって、遠い地平線に向って咆哮する雄牛を憶う、という。成人して基督教に帰依した彼ではあるが、初めから優しく従順な神の小羊ではなかった。彼は生れながらの野の牛だった。野生の、野ばなしの獰猛な雄牛だった。

而もこの雄牛は野にあって、鬱勃たる怒りを胸に抱いていた。少年クロオデルは恐ろしく不満であり、彼の額には暗い忿恚の翳りがあった。彼がロマン・ロランを学友としてルイ・ル・グラン中学を卒業した頃は、あたかもかの破廉恥な自然主義と物質万能主義の全盛時代に当り、一切の精神の自由な高揚は抑圧され、霊の生命は息詰るばかりの絶望感の裡に窒息しかけていた。人々が呼吸する時代の空気は陰鬱で、あまりにも暗澹としていた。「あの悲しい十九世紀の八十年代、自然主義文学が今をさかりと咲き誇ったあの時代を憶い出して見るがよい。物質の軛がこれほどまでに登固なものに思われたことは嘗てなかった。芸術であれ、学問であれ、文学であれ、ともかく何かの分野で一かどの名前を有つほどのものは悉く非宗教的であった。いま将に暮れ果てんとするこの世紀の全ての（自称）大家連は、特に教会に対する敵意によって衆に抽んでていた。それはルナンの全盛時代であった。彼はルイ・ル・グラン中学校最後の賞品授与式を司った。私はそれに参列し、彼の手ずから優等賞を授けられたように記憶する。ヴィクトル・ユゴオが、神の如き崇敬の裡に逝って間もない頃であった。」（Ma Conversion）

この時代のおぞましくも醜悪な雰囲気を、クロオデルは初期の名作「黄金の頭」の中で、「悪の華」の靡爛した描写を憶わせる物凄い光景に形象化している。

割れた枇杷の実から核が流れ出すように

どろりと溶けた目をした人達がいる。
何年も仰向けに寝たままで吼え叫び、瘦せ衰えた骨の堆積が
葡萄蔓のように縮まり絡まって
屍汁をしみ出している娘達もある。
また、化物のような赤児、仔牛の鼻面を有った者共。
また、生みの父親に強姦されて死ぬ子供達。
また、腐れ行く己が生命の死臭を嗅ぐ老人、己が忌まわしい
墓穴を身に纏うた人々！
　ありとあらゆる病魔が我等を襲おうと待ちかまえているのだ。潰瘍と腫瘍。舌根と下唇
を腐蝕する癌腫。病人が伝染病の幼蟲のうごめくマスクをはずす。
肺患は浸潤し、陰部は森のごとく湿黴し、腹嚢は
裂けて内臓と糞便をさらけ出す。
何たる恐ろしさであろう！
　　　　　　　　　　　　　　　　　　――（Tête d'Or）――
　かくも凄まじい腐敗と戦慄の世界に投げ出されて、青年クロオデルは為すすべを知らなかった。
「何時までも何時までも人がじっと見瞶めている対象のように、ただ其処に停滞しているばかりで、
始まりというものすらないアンニュイを言い表わすために、一体私はどこから始めたらいいのか？」

絶対に歓びも慰めもない、この灰色の世界にあっても、彼は飽くまで生きたいと思い――生命と真理への止みがたい情熱に切なく焦心してはいたが、それにもかかわらず時代の暗雲はあまりにも圧倒的であり、彼はいずこにも真理の微光だに見出し得なかった。見渡すかぎり死の影が深くたれこめて、輝かしい生命の光は余映すらとどめてなかった。

虚しく蠢めく人間の大群、互いにもの問いかわし、闘い、語り、眼球をうごめかし
やがて、頭の毛深き側面を我等に向けつつ死霊のごとく消え去り行く

――(Tête d'Or)――

彼は次第に絶望の淵に近付きつつあった。「私は不徳の生活を送り、次第に絶望状態に陥没しつつあった。……死の想念が私を放さなかった。私は宗教を完全に忘れていた。いや、宗教に対しては、まるで獣のように無知の状態にいた。」併しそれでもなお彼は生への希望を最後まで棄てはしなかった。暗澹たる孤独のうちに沈みながらも、この強情な青年はあくまで周りをとりまく死の闇に抵抗し、闘うことを心ひそかに決意していた。世界は空虚ではあり得ない、全てが無意義ではあり得ない、という不動の信念が彼自身の意識も届かない魂の奥底にひそんでいて、それが異常な反抗力を彼に与えているらしかった。殆んどそれと捉えがたいような、極めて漠然とした形においてであったが、彼の裡にはその頃既に、後年彼の壮麗な詩的存在論の基礎となる筈の、あの全宇宙的

な偉大な諧調が宿っていたのであろう。彼は後になって、ジャック・リヴィエールに次のように述懐する。「其頃、私はまだ基督教徒ではなかったが、アンチゴネーの合唱部や第九交響楽のごとき天上的な文書を深く理解していた。私は既に、偉大なる神的歓喜こそ唯一無二の現実《レアリテ》であることを、心の底から、いや臓腑の底から感得していた」と。すなわち彼は、宇宙のありとあらゆる物事に最後の意義を与えるであろうところの、輝かしい窮極の真理がどこかに在ることを、在らねばならぬということを、はっきりと感じていたのである。ただ、その解説が何処にひそんでいるのかは、まだ全然見当もつかなかったのであるが。

救いの光りは思いもかけぬところからさして来た。一八八六年彼はランボオを識り、それがやがて「神」を識る直接のよすがとなった。彼にとっては、ランボオとの邂逅は実に驚くべき事件であった。「私はランボオから真に決定的な影響を受けた」と彼は繰り返し繰り返し語る。孤独に凍結していた彼の魂の殻をつき破って、超自然的秩序の存在をまざまざと黙示した最初の人は異常なる少年詩人ランボオであった。「私にとって、ランボオは単なる一作家ではない。彼は視霊者であり預言者である」(ジャック・マドオルへの手紙)。その年の五月から九月にかけて、雑誌ヴォグは「飾画」と「地獄の一季節」とを相踵いで掲載したのであった。

「私は『飾画』の最初の部分が載っているヴォグ誌を買った一八八六年六月のあの朝のことを一生忘れないであろう」と彼はリヴィエールへの手紙に書く。「それは私にとって本当に記念すべき朝であった。私は遂にテーヌやルナンやその他十九世紀の蛮神達が支配するあの醜怪な世界から脱出することができた」と。ランボオの煌めく詩行の間から、超自然的世界のすがすがしい嵐が、突如として、まともに吹きつけて来た。その強烈な息吹きに、彼は自分の肉体の組織まで一変したかと思った。「飾画を読み、次いで数カ月後に地獄の一季節を読んだことは私にとって決定的な事件となった。生れて始めて、これらの書物が私の物質主義的牢獄の壁に裂目をつけ、超自然的なものの生々とした、ほとんど肉体的な印象を私に与えた。」(Ma Conversion) 彼は最早自分を孤独者とは考えなかった。自分と同じ浄光に憧れつつ、この地上にあって自分と同じ霊の悩みに苦悶している青年が他にも沢山いたのだ！　彼はこの時以来、「肉体の世界に世代というものがあるように、精神の世界にも世代が存する」ことを悟った。突如として、一瞬、全宇宙が目眩くばかりあかあかと照明された。

遠稲妻の夜、庭に出て物思う青年の目に、
　天と地の全姿が、間を置いては忽然と煌き浮ぶように、
世界が黄金色の光り眩ゆき大電光に撃たれて、
　瞬時のうちに耿々と照り輝く
　　　　　　　　　　　　　　――(L'Esprit et l'Eau)

同じ年の十二月二十五日、クロオデルはノートル・ダーム寺院のクリスマス弥撒に参列した。尤

も教会の典礼に特に深い意義を認めていたわけではなく、ただその頃すでに物を書き始めていた彼は、カトリックの壮麗な儀式を眺めたなら、恐らく其処に何かデカダン詩人達の好んで用いていた人工的刺戟のようなものを見付けることができるかも知れないと考えただけのことではあったが。大弥撒に参列して一旦家へ帰ったクロオデルは「別にこれといってほかにすることもないので、また晩拝式に行って見た。丁度、白衣をまとうた唱歌隊の児童達とシャルドネのサン・ニコラ神学院の生徒達が何か――それは『聖母頌歌』であったことを後で知った――歌っている真最中であった。私自身群衆にまじって、右手の、聖器所側の合唱隊入口の二本目の円柱のそばに立っていた。その時だ、私の全生涯を左右する出来事が起ったのは。一瞬にして私の心臓は触れられ、私は信仰に入った。恐ろしい吸着力、全存在をゆり上げるような感動、強力な信念、いかなる疑惑をも容れる余地のない不動の確信、をもって私は信じた。爾来、あらゆる書物も、あらゆる思考も、また風波しげき人生のあらゆる偶発事も絶対に私の信仰を揺るがすことを得ず、いな、これに一指を触れることさえできなかった程の力でそれはあった。私は突如として、かの『無染《イノサンス》』、神の永遠の稚さ、の悲痛な感情を得、筆舌に表わせぬ啓示を受けた。私はその後、屢々この異常な瞬間に続いた数分間を再構しようと努めて見たが、そのたびに私は次の如き諸要素を見出すのである。但しこれらの要素は全部がただ一条の電光となって閃めいたに過ぎず、それは神の摂理が、絶望の淵に沈溺する哀れな一少年の心を遂にうち開くために使用した唯一本の武矢に過ぎなかった。『信仰するとは何んて幸福なものだろう！――だけど、これ、本当なのかしら？――本当だとも！　神は存在する。

そら、そこにいらっしゃるじゃないか。それは誰かなんだ。僕と同じように人間的な方だ。僕を愛し、僕を喚んでいらっしゃる。』すでにして滂沱たる涙は流れ嗚咽がこみ上げていた。そして、あの優しい『来れよ』の歌声が、なお一層私の感動をたかめるのであった。」(Ma Conversion)

　霊魂の地平線はるか彼方に、燦爛と輝く「約束の地」を彼は瞥見した。それは僅か一瞬の間、荘厳かぎりない姿を現じたかと見るまに忽ちまたいずこかへ消え去る夢幻の仙境のように杳然と隠滅して踪もとどめなかったが、それでもこの瞬間に望見した遠景は彼の網膜にありありと焼付いて、もはや二度とふたたび消えることがなかった。撩乱と花は咲き匂い、蜜と乳の流れる国、かの「約束の地」の面影が詩人をさしまねく。嘗てカデシの荒涼たる沙漠に彷徨し、四十年の困苦窮乏に疲れ果てたイスラエルの民を率いて、遂にヨルダンの東からカナンの沃土を遠望した将軍ヨシュアの英姿をかりて、クロオデルは自分の祝福された、新しい門出を濃艶な詩句に歌う、

氷雪、暗雲にとざされし多くの宿場を過ぎし後、長き登り路《じ》を窮めつくして、
今や、かの人は下り路に立つ者のごとし、握る手綱に己が馬をかたく抑えて……
見よ、黎明の太陽はその膝の辺りにかかりて綿毛を染むる薔薇色の斑点のごとく
狭霧しだいに薄れ行くよと思うまに、突如、
「約束の地」の、眩ゆき光り燦爛と、生娘のごとき全姿を顕わすを見たり。
そは湯上りの女体のごとく真青にて、水気したたるばかりなり

併し乍ら、これで全てが終ったのではない。いや、全てはこれから始まるのだ。神に対する人間の大いなる供犠が、人間的自由の生贄が未だ敢行されていないからである。「約束の地」をただ一瞬、垣間見ることをゆるされた青年クロオデルの前には、今までよりも遥かに苦しい荊棘の道が長く長く行手はるけく続いている筈だ。輝かしい愛の神の顕示に接した後に、人は必ず怒りの神の烈しい眉根にも接しなければならぬ。懈怠と困憊と、魂を喰う悲しみの苦渋が彼を待っている。そして何よりも恐ろしい数々の誘惑が……。しかし、宗教の道は宿命の道である。好むと好まざるとに拘らず、神に呼ばれ、「約束の地」にまねかれた人は、なつかしい全ての物事、なつかしい全ての人々に訣別して、ただ独り未知なる国に旅立って行かねばならぬ。而も、目的地だけは漠然とわかっていても、歩むべき道は全然わからないのだ。真の孤独と真の苦悶は、これから始まるのである。

もはや戯れんに由なし！　働くに
喜びなく、笑うに喜びなし！
心に愁いある人が、いま書きし文字を忘るるごとくに
われはものごとを忘逸し、何事かを待ちて久しく、わが無為の時は永し。

白日の光も夜の黄金色の燈火も我れを驚かし、
食らえば、パンは歯のあわいに止り、
語れども言葉なく、聾者なるに聞ゆ、
而も我が身に唯一つ残りたる驕慢の心すら、今やわれを見棄て去る。

……………………

全世界の黄金もわが貪慾を充たすこと能わじ、
水もわが渇きをいやすことなく、死も
また時も、永遠もなお終末を与うることかなわじ
わが悲願に、わが歓びとわが呵責に！

暗翳はわれに迫り、わが地上の日は残り少し。
過去は既に過ぎ去り、未来とてはなし！
さらば、稚き日よ！　さらば、われいまだ若かりし日よ！
貧枯の手わが頭《こうべ》を圧して、茲に荒寥たる時刻は来りぬ！

——（Vers d'Exil, I）——

はるばると生き来りしが、今は人々の騒擾の声わが耳にうとましく、
すべては終りぬ。われは独り淋しく、ただひたすらに待ち、のぞむ。
今やわが伴侶は汝《な》が朱色《あけ》の光りのみ
おお灯火よ！　われは裁かれし人の如くここに坐す。

既にしてわれ語ることを止めたり。ただ独り、虜囚の身となりて、
新しき持主の手に売り渡されし群羊のごとく、
ただ耳欹てて、全てを定むるいやはての時限、
運命の瞬間の来るを待つのみ

――（Vers d'Exil, II）――

信仰は霊魂の暗夜だと人はいい、そして、それは神と霊魂との闘争だとも言う。生きるか死ぬか、全てか無か、息詰るような悽愴な闘いが行われるのだ。信仰とは、この血みどろの闘争に於いて、人間が自己の最後の自由に至るまで、己が持てるもの悉くを挙げて惜しみなく神に献じつくすことによってのみ完成する。併し、かくも大いなる犠牲、かくも無慙な生贄を何人が易々として敢行し得るであろうか。かのノートル・ダームの体験を経た後、クロオデルはよくこの暗夜の体路《〔マヽ〕》に堪え

得たであろうか。惨烈な試練が四年間続いた。私達は右にその一部を掲げた抒情詩集「流竄の詩」の十篇を次々に辿ることによって、この四年間の彼の魂の歩みを手にとるごとく考察することができる。試練が終った後、一八九五年に至って、全過程を回顧追体験しつつ創られた「流竄の詩」こそ、詩と宗教的実存の秘義を解くべき鍵を提供する最も貴重な現代のドキュメントである。私は出来れば次のよき機会に、此等一聯の作品を分析することによって、神に目覚め、神と闘い、遂に神に屈服しつくす詩的霊魂の経験を明かにしたいと思う。

トルストイに於ける意識の矛盾性について

人間に於ける自然性、乃至は原始性の問題を一つの根源的なテーマとして提出した最初のロシア人はプーシキンだった。彼はこの問題を全露西亜人の前に提出したばかりでなく、身を以てそれを解決しようとした。「コーカサスの囚人」（Kavkázskiy Plénnik, 1820–1）に始まり「ジプシイ」（Tsöygánöy, 1824）を経て最後の傑作、「エヴゲーニー・オネーギン」（Evgéniy Onégin）に至る一聯の作品を通じて、此の天才的な詩人が意図したことは、少くとも思想的には、人間に於ける自然性の徹底的な追求にほかならなかった。

「ねえ君、理論なんてものは全て灰色だ。
併し生命の黄金の樹木は緑したたるばかりだ」

とゲーテのメフィストーフェレスは誘惑する。実際、文化的な近代都市に生活する「教養人」にとって、豊饒で多彩な自然は時として堪えがたいほどの魅惑を以て迫って来る巨大な力だ。永遠の生命に緑したたるばかりの大自然を前にして、けち臭い文化とか文明とか教養とかいうものを膚にたまった垢のようにきれいさっぱり洗い流して、素朴で健康な原始的自然の中にひと思いに飛び込んで行きたい衝動を、少くとも一度や二度は経験しなかった知識人がどこにあるだろう。ところで、露西亜の文化的教養人にあっては、此の衝動が外国人には一寸わからないほど猛烈で狂暴なのだ。それは文字通り一の恐るべき情熱であり、狂気である。プーシキンはこの自然性への露西亜的情熱に、ピョートル大帝以来はじめて明確な思想的形態を与えた。

併し不幸にして露西亜人の原初的自然性探究は完全な失敗に終ってしまう。それがプーシキンの悲劇だった。私は彼の作品系列に於ける自然探究のテーマのことを言っているのではない。プーシキンその人の悲劇性を指しているのである。そして此の悲劇はトルストイに至って巨大な形にまで拡大されて現われて来る。この点から見るとき、我々はトルストイの生涯を、一種の痛烈な悲劇的感情なしに読み通すことができない。

併しなぜ自然性の探究がそんな悲劇になってしまうのだろう。考えて見れば不思議ではないか。文化の病毒に腐蝕された大都市の生活を後に棄てて、原始的な自然の方にぐるっと向きを変えさえしたらそれで済んでしまうのではないか。何も大騒ぎするまでのこともなく、ただプーシキンの所謂「神の小鳥」になってしまえばいいのだ。

我等は自由の小鳥だ。さあ兄弟、飛んで行こうよ
彼方へ、白雪光る山巓が雲表に聳え立つあたりへ、

彼方へ、大海の涯が藍青にかすむあたりへ、
彼方へ、ただ風と自分だけが徜徉するあたりへ

ところが実際はそう簡単ではなかったのだ。文化と自然とを対立させて置いて、一方を否定し、他方を大きく肯定するというだけのことなら誰にでも出来ることだろうが、幸か不幸か露西亜的人間はそんな簡単に割り切れる人間ではない。自然性への衝動がはげしければはげしいほど、意識性への要求もはげしくなるような、根源的に矛盾した人間でそれはあるのだ。トルストイは此の矛盾を最も典型的な形で我々に示す。而も彼にあっては、それは単に思想的な矛盾ではなくて、全人間的な、全身全霊を挙げての主体的な矛盾なのである。この意味に於いて、トルストイは、露西亜的人間そのものの具象化の観がある。実際、彼こそは露西亜的人間の矛盾を己が一身に集めて体現する人間である。いや、こう言った位ではまだ言い足りない。彼は自ら正に一個の巨大な矛盾の塊りなのだ。トルストイ程に凄じい根源的矛盾に魂を引裂かれ、一生を通じて悩み続け、死の直前まで血みどろな闘争を敢行した人は世界にも類例が乏しく、まして露西亜には唯一人もいない。普通よく矛盾と苦悩の行者のように考えられているドストイェフスキーはトルストイに比べれば遥かに幸福な人間だった。なぜなら、たとえ表面は無数の思想、感情の矛盾錯綜によって千々に乱れてはいても、ドストイェフスキーの魂はこのような根源的な矛盾に引裂かれてはいなかったからである。彼の悩み多い魂はそっくりそのまま基督のものだった。その意味で彼は生前既に祝福されていた。

何の矛盾もなくただ自然性だけに徹底し切った人、まるで悠揚たる宇宙的生命の流れそのものに

化してしまったような溌剌たる自然人をトルストイは幾度かその作品の中に描いて見せた。例えば初期の名作「コサック」のエローシカ叔父は、人間に於ける自然性の窮極的なものを見事に受肉させたトルストイの素晴しい創造物の一つである。エローシカは原初的自然性の叡智の全き体現者だ。「自然が生きている。それと同じように人々が生きている。彼等は死んで、生れて、夫婦になり、また生れ、闘い、飲み、食い、喜び、そしてまた死んで行く。そこには、自然が、太陽や草や野獣や木々に定めて置いた条件以外に何の条件もありはしない。そのほかの法則なんていうものは無いのだ。幸福とは自然と一つに成ることだ」と彼は言う。エローシカ叔父は野蛮人で「のんだくれの、泥坊の、猟人」だが、併し彼はいつでも愉快で屈託がない。彼は「神様」以外に如何なる権威をも自分の上に許容しない。彼は無限に自由な人間だ。だからこそ彼にとっては、来る日も来る日も喜びの連続なのである。「俺は愉快な人間だよ。俺は一切の人が好きだ。俺はエローシカだ！」昂然として彼は誰にでもこう断言する。彼が全ての人を愛することができたのは、彼が一切の人間的な制約の彼方に生きているからである。人間のきめたものは、法律であれ道徳であれ、全て相対的な価値しか有たない。この国で善とされていることが隣国では悪とされる。罪だとか悪だとかうるさいことを言うのは人間の浅はかな智慧の仕業にすぎない。「俺の考えではな、何だってみんな好いんだ。全ては神様が人間のためによかれと造って下さったんだから。どこにも罪なんていうものはありはしない。嘘だと思ったらちょっと野のけだものを考えて見ろよ。けだもの達は韃靼人の蘆の中にも棲んで居れば俺等の国の蘆の中にも棲んでいて、神様の下さるものを腹一杯食べてるじゃないか。悪いことをすれば地獄へ落ちるの何のと面倒臭いことを言うのは俺達人間だけさ。俺の考えではそんなことはみんな出鱈目だ。人が死ぬ、其処に草が生える。それだけのことさ。」彼は一切の人を愛し、野や山のけものを愛し、世界を彼一流の大きな愛のうちに抱擁する。なぜなら全ては神の被造物だからである。彼には偉い文化人達が考え出したむずかしい神義論のようなものは無用の長物だ。神の存在の証明も要らなければ神学も要らぬ。一切を創造する神は絶対的に善であり、「愛」であるという素朴な信頼が彼にはある。彼は野性的な異教徒であって基督教徒ではないが、理屈っぽい文化的な基督教徒より遥かに根柢的に基督教の中核に近いところにいる。ゆらめく燭火の上を飛び交っては身を焼こうとする夜の蛾を優しく見守るエローシカ叔父のまなざしには、言葉には一寸言い難いような或る深い宗教的な愛の光りがきらめているのだ。勿論、彼は慈悲深いばかりではない。彼はすぐれた猟人だ。彼は毎日のように獣を殺し、時には人間をも殺しさえする。併し彼にあっては、不思議なことに、さきの愛の行為と此の恐るべき虐殺行為との間に何の矛盾もありはしないのだ。恰度、自然そのものが、人間に対して或る時は残虐であり、或る時は慈愛深くあって、しかも其処に何の矛盾もないのと同じように、エローシカ叔父に於いても全てが宏大な調和を保ち、全てが人間的意識以前の原初性の裡に安らいでいるのである。

エローシカ叔父に体現されたこういう自然性を、人は屢々単なる享楽主義や背徳主義、アナーキズムと混同した。併しそういう解釈は根本的に間違っている。表面的には、ほんの紙一重の差に過ぎないが、精神的には絶対に不可踰の溝渠が在る。トルストイが言いたいことは普通の無道徳主義とは程遠い。それは似て非なるものであり、属する秩序が全く違う。トルストイの自然主義の裏には大きな自然体験が、一種の宇宙的生命体験とでも呼ぶべきものがある。敢て言うならディオニュソス的万有体験と呼んでもよい。そういう体験の裏付けがなければ、それは下らない未開主義、野蛮人讃美になってしまうのだ。ルッソーが有名な「自然に還れ」をひっさげて自然主義を主張した時、ヴォルテールは「貴下の著書を読む人はきっと四つ足で歩きたくなることだろう」と皮肉った。

ディオニュソス的万有体験というのは、簡単に言えば、全宇宙を貫流している永遠の生命をじかに自分の胸に感得して、一切のものと完全に融和する或る異常な体験である。元来、主客の矛盾・対立によって成立する分裂的な人間意識はそこでは消滅して、それとは全く秩序を異にする別の意識が現出する。その瞬間、全宇宙は光りの海となる。全ては輝くばかりの生命に充ちあふれ、全世界が生命の大海となる。此処では一切の個人の生とは、この宇宙的生命の一個処がちょっと結ばれただけのこと。そして死とはその結び目が解けるだけのこと。「死ねば墓に埋まり、その上に草が生える」ただそれだけだ。そしてそれで好いのだ。何故なら全てが洋々たる生命の大海のさざ波にすぎないのだから。

モスコウ社交界の花形だった青年オレーニンは、ふとしたことから文化的生活の「虚偽」に気付き、大自然の荘麗な風光の中に身を投げ入れることによって、心に積った一切の虚偽を洗い落そうとコーカサスの山中に独り入って来る。オレーニンは小説「コサック」の主人公であり、作家トルストイ自身の写像でもある。彼はカウカサスの崇高な山気に身も心もとっぷり浸って、生れてはじめて積極的な自己肯定ということを知る。モスコウに残った友人に彼は軽蔑し切ったような調子で一種の絶縁状を叩きつける。「今の僕から見ると、君達は胸のむかつくような、憐れな人間だ。君達には幸福とは何かも、生きるとはどういうことかも全然わかっていない。一度は全く人為というものの加わらぬ美の中に生きて見るがいい。……そうしたら君と僕とのどちらが破滅の道を辿りつつあるのか、どっちが真実に生き、どっちが虚偽に生きているのかがわかって来るだろうよ。僕の目から見ると君達は実に穢らわしい情ない奴等なんだ。君達は完全に騙されているんだ。」彼がこんな気持ちになるのも無理はない。都塵を遠く離れた此処、カウカサスの山奥で、素晴らしい自然の雰囲気の只中で、彼はエローシカ叔父の人格に触れ、次第にその感化を受けて自分も全き自然的人間になり切ってしまった――少くとも成り切ってしまった積りな――のだから。彼は原初的自然と完全に融合一致する異常な瞬間すら体験する。晴れ渡った暑い南国の真昼時。おびただしい野獣と無数の昆虫に満ちた原始林の静寂の裡には、怖ろしいような生命の氾濫がある。オレーニンは昨日、エローシカ叔父と一緒に通ったとき鹿が寝ていた場所まで来て、その窪みに身を横たえて見る。あらゆる人間的想念が、一切の人間的意識が彼の頭から消えてしまう。突然一種異様な感覚が彼を襲う。歓喜とも恐怖ともつかぬ狂気のような忘我恍惚でそれはあった。「すると俄にオレーニンは一切の生きものに対する限りない愛を感じて、実に不思議な、わけのわからぬ幸福感にひたされたのだった。子供の頃からの習慣で彼は十字を切り、何者かに向って感謝し始めた。」彼のまわりには無数の蚊がブンブン唸りながら群れ飛んでいる。彼はその鳴声をじっと聴きながら、この蚊の一匹一匹が皆、私自身なんだ、一個のドミトリー・オレーニンなんだ、などと思う。「すると突然、ぱっと彼は悟る。自分はもう露西亜の貴族ではない。モスコウ社交界の花形でもない。誰かれの友人でも親戚でもない。今自分のまわりに生きている蚊であり、雉子であり、鹿なのだ、ということを。」この瞬間はじめてオレーニンは、「死ぬ――草が生える、それだけのことさ」というエローシカ叔父の言葉の本当に深い意味がわかる。一切の文化的意識が跡かたもなく消え失せたその瞬間、万有を貫いて流れている永遠の宇宙的生命が彼の魂にじかに触れたのだった。

併し情ないことには、せっかくこれほどの体験をしながら、オレーニンは其の境地にいつまでも留っていることができない。オレーニンは結局エローシカには成り切れなかった。彼の裡には相変らず二人の人間が住んでいて、憐れな主人公を右と左に引裂くのだ。彼は自然人的無意識からすぐまた「我れに還」ってしまう。言いかえればすぐに意識的人間に逆もどりしてしまう。するとたちまちにして彼は彼の所謂「キリスト教的完徳」の空念仏を唱え出す。「愛だ！　自己犠牲だ！　人は自己のために生きるのではなく、他人のために生きなければならぬ曰々」と。こんな空虚なお題目を唱えない方がどれほど「キリスト教的」だか分らないのに、意識的人間としての彼にはどうしてもそれが分らない。そしてオレーニンのこの自己分裂こそ、ほかならぬトルストイ自身の悲劇であったのだ。トルストイの後半生を恰も偽聖者のようなあやしげな後光で照らし出す、かの「キリスト教的」説教の全てはここから出て来るのである。意識しないとき、彼はひとりでに真の自然的人間になる。だから彼のソフィヤ・アンドレーイェヴナとの結婚生活には、どことなく偉大なものがある。ところがその彼が例のお得意の「思索」をし始めるや否や、忽ち矮小な文化人になりさがってしまうのだ。意識的に自然人になろうとする時、彼は最も不幸な人間になる。強烈な死の恐怖が彼をとらえ、「自分の前には破滅以外のなにものも無い」ことを悟って戦慄する。あの、長い生涯を通じて、トルストイは最後の死の瞬間まで、人間意識のこの根源的矛盾を超越することができなかった。

神秘主義のエロス的形態

——聖ベルナール論

第一章　ベルナールの歴史的位置

逝く年を送り、新しき年の到来を迎える歓びの鐘声のように、クレールヴォー修道院長ベルナールの名は、六百年の伝統をもつ教父時代の終局と「中世ルネサンス」の輝かしき誕生とを告げ語りつつ西欧精神史の空高く鳴り渡っている。それはまさしく中世期のさわやかな黎明を告げる鐘の音だ。いや、人が若し飽くまで中世を「暗黒時代」と呼び、今なお「中世の夜」に就いて語ることを止めないのならば、我々はむしろベルナールを以て迫り来る中世の暗翳を告げる晩鐘に譬えてもよい。前後を囲む古代ギリシアと近世ヨーロッパとに比する時、中世期は確かに一つの長き夜であり、而も此の夜の精神にこそ中世期のあの堪えがたきまでの魅惑と絶大な意義とがひそんでいるのだから。併し乍ら此の蕭索たる夜空には、無数の星々が、皎々と、あたかも光の薔薇のように明滅しつつ煌いているのだ。而も中世の夜の黒きとばりは、「夜は深い。白日が考えていたより遥かに深い」と叫んだかの狂憑の詩人の言葉のごとく、人々が考えているより遥かに宏遠で、底知れぬ太古の沼のように深いのだ。そしてこの幽邃な夜の風景がベルナールの名と共にひらけて来るのである。

近時、中世思想史研究の進捗にともなって学者はしきりに「十二世紀ルネサンス」なるものを主張し始めたが、それと共に、此の所謂十二世紀ルネサンスの一大中心人物として、聖ベルナールの巨大な姿がようやく人々の眼前に髣髴と浮び上って来た。ミスティークなしに中世精神を論ずることができないとすれば、その中世のミスティークをベルナールなしに我々は考えることも解明することもできないのである。実に中世神秘主義の伝統はベルナールに濫觴し、ベルナールの精神に支配されている。そして、神秘主義こそ中世期精神生活の中核なるが故に、この意味に於て、ベルナールの観想精神は全中世期を支配しているとも言えるのである。いや、全中世期ばかりではない。ひとたび彼によって高らかに打ち鳴らされた警鐘の響きは、遠く中世の地平を越え、近代文明の喧燥と相闘いつつ、遂に現代にまでその殷々たる永き余韻の尾を曳いて、至るところに、神を忘れた痴呆の人々の胸の琴線を撲ち、彼等の魂の奥底に堪えがたき神への郷愁を添加して止まないのだ。

聖ベルナール！　この懐しき名を耳にするたびに、如何に凄まじき愛の渦潮が我等の胸底に湍ち湧くことか。如何に熾しき神への思慕が我等の魂の裡に燃え上ることか。まことに amor ardens「炎々たる愛」の一語こそ、此の偉大なる聖者の全人格であり、全思想であり、全生命、全精神なのであった。

かくて聖ベルナールは二つの異る面貌を以て我々に迫る。人は彼の意義を二つの価値秩序に於て評価しなければならない。すなわち、一は時代史的意義に於て、他は永遠の意義に於て。而も此等二つの(窮極的には完全に帰一すべきものながら)明確に区別された側面の双方に於てベルナールの位置は殆んど比肩するものなき稜々たる高みに在るのだ。

第一の時代史的観点に於て、ベルナールの占める絶大な意義を今日疑問とする者は最早一人だにないであろう。ベルナール神秘主義は明かに中世精神の一基石である。中世カトリシスムの四代表者として、ベルナールとトマス・アクゥイナスとアッシージのフランチェスコと詩人ダンテとを挙げるハイラーの選択(F. Heiler: Der Katholiz smus, seine Idee u. seine Erscheinung)には学者夫々立場を異にするに従って種々の異論もあろうが、少くともクレールヴォーの神秘家とアクゥイノの俊才とは何人の選択からも洩れることはあり得ない。此等二人の聖者なき中世思想は宛ら灯なき夜舟、柱なき家屋にほかならないからである。そして、聖ベルナールに帰さるべき此の絶大な史的意義は、ただ単に彼が中世神秘主義の源泉であった事実や、或はハルナックの説くように彼が十二世紀を代表する宗教的天才(Harnack; Lehrbuch der Dogmengeschichte III, S. 342――Bernhard ist das religiöse Genie des zwölften Jahrhunderts und darum auch der Führer der Epoche――尤も此の碩学はベルナールの「天才」の在処をものの見事にとり違して了うのだが)であった事実からばかり来るのではない。神秘主義界に人多く、むしろ多士済々たる状態にあった中世期であってみれば、単に天才的神秘家であるという事実のみを以てしては決してこれほどの尊崇の席に座することはできない。観想的生の実践に通徹し、斯道の奥儀を極めつくした達人は中世期には寧ろ数えきれない程多く在るのだ。現にベルナールの極く身近なところでは、彼と人格的にも思想的にも実に浅からぬ因縁にあった聖ティエリ修道院長ギヨーム(Guillaume de Saint-Thierry)や、遠くはフランシスコ会の重鎮ボナヴェントゥラの如き例だけを採って見ても、此等の人々はいずれも神秘的体験の深さに於ていささかたりともベルナールに劣るところはなかった筈であり、更に原体験を反省しつつロゴス面に移して行く体験思想化の仕事にかけては、余りにも情熱的、いや激情的なベルナールより却って遥かに優れている点さえ少くないのである。故に、数ある中世神秘家のうちで、特にベルナールに比類なき史的意義を与えるものは神秘家としての彼の性格そのものではなくして、寧ろ彼の神秘主義が、時代転換期の運命的な岐路に立ちつつ、身を以てその大転換を激成し而もよくこれを敢行し超克してゆくかの雄大なる時代史的光景に存するのでなければならない。事実、彼の神秘神学は謂わば十二世紀の危機神学であった。それはまさしく西欧精神上の一大転換期に、文字通り一つの危機《クリシス》に、立つ神学であった。而も教父時代から中世期へのあの荘厳にして重々しい舞台旋廻の枢軸をなすものこそ、ベルナールその人の精神にほかならないのである。彼こそは、光栄ある永き伝統の一切の重みを己が一身に受けとめつつ、その急湍の水を豪放に、強引に、一転せしめ、これを新しき時代に媒介する魁偉勁抜な人物だ。

かくて、アウグスチヌスはもとより、アンブロシウス、ヒエロニムス、大グレゴリウスの名に燦然と輝く六百年の教父伝統は、ベルナールを通過すると共に、或る全く新しき流れと化し、新しき地平の彼方を目指して、渺茫と流れ行くのである。此の意味に於て、ベルナールと比肩する精神史的位置を占めるものは、恐らく、嘗て全古代の精神的遺産を基督教思想に媒介した聖アウグスチヌスと、後に全中世哲学の伝統を転じて近世哲学を創成するデカルトの二人あるのみではなかろうか。
かくして、ベルナールは二つの時代の岐路に立つアウグスチヌスやデカルトと等しく、過去を指し示す方向と未来に向うそれとの二重の複雑な性格を以て我々の前に聳え立っている。そして、其等いずれの面に於ても、彼は実に偉大な人物なのだ。言い換えるならば彼は教父伝統の終尾を充分なる資格をもって飾る「最後の教父」——ultimus inter Patres, primis certe non impar とマビヨンは言う(Mabillon: Praefatio generalies)——であると同時に、身を以て新しき時代をひらく開拓者なのである。また、さればこそ、ベルナール神秘主義の思想的構成要素と、その表現法とは大部分アウグスチヌスや其他の諸教父の著作中に殆んどそのまま見出されるにも拘らず、そして彼自らも先行諸師によって既に教示されたもの以外の如何なる新説をも提出しなかったことを己が誇りとして屢々喜ばしげに確言しているにも拘らず、其等一切の旧き素材は、ひとたびベルナールの情熱の深潭をくぐるや、忽ち錯雑の相を脱して変貌し、異常なる照明を浴びて燦爛と浮び上って来るのだ。そして茲に生じた全く新しきものは、嚮に挙げたベルナールの第二の意義、永遠の意義に直ちにつながって行くのである。

聖ベルナールの永遠の意義——それこそ彼の神秘主義そのものの内的意義でなくて何であろうか。

彼は実に徹底せる、そして恐らくは最も純粋なる神秘家であった。神秘主義を措いてベルナールの意義はあり得ないのだ。併し乍らただそれだけではない。彼は偉大なる神秘家であると同時に、偉大なる教師でもあった。彼は自ら窮極的「真理」の体得者であったばかりでなく、その「真理」をして語らしめる稀世の才藻に恵まれていた。それは、かの蕭然たるカルヴィンをして遂に「ベルナールがその著『省察録』に於て語るを聴けば、あたかも真理それ自体が語るかの如き観がある」(Bernardus in libris *de consideratone* ita loquitur, ut Veritas ipsa loqui videatur—Instit. IV, cap. 11) と嘆ぜしめねば止まぬ程の才能であった。されば詩人ダンテが、祝福に輝く天国遍歴の途の終端にあたって、神性の秘義を窺見せしめる最後の導師としてベルナールを選んだことは決してただかりそめの思い付きではないのだ。教義的に言えば正に三位一体の秘義開顕に該当する此の深玄幽邃の奥域にまで人を導き入れる導者の役をベルナールほど見事に果し得る天生の師はほかにはないのだ。茲に至っては、かの煉獄の終尾以来ヴィルギリウスに替って、はるばる詩人を案内し来った「永遠の女性」ベアトリーチェすら教導の任を此の「黙想の翁」に譲らねばならぬ。

今や詩人の立つ処は既に第十至高天エンピレオ、彼は諸天使、諸聖徒の燦爛たる光の波の漲り流れる円環と化して揺曳する全天国を一望の下に俯瞰する位置に在るが、未だ彼の目は煌々たる光の源泉、かの「永遠の生ける光」(luce etterna, vivo lume) を直視し得るまでに透徹し切ってはいない。一刻も早く神性の玄義に触れんものと心は焦燥に燃え、ベアトリーチェの優しい教導を促すためにふと見返る時、意外にも永遠の女性の姿はいずこかに消え去って、其処には一人の見知らぬ老人が温顔にこやかに立っていた。
　すでにして天国の全景は
　　わがまなこの望見するところとなりしかど
　　未だその各処をば諦観するに至らざりき。
　されば燃ゆる念いに駆られつつ
　　未だわが心の看徹し得ぬ事どもをば
　　問わましと願いて我が貴女の方をふりかえりぬ。
　燃るに意外や、わが思いとは異りて
　　ベアトリーチェをこそ見んと思いしに、図らずも一人の翁の
　　栄光の民にふさわしき（純白の）衣をまといて立つを見たり。
（Div. Com. Par. XXXI, 52–60）
かくして、「その両の目と頬には慈愛にみてる歓喜みなぎりあふれ、その温雅なるものごしは優しき父にもふさわしき」（diffuso era per li occhi e per le gene di benigna letizia, in ato pio quale a tenero padre si

convene—ibid.）此の白衣の翁がベアトリーチェに代って詩人を窮竟の神的高みにまで導き行くのである。

併し乍ら、ひるがえって惟うに、聖ベルナールをしてかくまでも比類なき天国の導師たらしめたものは、畢竟、彼の神秘主義的体験の強烈な特異性と、その神秘思想の本質的性格とに存するのでなければならない。事実、ベルナールの神秘主義は、思想的にも体験的にも、極めて濃厚な、一種異常な情念的雰囲気に沸きたぎっている。それは同じく神秘主義ではあっても、明徹清澄なるかのギリシア的テオリアとは一見、似ても似つかぬ情熱の嵐だ。灼熱の火焰の奔騰だ。人は其処に殆んど肉体的な激痛をすら感ぜしめる官能的な、濃艶な恋の眩暈を感じる。魂の深部にどこまでも滲み込んで行く甘美を極めた愛の懊悩が其処には在る。ベルナールの神学に叙情的な基調を与えるsuave vu nus amoris「甘美な恋の傷痍」（Bern. In Cant. Serm. XXIX, 8）の、身も心も溶けんばかりの官能性を、古代ギリシアの人々はただ地上の恋に於てしか識らなかった。ヘラスの抒情詩人達が優婉なるリラの調べを競うて歌い続けた「恋の悩み」のテーマはいずれも純粋に人間的な地上的な恋の情炎であって、神を慕い神を憶う魂の霊歌ではなかった。もとより、古代ギリシアの人々が、熾烈な神への愛を識らなかったというのではない。絶対者への焦心に苦しくも身悶えする憧憬の切なさを識らなかったというのではない。ただ、彼等にあっては、神を対象とする愛は飽くまで愛であって——若し欲するならば、飽くまで哲学的であって、と言ってもよい——地上の人を対象とする場合の如きなまなましい官能性を有ち得なかった。言い換えるならば、神への愛が、悩ましい神への「恋」に変貌する異常な瞬間の蠱惑を彼等は経験しなかった。さればこそ、その性格上かかる情熱的愛の意義を解すること全ギリシア人中に在って最も深かったプラトンが、神秘主義的主体性形成の実践的論理として、弁証法の途に代る「愛《エロス》」の途を樹立した時ですら、出発点のみは同じ地上の愛の情念でありながら、ひとたびそれが地上を一歩超脱し始めるやいなや忽ち知的観想と化して、遂には玲瓏透徹せる最高イデアの直観に窮極するのである。然るにベルナールに於ては、神への愛はやがて神への恋となり、恋は恋に伴う一切の懊悩と一切の歓楽の交錯の裡に進捗して、この道は窮極するところ遂に「恋の完成」へ、「結婚」へ、生ける人格者同志の愛の合体へと魂を導いて行く。私が本論に於て、神秘主義のエロス的形態と呼ぶところのものは、まさしくかかるベルナール的神秘主義の体験的・思想的形態をいうにほかならない。そして又、神秘家としての聖ベルナールの内的意義は正にこの一点に懸っているのである。

ギリシア的愛の神秘主義と基督教的愛の神秘主義とが、両者共に全く同一なる愛の情熱を基盤とし、そこから出発しながら――プラトン的愛の神秘主義の出発点が完全に人間的な、というより寧ろ浅ましいまでに人間的な肉の愛慾であると同じく、ベルナールに於ても神秘主義の道は、原罪的な人の「悲惨《ミゼール》」の最も端的な具現ともいうべき cupiditas から始まるのである――而も此等二つの道は共に窮極の存在者にむかって自己超越的に向上して行くのに、その超越性の形態がかくまでも対蹠的である事実は、両者の理解と評価の上に極めて意義深いものと言わざるを得ない。ベルナールに於て愛の神秘主義は、何故に神への「恋の神秘主義」となったのであろうか。それは此の神秘主義が、ヘブライズムの系統をひく人格神宗教の烈々たる信仰の世界に生育したからである。宗教の両極をなす絶対者と相対者とが、神と人間とが、共に根源的な人格的存在であるような信仰の地盤に於てのみ、ベルナール的神秘主義の形態は理解される。一方は絶対的超越者の尊位にあるに反して、他方は微々たる相対者に過ぎぬとはいえ、両者共に生ける人格者として、人格者対人格者の確乎たる自覚のない処に、どうして恋の悩みや恋の歓びが、恋の成就や婚姻が考え得られよう。つまり、エロス的形態に於ける神秘主義こそ、一神教的人格神宗教にとって最も特徴的な神秘主義なのだ。このことは、エロス的形態は神秘主義のヘブライズム的形態であると言ってもよい。元来、神秘主義それ自体は、人間精神の窮竟の深みに存する根源的事態として、ジンメルの言うように哲学・芸術はもとより宗教をすら一歩超えて寧ろそれら一切のものの源泉をなす「彼方なるもの」であって、その顕れは実に全世界的であるが、事実、歴史上、神秘主義は、ただ強烈な一神崇拝、すなわち生ける愛と怒りの主としての神へのなまなましい信仰の裡に於てのみエロス的形態を採り得たのであった。具体的に言えば、ベルナールによって象徴されるような神秘主義のエロス的形態は、西洋に於てはただ基督教、東洋に於てはただ回教（スーフィズム）にのみ興り得た、いや、ヘブライズムの正嫡たる此等の二大宗教に於ては興らざるを得なかったのである。基督教にとっても回教にとっても、神秘主義の歴史的源泉は外ならぬギリシアの観想精神であったのだが、当のギリシアは、前述の如くこれに最も接近したプラトンに於てすら、神秘主義のかかる特徴ある形態を知らなかった。もとより、ギリシア的観想は、かく人格神的信仰によって屈折される以前の純粋な形そのままでも基督教・回教に導入され、愛の神秘主義とは別の流れとして継承されて行くのであって、この系統の神秘主義が例えば基督教の方では聖トマス形而上学の体験的基盤を成すのであり、これもまた決して非基督教的ではないことは、ダンテ神曲のあの荘麗な形象のみによっても明瞭であるが、併しそれにしても形而上学的テオリアは、飽くまで基督教内部に於けるヘレニズムであってヘブライズムではない。同じギリシア的純粋観想が人格神信仰の濃厚な空気の中でエロス的に屈折して愛の神秘主義（恋の神秘主義）となるとき、はじめて神秘主義は純然たるヘブライズムに融化するのである。

かくして我々は、神秘主義の歴史的形態を考究しつつ、遂にかの「ギリシアの神」「ヘブライの神」の問題につきあたる。併し乍ら此等二つの神を無条件的に鋭く対立せしめる類型学的な考え方は果して事の真相に照応しているであろうか。従来、人はこの問題に対して屢々あまりにも類型学的な結論を急ぎすぎはしなかったか。擬人神観的表象が時には殆んど怪奇《グロテスク》な印象をすら与える不気味な、魔霊的な出エジプトの妖神ヤーヴェに並べて、永恒不変、単姿単相の絶対者、一見しては抽象性の極限に位置するごとき所謂ギリシアの哲学神を対比対立させただけでは、人は「ギリシアの神」「ヘブライの神」の対立の深義を根本的に把握することはできないのだ。いや、それよりも第一に、『神』すなわち生ける絶対者は文字通り絶対的な一者であって、事の本質上そこにはギリシアの神もヘブライの神もあり得ないのだ。全宇宙に瀰漫する悠久の生命の創造的主体、尽天尽地一切万有の主たる神自体に、一体どうしてギリシアとヘブライとの区別があろう。議論好きな神学者等は茲でもまた、自分達の些々たる人間的智恵の区別を神そのものの中にまで持ち込んで来た。あたかも彼等の学問にとって重大な価値を有する差違区分が、神自らにとっても当然重大な意義を有つかのように。併し乍ら、ギリシアの神とヘブライの神の区別は神そのものの区別ではなくして実は人間の区別なのであった。神の側に差違があるのでなくて、神に対する人間の態度に根本的な差違があるのだ。若し欲するならば、ギリシア人とヘブライ人との神感覚が根本的に違うと言い直してもよい。ともかく、問題は人間学であって神学ではないのである。而も、両者の神感覚（従って神表象）が根本的に違うと言っても、それは双方が共に夫々の途を行くところまで行きつくした結果に就いてそうなるのであって、両方向を各々その始源まで辿って見る時、そこに我々が見出す神表象は、一般に類型学的な第二次的叙述によって予想されるところとは違って、意外に近いところに立っている。

従来この問題を類型学的に取扱おうとする人は、プラトン的イデアの窮極者「善のイデア」や、アリストテレスの「思惟の思惟」に極めて浅薄皮相な外形的解釈をほどこして、そこから彼等の所謂「ギリシアの神」なるものを捏造して来るのであるが、此の一見しては抽象的死物にも等しいギリシア哲学の神の背後に、実は脈々たる信仰の神が伏在していることを私は前著（「神秘哲学」第一部ギリシア、昭和二十四年刊）に於て示そうと試みたのであった。そして、最も理性的、最も抽象的な哲学に於てすら果して然りとすれば、ましてや哲学の世界を一歩外に踏み出せば、春光穆々たるヘラスの全天地は生ける神々の人間的な、いな余りにも人間的な臭気にむせかえるばかりなのだ。

ギリシア人にとってもヘブライ人にとっても、神は「生ける神」すなわち人格的神以外の何者でもあり得なかった。それにしてもギリシアは多神教であり、ヘブライは一神教だ、というなら、試みに旧約を繙いて預言書以前の初期歴史文献を通読するがよい。人はそこに、イスラエルの神ヤーヴェが単なる一小部族の神であり、モアブの神、ペリシテの神、アンモンの神等々多数の異神と並存してそれ等と拮抗相剋する軍神の一に過ぎぬことを認めるであろう。此の多数の中の一者、些々たる一部族神が、預言者の信仰を通過することによって唯一なる神となり、かの荘麗なる世界神の独一性を獲得するに至るまでには、長い年月にわたる発展の経路があるのだ。独一性の道と形態こそ違えギリシアとてもやはりこれと異るところはないのである。プラトンやアリストテレスの哲学神は、要するに、生ける絶対者の絶対性を、つまりその独一性を、冷酷な峻厳なロゴスの抽象化作用によって、極限にまで逐いつめて行ったものにほかならない。ギリシア哲学の神は、かの天才的なるヘラスの哲人達が、イスラエルのこれまた天才的なる預言者達とは全く相反する方向にではあるけれども、併し同じ窮極の絶対者を、人間的知性に許された最後の一線まで追求した結果なのであった。而もこの荊棘に満ちた道程に於て、彼等もまた、イスラエルの預言者達と同じく、同胞の魂に奥深く根を張った多神教的傾向と執拗な闘争を続けねばならなかった。

ギリシア哲学は、ギリシア神話とは全く違った別の世界、いなそれどころか、芸術的なこの民族の精神を端的に代表する神話の多神的世界に真向から拮抗し、これを無智蒙昧なる民衆の迷妄として一挙に蹂躙し去らずんば止まぬ烈々たる情熱から生れ出た世界であった。そして此の怖るべき意欲のパトスは彼等哲人達の胸深く燃える「生ける神」への信仰に根差しているのである。従ってギリシア哲学は、宗教的には純乎たる唯一神教である。ただ事実上、それは宗教ではなくして哲学であるにすぎない。哲学ではあるが、宗教的に裏返せばそれは直ちに絶対的唯一神教なのである。人はギリシア哲学の本質を理解する上に於ても、また所謂ヘレニズムとヘブライズムの比較考察を行うに際しても、この事実を深く心に銘記して置く必要がある。完成した結果のみを見れば殆んど凌ぐに由もない溝渠をへだてて相対峙しているとはいえ、その根源にまで遡れば、ギリシアの哲人達とイスラエルの預言者達とは意外に近い処に居る。そしてこのような奇異なことが抑々可能であったのは、両者の根底に生ける絶対者そのものの生命が滾々たる永遠の泉のごとく湧出しているからでなくて何であろうか。

後に基督教を通じて逢合し、今日に至るまで或は闘い或は相結びつつヨーロッパ文化の二大契機をなすヘレニズムとヘブライズムの遠き父祖、ギリシア民族とヘブライ民族とが、共に最初から、生ける神の生命に対する異常な感覚をもって現れ来ったことは、人間精神の歴史にとって詢に意味深い事実と言わなければならない。併し重要な一致はただこれだけではないのだ。更にはるかに意味深いのは、此等の両民族がただ神的生命を感得する異常な能力を先天的に有っていたばかりでなく、此の特殊な感覚を以て捉えた、否、捉えざるを得なかった、凄まじくも圧倒的な神の生命力を、ギリシア人もヘブライ人も共に人間的形態に於てのみ感受し、且つ人間的形態に於てのみ表象したという事実である。私はいわゆる擬人神観のことを言っているのだ。擬人神観こそ、ギリシア人にとっても、またヘブライ人にとっても、真に民族の魂に根差した唯一つの神観であった。而も彼等の神感覚は異常に鋭敏であり、従ってその感受する印象の激烈さもまた想像に絶するばかりであるが故に、これを表現する擬人神観的形象は当然屢々狂激にはしり常規を逸脱せざるを得ない。かくして、ギリシア悲劇や旧約聖書の、あの人間的な、と言うも未だ足りず寧ろ破廉恥な程度にまで人間的であり過ぎる神の描写が生れて来るのである。敬虔な基督教の信徒でも、余りに繊細優雅な感受性を有する人には旧約聖書の初期資料の、あの凄まじい露骨さには殆んど堪えられない場合があるのも決してあやしむにはあたらない。中世期以来、永らく西欧人の聖書読誦のテクストをなして来たヴルガタの、謂わば中性化され、毒気を抜かれた訳文では分らないのだが、人が旧約聖書を直接に原典で繙く時、その第一頁から、言うに言われぬ強烈な人間的臭気が、いきなり、まともに吹きつけて来て、思わず慄然と立ちすくんでしまうことがある。それ程までに此の擬人神観の世界には妖しくも不気味な雰囲気が深々とたち罩めているのだ。併し乍ら、このような印象は必ずしも旧約だけのことではなく、ギリシアでもやはり同じことである。哲学の浄域を除いた残りの広いギリシアの空は、人々が普通常識的に考えているほど清澄でも明徹でもない。理念的にはまことに幽渺として玲瓏たる光一色の世界である筈なのにギリシア的世界の地平には、濛々たる擬人神観の暗翳ひくく垂れて、この世界もまた陰鬱で不気味である。そして此の国を支配する神も、旧約の神に劣らず極端な専制君主であり、神学的に言えば絶対意志、絶対恣意（自由）である。ルドルフ・オットーの有名な術語で表現するなら、両者共に著しくヌーメン的であると言ってもよい。

「我れヤーヴェ（エホバ）、汝の神は『執念深き神《エール・カンナー》』にして、凡そ我れを憎む者あらば父の罪を三代の子孫、四代の子孫に至るまで復讐して止めず、また凡そ我れを愛し、わが誡命を守る者には千代の末孫に至るまで恩恵をほどこすものなり」

（Exod. XX）

と、物凄くも自ら宣するユダヤの神の姿には何処となく一種異様な魔性の妖気が濃厚にただよっているが、この点に就いては、

「……げにゼウスは飽くまで執念深く、
鉄石の如き意志を強行して
目指す相手を倒屈し、遂に
己がおもいをとげるまで止めることなかるべし」

（Aesch. Prom. 162–165）

とうたわれたギリシア悲劇の「執念深き」神にも、それに劣らぬ不気味な魔性の面影がある。併し

乍らこの原始的な、露骨なほど人間的な神表象が、結局、一種の仮の表象形態であり、かかる粗野で醜悪な人間的形態の下に、本当の、絶対に人間を超越した生ける神がひそんでいるのだということを、すなわち擬人神観は畢竟するに神的生命の不完全きわまる象徴に過ぎないということを、ギリシア人もヘブライ人も悟り始める。そしてこの理解は、ギリシア人に於てはイオニアの哲学発生と共に、ヘブライ人にあっては荒野に叫ぶ預言者の出現と共に、急に明確な意識となって行くのである。神を表象する人間的形態は、もともと絶対に表象することのできない神の生ける姿を強いて表象するために止むなく使用される手段であって、このような表徴形式の奥にひそむ真の神は如何なる意味に於ても人間的な何者かなのではないということを人は痛切に感じだした。これはヘブライズムの考え方を以てすれば、人は神を人間的にしか表象できないにしても、神そのものは人間的なのではなくて、人格的なのだということである。茲で「人間的」ということと、「人格的」ということは、近いようであるが実は両者の間には絶対不可踰の懸絶がある。従って、ただ表徴としてのみ意味があるところの人間的形態を、象徴としてでなしに、謂わばじかに神に適用するなら、それは神への恐るべき冒瀆でなくて何であろうか。故に擬人神観は、象徴的に深化されぬかぎり、一つの大きな『嘘』となる。然るにギリシア人もヘブライ人も、原初的段階に於ては、共にまさしくかかる大嘘を以て満足し切っていた。茲に於てかギリシアの哲人達は、世人の愚痴蒙昧に対して霹靂の咤声を発して覚醒を求めつつ、自ら卒先して此の冒瀆的『嘘』の要素を払拭し去ろうとする、謂いかえればギリシアの神像から一切の人間的要素を一点一劃の容赦もなく除抜しようとするのである。かくしてギリシアの哲学的知性は、民族古来の宗教的伝統に傲岸不遜な怒罵を浴せつつ、真の唯一なる神を求めて、一歩一歩、純粋観想の体験を深め、遂にこの非人間化の極限に至って一見抽象性の極致のごとくにも思われる絶対者テオリアに到達する。併しこの過程そのものの仔細は、前著の根本的主題として既に詳しく検察したので、茲に再び繰り返す必要はない。ただプラトンの「善のイデア」やアリストテレスの「思惟の思惟」が単に思弁的要請によって措定された抽象的原理のごときものではなく、その根底には儼乎として「生ける神」の恐るべきまなこが爛々と燃えていることを指摘できれば十分である。然るにヘブライ人は、等しく原始的な擬人神観から出発しながら、而もギリシア人の場合と同じく神をそのまま直ちに被造的人の一種——仮令いかほど高級な人間としてであるにせよ——と考えることの如何に嫌悪すべき神聖冒瀆であるかを痛感しながら、ギリシア人とは全く相反する道を採って擬人神観を完全に象徴化するのである。すなわち、ギリシアの哲人達が、神から一切の人間的被覆を除去することによって謂わば神を純粋化せんとするに反して、ヘブライ人は擬人神観に纏綿する人間的要素を排除し払拭することなく、それらをそのままに留めて、その人間性をいよいよ深化して行った。旧約から新約に通じてヘブライ宗教の根源をなすかの人格神は、こうして擬人的神の人間性をその極限にまで逐いつめて行った結果に他ならない。そして、このようなことが抑々可能であったのは、嚮にも述べた通り、原始的ヘブライ人の粗笨きわまる擬人神観の基底にも絶対者の偉大なる生命が脈々と搏動していたからなのである。

かくて、ヘブライズムに於ては、ギリシア哲学にとって全然不可能なことが可能となる。ギリシア哲学の道は、擬人神観の含有する人間的要素を悉く否定排除する道であったが故に、事の本質上、そこでは神と人間との人間的関係ということは、たとい人格的関係にまで深められ昇華されたにしても、最早絶対に成立し得ない。然るにヘブライズム神学の道は、擬人神観の含有する一切の人間的要素をそのまま深化し昇華して行く道であったが故に、その結果出来上った宗教的世界にあっては、神と人との間の人間的関係は、最後の限界まで深化され人格的関係に転成することによって、そのままに維持されるのである。茲では神と人との関係は二つの完全なる人格者と人格者との相互関係だ。人格者対人格者の関係なればこそ、ひとはこれを安んじて人間的相互関係によって象徴的に表現することが出来るのである。神秘主義的体験は、ギリシア的に言えば結局一のテオリアであるにしても、その同じテオリアも、此の強烈無比な色彩を有する人格神信仰の世界に入り、その濃厚な空気の裡に屈折する場合は、これまた一種独特の形を採らざるを得ない。すなわちテオリアの実質的内容をなすところの神と霊魂との接近直触は、地上に於て考え得る人と人との最も内密な接触に——切なくも悩ましい恋心に、結婚の歓びに、甘美をきわめた閨房の愛の秘儀に——投射され、それによって、原体験の雰囲気が実になまなましい程の感触を以て再構される。換言すれば、神と人間霊魂との接触交融の有する純霊的な、超感性的な官能性が、濃艶な、水もしたたるばかりの肉体的官能性によって象徴的に表現される。そして此の象徴的形態こそ、嚮に説いた神秘主義のエロス的形態に他ならないのである。

併しながら人は此のエロス的神秘主義の象徴性を単なる文学的粉飾、単なる一個の表現形式と考えるべきではない。象徴形態とは言っても、この象徴は真に事の本質に根ざしているのだ。実際、霊魂と神との神秘主義的交合の体験には、（勿論、絶対超越的意味に於てではあるが）全存在の奥処に滲み入るばかりの妖艶な官能性が漂っているからである。だから、地上の恋すら知らぬ朴訥漢には天上の恋の甘き陶酔などわかろう筈もないのだ。自ら恋したことのない人には、恋の言葉は意味を有たぬ。地上の恋の経験はなくとも神への執拗な愛慕の情を初めから胸に点火されて生れて来た恵まれた人は別として、そうでない人は、せめて此の地上で、恋しい人の面影を己が胸に狂おしく抱きしめたことがなければ、到底、神秘家の神への愛の切なさを理解できるわけがない。「愛は極めて特殊な知識であって、それは一種独特の言葉を有する。自ら愛を経験したことのない人は、この言葉を理解することができないであろう。恰もギリシア語やラテン語の知識なき者には、ギリシア語やラテン語で書かれた文章がわからないように、自ら愛を識らぬ者には、愛の言葉は異国の言葉であろう」（Cant. Serm. LXXIX, 1）と聖ベルナールは愛の特殊性を強調している。これを逆転させれば、未だ天上の恋の陶酔は経験したことがなくとも、地上の恋を識る人は、それを己が経験から推して、朧げながらかすかに察知できるということになる。「この（天上の愛）情熱を全然知らない人は、此の世の恋の経験に基いて、自分が必死に愛慕している相手をとうとう手に入れた時どれ程嬉しいかを憶い、そこから推察するがよい。併しその場合、かかる此の世の恋の対象はすべて儚きもの、害なすものであり、その恋は幻影を慕う恋、須臾にして色褪せる淡き恋であることを忘れてはならない。つまり本当を言えば、かかるものは真の恋の対象でも、我々の窮極の目的でも、また我々が真に求めて止まぬものでもなかったのだ。否、（地上ではなくて）かしこにこそ真実の恋の対象はあるのだ。而もこの対象は（地上の人間の如く）外側を肉で包まれたような物ではない故に、直接にそれと触合し、本当にそれを我がものとするという形でそれと合一することができるのである」（Enn. VI, 9, 9, 768）とプロチノスが言っているのはその意味である。感性的肉体的領域に生ずるエロティシズムは、超越的純霊的領域に成立するエロティシズムとは実に全然比較にならぬほど賤劣で淫佚であり、アレクサンドリアの哲人の説く通り、儚く淡き幻影への恋であるにしても、而もなお「上の秩序」の官能性と「下の秩序」のそれとの間には一種の本源的類似が存在するのだ。そして此の本源的類似こそ、エロス的神秘主義形態の真に拠って立つ根柢をなすのである。故に神秘主義のエロス的形態のシンボリズムは文学的表現のシンボリズムではなくして、存在論的シンボリズムである。それは「上の秩序」と「下の秩序」との微妙な存在論的類比性に基いている。

併し乍ら、上下領域の官能性のかかる存在論的類似構造は、ギリシア人に於ては最後まで明白な意識に齎らされることはなかった。上に引用した文中で二つの恋の聯関性を説き、且つより一般的に言って、全ギリシア哲学者の中で或る意味では一番ヘブライズムに近い境界線まで進んだプロチノスと雖も、真にエロス的形態の名に価する神秘主義の樹立とは程遠いところに立っていた。彼が観想道の光輝ある窮竟処として叙述する一者との「交融」「合一」はヘレニズムをヘブライズムに媒介する重要な架橋点をなすとはいえ、そしてプロチノス的「合一」は後に「結婚」にまで展開さるべき十分の内的可能性を包蔵するとはいえ、其処では一切はいまだ未発の可能態であって、此の可能性は全然意識すらされていない。それはプロチノスのテオリアが、依然としてプラトン・アリストテレスの正統伝統を護持する純形而上学的観想だからである。言い換えれば、神の人格性が意識されていないからである。この可能性を単なる可能性の状態に放置せず、進んでこれを最後の限界まで現実化し展開して行く役割は、真に確然たる神の人格性の意識の上に立って信仰し思索する基督教の神秘家にゆだねられた。かくて、ヒッポリュトスを先覚として、オリゲネス、アタナシウス、ニッサのグレゴリウス、ヒエロニムス等、教父時代を飾る代表的思想家達は、いずれもソロモンの「雅歌」註釈の形式に於て愛の神秘主義の歴史的形成に寄与した。我々が本論の主題として特に取上げた聖ベルナールは、此の教父期を通ずる雅歌註釈伝統の先端に立ち、遂にこれに決定的形態を与えることに成功したのであった。そして、ベルナールによって一応、決定的形態を得た神秘主義のエロス的形態は、新しき伝統をなして長き全中世期を貫流した後、十六世紀スペインのカルメル会的神秘主義に至って優婉かぎりなき抒情の花をひらき、かつ同時に、十字架のヨハネのかの強靭な論理によって剰すところなくロゴス化され、茲に完璧の超越的主体形成の論理が確立されるのである。

第二章　ベルナールの性格

西欧精神史上かくも重要な位置を占める聖ベルナールとは、抑々いかなる人物であったろうか。

我々は彼の神秘思想を検索するに先立って、まずベルナールその人に触れて見なければならぬ。炎々と燃え上る猛火の如き彼の人格の核心深く透入して、かの濃艶な官能性のただよう愛の神秘主義が生れ出て来る根源の機微を触知しなければならぬ。そして、このことは決して徒らな学的好奇心のわざではないのだ。一般に学説史的な哲学史に於いて、個々の哲学者の生活や性格が飽くまで第二義的意義しか有ち得ないのに反して、こと神秘主義的思想に関するかぎり、体験的主体性の秘義の解明こそ第一義的意義を要求する。極端な言い方をすれば、其処では「人」が全てなのである。神秘主義的体験はもと一の超越的体験であって、極限に於てはそれは謂わば絶対に人間の境位を超えた神的体験——人間が神を体験するのでなくて、寧ろ神が自らを体験する、と神秘家が言うのはその意味である——であるにしても、ただ神だけ在って人のない処には神秘主義は成り立ちはしないのだ。否、神秘主義の夫々の性格を決定するものは神ではなくて却って人の側にある。本来から言えば、神秘主義は人間の根源的欠陥性に、人間の弱点に於いてのみ成立するのである。人間が神ではないから、また如何にしても絶対に神には成り得ないからこそ神秘主義が起るのだ。神秘主義は飽くまで両極間の矛盾的緊張であって、多くの論者が誤解しているような同一性の体験ではない。「私はただ神と霊魂との二者のみを識らんことを欲する、他のなにものでもなく」というアウグスチヌスの有名な言葉は、この矛盾的緊張の両極を端的に指摘したものであって、此等両極のうちいずれか一方を欠き、或は一方が他方に完全に融合同一化して了う場合は矛盾的緊張関係があろう筈はなく、従って其処に神秘主義のあろう筈もない。神秘家達が事実、屡々「完全同一」を説き、人間の「神化」を唱えて止まないのは、元来全く言葉によって表現できぬ超越的事態を無理にロゴスの範囲まで引き下ろそうとする窮余の策であって、彼等の用いる言辞の表面的意味と、言葉の背後にひそむ本来の体験との間には実に天壌も只ならざる懸隔が在るのだ。故に神と魂とは最後まで神秘主義の両極である。そして、若し然りとするならば、此等不可欠の両極のうち、個々の神秘主義的体験の性格を決定し、それに夫々の色彩を与えるものは当然、神ではなくて魂の側に、人間の側にあるのでなければならない。神は何時、如何なる処、如何なる人にとっても唯一絶対なる実在であって、若し神秘主義の個的性格を決定するものが神であるとすれば古今東西の別なく全ての神秘主義は一になって了うであろう。いや、その場合には、最早、神秘主義ということもなくなって了うであろう。神秘主義は、或る意味に於いて、神と人間との協力なのであり、この協力は具体的な個的人間の魂を場としてのみ生起する。そして、その場の如何によって、個々の神秘主義は決定的に色付けられるのである。かくて今や、聖ベルナールの神秘思想の根本的特徴を闡明せんとする我々にとっても、ベルナール的神秘主義成立の場としての此の聖者の魂の在り方を、彼の人となりそのものを、先ず何よりも第一に明らかにすべき必要が生じて来る。而もベルナールに就いては、遠く中世以来すでに出来上った一種の歴史像があって、此の聖者の真の姿は却って輝かしいその歴史像のかげに隠蔽されているの観がある故に、生きた人間ベルナールの真の性格を探り出す必要はいよいよ切実なものがあると私は考えるのである。

扨て嚮に引用した「神曲」天国篇の一節に於て、詩人ダンテは聖ベルナールを、「その両の目と頬には慈愛にみてる歓喜みなぎりあふれ、その温雅なるものごしは優しき父にもふさわしき」(diffuso era per li occhi e per le gene di benigna letizia, in atto pio quale a tenero padre si convene) 白衣の翁として登場せしめ、更に同じく第三十一歌の少しく先のところで、「現世に於いて、黙想の裡にかの浄福を味い得たる此の人の生ける慈愛の姿」(la vivace carità di colui che'n questo mondo contemplando, gustò di guella pace) に讃歎の目を向けている。

事実、今日でも多くの人は、クレールヴォーのベルナールという名を聞いただけで、直ちに「慈愛」の語を聯想する。温顔にあふれるばかりのえみを湛えた優しい翁の姿が彷彿と眼前に浮び上って来る。あの、魂に滲み入るような甘美を極めた「婚姻」の秘儀を教えた愛の行者、更には十六世紀以来、人々が此の聖者をたたえるために使い出した doctor mellifluus (甘蜜流るる博士) の称号。そしてまた、彼の修道院によってその名を永遠の栄光にとどめたクレールヴォー (Clairvaux—Claravallis)「明澄の谷」の地名。すべては相依って浄福の老人の優しい温顔と、おだやかな微笑とを人々の印象に刻みつけるのだ。のみならず、盗賊と野獣の出没する暗い不気味な瘴癘の谷、そのもとの名を「苦草の谷」と呼ばれ怖れられていた此の土地が、「明澄の谷」と名を更めると共に、ベルナールの異常な人格の光によって、奇蹟のように美しい喜びにあふれた明るく静かな処になったこともまた事実だったのである。創立後間もない一一一九年頃——ベルナールによってクレールヴォー修道院の礎石が置かれたのは一一一五年、六月廿五日のことである——此処を訪れた聖ティエリのギヨームは、此の土地に漲る不思議な明るい静寂を次のように描写している。「人間が一杯に住んでいる。誰一人として怠けることを許されない。皆んなが働き、誰もが夫々に自分の仕事を有っている。それなのに、此の谷間には、昼日中でも一種の静寂が支配している。それはまるで深夜の寂寞のごとき静けさだ。そしてこの静寂の裡を、労働の物音と、修道士達の歌う神の讃美の声だけが響く」と。(Bern, Vita, I)

このような美しい叙述を読む人が、かかる深夜の寂寞を作り得たベルナールその人をも、やさしい静かな温情の翁と考えたくなるのはむしろ当然のことであろう。然るに事実は決してそうではないのだ。ベルナールは温情の人ではなくして激情の人である。炎々と燃えに燃えて天をも焦がさずんば止まぬ猛烈な、すさまじい、熱血漢だ。滔々として現世に蔓延して行く人間悪の泥沼の真只中に、独り厳しく稜々とそそり立つ山塊の如く彼は立つ。名利権勢の慾に駆られ、安逸怠惰に没溺する己が兄弟達、自己の本分を忘れ果てた聖職者達に対して霹靂の一声を下す彼の風采は、まさに豪宕無比の快男子だ。全ての偉大な熱血漢は偉大な「情の人」である。彼は常に大きく喜び、大きく悲しむ。その憤りが激しいだけ、その愛もまた狂激である。ベルナールはそのような意味に於ての み「愛」の人なのである。それは決して蜜の流れるように甘い愛ではなく(doctor mellifluus「甘蜜流るる博士」とは元来、彼の文体、彼の素晴しい演説をのみ形容する)、彼の所謂「はらわたを焼きつくす火焔」のごとき愛である。

ベルナールの激しい人格は、我々が通常謂わゆる「聖者」の名によって聯想するところの典型的な清澄の気や、一点の瑕瑾もない天使のような完璧とはおよそ遠くかけ距ったものである。見方によれば、彼は我々普通の者と少しも違わぬ人に過ぎない。全ての美徳と共に、人間的な全ての欠点をもそなえた人間にすぎない。だからこそ彼はあれほどまでに人間を底の底まで識りぬいていたのである。一個の人間として此の世に生きることの歓喜と苦渋とを共に深刻に彼は識っていた。人がどんなに外面を塗り飾って現われても、ベルナールは一見して直ちにその人の内心にうごめく隠れた妄執の浅間しさを曝露した。彼はほかならぬ自分自身の心の奥底に其等の罪障を痛感していたからである。要するに彼は、最も具体的な、そして最も深刻な意味に於ける「人間」だったのだ。ただ彼にあっては、その人間性が異常な程度にまで強烈なだけである。だから、彼の書簡集を繙いて、其処に余りにも露骨に示された人間的弱味を指摘するほど容易なことはない。例えば一一三七年、動乱常なき教会内部の紛擾に心ならずも巻き込まれて、クレールヴォーを遠く離れた彼は、瘴癘の異国にあって過労のため身体の弱りを感じ、心細い訴えの手紙を故国の友人達に送る「……どうぞ天が貴方達に分らせて下さいますように――私がどれほど貴方がたから憐みをかけて頂きたいかということを。私は死にそうです。……余りにも激しい仕事、余りにも激しい苦悩が私を圧しつぶし、時々生きていることがとても重荷で嫌になる位です。けれど、こんな弱気をおみせしたことをどうか赦して下さい。私はどうにかして故国に帰りつくまで死なないで居たい。せめて貴方達のそばで死にたいのです。」(Ep. 145)

簡単に言って了えば、彼は人情味厚い人なのだ。彼の言行のどの一つを採って見ても、我々は必ず其処に沸騰する人間味を見出す。終始志を同じうして来た最愛の兄ジェラールに先立たれた時、一滴の涙すら見せずに葬儀を済ませた彼であったのに、抑えに抑えた悲しみの激情は、後日、突如として思わぬ処で爆発する。而もそれは、ベルナール神秘思想の礎石ともいうべき、かの「雅歌註解」を、自ら修道士達のために口述しつつあった重要な場面であったのだ。註解の言葉を突然とぎった彼は、呆然たる聴衆の前で、註解とは全然関係もない逝き兄への悲痛の叫びを上げはじめる。「我が胸に燃え、我がはらわたを焼きつくす火焔を何時まで誣い偽って置かれようぞ。悲痛の焰を無理に抑えて置いたので、それはいよいよ激しく私の血管を駈けめぐり、ますます執拗に私を引裂く。こんなはげしい悲しみの情にあって、どうして平然と『雅歌』の釈義などして居られようか。……今の今まで私は無理やりに自分を抑圧し、信仰よりも感情が強くなるのを妨げようとした。皆んなが泣いているのに私だけ涙一つこぼさずに亡軀を送ったことは貴方がたも御覧になった通りだ。一滴の涙もなしに私は墓穴のほとりに立ち、葬儀を了えた。……己が信仰の全力を挙げて私は自分の感情を抑え、われとわが心にそむいて激情の発露にさからって来た。そして今日の日まで、どんなに心が痛み、どんなに苦しくとも、あふれ落ちんとする涙をささえて来た。併し、嗚乎！　私は涙を抑えることだけは出来たが、悲しみを克服することはできなかった。今や私は自分の敗北を告白する。私は内なる苦痛にどうしても出口を与えてやらねばならぬ」こう叫んで彼は、まるで流水の堰を一時に切ったかのように、さめざめと涙したのであった。

併し乍ら、それにもまして更に驚くべきは、彼の口を衝いて発する痛烈骨身を刺すばかりの皮肉、揶揄冷笑、怒罵、罵倒。尤も其等は悉くただひたすら神の義を憶う一念の故に爆発する宗教的忿恚の言葉なのであるが、それにしても敵に向ってまっこう微塵と振りおろす霹靂の一声は、これが果してかの「慈顔の翁」の口からかと、驚かずには居られない。自己の犯した罪悪を糊塗せんがためローマ教皇に直訴しようとする人に向って「この悪党めが！　君は、かの至高なる正義の座を盗賊の棲家とでも考えておるのか。何ごとだ！　人殺しの血に泡立つような手をしながら、母の胸に遁げこもうというのか。ずうずうしくも父親の前に出て行こうとするのか。君の兄弟の血が、地下から君の名を呼んで居るわ！」（Ep. 162）と彼は叫ぶ。いやしくも不義、不正ありと認めたならば相手が大司教であろうと、教皇であろうと彼は少しも容赦はしない。「教皇の親書に接して私は預言者の言い草ではないが舌が口裏にねばりついてしまったような衝撃を受けました。嗚呼、私は本当に言うべきことばを知りませんでした。此の書簡を読んで、清浄なる人々が辱めを受け、不敬なる者共が己れの悪事を喜び、己が罪業を誇るさまを目のあたり視て、私は完全に叩きのめされてしまいました。教皇は不徳不敬の徒輩に寵を与え給う、まるでもっとますます不義をはたらけよと言わんばかりに」（Ep. 48——茲で問題になっている教皇はホノリウス二世 Honorius II）かかる気概があればこそ、ローマ至高の座に輝く教皇ともあろう人に面と向って、彼は次のような激烈な言葉で、人間存在の本源的悲惨を説示することができたのである。「身にまとうた一切の飾りを、暁の風に散り行く峯の雲のごとく内省深思の嵐によって吹き飛ばしてごらんなさい。その時、あなたの目の前に立つは、ただ一個の裸の人間のみ。貧しい憐れな人間、人間であることを悲しみ、己が裸体に恥じ、此の世に生れ来ったことを歎き、自己の存在に不平を言う人間、憶えば余命いくばくも残さず、しかもその僅かの時日をば恐怖の裡に過さねばならぬ人間、遂には必ず死に果てねばならぬ一個の人間です。あなたは教皇でいらっしゃる。併し、それと同時に、あなたは一片の卑しい塵埃にすぎないのだ。このことに思い至るならばきっと心に深く感ずるところがありましょう」（De consideratione II, c. IX——相手は教皇エウゲニウス三世 Eugenius papa III）

「慈悲の心を抱くということが仮令罪であったとしても、私はどんなにしたところで到底慈悲の心を抱かずには居られないでしょう」（Etiamsi peccatum esset misereri, et si multum vellem, non possem non misereri—Ep. 70）と断言するベルナールは確かに根源的に慈愛の人であり、「愛」の一語こそ彼の人格の核心を代表するに最も適切な言葉であるにしても、その愛はただ神にのみ源を有し、ただ神にのみ焦れ行く愛であることを我々は忘れてはならない。ベルナールの愛は徹頭徹尾ただ神を中心とする愛なのであって、それは決して通常人がこの聖者の名によって聯想する優しい静かな愛ではない、だから此の愛は、時には通常の純人間的意味に於ける慈愛と全く一致して発露することもあるが、寧ろ却って屢々恐ろしい非情となる。神への愛が、人の世にあっては多くの場合却って非情にならざるを得ないことは既に福音書そのものにあらわれた基督の精神ではないか。肉親への愛情にひかれて神の道に敢然として踏み込むことの出来ぬ一青年に向って、ベルナールはかかる非情の烈々たる圧力を以て迫り行く。「たとい君のお父さんが、家の敷居に身を横たえて君の行手をはばもうとも、たとい君のお母さんが髪をふり乱し、着物を裂き、幼い頃君を養った乳房を君に示そうとも、たとい君の可愛い甥が君の頸にしがみつこうとも——君の父親の身体を踏み越えて行け！　君の母親の身体を乗り越えて行け！　進め進め！　全てを冷然と見棄てて十字架の旗の下に馳せ参ぜよ。かかる場合にあっては、基督のために非情の人となることこそ最高の親孝行なのだ。」(Ep. 322)

世を見ることかくも峻烈な彼の烱々たる眼光は、特に教会内部に向けられるとき、ひとしおその尖鋭さを増す。聖職者達の生活のあらゆる部面に彼は数限りない邪悪のひそむのを看破して、遠慮会釈なく、それを明るみに引きずり出す。例えば金色燦爛たる錦繍の衣を重たげにひき纏った司教達の姿が目に映る。彼等に対してベルナールは刺すような糾弾の矢を放たずには我慢できない。「なぜ貴方がたは女のようにめかしこんで得々として居るのですか。女みたいだと言われて口惜しかったら、女の真似はさっさとお止めなさい。刺繍や毛皮ではなく、御自分の業績でわが身を飾りなさるがよい。……だが、たかが修道士の分際で、司教たる者をとやかく評する権利はないと私の口を抑えなさるお積りか。それならいっそ、私の両眼をも抑えて下され。そうすれば貴方がたの醜態を見ないで済む。……併し私を黙らせることはできても、貧しき人々が、裸かな人々が、飢えた人々が立ち上って、異教の詩人の言葉を借りて『われに告げよ、司教らよ、汝等の馬の轡の金飾は何の用をなすぞ』と叫ぶでありましょう。我等が寒さと飢餓に惨めにも苦しんでいる時、何のためにそれ程沢山の余分の着物を衣掛につるしたり、箪笥の中にしまい込んだりして置くのですか。私達はみんな兄弟だ。貴方達は自分の兄弟の分け前をもって、御自分の目を楽しませているのだ。貴方達の、その贅沢三昧は我等のいのちから搾りとったもの。貴方がたの虚栄心を満足させるために加えられる品物は、いずれも我等の必須品から強盗されたもの」(De officio episcop. II) そうして彼は更に「よい司教という奴は珍鳥だ」(Rara avis est ista—Ep. 249) と痛烈に皮肉な結論を下している。

全てに於てこの調子だから、各方面の人々の深い遺恨をかったことは当然であった。かてて加えて一般信徒の間に聖なるベルナールの隆々たる声名は時と共にいよいよ高く、教会改革に示した彼の驚くべき政治的手腕は逆に、教会内部に蟠居する小人達の羨嫉をいやが上にも煽り立て、遂には修道士のくせに出しゃばり過ぎるとの非難は囂々と天下に喧しかった。この種の非難譴責の声に対して、彼は憤然として罵詈を浴びせかける。ひっこめ、出しゃばるな、と言われること、それこそ自分の心から望むところだ、と彼は言い、更に語を継いで、「だから、どうか此のぎゃあぎゃあ鳴き騒ぐ蛙奴に命令をお下しなさい。自分の穴から出て来るな、自分の泥沼に満足しておれ！ と。今後は一切、修道士を教義会などにひっぱり出さないがいい。今後は一切、修道士を宮中に喚び出したりしないがいい。いかなる権威も、いかなる事情も、今後は彼等を強要して世事や裁判などにかかわらせないようになさるがよろしい。そうすれば此の私も、出しゃばりの、生意気の、と痛くもない腹をさぐられることもありますまい。私はもう絶対に修道院を踏み出さないことにきめました。尤もいくら私が身を隠し、口を緘したところで、教会内に湧き起る蔭口の声をなくする訳には参らないでしょう、何しろ当のローマ法王庁自体が、自分のところに何のかのと追従して来る連中ばかり可愛がりなさって、遠く離れて居る者をいじめつけるような有様なのですから」(Ep. 48)

クレールヴォー修道院と兄弟関係にあるクリュニ修道院の贅沢な生活振りに対する彼の皮肉は文字通り相手の肉を嚙む。このような対象を観察する時の彼の目は実に恐ろしく正確で皮肉で尖鋭だ。「聖書や霊魂の救済など問題にする人なく、ただあるものは愚にもつかぬことばかり。ただげらげら哄いこけ、風に流れる言葉を吐き散らす。貴方がたが食事なさるとき、口は様々の食物に満ち、耳は愚かしき言葉で充ち、次から次へと山海の珍味が卓をにぎわす。肉は禁断だというので、その代りに大きな魚が二度も供される。卵の料理だけでも一寸考えてごらんなさい。ひっくり返し、おっくりかえし、薄く融かし、固くかため、細かく刻み、油で揚げ、火に焼き、肉を詰め、或る時は卵だけ、或る時は他の品と混ぜて食べるといった具合。なぜこんな面倒な手数をかけるのか。それはただ一色の食べ方では飽きてしまうからなのだ。実に奇態至極な話ではありませんか、我々は修道院に入ると忽ち胃病患者になってしまう。そして、こんな料理をたらふく詰め込んだ後で食卓を離れれば、血管はふくれ、頭は重く、あとはただ眠る位しか能がないのだ。」(Apolog. IX) そして、修道院長自身に対しては――「私は敢て言おう。たとえ、それがために生意気な奴と思われようとも私は敢てありのままの事実を語ろう。どうして世の光はこんなに暗くなって了ったのか。どうして地の塩は味を失って了ったのか。自らの生活を以て人々に生きる道を指示すべき当の人が、却って我々に華美虚飾の実例を示している。これでは全く盲人が盲人を手引きするようなものだ。考えてごらんさい、こんなに沢山のお供をひきつれ、馬に跨り、長髪をなびかせた下僕達に附添われながら華美尊大な行列を作って旅することが、一体、謙抑の徳のしるしだというのか。……私は或る修道院長が六十頭以上も馬をひきつれて通るのを現にこの目で見たことがある。此の行列を見たら誰だって教会の牧者とは思うまい。人間の霊魂の指導者だとは思うまい。何処かの城のお殿様か、一国を領する太守様のお通りだと思うでしょう。……このような連中は、一寸近所へ出掛けるにも夥しい家具、調度品を必要とする。まるで遠征軍の出発のようだ。まるで大沙漠でもこれから横断に出掛けるような騒ぎだ。唯一つの容器で水を掬み、葡萄酒を飲むことができないのか。金や銀のシャンデリアがなくては夜ものが見えないというのか。華麗な蒲団を重ねなければ眠れないのか。馬に餌をやり、食卓を用意し、寝床をととのえるのに一人の下僕では足りないのか」(Apolog. XI)

金銀宝玉や様々の彫刻模様で飾り立てた荘麗な教会の建築の前に立つや、ベルナールの憤懣は勃然として湧き上り、嵐のごとく吹暴れる。それはもはや皮肉ではない。もっともっと直接な忿怒だ。魂の絶望的な慟哭だ。「此等の華美を極めた装飾の源にある本当の精神たるや結局、強慾にほかならないのだ。かかるものの力によつて、我々は一般信徒を教化するどころか、実は彼等のふところが目当なのだ。……この荘厳華麗なる虚飾を眺めれば、一般の信徒は思わず有難いような気持になって、金を寄附したいという心に誘われる。まことに金は金を呼びよせるというものだ。見給え、現に華美に飾り立てた教会ほど人々の喜捨を容易く集めて居るではないか。金色燦然と輝く遺骨匣を拝見している内に、謂わば財布の紐がひとりでに解けて来るのだ。聖者の像を信者に見せるのに、それが美しく目もあやに色どってあればある程、信者はそれを神聖視するだろう。彼等はいそいそとそれに接吻し、そして供物を捧げたくなるだろう。……おお空の空なるかな! いな空といわんよりは何たる愚劣！　教会の壁は徒らに燦爛と輝き、内に居る貧しき人々の胸には光はないのだ。教会は石に黄金の衣を着せ、己が子等を素裸に放って置く。その日その日の糧にもこと欠く人々から集めた金で、金持どもの目の魅惑をつくっている。物好きな徒輩はここへ来れば己が趣味を満足させて貰える、不幸な人々が生きるよすがにすら事かいているのに！」（Apolog. XII）

聖ベルナールとは凡そこのような激しい熱火を胸に抱いた人であった。激情の人！　此の名こそベルナールの性格を最も正確に、端的に表現するものでなくてはならない。他の如何なる形容も此の異常なる人物の人間的性格を本源的に定着することができない。彼は全身、全霊、挙げてこれ激情の人だったのである。併し乍ら此の激情はただ徒らに暴れ狂い、遂に収拾すべからざる混淆顛倒に没溺して行く、かの眩暈のあらしではなかった。この嵐の大渦は天涯はるかに遠きあたりの一点より流れ来る強力無比な或る磁力によって、ものの見事に抑えられている。物凄い情熱が互に撃突しながら暴れ狂ってはいるが、其等はいずれも天のある一点に向いつつ暴れ狂っているのだ。暗い衝迫の狂憑の暴力が、各々己が好む処に向って放恣に奔騰し潰散せんとして凄まじく悶えつつ、より強い上からの力に曳かれ、同一の目標めがけて一斉に立ち上り、身をひき伸す。人間存在の奥底にひそむありとあらゆる熱情の魔力を駆り出し解放しつつ、同時に其等をただ一点に向う方向上に凝集せしめるが故に、その方向そのものが実に異常な緊張に充ちた情熱的諧調となる。そして、この諸力融和の方向こそ、ベルナールに於ける神への愛にほかならない。ベルナール的愛は、全精神の、十方に溢乱せんとする情熱を強引にひき緊め、これに一方向を与えたものだ。神への愛！　而もそれは神の我々への愛に応えるものである故に、飽くことを知らぬ限りなき愛、心のかぎり身のかぎりを尽しての愛でなければならないのだ。「考えて見るがよい。広大無辺なるものが我等を愛しているのだ。『永遠』が我等を愛しているのだ。量り知れぬ『愛』が我等を愛しているのだ。神が我等を愛しているのだ。その偉大なること限りなく、その叡智は辺涯なく、その浄安はあらゆる感情を超越する者が！　それなのに我々が、それに応える我々が、自分の愛の量を計ったりしてよいものか。嗚呼、私はあなたを愛しましょう、主よ、わが力よ、わが頼みの綱よ、わが解放者よ、言葉の限りを尽して崇め愛すべきものよ。我が神よ、あなたの与えたまう限り、私の力のあるかぎり、私はあなたを愛します。もとより、その愛はあなたに本当にふさわしい程には決してなれないにしても、私は力のあらんかぎりをしぼって愛します」(De dil'gendo Deo VI)

聖ベルナールは自らを裁くこと峻厳に、且つ他人を責めることまたまことに酷なるものがあったが、それは勿論ただ裁かんがための裁き、悪口のための悪口ではなくして、自分をも含めた人間存在の至るところに、彼はただ、かくひたむきなるべき神への愛を遮抑する無数の障礙を認めたからにほかならない。ベルナールにとっては、人間存在は端的に「悪」であり「罪」であった。それは、人間存在のどこを見ても、目に入るものは悉く神への愛の飛翔を羈束し抑圧するものばかりだからである。併し乍ら「神の似像」である人間の存在が、たとい第一次的には悪であり罪であるにしても、窮極的に、その最後の根柢まで悪であり罪である筈がない。ベルナールの人間否定（いな寧ろ人間侮辱といった方が適切だ！）の更に一段奥には、明るい人間肯定がひそんでいる。そして、此の人間否定から出発して最後の偉大な人間肯定に至る途こそベルナール的神秘主義の道程なのである。この神秘主義が謂わばパスカル的意味に於ける人間実存の悲惨《ミゼール》から出発して、遂に窮極の目的地に到達するまでの過程を、私は次章に於いて思想的見地から辿って見ようと思う。

――未完――

クローデルの詩的存在論

J'existe parmi les choses qui sont
存在する物らのあわいに我は実在す

詩人クローデルが「存在」に就いて何を直観し、何を歌い、何を思索しているのか、それを茲で主題的に採り上げて見たい。実存主義の流行につれて「存在」の問題がようやく世人の関心を集め、しかも詩人の存在把握こそ我々が存在の明るみに到達し得る唯一の正当な道とまで考えるに至った最近のハイデッガーの動向をめぐって詩的思惟なるものの哲学的意義が人々の異常な注目の的となりつつある時、現存するヨーロッパの詩人の中で恐らく最も哲学的なポール・クローデルの存在に関する思索の跡を辿って見ることは無益な試みではないであろう。ヘルダーリンに対するハイデッガーのように、純粋な詩人を別の哲学者が解釈するという仕方ではなく、詩人であると同時に哲学者であるクローデルが、自分の存在直観を自分で思想化して行く過程のうちに、我々は更に適切な「詩的思惟」の本質を瞥見し得るのではなかろうか。

さてハイデッガーは近著の一つに於いて「存在は自らを我々に贈り来る」ということを強調して

いる。存在は我々に向って自らを開いて来る。存在が我々に明るく照明され、親しく我々に語りかけて来る。そこに「世界が生起する。」ところで問題は我々にという言葉にある。我々にとは誰にであろうか。我々の誰かれに、我々の全てに、ということであろうか。そうでないことは始めから明らかである。存在は決して我々の誰にでも親しく語りかけて来るものではない。存在は、我々の殆んど全ての者にとって、開かれたものではなく却って閉ざされたものである。通常の人間ばかりか、元来「存在」を専門に取扱うと称する形而上学者達すら「存在」を見遁し忘却して来た。ハイデッガーによればギリシア以来の形而上学の歴史は奇怪なことに「存在忘却」の歴史に過ぎない。だから本来的には存在は時々刻々に自らを我々に贈り寄こしているかも知れないが、我々の大部分は此の高貴な贈物を受け取ってはいないのである。ただ独り、ごく少数の選ばれた詩人達だけが存在の贈物を受け取ることを知っていた。故に形而上学を存在忘却から救い出し、真にその名に価する存在論としてそれを建て直すためには哲学者は詩人の言葉に聴かなければならない。詩人こそ存在の牧者《ヒルト》であり、彼等にあっては詩作することが即ち存在を根源的に思惟することなのであるから。

抒情詩、戯曲、美術評論、哲学、そして神学、と広範囲にわたるポール・クローデルの作家活動全体を通じて、ひときわ目立つ顕著な性格は、何を措いてもまず「存在」の重視ということである。全て偉大な詩人の詩作の基には一つの独自な根源的直観があるとすれば、クローデルに於いては、その直観の内容は存在である。「芸術家というものは誰でもたった一つの事を言うために此の世にやって来る。たった一つの、ほんとに小さな事。先ずそれを見出して、他の一切はそのまわりに集めなければなりません」と彼はジャック・リヴィエールへの手紙の中に書いている。そして彼がただそれだけを言うために此の世に生れて来た一つの事とは、存在、そして存在の意味《サンス》——「サンス」とはクローデルに於いては意味、方向、感覚を同時に含む——だったのである。

おおベームよ、私が何者であり、私の言葉の意味が何であるかを理解するためには
君は存在するところのものに目を開きさえしたらいいのだ

と戯曲「都会《ラ・ヴィル》」の中で詩人クーヴルがベームに告げる。ところで茲で「存在するところのもの」とは存在するあれこれの個々の物を意味せず、そういう個々のもの一切を剰すことなく包括した全体、全存在界、全宇宙、つまり神学的に言えば全被造界を意味する。ありとあらゆるものが宇宙的な生命のざわめきの中に顫動し、波立ち湧きかえっている。一切のものが刻々に生起したかと思うと、虚無の底に沈み、沈もうとしてはまた蘇る、明滅する生と死の脈搏のうちに所謂「連続的創造」が行われて行く、そういう全存在界の光景が一望のもとに捉えられなければならない。それは宇宙の永遠の若さの直観である。併し全存在界をこのような角度から眺めることは、結局人間の立場を棄てて、謂わば神の角度からものを見ることではないだろうか。存在界の部分々々を切り離して眺めるのでなしに、存在界の絶頂に視点を置いて、そこから一望の下に全体の縹渺たる景観を楽

しむこと、それは嘗てランボーが「ただ神だけの有ち得る楽しみ」と考えたあの超人的な立場ではないだろうか。勿論敬虔なカトリック信者であるクローデルは、かりそめにも自分が神の立場に身を置くと考えはしない。併し詩人は謂わば神の立場に立って、「やや神のヴィジョンに近いもの」の幾分かにあずかることが許される、と考えるのである。下からでなしに上から、頂上から全体を眺めるときに始めて一切の存在物はその意味《サンス》を顕示する。Deus creavit cuncta simul 宇宙は一つの全体であり、全てを貫いて統一性の原理が働いている。神の目から見れば、一切のものは緊密に結ばれた全体的同時的存在である。存在がかくあることは創造者としての神の意志なのである。故に詩人には、この神の意志に応えて立つべき使命がある。故障した自動車の具合を調べるために「車体の下に仰向けに這い込む運転手のように、事物の機構《メカニズム》を下側から理解しようとしてかかってはいけない。我々は一挙に存在物の総体の前に直面して立つべきだ、恰度詩人の作品に対して立つ批評家の如くまた或る画家の作品の前に目を細めながら立つ画家の如く。」(「詩論」I.1)

クローデルが詩人としての自分を、ホメロス、アイスキュロス、ダンテ、シェイクスピアの線上に置き、常に渝ることなく此等の詩人を偉大な先師として尊び仰ぎ見ているのも無理はない。此等の人々はいずれも宇宙的詩人であることを共通の特徴とする。つまり存在全体を対象とし、自分の芸術のためにはどうしても全存在界が必要であるような詩人達なのだ。だから思想家としてのクローデルにとっても当然これに対応して、存在全体――所謂「存在するかぎりの存在」――を思索の本来的対象とする哲学者のみが師として仰がれるのである。彼はその哲学的訓練の殆んど全てをアリストテレスとトマス・アクウィナスに負っている。「アリストテレスの形而上学が私の精神から一切の汚物を掃蕩し、私を真の理性の領域に導き入れてくれた」(「我が改宗」)彼にとっては理性は信仰に劣らず聖なるものである。厳格な理性の論理的行使は、人間に許された特権であり、人間に課された神聖な使命ですらある。かくてクローデルは詩的感覚の捉えた直観内容を、一種の使命感を以て、哲学的反省のうちに再構しようとする。

クローデルの存在感覚、及びそれに対する思弁的反省の全てを支配する根本精神は「類比性《アナロジー》」の原理である。彼にあっては類比性の原理が全てに先立っている。「神的一性が存在する一切の上に統一的な類比的な作用を及ぼしている」(「現存と予言」)と彼は言う。此の存在の類比性——所謂アナロギア・エンティス——を彼は別に聖トマスやその註釈者から始めて学んだわけではない。誰に教わるまでもなく彼は最初から自分でそれを有っていた。それは彼にあっては一種の自然的感覚であり本能ですらあった。それは彼の思索を導く根本原理であるばかりでなく、彼の直観、彼のヴィジョンそのものを根本的に色付けている。詩人が世界に向って目を開く、そうすると、もうただそれだけで世界は類比性に於いて生起するのである。一切の存在者が、その目をあざむくばかりの多種多様にも拘らず、窮極に於いて深い親縁性を以て結ばれているという感じ、それこそクローデルの詩と哲学の源である。

かくて汝神を見瀆むる至高の天使より、道の辺の小石に至るまで、汝の創造の端より端まで
連続の絆は絶ゆることなし、恰も魂を肉体に結ぶそれのごとくに。

（「五大頌歌」）

可視的な世界と不可視の世界とを共に含めた意味での全存在界の中に、全く異質的であるような二物は全然存在しない。存在は多数の異る秩序《オルドル》に分たれており、下層から上層に至る多くの段階を成しているが、それらの秩序の各々を他から区別するものは絶対的異質性の原理ではない。それら一切の存在の段階を通じて、存在の連鎖ともいうべき親縁性の一線が貫通していて、それが全存在界を一に結んでいる。この意味で世界は同質的であり、同質性の原理が全てを支配している。例えば我々が生命現象と呼んでいるものを下等植物から始めて次々に動物、人間、精神、と辿って見ると、上昇するにつれて一段また一段と有機的反応が複雑さを増し、いよいよ精緻な形をとって現われて来るのに気付く。併し全ての段階を通じて生命そのものは類比的に同一である。また人間知性の特権と考えられている認識能力にしても、実は動物の本能のうちに既に可成り発達した形で認められるばかりでなく、殆んど盲目的な形ではあるが植物の働きの中にも、鉱物の中にすら素描的な形で見出されるのである。「鉱物から人間に至る全てを通じて企画と素材の統一性が働いており、類とか種とか界とかの区別は決して本質的な断絶によって構成されているのでなく、むしろ一段また一段と上位に行くほどより精密でより複雑になる新しい諸結合の累層的附加によって構成されて

いるのだという事実を、我々が賦与されている一切の認識能力が我々に告げている。我々は滴虫類の中にすら、既に知覚や人間的器官、機能の萌芽らしきものを認めることができるし、我々から最も遠い距離に在る星々の化学的構成要素は太陽や地球のそれと違ったものではない。こうして我々は、正当な類比性の原理に従って、信仰の対象たる不可視的世界の存在者についても、それ等が同じ『法』によって——但し可視界とは違った様式の下に——支配されているものと推論することが許されるのである。天使の中にも、我々の肉体的構造に対応する何かが、純霊的様式に於いて存在すると考えるのは正当である。故に例えば我々が、天使は見、感じ、語り、呼吸し動く、曰々という場合、それは必ずしも全くの隠喩だけではないのである」（「現存と予言」）類比的同質性とは、全てのものが何の本質的差別もなくなって結局ただ一つの塊りになってしまうような、平面的な、平坦な同質性ではない。それは謂わば動力的な、無限の奥行きを許す同質性である。異中の同であり、同中の異である。宇宙は単なる同一の凝塊（空間的に見て）でもなく、同一の反復（時間的に見て）でもない。宇宙を構成する一々の存在者は、どんな小さなどんなつまらないものでも全て夫々に自分独特の個性を有っている。一切のものは世界の内に在ってユニークな存在である。如何なるものであれ何かが世界に生れ出て来る時、それは全宇宙に対して一つの絶対にかけ替えのない要素を附加するのである。各存在者の間には厳然として犯すべからざる現実的差別があり、この相違性——「詩論」はそれを「母なる相違、本質的な、産出的な」と呼ぶ——が存在者各自の不可通約的な個性を形成する。一切の存在者にとって、相違する、違う、ということがつまり、自己であるということなのである。相違性《ディフェランス》の概念は一つの消極的な概念ではなくて、トミズムの系統を引くクローデルに於いては、非常に重要な、積極的な原理である。なぜなら此の原理によって始めて存在の類比的同質性ということが可能になって来るのだから。併し一体どうして相違が統一の母となるのであろうか。

相違することによって各々の物は自己になる。各存在者にとって自己であるということは他の一切のものでないということである。併し「他の一切のものでない」ことが自己であるのなら、他の一切のものは無限である故に、自己であることは限りなきものを欠くことであり、結局全宇宙を欠くということではないか。自己である存在者は、自己であることによって一つの本質《エサンス》を所有するのであるが、それは裏から言えば自己であることによって本質的に限定され、不完全性、不完結性を負わされることに外ならない。「一切の存在者は不完全であり、内に或る種の欠除、一つの根源的空虚を抱いている」(Positions et propositions I)「いかなるものもそれ自体では完結しない。そしてそれを完結させるのはそれに欠けているところのものである。併し各々のものに欠けているものは限りがない」(「詩論」)

こうして、物は個性を有つことによって、自己の存在の未完性、不確実性、欠除性を示す。併し凡て自己に於いて未完結なものは、自己の外にその完結を求めざるを得ない。一切の物が完結されることを要求している。一切の個物が全宇宙を必要とする。自己として構成された各々の存在者は、その自己の本質的未完性を感ずる故に、自己の外に向って、無限に多様な補足《コンプレマン》を求めつつ他の一切の存在者のもとに赴く。一切の存在者が互いに他を欠き、他を補い合う、この相互補足性の原理によって、全存在界は生気に充ちた一の全体に構成されるのである。本質的欠除性の圧力に押されて物は互に他に支柱を求め合い、互いに結び合わなければならない。儚い未完の存在者はただ緊密な総体性の中に於いてのみ実在の足場を与えられる。「恰度夫々に独立した言葉が集って一つの可読的な文が形成されるように」世界のあらゆる部分が一つの絆に繋がれるのである。だからこういう世界では、真の孤独者というものは絶対に存在しない。若し人が自分を孤独者だと考えるなら、それは錯覚であり幻覚であるにすぎない。万有が共存し、万有が共感し合う此の世界の中で、どうして人間だけが孤独者であり得るだろう。人と人との間、そして人と物との間は断ち難い無数の連鎖に結ばれているのだ。他のあらゆる存在者と同じく、人間もまた「類比性、構造、企画、そして恐らくは多種多様な因果性、の絆によって」全宇宙に固く結びつけられている。

かくて存在界は、それのどの一部を取って見ても、他の一切の部分と関係がある。一切は一切に貫流し合っている。世界のどの一点を押しても、それに応じて全世界が動くのである。「ただ一匹の蝶が飛ぶためにも空全体を必要とする。野の草の中に咲く一輪の雛菊を理解するためには、君は星々の中なる太陽を理解しなければならない」(Positions et propositions II)「最下等の蛆虫といえども生きるためには太陽を使い、星辰の機構を使っている」(「五大頌歌」)人知れず野に咲く雛菊の生誕を説明するために、我々は宇宙的諸力の複雑極りない協力を持ち出さなければならないのである。庭に美しい一輪の薔薇が咲く、それはクローデルにとっては宇宙的な奇蹟以外の何ものでもない。

さて一切の存在者が、このようにその本質上、欠除態に於いてあり、それ自体だけで存在し得るものは一物もないとすれば、それ等の未完の存在者によって構成された世界が絶えざる運動の様相を示すことは当然であろう。運動こそ存在界の本質的な形姿である。物質の世界から生物の世界、純精神の世界まで、絶対者以外のあらゆるものは運動を免がれることができない（勿論ここで運動というのは単なる空間的な場所の移動ばかりでなく、あらゆる次元に於ける変化を類比的に含めてのことであるが）。運動は一切の存在者にとって偶有的な状態ではなく、本質的状態である。言い換えれば、運動以前に予め何か固定した本性というようなものがあって、それが何かの原因で動き出すというのでなしに、運動自体が物の実在を成すのである。「実在《エクジスタンス》」そのものである絶対者（神）と違って、他の一切の存在者は瞬間毎に実在を受けとらなければならない。つまり瞬間毎に生誕を繰り返して行く、それによってあやうく絶滅をまぬがれて行く。こういう観点から、古来の哲学者は存在界を生成の世界と呼びならわして来た。一切の存在者は身近に虚無の深淵を感じている。無を抱き、無の淵に懸けられている。その虚無の底知れぬ深みに落下しようとしては、その度ごとに新しい存在の衝撃によって上に突き上げられて、あぶなく存在を保って行く。我々は普通、我々をはじめ一切のものが存在し続けていると思っているが、実は連続的存在というものは世界の何処にもないのである。存在は連続でなくて断続であり、瞬間ごとの飛躍である。他を顧るまでもなく、我々自身の心臓の鼓動、吸気と呼気の繰り返しが如実にそれを物語っている。我々が生命の「本源的戦慄」を始めて以来「一瞬毎の生の発出が最初の発出を再現し、次々に続く振動の拍子《タン》が生誕の繰返し」

を意味している。我々の心臓が鼓動する、その一打ちごとに我々は存在の中に生れ直し、実在へと打ち出されて来る。我々を取巻くあらゆる存在者の場合と同じく、我々の存在も真に充実した意味で存在と呼ばるべきものではなく、実際は存在と虚無との、生と死との絶えざる交替であるにすぎない。「我々は人間を、不断の振動状態にあるものとして表象することができる」とクローデルは言っている。人間は単にその肉体的側面、すなわち心臓の鼓動、呼吸、脳髄を中心点とする全身への神経波の発出と還流、などに於いて絶えざる膨脹と弛緩の繰返しであるばかりでなく、心理的、精神的側面に於いても強弱調振動を繰返す。「人は連続的に感覚しない。連続的に生きはしない。それと同じく連続的に思惟することもしない。そこには断絶があり、虚無の介入がある。思惟も、脳髄や心臓のように鼓動している」(Positions et propositions I)「我々が生きて行くために燃焼する。燃焼のリズムというものが我々の裡にある」(「詩論」)その生命のリズムが我々の肉体をも魂をも支配する。強弱のリズムこそ我々の生命そのもののリズムであり、我々の存在の原理である。

　こう考えて見れば、我々の生命、我々の存在そのものが既に一つの「本質的且つ根源的な詩句」ではなかろうか。生命のリズムに言葉を乗せて詩人が詩を歌い出す以前に、人間はその存在自体に於いて詩を歌っているのではなかろうか。一切の言葉が語り出されるに先立って、人間は毎瞬毎に、吸気と共に自己の外なる宇宙の何ものかを自己の内部に取り込み、呼気と共に自己の実体の何ものかを外なる世界に返してやる。詩作とはこの存在のリズムに、この「実体的振動《ヴイヴラシオン・スュブスタンシエル》」(「ジャック・リヴィエールへの手紙」)の上に言葉を乗せてやることにすぎない。言葉があってもなくとも人間は始めから「強弱調」（l'iambe）である。真の詩には、こういう意味で本質的な生命と存在の重量がなければならない。単に詩的表現だけに通用するような詩法——詩的詩法《プロゾディ・ポエティーク》とでもいうべきものではなく、生命的詩法《プロゾディ・ヴィタール》に於いてのみ真の詩は創造されるのである。

併しまた我々は、人間を取巻く一切のものもまた同じく不断の振動状態にあることを忘れてはならないであろう。人間の「本源的振動」は決して周囲から切り離された孤独の振動ではなくて、結局それもあらゆる他の存在者の振動とのアナロギーに於いて考えらるべきものであった。クローデルが「宇宙の詩学」ということを強調するのはそのためである。詩人が詩作する以前に、そして人間存在が詩である以前に、全存在界が挙げて荘麗な一篇の詩なのである。クローデルの詩論は常に存在論たらざるを得ない。ランボーを開眼の恩師と仰ぐ此の詩人が、同時にまた聖トマスの流れをつぐスコラ的思想家であることを我々は敢えて異とするには当らないであろう。

人間は振動している。人間の外なる一切の存在者も振動している。全宇宙が振動している。併し人間の振動と宇宙の振動との間には類比的な同一性が成立するだけで、両者がそのまま何の差別もない同一の裡に融合してしまうというのではない。人間は決して宇宙の中に解消はしない。人間は独自の存在である。宇宙的持続の只中にあって、その巨大な流れに運ばれながら、しかも私は独自の持続を刻んでいる。「何ものかが私の裡で数えており絶えず一を加えて行く。」「私は存在する。私は在る、併し何であるのか？　私は居る、併し何処にいるのか？　一体何時なのだろう、私の裡では、そして私の外では？　私の内に私の心臓の音が聞え、家の中央に時計の音が聞える。私は在る。私は、私の骨の間に幽閉されて私の存在を維持し続けて行く此の機械の打声を私の内に感じ、そしてそれを聴いている」(「詩論」) 内なる持続《デュレ》は外なる持続の一部でありながら、それを越えた独自の持続である。そして此等二つの持続、つまり二つの存在振動、の接触と一致が「認識」を可能にするのである。

「認識《コネサンス》」は詩人クローデルの哲学的思索の中心を成すとも言うべき、重々しい、難渋な思想の一点であるが、これを正しく理解するためには我々は認識という日本語でなく、「コネサンス」connaissance というフランスの原語を、根源的に且つ類比的に考えなければならない。認識する《コネートル》(connaître) とは、語の最も根源的な意義に於いて「共に生れる《コ・ネートル》」(co-naître) を意味する。言語に宿る深い人間的叡知の真実を信頼するクローデルにとっては、ギリシア語、ラテン語、フランス語等多くの言語に於いて、生誕を意味する言葉と認識を意味する言葉が屢々相通じている事実は単なる偶然ではあり得ない。コ・ネートル(共生)はコネートル(認識)の原始的形態なのである。

さてクローデルの観る世界に於いては真の孤独者なるものは絶対にあり得ないことを私は先に書いた。あらゆる意味で外に向って閉ざされたもの——ライプニッツの「無窓のモナド」のような——完全に孤立し自立したものは世界に存在しない。いかなるものも自分だけでは「在る」に足りず、「在る」ためには、それは自分の周囲に加入しなければならない。ものが生れる、在るということは、すなわち共に生れる、共に在るということである。このことを先の存在振動に則して言えば、在るとは自己の振動を周囲に播きひろげつつ自分もまた隣接する一切の存在者から伝わって来る振動に感応することにほかならないのである。刻一刻と新しく生起する世界時間の瞬間のうちに同時的に存在する全てのものが、相互に密接な、しかも無限に複雑な関係の総体を構成して行く、この意味で一切の存在者にとって「共に実在する」(coexister) 以外に「実在する」(exister) 道はない。ところで茲で特に重要なことは、共に生れる co-naître つまり共に在るということが、一義的でなく類比的に、すなわち存在の次元の異るに従って夫々違った形を採って現われてくる事実である。それによって始めて co-naître が connaître となる。

一体、コネサンス（共生）の原始的意味は空間的接触である。あらゆるものはそれが直接に隣り合う諸々のものと触れ合い、それらの上に支点を取り、かくすることによって空間の中に一つの位置を占めるこの次元では人間も石ころも違いはない。諸物体の接触と圧力それがコネサンスの原始的形態であり、無生の物は全てこのような仕方で互にコ・ネ（共生）しコネ（知り）合う。併しこの同じ「接触」が、存在のより高い次元に於いては見違えるような形で実現し、それが感覚となり知的認識となるのである。見違えるような形ではあるが根本にあるものは変らない。結局は存在者と存在者との接触である。但し一方は認識の主体として、他方はその対象として。

先にも書いたように我々は、一定のリズムに従って中心部から周辺に向って次々に新しい振動の波を送り出しているものとして表象される。この振動波の圏内のどこかに或る対象が現われると、生命の波動はその異物のショックを受けて動揺し、変化する。生命の波動が異物によって変動すること、それが認識の物理的現実である。併し振動波が、中心部を遠く離れた周辺地帯で変更されるのではない。変化を蒙るのは生きた振動の中心点なのである。単なる知覚でさえも、認識主体の本質を変化させる。嘗て聖トマスは「認識するとは、或る意味でその対象に成ることである」と言った。今やクローデルもまたそれと同じことを別の言葉で繰返すのである。「人が聴覚的に形づけられた時、人は音に成る。つまり音によって変更される。同様に視覚によって人は色に成る。つまり色によって、彼の振動の根元までも変更を蒙る」（「詩論」）「例えば紅い色が我々に滲透し、我々を深く深く色付け、我々の裡に一つの強烈な波をひき起すに至ることのあるのを誰が否定できるだろう」（「現存と予言」）認識に於ける物と人との接触は、同じ接触ではあっても、物体と物体とのそれのような表面的なものではない。それは内的な接触であり、本質と本質との交流である。外的事物から我々に向って働きかけて来るものは、その事物の持つ偶有的な一性質ではなくて、事物から発する存在振動の波である。併し存在振動とは、前述したところに従えば、その事物の最も内奥の中核から発出し、事物を真にかけ替えのない個性に於いて維持し存続させて行く「実体的波動」ではないか。従ってこのような波動の力が人間に働きかけるとき、その存在交渉は当然また人間の実体の次元に於いてのみ、言い換えれば人間自身の実体的波動に於いてのみ成立するのである。事物に於ける最も実質的、実体的な性質が、人間に於ける最も実質的、実体的なものと出遇う。人間は外的世界を認識することによって、自己の存在の根源、生命の源泉を揺り動かされる。簡単に言えば、認識の原理と存在の原理とは、人間にあっても（能動的に）事物にあっても（受動的に）同一なのである。

しかも人間は、動物のように狭く限られた小範囲の事物とのみこういう存在交渉に入ることができるのでなく、あらゆる種類の事物と実体的交渉を有つ自由が与えられている。「動物が特殊的であるのに反して、人間は一般的存在《エートル・ジエネラル》である。一方は幾つかの特殊の条件に、他方は一般的条件に適合している。一方は特殊的に、他方は一般的にコ・ネ（共生）する。一方は特殊者を他方は一般者をコネ（認識）する。」この点に於いて、人間と動物との間には踰え難い一線が劃されているのである。人間以外の動物は夫々ある一定の存在者とだけ存在交渉を有つ。その反応は本能的であり機械的な動きにすぎない。併し人間はあらゆるものと交流する。「例えば牛糞の中に棲む甲虫のように、動物の存在はそれを規定する或種のものの存在に緊密に依存している。併し人間の現存は、彼を取巻くあれこれの形姿の現存にもまた時間の中に於けるあれこれの状境の現存にも、必然的に依存するということはない。人間は至るところに於いて処を得ている。彼は一般者を認識する。動物は或る一定の跳び方だけをする玩具のように造られている。猿や鳥や魚について、それの認識を曰々することは、要するに或る何かの対象が介在して、木に攀るもの、実を啄むもの、水中の泳手などに対して及ぼす変更を語るにすぎない。しかるに人間は永続的なものを認識する、と言う意味はあらゆる物事に於いて彼は或る固定した一点に関する変様《ヴアリアシオン》の事実を認知するということである、恰度中国語で永遠性の観念が『水』の字の上に一点を附して表わされるように。」（「詩論」）

かくて人間は思うがままに、自己の実在の根源をなす振動の波力を「まるで指でも押しつけるように自己を取巻く全ての存在者の上に押しあてて」、それらのものの内奥に滲透して行き、それらを永遠の姿の下に自分の魂の中に取り入れる。人間の実在が事物の実在を、実在が実在を捉えるのである。人間にのみ許された此の特殊な能力によって、精神の前に立つ一切の事物は精神に捕捉され、その中に取り込まれ、それの中で新たに立ち上る。精神外の現実の世界でも、相変らずその対象は生誕を繰返しているであろう。併し今やそれと同時に、それを捉えた魂の内部に於いても、その物は精神化された新しい姿に於いてその同じ生誕を繰返し始めるのである。

「人間は認識するために実在する」とクローデルは「現存と予言」の一節に書いた。一切の存在者を、宇宙を、魂の中に取り入れ、それを精神化することは、全ての存在者の意味《サンス》を顕現させることである故に、それは単に人間の特権であるばかりでなく、人間に課された「聖なる、殆んど秘蹟的ともいうべき」重大な意味を有った義務である。人間は地上に於ける神の代理者である。彼は彼を取巻く一切の存在者に対して責任を負っている。一切の存在者は夫々に自己の存在の根源的な意味《サンス》をあらわにし、自己を完成しようとしている。併しそれは人間によって認識されることによってでなくて、どうして実現されるだろう。人間の認識が事物の意味を引き出し、釈き明かさないなら、宇宙は空虚な夢幻にひとしい。宇宙の窮極の統一とそれの有意義化は、人間の認識に掛かっているのである。

なんとならば全自然は私なしには空虚ではないか。私こそ自然に意味を付与する者。あらゆるものが私の裡にあって、

私の有つ概念の中で永遠になる。私こそあらゆるものを聖化し、それを神への犠牲として
捧げるのだ――

（「五大頌歌」）

哲学的意味論

ふりかえって見ると、今までずいぶん色々なことをやって来た。私が学問の方向を変えるたびに、ひとは私の仕事にレッテルを貼りつけようとしたものだ。だが他人から付けられたレッテルで満足したためしがなかった。

ところが今度エラノス学会から講演に招かれるについて、主催者側の方から「貴方の専門の領域を哲学的意味論（Philosophical Semantics）としてよろしいか」と尋ねて来た。はじめ一寸びっくりした。全く予想もしていなかったレッテルだった。しかしこのレッテルにどんな意味があるのか、あり得るのか、と考えているうちに、こちらの意味付けの仕方いかんによっては実にぴったりした名称だという気がして来た。面白いものである。「哲学的意味論」——それは私が最近胸にいだいてきたイデーを他のどんな名称にもましてよく表現しているように思われた。

それにつけてもこの冬クリバンスキー教授と知り合いになり、急に親しくなり、意気投合さえすることになった妙な偶然が思い起される。

過去六年ものあいだ毎年モントリオールに行きながら、しかも同じ大学の同じ建物の哲学科にクリバンスキーという世界的に有名な哲学者がいることもよく知っていながら、今年まで一度も逢ったことがなかった。これもまた妙な話である。

ポーランドのユダヤ人。ポーランド人によくある鋭い数学的論理的思考とユダヤ人独特の形而上学的直観を兼ねそなえた人。スピノザをこよなく愛し、ライプニッツを研究し、故カッシーラーを親友とし、アインシュタインと親しく交際していたこの人は、同時にプラトンの対話篇やギリシア悲劇を読むことに日々の楽しみを見出している古典人でもある。

はじめて招かれて彼のアパルトマンを訪ねた夜、私はスペインの真紅のリキュールをすすりながらアイスキュロスを読んでいる彼を見出した。モントリオールの古い大金持の邸宅の最上階の一室に彼はただ独り、ひっそりと暮していたのだった。口元からはいつも微笑が消えなかったが、目は気味悪いほど鋭かった。「哲学」について語るとき、その目は炯々と光った。

我々二人は哲学そのものの理念と、それの現代的意義について非常に類似した考えをわかち合っていたことを発見して驚きかつ喜んだ。

彼はパリの Institut International de Philosophie の所長という有利な地位にあってここ数年来、哲学と世界共同体という運動をすすめて来た。この運動の根本理念は、現代全世界の諸民族の深い相互理解は色々の次元で可能であるにしても、最も根本的には哲学的次元で行われなければならないということである。世界は今や一つの共同体の成立に向いつつあるが、それは諸民族がそれぞれの哲学的所産を流通し合って、それを通じて理解し合うとき、はじめて確乎たる理性的基盤の上に立つことができるという考えである。

この目的のために彼は東西の哲学伝統を代表する幾つかの根本テキストを選出し、それを同時に多くの言語に翻訳し原文と並べて出版するという方式を考え出した。

この理念そのものには賛成だが、その実践手段として対訳叢書を各国で出版するだけでは弱いと思う。全然歴史と伝統を異にする哲学者たちを人為的に対面させ、語り合い理解し合わせるためには、先ずそこに共通した哲学的言語が成立しなければならない。諸国の哲学者たちの思想を、その精神の深みにおいて分析的に把握した上で、彼らに共通の言語を互いに語らせる知的操作がなければならない。このような哲学的共通言語を作り出すこと、それを私は哲学的意味論と呼び、その仕事を自分に課したいと思う。現に私のしている老荘思想とイブン・アラビーの思想の比較研究はかかる理念の上に立っているものである。

「読む」と「書く」

今世紀の半ば過ぎ、ヨーロッパに、突然、一つの見なれぬ学風が起った——構造主義。それ以来、人文科学の世界はその様相を一変した。混乱状態に陥った、と言ったほうがもっと正確かもしれない。

構造主義的学風を肯定するか否定するかは別問題。好きとか嫌いとかいうことでもない。過去何世紀にもわたって人々の頭脳を支配してきた学問の区分けそのものが浮動的になり、専門家たちが己れの専門領域のあり方について一種異様な不安を抱きはじめたという事実、それが問題なのだ。とにかく、良心的に、かつ真剣に己れの現に置かれた事態を考えようとする学者にとっては、一切が悪くすれば五里霧中ということにもなりかねない。そんな危機的状境のなかで、ついこのあいだまで我々が想像もしなかったような問題が次々に出現し、それらの問題をめぐって、新しい学問分野形成の気配が濃密に漂う。「読む」と「書く」とが現に示しつつある新しい学問的問題性も、まさにそうした性質のものなのである。

言語《ランガージュ》は人間を真に人間たらしめるもの、人間を禽獣から分つもの、つまり、人間の本質規定的な特性である、という。たしかに、人間は誰でもコトバを喋る。だが、同じ言語能力でも、読むとか書くとかいうことになると、だいぶ事情が違ってくる。

世界には、コトバを喋りはするが、喋るばかりで読むことも書くことも全然できない人達がまだたくさんいる。有難いことに日本では、明治以来、為政者たちの積極的な文教政策のおかげもあって、今では人並みの人間なら誰でも一応読み書きぐらいはできるようになった。祝福さるべき文明社会に我々は生を享けているのだ。だから我々にとって、ものを読んだり文章を書いたりすることは、まったくの日常茶飯事であって、それが出来るからといって別に自慢にもならないし、従ってまた、特に取り立てて問題にするまでもない。ヨミ・カキという表現自体に、日常性、平凡さ、の匂いがしみこんでいる。要するに、ごく当り前のことなのである。

ところが、そのごく当り前のことが、現代学問の先端に立つ思想家たちの手にかかると、たちまち当り前のことでなくなってしまうのだから驚く。「読む」と「書く」とが学問の最先端のテーマとして激烈に論議され、私などが若い頃には夢想だにしなかったような複雑で難渋な理論が現われる。現代の急進的思想家たちが、特に現代的問題として論究している「読む」と「書く」は、もはや、従来我々が考えてきたヨミ・カキの概念領域には属さない。事実、すさまじい勢で進展しつつあるこれらの「読む」「書く」理論に、今までの常識的なヨミ・カキの理解を基にして立ち向うなら、まるで一寸先も見えない濃霧のなかで足がすくむように、行くべき道も方向もまるでわからなくなってしまうのだ。常識的、通俗的——バルトなら「ブルジョア的」というだろう——ヨミ・カキの概念は、そこでは根拠を喪失して無力化する。だが、それらが完全に無効になり無力になったところから、思いもかけず、新しい「読む」「書く」のイデーが、新しい学問の成立可能性を示唆しつつ、現代に生きる知性人特有のテーマとして出現してくるのである。

何が起りつつあるのだろう。何が、一体、日常茶飯的なヨミ・カキを、こんな重大な学的主題に変貌させてしまったのか。いろいろな原因が挙げられるであろうが、とにかく一番決定的なのは、ソシュール以後の記号学の急速な発展に伴って、書かれるコトバ（書記言語）の位置づけが根本的に変ってきたことだと思う。

ひと昔まえ、私が大学で教えられ、また自分で教えたりもした近代言語学では、コトバは第一義的には話しコトバであって、書記言語はせいぜい第二義的な、派生的な位置しか与えられていなかった。話されるコトバが先ずあって、それを文字に転写したものが書記言語。文字に書かれたコトバは、人が生きたコミュニケーションの場面で話すコトバの、いわば人為的な再現であり、きわめて不完全な代替形態にすぎない。とすれば、当然、およそこと言語に関するかぎり、すべての理論は話されるコトバの考察に基かなくてはならない。と、これがつい最近まで言語学の第一原則であり、専門家のあいだでどこでも通用する常識だった。
だが、構造主義の勃興以来、事情は急速に変った。書記言語の価値づけが一変したからである。書かれるコトバは話されるコトバの土台の上にはじめて存立する派生物ではなくて、もともと書くことと喋ることとは、言語使用のまったく違う二つの次元である、ということになってきたのだ。両方とも、窮極的には、言語《ラング》という同じ一つの記号コードに依拠するがゆえに、表面的には同一次元でのことのように見えるが、それはほんの見かけだけのことで、両者の内実は根本的に違う。

話しコトバの場合は、原則として、話者と聴者という二人の人間が現実の具体的場面において面々相対してコトバを交わす。これに反して書きコトバでは、話しコトバでの聴者に相当する相手、すなわち読者は書き手の想像裡にのみ存在するのであって、書き手がものを書く現実の場面には居合わさない。相手不在のいわば独り芝居のようなもの。現実に相手がいるのといないのとでは、ひとしくコトバの顕現様式ではあっても、その顕現のレベルが違う。同じ一つの平面上で、一方が先、他方が後、というわけでは決してない。

それどころか、ポスト・構造主義的思潮の発展に先駆的位置を占めるジャック・デリダのごとき思想家となると、話しコトバと書きコトバの常識的先後関係をひっくりかえして、「根源書記《アルシ・エクリチュール》」（archi-écriture）という新概念まで作り出し、話しコトバは書きコトバの一つの特殊ケースにすぎない、などと主張しはじめる始末。そこまで極端に行かないまでも、とにかく、書きコトバを、話しコトバとはまったく別の、独立した言語次元と見なさなければならないという点では、大抵の論者が一致している。
こんな状境の下では、「読む」と「書く」とがかつてない重大な学問性を露呈しはじめたとしても、なにも不思議はないだろう。もともと、「読む」と「書く」とは書記言語の基礎形態、というより、それのすべてなのであって、書記言語にたいする見方が根本的に変ってくれば、「書く」こと、「読む」ことにたいする見方も、当然、根本的に変る。常識的に理解されたヨミ・カキの概念は、こうなればもはやものの役に立たない。

「読む」「書く」をこんな大問題に仕立て上げた張本人――少くともその一人――はロラン・バルトだ。バルトという人は、私にはあまり性の合う思想家ではない。彼の著書を読んでいると、時々、妙にいらだたしくなり、癪にさわってくるのだ。むやみやたらに方向転換しながら、やみくもに疾走する奔放な思考。晦渋な文体。それに、言語学者ムーナンをあんなに憤慨させた、彼のソスュール言語学、記号論にたいするあの不正確でいいかげんな解釈、誤解、曲解。ところが、その誤解、曲解のなかから、新鮮な現代性を発散する面白い思想が生れてくるのだから、こちらはまごついてしまう。昨春、「コーランを読む」と題する岩波市民セミナーを受けもつに際して、バルトの「読む」理論を思い浮べる機会が屢々あって、つくづくその感を深くした。

「書く」といえば、昔流の考え方では、客観的に何かを文字で書きあらわすことだった。頭のなかにあらかじめ思想が出来上っていて、それをコトバで再現する。内的リアリティとして、コトバ使用以前に確立している「自分」を表現する。あるいは、外的世界の客観的事態や事件をコトバで叙述し、描写する。このような常識的見解によれば、意味がコトバに先行する。言うべきこと、表現を待っている意味、が書き手の意識のなかに成立していて、書き手はそれを表現するのに一番適切なコトバを探し出してきて言語化する。だから、当然、コトバは透明でなければならない。書き手が並べた透明なコトバの連鎖を通して、その向う側に、書き手の心に始めから存立していた意味——つまり言語化前のリアリティ——を理解する、それが「読む」ということだ。

ところが、とバルトは言う、そんなのはへぼ作家、えせ作者（écrivant）のやることであって、真に「書き手」の名に価する、本物の作家（écrivain）のすることではない。真の書き手にとっては、コトバ以前に成立している客観的リアリティなどというものは、心の内にも外にも存在しない。書き手が書いていく。それにつれて、意味リアリティが生起し、展開していく。意味があって、それをコトバで表現するのではなくて、次々に書かれるコトバが意味を生み、リアリティを創っていくのだ。コトバが書かれる以前には、カオスがあるにすぎない。書き手がコトバに身を任せて、その赴くままに進んでいく、その軌跡がリアリティである。「世界」がそこに開現する。

これからものを書こうと身構えて、内的昂揚と緊張の状態に入った書き手の意識の深層領域の薄暗がりのなかから、コトバが湧き上ってきて一種独特な「現実」を生んでいく、その言語創造的プロセスが、すなわち、「書く」ことなのである、ということもできよう。

もっとも、バルト自身はここでは意識深層だとか下意識だとかいう心理学的用語は使わない。きわめて特徴的に、「身体《からだ》」という語を彼は使う。書記行為においては、「身体」からじかに滲み出してくるコトバ、それだけが本物のコトバだ、という。無論、大多数の書き手——専門の作家でも——は「身体」で書かないで「頭」で書く。そんなコトバはいわゆる「紋切り型《ステレオタイプ》」であり、生命のない共同言語、真似ごととしての言語使用にすぎない。

「身体」で書くことをしない、あるいは、書くことのできない、このような贋物の書き手たちの特徴は、バルトによれば、先ず第一に、書き手としての主体性が固形化して、ほとんど実体的に意識されていること。つまり、書き手としての我《エゴ》が、コトバの外に存立していることだ。コトバから遊離して、その外に立つ我《エゴ》が、まるで道具でも使うようにコトバを使う。書く主体が確立しているのに対応して、書かれる客体も確立している。

一切の存在者の「本質」的実体性を徹底的に否定するバルトにとっては、「書く」現象において、主体も客体も実在しない。主体の側では、既に完全な自己解体が起っている。書き手としての自己(「我」)が解体しきったところで、深い身体的感覚が、その全エネルギーをあげてコトバをつむぎ出す。書き手の実存は、ここではそっくりそのまま「コトバの脈搏」と化している。それこそ、唯一の、真正な書記行為。こういう真正の「書く」が生み出すものを、バルトは術語的に「テクスト」と呼ぶ。

「書く」ことにたいするこのような見方には、哲学的に、一つの特異な存在論的含意がある。勿論、真正（オーセンティク）な言語使用の場面だけの話だ。その存在論的含意とは、前にもちょっと触れたが、コトバの彼方に、客観的なリアリティは存在しない、ということ。自己解体して、我《エゴ》という表層的実存の収約点を喪失した書き手が、「身体」の深部にみなぎり脈打つ意味形成的衝迫を言語化しつつ書いた「テクスト」。そのような「テクスト」を「読む」読者は、コトバを通して自己表現する書き手の「我」をそこに探ろうとしてはならない。そんなものは始めからそこにはないのだから。また、コトバを通して、その向う側に、言語以前の客観的世界を求めてもいけない。書かれるコトバに先行する客体などというものは、いかなる意味においても実在しないのだから。コトバは透明なガラスではない。本来的に不透明なコトバが、自らの創造力でリアリティを描き出す、ただそれだけ。こういう形でのコトバの展開が、すなわち存在の自己形成なのである。

こう言ったからといって、べつにロラン・バルトや、より一般に構造主義的記号論者たちの所説を、一から十まで是認したり信奉したりする積りは、私にはない。ただ、「読む」「書く」理論を通じて彼らの提示する言語哲学的見解には、大乗仏教をはじめとする東洋古来の哲学と意外に一致するところが――特にコトバと実在という存在論の基礎領域に関して――ある、それが今の私には面白いのだ。しかしそれよりも先ず、彼らの、時として暴走とも見えなくはない所説に揺曳する濃厚な現代性、現代的感覚を、こよなく貴重なものと私は感じるのである。従来、我々がヨミ・カキという名の下にいとも軽々しく取扱ってきた平凡な事柄を、「読む」「書く」というずっしり重量感のある学問的テーマに変質させた西欧の現代的知性のいとなみには、たしかに我々東洋人の反省を促す何かがある、と私は思う。

単数・複数意識

鎌倉の冬。書斎の窓ごしに、山茶花《さざんか》の咲き誇る庭の景色をぼんやり眺めている。散り積った枯葉の上に、まっ白な猫がうずくまって、じっとこっちを見つめているのに、ふと、気付く。「猫がいる」と、私はつぶやく。「一匹の猫がいる」とも言えるが、なんとなくぎごちない。それに「一匹」などと言うと、妙なところに焦点が絞られて、風景の質が変ってしまう。

これがもし英語ならそうはいかない。どうしても a cat か cats か、だ。概念としての猫は別だが、生きた具体的な猫は、英語では必ず単数か複数である。単数でも複数でもなく、それでいて、単数的でも複数的でもあり得る日本語の「猫」は、英語の世界には生息しない。

日本語には、この点で、独自の曖昧さがある。だが、それで結構、用は足りている。だいいち、曖昧だなどというのは、外国人的な見方で、そんな意識は、欧文調の論文でも書く場合は別として、通常、日本人にはない。

「奥山に紅葉ふみわけ鳴く鹿の声きくときぞ秋はかなしき。」鳴いている鹿は単数なのか複数なのか、などと穿鑿するのは、それこそ野暮というものだろう。そんな疑問など抱かずに、古来、日本人は、心にしみる「鹿」の声に秋の気配を聞きとってきた。

春、わが家の庭にも鶯が来て鳴く。典型的な『古今』春のテーマだ。だが、その鶯が一羽なのか、それとも何羽もいるのか、そんなことは私は問わない。のどかな春景色を憶うには、ただ「うぐいす」だけで足りる。「春霞たつたの山の鶯の声」――単・複を分けない日本語の意味空間には、そんな不決定性がある。そして、そこに情緒纏綿たる詩的感性の世界が生起するのだ。

だが、それでも、この種の歌を英訳でもしようとすると、たちまち単数・複数の問題がひっかかってくる。そういえば、例の芭蕉の「枯枝に烏」をどう訳すだろう。何年か前、ロシア語訳を偶然見たことがある。「烏」(ворон)も「とまる」(сидит)も単数で、おまけに одиноко「ただ独り」「しょんぼり、ただ一羽」という副詞まで添えられていた。明かに、一羽の烏の孤影悄然たる姿。勿論、それはそれで結構なのだが、ただ、『東日記』に発表された時の原形が「枯枝に烏のとまりたるや秋の暮」という、いささかたけだけしい調子であったことを考え合せる必要がある。芭蕉自ら絵筆を取って、その心象風景を描いて見せた群鴉枯木図では、多くの烏が空に舞い乱れ、枯枝には数羽とまっている。かまびすしく鳴きかわす烏の群れ。まさに中国的「寒鴉枯木」のテーマである。

だが、後日、『曠野』に収録するにあたって、芭蕉はこれを「枯枝に烏のとまりけり秋の暮」と、静かな日本調に詠みなおす。それとともに、騒然たる群鴉から侘びしげな一羽の烏の幽寂に、心象風景もひとりでに移っていく。しかも、表面に現われている語は同じ一つの「からす」。西洋風に言うなら、単数も複数もない「からす」の内部で、ひそやかに、複数から単数へのイマージュ転調が起った、とでもいうところだろうか。絵画とは違って、コトバの世界では、こんな内的転調が、こともなげに行われるのだ。まるで、なんの変化も起らなかったかのように。こういう細かい芸は、英語などでは考えられない。

単数・複数の問題性を、幼稚な形ではあるが、私が始めてはっきり意識したのは、中学時代、英文法の教室でのことだった。英文法のF先生は、日本語にもちゃんと単・複の区別はある、と強調した。「一つ以上」とか「たくさん」という意味を言い表わす必要がある時は、いくらでも適切な形がある、というのだ。人々、人たち、国々、諸国。本一冊、本数冊、等々。

現代だけではない。昔の日本語でも、例えば『伊勢物語』など、ちょっと開いただけで、「女ども」(五十八)、「舟ども」(六十六)、「思うどちかいつらねて」(六十七)、「これかれ友だちどもあつまりて」(八十八)など、複数形らしき形がいくらでも目につく。

だが、厳密にいえば、これは「複数」ではないのだ。もともと単数・複数というものは、文法形態的システムの問題なのであって、たんに一つとか多くとかいう意味の上での区別ではない。無論、原初的体験としては、そこに一・多の識別が働いてはいる。しかし、ただ一・多の意味を表わしただけでは、単数・複数にはならない。もしそれが単・複であるなら、およそ数の観念のある人間の言語には、すべて、単・複の区別があるということになってしまう。「両手」や「双子」は、双数ということになるだろう。

古典アラビア語は、文法的範疇としての単・複・双を分ける典型的な言語である。目の前に一冊の本があれば kitāb（単）と言い、数冊なら kutub（複）。その上、双数という厄介なものがあって（古典ギリシア語やサンスクリットも同様）、本が二冊なら kitābāni と言わなければならない。だが、もっと厄介なことがある。単・複・双を通じて、形容詞も動詞も、それぞれ名詞と数を合わせなければならない。といっても、それがまた面倒なので、複数名詞には複数の形容詞、複数の動詞というわけではなく、例えば、複数 kutub と結ぶ形容詞、動詞はともに単数、女性形（「本《キターブ》」は男性名詞なのに）。しかも、その名詞が、理性をもつ生物（「人」）の場合は、男か女かによって、形容詞も動詞も男性あるいは女性の複数形、といった具合。男数人のなかに女性が一人まじっていたら……など、記述するだけでもうんざりする。

現代世界の重要な文化語のなかではロシア語などに、これに劣らぬこみいった文法機構が見られるが、ここでも単・複はたんに一か多かの問題ではない。「美しいX」型の単純な形容詞・名詞の結合でも、Xが生物か無生物かとか、その格関係とかによって形が変るし、おまけに、同じく多とはいっても、厳密な数の規定が加わったりすると、二から四までは、名詞は（男性・中性、主格の場合）単数属格、形容詞の方は複数属格、それを受ける述語動詞は複数、五以上ならまた別、云々といった調子である。

つまり、こんな簡単な事態でも、それを正確に言語化するためには、ロシア人は、対象が一か多か、多であるにしても二から四までか、それとも五以上か、生物か無生物か等々を、その場で素早く見てとり、敏感に適切な反応をしなければならないのだ。ということは、ロシア人が、いつもこのような角度から世界を見ていなければならないということである。勿論、この複雑なメカニズムは、言語的無意識の領域に完全に収められているので、一々それを意識はしない。だが逆に、無意識であるからこそ、その支配力は大きく、かつ深い。とにかく、こんな言葉を喋っている人の言語意識——ひいては、ものの見方——が日本人と同じであるはずがない。そう考えると、人間の心を枠づけるコトバの力が、今さらながら、そら恐ろしくなりさえする。

「気づく」
——詩と哲学の起点

いわゆる主客未分の境位は、ここでは問わない。主客が分岐し対立している通常の経験的意識に、対象認知の事態が起る場合、その事態へのアプローチの仕方は、言語慣用の規制力によって、強力に限定され、方向づけられるのを常とする。

例えばギリシア語にλανθάνω《ランタノー》（古形λήθω《レートー》）という動詞がある。今まで気がつかなかった、というような意味でよく使われる動詞だが、慣れないうちは、その用法がなんとなく不自然に感じられる。意味構造を支えている物の見方が、我々日本人の現在の言語慣用の自然に反するからである。「私はXに気づかずにいた」と、日本人ならごく自然に言うところを、昔のギリシア人は「Xが私から隠れていた」と言う。要するに、Xの隠覆からXの露現へという存在意識のパターンにおいて、主体の能動的働きに焦点を合わせるか、客体のあり方を強調するか、の違いなのだが、そのいずれに優位を認めるかによって、認識論はもとより、形而上学も真理論も、決定的に異る色合いを帯びてくるであろうことが、当然、予想される。

「ランタノー」は、何かが隠れている、隠されている、状態を意味する。隠されている、だから、私はそれに気づかない――Verborgenheit「隠覆性」「掩蔽性」。何かが隠れているとは、それがそれとは別の何かに掩蔽されているということ。「気づき」がそういう形で拒まれ否定されていることである。

だが時として、突然、覆いが取り払われることがある。今まで隠されていたものが、一瞬にして露見する。それを体験する主体の側から言えば、すなわち「気づき」の瞬間である。一体、何が露見するのか。言うまでもない、事柄の真相が、である。

こうしてものが露わになった顕現状態を、ギリシア語で ἀλήθεια《アレーテイア》という。哲学の術語としては、勿論、「真理」と訳して然るべきものであるが、実はこの語も、「ランタノー」と同語根であって、「掩蔽」をその意味中核とする。それを α- という否定辞で否定する、つまり「掩蔽」状態が払拭される、それが「アレーテイア」なのである。このギリシア的「真理《アレーテイア》」概念の内含的意味構造が、後期ハイデッガー哲学の思想的地平形成に重大な役割を演じたことは、人の知るところである。

ふと何かに気づき、その意外性が心を撃つ。それをアリストテレスは「驚嘆すること」(τὸ《ト》 θαυμάζειν《タウマゼイン》)と呼び、そして、「驚嘆こそ哲学の始まりである」と言う(『形而上学』一)。何故それが哲学の始まりであるのか。「驚嘆」は、彼によれば、「疑問」に転成することによって、知的に自己展開してゆく性質をもつものだからである。今自分が気づき、自分を驚嘆させたXは、一体、何故そのようなXであるのか（「原因」探求）、また、Xとは本来何であったのか（「本質」追求）という知的好奇心が、哲学者をどこまでも衝き進ませる動力として働く。それが「気づき」としての、哲学の起点である、と彼は言うのだ。

「（Xは）本来何であったのか、ということ」（τὸ《ト》 τί《ティ》 ἦν《エーン》 εἶναι《エイナイ》）——これは「本質」という術語がまだ完全に出来上っていなかった時期に、アリストテレスが作り出した（その故に、いささかぎこちない）表現である。形成途次のこの術語の裏にも、「気づき」がひそんでいる。何であった（ἦν）のか、という存在動詞の過去継続形がそのことを示す。過去といっても、線的時間秩序の過去ではない。始めからそうであったのだという、今はじめて気づかれた事態の過去性が、ここで、非時間的妥当性に転成するのである。非時間的妥当性をもつ存在事態が意識に顕現すること、そういう意味での「気づき」、それがプラトン・アリストテレス的「本質直観」にほかならない。

今はじめて気づいた、気づいてみると、（始めから、あるいは、気づく前から）そうだった、という「気づき」の過去性は、日本語の助動詞「けり」にも構造的に結晶している。普通、「けり」には三つの主要な意味があるといわれている。㈠過去、㈡はじめて何かに気づく、㈢詠嘆。だが、分解的に取り出されたこの三項目は、「気づき」の過去性において有機的に一体化している。「世の中はかくこそありけれ吹く風の目に見ぬ人も恋しかりけり」（貫之）。「けり」のこの用法は遠く万葉時代に遡る。

三つの要素に分解できるこのような多重的意味構造が助動詞の形で文法的に定着しているという事実それ自体、「気づき」体験が昔の日本人にとっていかに重みをもつものであったかを物語る。過去性、気づき、詠嘆という三要素を意味構造的に集束する「けり」を媒体として、一つの重要な意味複合体が、独自の美的価値を孕んだ意識事態の一単位として、ここに自己展開しつつあることを我々は認知する。この特異な意味単位・意識事態は、主体性への深い関わりの故に、創造的力動性をもつ。しかもそれは、一つの内的事態として成立しているが故に、無限の現象形態に展開して、一定の言表形式に拘束されることがないのである。「秋来ぬと目にはさやかに見えねども風の音にぞおどろかれぬる」（藤原敏行）はその一例。ここで詩人は、「気づき」と、気づかれた事柄の意外性の喚び起す内的衝撃とを、「おどろく」という動詞の意味を通じて直接叙述的に表白している。

「気づく」とは、存在にたいする新しい意味づけの生起である。一瞬の光に照らされて、今まで意識されていなかった存在の一側面が開顕し、それに対応する主体の側に詩が生れる。「気づき」の対象的契機がいかに微細、些細なものであっても、心に泌み入る深い詩的感動につながることがあるのだ。蕉風の俳句にはそれが目立つ。人口に膾炙した「山路来て」「薺《なずな》花さく」「道の辺の木槿《むくげ》」をはじめ、その例は無数。このような、ふとした「気づき」の累積を通じて、存在の深層を探ってゆくのである。

前述のごとくアリストテレスにおいては、「驚嘆」は「疑問」に転じ、原因と本質の対象化的探求に向うものであった。同じく「気づき」の「おどろき」でも、日本詩人の場合、それは彼を新しい知的発見に向って進ませるよりも、むしろ主客を共に含む存在磁場にたいする意識の実存的深化に彼を誘うのである。「気づき」は、ここでは、新しい客観的対象を客観的に発見することではない。むしろそれは、「意味」生成の根源的な場所《トポス》である下意識領域（唯識のいわゆる「アラヤ識」）に、新しい「意味」結合的事態が生起することである。「気づき」の意外性によって、アラヤ識にひそむ無数の「意味種子」の流動的絡み合いに微妙な変化が起るのだ。「意味」機能磁場としての意識深層におけるこの変化が、次の「気づき」の機会に、新しい「意味」の連鎖連関を、存在体験の現象的現場に喚起し結晶させてゆく。「気づき」は、日本的意識構造にとって、その都度その都度の新しい「意味」連関の創出であり、新しい存在事態の創造であったのである。

古来、日本人はこの種の存在体験に強い関心を抱き、それの実現に向って研ぎすまされた美的感受性の冴えを示してきた。日本的精神文化そのものを特徴づける創造的主体性の、それは、決定的に重要な一局面であった。

第IV章　推薦文とアンケート

第一級の国際人〔鈴木大拙全集への推薦文〕

スイス、マッジョーレ湖畔で毎年八月に開かれるエラノス学会、その講演者の列に私が加わるようになったのは一九六七年以来のことだ。エラノスはユングゆかりの地。東洋の精神的伝統の生きた証人の一人として、鈴木大拙になみなみならぬ関心を寄せていた晩年のユングは、一九五三、五四年の二回、彼の主催するこの学会に大拙を招いて、禅についての講演を聴いた。だが、講演そのものよりも、大拙のなかに躍動する「人《にん》」に触れて、人々は深い感銘を受けたらしい。

湖面を見はらすテラスの食卓を中心点として、十人の思想家とその夫人たちが過す十日間。たゆたう水の遠いきらめき。誰かが尋ねた、「我々が神というところを、あなたは無という。無が神なのか」と。深い眉毛の奥で大拙の目がキラッと光り、彼は食卓のスプーンを取り上げて、いきなり前に突き出すと、ただ一言、「これだ。わかるかね」と言ったそうな。

しかし、大拙をこよなく敬愛したユングは逝き、大拙その人も今はなく、私にそんな思い出を話してくれたアンリ・コルバンも故人になった。こうして人は去って行く。だが彼らの思索の跡はいつまでも生きている。

鈴木大拙は近年の日本が生んだ第一級の国際人だ。いよいよ盛んになる国際交流の気運のさなかで、東と西との思想的対決と対話とが問題となり、我々日本人としても東洋的精神文化の意義をあらためて考えなおす必要にせまられている今日、このたぐいまれな国際的禅者の描き出す禅の世界を、ここでもう一度、将来に向って検討してみることが望ましいのではなかろうか。

〔一九八〇年「みすず」読書アンケート〕

荒井献・柴田有訳『ヘルメス文書』朝日出版社　一九八〇年一〇月

古典ギリシア学の賑わいにくらべて、寥々たる状態にある我国の後期ギリシア、ヘレニスティク時代の思想研究の分野に注目すべき一歩を踏み出した労作だと思う。新プラトン主義とならんでヘルメス主義は、地中海をめぐる東洋思想の史的形成にも関係するところ深く、これを度外視しては、例えばイスラーム思想の秘教的側面は理解できない。この意味でも、本書の、このような学的水準の高い形での邦訳出版に私は大きな意義を認めたい。

〔一九八一年「みすず」読書アンケート〕

1　佐藤健「マンダラ探検」人文書院　一九八一年六月
ラダック地方の密教文化が最近、各方面の人々の関心の的となり、写真集を始め、様々な著書が刊行されつつある。本書は、ラダック地方のマンダラ的世界の中に、実存の形而上的根源性を求めようとする一人のジャーナリストの探検旅行記。マンダラにたいする生きた情熱をじかに感じさせる本。この種のものとしては第一級の作品だと思う。

2　ラマ・ケツンサンポ、中沢新一共著「虹の階梯」平河出版社　一九八一年七月
数年来の密教、タントラ的なものにたいする流行の昂奮もようやくおさまるにつれて、本格的なタントラ的思索の出現する地盤だけは出来上ったものの、この方面の仕事は、ともすれば通俗的オカルティズムに堕しやすく、学問的で、しかも実践道に直結するような書物はなかなか現われない。自らチベット仏教ニンマ派の修行者となり、密教的体験を深めながら、さらにその体験の成果を実

に見事な学問的形で分析することに成功した若き日本の思想家の作品として、本書の意義はまことに大きい。

3　竹内芳郎「文化の理論のために」岩波書店　一九八一年十一月

二十世紀の新しい学問、いろいろな方向に華々しく進展しつつある文化記号学。次々に現われる著書は数限りない。華麗な主題、いかめしい術語、いかにも科学的な表現形式。だが、実際に読んでみると、空疎な内容にがっかりさせられることが多い。そんな経験の繰り返しの後で、本書を読むと、ほっとする。独創的で真摯な思索の跡がここにあるからだ。文化記号学への道という副題が保留なしで首肯される。

現代を思想的浮動性の時代として特徴づける人がいる。事実、目まぐるしく変転するこの世界で、思想だけが安閑と旧態を守っていられるわけがない。当然、現代思想は彷徨する。不断に方向を変えるその動きは、いたるところでいろいろな形の流行思想を生んでいく。あまりにもあわただしい思想界のこの趨勢に、多くの人が眉を顰める。

だが一概に、思想のこの流行現象を慨嘆しても始まらない。現代には現代の特異性があり、特異な要求があるからだ。しかし他面、流行に足を掬われて、いたずらに右往左往するのも、また空しい。とすれば、絶え間なく生起してくる新しい観念群の流れに棹さしつつ、しかもその底に、永遠に変らぬ何かを認め、それを己れの思想的創造力に転化させていくことが、現代を哲学しようとする我々の取るべき道なのではなかろうか。古人曰く、不易流行、と。「流行」は「不易」の自覚の上での自由遊動でなくてはならないのではないか。この意味で、西谷啓治博士の著作には、我々を深く反省させるものがある。

　世界思想史における「不易」を、東西の宗教哲学的伝統のうちに読み取り、人類の生んだこれら二つの強大な思想潮流を、構造的相関性において実存的に統合しながら、華麗多彩な独自の哲学を織り出して来た一人の文人哲学者を――東洋的文人パラダイムを内に含んだ一人の哲学者を――私は西谷博士のうちに見る。

　東と西の精神文化の伝統が、潑剌たる対話の場をそこに見出すこの日本の哲人は、その人自体が、すでに一個の現代的思想現象である。異文化間のコミュニケーションの必要が説かれ、東西思想の創造的な相互交感が、これからの新しい世界哲学の形成のために、切実に求められている今、この類いまれな思想家の全著作をあらためて読みなおす機会が用意されたことは、我々にとってこの上もない幸いである。『西谷啓治著作集』を、私は心から歓迎し、推薦する。

「開かれた精神」の思想家〔プロティノス全集への推薦文〕

西洋古代哲学史の三巨匠といえば、プラトン、アリストテレス、プロティノスの名を挙げるのが常識である。しかし前二者とプロティノスとの間には、たんに時代の隔たりということだけでなく、もっと根本的な違いがある。その違いはプロティノスの思想の著しい東洋的性格に由来するところが多い。

西暦三世紀、アレクサンドリアは地中海最大の海港都市として殷賑を極めていた。遠い異国から運ばれてくる様々な文化伝統の醸しだす国際文化的雰囲気。世界に向って大きく開かれたこの思想交流の中心地で形成されたプロティノスの哲学が、アテナイという都市国家の閉じられた空間の中で哲学したプラトンやアリストテレスの思想とはその性格を異にすることはむしろ当然である。

プロティノスは「開かれた精神」の思想家だった。特にインド哲学にたいしては、情熱的関心を抱いていた。彼の思索の基底をなす根源的主体性の自覚は明らかにヨーガ的である。大乗仏教も無縁ではなかった。燦爛と交錯する光の海として彼が描き出す万物相互滲透の存在ヴィジョンは海印三昧意識に現われる蓮華蔵世界海を想起させ、華厳哲学の事事無礙法界を憶わせる。

それだけではない。ギリシア哲学の史的展開そのものがプロティノスに続く新プラトン主義を起点として東方に通路をひらく。西アジアにおけるイスラーム哲学は完全に新プラトン主義の生み出したもの。しかもギリシア哲学の遺産が、このように一度イスラーム化された上で、はじめて西洋思想の本流に摂取されていくのだ。東西をつなぐプロティノスの、そして新プラトン主義のこの開放性は、世界思想の現代的状況において多元多層的国際性を志向しつつある我々に示唆するところすこぶる多いのではなかろうかと私は考える。

従来日本では、プロティノスの読まれることが比較的少なかった。『エネアデス』の翻訳もなかった。幸いにして、この度の邦訳によって我々はこの特異な思想の全貌に触れる機会を得る。日本の知識人が、それにどう反応するか、どのような新しい知的衝迫をそこに感得するか、私は大きな期待をもってその成果を見守りたいと思う。

(1)『善の研究』(西田幾多郎)

本書の中心主題「純粋経験」は、いわゆる西田哲学の原点である。自己の行くべき道を模索しつつあった若き日の思索の記録。その思索のみずみずしさが読む人の心を打つ。

(2)『旧約聖書　創世記』(関根正雄訳)

表面的には神話的ナラティヴ文学として興味深い読み物である『創世記』も、そのテクスト構成は文献学的に困難な問題に満ちている。本書はこの点において、現代旧約学の第一人者による第一級の学問的労作である。

(3)『中世の文学伝統』(風巻景次郎)

日本文学史の決定的に重要な一時期、「中世」、への斬新なアプローチを通じて、文学だけでなく、より広く、日本精神史の思想的理解のために新しい地平を拓く。

下村先生の「主著」〔下村寅太郎著作集への推薦文〕

「著作集」が、いよいよ世に出ることになった。待望久しい出版物。私自身も、以前、何遍かお勧めしたことがある。が、そのたびに先生のお答えは同じだった。

「私はまだ主著を書いていない。主著のない著作集なんて……」そんなときの先生の屈託のない笑顔に圧倒されて、私はそれ以上何も言えなかった。

だが、それにしても、主著がない、とは、一体、どういうことなのか。ルネサンス的人文主義の精神を実存的に生きてこられた先生のような思想家にあっては、数理哲学など、いわゆる本格的研究から随筆、随想の端に至るまで、全体が一つの無限に開けた世界を構成しているのであって、全体そのものが、だから、そっくり主著なのだとも考えられるのではなかろうか。

でも先生ご自身は、こともなげに、こう言われるのだ。私はこれから主著を書かなくてはならない、現在はそれの準備をしているところ、と。企画されている主著の題目は「精神史としての科学史」とか。ルネサンスを中心に、広く西欧の思想と芸術について多年研鑽を積んでこられた先生の、学問と思索の集大成として、それは大きな意義をもつ業績となるのだろう。しかし、この主著が、先生の知的活動の完結点になるだろうとは、とうてい私には思えない。

自分は天才的万能人の未完結性につきせぬ魅力を感じる、と先生は言う。先生の処女作が「ライプニッツ」だったことは、この点で実に興味深い。芸術にせよ学問にせよ、一つのシステムが、これで完結したという閉止線をついにどこにも引くことのなかった天才レオナルドと、同じルネサンス精神を後代に生きたもうひとりの天才ライプニッツとは、まさにその故に、先生の終始かわらぬ情熱なのである。

ルネサンス的人間像を根底的に特徴づける「普遍的人間」の理念。イスラーム哲学の「完《イン》璧な人《サーン・カーミル》」や、ロシアの詩人プーシュキンの「全　人《フセチエロヴエーク》」などにも通じる一つの宇宙的な人間理念。そのような意味でのルネサンス的普遍性を、悠々と追求しておられる先生の姿が私を魅惑する。こういう広大な展望のうちに見えてくるであろう世界思想パラダイムの多極的普遍性こそ、現代の日本の哲学が、これから探究してゆかなくてはならない第一義的な課題である、と私は信じる。

日本の哲学者、下村寅太郎――私にとって先生は、日本的な文人文化伝統の、現代におけるたぐいまれな体現者であるばかりでなく、さらにそれを、ルネサンス的精神の活力によって、現代日本の思想風土のなかに、独自の普遍性をもった形で、発展させることのできる、ほとんど唯一の貴重な存在なのである。

自分の本当の主著を書くのだ、今が自分の正念場だ、と言いきる八十五歳の哲学者。その気概の烈しさに私は感嘆する。加うるに、先生の筆は近来ますます雄渾、心はいよいよ若く、みずみずしい。「著作集」出版完了の後、そして現在進行中の「主著」が完成した後、さらにどんな作品がどんな形で生れてくるのか、実に楽しみである。切に御長寿をいのる。

編纂の立場から〔岩波講座「東洋思想」への推薦文〕

岩波書店と私たち編集委員とのあいだで、東洋思想全体を俯瞰するような一連の研究論文を、「講座」という体系的組織の形にまとめて出版してみたら、という考えが生れたのは、もうかれこれ十年も前のことである。以来、私たちは何回も会合を重ね、話しあい、案を練ってきた。こうして、始めは漠然たる希求だったものが、次第に発展して具体的企画にまで生長し、ついに今、出版の時を迎えた。編集委員の一人として、多少の感慨なきを得ない。

この「講座」を世に送り出すにあたって、私的感慨や感想はさておき、これによって私たちが何を期待し、何を実現しようとしているのか、この企画そのものを支配する根本的イデー（の、少なくとも私自身が理解したかぎりでの一面）を説明しておきたい。

東洋は、その豊饒な文化的遺産のなかに、限りない思想的展開可能性を秘めている、それが私たち編集委員の一致した確信である。しかし、どれほど可能性があっても、我々が、それを現代というこの時代の知的状況に適合した現実態に変換させる努力をしないかぎり、せっかくの貴重な遺産も、たんなる過去の遺物たるにとどまるであろう。そして、創造的に機能することをやめたそのような遺物は、もはや現代に生きる人間の実存的血肉とはならないであろう。

私たちは、東洋思想の諸伝統の内蔵する知的可能性が、現代の思想として現実化されることを願い、それへの道を準備したいと思うのである。

私たちの仕事は、先ず「東洋」概念の範囲を拡張することから始まる。従来、我が国の東洋学界では、一般に研究・観察の領野をインド、中国、日本に絞ろうとする傾きが顕著だった。このように限定された「東洋」の枠づけを越えて、その彼方に、私たちは、いわゆる中近東(イスラーム・ユダヤ教の世界)と東南アジアとをあわせ含む全東洋的な思想地平を拓こうとする。

周知のごとく、「東洋」には、古来、多くの重要な思想伝統が生起し発展した。それら諸伝統相互間の歴史的関連については、夙にかなりの研究が進められている。しかし、様々に異なる思想潮流をひとつの構造的統一体として把握しようとする試みはほとんど行われてこなかった。この点で「東洋思想」は、ヘレニズムとヘブライズムという二つの根基の上に立つ統一体として、すでに見事に構造化されている、あるいは構造化され得る、「西洋思想」とは、比較すべくもない。そこに「東洋」が現に抱えている大きな哲学的問題のひとつがある。

一般に、ある思想体系が成立する場合、そこには、固有の鍵概念群《キー・コンセプト》の輻湊的な組織化が見られるのを常とする。東洋思想の諸伝統も、この通則から逸脱することはあり得ない。従って、東洋思想を研究するに当っても、たとえば、次のような方法は有効に機能するであろうと思う。

すなわち、様々な個別的思想体系の鍵概念のひとつひとつを、先ず意味領域的に分析し、次の段階で、それら諸思想体系を特徴づける鍵概念群の、肯定的・否定的・補完的な相互連関性のネットワークを、全包摂的意味磁場として把握していく。こういう操作を加えることによって、それを通じて、そこにひとつの有機的思想テクストとして解読可能な「東洋思想」の哲学的全体像が浮び上ってくるであろうことが期待される。そしてまた、そのような広大な視野のうちに現成する有機的全体の意味磁場においてこそ、個別的伝統のそれぞれも、個別的観察だけでは見出しがたい新しい哲学的可能性を露呈するようになるのではないか、と考えるのである。

従来の東洋思想研究は、日本にかぎらず欧米でも、圧倒的にデジタル型だった。つまり、あるひとつの対象に狙いを定め、それを個別的に追求していくタイプの研究である。この方面では、すでに大小様々な第一級の業績の厖大な堆積が我々の目の前にある。

この種の業績を軽視したり、その価値を貶めたりするつもりは全然ない。ただ、こういう単線的アプローチに終始するかぎり、どこまで東洋思想の研究を重ねていっても、その結果が創造的思惟に転生することはあり得ないのではなかろうか、と言いたいのである。この意味で、デジタル型の研究態度には、明らかに欠少するところがある。

これにたいして、東洋思想全体をひとつの、きめ細かく、柔軟で、可塑的な概念モザイク的「テクスト」として織り出すことの、そしてそこからすべてを見なおしていくことの、方法論的意義を、私たちは強調したい。いわばアナログ型の視座を導入することの必要を指摘したいのである。

勿論、私たちの意図は、ただいたずらに広く（浅く）というのではない。個別的（デジタル的）研究としては、どこまでも深く、正確に、厳密に、しかしそれだけにとどまらずに、個別的研究によって分析的に取り出されたものを、全てが全てと関連し合う全体的網目構造のなかに組み入れつつ、この新しいコンテクストの照明のなかで「読み」なおしていく努力を怠るべきではないと思うのである。言い換えるなら、特定の鍵概念の整合的組織体として成立している個々の思想伝統が、それぞれの自閉的孤立状態を脱して、他のすべての伝統にたいして意味構造的に開かれたものになり得るような広い統合的な場を作り出さなくてはならない。そのような全包摂的意味構造磁場の「開け」のなかからのみ、東洋の思想は、新時代の要求する多元多層的文化パラダイムの一端を担うに足る現代的思想として展開していくことができるのではないか、と私たちは考えている。

東洋思想の、そういう新しい形での自発自展を促すための準備作業として、この「講座」は企画された。

世界哲学の新視野をテイラーは開扉しようとする。

あくまでも西洋哲学の枠組内に身を置きながら、デリダ的解体理論の観点からみずからの問題群に対処しつつ、テイラーは事実、哲学のある特殊な形態、ともいうべきものを現成させた。哲学のその特殊形態はまた同時に、驚嘆すべき近接度において、西洋的哲学の伝統組織を東洋的哲学伝統のそれに近づけ［かつ隔て］る、という結果的事態を招来した、ように私には思われる。［またそれによって］ポストモダン的人間の哲学精神のさまざまな要請に最も良く適合するような形での東西間の知的対話がその中でこそはじめて可能となるかも知れないような［「デリディアン間隔取り《スペイシング》」による東西両者間の］「空間《ス》・間隔《ペイ》・隙間《ス》」を現にテイラーは産出・供与しているのだ。

第Ⅴ章　先行者と同時代

ドーザ『言語地理学』に就いて

松原秀治氏訳

今度、松原氏が訳されたドーザの「言語地理学」の如く真に名訳の名に値する書物が出版された事を私は心から慶びたい。

言語地理学と言うものは現在では非常に広範に発達し、比較言語学・方言学と並んで極めて精彩ある学問となっているが、ともかく創始以来未だ余り長い年月を経ていないので、その概念には少なからず動揺がある。又その発達の歴史を辿ってみても決してジリエロン以来一直線に進んで来ている訳ではないのである。けれども結局、今日の姿に於ては、言語地理学はガミルシェーク(Gamillscheg: Die Sprachgeographie)の言う様に、単に個々の言語や方言の分布状態を調査するに止らず、更に進んで一般に言語現象の発生と変転とを研究しようとするものであると考えて大過はないと思う。だから言語地理学は一般言語学に対して甚大な影響を与える筈である。そして又事実、フランスの言語学は此学問の出生によって全く面目を一新し、極めて特徴ある学風を創り出したのであった。従ってまた言語地理学を方言学と混同する事は正しくない。方言学はその調査領域を狭く限り、狭く詳しく調べるところに本領がある。然るに言語地理学は個々の方言を孤立させて研究対象とするのでなく、歴史的に与えられた諸方言を相互に深い関係に立つものと考え、其等の方言が始源的状態から現在までに経て来た無数の変化の裡に、言語現象の歴史的流れを支配する大きな傾向を捉えようとするのである。言語の歴史とは一口に言えば、古い事実の消滅と新しい事実の発生の連続に過ぎない。古い事実は何故消滅したか、又新しい事実はどうして発生したか、これを説明する事は言語地理学が自らに課す大きな問題である。

我国の如く地方的言語事実が盛んに研究されている国に於ては、すぐれた言語地理学が発達すべき充分なる地盤が存在するのであって、此の方面の研究が本書に刺戟されて、従来よりも一層進められん事を私は願って止まない。

言語地理学に就てこれ以上述べる事は本書の如き好著が翻訳された今日、不必要と考えられるから、此処では少しくドーザと言う人の学風と、松原氏の訳とについて私見を述べて見たいと思う。

ドーザは言うまでもなく現代フランスに在って、フランス語学に於ける指導的位置に立つ人であるが、彼に対しては世間に全く非難の声が無い訳ではない。第一に彼の学問には独創性が欠けているとはよく言われる事である。そして此の批評は或程度まで我々も認めなければならない。事実、彼は独創的思惟と斬新な方法とによって新しい学派を興すような学者ではない。だから彼は現存の老大家でありながら、例えば最近の印欧語学に於ける Benveniste やセム語学に於ける Virolleaud 等の様にその一言半句までが全世界の学者の注目の的となり、フランスの言語学を真に世界の学界の最先端に保持して居る人々とは同列には考えられないのである。又、彼が大人物でないと言う事もよく耳にする言葉であるが、実際、彼の著書を読んでも、メイエの論説を読む時の如き行間からにじみ出て来る人格の力と云うような物を感じることが出来ないのは事実である。特に本書二十三頁等に著しく表面化している彼のドイツ精神批判の如きは、仮令それが世界大戦の影響であることは明らかであるにしても、多くの人にかなり不快の感を抱かせたらしい。

併しながら、全て此等の事を以て彼の真価まで見逃すならば、それは彼に対して正当な態度とは言うことが出来ない。彼の本領は全く別の方面に見出されるのである。

ドーザは本質的に、よい意味に於ける vulgarisateur である。そして vulgarisateur としての彼は実に並々ならぬ才能を有ち合わせている。すぐれた vulgarisateur が一般に学問の発達上如何に大なる功績を挙げて来たかは、学問の歴史自身が明白に物語っているであろうが、ジリエロンによって創始された言語地理学が今日の隆盛を見るに至る為には、特にこう言う紹介者の努力を必要としたのである。

ジリエロンと云う人は実に独創的な学者であった。言語学界に人多しと雖も、彼ほど独立不羈で、他に頼ること少き人は稀であろう。

伝えるところに依れば彼は全く情熱的な詩人肌の人で、その異常な直観力は遂に彼を学問の伝統から切り離し、又その鋭利な批判力は他人の著作は勿論、自己自身に対しても激しく働いて、かの空前の事業を成し遂げるに至ったのであると言う。されば、この独創的性格は彼の思考に、又特にその表現に反映して、彼の著述は著しく難渋となり、専門家以外には到底読み得るものではない。

さてヴァンドリエスは、ドーザの此著述を《excellent petit livre》と呼んでいるが、実際この小さな本の中に、上に述べたドーザの非凡な手腕は遺憾なく発揮されて居ると言ってよい。難解な衣を被ったジリエロンの思想も一度ドーザのベンの下を通ると実に親しみ易い容貌を以て我々に近付いて来る。更に進んでジリエロンに続いてドイツ、フランスに大きな波となって拡がって行った言語地理学の発達の経路とその成果との説明に、また言語地理学の意義と課題の叙述に、彼が巧みに選択された豊富な実例と、懇切を極めた解説と、更に自らその学に従事せる者にして初めて自由にし得る的確な知識とを縦横に駆使して読者を導いて行くあたり、正にドーザの独壇場の観がある。言語学が近来益々専門化して難解となり、専門家でなくとも面白く読める書物が非常に少くなって来た現在、本書の如く終始親切な態度を以て読者の手を引いてくれる著書が、すぐれた訳者によって邦訳され多くの人を利するようになったことは私一人の喜びではないであろう。

松原氏の訳が稀に見る名訳であることは本書を手にされる読者が誰でも感じるであろうと思うが、此処に至るまでには背後に人知れぬ大きな努力が払われているのを忘れてはならない。実際、松原氏の仕事を傍から見ていた人は、氏が余り此本に多くの時間と力とを費して居られるのを見て却って怪しんだ位であった。併し、その努力も報いられて遂にかくも立派な翻訳が完成されたのである。

凡そ外国の学術的著述を翻訳して紹介せんとするならば、松原氏の如くその学に対して熱烈な愛を有ち、又氏の如くその外国語に対する準備があって初めて為さるべきである事は勿論である。私が今特にかかる事を言うのは、此訳書と殆んど前後して出版された有名なフランスの言語学書の邦訳に、見るに見兼ねる様な誤訳の散在しているのを知ったからである。それにつけても私は、こう言う翻訳を待ち受けている読者層の事を思い、さらに其等の訳書が我が国の学界に及ぼすべき甚大な影響を思う時に、翻訳者の責任の重大な事を痛感せざるを得ない。

今、松原氏の「言語地理学」を手にする人は原著より遥かに優れた本を手にし得るのである。すなわち、本書に於ては原文の一字一句をも忽せにせず、実に良心的に訳されているのみならず、特に原著に数多く発見され、原文の理解に致命的な障害となっていた誤植を丹念に訂正し、巻末には原著より完備せる文献が添えてある。

原著より優れた翻訳と言うものは外国に於てもそう沢山にあるものではない。そして松原氏の「言語地理学」はそう云う珍らしい翻訳の一つである。

ガブリエリ「現代アラビア文学の主流」

如何なる時代、如何なる国に於ても其処に成長する文学はその社会状勢を忠実に反映し、その民族的思潮と深い関係にあるが、此の社会の推移と文学とが不可分の関係にある事、近代アラビアに於ける如きは他に例が少ないであろう。

近代アラビアの諸処に勃然として起った社会・民族的運動は必ず新しい文学を喚起し、而も社会思想の変動はその文学に最もはっきり表現されるのである。

近代アラビア文学の発達史は、近代文化に目覚めたアラビヤ民族の夢と理想と悩みとの歴史である。かかる意味に於て現代アラビア文学を研究する事は、現代アラビア社会・文化の研究上欠くべからざるものであって、それは決して単なる文学的興味の問題ではない。

今私は、今年一月ナポリ東方学院からローマ大学に移ったフランチェスコ・ガブリエリ教授(Francesco Gabrieli) の就任講演たる「現代アラビア文学の主流と人物」(Correnti e figure della letteratura araba contemporanea——Oriente Moderno XIX, Nr 2. 1939）によって、世界大戦後のアラビアの二十世紀文学の主流を概観して見ようと思う。かかる紹介がアラビア全土に亘るべきは当然であるのに、以下の叙述に於てシリア及びエジプトが首位を占め、内部及び東部アラビアが殆んど問題となっていないのは、今日なお保守主義的傾向の強いこれらの地方では未だ見るべき文学運動が発生して居ないからである。

＊＊＊

現今のアラビア学及び回教学は、今から約百年ばかり前、即ちかの De Sacy とか Fleischer とか、或は又 Amari や Dozy 等の大学者を出した時代とは違って、単に過去の偉大なる遺産として既に現代には生なき昔日の文明のみを研究しているのではない。それは西欧の学者の心構えが変った事にもよるが、それより寧ろ最近数十年間、特に世界大戦後、東洋の回教世界をその惰眠から喚び醒し、更に近代文明の潮流の真中に押し出した力強き生命の息吹が、アラビアに対する我々の闘争心を駆って、ただに政治的方面のみならず、文化的、歴史的、現実的、あらゆる方面に亘って、此の新生命の最も重要にして最も新しい諸々の現れに目を向けしめる様になったのである。かくして西欧の学者は、新しい政治的集団の形成を始めとし、経済的進展、宗教上の運動、更に思想や芸術の分野に於けるアラビアの活動に注視する様になった。話を「文学」のみに限っても、我々の目の前に現に展開しつつある此の多彩なパノラマに対し、既にヨーロッパの批評界は之を整理し、年代的分類を行い始めている（茲で殊に忘れてはならないのは、Krackovskij と Kampffmeyer と Gibb との三人の名で、中でもクラチコフスキイは此の方面の真の意味に於ける開拓者である。）而も今では、単に西欧の批評界ばかりでなく、次第次第に西欧の美学及び文学史の概念や方法を吸収したアラビア自身の批評家達の中にも数々優秀な論者が輩出して来た。

かくの如く方法論的に西欧化され近代化された結果生じた第一の特徴は文芸批評家及び文芸史家が、東洋に於ても西洋に於ても、近代アラビアの作品を取扱うに際しその範囲を局限して、我々が今日普通に「文学」と呼んでいるところの、特に芸術的な領域に限るようになった事であって、これは所謂古典アラビア「文学」の名の下に従来研究され、また現在でも研究されつつあるものが極めて茫漠として、言わばアラビア語で書いてさえあれば何でも含めると云う態度と比較して見ると実に今昔の感をまぬかれない。かかる領域の制限は非常に喜ぶべき事である。但し、近代美学の要請の一たる狭義の詩文と広義の letteratura（演説、ジャーナリズム、歴史、政治的論説）との区別が未だ厳密に行われていないけれどもこれは単に叙述上の実際的困難によるためで、今後の批評界に於ては現代作品の取扱いに際し、西欧の批評家もアラビアの批評家も共に作品の選択、批評に当って常に此の二つの極めて複雑な相互関係にある隣接分野にのみ範囲を限定し、嘗ては古典文学の大部分を占め、従って古典文学の解説書の主要部分を占めていた厳密科学とか、著しく回教的な法律・宗教的学問の分野の方には全く手を伸ばさなくなるであろうと思われる。

併しながらこれは単に文芸批評の方法論上の進歩のみに帰因するのではない。実は、かくの如き文学以外の領域、即ち科学、歴史、宗教、神学、法律等の方面ではアラビアは既に何世紀も前から死んで了っているのだ。此の方面ではただ機械的に捏ねかえし、書き更えているだけで、本当に新しい生気に満ちた創造は一つも出来なくなっているのである。過ぎし昔、中世紀に彼等の手によって輝かしく振翳された科学と文化の炬火は間も無くすっかり他人に移って了って、過去の東洋の堂々たる遺産としての科学研究すら、今日では殆んど全く西欧人の手に守られている有様である。されば現代アラビア文学は、かの正統派の伝承や異端の作品や、或は又法律上の著作、歴史書、特に地方史、一般史の如きものとは何の関係もなく、単に詩と散文と、政治的・文学的ジャーナリズムの作品とのみに限定されるに至ったのである。

＊　＊　＊

さて現代文学を考察せんとする場合、先ず最初に注意しなくてはならぬ問題は、その文学を書くに使われる言語である。ところが此の言語は周知の通り今日でも依然として古典的アラビア語、即ち文学語であって、語彙が近代的になり、措辞法が幾分簡単になっているが、やはりかのバクダード・カリフの黄金時代の言語と余り違わぬ言葉である。ところで、我々ヨーロッパでは文学や雑誌に使われる言語は我々が日常生活で使っている言葉とそれ程甚しい懸隔はないが、アラビアでは此に反して現代文学に用いられる言葉は飽くまで「文語」に留まり、決して俗語を使おうとはしないので、その言葉はアラビア人が唯一人として実生活に於て（所謂口語 Umgangssprache として）使わない様なものである。そこで一種の矛盾感、現実から切り離されていると言う感じ、文学的な人工の感じが生じるのは当然である。此の様な感じは他の民族に於ても同様の事態が生じた時必ず起るもので歴史上いくらでも例がある。そして此の矛盾感が原因となって現代のアラビア世界に猛烈な議論と論争とが囂々として喚起されたのであった。此問題の論議は極めて興味があり、又非常に複雑な問題に触れる事になって、それだけでもって一巻の書となすに足りる程であるが、玆では単に此種の議論が現に盛んに行われつつあると言う事と、その現状とを一瞥するに止める。共通文語を棄ててその代りに個々の地方の方言を以て文学を書こうとする試みが処々でぽつりぽつりと起ってはいるが、こう言う企てはアラビアの知識階級の大部分から忽ち劇烈な反対を受ける有様であるから、共通文語は従来マロッカから、メソポタミアまでの広範な地域に亘って唯一の書かれる言葉として君臨して来たその威光をまだまだ長い間失いはしないであろうし、従って今後もやはり高等な芸術的表現の乗輿として存在し続けて行く事と思われる。

しかしアラビア諸方言の内でも特にシリア方言とエジプト方言は従来の如く単に作者の名も知られぬ通俗文学にのみ限られる事なく、既に僅かながらも進歩の跡を示し、いささか確実な地盤を得て来た観がある。即ち文語と相並んで、俗語の領域に比較的近い分野、例えば漫画新聞とかラジオ等に使われる様になった。のみならず、喜劇や、写実主義的傾向を持った民衆劇、或は又寄席に類するものに於ては何と言っても俗語が有勢なので、劇場に於ける此の二つの言葉、文語と口語の争いは実に激しいものがあり、結局現在のところ、古典アラビア語と通俗アラビア語との折衷、混合と言う様な奇観を呈している。併し乍ら古来の文学、すなわち詩歌、長篇・短篇小説・論説等に於ては文語が俗語の侵入を全く許さぬまでに有力であった。玆に注意すべきは、文語がかくも有力なる原因はそれが単なる宗教的社会的保守主義や言語の純正主義に支持されているに止まらず世界大戦後勃然と擡頭して遂には極端にまで推し進められた一つの感情により支援されている事である。即ちこの感情とはアラビア統一感、所謂アラビア主義 arabismo (al-ʻurūbah) である。言うまでもなく此の政治的理想は未だ完全な実現には相距る事甚大ではあるが、文化的地盤に既に深く根を下ろしているのである。かくて、共通の文語を保持し之を近代化する事によって、このアラビア主義は最も力強き統一の絆を得、民族及び文化の統一の最も有力な表現を得るのである。

＊　＊　＊

文語としてのアラビア語が通用する地域は実に大西洋からイラン高原までに亘る広漠たる範囲にひろがっているが、現代アラビア文学の言語と言えば先ず大体に於て、最も成熟せる文明と最も根深い文化伝統を有する二つの国、エジプトとシリアとの文学語に限られていると考えてよい。エジプト及びシリアの外では、真に近代的で而もアラビア的な文学生活なるものは、イラクに於ける様に殆んど知られていないか、さもなければ、モロッコからリビア迄を含む北アフリカに於ける如く殆んど実際に存在していないかである。この場合、他の国々が多かれ少かれ既に脱出して了った旧来の、文化的に極めて後れた状態に今なお固執しているアラビアは論外である。イタリア領、フランス領のマグリブでは——但しテュニスだけは例外として除いた方がよいかと思う——近代の文化的・政治的生活と古来の伝統的文学とは各々互いに相識る事なく、殆んど相互に接触する事もなく独立した二本の線の上を走っている様な観を呈している。その結果此処では文学は陳腐な型、陳腐な形式を繰返しているのみで、其処には単に博識の誇示以外に何も見るべきものがない。此に較べれば勿論イラクは遥かに生々としている。今から約十五年ばかり前に出版された近代イラク詩人の選詩集（R. Buṭṭī, al-Adab al-ʿaṣrī fī al-ʿIrāq al-ʿarabī, Cairo 1923, 2 vol.）を見ると、此の地で現に発展しつつある劇烈な文学運動の一端を知る事が出来る。尤も此の文学運動の代表者中の多数は今もって、平凡な伝統にひたすら閉じ籠もろうとする弊を脱し切れずにいる様であるが。ともかく、中でもal-Ruṣāfī（1875年生、現存）とal-Zahāwī（1936年死）との二人は、その名声既に地方的の狭隘な範囲を越えて、遠くアラビアの隅々まで知られている。ザハーウィーの作品は最近独訳されたので（G. Widmer, Übertragungen aus der neuarabischen Literatur. II Der ʿirāqische Dichter Gamīl Ṣidqī az-Zahāwī aus Baghdād [Die Welt des Islams XVII, 1935, PP. 1-79.]）一応知る事が出来る様になったが、極めて特徴ある苦いペシミスムの抒情詩で、古典アラビア文学やペルシヤ文学の孤立せる大立物、例えばAbū al-ʿAlā al-Maʿarrīとか Omar Khayyam 等に意識的に一脈相通ずる物があり、而もそれにヨーロッパ文学の影響が散在しているのである。併し乍ら、以上の二人の詩人を除いては、イラクが地域的に辺周の位置にあるためと、更に今猶文明開化の域に遠いその社会生活の状態のために、此処には本当に近代的な型の強力な文学運動が起るための条件は余りよく揃っては居ないと言わなければならぬ。

ところがシリアとエジプトと言えば、これは今日のアラビア主義及びイスラム主義の精神的生活の中心地であって、此処から、もう五十年以上も以前、アラビア文化のルネサンスの最初の一歩が踏み出されたのである。

茲では近代文学の熱流は、此等二国の政治的・社会的変遷に或は先になり、或は後に随い、ともかく社会の流れと不離の状態をなして進んで来た。エジプトとシリアとの近代文学の歴史は截ち切り難い一個の全体を為している。それは此文学の環境をなす両国が従来も、又今日でもなお互いに影響し合っていて、先ず最初はシリアからエジプトに向って働きかけ、今度は逆に謂わばその反動がナイル河谷から起ってシリア沿海及びレバノン山の辺まで波打って行くと言う様な動きを示したのである。「エジプト」の若き文学を飾る優れた作者の内の多くは実はシリアから移住して行った人々であって、此事はエジプト自身も認めて居る。両国民間の緊密な有誼の情、歴史的、又文化的な共通の伝統、自由を求める共通の苦難と共通の理想、すべて此等のものが広漠たるアラビア世界の只中に、シリアとエジプトとを打って一個の確たるブロックを造り上げたのである。

本当の意味に於て近代的と呼び得るアラビア文学は先ず大部分、八百年代の末から九百年代初頭にかけて、かのアブドル・ハミードのオスマン・レジームの専制の下に震慄していたシリアに生じたと言ってよいであろう。アブドル・ハミードは伝統的な保守的な文学に対しては可成り寛大な保護者であったが、芸術や文学を生の地盤に置かんとする様な者は頗る悪意を以て迎えたのであった。されば、若きシリアの文学が主として移民文学であり、政治的にも文学的にも過激思想を標榜し、シリア自身よりも寧ろアメリカ合衆国とブラジルに於て開花したとしても少しも不思議は無いのである。序ながら、アメリカ及びブラジルには可成り大きなシリア＝レバノンの移民の植民が行われていた。尤も彼等の大部分はキリスト教徒であった。

さて此のグループはシリア・アメリカ派と称され、その作家等は最近死亡したものもあり、現在でもまだ或はアメリカに、或は既に多数の移民が帰って来ている祖国に在って活動しているものもあるが、彼が文学形式として最も好むところは空想的な、乃至は自叙伝風の抒情的随筆と小さな散文詩とである。こう言えばすぐ、如何なるヨーロッパ及びアメリカの文学がモデルとなってそれに影響をあたえたか、又こうして創造された文学が、古典的アラビア文学の伝統的形式から如何に離れて了ったかは明らかであろう。シリア・アメリカ派の二大代表者たる Amīn al-Rīḥānī（1879 生）と Gibrān Khalīl Gibrān（1883–1931）それから此二人を取巻く人々 Ilyā Abū Māḍī（1889 生）、Mīkhāʾīl Naʿīmā（1889 生）、Yūsuf Ghaṣūb（1893 生）、ʿAbd al-Masīḥ Ḥaddād 等は西欧、特にアングロサクソン芸術及び文化の魅力に心惹かれつつ成長した人々である。丁度、近代アラビア文学の保守主義的な傾向の作者が、伝統的アラビア・ムスルマン芸術の散文のモデルとしてコーランやアル・ジャーヒズや、イブン・アル・ムカッファやアル・ハリーリー等を仰いだ様に、彼等はカーライルやエマソンやホイットマンやオスカー・ワイルド等を師とたのんだのである。彼等とて、時には知らず知らず古典的文学の型に合った作品も創らぬ訳ではないが、此等の血気にはやる輝かしい作者達（尤も彼等は時々非常に皮相的になる危険を有っている）が先ず第一に求めたのは、彼等のロマンティックなリリシスムの生み出す空想を、何の束縛もないアラビア語の形式に包む事であって、その際やかましい文法家のピーリズム等には全然目もくれなかった。彼等は屢々、一見して西欧起源なる事の知れるデカダン趣味の象徴主義の作品も作った。彼等は自分の祖国に於ても、又其他のアラビア世界に於ても至る処で保守主義的傾向の人々から嘲笑と痛罵とを受けたけれども、実は此等の詩人や随筆家がアラビアの新文学に対して行った大なる貢献は否定すべくもないのである。即ち彼等はその運動によって、或る与えられた言語は或る与えられた文化的・芸術的世界に宿命的に従属しているものであると言う偏見を見事に踏み破り、更にアラビア語は、従来の厳格な伝統が承認を与えた様なものとはまるで違った概念や、感情や、其他の精神的所産を立派に表現する能力のある言語であることを証明したのである。

さて此のシリア・アメリカ派文学は世界大戦直前の頃特に隆盛を極め、現在に至っても猶、有数な作家の裡に残存しているが、此の文学が、かの伝統的イスラムの城砦にして古典アラビア文化の学術的活動の中心地なるが故に真の近代文学の発生が著しく阻害されていたエジプトの地に文化的危機を惹き起すに至った。それと言うのは前世紀の末期、Kawākibī（1849–1903）, Adīb Isḥāq（1856–1895）, Walī al-Dīn Yakun（1873–1921）其他の優秀なシリア言論界の大人物が、アブドル・ハミードの圧制を嫌ってエジプトに遁れ、茲に活躍していたのである。彼等の烈々たるジャーナリスティックな活動はエジプト人の心に政治的独立と文化的覚醒の観念を植え付け、かくて同時に外国の支配を脱せんとする気運を喚起せずには居なかった。*

一九一四年、エジプトに生活し、多方面にその才筆を揮い、正に近代的教養の使徒たるの観があったシリア人Jurjī Zaydān（1861生）が死んだ時、エジプト人al-Manfalūṭī は彼を以て「前世紀末エジプトに移住して来て、エジプトの面目を一新し、その沙漠に力強き仕事の種子を蒔き、其処に独立と闘争との理想、科学及び文化の復興の苗を植えつけた、かのシリアの文化使節の第一位に坐すべき人」なりとして之を称えている。

話を文学に返して、二十世紀の初頭、何時何処に於ても文化の更新の起るところ必ず生起する所の「古代人と近代人の闘争」がエジプトに於ても、上述の如きシリアの影響の下に激烈を極めて行われたのであった。今では此の争いは近代人、及び近代主義者の凱歌によって先ず解決されたと見て支障ないし、かくて獲得された結果はシリア・アメリカ派のそれの如く過激でないが、遥かにそれよりも広大で円熟し、遥かに歴史的価値を重要視し而も有力な独創性に恵まれていると言う長所を持っている。今日ではエジプトが現在のアラビア世界の知的、文学的運動の首位にある事は全然疑問の余地のないところである。このエジプトに於て我々は今なお執拗に言語上でも文化的にも保守主義を守っている過去の遺物から、シリア人の極端な過激派に至るまで、あらゆる文化史的段階を包含する大きな色とりどりなパノラマを観る事が出来る。

＊（註）この問題に関してはA. Sammarco: Les règnes de ʻAbbas, de Saʻid et d'Ismaʻil［Précis de l'histoire d'Égypte Tome IV］, Rome, 1935第XV章、及びSammarco: Histoire de l'Égypte moderne, Cairo 1937, PP. 295–330.

以上の如き改新の影響を一番受けなかったものは旧来のアラビア詩の韻律に拠る詩歌である。此の傾向の詩人では、先ず第一に現代エジプト詩界の三つ星Shawqī（1868–1932), Muḥammad Ḥāfiẓ Ibrāhīm（1871–1932), Khalīl Muṭrān（1871生）をあげなくてはならない。更にもっと最近では哲学的な詩人Abu Shādīn（1892生）等も此派に属す。* 尤も如何に旧派の詩人だと言っても、彼等とて単に古い昔からベドウィンの詩に歌い尽されて陳腐中の陳腐な題材となった例のテーマ――恋人去りし後の陣営の跡ばかり歌っている訳ではないのである。彼等の最も意とする所は、古き革嚢に近代的概念や近代的思想の新しい酒を注ぐ事にある。併し乍ら、単に此だけでは、少くとも我々西欧の批評家の眼には何等の興味も何等の魅力も有たないのである。「新しき思想の上に立ち、古き詩を作らん」と言うフランスの訓言も、ともかく此場合だけは少くとも芳しい結果を産まなかった。彼等が如何に語彙と韻律の術に妙を得て居るにしても、それは嘗てImru᾿al-Qaysや῾Amr ibn Kulthūmの用いた単一韻のQaṣīdahの古い形式が既に今ではもう立派な芸術的効果を挙げるためには事実上使えなくなっていると言う印象を弱めるどころか却って益々強めるばかりである。

*（註）Shawqiに関してはM. GuidiがLe onoranze al poeta egiziano Shawqī e il loro significato politicoと言う一文をOriente Moderno VII, 1927, PP. 346–353に出している。なおAbū Shādīに関してはG. A. Edham: Abushady the Poet, Leipzig, 1936と言う研究がある。

事実、近代の空想的な抒情詩は、エジプトに在ってもシリアに於ても次第次第に古典詩の韻律から離れて、寧ろ詩的な散文に表現を求めようとする傾向を辿っている。キリスト教徒の閨秀作家Mayy（Marie Ziyādah, 1895生）の作品はその一例である。彼女は若きエジプト文学の明星であって、純粋な抒情的素質の上に稀に見るジャーナリスティックな才能と文芸評論の才を兼ね備え、例えば彼女のピエール・ロティ論の如き、過度に走らぬ鋭い批判眼に於て優にヨーロッパの一流の批判家に伍して少しも劣らぬ程である。*

併し乍ら此の新文学の最も興味ある分野はかかる抒情詩の方面ではなくて、上は昔ながらの政治的、社会的論説から下は本来の意味の文学的散文、即ち短篇小説・長篇小説に及ぶ大きな叙述文学及び随筆の方面に在る。茲に於てこそ真に、エジプトの若いジェネレイションが、先行せる世代に比して、文学上の感受性や文体上の感受性にどれだけ進んだか、その進歩の跡をはっきり計る事が出来るのである。

さて此の散文の発展の上で最も根本的な問題は、過去の遺産たるあの重苦しい、ペダンティックな擬古体を脱ぎ棄て、かくて言語上自由の身になって、新しい題材に相応した西欧語の如き単純さと明澄さとに到着しようとする事であった。かかる文体上の変革に大なる功績を挙げたのは、随筆家 al-Manfalūṭī（1877–1924）である。此事は今日では万人の認める所であるが、彼を以てエジプト「新文体」（stil nuovo）の創始者と呼ぶのは、いささか誇張の嫌いが無いでもない。彼は余り心理的深みを有つ作家ではないが、過度に偏せぬ素晴しい精神上の落着きと、純粋な、流れる様な、而も力に溢れる極めて特異なスタイルを持っている。**彼の文芸評論、社会・政治的論説は数巻の書に纏められ、エジプトの近代的散文の上に少からぬ影響を及ぼしたのであった。すなわち彼の文体の影響によって、エジプトの散文はかの澄み切った〔無〕礙の調子を得、その措辞法は次第に分析的になり、無闇にシノニムを並べ立て、古風な構文法を用いて如何にも大がかりな、単調な印象を与える行き方を一掃する事になった。

マンファルーティより純粋な真面目なところは少いが、彼よりも更に豊麗で、更に尖鋭な作家としては今日の批評家、随筆家の内で最も尊重されている者の一人 ʿAbbās Maḥmūd al-ʿAqqād（1889 生）が現存して居り、彼の周囲には大きなグループが出来ている。此のグループの作者達、ʿAbd al-Qādir al-Māzinī（1890 生）、Muḥammad Haykal（1888 生）、Manṣūr Fahmī（1886 生）等は全て西欧の芸術及び思想の流れを身に帯し、これを単に現代アラビア世界の歴史的、精神的、社会的現実の上に載せるのではなく、アラビアの現実の上に西欧思想を接木しようとして非常な努力を払っている。

かくの如き接木が純粋に芸術的分野に於て齎した実に見事な結果はエジプトに於て開花した写実主義的な身辺小説に見るべきであろうと思う。かかるレアリスティックな小説は本来のロマンより作者も遥かに優れていたし又同時に極めて熱狂的な読者を見出したのである。此方面の先駆者は、最も高級な教養の伝統を誇る家族から出た Taymūr 兄弟である。実にこの兄弟、特に兄ムハンマドの夭折後一人残って活躍した弟マフムードと共に、家庭文学は真の芸術にまで高められ、その重要性に於ても、その興味に於ても地方的地位を脱したのであった。

兄 Muḥammad Taymūr は一九二一年、二十九歳を以て他界したが、彼はジャーナリストであり、劇作家に劇評家を兼ね、近代エジプト小説の創始者と言っても決して過言ではない。彼の写実主義的傾向が如何に強かったかは、残念にも余りに数少い彼の作品を集めた本のタイトルが Mā tarā-hu al-ʾuyūn（眼に見える限り）であると言う一事を以ても推測に難くないであろう。

弟 Maḥmūd Taymūr（1894 生）は兄の仕事を受け継ぎ、それを継続させたが、彼は今日ではエジプト現代文学の第一位に坐し、今後はその名声は益々大きくなって遠くアラビア以外の地まで拡がるものと思われる。僅か十年ばかりの間の活動で、間隙なく次々と発表された豊富な作品は実に八巻の書を充たし、茲に現代エジプトの生活の諸層に深く根を下ろした確乎たる作品をエジプトに与えようとする目的は既に早くも実現し始めたのである。エジプトの生活と言っても彼の好んで取扱うところは下層階級の人々の生活であるが、ゾラの如き記録癖に陥る事なく、モーパッサンやチェホフの様にやんわりと物を美化するあの繊細な感覚を以て描いている。此等の作家や其他のヨーロッパの作者の明らかな模倣、小説の構成や仕上げに於ける欠点等、詳細に点検すれば此作家にも色々の弱点はあるにしても Maḥmūd Taymūr が真の意味の近代的アラビアの理想的散文、飾り立てない素々たる力に顫動し、而も時に形式と内容とが奇しくも融合して現代の最も優れた作家でさえ到達出来ない様な美しい散文を見事に創り出したと言う事実は何人と雖も否定することが出来ないのである。彼の短篇小説は二三 Widmer によって独訳され Die Welt des Islam に載って居るし、イタリアでは Nallino が Oriente Moderno で二年ばかり前、エジプトの民衆生活を取扱った典型的な短篇を一つ訳して居る。***

*（註）E. Rossi: Una acrittrice araba cattolica. May（Marie Ziyādah），Oriente Moderno V, 1925.

** al-Manfalūṭī に就いては Gibb: Studies in Contemporary Arabic Literature（Bulletin of the School of Oriental Studies IV–VII）又彼の随筆の訳が Nevill Barbour によって Islamic Culture VII–X 誌上に発表された。

*** G. Widmer: Uebertragungen aus der neuarbischen Literatur. I Maḥmūd Taymūr（Die Welt des Islams XIII, 1932）C. A. Nallino: ʼAmmī Mitwalli, novella araba di M. T.（Oriente Moderno VII, 1927）

短篇小説と違って近代長篇小説はエジプトに於いてはまだ今迄のところ名声の確定した作品は一つも出ていない。前世紀の末葉から大戦前にかけて、特にフランス小説の翻訳と焼直しが氾濫し、更に先刻名を掲げた Jurjī Zaydān, Faraḥ Anṭūn, al-Mudawwar 其他によって代表されるデュマ式のアラビア小説が盛んに試みられたが芸術的には大したものにならなかった。* 其後、最近二十年位この方やっと、ヨーロッパの模倣から脱した、国民色濃厚な環境小説が書かれ始めたが、未だ輪郭が曖昧で、時期早急の感をまぬかれない。

＊（註） 歴史的小説に関しては I. Krackovskij: Der historische Roman in der neuerenarabischen Literatur (Die Welt des Islams XII, 1930)
なお H. Pérès は Annales de l'Institut d'Études Orientales de la Faculté des Lettres d'Alger III, 1937 に近代アラビア文学に於ける短篇小説、長篇小説のビブリオグラフィを出している。

大戦直後非常な売行きを示した Muḥammad Haykal の Zaynab は感情的な事件を基にしてエジプトの百姓生活を描こうとしたもので、アラビアでは熱狂的な歓迎を受け、此の方面でも西洋のモデルに立派に対立し得る自国の作品を有ちたいと言うアラビア全土の欲望と相俟って、本当の価値より遥かに高く評価されるに至った。

また、もっと最近では al-Māzinī の作 Ibrāhim al-Kātib が相当に評判がよかったが、我々の眼から見ると饒舌で気障で、僅かに田舎の風景描写などに見るべき所があるに過ぎぬ Zaynab や、この Ibrāhīm al-Kātib 等よりは、シリアの作家 Gibran Khalil Gibran の「破れた翼」と云う長篇小説の方が注目に価する。此作品は大戦の少し前にアメリカで発行され、其後殆んど顧られなかったが、今日のシリアの自然や風物の力強く繊細な描写は実に堂に入った物である。尤も話の筋には巧みにヨーロッパの小説を模倣した跡が歴然としているが。

戯曲に対しては長篇小説よりも更に若きエジプトの俊才が力を注ぎ、彼等は全て茲にもまた国民的な作品を創造せんと言う高い理想の夢を抱いていたが、長篇小説がこれからのものである様に戯曲もやはりこれからである。Muḥammad Taymūr や、もっと新しくは Tawfīq al-Ḥakīm の如き作者、ʿAzīz ʿĪd の如き俳優が此の目的のために熱意を以て協同したが、理論的な方面にも実際上の方面でも困難が多くて、彼等の努力を妨害している。技術や組織の困難はさて置いても、茲では言語の問題が最も強く押し迫って来るのである。即ち作家達は全然古典的文学語を棄てて了うか、或は古典アラビア語をそのまま使うか、いずれか一方を選ばねばならないのであるが、若し文学語を棄去れば当然その作品は民衆趣味の茶番劇の様なものに堕し、さればと言って文学語を用いれば芝居は全く擬古的な作りものになって生の自然な、じかに来る匂はすっかり失われて了う訳である。或る作家は、例えばシリアの Mikhāʾīl Naʿīmā がその「父と子」に於て試みた様に一種の妥協策を考え、二重の言葉を使用して、出て来る人物の社会的地位とか、劇の主題と年代とによって文語と口語とを使い分けている。(序ながら、こう云う風に二重言語を使用する事は短篇小説や長篇小説にも行われていて、地の文は文語、会話は口語を使う作者もある。) 併し乍ら戯曲は未だ立派なものが出来るには可成り道が遠い感があり、Tawfīq al-Ḥakīm がコーランの物語をファンタスティックに近代化した詩劇 Aṣḥāb alkahf は発表されるやアラビアでは非常な好評を博したが、少くとも我々が見るところでは、この作品は上演されて効果のある作ではなく寧ろ読むための作であるに過ぎない。

＊　＊　＊

以上私は現代エジプト文学のパノラマを大急ぎで回転させたが、終りに際して、今日のアラビアのインテリゲンツィア間によく論題となる一人の人物、その政治上の業績や、アラビア文学史の領域に於ける彼の主張を人がどの様に判断しようとも、ともかくその影響は新ジェネレイションの形成に極めて重大な役割を演じ、現にまだ演じつつある人物について一言しない訳には行かない。私の言うのは、かの有名な文学者にして且つエジプト大学教授 Ṭāhā Ḥusayn の事である。文学上、社会上のあらゆる保守主義に対する激烈な批評家、論争を好む闘士、好んで逆説的な極端な立場を採る彼の文学史に関する説（例えばイスラム以前の殆んど全ての詩の真正を否定する説の如き）は非常に多くの強力な敵を持ったのである。併しながら、更に文学の本領に近い方面に於ては、彼の文化と芸術の普及者としての優秀な才能は何人と雖も之を否定する事が出来ない。彼こそは人々に率先して唯一人、西欧文明の精神と形式とに確信を以て讃意を表したばかりでなく、古代のギリシヤ・ローマ文明に対しても真摯な而も燃える様な愛を抱き、ギリシヤ悲劇の翻訳とアリストテレスの翻訳とによって此の古代文明を自国の人々に親しみ易くし、アラビア文学史上の傑出せる人々に対しては、時に誇張と熱情の余りの無理な批評もあるが屢々繊麗な趣味と近代ヨーロッパ風の方法を以て之を評価した。最後にスタイリストとしては彼の自叙伝 al-Ayyām（日々）にその本領は遺憾なく表われている。此本はあるエジプトの村に幼年期を過すところから始めて次第に小さな地方的世界を発見し、カイロのアズハル大学に入学しては後日彼が猛烈に非難する正統的学問と宗教に触れるところ、そして魂に於ても教養に於ても完全な西欧化に心酔するところなどを物語っているが、此等の幼年期の思い出の美しい夢見る様な調子、学校の教師や生徒、デルタの町の田舎の男や女達を描写する手硬い味、或はまたアズハル大学の物々しい、埃のたかった昔ながらの法律—神学的教育の叙述、それに頁々の下にほの見える深い人間的哀愁と諦め、こうしたものが相俟って此の小さな本は近代アラビア散文の傑作の一つとなり、ヨーロッパの主言語の大部分に翻訳された。

ターハー・フサインが其の著書に於て自分で指摘し、そうでなくとも一見明かに透いて分る彼のモデルは批評ではサント・ブーヴとテーヌ、哲学はベルクソン、文学ではバルザックとユーゴーとモーパッサンとアナトル・フランスである。此等のフランスの文人は、彼に限らず今まで私が述べて来たエジプトの若い世代の人々には全面的に大きな影響を与えた。又先に見た様にシリアの文学者には特に英文学とアメリカ文学の影響が強かった。ドイツの文芸及び思想の影響は非常に少い。ゲーテやニーチェ等がいくらか取入れられているけれども、それも仏訳を通して知られているに過ぎない。それより更に影響力の少いのはイタリアの文芸と思想である。従来政治社会の方面ではアラビアのインテリゲンツィアを代表する人々の多くは文芸復興期のイタリアを始め今日のイタリアに対しても常に共鳴して来たし、現にそうであるが、文学の方になるとイタリアはアラビアの青年に人気がない。今日世界で誰知らぬものもなくなったムッソリーニの書いたものは勿論アラビアにも入り込んでいるが、それを別とすると、アラビアに、すこぶる歪められた形であるにしてもともかく名が広く知られるに至ったのはダンテ位のものである。言うまでもなく、これは単に名前だけが知られている程度ではない。例の有名なスペインの学者アスィン・パラシオスが神曲の一々の観念や構成をそのモデルと考えられるアラビア・ムスルマンの作に体系的に対応させようとして以来——もちろんこのパラシオスの説は少くともその極端な形に於ては今日ヨーロッパの学界では完全に否定されているが——彼の説は当然アラビアに於て非常な興味と喜びとを引き起し、不幸にしてこれに対する批評は少しも起らなかったが、ダンテの作品を詳しく知ろうと言う強烈な好奇心の源となった。こうした動きの結果は神曲の全訳となって現れ、一つはトリポリで 'Abbūd Abī Rāshid によ り（1930–33）も一つはイェルサレムで Amīn Abū Shar' により（1938）出版されたが、此の第一のものを見るに、終始理解ある努力と、寛大な意向を以て翻訳しているにも拘らず、此によってイタリアの大詩人を真にアラビア人に理解させる迄には至っていない。それは我々の考えであるばかりでなくアラビア人自身がそう言っている。

其他では前述せるマフムード・タイムールの作品等にノーベル賞で有名になったデレッダとかピランデルロとか言う作家の反響が僅かに認められる様に思う。

＊　＊　＊

近代アラビア文学は、かのムスルマン中世紀文明の研究に於て常にアラビア学者に対し絶大な興味の中心となり、今後も又そうであろうと思われる古典文学と決然として袂を分った点に於て充分我々の注意に価するのである。古典文学はアラビア学者の研究対象としては中心的な位置を占めるかも知れぬが、僅かな随筆類を除けば最早現代の大衆には全く縁の無い世界である。古典文学は既に完結して了った。その本当に生気に満ちた現れは何百年も前に涸渇し、その生命は前イスラムの詩の光輝く暁の後、イスラム教の宗教的統一の下に成長し発達したのである。この宗教的統一はペルシヤ人、トルコ人、シリア人、コプト人、ベルベル人、スペイン人等まで全部を融合して以て一つの文明となし、此等種々な民族を駆って全てアラビア語で物を書く様にさせた程の勢力であった。今日ではアラビア人自身にとっても既に此の古典文学が栄えた中世紀文明の大きな書物は閉ざされて、上に我々が瞥見した様な、新しく開かれた書物が、今度は信仰上の統一ではなく、民族的・文化的統一、即ちアラビア主義を至上観念として茲に現われるに至ったのである。アラビア世界が政治的には近代諸国家の文明社会の裡に自己の位置を占めんと望んでいる様に、かかる夢や、又其他のすべての夢も、その希望も、悩みも全てその新しい文学に表現されている。此の新文学は、余りにも歴史に満ちたアラビア世界の過去の燦爛たる光輝よりも、近代性と人間性を強調する点に於て遥かに我々に近いのである。さればこそ、我々は政治的な共鳴を離れても、深い人間的興味によって、我が身をかがめて此の今日のアラビア世界の声を聴き取ろうとするのである。近代アラビア文学も亦、ゲーテとロマン主義的理想によって創始され、ジューゼッペ・トッツィーニのイタリア精神によって拡大され純化されて市民的同胞性の理想と、人民の共通な精神的遺産となった「世界文学」の一部たる権利を有っている。

回教哲学所感

――コルバン著「イスラーム哲学史」邦訳出版の機会に

昨年十二月、冬の休暇を利して日本に帰って来た。ここ鎌倉の寓居にあって、窓前の竹簇が冬の陽ざしと戯れ、梅の古木が日一日と蕾をふくらませるさまをじっと眺めていると、ようやく自分が祖国に身をおいていることを自覚する今日この頃である。

カナダのマック・ギル大学で回教思想、回教哲学を教えるようになってからもう十年以上。それ以来、冬はモントリオールで、春から初夏はテヘランで、そして夏の終りから秋まではヨーロッパで、というのが毎年の生活の殆んど一定したリズムになってしまった。

思えば十余年の間、さながら旅に明け暮れる生活であるが、すでに習は性となり、たまたま自分の居合す場所がどの国であろうとも、机に向う時は殆んどまったく同じ心境である。それが地球上の都会である限り、たまたま何処に位置していようとも、自分を取り囲む数米四方の僅かな空間に関しては、さしたる相違のありよう筈もない。ただし足を一歩外界に踏み出した場合、あたりを領しているのは人間文化の伝統の多様性である。そしてそれぞれ固有の地域文化の中で開発、発展された人間の精神生活の深さ、広がり、豊かさは、万華鏡のように、時間、空間を超えた不思議な地図を構成しながら、私の内部に徐々に定着していくように思われる。たしかに人間精神の世界、思想の世界の林は、「入りて益々深く、広く、豊か」である。遥か遠くから眺めた場合、無分節の一つのマスに過ぎなかったものも、近づいて観察すればさらに幾つかの小さなマスの集合として現われ、それを仔細に点検すると無数の微粒子の集まりであることを発見する。そしてこれら微粒子のあるものは、決して私自身と無縁のものではないのである。

回教的思想の世界は、コーランという聖典だけに基いて、コーランに表現された一神教的宗教思想をそのまま回教思想と同一視するならば、現実的で矛盾のない単一の現象として、比較的容易にその構造を把えることができよう。しかしサウディアラビアの峻烈、苛酷な沙漠に生れ、沙漠的人間の精神によって培われた宗教思想も、ひとたびメソポタミア、イラン、地中海沿岸、スペイン、北アフリカの如くそれぞれに違った、しかも永い文化的伝統を背後にもつ広大な地域に移植されると、当然極めて複雑な内的多様性を帯びて来ざるを得ない。かくて所謂回教文化が歴史的に形成され、回教思想は独特のプロブレマティークを含みつつ華麗な展開を見せる。

西洋で書かれた回教哲学史では、回教哲学はアヴィセンナ（十一世紀）とアヴェロエス（十二世紀）の死によって終ったとされている。それが長い間通説であった。十三世紀の蒙古襲来は回教思想の内的創造力を完全に涸渇せしめた、そしてそれ以後の回教哲学史はイブン・ハルドゥーンのような稀な例外を除いて殆んど全く独創的思想家を生まなかった、と。しかし実は、アヴィセンナとアヴェロエスの死は回教哲学の西洋哲学に対する積極的影響がその時点で終ったという、たんにそれだけのことにすぎない。たしかにそれ以後、回教哲学は完全に西洋の哲学者の視野の外に去った。だが勿論これは決して回教哲学そのものの終焉を意味するものではない。事実はむしろ反対ですらある。なぜなら、正にこの時点を境として、それまでギリシャ哲学の圧倒的な影響下にあった回教哲学は、その桎梏を克服しながら独自の回教的、かつ東洋的な歩みを始め、十九世紀末葉に至るまで、連綿として重要な思想家哲学者を輩出しているのであるから。

とはいえ現段階においては、好むと好まざるとにかかわらず、思想的な学問の活発な、新しい動向は、つねに西欧にその中心点がおかれている事実を、誰も否定しないであろう。近代文化発生の地であり、その直接の担い手である西欧が、さまざまな意味でイニシアチーヴを取る役割を演じているのは、ごく自然の成りゆきである。現代の東洋の一般知識人は、中近東の人々をも含めて、程度の差こそあれ、固有の東洋古典思想ですら、西洋の網目により一度濾過されぬと受入れ難い、とする傾向をもっている。これは決して単なる西欧崇拝といったものではなく、東洋人自体が自分たちの古典に対して、近代的な視点による近代的アプローチを必要としているという、ごく健康な反応であるといえよう。ただその場合問題なのは、東洋の側が自らのセルフ・アイデンティティもしくはその可能性をなげうってまで、西欧的近代性の虜となってはならないということであろう。肝要なことは東洋の思想家が、思想的認識の最も根本的なフレイムワークの役割を果すべき固有の網の目、視点の構造を明晰な意識の光の中に再認識することにある。それを如何に意識しなおすかによって可視のものも不可視となり、不可視のものも可視となろう。他方西欧の思想界内部においても、これまでの西欧的な視点には限界があることが、徐々に自覚され始めているのである。さらに多くの思想家たちは、もしも西欧思想界に決定的な転機がもたらされるとすれば、それは東洋思想との対話の結果であろうことを予感し始めている。東西の思想はたがいに他を酵素として自らを醱酵させる必要があり、いずれが基体となり、いずれが契機となるにしても、将来これら異質の思想は密接な相互関係をもって発展することが期待されているのである。

このような見地からすれば、東西の伝統的な哲学に対する綜合的な視野、しかも統一ある有機的なそれを、新しい、創造的哲学的思考の基礎あるいは出発点として構成することが要請されるのである。すでに比較宗教、比較哲学に類する様々な角度からのアプローチが徐々に開始されている。ただしそれも、従来の文化交流的な比較対照から一段と深まり、人間精神の遺産の総体としての諸宗教、哲学、思想の伝統一般の中に内蔵されている、ひいてはまたそれら精神文化の伝統の集約ともいえる人間精神の世界が可能的にもっている、新しい意味の発掘、新しい視野の発見が必要なのである。このためには各思想間の特殊な比較研究が試みられる必要があり、またその比較研究が正しく、かつ効果的になされるためには、その研究の拠って立つべきメトドロギー自体が求められ、確立されねばならない。このような企ては至難の業であるが、決して不可能なことではない。

この目的のためには、伝統的な思想や哲学、あるいは過去のあらゆる思想文化の中で、既知のものも未発表のものも、又西洋・印度・中国の哲学の如くすでにその高度の価値が確立されている思想伝統ばかりでなく、未だその哲学的価値の決定されていないアフリカ・アジアの精神性も、同じ権利をもって比較研究の新たな資料として見直されるべきであろう。それら資料の具体的な操作の過程を通して、徐々にメトドロギー自体も追求されねばならないだろう。それらの資料はまた、より豊かな人間精神の世界を深く内面から照し出し、内面に向って開く鍵であり、同時にまたその開かれる対象自体にもなるのである。このような観点からするならば、東洋の諸思想はきわめて豊かな宝庫であり、回教哲学思想の伝統は特に未開拓の鉱脈といいうるが、日本での研究の実状は如何なものであろうか。

古来歴史的にも中東世界と深い関わりをもち、地中海をへだてていわばライヴァルとして競い合ってきた西洋は、現在すでに約二世紀にわたるイスラーム学の伝統を誇っている。この間に西側では多くの研究者が、回教哲学思想の基本文献の研究に没頭して来た。いまだに未開拓の分野を数多く控えているとはいえ、その成果は厖大なものである。回教哲学のそもそもの発端からアヴィセンナ、アヴェロエスに至るまで、主要な著作はほぼ研究しつくされたと言っても過言ではない。

しかし前にも一言した通り、回教哲学史はアヴェロエスの死と共に終るのではない。むしろ本当に独創性をもつ回教哲学は蒙古時代以後の発展に見られるものであり、この所謂後期回教哲学の重要性を指摘した最初の人はフランスのアンリ・コルバン教授である。若年の頃ハイデッガーの下に哲学を学び、当時ヨーロッパにおける回教神秘主義研究の最高峰であったルイ・マッシニヨンの直系の後継者となり、一九四五年イスタンブールでスフラワルディーの形而上学のテクスト校訂とその研究によって一躍学界に名をなした後の彼の多彩な業績は、回教思想に関する在来の西欧的視角にたいして、まったく別種の視角を加えた画期的なものであり、これが東洋の研究者に与えるであろう知的刺激は疑いの余地がない。既にイランにおいては、彼はイラン人以上にイランの哲学・宗教精神の内奥を識る人として認められ、イラン思想界の動向に決定的な影響を及ぼしつつある。幸いにしてこのたび、教授の主要著作の一つである「イスラーム哲学史」が、二人の若い研究者の共力によって翻訳、上梓されるに至ったことは、何にせよ悦ばしい限りである。回教思想の真に回教的な一つのアスペクトが、これによって日本の読者に接近可能となったのであり、今後の研究に裨益するところ少なからざるものがあろう。

しかし日本の研究の現状を直視するならば、事態は余りにも跛行的であるという感は免れない。西欧が、たとえ余りにも西欧的な視角からではあるにせよ、自家薬籠中のものとしている基礎資料に関する研究は、わが国ではいまだに決定的といえるほど不足しているのである。このような事態の背後には、勿論回教思想一般に対する日本人の無関心があげられる。極言するならば、日本のイスラーム学は、ようやく呱々の声をあげ始めたばかりなのである。だがそれと同時にあげられるのは、二十世紀も半ばに立至った回教の現状にたいする一般的な判断であろう。それがたとえ、地域的な政治社会共同体の中で、民衆の宗教として力強く生き続けているにせよ、哲学的、思想的にはどうであろうか。死滅しかけているのではないか。いやそれどころか既に化石化しているのではないだろうか。事実このような問題は、回教徒の知識人間ですらしばしば話題となっている。しかし回教思想が、その生産的活力を最早完全に喪失し、今後新たな発展を遂げる可能性を少しもはらんでいないという考えの皮相性をコルバン教授はその数多い著書を通じて指摘し続けて来た。

回教圏自身の若い知識層にとって、回教は否定か肯定かの、何れかの対象以外ではありえない。勿論回教は、回教思想、哲学とはその本質において同一ではなく、思想とは別に、純然たる宗教としての独立を保っている。しかもなお、回教を否定することは取りも直さず、その文化伝統のすべての面に対する価値的判断を根底から覆すことになるという点に、両者の固有な相互的関係がある。そして一方では、それでもなお敢て回教と回教的文化伝統の本質的価値を否定し、いわゆる西欧的モダニズムのイメージに生きることを否応なしに迫られている、と考える若者達が存在する。西洋文明の皮相な模倣者として、回教徒自身の間で常に批判の対象となっている知識人も数多い。いずれにせよ、西欧世界における無神論が、多かれ少なかれキリスト教のアンティテーゼとして発生しているのに対して、回教世界のそれは、回教そのものからはまったく遊離した別系統のもの、つまり西欧近代主義の移殖という形で意識されているのである。そしてまさにその正当、かつ不可避な帰結として、回教の全面的、意識的な否定、或は無関心、無視という現象が現われてくるところに、彼等自身の内的問題があるのであろう。同時に自分自身の、ひいてはまた民族全体のセルフ・アイデンティティの重要な基盤として回教を考えようとする肯定派の人々も、それをそのままの形では肯定しえない、というのが本心なのである。さりながら回教徒の学者、知識人達は、全力をあげて回教の、少くとも特に回教哲学、思想の新しい「意味」の発掘、新しいアスペクトの探索に専念している。ひとは衣裳を脱ぎ棄てるように、簡単に自らの文化的伝統から遁れ去ることは不可能なのである。

このような事態も、局外者である我々にとってはまったく別の意味、形で問題となってくる。しかし目下進行中のこのような精神的葛藤を誤まりなく把握するためにも、また人類の精神史に巨大な足跡を残した回教、もしくは回教思想を正確に認識するためにも、この領域の基礎研究は日本人研究者により着実に遂行される必要があろう。周到な準備なしに精神の高峰は登頂される由もないのである。また日本人研究者固有の視角は、異なった文化伝統に属するこれら基礎資料に新たな光をなげかけ、イスラーム学研究に貴重な貢献を果さずにはおくまい。今度出版されたコルバン教授の「イスラーム哲学史」が、将来に向って広く可能性を開く、新しい高度の東洋思想研究の一礎石となることを私は期待する。

デリダ現象

久しぶりでアメリカに行ってきた。広大なノースカロライナの森林地帯、その真只中に人工的に切り取られた濃密な文化地区、研究三角公園《リサーチ・トライアングル・パーク》。その一角にNational Humanities Center（国立人文研究センター）はあった。招かれて今年の三月から五月末まで滞在した。一口にアメリカとはいっても、東部と西部だけしか知らなかった私にとって、南部でのこの三カ月は珍しい体験の連続だった。

だがそんなことより、この地で一番驚いたことは、到着するなり、いきなり「構造解体《デイコンストラクシオン》」思想の乱気流に巻きこまれてしまったことだった。ポスト・構造主義が現在アメリカで異常な展開を示しつつあるという噂は日本でもよく耳にしていたし、もともとある程度の期待は抱いて出掛けたのだったけれど、これほどまでとは、想像してはいなかった。

解体主義の総本山と称されるイェール大学ならいざしらず、南部の森林のなかで、しかも様々に専門を異にする学者たちが盛んにデリダ論をやっている。熱狂的な支持者がいる。デリダと聞いただけで怒りだす人がいる。あれはノンセンスだ、気狂いざただ、などときめつける人がいる。だが、否定するにせよ肯定するにせよ、ともすれば話題は構造解体に行く。まさしく現代アメリカ知性のかかえこんだ大問題、という実感だった。

そういえば、三月六日、私達夫婦が到着した丁度その日、ワシントン・ポスト紙が「解体」についてのセンセイショナルな記事を出した。大きな紙面、上から下までぶち抜きの戯画。星々のむなしくきらめく黒い空を背景にした近代都市の夜景。前面にタコ入道のような怪人物が、ぬっと立ちはだかっている。爛々たる両眼から発出する殺人光線が逃げまどう人々を撃つ。怪物は四臂。左側の一つの手にはペン、もう一つの手には書物。右側の一つの手は地から抜きとられた高層ビルを握り、もう一方の手は悶える女の体を握りつぶしている。題して Humanities vs. Deconstructionists、別題「無底の深淵から怪獣現わる」。そして説明文に曰く、「未知の空間から訪れ来ったスペースクラフト(噂ではフランス航空のマークが付いていたとか)が、イェールから北アラバマ一帯の大学キャンパスの上空に認められた。それを見たアメリカの学者たちの血は沸いて、わけのわからぬ異様なコトバを語り始めた」と。

とにかく大騒ぎなのだ。「解体熱」という名の伝染病が猖獗をきわめ、高熱にうかされた人たちが譫言《たわごと》を口ばしる。ジャック・デリダを「解体主義のゴッドファーザー」、彼に従う人々を「解体主義マフィア」と呼ぶ。これではあんまり行きすぎて滑稽だと言えば言えようが、考えてみると、そう笑ってばかりいられないところもあるのだ。一流の雑誌や大新聞が、続々とこんな調子の記事を出す。この事実自体、そのかげに何か全く新しい文化的事態が、異常な迫力をもって生起しつつあることの証拠なのではなかろうか。

一体、何が起ころうとしているのか。それは今のところまだわからない。ただ一つ確実に言えることは、このデリダ現象を通じて、我々は、現代的人間状況を特徴づける「知の組みかえ」の現場に立ち合っている、ということではなかろうか。フランス本国ではれっきとした哲学者であるデリダが、アメリカでは新文学運動の教祖的位置を占めている。だが勿論、文学理論としても、デリダの思想は根本的に哲学的である。だから、従来哲学などというものにはまるで縁のなかったアメリカの英文学の専門家たちが、今ではデリダを理解するために、ヘーゲルやフッサールやハイデッガーを読んでいる。読まざるをえないのだ。当然、文学理論は濃厚な哲学性を帯び、逆に哲学は文学化し、結局、文学と哲学のあいだの境界線が曖昧になってくる。新しい学問分野の地平がひらける。学の組みかえ現象が、明らかに、強力に起こりつつあるのだ。

三田時代
――サルトル哲学との出合い

私ぐらいの年配の慶応人なら誰でもそうなのかもしれないが、「三田文学」が復刊されると聞いたとき、私は自分の三田時代を思い出した。三田で学び三田で教えた若い日々。「三田文学」華やかなりし頃。太平洋戦争を中にはさむ幾年月。いろいろなことを経験した。なかでも私の思想形成のプロセスを決定的に色づけた経験、サルトルの哲学との出合いが、鮮やかな形象の連鎖となって心に甦る。終戦後、私が最初にぶつかったヨーロッパの新思潮で、それはあったのだ。

終戦。熱に浮かされたようなあの解放感、興奮。ただ、もう、有頂天だった。まわりの現実が、まるで夢幻の濃霧の中に揺曳する存在の影のように頼りなげに見えていた。霧の垂れ幕の向こう側には、懐かしいいいヨーロッパがあるはずだった。巷に流れるラジオの安っぽい西洋音楽のメロディを耳にしただけで、もう涙があふれてくる、といった有様で。戦争を経たヨーロッパは一体どんなになっているだろう。みんなが西洋的なものに飢えていた。そんなとき、サルトルの文学と思想が、突然、入って来たのだった。

戦争が終結してしばらくたった頃、妙な噂が、誰いうとなく拡まった。私たちが何も知らないでいた間に、パリで、サルトルとかいう耳慣れぬ名の天才が現われ、彼をめぐってヨーロッパの文学や哲学の世界が騒然となっている、という。その男が、最近、『存在と虚無《レートル・エ・ル・ネアン》』というすこぶる深遠で難解な哲学書を著わした。その本がただ一冊だけ、もう日本に持ちこまれていて、森有正氏の手もとにある。現在、森氏が、ひそかにそれと取りくんでいる。誰にも見せてくれない。見せてやっても、あまりむつかしすぎて、普通の日本人にはとても理解できまい、と森氏が誰かに洩らした、とかなんとか。嘘か本当か、とにかくそんな話だった。

この噂は、私の好奇心を猛烈に煽り立てた。丸善が洋書の輸入を始めるのを待ちかねて私は注文し、一日千秋の思いで到着を待った。だが、本はなかなか届かなかった。何ヶ月もの空白が続き、名伏し難い焦燥感が、その空白を埋めた。

そんな或る日、大学の講義――その頃、私は言語学を教えていた――を終えて、三田の街を田町の駅に向って歩いていたとき、ふと、本屋の店先に積み上げられた『嘔吐』が目に入った。サルトル著、白井浩司訳。紙装丁のまっ赤な色が印象的だった。二日二晩かけて読み通した。外国の作品はすべて必ず原語で読むべきである、などと生意気なことを常々口にしてきた私も、もうこうなっては、そんな主義や原則など構ってはいられなかった。こうして私は初めてサルトルの実存主義なるものの片鱗に触れたのであった。

だがそれにしても、この作品の面白さは、期待をはるかに上まわっていた。小説としてよりも、むしろ全く新しい形の哲学書として、私はそれを読んだ。特に、全体の思想的原点ともいうべき「嘔吐」体験のあの不気味な生々しさ。口やかましいジルソン教授すら、くやしまぎれに(?)「下へ向う神秘主義」(つまり、天上を志向するカトリック的聖寵の祝福された神秘主義に対して、無神論的地底を志向する呪われた神秘主義)とよんで一応は貶《おとし》めながら、それでも結局はその哲学的意義を認めざるを得なかったサルトル的存在論の極所。それをサルトルが、実存主義的渾沌のヴィジョンとして描き出す並々ならぬ手腕に、私はいたく感心した。

古来、東洋の哲人たちが、「無」とか、「空」とかいう存在解体的概念の形で展開してきたものを、サルトルは実存的に「嘔吐」化し、それを一種の言語脱落、つまり存在の言語的意味秩序崩壊の危機的意識体験として現代哲学の場に持ちこんでくる。この主体的アプローチの斬新さが私を魅了した。それは、当時、ようやく私のうちに形成されつつあった意味分節理論の実存的基底が、東西文化の別を越えた普遍性をもつことを私に確信させた。それ以来、私の思想は、ある一つの方向に、着実に進みはじめた。

ヨーロッパでも日本でも、最近の思想界の動向は目まぐるしく移り変る。服装や化粧品のように、哲学もまた、今では流行現象である。だが、哲学とは、もともと、その名のごとく移り気なものだ。

戦後の日本の知識人たちをあれほど熱狂させたサルトルも、今はもうすっかり「時代遅れ」になり、現在の日本思想界の最前線では、サルトルの実存主義的現象学など問題にする人は、ほとんどいない。フーコー、ラカン、メルロー・ポンティ、デリダ、ドゥルーズ、ガタリ等の名が脚光を浴びて飛び交う華麗な舞台の裏側の闇に、サルトルの名は沈んでいく。

しかし本当に、サルトルの哲学は、今日という時代、あるいは来るべき時代に語りかける力を失ってしまったのだろうか。私はそうは思わない。おそらく私はこの先も、長くサルトルとつき合っていくだろう。「三田文学」が復刊されたように、私の小さな「思想史」のなかで、サルトルの哲学も、いつかきっと復刊される日がくるだろう。

今、私の仕事机の上には、『成唯識論述記』とならんで『存在と虚無』が置いてある。現代的「知」の常識からすれば、唯識的深層意識論の書物とならべて置かれるべきヨーロッパ思想の本というこことなら、ラカンの『エクリ』などのほうが、ずっと似つかわしいはずであるのだが……。

テクスト「読み」の時代

「温故知新」。使いふるされた表現だが、「温故」と「知新」とを直結させることで、この『論語』の言葉は「古典」なるものに関わる真理を言い当てている。「古典」とは、まさしく古さを窮めてしかも絶え間なく新しくなるテクスト群なのだ。新しくするもの、それは常に、「読み」の操作である。

憶えば我々は、テクスト「読み」が急激に知的重みをもちだしたポスト構造主義の時代を、現に生きているのではなかったか。幾世紀もの文化的生の集積をこめた意味構造のコスモスが、様々に、大胆に、「読み」解かれ、組み変えられていく。現代の知的要請に応える新しい文化価値創出の可能性を、「温故」と「知新」との結合のうちに、人々は探ろうとしている。

「新日本古典文学大系」全百巻の厖大なテクスト群の開示するであろう日本的エクリチュール空間が、今後どのように「読み」解かれていくか。限りない期待がそこに生れる。

第VI章　追悼と追憶

追憶〔『回想の厨川文夫』〕

追憶と題してみたが、今はなき人を追憶するというのは悲しくつらいことだ。厨川さんのことを憶うと胸が迫る。

少年の頃、どこかで見た高野切の一断片に、伝紀貫之の流麗な仮名文字で「よのなかはゆめかうつつかうつつともゆめともしらすありてなければ」とあったのがなんとなく印象深かったことを思い出す。私が国文学をならった折口信夫先生の説によると、「よのなか」とは普通に我々が考える世の中のことではなくて、濃厚な王朝的雰囲気に包まれた男女の情的関係を意味するということであるが、この意味を少し拡げて一般に人と人との情感的なかかわりあいと解釈する勝手が許されるなら、古今集のこの歌はまさに人間関係の本源的な儚さを相当な哲学的深みをもって表現したものと言えるかも知れない。私と厨川さんとの交わりには、たしかにそんな儚さとかそけさがあった。厨川さんの死の報がテヘランの私のもとに伝わって来たとき、私はひとしおの感銘をもってこの歌のあらわす人間関係の悲しさを噛みしめた。

だが徒らにこんな感傷にひたっていても詮無いことだ。やめることにしよう。


深いとも浅いともいえないような厨川さんとの私の縁《えにし》はいつ始まったのか。憶えばずいぶん遠い昔のことのような気がする。それは私が慶應義塾大学の予科にいた頃に遡る。私は経済学部の学生だった。勿論私の本当の志望は始めから文学部だったけれど、父が許してくれなかった。文学などというものは生れついての天才か、少くともよほどの秀才でなければ一廉のものにはなれん。一廉のものになれなければ食べても行かれん。まあ、お前程度の才能では三流学者になれるのがいいところだろう。安全な道を取ったほうがいい。経済をやって会社にでも入れば、とにかく食うだけのことはできるだろう。と、こういうのが父の言い分だった。ずいぶんひとを見くびったものだと思ったが、敢てそれに反抗するだけの自信もなかったので、全然気乗りしないままに、試験勉強らしいものもしないで、とにかく受験した。その頃、慶應の経済学部といえば天下に聞えた難関で、どうせ合格するはずはあるまいとたかをくくっていた。中学四年生だった。ところが運命のいたずらか、何を間違えたのか、ひょっこり通ってしまったのだ。

経済学部の予科で習うことは何一つ面白くなかった。面白かったのは変り種の池田弥三郎と同級になったことくらいのもので、心はひたすら文学部に向いていた。池田もそうだった。

慶應の文学部はあの頃、西脇順三郎先生をめぐって英文学華かなりし時代だった。先生のシュールレアリズム的詩と詩論は、慶應の枠をはるかに越えて新しい日本の文芸界に新鮮な生気を吹きこみつつあった。西欧の文芸界の新しい動向に関心を抱くほどの文学青年たちは、夢中で先生の「ヨーロッパ文学」や「詩論」に読みふけっていた。私はもう矢もたてもたまらない気持になっていた。ところがそんな時、西脇教授の下に、そういう文学青年たちとは全く筋の違った本格的な学者、しかも秀才中の秀才が古代・中世英文学についてすばらしい文献学的仕事をしているという噂が私の耳に伝わって来た。その秀才の名を厨川文夫と聞いた。

西脇先生がお得意の詩論や文学論で本当に何を言おうとしておられたのか、あの頃の私などにはわかるはずもなく、ただなんとなく魅惑的でわけのわからないことを言うシュールレアリズムの詩人ぐらいに考えていた先生に、そんな謹厳な文献学者を弟子として育てる面もあったのかと、今さらのように私は驚いたものだった。

しかしそうこうしているうちに歳月は流れて、経済学部予科の最後の時が来た。私と同じように経済学がいやで文学部の方にばかり心を向けていた池田弥三郎としめし合せた上、二人そろって断然文学部に進もうと固く決心した。二人は学年末試験の最終日の課目だった簿記の試験が了ったその夕刻、どんな成績だったのかもお構いなし、ともかく簿記原論とかなんとかいう分厚い教科書を銀座までもって行って、数寄屋橋の上から泥川の中に叩きこみ、これできっぱり経済とは縁を切ってやったとばかり、意気揚々として文学部に乗りこむ次第となったのである。池田は折口先生のもとに、私は西脇先生のもとに。すっかりあきらめたのか、あきれかえったのか、父も今度は何も言わなかった。

こうして学部時代が始まった。西脇先生の講義は私の期待を裏切らなかった。英語英文学と銘打ってはあっても、先生の英文学史はまさにヨーロッパ文芸史だったし、特にルネサンスは精彩をはなっていた。そして同じく先生の担当だった文学概論や言語学概論に至っては、英文学の専門家というような匂いはどこにもなかった。私がいわゆる専門家なるものを軽蔑するようになったのはたしかに西脇先生の影響である。先生の責任だとは言わないが、専門家という枠に縛られて、ロクでもない小さなことをわき目もふらずほじくり返しながら一生を送る、こんな馬鹿げたことがあるだろうか、と私は考えるようになっていた。この世にはこんなに素晴しいことがたくさんあるのに、一つの事だけ研究してそれで満足するなんて、と。

ところがその頃、厨川さんは古代中世英文学の立派な専門家として、既に堂々一家をなしつつあったのだった。ずっと後になって、厨川さんと親しくなってから、私は何遍かこの問題について彼と語り合った。厨川さんは実に謙遜な人だ。彼は言った。自分だってなにも狭い専門家に好きでなったわけではない。だが身の程をわきまえずに、やたらに大きなことばかりやりたがるのは愚だ。人間は自分の能力の限界というものをはっきり自覚しなければならない。ヨーロッパ中世文学という限られた範囲でも、自分は出来るならクルティウスのような仕事がしたい。しかしあれだけの広さを包含するだけの言語的能力すら自分にはない。自分は与えられた能力の限界の中で地道な仕事をコツコツ続けて行く、それが分を知るということであり、天命に安んずるということだと自分自身に言いきかせながら、と。私は一言もなかった。だがそれは後日の話だ。学部の学生時代には、厨川さんは希代の美貌と学識で鳴る噂の人であって、近付いて知り合いになるすべもなかった。その頃ようやく出版されはじめた彼の『ベーオウルフ』の邦訳にはすっかり感心していたし、有名な美青年が一体どんな人か見てみたいという気持もあったのだけれど、西脇先生もなぜか私を厨川さんに逢わせようとはされなかった。

しかし専門家の嫌いな私も皮肉なことにとうとう自分の専門を決めなければならないことになった。専門家でない学者などというものは世に存在しないし、また世に通用もしない。もし学者として立ちたいなら何か一つの専門を選ばなければならない。本質的には実に馬鹿げたことだが、それが人の世というものである。そこで私は、できるだけ広く、少くともなんでも好きな言葉を勉強する自由だけはある学問として言語学を自分の専門に選んだ。第一、私は外国の言葉がやたらに好きだった。いろいろな言葉を習得して、その言葉で書かれた詩や小説を読む、そこに無上の喜びがあった。そのうち病膏肓に入って、とうとう文学的価値のほとんどないバビロニア、アッシリアの碑文のようなものすら、私にとって無限の楽しみのたねとなるに至った。いろいろ違った系統の出来るだけ多くの言語を学んだ上で、その基礎の上にのみ理論的学問としての言語学は本当に生きた学問として成長する、というのが私の口実だった。序ながら、この主張だけは後日厨川さんから無条件で賛成してもらった。そんなことができたらどんなに楽しいだろう。できれば自分もそんな行き方をして見たい、と彼は言った。だがそう言った後ですぐ、自分にはとてもそんな能力はない、君のような天才の真似はできないと付け加えて私を赤面させることを彼は忘れなかった。

ともかくこういう次第で私は大学を卒業し、言語学専攻の助手として西脇先生の研究室に残り、またそういう資格で厨川さんと知り合いになったのである。四十年にもわたる長い彼との交友関係がそこから始まった。二人の間にはいろいろなことが起った。だが全体として見ると、情の薄いような厚いような一種奇妙なつき合いでそれはあった。

厨川さんと私とは、憶えばまるで正反対の性格の人間だったのである。同じ仕事を一緒にすることは絶対にできないような二人だった。だから彼と私との間には常に距りの一線があった。そういう距りの一線を両方がはっきり自覚しながら、それでいて、たまに逢えば、親しい友としてよく語り合いよく理解し合った。一緒にいる時も、いない時も、私はいつも彼の暖かい理解の目を感じていた。両極端の性格をもつ人間として我々は常に一定の間隔を置いて立ちながら、互いにじっと相手を見詰め合って生きた。

惜しい友を失ったものだとしみじみ思う。

追憶
——西脇順三郎に学ぶ

さまざまな人間の喜びや悲しみを明暗の絵模様に描きつつ、時は流れてゆく。「人生」と呼ばれるこの存在の絵模様は、思えば、実にはかないものだ。すべての図柄は瞬時に過去の記憶となり、やがて色褪せて、次々に忘却のうちに沈みこむ。だが、なかには、時の力にさからって鮮烈な形象に変成し、たやすく消え去ろうとはしない人の面影や物の姿がある。

この夏の初めから僅か一ケ月のあいだに、そのような二人の人が私の身辺から逝った。一人は恩師、一人は親しい友。西脇順三郎、六月五日。池田彌三郎、七月五日。若い頃はそれほど痛切にも感じなかった近しい人々の死が、しみじみ身に泌みる年頃に、私もなったのか。相ついで世を去った師と友の、後に残していった空白のむなしさのうちに、人生の哀感を、私は噛みしめる。

よき友を得ることは難しい。だが、学に志す人間が、一人の良師に出逢うことはもっとめずらしいことなのではなかろうか。職業的な「先生」ならいくらでもいる。青春の意気にはやり立って大学に入った私の前に、無数の先生たちがずらりと居ならんでいた。だが、誰一人私を満足させなかった。私は失望した。学問とはこんなものだったのか。おそらく私は学者などというものになることを、あっさり思い切っていたことだろう、もしもあの時、たった一人、本当にこれこそ先生だと感じるような人物に出逢っていなかったならば。西脇順三郎――「詩と詩論」などを通じて、私はその名を中学時代から知っていた。飄々と歩くその人自身の姿を、三田山上に、はじめて見たとき、私の心は躍った。慶応義塾、経済学部予科時代のことだ。

ちょうどその頃、同じ問題を抱えて悩んでいた同級の池田彌三郎は、折口信夫に自分の先生を見出したのだった。我々は二人揃って経済学部をやめ、文学部に転入した。

しかし、折口信夫を生涯の師として、その学風を忠実に継承し、折口学に終始した池田とは違って、西脇順三郎に師事し、卒業とともにその助手となった私は、決して先生の忠実な弟子ではなかった。数年後、言語学概論の椅子を先生に譲り渡していただいた頃から、私は己れの心の赴くまま、勝手気儘な道を歩きだした。後継者次第では、折口学と並んで西脇学というような学問が生れたでもあろうに、先生の学統を守り育てようなどという殊勝さは私にはなかった。でも先生は平気な顔をしておられた、そんなことはまるで関心事ではない、とでもいうかのように。

学風も学の対象もこれほどまでに隔ってしまったこの私が、それでもなお、西脇先生を生涯ただひとりの我が師と思っている、一体これはどういうことなのだろう。だが、考えてみれば、なんの気兼ねもなく、こんなに自由に先生から遠ざかることができたということ自体、先生の学風なのではなかったか。ひろびろと開けた学問の地平、それこそ私が西脇先生から学びえた最も貴重な教えではなかったか。

今もなお、三田の教室で講義される先生の風貌を私はよく思い出す。わけても先生の英文学史は若い私を興奮させた。英文学史の題のもとに、先生はヨーロッパ文学の精神を語った。ボードレールを論じ、マラルメを説き、スュルレアリスムの詩論を展開する先生の講義には、学問の自由の息吹があった。専門領域も学閥もそこにはなかった。自由そのものだった。その頃すでに日本の学界のあらゆる分野で、ようやく弊害が見えだしていた学閥組織と専門細分化現象に、それは真向から対立するような行き方だった。

若いうちに自分を専門領域の枠に閉じこめ、その狭い世界のなかで小成を図ろうとする近代の学者一般の傾向に反抗して学問することの貴さとむずかしさとを、私は西脇先生に教えられた。この意味では、私はやはり西脇先生の忠実な弟子だったのかも知れない。

西脇順三郎の死。詩人として、画家としての先生の業績を振りかえり語る人は世に多い。だが、私の心のなかでは、先ず何よりも学問の道での、またと得がたい良師として、西脇先生は生きている。

行脚漂泊の師　ムーサー

良師にめぐり逢《あ》うことは難い、という。ひとたび学に志を立てた青年が、無条件で敬愛できる先生に出逢う。もうそれだけで学問の第一の関門は突破したことになる。だが幸運は稀《まれ》にしかやってこない。そんな先生が、大学を出たばかりの私の前に突然現れた。ムーサー・ジャールッラー、諸国行脚の韃靼人《タタール》。迫り来る大戦の気配に世上ようやく騒然としはじめたころ、飄然《ひょうぜん》と彼は日本にやって来た。

当時、私を「わが子」と呼んでかわいがってくれていたイブラヒム翁が、ある日私に言った。「超一流の学者が日本に来た。そのうち紹介しよう。まだほんの若者だが、学識は巨大だ」。六十過ぎのムーサーも、百歳近いイブラヒム翁にとっては「ほんの若者」にすぎなかったらしい。

忘れもしない、イスラムの大祝祭日。雲ひとつない空に北風が鋭く吹きすさび、明るく灯をともしたモスクが代々木の闇《やみ》に華やいで浮かび上がっていた。夢見るような気分だった。「わしのムスコだ。教えてやってくれ」、イブラヒム翁がムーサーに言った。ムーサーの柔和な目が私をじっと見つめていた。

日本の精神伝統にも漂泊の心というものがある。だがそれは風雅の道。イスラムでは行脚漂泊は学人の道。「学問を貴べ。ただ一片の知識のためにも地の果てまで行け」という始祖ムハンマドの遺訓を実践するのだ。シーバワイヒの文法学とイスラム哲学の初段階とを私はムーサーの下で学んだ。必要な書物はただの一冊も手もとになかった。そのかわり、何千ページの古いアラビア語の書物が何百冊もそっくりムーサーの記憶のなかに畳みこまれていた。ムーサーとの出逢いが私の学問の方向を決定した。

幻影の人
――池田彌三郎を憶う

　人間、年をとると、とかく昔を懐かしみ、過去の思い出を語りたくなるものらしい。若い頃は、そんな老人を見ると、言いようもなく浅ましく、いやらしいものに触れたように感じて、思わず顔をしかめたりしたものだったが、それがいつの間にか我身のことになっているのに気付いてギクッとすることが多くなった。仕事の合間など、ちょっと心の張りがゆるみでもすると、たちまち、さまざまな過去の形象が、どこからともなく涌き起ってきて心をみたし、こちらの意向とは関わりなく、勝手次第に動きはじめるのだ。おぼろに明暗交叉する舞台上、演技する俳優たちの織りなす人生の絵模様でも見るように、私はそれを眺めて時を忘れる。

　ともすれば遠い昔の思い出にひたりこもうとする自分を横目で眺めながら、私は近頃よく考える、はたして内的老化現象なのだろうか、と。だが、見方によっては、これは人生経験がそれだけ豊富になってきたことの現われ、つまり、意識の深層領域に、創造性を孕んだ形象空間が開けつつあることの証《あかし》でもあるだろう。老化現象であるにせよないにせよ、そう考えれば、この状態もまんざら棄てたものでもない、などと思ったりする。

何十年もの間、一日一日を生きていくうちに、いつしか心の底に出来上った形象堆積の厚み。それは、「昔々」と語りだす昔話の説話性発生の素地でもあるはずだ。もし天分ゆたかな詩人や小説家なら、あの『ファウスト』の作者のように、重厚な形象堆積の「濃霧の只中から朦朧と立昇って来て、あたりにゆらめき始めるこの姿どもを、思いのままに振舞わせ」て、そこから不朽の名作を創り出すこともできるであろう。要するに、老年の追憶過剰は、考え方ひとつで、人生経験の余沢、意識の形象次元の拡大として、むしろ祝福に価する事態でもあり得る、ということだ。

少年から青年に移り変る頃、私は好んで西脇順三郎の詩を読んだ。後年自分の恩師となる運命にあったこの人のシュルレアリズム的詩論に私は中学時代からひかれていたし、それに彼の詩にはなんともいえない新鮮な感性の魅惑があった。その彼のポエジーの主要テーマの一つ、「幻影の人」。今でもよく思い出す詩句がある。「時々この水の中から／花をかざした幻影の人が出る」と。「水」とは、永劫の時間と無限の空間の「岩間」から滲み出すかすかな生の流れの糸。西脇順三郎にとって、いわゆる現実そのものが一つの幻想的世界だったのであり、そこに立ちこめる朦霧の中にうごめく人間たちは、すべて、もともと「幻影の人」であるはずなのだけれど、それが私自身の意識に浮ぶ形象風景では、死者たちの世界から立ち現われて来て不意に私を訪れる懐かしい人々の面影ということに、どうしてもなってしまう。

人生も、またそこで結ばれるさまざまな人間関係も、思えば、すべて夢のようにはかなく悲しいもの。親しい人たちが、現実の世界から次々と姿を消してゆく。だが、それは同時に――唯識派の考え方をちょっと捩っていうなら――後に残った人々の下意識の領域に次々に新しく生起する形象「種子」が次第に重厚化していく過程でもあるのだ。そして、それらの「種子」のほの暗い集積のあいだから、かつて親しかった人々が、「花をかざした幻影の人」となって立ち現われてくる。

そんな私の形象空間の中で私が出逢う「幻影の人」西脇順三郎は、なぜかいつも、たったひとりで、黙々と三田山上を歩く老人である。しかし、この同じ形象空間に、近頃もう一人の「幻影の人」が執拗に姿を見せるようになった。池田彌三郎だ。


「天金の息子」こと、池田彌三郎。慶応義塾の経済学部予科に入学した私がまっさきに仲良しになった同級生。ずっと以前から天金の掻揚が大好物で、月に一度や二度は必ず取り寄せて食べることになっていた私の家の台所には、瓢簞を半切りにした形の例の出汁入れがいつも幾つも溜まっていた。「天金の息子がお前の親友か。それは面白い」と、何が面白いのか父は愉快そうに笑った。

四谷の私の家に彼はよく遊びにやって来た。エノケンの真似や歌舞伎のこわいろが上手で、学校では年中おどけていた彌三郎は、私の家ではまるで人が変ったように真面目人間だった。将来について、文学について、人生について、彼は情熱的に語った。

経済学は肌に合わない、文学部に移ろうと、やがて我々は思い定めた。「お前程度の能力では、文学で身を立てるのは無理だ」などと、最初のうちはこの考えに難を示していた父も、「だって天金も文学部へ行くことにしたんだもの」と言ったら、もうそれ以上反対しなくなった。だが、文学部に移って、さて、そこで何をやるのか、という段になると、二人とも皆目見当もついてはいないのだった。

そんなある日、彌三郎が突然、自分は哲学者になることに決めた、と宣言して私をびっくりさせた。

深刻になると、それがいつもの彼の癖で、机の上に両肘をつき、顔を下げ、頭を両手で抱えこみ、右手の人差指を一本ニョキッと額の先に突っ立てる。その時も、まったく同じその恰好で、沈思黙考の思い入れややしばらく、呻くように彼はこう言ったものだ。「どうしても哲学だ。哲学をやって、イケダ・テツガクを創るんだ」。ニシダ・テツガクだとか、タナベ・テツガクだとかいう特殊用語が、世間でようやく流行しだした頃のことだ。彌三郎のそのすさまじい気勢に私はあっけにとられた。

「ボクはキミと違って数学に強い。つまり、生来、哲学に向いた人間なんだ」とも彼は言った。「たしかに数学はできる。だけど、キミは語学ではまるで赤ん坊だ。英語ひとつ読めもしないで、哲学の勉強ができるのかね」と抗議してみたが、彼はひるまなかった。「そんなこと平気さ。そもそも哲学とはだね、キミ、自分で考えることだよ。哲学じゃなくて、哲学するんだ」。ついせんだって読んだばかりの出隆の『哲学以前』から習いおぼえた斬新な知識を振りまわしながら、彌三郎は昂然と言い放った。そして、「それに、もし向うの哲学書が読みたければ、カントだって何だって翻訳がある。わざわざ原語で読む必要なんかありゃしない。だからこそ翻訳というものがあるんじゃないか」と付け足した。

そうは言ってみたものの、天野貞祐訳カントの『純粋理性批判』を買いこんで読み始めた彼は、そのあまりの難解さにいささか辟易した様子だった。「あれは日本語がわるい。思想そのもののむずかしさじゃない」などと、腹立たしそうに彼は言った。それでも、その後かなりの期間、物自体がどうの、コペルニクス的転換がどうのと、彼はカントをひねくっていた。折口信夫の門に入って民俗学的国文学に進み、その道の第一人者となった後年の池田彌三郎先生しか知らない人には、とても信じられないようなことだろう。ても信じられないようなことだろう。思えば人生の行路、どこでどう曲ってどっちの方向に行くのか誰にも本当はわからないのだ。

ところで、あの頃の彌三郎は、彼自身の証言どおり、たしかに数学が得意だった。数学の成績がわるいばっかりに、中学以来いつも低空飛行していた私にたいして、彼は優越感を抱いていた。もっとも、私の方でも、語学力ゼロの彼にたいして、それに負けない優越感を抱いていたことは事実だが。それについて、ちょっと面白い話がある。他人《ひと》から聞いたことで、自分で読んだわけではないから、どこまで本当なのかわからないけれど、彌三郎の随筆のどこかに、こんな思い出話が書いてあるそうだ。

数学のできないことを常に口惜しがっていた井筒が、ある日、にこにこしながら私（つまり池田）に近付いて来た。大事そうに一冊の本を抱えこんでいる。「この本で、ボクもとうとう微積分がわかるようになった」と嬉しそうに彼（つまり井筒）が言う。見ると、それが、なんと『馬にもわかる微分積分』という表題の本だった、というのだ。

「馬にもわかる」とは、いくらなんでもひどすぎる。おそらく「馬」の下に「鹿」という字が書いてあったのではないか。いや、それにしても、そんなバカバカしい題をつけた本を出版する本屋がどこにあるだろう。そういえば、『誰にもわかる微分積分』という題の本を、たしかどこかで見たことを覚えている。とすれば、「馬にもわかる」は、たんに話を面白くするためのレトリックか、それとも、得意の数学と不得手の語学とのアンバランスから彼の心の奥底に生れた奇妙なコンプレックスが、「誰」を「馬」と彼に読ませたのか。

しかし、とにかく、我々はお互いの得意と不得手をうまく交換し合うことを覚えた。つまり一種の助け合いである。学期試験の時が来る。彼が私に言う、「オイ、また助けっこしよう」。カンニングなるものがそれ自身としては悪事であること重々承知だが、何しろ我々は二人とも文学部に進んで、将来はでかい仕事をするはずの人間。予科の段階で落第しちゃいられない。偉大な善の前の些細な悪は、天においては悪に数えられない。ドストイェフスキーだってちゃんとそう言ってるぜ

（本当かどうか？）という彼の言い分には、少くとも情熱の論理の筋が通っている（と、その頃の私には思われた）し、それに第一、私にしても「数学なんか！」で落第するのはいやなので、いつも進んで協力した。

このような次第で我々は、やっとのことで予科時代を終了し、希望どおり目出度く文学部に進学した。なんということだろう。そんな二人が、やがて何年か後には、うち揃って堂々と（？）慶応義塾大学教授の位置におさまりかえってしまう。教授になれば、当然、試験の監督もする。偶然のいたずらか。運命の皮肉か。もともと人生とはそうしたものなのか。だが、念願成就して文学部に進んだ有頂天の二人にとっては、そんなことは問題でなかった。広々とした限りない自由の天地がそこに開けていた。数学に悩まされることもなくなった私と、英語やフランス語で苦しむこともなくなった彼。二人は思いきり好きなことを好きなように勉強した。もう「助けっこ」の必要はなかった。しかしまたそれと同時に、学問の上で、二人の道は大きく離れていった。英文学科の私と国文学科の彌三郎とは、もはや学友ではなかった。

学友であることはやめたけれど、親友であることはやめなかった。おかしなことに、友情の絆だけはどこまでも続いた。半世紀にわたる真の友情。ふと気がついてみると、いつのまにか二人とも老人になっていた。

死の二三年前頃から、彼の手紙の調子がどことなく変ってきた。なんともいえぬ淋しさが行間からにじみ出てくるような文章を、彼は書くようになった。魚津に移った彼に、そのことを私は手紙で書いてやった。だが、それについては、彼の返事はついに来なかった。なんの返事もないままに、去年、七月五日、彼は逝った。

青春の日々、喜びも悲しみもわかち合った友、池田彌三郎。ついこのあいだまでは、二人のうちのどちらかがその気になりさえすれば、いつでも逢って語りあうこともできたのだが。今はただ、「幻影の人」としての彼にだけ、私は逢う。存在の次元を異にする二人が、親しく手を取って語りあえる奇妙な空間がそこにひらける。

人間の存在には、実に不思議な次元がある。「幻影の人」彌三郎と逢うたびに、私はつくづくそう思う。それは、ひとつには、私の形象空間に出没する彌三郎が、意外なほど華やいだ、若々しい姿をしているからなのかもしれない。学生時代のようにおどけたり、はしゃいだりする彼に私はそこで久々に逢う。「オイ、またカンニングでもやろうか。昔みたいなちっぽけなのじゃなくて、もっとでっかいやつを、さ」。いたずらっぽい彼の目が、優しい笑《えみ》をふくんで、私に語りかけてくる。

存在の現実の次元では、かけがえのない一人の友を私はなくした。だが、彼はいま、「花をかざした幻影の人」の姿となって訪れて来ては、私をなぐさめ、はげまし、楽しませてくれる。こんな次元で、こんな新しい形で、我々の交遊は、これから育っていくだろう。ぜひそうあってほしい、と私は願う。

西脇先生と言語学と私

　恩師、西脇順三郎先生が、突然、逝去されてから、早いものでもう一年余。思い出は四十年の歳月を駆け抜けて、遠い彼方、学生時代に溯る。慶應義塾大学、文学部の教室。今でもよく私の意識によみがえってくる、妙にもの悲しい、それでいてむしょうに懐かしい心象風景だ。

　今でこそ羊のようにおとなしくなってしまった私だが、思えば、あの頃は実に生意気な学生だった。よく言えば批判精神横溢というわけだが、とにかく他人にたいして批判的、特に先生たちにたいしてはそれが、極端で、はっきり言ってしまえば、たいていの先生を軽蔑していた。

　だが、考えてみれば無理もない。大学教授と称するからには、どんなに素晴らしい学者たちに出逢うことだろうと、胸を躍らせて入学してみたら、たちまち期待は裏切られたというわけなのだから。平凡で退屈な講義。洋書講読の時間ともなれば頻発する誤訳、まずい発音。とうてい先生と認める気にはなれなかった。しかしそんななかで、西脇先生だけは私が心から先生と呼びたくなる、呼ばずにはいられない、本当の先生だった。西脇教授の教室には、溌溂たる新鮮さがみなぎっていた。それからもう一人、国文学の折口信夫。

西脇順三郎という名前には、実は私は、大学予科に入る以前から親しみがあった。当時、前衛文学理論の牙城だった『詩と詩論』を、私は愛読していたのだ。勿論、大半はおぼろげにしか理解できなかったけれど、それはそれなりに魅惑的だった。わけても西脇順三郎のシュルレアリスム的詩論が、私を妙に惹きつけた。「純粋詩《ポエジー・ピュール》」などという、その頃としては斬新な感覚にみちた用語を初めて習い覚えた。

西脇先生の詩論のなかで私は、言語についての、いかにも詩人的な感受性の繊細さを偲ばせる考察を見出した。それが何ともいえず嬉しかったものだ。コトバというものの底知れぬ深さに私は触れた。コトバにたいする強烈な立体的関心が、そんな経験を通じて、私の内部でひそかに育まれていった。だが、言語学者になろうなどとは夢にも考えていなかった。

言語学こそ、わが行くべき道、と思い定めるに至ったのは、大学の文学部の教室で西脇教授の講義をじかに聴くようになってからのことだ。先生の言語学講義の純理論的部分は、大体においてソシュールを中心軸としていた。だが、近頃では誰もが口にするソシュールの記号学的構想も、当時としてはとても新しかったし、それに詩人西脇順三郎の心を濾過したソシュールの思想には、当のソシュールに見られない華麗な感性の迫力があった。

ポーランの『言語の二重機能』も、先生はかなり気に入っておられたようだった。言語の二重機能、つまり事物、事象を、コトバが概念化して、それによって存在世界を一つの普遍妥当的な思考の場《フィールド》に転成させる知性的機能と、もうひとつ、語の意味が心中に様々なイマージュを喚び起す、心象喚起の感性的機能との鋭角的対立を説く。今ではほとんど読む人もなくなってしまったようだが、読み方次第では、現代的記号論の見地からしても、なかなか示唆に富む小冊子である。詩人、西脇順三郎は、コトバのこの心象喚起機能の理論に、シュルレアリストとしてのご自分の内的幻想風景の根拠付けの可能性を見ておられるようだった。

このような先生の言語学講義に触発されて言語学という学問に踏み込んだ私の関心は、当然、言語理論、言語哲学の意味論的展開の方向に進んだ。そして卒業後、西脇教授の助手となり、やがて先生の言語学の椅子を譲っていただいた私は、ますます哲学的意味論に深入りしていくのだった。

其後、様々な因縁の糸にあやつられるままに、私はイスラーム学の道に入り、さらにはイスラームをも含めて東洋哲学一般の共時的構造化というような主題を追うようになって現在に至る。思えば、ずいぶん出発点から離れ、西脇先生の世界から遠ざかってしまったものだ。だが、コトバにたいする関心だけは、始終守り続けてきた。コトバにたいする、やむにやまれぬこの主体的関心の烈しさを通じて、結局、私は今でも西脇先生の門下生の一人なのだ、と思う。他人《はた》が私をどう見るかは知らない。自分では、そうだと思っている。

エリアーデ哀悼
――「インド体験」をめぐって

小柄な彼の身体からは華やいだ生気のようなものが発散していた。エリアーデは陽気で上機嫌だった。彼はよく食べ、よく語り、よく笑った。彼と寝食を共にした素晴しい十日間の経験、エリアーデとのこの最初の出会いを、その背景となった美しいスイス・アルプスの風光と共に、私は生涯忘れないだろう。

一九六七年、八月の末。それは私がエラノス学会の講演者の列に加わった最初の年だった。そしてまたそれは、エリアーデにとっては、十五年以上の長い期間にわたって親しんできたエラノスに別れを告げる最後の年でもあったのだ。その年のエラノス学会の全体的主題は「生の対極性」(Polarität des Lebens)。エリアーデの講演の題は「闘争と休息のミュトス」。私は老荘哲学における「完全なる人間」の理念について話した。

その頃のエリアーデは、今世紀随一の宗教学者として国際的名声いよいよ高く、エラノスでも人気の絶頂にあった。彼の講演を聴く目的のためにだけ、ヨーロッパやアメリカの各地から毎年集まって来る人の数も多かったという。そんな彼が、どうしてエラノスをやめる気になったのか。自分の主導する国際宗教学会の仕事に専念したいからだ、と彼は答えた。毎年のエラノス講演は決して容易なことではない。準備のために何ケ月もの時間が取られる。大切な二つの仕事を並行させてやっていくのは負担が重すぎる。「要するに、私も年をとったということさ」と、茶目っぽく彼は笑った。だが、その明るい笑顔に、ちらっと浮んで消えた一抹の翳りを私は見たように思った。しかしそれが何を意味したのか、勿論、私にはわからなかったし、彼もまた、この問題については、それ以上何も言わなかった。冷たい初秋の風の吹き渡るラーゴ・マッジョーレの湖面に、銀粉を播き散らしたように眩しく光る細波を私たちは眺めていた。

だが、ふだんのエリアーデは、とても気さくで話ずきだった。初対面の私を相手にして、あたかも十年の知己に語るかのごとく、彼は活発に喋った。特に自分の若き日の「インド体験」について語る時の彼は生気を帯びていた。「インドは私の魂の故郷《ふるさと》だ」と彼は言った。いや、魂の故郷であっただけではない。古代インドこそ宗教学者としての彼の学問の出発点でもあったのだ。

一九二九年から三年間、彼は自らインドに渡ってヨーガ研究に没頭した。カルカッタ大学でのこのヨーガ研究とそれに続く実践的修行とは、ルドルフ・オットーのいわゆる「聖なるもの」(das Heilige)の体験知へと彼を導き、「宗教的人間」(homo religiosus)としての実存的自覚を彼のうちにめざめさせ、それがやがてあの絢爛重厚な宗教的象徴理論となって学問的に結実していくのだ。まことに、彼のいわゆる「インド体験」、ヨーガとの邂逅、彼の魂と古代インド的精神性との生きた交流をべつにしては、人はエリアーデの思想を理解することも語ることもできない。

言うまでもなく、宗教現象そのものの内奥に迫ることを目指すエリアーデの宗教学は、世界的（あるいは宇宙的）拡がりをもつ広大な学問領野であって、ヨーガだけを対象とするものではない。種々様々な宗教現象を、それは取り扱う。しかし、どんな対象を取り扱う場合でも――シャマニズム（エクスタシス）のように、ヨーガ（エンスタシス）の対極に置かれるものを論じる場合ですら――その理論的基底には、エリアーデ自身がヨーガから学び取った体験知が働いている。

では、エリアーデにとって、ヨーガとは何であったのだろうか。一体、何を求めて、彼はわざわざインドまでヨーガを学びに行ったのか。言うまでもなく、そこで彼が学んだものは、今日世間に流行している身心健康技術としての通俗的ヨーガではなかった。勿論、ハタ・ヨーガにも関心はあった。それよりも先ず彼が学ぼうとしたものは、パタンジャリの古典的ヨーガ哲学であったのだ。彼は正式にサンスクリットを勉強して『ヨーガ・スートラ』のテクストを、ヴィアーサ、ヴァーチャスパティミシュラ、ヴィジュニャーナビクシュなどの古註とともに徹底的に研究した。この『ヨーガ・スートラ』読みが、彼の「インド体験」の第一歩だった。

このような形で開始されたエリアーデのヨーガ学習が、次第にパタンジャリの古典ヨーガの段階を越え、全インド宗教思想史的規模の研究にまで発展していったことは、周知の通りである。インド系宗教とインド系文化のあるところ、そこに必ずヨーガがある、というのが彼の確信だった。ヨーガはインド人の魂の深層を規定する。「ヨーガはインド人のこころだ」と、エリアーデは書いている。そしてそのことは、エリアーデ自身の宗教学的術語に引き寄せて表現するなら、ヨーガは「聖」なるもののインド的体験形態だ、ということである。今も昔も変りなく、インド人は「聖」なるものをヨーガ的に体験し、ヨーガ的に覚知する。

こうして、ヨーガ学習を通じて、インド的角度から、「聖」なるものの絶大な力を確認し得たエリアーデの学問的視線は、やがてインドという地域性の地平を越えて全人類的視野を拓き、人間的宗教体験の根源形態そのものとしての「聖」概念の確立に至る。「聖」は、エリアーデの宗教学的思想の最高カテゴリーである。

だが、私は話を少し先走りさせすぎてしまったようだ。エリアーデの「聖」概念について語りだせば、結局は、彼の宗教学体系の全体を論述しなければならないことになるだろう。そんなことをする意図は、今の私には全然ない。ヨーガについての彼の研究と思索の成果を紹介したり評価したりする積りもない。もともと私は、エラノスでの彼との出合いを、忘れ難い思い出として、その一端だけでも書きとめておきたいと思って筆を執っただけのことだ。せめて、そうすることで、今は亡き友にたいする哀悼の意を文字にすることができれば、と考えて。

そういえば、あの時、彼は実に様々なことを話題にしたが、なかでも特に熱をこめて語ったのは、さっきも言った通り、彼の全学問生活の出発点となった「インド体験」だった。古代インド文化の基底としてのヨーガを、その内面性において把握し得たことの抑え難い感激。「インド体験」を語った時の彼のあの興奮は今もなお生き生きと私の心に甦ってくる。その他のことは、ほとんど何も記憶に残っていない。だから私も話をまたそこに戻すことにしよう。要するに、ここで考えなおさなければならない問題は、ヨーガがエリアーデにとって、実存的に何を意味したのか、ということ。そして特に、もし私が考えるように、ヨーガがエリアーデの宗教的原初体験であったとすれば、それが彼の「聖・俗」哲学とどの点で、どう繋がるのか、ということ。以下、その時の彼の談話——当然のことながら、それは、切っ掛け次第でどっちの方向に飛んでいくかわからないような、多分に雑談風の、いわば取りとめのない語りにすぎなかった——を憶い起しながら、エリアーデにおける宗教的原初体験と「聖俗」的宗教理論とのこの内的連関の秘密を、いささか探ってみようと思う。

十九世紀が終り、二十世紀が始まろうとしていた頃、ヨーロッパの知識人たちの間には、異様な危機感が流れていた。「世紀末」の憂鬱。「世紀末《ファン・ド・シエークル》」という流行語それ自体が、この時代的危機意識の産物だった。当時の人々は、この言葉の響きに、痛切に心に沁みる何かを聞いた。

現在、二十世紀も終りに近い時代に生きる我々も、さかんに「世紀末」を云々している。そこにもまた、濃厚な危機意識がある。そして、約百年を隔てるこれら二つの「世紀末」的危機意識の間には、不思議な繋がりがあるのだ。十九世紀の「世紀末」は、二十世紀の「世紀末」をすでに予感していた、と言ってもいいだろう。そういう意味で、エリアーデは、「ヨーロッパ的意識の危機」について語っている。

ところで、十九世紀末にヨーロッパに起ったこの危機感は、始めのうちは時代の一般的な気分だった。それが、二十世紀に入ると、急に深刻なヨーロッパ精神史的問題状況にまで発展してくるのである。それでもまだ、大多数の人々は、それをただ生の憂鬱として、あるいは漠然たる存在の不安として感受しているにすぎなかった。それに、二十世紀初頭のヨーロッパには、未来に対する建設的意欲を人々の心にかき立てるような明るい、積極的な側面もあったのだ。近代的科学技術文明が、これから隆盛の道を行こうとしていた。ヨーロッパの科学技術文化パラダイムが、ヨーロッパの限界を踏み越え、全人類的文化パラダイムとして地球を席巻しようとする勢いを明らかに示し始めていた。少なくともこの点では、表面的にはヨーロッパ文明の未来は明るかった。

だが、この頃すでに、一見明るく見えるヨーロッパ文化の表面のすぐ下にひそむ暗い力の恐ろしさを感知する少数の敏感な人たちがいた。ヨーロッパ的科学技術文明が構造的に内蔵する欠陥に気付き、やがてそこから生起して来るであろう人類文化の危機を思い悩む人たち。詩人、小説家、芸術家、学者、思想家。エリアーデは、まさにその中の一人だった。自然科学的存在観に基礎を置くヨーロッパ的一元論的価値システムのうちに、人類の直面する精神的危機の源を彼は見た。しかしながら、時代のこの危機意識を客観的に観察し分析したりするには、彼はあまりにも感受性の鋭い人間でありすぎた。学者であることより先に、彼は危機的主体そのものだった。危機的状況への主体的関わりにおいて、彼は自分を一個の「病める魂」として感受していた。「病める魂」として、彼はインドに旅した。

若き日のエリアーデを、これほどまでに衝き動かした「危機」とは、具体的に、どのような内実をもつものであったのか。それを我々は、ここで考えてみる必要があるだろう。

十九世紀末以来、特に前衛的知識人たちを悩まし始めた危機感の源には、いわゆる「現実」にたいする、十九世紀レアリスム特有の素朴な信頼の喪失があった。いわゆる現実——自然的世界という形で与えられたままの、日常的事物事象の意味連関構造。このような現実が、本当は非現実なのではなかろうかという妙にパラドクサルな存在感覚で、それはあった。カフカがその小説の中で、重苦しく、しかし印象深く形象化して見せたような存在の根源的不安定性、欺瞞性。普通の人が、普通に「現実」と考えて安心しきっているものが、実は現実ではなく、かえって真の現実を覆いかくす虚偽の姿なのではないかという、否定しようもない実感だ。この事態を逆の方向から見れば、いわゆる現実の裏、あるいは奥にこそ本当の現実があるはずだ、ということである。

こうして、常識的「現実」の意味連関のなかで、日常生活的に慣習化し硬直した存在の表層構造を解体して、その奥にある本源的現実に至ろうとすることが、二十世紀の思想（芸術・文学・哲学）の主要な課題となる。

日常的存在形姿の壁を突き破ろうとするこの思想操作は、しかし、当然、日常的意識の壁を突き破る操作と不可離的に結びついている。いわゆる「現実」が欺瞞的であるのは、要するに、それをそう見る――それをそういう形でしか見ることのできない――人間意識が欺瞞的であるからではないのか。こうして全ては、主体性のあり方の問題に還元される。この意味において、二十世紀の初頭に、フロイトとフッサールとが、あい並んでヨーロッパの学界にデビューしたことは、まことに示唆に富む事実であると思う。

自然定立的世界を自然定立的に（つまり、簡単に言えば、常識的な形で）経験し、それに対応していく通常の人間意識の機能を、フロイトは表層領域における意識の働きにすぎないと考え、意識の真相は、その表層にではなく、深層に求められなければならないとした。人間意識は、その自然的態度において、本性的に向外的なものであって、このような意識の見る世界は、外的世界にせよ内的世界にせよ、要するに皮相的な現実であるにすぎない。表層意識の向外的視線は、全てを容赦なく客観化してしまう、外界は言うまでもなく、意識それ自体をも。全てを浅薄な次元で客観化するそのような視線には、現実のもつ限りない深みは把捉すべくもない。現実の深みは、意識の深みにおいてのみ自己を開示する。こうしてフロイトは、意識の自然的視野を脱自然化して、深みへの目を開くために、敢えて危険な向内的道を取る。

もとより私はここで、フロイトの精神分析学を略述しようとしているわけではない。ただ、フロイトのこの「内面への道」、主体性の奥に向っての沈潜の道が二十世紀ヨーロッパの知的風土の一面を典型的な形で表現しているということを指摘したいのである。フロイトに続いて、ユングもまたほぼ同じ道を歩み始める。ユングの深層心理学が、終局的にどれほどフロイトのそれと距ることになったにせよ、二人の辿った道が、同じ一つの「内面への道」であったという点では、二人の間にいささかの違いもなかった。

そしてまたこの点に関するかぎり、フロイトと並んで現われたフッサールの現象学も同様である。勿論、フッサールは意識の深層について語りはしない。深層意識の主体性を問題とするかわりに、経験的主体の自然定立的働きをカッコに入れ、全てを純粋意識の極限に還元して、そこに意識そのものの真相を直観しようと、彼はする。深層心理学のタテ軸に対して、ヨコ軸であるという違いこそあれ、これまた日常的意識の脱日常化の知的操作である。通常の意識経験の彼方に、普通はそれによって隠蔽されている真の「我」の所在を探る。フロイトにおいてもフッサールにおいても、とにかく、広い意味では同じ方向に向っての、主体性にたいする一つの新しい視角が拓かれようとしているのだ。

エリアーデもまた同じ道を行く。ただ、フロイトやフッサールのような人たちが、ヨーロッパ文化の内部に踢蹐して、あくまで精神的危機状況それ自体の中で危機を乗り越えようと苦闘していたのに反して、エリアーデはこの目的のために、一挙にヨーロッパの限界を越えて東洋に赴く。「東洋から、私は限りない貴重なものを貰った」と彼は述懐している。東洋とは、彼にとって、第一義的に古代インドを意味したことは言うまでもない。「東洋に私は救いを求めたのだ」とも彼は言っていた。

この言葉からわかる通り、そしてまた私が先刻書いたように、青年エリアーデにとって緊急の関心事は、フロイトやフッサールの場合のように危機意識からの新しい学問の創始ではなく、危機意識そのものの実在的、主体的超克だった。彼のいわゆる「ヨーロッパ的意識の危機」という主体的問題状況は、ただ主体的にのみ超克さるべきものであった。学問より先に、先ず学問する人自体の実存の問題が解決されなければならない。こういう期待を抱いて彼はインドに渡った。インドは彼の期待を裏切らなかった。

彼の「インド体験」が、ヨーガとの出合いという形で具体化したことは、前に述べた通りである。ヨーガの理論と実践との学習から、エリアーデは一体何を手に入れたのだろうか。ヨーガ、「インドの魂」——古代から現代にわたって、インド文化の精神的根源として、全てを創造的に規定してきた至上の力。ヨーガを、エリアーデは、「エンスタシス」(enstasis) という一語で本質決定する。丁度、後日、彼が自分の学問の主要な対象として取り上げたシャマニズムを、「エクスタシス」(ekstasis) の一語をもって本質決定したように。これらの二語の形そのものが明らかに示すごとく、ヨーガ(「エンスタシス」)とシャマニズム(「エクスタシス」)とは、エリアーデの宗教学体系の内部において、相互に対極的関係にある。

エク・スタシスとは、文字通りの意味は「(意識の)外に・自分を置く」こと。「エン・スタシス」は「(意識の)内に・自分を置く」こと。いずれも人間主体が日常の経験的意識を踏み越えて、異次元の意識状態に移ることを意味する、但しそれぞれ、外と内という正反対の方向に向かって。エクスタシスは、普通、忘我脱魂と訳されている。要するにシャマニズムの主体的体験イマージュとしては、肉体のなかに宿る「魂」が、肉体の外に出て行くこと（離魂、遊魂）だ。エリアーデの主著の一つ、一九五一年出版のシャマニズム研究は「脱魂の古代的テクニーク」（les techniques arcaïques de l'extase）と副題されている。とすれば、それの対極にあるヨーガは、「入我のテクニーク」でなければならない。エンスタシス、「入我」、人間主体が、自己の内面に向かって、奥へ奥へと下降し、沈潜していくこと。いわゆる「三昧《サマーディ》」、観想意識の深まりを、それは意味する。

今日の深層心理学の見地からすれば、ヨーガは、表層的意識の力に抑圧されて発動を阻止されている無意識あるいは下意識の「薄暗い領域」を探求し開発することであると言われよう。事実、エリアーデ自身もそういう角度からヨーガ体験の構造を分析することがある、特に仏教、唯識派の「ヴァーサナー」（vāsanā「種子薫習」）について語る場合に。だが、より原則的に彼の了解するところでは、古代インド人にとってヨーガとは、人間が「人間の条件」（condition humaine）を克服するための最高のテクニークだったのである。

人間は、時間空間的に種々様々なものによって条件づけられた存在である。例えば生理、遺伝、社会環境、民族、国家、歴史等々。人間はこれらの数かぎりない条件にがんじがらめにされている。人間存在のこの原初的条件づけを、人間自身がどこまで乗り越えられるかということ、それが古代インド人の最大の関心事だった、とエリアーデは言う。つまり、人間存在の「条件づけられた領域」が、どこまで達しているか、そしてその領域の彼方には何があるのか、ということ。この根源的問いに答え、その要請に応じるための、この上もなく有効なテクニークを、古代インドの人々はヨーガのうちに見出した。ヨーガによって、「条件づけられた領域」は越えられ、そこに真の主体性が現成する。エリアーデにとって、真の人間主体性とは、この場合、観想意識の主体性である。

ヨーガによる観想意識現成の意義は、エリアーデによれば、それによって初めて人は自分の「人間的条件」を超克することができるようになる、というところにある。「人間的条件」は、人を経験的世界の中に閉じこめ、存在の「俗」なる次元に縛りつける。「俗」なる存在秩序とは、常識的に考えれば要するに日常生活の世界ということにほかならないが、エリアーデの「聖・俗」宗教学的見方からすれば、俗化した存在秩序という特殊の意味を帯びる。

もともと人間は、エリアーデによれば、本源的に「聖」なる世界に生きていた。しかし、「聖」なる世界は、いつでもどこでも、「俗」なる世界に変質していく。「聖」のこの「俗」化現象は、近代ヨーロッパの工業社会において、極限にまで到達した。このような「俗」的世界に生きる人間的主体、つまり近代的ヨーロッパ意識は、「聖」、すなわち宗教的価値秩序がその生々躍動する力を喪失し、色褪せて、完全に非「聖」化してしまった存在秩序における主体性である。

近代的科学技術文明によって押しつぶされた「宗教的人間」の主体性、「聖」を恢復すること——その可能性を探るためにこそ、エリアーデはインドに赴いたのだった。近代的ヨーロッパ意識の危機を克服するためには、人は「俗」なる存在秩序に死ななくてはならない。「俗」に死んで、

「聖」に生き返らなくてはならない。

「俗」から「聖」への意識転換の決定的な境界線をなす実存的「死」の体験。それをヨーガが可能にする。この意味でヨーガは、エリアーデにとって「死」のテクニークであった。だが、「死」の向う側には新しい「生」がある。だから、ヨーガは、甦りのテクニークでもある。時間と歴史の制約の世界(「俗」)に死んで、時間と歴史の制約を越えた存在次元(「聖」)に甦る。ここにエリアーデは、ヨーガの密儀宗教的「入門《イニシエーション》」儀式の構造を見る。が、同時に、古い存在秩序に死に、それを経て新しい存在秩序に甦る体験は、「春」の象徴的祭典でもある。普通我々が「観想」と呼び慣わし、たんに意識の自己沈潜と見ているものを、このような文化人類学的概念の枠組みで考えなおすところに、すでにエリアーデの宗教学の顕著な特色が現われている、と私は思う。とにかく、彼の「聖・俗」宗教学には、このような形で解釈されたヨーガ体験の基底があったのである。

だが、世に有名なエリアーデの宗教学の内容を、ここであらためておさらいする必要はないだろう。始めにも言ったように、私はただ、エラノスで彼が私に語ったことをもとにして、彼の「インド体験」が、どのようにして後日、彼独特のあの多彩な宗教学の出発点になったのかという、そのプロセスを構成しなおしてみようとしただけだ。それが最初から小論の目的だった。従って、小論は、当然、ここで終るべきであろう。

一九六七年、忘れ得ぬ十日間を共に過ごして別れた後、長い間、私はエリアーデと会う機会をもたなかった。二度目に彼と会ったのは、一九八二年。再会の場所はまたエラノス。いつの間にか約十五年の歳月が過ぎていた。

その年は、エラノス学会五十周年記念のお祝いの集りということで、主催者が、かつてのエラノスの主要人物だったエリアーデを夫人と一緒に招待したのだった。

八月二十五日、祝賀の席にエリアーデ夫妻は来た。会場には、昔の彼の名講義をまだよく覚えている人々もたくさんいて、彼が姿を現わすと、場内は拍手に沸いた。彼は嬉しそうだった。だが、講演も特別の挨拶もしなかった。少し淋しい気がした。

その時の彼は十五年前の、あの陽気で若々しいエリアーデでは、もはやなかった。重々しく、静かで、優雅な老人といった感じだった。両手がすっかり麻痺してしまって、ペンもよく使えないという話だったが、それでも彼は私を見ると、なつかしそうに、私の手を固く——少くとも私はそう感じた——握った。近付きつつある肉体の死をすでに予感していたのか、彼の顔にはどことなく愁いがあった。しかしそれが、彼との永の別れのしるしであろうとは、私は全然気付かなかった。

奇妙な縁だと、つくづく思う。最初に書いたように、私が彼と初めて逢った時、それはエリアーデの最後のエラノス講演の年だった。ところが偶然にも、今度逢った時は、私自身の最後のエラノス講演の年だった。十五年前のあの時、エリアーデがどうしてエラノスを去る気になっていたのか、私は知らない。そのことは前に書いた。私の場合は、話はすこぶる簡単だ。学者としての人生の一つの節目が到来しようとしていることに気づいて――実はそれまでにも何度もそういう人生の節目を私は経験してきていた――この辺で、何か新しい方向に自分の学問のコースを変えてみようと思い定めただけのことである。もっとも、新しい方向とはいっても、私などにできることは、たかが知れている。要するに、エラノスに初めて参加した頃からずっと考え続けてきた東洋哲学についての計画を、今度は日本に落ちついて、日本語で、新しく構想しなおしたい、というようなことだったのである。

エラノスでの私の最後の講演は――これもまた、考えてみれば不思議な偶然の成り行きだ――、エリアーデがヨーガ研究の次の段階であれほど情熱を傾けたシャマニズムをテーマとするものであった。題して「天上遊行」。古代中国の偉大なシャマン・詩人、屈原の『楚辞』の描く幻想的天空遊行に基づいて、シャマン意識（「魂」）の神話創造的機能について私は語った。

この講演の原稿を用意していた時、私はエリアーデとの再会の可能性など全然考えてもいなかった。ただ、ペンを走らせる私の心に、エリアーデの名が、そして彼の面影が、しばしば浮かんではいた。シャマン的「魂」の経験する「天上遊行」こそ、まさしくエリアーデのいわゆる「かの時」(illud tempus) の最も典型的な出来事だからである。

今年（一九八六年）の春、ゆくりなくエリアーデ逝去の報を伝え聞いた時、私はエラノスにおける彼との出合いを思い出した。最初の出合い、最後の出合い。そしてその間に流れた時間の充実。感無量だった。その思い出のささやかな記録のつもりで、この小論を私は書いた。冥福を祈ること切なるものがある。

第VII章　遍歴と回想

レバノンから　ベイルートにて

　こちらに参りましてから一ケ年、実に有益で活気にみちた日々を過しております。ここの生活にもすっかりなれましたし、多くの男女とまるで兄弟姉妹のように仲よくなり、今まで書物だけで学んで来たことを次々に実習しております。ここは気候も中近東一と言われるだけあって、具合よく、また政治的にもアラブ世界の中で唯一つ独自の行き方を採っておりますので、中立的な立場から目まぐるしいアラブ世界の動きを観察することができます。

　こちらでただ一つ残念なことは、ペルシャ、トルコ、アラビアにかけ東大の人々の進出が実に目ざましく、現在はまだ考古学の人々だけですが、現地で生活した若い連中が、将来中近東研究の素晴しい地盤になるだろうということです。慶応ももう少しこの辺に関心を持って何か積極的な動きに出なければ、全くく手おくれになると痛感しました。私が来てからの一ケ月にも、もう三人の学者がやって参りまして、至るところに散在する遺蹟を実に活潑に調査しております。

アラビア学の方面ではアラビア石油と三菱が専門の留学生を送りはじめました。特にアメリカと英国とはレバノンの山地に素晴しい研究所を立て、若いアラビストの養成に努めております。

私はこの間ヨルダンに旅行して参りました。アンマンとエルサレムに三日泊っただけですが、色々面白い観察をいたしました。同じアラブの世界でも風土、気候、風俗、それに人情まで著しく相違しているのに驚きました。又明日からシリアのダマスコに行き一週間がかりでアレッポ其他シリアの古い町々を訪ねて参ります。

慶応の皆様方によろしくお伝え下さいますよう。

八月三日、ベイルートにて

カナダ・モントリオールにて

私共は去年十月初旬にカイロを去ってドイツに入り、ボン大学で一ケ月、次にパリで約一ケ月過して、数日前当地に参りました。

エジプトを離れてヨーロッパに来て以来、学問的にはそれほど面白いこともなく、特に中近東専門の東洋学者達は大変学力水準が下がっているように思われました。これにくらべますと当地モントリオールのマック・ギル大学所属の回教研究所は非常に実力のある学者を世界中から集め、文庫も立派なもので遠からず西欧中近東学の一大中心地になるのではないかと思います。三ケ月ぶりで私もやっと安心して勉強できる場所に来たという感じがいたします。

研究所はロヤル山の雪に包まれた中腹にあり昔のミリオネアーの家だったとか、まるで修道院のような静けさで、私はここに一室を貰い、毎日山麓のホテルから雪道をかよって行きます。所長さんやほかの学者達とも家族のように親しくなりました。本当に日本では想像もできない雰囲気でございます。
これからは慶応の若い人達で回教を勉強したい人は、全てが下り坂にあるヨーロッパでなく、反対に全てが上り坂でエネルギーに溢れた若々しい当地のようなところに留学したらよいとしみじみ感じた次第です。

（十一月十五日付、松本信広文学部長宛）

ボストンにて

前略、暫く御無沙汰致しました。今月十日カナダからアメリカに入りましたが、ニューヨークに一週間、次にボストン、またニューヨークに帰ってアメリカ宗教学会の総会に三日間出席、ついでに一日プリンストンの東洋学科を訪れ、この程ようやくハーバードのすぐ近くの宿に落着きました。カナダでのゆっくりしたテンポとは違い大変忙しく仲々お手紙も差上げられなかった次第です。

プリンストンでは前嶋さんと久しぶりで逢い、翌日は一緒にニューヨークに出てブロードウェイを歩き廻ったりして、実に楽しうございました。

さて先生はじめ皆様お忙しくしていらっしゃる時に自分勝手なお願いをいたすことは誠に心苦しいのですが、都合により私の休暇をもう一年延期していただけませんでしょうか。実はカナダのマック・ギル大学イスラム研究所で、来る十二月から来年の六月初旬まで特別一学期講義を依頼されました。私の二年間の休暇は来る七月末日で終ることになっており、私も準備と休養のため一時日本に帰る積りですが、十一月にはまた出国ということになり、僅か三ケ月半ぐらいしか日本滞在期間がありませんので、出来れば来年六月末まで休ませていただきたいと思います。

このマック・ギルでの半年間の講義に、回教文化史を言語学・意味論の観点から分析することがその題目で、自分の将来の勉強のために好適であることは勿論ですが、この研究所の世界的な位置から見て、今私がここでいささか活動しておくことは、今後の慶応大学の東洋学の西欧進出のためにも大変よいことだと思いますが、いかがなものでございましょうか。是非先生の御支持を得たいと存じます。何卒教授会におはからいの上、結果を御一報下さいますようお願いいたします。

今年はカナダもアメリカも共に気候が例年になく不順とかで初夏が仲々来ず、今だに寒さが続いております。日本はいかがですか、御身くれぐれもお大切に。

（四月二十七日）

コーラン翻訳後日談

数十年振りの降雪量と云われた寒い冬が過ぎ、テヘランの街路や屋敷の庭は緑の樹々と草花で彩られ始めた。

イランの空の青は有名だが、早春の緑も又その色と云い形と云い、まるでミニァチュアの絵のように、優にやさしく、雅びやかな、それ自身一種特有の風情を見せている。街や村々で見かけるこの早春の緑のたおやかなたたずまいからは、冬枯れの樹々に突然訪れるあの春のきざしの劇的な力強さは全く想像も出来ないだろう。

数週間前の夕方、ふと窓前の樹の芽が急にふくらんだことに気付いたが、その翌朝には、木の芽はもういっせいに青葉の拡がりに変貌していた。藤の花も一夜で満開になった。破裂音に似た唐突さで春雷が鳴り、藤の花に雹が音立てて降った。

ペルシャのミニァチュアに象徴される優雅さが正にこのような、秘められた、荒々しく力強く激しいものによって裏付けられ育まれていると考えることが出来るなら、それは又、イランの人間に関しても、回教思想に於けるイラン独自の発展に関しても、イラン文学、哲学に関しても、同じようなことが云えるのかも知れない。

テヘランには今夜は春の雨が降っている。アパートの書斎で仕事の合間に深夜の雨の音を聞いていると、故国を離れて、はるかな地点にいる自分をふと、驚きにも似た気持ちで意識する。

コーランの翻訳を出版し、「コーランに於ける倫理概念の構造」と題した英文の本を書き上げ、校了にも至らないまま、生れて初めて、倉皇と母国をあとにしたのが一九五九年の夏だった。その本は松本信広教授が航空便でベイルートにいる私の手元に早々ととどけて下さったことなど、感謝と共にまだ記憶に新しい。

それまでは東京を離れることも殆どなく、日本国内すら旅行したことのなかった私が、思いもかけず、一九五九年夏以来、これまでの十年間、まるで旅に明け旅に暮れるような生活を過して来たようだ。習慣は不思議なもので、外国のアパートの一室で、ホテルで、異国の研究室で、日本の自宅で、軽井沢で——たまたまその地点が何処のどの地方のどの国に属していようと、殆ど全く同じ心境で机に向うようになった、と云っても過言ではないかも知れない。ただ暁の浅い眠りからふいと目覚めた時など、「あれ、自分は一体何処にいるのか?!」などと、子供のように間の抜けた混乱状態に落入り、寝惚け眼をみはりながら、もっともらしく、人間の性《さが》の他愛なさに思い至ったりする。

それが地球上の何処かの都会である限り、たまたまそれが何処に位置していても、自分を取り囲む数米四方の空間に関しては、それ程大した相違がある筈もない。しかし、人間文化の伝統の多様性とそれぞれの地域文化の中に置かれた人間の精神生活の生き生きとした深さ、広さ、豊かさは、決して誇張ではなく、眼にも綾な万華模様のように、時間空間を超えた不思議な地図を構成しながら、私の内部に定着し始めつつあるような気がする——程、事程左様に、誠に、人間精神の世界、思想の世界の林は、「入りて益々深く、広く、豊かである」と云うことなのであろう。遠くからは一つのマスに見えたものも、やがて近づいて見れば、更に幾つかの小さなマスの集合に見え、それを実に仔細に点検して見ると、無数の微粒子の集まりであることを発見する、と云った道理ででもあろうか。

回教的思想の世界も、コーランの一書を通して望見した限りに於ては、むしろ比較的現実的で矛盾のない、単一な現象として割合たやすくその本質を把握することが出来るだろう。しかし、沙漠に生れ、沙漠的人間の精神によって培われた宗教思想も、いったん沙漠的風土を離れ他国の異った文化伝統の土壌の上に移し植えられた時、驚く程に複雑な、内的流動性と多様性を見せながら展開してゆくものであることは、回教思想史の上からは最も興味をひく事実である。

回教思想は Ibn Sīnā（アヴィセンナ）、Ibn Rushd（アヴェロエス）の二人の回教哲学者の死によって、その発展に決定的な「終止符を打った」とはよく云われる言葉だが、これは回教哲学の西洋哲学に対する枢要な影響がその時点で終りを告げたと云う単にそれだけのことであって、それ以後、回教哲学は少くとも数世紀の長きに亘る期間、西洋の哲学者の視野からは完全に姿を消すことになるのである。

しかし、事実は正にその後にこそ、（特にペルシヤに於て）従来ギリシヤ哲学の影響下にあった回教哲学が、その圧倒的な影響の桎梏を克服しながら、全く独自な、回教的、且東洋的な歩みを始め、十九世紀末葉に至るまで、次々と回教哲学史上誠に重要な数々の思想家哲学者の輩出を見せることになるのである。

だが二十世紀も半ばに立ち至った現在の回教はどうだろうか？　それがたとえ、地域的な政治社会共同体の中で民衆の宗教として或る意味ではむしろ力強く生き続けていると云えるにしても、哲学的、思想的にはどうだろうか？　死滅しかけているのではないか、いやそれどころか既に化石化しているのではないだろうか？　と云うことは回教徒の知識層の中でしばしば話題になる。しかし、回教思想が、その生産的活力を最早完全に喪失し、今後、新しい発展を遂げるかも知れないと云う可能性が全くないと云い切ることは決して出来ないのではないかと私は思う。

日本人にとって、宗教とは全く文化の一部であり、宗教は文化伝統と云う背景の中に完全に浸透、融合し了って、その特殊な文化的背景全体が、意識するしないに関わりなく、多かれ少かれ、我々日本人の謂わばバックボーンになり得ていると思うのだが、中近東では事情は全く異っているようだ。回教圏の国々の若い知識層にとって、回教は否定か或は肯定か、その何れかの対象以外ではあり得ない。回教は勿論、回教思想、哲学とはその本質に於て全く同一と云う訳ではなく、思想とは別に、純然たる宗教としての独立性をまだはっきりと保っており、しかも尚、回教を否定することは取りも直さず、その文化伝統の全ての面に対する価値的判断を根底から覆すことになると云う両者の相互的関係が問題なのである。それでも尚、敢て回教と回教的文化伝統の本質的な価値を否定して、謂ゆる西欧的モダニズム、或は科学的合理主義（西欧世界の現実に、実際そう云うものが純粋な形で存在するかどうかは別問題だが）のイメージに生きることを否応なく迫られているのだ、と考える若者達もいれば、又、謂ゆる西洋文明の皮相な模倣者として、回教徒自身の間で常に批判の対象となっている知識人も数多く存在することも事実であるが……。いずれにしても——西欧世界に於ける無神論が多かれ少かれ、キリスト教をそのアンティテーゼとして生れ出て来るのに対して、回教世界のそれは、回教そのものからは全く遊離した、何か別系統のもの、つまり西欧近代主義の移植と云う形で意識され、そしてそのことの正当にして且不可避なる帰結として、回教の全面的意識的な否定、或は無関心、無視と云う現象が現われて来るところに、彼等自身の内的問題があるのであろう。自分自身の、又ひいては民族全体のセルフ・アイデンティティの重要な基盤として回教を考えようとする肯定派の人達も、それをそのままの形では肯定出来ない、と云うのが本心だろう。回教の、少くとも特に回教哲学、思想の新しい「意味」の発掘、新しいアスペクトの発見が回教徒の学者、知識人の間で希求されるゆえんである。

だが、その同じ問題も、局外者である我々にとっては、全く別の意味で、別の形で問題になって来るのである。比較宗教、比較哲学に類する様々な角度からのアプローチが徐々に始められているが、それも従来の文化交流的な比較対照から更に深まり、人間精神の遺産の総体としての各宗教、哲学、思想の伝統一般の中に内蔵されているであろうところの——ひいては又それら精神文化伝統の集約とも云える人間精神の世界が、可能的に持っているであろうところの——新しい「意味」の発掘、新しいアスペクトの発見と云う方向に向っているようである。その意味の研究対象としては、回教哲学思想の伝統は化石化しているどころか、いまだに生き生きとした、豊かな、未開拓の宝庫である。

我々が好むと好まないとにかかわらず、思想的な学問の活潑な新しいムーヴメントは、現段階に於ては、常に西欧にその中心点が置かれていると云う事実を、誰も否定はしないだろう。近代文化発生の地でもあり、その直接の担い手、チャンピオンでもある西欧が、思想的にも、常に様々な意味でイニシアチーヴを取る役割を演じていることは極く自然の成りゆきと云うもので、それに対して（中近東、其他の地域で過去の文化の栄光を負う国や、新興小国にたまたま多く眼につく現象だが）小規模な、受動的な対抗意識や被害者意識を持つのはむしろ、事態の観察と分析を誤っている為であるようだ。それどころか、思想界に於てはそうしたセルフ・アイデンティティの確立の問題と同時にむしろその中心的な動向に対する彼等の積極的な参加こそ最も緊急に必要とされているのではないだろうか。

現代の東洋の一般知識人は、中近東人も含めて、程度の差こそあれ、固有の東洋古典思想ですら、一度西洋の網の目で漉されたものでないと受入れ難いと云う風な傾向を持っていると思うのだが、それは決して過去にその例を見たような単純な西欧崇拝ではなく、何はともあれ、近代的な視点による近代的なアプローチを必要としていると云う、近代人としては極く普通の健康な反応なのであろう。ただその場合問題になるのは、謂わば思想的認識の最も根本的なフレイムワークの役割を果すところのその網の目、視点、視野、アスペクトである。それの性質、形状如何によっては可視のものも不可視になり、不可視のものも可視になるだろう。過去にそうであったように、西欧的な限られた視野と視点のみからのアプローチは西欧の思想界内部に於てさえ徐々に是正の方向に向う努力がなされ始めている。

そして更に、もし今後西欧の思想界に転機がもたらされることがあるとすれば、それは西欧思想に対する東洋思想の介入、参加であるだろうことは多くの東西の思想家によって既に予感され始めている。西洋思想は東洋的要素をその酵素として、又東洋思想は西洋のそれを酵素として醱酵されることが必要であり、いずれが基体となり、いずれが契機として働くにしても、その関係は将来、密接な相互関係となるような発展が期待されるだろう。

東西各地域の伝統的な哲学、思想に対する純粋に総合的な視野、バーズアイ・ヴュウ、しかも統一ある有機的なそれが、哲学的認識のカテゴリーの網目として再構成されなければならない。そして更にその網目を構成する為には各思想間の特殊な比較研究が試みられなければならないし又その比較研究が正しく、且効果的になされる為にはその研究の拠って立つべきメトドロギー自体が求められ確立されなければならない。至難のことだが可能である。

伝統的な思想や哲学、過去のあらゆる思想文化の中で、既知のものも、未発表のものも、又マスターピースもマイナーピースも、同等の資格で比較研究の新しい資料として見直されなければならないし、メトドロギーも又、その実際の資料操作のプロセスを通して徐々に求められねばならないだろう。それらの資料は又、より豊かな人間精神の世界を、真に深くその内面から照し出し、内面に向って開く鍵であり、同時に又その開かれる対象自体にもなるのである。

コーラン翻訳後日談という編集者から提供された題の主旨にそって話を進めて来たかどうか、いささか自信がないが、私の今従事している研究活動、及び研究所の具体的な近況などについても――少々気はずかしいが――つけ加えるのが良いのだろうか？

今私のいる研究所は、カナダのモントリオールにあるマックギル大学回教研究所テヘラン・ブランチと云うことになっている。スタッフは私の他に、リサーチ・アソシエイトとして、テヘラン大学教授、文学部副部長でもあるムハッキクと云う人と、秋にはパリ大学のコルバンの愛弟子でスイス人の若い優秀な回教学者もマックギルからやって来て参加することになっている。

研究所の活動の一部としては、哲学関係の博士論文を指導することも含まれていて、今三十三歳になるアメリカ人が十四世紀の Ibn ʿArabī 派の代表的哲学者、神秘主義者である Kāshānī の自由意志論について執筆を進めており、三十六歳になるのっぽの髭もじゃのトルコ人が、サファウイ朝の哲学思想の最高峰と目される Mollā Ṣadrā（1571–1640）の霊魂論、（Kitāb al-Nafs）即ち自我論に関する博士論文を作成中である。カナダ人の金髪美人とつい最近結婚したばかりのレバノン出身のアラブは十三世紀の哲人 Quṭb al-Dīn Shīrāzī が照明学派の巨匠である Suhrawardī の主著、Ḥikmat al-ishrāq に対する哲学的解釈として書いたテキストを校訂し、更に Quṭb al-Dīn 自身の「自我論」を研究して、それを博士論文にしようとしている。秋にはもう一人、印度の回教徒で名門出身の、これも三十幾歳になる青年が、マックギルから博士論文を書く為に研究所に来る筈になっているが、彼の論文は、Fārābī（872–950）の書いたアリストテレスの Peri Hermeneias「命題論」の注解をもとにして、回教哲学に於ける論理的命題の構造分析をそのテーマとしたものである。

以上四人の青年の内、レバノンのアラブを除いた三人は、どれも西洋人を標準にしてもかなりの背高のっぽと云えるような大男ばかりで、スタッフは三人共私同様の小男なのに対して奇妙な対照である。優秀で、性質が良くて、実に忠実な若い巨人共に護衛されたような形で、時々バザール近くの下町の古本屋などに出かけるのは大変愉快である。

スタッフの研究には若者達も聴講者として参加し、時には可成り活溌な議論になることもある。私とムハッキク教授の共同研究として既に完成したのは、十九世紀末葉の、スコラ的回教哲学者の最後の代表者と云われている Hādī Sabzawārī の難解を以て知られる主著、Sharh-e Manẓūmeh の中の形而上学の部分のテキスト校訂であるが、これには脚注にアラビア語の注釈がつき、又アラビア語と英語で、テクニカルタームの索引がついている。それに、ムハッキク教授がサブザワーリーの伝記及び彼の依拠した文献の哲学史的研究をペルシャ語で書き、私は約一〇〇ページの英文の序文の中で、サブザワーリーの形而上学思想の中心的テーマである essentia と existentia の関係を歴史的及び構造論的に分析し、更に、特に実存主義との関連に於てその現代的意義を明らかにしようとした。これは全部既に印刷に廻っていて、夏中には出版の予定であるが、一千頁位の大冊になる筈である。同じこのテキストの英文訳も一応了って、今それの読み直しと脚注の作成の段階で、今年中には印刷の運びになるだろう。今後の研究のリストも出来ているが、直接これの次のプロジェクトとして予定しているのは十六世紀の Abū Manṣūr al-Shahīd の Ma'ālim al-Uṣūl「回教法学理論原理」のテキスト校訂と全文の英語訳、そしてそれを現代の言語哲学、及び哲学的意味論の見地から研究した研究書を書き上げることである。シーア派の法学理論原理は実に独特で、現代の謂ゆるエンピリシズムの論理と、言語哲学、特に意味論的な要素を多分に含んだもので、これは未だ西洋に紹介されたことはないが、全くユニークな珍しいものである。

この研究所は純然たるリサーチ・インスティチュートで講義は全然やっていないのだが、テヘラン大学文学部とマックギル大学のそれとの友好的な取り決めで、いつも密接な関係を保っていて、ムハッキク教授はテヘラン大学の哲学関係のセミナーを二つこの研究所に移して来た。ペルシャ語の勉強になるのを幸い、私は時々それに出席している。

テヘランの夏の炎暑は外国人には耐えられないそうだが、今夏は幸、テヘランで夏を過さないで済みそうである。五月末にテヘランを発って日本に帰り、日本に三週間ばかり滞在してハワイにゆく筈である。六月二十日から五週間の長期に亘って、第五回東西哲学者会議が開かれる。会議のテーマは「近代人の自己疎外」である。私は其処で、「イスラムに於ける形而上学的思惟の基礎構造」と題した講演をする筈である。ハワイのあと、三週間ばかり間を置いて、八月二十日から二十九日まで、スイスのエラノス学会があるが、そこでは「人間のイメージ」と云う主題を巡って、それぞれの講演者が講演をすることになっていて、私の題目は「禅認識論に於ける自我の問題」である。ラーゴ・マッジョーレ湖畔のヴィラで開かれるこの学会は、ヨーロッパ的ソフィスティケイションの見本、粋とでも云えるような雰囲気で、各国の学者が寝食を共にして過すその十日間は誠に心楽しい。其後トルコを廻り、九月半ば過ぎにテヘランに帰り、十一月には又イスラエルのヘブリュー大学からの招待講演に二週間の予定で出かけ二つの講演をする予定で、今、研究所の研究活動の他に、以上の講演の原稿作成に私は全く大わらわである。

ヘブリュー大学のアジア・アフリカ研究所のアラビア学は水準が高く、ユニークな方法論による研究も行なわれていて、啓発されるところも多いことと期待している。又テヘラン大学の文学部長で国際的な視野に立つ回教学者でもあるフセイン・ナセル氏やパリ大学のコルバン教授なども今後の研究活動の上で特に密接な相互関係を持つことになるだろう。

テヘランのこの研究所に関して、全てはまだ端緒についたばかりだが、今後此処で、実質的な研究活動を順調に続けることが出来さえすれば私は満足である。

長年の間、慶應大学では随分とお世話になったことを私は今、心から感謝している。今後順調に研究活動を続けることが報恩の一端にもなればと願っている次第である。

これを書き了えようとしている今、テヘランは静かな春の夕方だ。夕暮れの住宅街を明日モスクで行なわれる金曜日の祈禱会に人々をいざなう、いざないの言葉を、歌うように節づけてふれ歩いている少年の声が澄んで聞えて来る。

今日本では桜の花が満開の頃だろうか。外国で春を迎え、日本の桜を憶うと、真の芸術家であり、偉大な文学者であった佐藤春夫氏のことを私はよく思い出す。九年前の晩春、カイロに滞在中だった私共のもとに氏からのお便りがあり、その中にしたためてあった氏の即興の和歌が、此頃はひときわ美しく思い出されるのである。

外国《とつくに》の春を問わまく散る果は
　桜のたより待つばかりなる

（テヘランにて一九六九年四月）

東西文化の交流

見られるものと見るものの変化

「外はひどい寒さです、雪になりそうですよ」とアパートのドアマンが警告してくれたその日の夕方から本格的な粉雪が降り始め、翌朝、モントリオール全市はカナダ特有の雪景色に変った。つい此間まで楓の落葉で赤く染まって見えた大学の校庭も、建物も、通りも——街全体が雪に包まれ、この近代的な大都会の〝白い風景〟は、そのまま、三月末か四月初の雪溶け頃まで、約四カ月の間は確実に、変らない筈である。

雪嵐、吹雪、静かな雪、乳灰色の曇天、そして四日に一度は、真青な空に雲一つない快晴となるが雪は消えない——少々の変化はあっても、要するに、白い風景の上に白い雪が、ただただ、しんしんと、（禅的に？）降り続け、降り積もるのである。

寒いことは寒いが、都会の長い冬の、この白々と静かな、無機的な単調さは、不思議と気分を落着かせ、仕事には快適である。

雪嵐の夜など、アパートの一室で、読書や書きものをしながら、雪まじりの北極風が、海鳴りに似た、湿った重々しい音を立てて、コンクリートの高層ビル群に吹きつけて来るのを聞いていると、ふと、私が机に向って坐っている正にその地点から真直ぐ北に向って、ケベック州の北部を抜け、はるか北極圏につながる深夜の大雪原が思い浮んだりする。尤も北極の大雪原は空からしか見たことがない。従って私の思い浮べる深夜の大雪原は、この都会の雪嵐が其処に源を発し、其処から吹き寄せて来るらしいと言う連想に由来する空想的な象徴に過ぎないのだが……。

しかし、こんなに飛行機による交通網が発達し、世界がせまくなって来ると、一般に地球上の地理的空間は、実際の現実の距離感を超越して、何か心の中のイメージの空間、意識の中の空間とその性質が似て来るようだ。私がこの春以来の数カ月の間に見た場所――銀座や、スイスの山河や、スペインの街々、ニューヨーク、テヘラン、パリ等々が相互間に横たわる現実の距離を超越して、あたかも、一望に見渡せる世界地図のパノラマ上の各地点に位置しているような感じで、いつも私の心の中にある。

十二月初めにとどいた日本からの便りに、鎌倉の山々も、晩秋の風景から、ようやく冬のよそおいに変りました、とあった。私は鎌倉の山々を手に取るように思い浮べた。同じ頃とどいたテヘラン市からの便りに、「アルブルズの山は雪に包まれた」とあるのを読んで私は、テヘランの街から見えるとつこつたる山々が、真白になり、朝焼け、夕焼けの度にそれが薔薇色に染まるのを眼前に見る思いだった。

だがそれが奇妙に、距離感を、周辺との空間的連続感を、殆ど全く欠いているのに気がつく。東京とモントリオール、モントリオールとテヘラン、テヘランとスイス、等を相互につなぐものは、強いて考えれば、空港あたりの場景だったり、雲の形や、空の色だったりする。それぞれの場所は、あたかも其処だけ、意識のスポットライトに照射された意識内の明るみのように、忽然とそしてまざまざと、浮彫りになって現出する。地理的、現実的空間を考える場合に、それが意識内の映像空間とその空間性に於て同質になり、同次元になり、重なって殆ど一つになりそうな錯覚である。

さて、空を飛ばないで、一歩一歩、徒歩で、或は驢馬や駱駝の背に乗って、旅行した旅人達、例えば、玄奘やイブン・バットゥータの眼に映じた風物が、我々近代人の今見るそれとは大いにその様相を異にしていた筈であると言うことは、次の二つの点から、当然考えられることである。先ず第一には見られる対象自体が時代と共に変ったことによるのであり、第二には、その対象を見る主体の側の意識が――少くとも、地理的空間感覚だけを例にとってもわかるように――変ったことによるのである。

今かりに、第二の契機、即ち主体の側の意識の変化、が提起する様々な問題を除外して考えるならば、少くとも、世界中の各種の異質文化伝統の相互交流と言う側面に於ては、文学、芸術、思想の何れの分野をとって見ても、我々は、歴史上に曾て見なかった程の黄金時代に生れ合わせている、と言うことが出来るだろう。ギリシャ悲劇と能とシェイクスピア劇とラシーヌの悲劇の各々を一週間の期間内に、一つずつ本場で、或は他の国で、見て廻ることもシーズン中ならば不可能ではないだろうし、更に又、古代エジプトの発掘品の名品の数々は、エジプトに出かけなくても、英独仏の各美術館で観賞するのに何の不自由もない。

しかしながら、このように、第一の契機、即ち、対象自体の即物的な変化の側面からのみ、それを考察することは、実は、現代的事態の充分な、そして正確な把握にはならない。(むしろ、第二の契機の提起する諸問題にこそ文化の現代的危機が内在していると言えるのであるが……。)何故ならば、もの即ち見られる対象と、それを見るもの、即ち意識主体とは常に相互に複雑で有機的な函数関係を保ち、謂わば機能的場を構成しながら、事態のダイナミックな変化を醸成してゆくものであるから。

編集部から与えられた「東西文化交流」と言う主題に関しても、この、対象と意識主体との有機的な関係、及びそれによって構成される場を無視し、それから切り離して、東西各種の文化伝統の相互関係や相互交流、或はそれによって惹起される事態について考えることは、無意味であり、更に不可能であると思われるのである。

意識主体と対象との有機的な相互連関を考慮に入れない東西文化交流は、謂わば文化の植物的移植に過ぎないことになるだろう。

ラーゴ・マッジョーレに咲くある赤い花

植物の移植と言えば、私は、この夏のスイスでの或る経験を思い起す。チューリッヒから、山や川や湖水をへめぐりながらゆっくりと走る汽車に数時間ゆられて南下すると、ラーゴ・マッジョーレの湖畔にある避暑地、アスコナに到着する。

有名な心理学者、故ユングにゆかりのあるエラノスと言う思想的な国際学会が毎夏、このアスコナで開かれ、この学会は既に半世紀に近い歴史を持っている。ヨーロッパ各国、東洋、アメリカから合計十人の学者が招待され、その年に選ばれた共通の現代的課題について、それぞれの学問的専門分野、及び文化伝統の立場から講演をする。私が其処に講演者として招ばれたのはこの夏で四回目である。曾てユングが生前、毎夏を其処で過したラーゴ・マッジョーレ湖畔の別荘で、各国から集まった十人の講演者の全員が、寝食を共にしながら、会期の十日間を過すのである。（故鈴木大拙翁もその最晩年に、これに参加された）

講演は全部公開され、聴衆も世界各国から集まるので、国際色豊かである。今年は私の講演の聴衆の中に、地元アスコナの住人でH夫人と言う人がいた。仙崖の俳画集を出した人で、ヨーロッパでは可成り著名である。彼女は曾て、大拙翁の教えを受ける為に日本にやって来て、数カ月間、帝国ホテルに滞在し、その間毎日、一日もかかさず、鎌倉の翁の元に通った、と言う話題の主である。

エラノス学会も終りに近づいた或る日の午後、私はＨ夫人からお茶の招待を受けて、彼女の家に出かけて行った。彼女の書斎には、仙崖の軸が無雑作に拡げられていた。庭はそのまま湖水に続いていて、「ガンジー」と言う名の三十歳の亀が、芝生をのこのこ歩き廻っていたりした。さて、その庭の其処此処に、何やら見慣れたような赤い小さな花が、元気よく満開に咲いているのが眼に止って、眺めていると、Ｈ夫人がにこにこと亀を抱いて近づいて来て言うのには——この花は、鎌倉の円覚寺境内の大拙翁の住まいの庭に咲いていたのを、その種を貰い受け、はるばるアスコナに持帰り、自宅の庭に蒔いたところが、どんどん増え、今ではアスコナ中の至るところに繁殖した。以前にはこの花はアスコナの何処にも全然なかった筈なのに——と言うことであった。

その赤い花は（多分おしろい花と言う花だと思うのだが……）如何にも赤々と赤く、折から雨もよいのラーゴ・マッジョーレの鉛色の湖面を背景として誠に美しく、印象的であった。

ラーゴ・マッジョーレの赤い花のことを書くにしては前書きが少々長過ぎた嫌いがあるが……。考えて見れば、この赤い花を取りまく全ての状況が、一連の特殊な国際的因果関係をなしていて、それが大変私には面白く思えるのである。先ずこの場所がスイスの避暑地と言う国際的な土地柄であること。エラノス学会の性質が、人間思想の国際的な、多角的且多層的インテグレイションを常にめざしつつ半世紀近い活動を続けて来たものであること。曾てこの会に関係の深かった故人達、ユング、大拙翁をはじめ、ハーバート・リードやチンメルマンやクイルヘルムや其他東西の学者達のこと。Ｈ夫人のこと。そして赤い花の種が鎌倉からもたらされたこと等々。そして今ラーゴ・マッジョーレの赤い花の数粒の種は、私のスーツケースの片隅にしまわれていて、私はやがて、数カ月後に、夏、帰国した時、自宅の庭にそれを蒔こうと考えていること。ちなみに私の家は鎌倉にあり、円覚寺に程近いこと。一度鎌倉を離れ、スイスに運ばれた赤い花の種の種の種の種……が、再び空を飛んで鎌倉に帰ること。私が、日本からはるばる遠いスイスのエラノス学会に関係するようになった偶然をも含めて、全ては、「風が吹けば桶屋が儲かる」と言う因果話にも似た面白い奇縁ではあるが、これは又、全くありふれた現代的状況の偶然の連鎖と交叉でもある。意志するとしないとにかかわらず、又意識するとしないとにかかわりなく、東西の文化も又、このように、全く偶然的自然的交錯、混交を重ねながら、次第に相互の有機的インテグレイション（融和統合）の方向に進展しつつあるのだろうか？　それともディスインテグレイション（解体）の方向に？

文化交流における三つの立場

近代産業、経済は、その背景に、必然的に西欧的思想伝統を負っている。従って社会的、政治的近代化は必然的に思想的西欧化を伴って来ることは避け難い事実である。

国家のあらゆる体勢の近代化と共に、西欧的思想の摂取をも積極的、全面的に推進しようとした明治の日本や、アタテュルクのトルコの場合もあるが、これとは反対に、宗教や思想伝統の有機的体系性を保持しつつ、これと共に社会・経済・産業の近代化を計ろうとする中東やアフリカの或る国々の場合も又、前者の場合と同様に、近代化と思想的西欧化は、それが回避することの出来ない必然的な随伴現象であることを、今や否定出来ない事実として（好むと好まないとにかかわらず）認めざるを得ない段階に立至っているようである。

近代西欧思想そのものの持つ内部的危機について既に様々な論議がなされつつある時、その危機を内蔵したまま、その思想を受け入れ、更に自国の、西欧のそれとは全く異質の文化思想伝統の中にそれをインテグレイトしなければならない西欧圏以外の国々の側にとって、現代の思想的危機は二重に深いと言わなければならないだろう。

西洋思想そのものの危機を今此処では論じないとして、東西思想のこの有機的インテグレイションについては、各国、各分野で、問題解決の可能性についての探求の機運が見え始めたようである。

第一には、地域的特殊性を捨てて、国際性を得ることによって、西欧とのインテグレイションを計ろうとするものであるが、これは、日本字のローマ字化についても言えるような危険性を常にはらんでいる。

日本字のローマ字化の動きは、純粋に言語だけの枠内で、しかもその一部分である文字だけを外的に変革することによって、広く言語、思想、文化一般の国際性を得ようと期待するもののようである。

思想自体に関しても全く同じことが言えるのであるが、この種の、地域的特殊性の捨象は、ともすれば、人間の言語や思想を含めた文化一般が、多層的、多角的な有機的統一体であることを忘れて、部分部分の捨象や変革を重ね、その可能性を考察し実行する途上に於て、その文化、思想伝統そのものの、謂わば中枢神経系統組織とも言われるべきものを内的に解体させてしまう危険を常に冒すものであると言うことが出来るだろう。

次に考えられるのは、地位的特殊性を強調し、西欧的なるものとの対立、コンフロンテイションを考えることによって、更に高次のインテグレイションを計ろうとするものであるが、これも又現状の一般現象としては、そのプロセスに於て既に誤った方向に向う危険性を充分に持っているのである。

地域的特殊性を強調すること自体に問題があると言うよりは、先ずその強調さるべき特殊性そのものが、それを見る側の角度により又それを把える方法や、次元によって複雑微妙に変化し、それをポジティヴに把握することが仲々困難である、と言うところにむしろ問題が起因するようである。

伝統芸術や思想の地域性を顕示しようとして、それが単なる表面的なエキゾチズムに終ると言う現象はしばしば起ることである。この第二の方法に於ても又、コンフロンテイションと高次のインテグレイションに到達する以前に既に大きな困難があると言えるのである。

第三に、芸術、文学、風俗文化、言語、等々から思想を独立させ、謂わば、少くとも思想の分野に於ては西も東もない、要するに、地域的特殊性を無視した抽象性こそ、思想の拠って立つところであり、その意味で思想は一つであるべきだ、とする立場であり、西洋哲学こそそれの具体化に他ならないとする立場である。

これはしかし、勿論、西欧的思想伝統が、或はそれの奉持者達が到達した結論に他ならず、従ってこれに準ずることは、西欧的哲学思想を唯一の哲学とする西欧的立場とならざるを得ない。尚この立場を更に推し進めれば、東洋の伝統的思想には「哲学」と呼べる思想はないと言う結論になる。

この場合、東洋思想を哲学の領域から排除することを正当化する為には、「哲学」はしかしながら、皮肉にも、再びその地域的特殊性に立帰らざるを得なくなる。東西に「哲学」は一つ、なのではなく、実は、「西洋哲学」が「哲学」なのである。即ち、西洋に於ける哲学者のあるグループは、「哲学」なる学問の領域を、ギリシヤ哲学伝統に由来しその発展としてある西欧哲学そのものに厳密に——少くともその構造上の性質に於て——限定し、それの当然の帰結として、東洋思想を、その構造上、少くとも「哲学」の領域からは排除すべきである、と考えるのである。

このことに反対して、「哲学」なる概念の定義を従来のそれから改変し、拡張することによって、広く東西の思想を「哲学」の中に組み入れようとする立場も当然出て来る訳である。

前者のように、東洋思想を「哲学」から独立させるにしても、又後者のように、哲学の中に含まれるものとして扱うにしても、結局、実際上に残された問題は大同小異であると言うことが出来るだろう。何故なら、何れにしても、西洋哲学と東洋思想、或は西洋哲学と東洋哲学は共に未来の人間の思想形成の為に、それぞれの要素となって対立し、止揚され、やがては好むと好まざるとにかかわらず、何等かの形に於て融和統合の方向に向いつつあり、又向わなければならないからである。しかもその際、東西の思想は、それぞれの思想の有機的構造体系の場に於て把握されなければならず、又両者のコンフロンテイションとインテグレイションは、有機的構造体系相互間のそれでなくてはならないだろう。

東西思想の融和への意欲的試みを

さて、思想の有機的構造体系相互のインテグレイションは、実現は勿論のこと、可能性を論じる段階に於て既に多くの困難な問題を提起しているのは周知の事実である。それはあたかも、それぞれの神経中枢を損なうことなく、二種の有機体を一つの体系に組み込もうとするように、直接、同次元に於て行なうことは殆ど不可能に近いだろう。歴史的時間が成し遂げる自然の浸透融和の可能性に事態の解決の半ばを期待し委ねるとしても、東西の思想家、文化人のなすべき事は多い。

先ず第一に、東西の思想体系のコンフロンテイションの場、ディアレクティクの対等、且共通目的の場が少くとも用意されなくてはならないだろう。その為には、東西の思想史の様々な角度、次元からする文献学的な厳密な研究が、東西をつなぐ未来の、可能的な哲学を志向すると言う新しい光の下でなされ、更に各々の伝統的思想体系の内部構造に対して、共時的、通時的な研究が意欲的に試みられなければならないだろう。私は、それに対する学問的に有効な方法の一つとして、各思想体系に於ける主要概念の内的構造の意味論的分析と更に次の段階として、それらの比較研究を考えている。

一九七三年に開かれる或る国際哲学会では、「東洋思想史と哲学の概念」と言う内容の論議が、数多くの題目の中に――少くともその一つとして――加えられるべく計画されているようだが、このことは、哲学の東洋向け姿勢と関心を示す新しい兆候として注目されるのである。

又、一九七二年秋のスペインに於ける国際中世哲学会では「極東及中東思想と西洋中世哲学」についてと言うのが始めての試みとして、研究セッションの題目の一つとしての席を与えられ、又そのセッションの常設が今提案されている。ちなみに、この第五回国際中世哲学会は、「中世哲学に於ける諸文明の邂逅」と主題され、日本から多数の哲学者がそれに参加して、人々を驚かせたのである。しかも慶應からの参加者が最も多く、哲学科からは松本正夫氏を始め有働氏、中山氏、商学部から箕輪氏、言語文化研究所からは牛田女史、黒田氏が参加した。私は久し振りで日本の同僚諸氏と約十日間の会期を共に過すことが出来、この上もなく愉快であった。

尚昨年来日され、慶應と東大で招待公開講演をされたクリバンスキー博士（I・I・P即ち国際哲学会名誉会長、国際中世哲学会名誉会長）の特別の肝入りで、松本正夫氏が国際中世哲学会の日本代表委員として選出されたことも誠に幸いなことであった。

マドリッドで学会の主要プログラムが終ったあと、学会の出席者数百人が、バスを連ねてコルドバとグラナダに旅行した。スペインに於ける回教史跡の代表であるコルドバのメスキタ寺院やグラナダのアルハンブラ宮等もさることながら、私にとって興味深かったのは、グラナダで、謂ゆるシルクロードの終点なるものを見たことであった。

シルクロードの終着駅となったキャラバンサライの名残りであるその木造建築は、可成り荒廃してはいたが、よく原形を留めていた。スペイン回教史でも有名な、モンゴメリイ・ワット氏がたまたま傍にいてくわしく説明して呉れなかったら、他の多くの人達と同様に、私もあやうくこれを見過してしまう所であったので、私は、それに遭遇して、しかも、とっくりと見ることが出来たことに、特に不思議な因縁を感じた次第であった。

陸路海路を経て、はるばるスペインのグラナダに到着した東方の隊商達の宿であり、そして彼等がはるばるもたらした商品の取引所でもあったそのキャラバンサライは、今でも特殊な東洋風バザールの雰囲気を残すアラブ横町、カイサリヤ通りの突き当りに位置している。

このカイサリヤ通りが又興味深い。此処は、曾て、シルクロードを通ってやって来た絹商人との特別取引きを許されたアラブの或る特定部族だけが住んだ特別区域であった。今も強くその名残りの雰囲気を留めているのが不思議な位であった。

ともかく、東西文化の交流が、曾てのそれとは、その質に於て又その量に於て、大いに異なりながらも、益々活発に続くであろうことを予期し、祈りながら、茶褐色に風化した、驚く程頑丈な大扉を押して、私はその古いキャラバンサライの建物を後にしたのであった。

一九七二年十二月・モントリオールにて

国際会議・学際会議

国際会議や学際会議が至るところで開かれている。一つの学術分野の専門学者たちが世界のいろいろなところから集まって来て、かたみにわざを競い合う、いわゆる国際会議が一種の流行のようになってからもう時ひさしくなる。が、近頃では「国際」では足りなくなって、「学際」ということになって来た。学際とはうまく訳したものだと思うが、interdisciplinary つまり幾つかの全く別々の領域の専門学者たちが、それぞれの専門の限界を越えて、より広い共通領域をその場その場で作り出し、一段高い対話の場面で、幾つかの専門領域にまたがる大きな問題をいろいろ違う角度から論じ合おうという、いわば専門学者たちの専門脱皮現象である。

だが、専門を異にする幾人かの学者の間に一体、雑談以上の真にまじめな対話が可能なのか。専門家が己れの専門から脱皮して、一体何になるのだろう。昔ふうの考え方からすればいささか奇妙に思えなくもないこの現象は一体何を意味するのか。

言うまでもない。先ず何よりも、学問の止めどない専門細分化にたいする反動であり、批判であり、抗議である。むろん、より狭くより深く、ただ一つの研究対象を追求しようとする専門化の傾向を一概に悪いときめつけることはできない。悪いどころか、そういう態度があったればこそ、学問はこれまで進歩して来たのだ。だがそれも行き過ぎると、とんでもないことになる。まして学者たるもの、己れの選んだ狭い専門の枠に身を閉じこめて、それ以外の分野に色目をつかうべからずという専門孤立主義が学界の不文律にまで極端化されてしまえば、学問は融通のきかぬコチコチの専門家の蝟集する場所となるほかはない。そしてまた事実、そういう事態が現にわれわれを取り巻いているのだ。

特にわが国では、生まれついての島国根性とぴったり合ったためか、専門細分化は異常な発達をとげて、学問上の「縄張り」という自慢にもならない日本的形態にまで展開した。そうなれば専門細分化は、たんに学問的関心が広いの狭いのという問題ではなくて、すでに社会構造そのものに関わる大問題である。学歴社会、序列主義、そしてその中心に蟠踞するキメ細かな学界ボス制度。ひとかどの学者になるためには、先ずこの制度の複雑な機構にわが一身を引き渡さなければならない。その上ではじめて「学者」としてのキャリアーが保証される。それがいやならお前は「学者」ではない、勝手に「××」にでもなれ、というわけである。ここで「××」は非専門家を意味するどんな言葉をもって来て埋めてもいい。が、とにかく日本のこれまでの学界の構造では、一端こういうレッテルを貼りつけられたらもうおしまいだ。かいなでの専門家など足もとにも及ばぬすぐれた業績をいくら出しても、どうせ素人のやったこと、正統的な学問上の業績としての評価は得られない。

もっともこれは必ずしも日本だけの特殊事情というわけではない。欧米の学界の機構にもこれに類する事態が纏わりついている。例えば学術論文や学問的著作の脚註に絶対に挙げてはならぬとされている通俗的著書がどの分野にも少なからず存在する。そんな書物のただの一つでも自分の学術的労作の脚註に名を挙げたり、巻末の文献表にのせたり、本文中に引用したりしたが最後、ただそれだけでもうせっかくの労作は学問的業績の水準から通俗書のそれへ転落してしまうのである。

だが、駸々たる時勢の潮流は抗すべくもない。専門家が安閑と専門家の午睡を楽しんでいた時代はもう過ぎた。宇宙時代が云々され、地球社会がまじめに論じられている現代、そこに生きる人間の切実に当面する問題の多くは、もはや細分化を重ねた専門家の手に負えるしろものではない。自分のやっていることは微に入り細にわたって知っているが、ただそれだけしか知らないというような型の専門家は、今では急速に世界の学界の田舎者になりつつある。専門家が専門家であることを乗り越えて、ひとまわり大きく成長しなければならない時代がすでに来ている。

国際会議、学際会議の現代的意義と将来に向かってのその重大な使命とを憶うことしきりである。

道程

日航機がテヘラン空港から離陸して、眩いばかりに青く晴れたイランの冬空を飛翔し始めた時、私の気持ちは複雑だった。去年一月末日の朝のことだ。今もありありと憶い出す、後に残して来たあの緊迫感にみちた数か月の暗い形象。見下ろすと一点の緑もない赤褐色のイランの山々が遠く幻影のように朧ろにつらなって、ついさっきまで聞こえていた空港周辺のデモ隊の怒号も、テヘラン市街のいたるところに濛々と立ち昇っていた黒煙もまるで一場の悪夢の風景だったかのように遠のいて行くのだった。在留邦人救出の特別機とはいうが、一旦飛び上がってしまえば、もう機内はのんびりしたただのツーリストの海外旅行といった感じだった。行き先はアテネ。誰かが言った、おれたちのこの飛行機、どこか空中でホメイニーの特別機とすれ違うことになるぞ、と。なんということなしにみんながどっと笑った。

だが私自身は、ついに危地を脱したという安堵感と同時に、影のように心にしのびこんで来る悲愁に似た気持ちをじっとかみしめていた。テヘランはなつかしい都だ。だがそれよりも、これがおそらく長い外国生活の締めくくりになるだろうという感慨のほうがおもだった。けれどもまた、生涯の一時期が終わることにたいする淋しさとはうらはらに、いよいよこれから何か新しい時期が自分に始まろうとしているという喜ばしい期待もたしかにそこには綯いまぜられていた。

慶應義塾の教壇を私が去ったのはもう二十年も前のことだ。決していやになってやめたわけではない。塾は私には理想的な場所だった。学者にはなりたい、だがいわゆる「専門家」にだけはなるまい、とひそかに思いきめたのは学生時代。それ以来、助手、教授時代を通じて私は好き勝手なことをやって来た。そういう私の我が儘を塾は許してくれたばかりか、むしろそれを促進するような処置をその都度取ってくれたのだった。先ず言語哲学、次にギリシア思想、そして戦後はロシア文学の講座まで設けてくれた。戦時中、外語学校を創ることになった時、私はなんでも好きな外国語の講座を置いて、誰でも好きな先生を連れて来る自由を与えられた。おかげで私は自分でもサンスクリットは辻直四郎、チベット語は多田等観、等々といった具合に日本で最高の先生たちからいろいろな外国語を習うことができた。おまけに最後には言語文化研究所などというものまで作ってますます勝手なことをさせてくれた。私はそこでイスラーム哲学を教えた。

考えてみれば、こんなことをしてくれる大学が世界のどこにあるだろう。想像もできない法外な自由の中で、私はのびのびと、己れの好むがままに学者修業の第一期をすごした。私が、自分の希望どおり「専門家」の枠からはみ出したかなり風変わりな学者になったことは、むしろ当然のなり行きだった。だがこの時期の終わり頃になって、このまま行ったのではだめではないかという疑惑が心の底に動き始めて来たこともまた事実だ。そしてこの疑惑は時とともに強くなった。私は自分が学者としての人生の第二期に入ったことをはっきり意識した。

思いきって塾に別れを告げ、私は異国に出た。「片雲の風にさそわれて、漂泊の思いやまず」とでもいうのか。もとより芭蕉の詩魂などもちあわせる自分ではないが、とにかく止むに止まれぬ実存的衝迫のようなものにつき動かされていた。漂泊の二十年。これまでとはまるで違った世界で、私は様々な異文化に触れ、様々な国の人々と語り、様々なことを学んだ。結果から言えば、それは私にとって、学者としての国際的感覚を身につける修業の時期だったと思う。

しかし私のこの「武者修業」も、イランの動乱を境界としてようやく完全に終わったらしい。とすれば、これからは第三期ということになるだろう。これからの私に何ができるか、それは自分にもまだわからない。だがこの転換の時点に立つ私に何よりも有意義だったのは、去年十二月の慶應国際シンポジウムに参加できたことだ。久しぶりで塾の和気藹々としてしかも生気にみちた知的雰囲気に包みこまれている自分をふと見出して、私はひどく感動した。ぐるっと外をひと廻りして、結局またなつかしい故里にまい戻って来た放蕩児の心の安らぎのようなものでそれはあったのかも知れない。

慶應国際シンポジウム所感

昨年十二月、慶應義塾の主催する国際シンポジウムに参加したことは、この企画そのものの公の意義付けやそれの学的成果の評価とは別に、私にとっては個人的に意義深い経験だった。飽くことない知的好奇心をあらゆる局面で示しながら、西洋の第一級の学者と称される人々と自由闊達に交流する慶應の若い世代の教授、助教授たちの一種独特な明るさの中に、私は普通の国際学会ではついぞ見たことのない何かを見た。日本人の主催する国際学会に出席したのはこれが最初だが、欧米で催されるこの種の学会には始終私は出掛けて行く。そういうところで出逢う日本の「国際的学者」たちによく見かけるあの頑固な閉鎖性や、その逆の自己顕示的・売名的積極性――そんなものは慶應の若い学者たちには微塵もなかった。ただみんなが素直に明るく、真摯で開放的だった。それが言いようもなく愉快だった。

だが考えてみれば、自分がこんな目で慶應の人たちを見、こんなことを感じるということ自体、私にとってはまったく意外な経験だったのだ。もしかしたら私は、どこか自分の内部の深いところで、「母校」慶應義塾との不思議な縁《えにし》を保ち続けて来たのかも知れない。憶えば若い頃の私には、愛塾精神などというものは空疎な言葉にしかすぎなかった。そんな女々しい恩愛の絆《きずな》などばっさり切り棄ててしまってこそ、そこに学問の厳正な客観性が成立するのだと信じていた。ところが今度はからずも、久しぶりで濃厚な慶應的雰囲気の真っ只中に投げこまれてみて、ふと、慶應は学者としての自分がそこに生まれそこに育った懐かしい故郷のようなところだったと実感し、やっぱり自分は慶應の人間だったのかとしみじみ反省するに至ったのだから妙なものである。

だがこのような純粋に個人的な感慨とならんで、それとは別にもうひとつ、今度のシンポジウムの全体的構造を規定する大胆な、としか言いようのない理念に触れて、慶應もよくここまで成長して来たものだという、やや客観的な観察から発する感慨もそこにはあった。国際性と学際性の二つの次元を交叉させた野心的な企画、しかも「地球社会への展望」という途方もなく大きな、前向きの主題。私が三田山上を徘徊していた頃には想像もできなかったようなことだ。よくこんなことをやってのけたものだと思う。福澤諭吉の「実学」精神なるものの、これが現代における一つの成果なのだろうか。

特に私が感心したのは、このシンポジウムを実際上運営した若い学者たちの言動そのものに、国際的・学際的気運が横溢していたということだ。国際的・学際的とは、世界に向かって限りなく開かれた学問的精神の地平を意味する。「日本に洋学を盛んにして、如何でもして西洋流の文明富強国にしたいという熱心で、慶應義塾を西洋文明の案内者にして……」という、あたかも西洋一辺倒で、表層的には脱亜・欧化以外の一切にたいして完全に閉ざされた立場であるかのごとく思われなくもない実学の理念が、もしこのような開かれた精神を現在の時点で生み出すに至ったのであるとすれば、そのダイナミックな知的創造性は大したものだ。

明治維新の到来と共に、西洋と東洋とが日本の内部ではげしく対立した。丁度、近代化に徹底しようとする西欧主義と、伝統的イスラームの構造を固守しようとする東洋主義との劇烈な対立の間を揺れ動く現代のイランの状況のように。このような状況において福澤諭吉は日本欧化の道を断乎として取った。だがそれは日本では、コルバンのいわゆる「東洋意識にとっての悲劇」には導かなかった。それは諭吉のこの脱亜主義が、もともと東西を併せ東西を越えたところに日本独自の主体性を探求しようとする未来的精神として展開すべく運命づけられていたからではなかろうか。

東か西かという二者択一性がその文化的有効性を失い、むしろ地球文化への方向に進みつつある、あるいは進まざるを得ない、現在の日本において、慶應義塾が今度の学会で示した潑剌たる知的エネルギーの果たすべき役割の大きさを憶わずにいられない。

武者修業

去年の始め日本に帰って来た時は、今度こそ当分は日本に落ち着こうと思い定めていたのだが、行き掛かり上そうもいかなくて、忽ち夏にはヨーロッパへ呼び出されてしまった。八月から十月にかけて三か月足らずの短期間に、違う三つの国際学会に連続的に参加しようというわけである。先ずスイスのエラノス学会、今年のテーマは「神話的形象と思惟」。次は九月オスロで開かれたパリ国際哲学会の大会、テーマは「言語と哲学」。最後は十月、フランスの文化放送がスペインのコルドバで開いた国際・学際的学会で、テーマは「知と意識」。三つがそれぞれがらっと違った性格で、その対比だけでも面白かったが、特にコルドバの会は非常に野心的かつ大規模、ノーベル賞のB・ジョセフソン、マンハッタン計画で有名なD・ボームなど当代一流の物理学者を始め、ユング派心理学の大物たち、それに哲学者、大脳生理学、超心理学の錚々たる代表者や詩人まで一堂に集めて三日間、そこに盛り上がる知的昂奮の渦が聴衆まで巻き込んで、実に面白い学会だった。だが、面白かったとはいっても、それだけにまた、そんな会で主役の一人になるのはまことに気骨の折れることでもあった。

八月、日本を発つ前、何かのついでに、今度の旅行の予定を電話で池田弥三郎に話したら、「あいかわらず優雅な生活だねえ」と彼は皮肉った。しかし、皮肉にせよなんにせよ、とても優雅だとかエレガントだといえたものではないのだ。立て続けに三つの学会。頭を主題的に切り換えて行くだけでも大変な仕事である。だが、肉体的、精神的にどんなに苦労が多くとも、こうした経験を積み重ねて行くことが、国際的な状況に生きる現代の学者としての修練なのだから仕方がない。

「戸を出でずして天下を知り、牖《まど》を窺わずして天道を見る」――老子の口真似ではないが、実際、情報メディアがこれほど技術的に発達し、西洋の書物の翻訳が市場に氾濫する今の日本では、学者は自分の書斎に坐ったまま、居ながらにして世界の学問の情勢を手に取るごとく知ることができる。わざわざ外に出かけなくとも、日本の学者は今ではみんなある程度まで国際人である。いや、国際人にならない方がどうかしている。

だが、生きた国際感覚を身につけて、自分の学問の先端で今どんなことが起こりつつあり、またどんなことが起ころうとしているのかを察知する鋭敏で柔軟な感覚を養うためには、本だけ読んでいたのではどうにもならないところがあるのだ。どうしても自分自身で学問の国際的現場に出かけて行って、そこでの生きた人間との実存的接触を通じて何かを体認することが必要になって来る。

いつだったか、京大の上田閑照さんに逢った時、奥様は、と聞いたら、「家内は二か月ばかり、ひとりでドイツに武者修業に行っております」という答えが返って来た。上田夫人はドイツ童話の研究家であり、翻訳者としても令名ある人である。それにしても、「武者修業」とは面白い考え方だと思った。たしかに、日本の学者にとって、西欧の学問の現場に出かけて行くことには武者修業的なものがあるのだ。またそういう自覚もなしにただ漫然と出かけて行ったのでは、観光旅行と大して違いはしない。だが、真剣な自覚がある場合、武者修業とは文字どおり命がけのことだ。

既に明治四十四年、森鷗外は、これからの日本の学問には「二本足の学者」が必要だ、と主張した。二本足、すなわち東洋人として、東洋的伝統の上に立ちながら、しかも西洋的学問の武者修業を了えた学者ということだ。しかし、そういう学者の数はまだ少ない。国際性、学際性の方向にひた走りつつある学問の現状において、鷗外のこの立言の重みが今更のように痛感される。国際的訓練を積んだ「二本足」の日本人が、続々と世界の学問の檜舞台に進出して行って縦横に活躍し、未来の新しい世界文化のために建設的な働きをするようになる日の遠くないことを期待してやまない。

正師を求めて

学に志す人にとって、すぐれた先生に親しく教えを受けることほど大切なことはない。そんなことは誰にもわかってはいるのだが、実際は本当にすぐれた、といえるような先生にはなかなか出会うことができないものだ。

ナーランダの仏教学院に、はるばる戒賢《シーラバドラ》を訪ねて教えを受けた三蔵法師玄奘を憶い出す。西域の嶮難に距てられた長安とインドの間、往復約十六年の歳月をかけた無謀にも近い旅を彼は敢行した、ひたすら正師を求める情熱に駆られて。

これほど大がかりなのはさすがに稀だけれど、遠い昔の日本でも、多くの人たちが正師を求めて中国に渡った。みんな生命がけだった。たとえば道元。その道元が言っている、「正師を得ざれば学ばざるにしかず」と。本当に偉い先生にめぐり逢えないなら、勉強なんか始めからしないほうがましだ、という。裂帛の気合いのこもった烈しい言葉だ。

もちろん、ここで道元が考えているのは仏道修業のことで、我々俗人の学問とは話が違うが、普通の学問の場合でも、それが要求する真剣さにかけては少しもこれと違わない。だが世智辛い社会生活の機構のなかで、先ず己れの生存権の確保を考えてかからなければならない今日の学生に、「正師を得ざれば」などとうそぶいている余裕があるだろうか。また、たとえ情熱はあったにしても、現在の日本の大学教育の制度では、正師を求める自由はほとんど与えられていないのだ。すべては運次第。ずらりと顔を並べ名を連ねた教授たちのなかに、この人こそはと思えるような先生が一人も見出せなければ、もうそれで万事休す。諦めるほかはない。

だが普通の学問の世界で、道元のいう正師とまではいかなくとも、せめて良師、つまりいい先生とは一体どんな人のことだろう。どんな分野でもいい、学問が実存的にその人の人格的構造の内奥で潑剌と生きて躍動している人だ、と私は思う。そんな人には一種形容しがたい雰囲気がある。ひとこともものを言っただけで、何か異常な気が立ち昇ってくるのだ。それがまたこちらの学問への情熱をかき立てる。幸いにも私は若い頃、慶應義塾の内外で、そういう意味での良師を幾人か見出した。

一番最初の経験は、予科一年生の時代に、漢文の先生として現れてきた奥野信太郎さんだった。一年間を通じて、驚いたことに奥野さんは教科書をたった三頁ぐらいしか講読しなかった。大抵『剪灯新話』のたぐいから取って来た妖しげな小説の話で時が過ぎた。だが、牡丹灯籠の怪談などを興趣深く語って聞かせる奥野さんという人間からにじみ出てくる異様な実存的気分のなかには、中国文化の長い伝統の重みがあった。その重みを私はじかに感じた。自分の学問を生きることの楽しみを私は初めて習った。

私が東京外語の夜学に通ってロシア語を勉強し始めたのはちょうどその頃のことだ。授業はどれも砂を嚙むようで、ロシア語とはこんなにつまらない言葉なのかと思うばかりだったが、そのなかで除村吉太郎さんの授業だけは実に素晴らしかった。初年級の語学のこととて、彼の担当は和文露訳という、今から考えれば気の毒みたいな課目だが、それでも「ヘーゲルの弁証法には根本的な誤謬がある」式の、いかにも彼好みの短文を彼は熱のこもった調子で訳した。しかしそんなことより、彼の存在そのものに、後年私が「ロシアの混沌」として把握することになるロシア魂の底知れぬ深みといったものがどことなく揺曳していて、それが私をひどく感動させた。彼もまた自分の学問を実存的に生きる人だったのだ。

だがそうこうしているうちに予科時代も終わりに近づいた。池田弥三郎が、文学部に折口信夫という桁はずれにえらい先生がいるという情報を持って来た。私はもっと前から西脇順三郎先生のことを考えていた。とにかくそっちに行こうというので、池田と私は二人そろって経済を止め、文学部に進んだ。「正師を求める」われわれ二人の、それが運命を決する一歩となったのである。

師と朋友

近頃の若い学者は議論好きだ。ディスカッション、研究会。集まっては熱心に議論し合い、それがそのまま学問として育って行く。まさに論語の「朋《トモ》アリ遠方ヨリ来ル、マタ楽シカラズヤ」を地で行く光景である。ところで「朋」というこの語、「同類、おもむくところ同じきを云う」と古註にある。つまり、互いに切磋琢磨しつつ同じ一つの目標に向かって進もうとする仲間のことだ。たしかにこれも学問の一つの道、しかも孔子の言うように無上に楽しい道であろう。しかしそれとは全く違った学問の行き方もある、と私は思っている。

学問は自分ひとりでするもの、孤独者の営みでなければならないと私は若い頃から勝手に思いきめていた。それに、とにかく事実上、志を合わせて同じ学問にいそしむ仲間というようなものは、幸か不幸か私のまわりにはついぞ出現したことがなかったのだ。

だがそうかといって、特に人付き合いが悪かったわけではない。仲のいい友達は、その時その時で私にもあった。だから、もし「朋」と「友」とを区別して考えるなら、私には友はあったが朋はなかった、ということになるだろう。

こういうと、すぐ頭に浮かぶのは池田弥三郎のことだ。朋であることに始まって、突然途が二つに分かれ、友となって現在に至った、というのが彼と私との交わりの経過だからである。経済学部予科の頃から同級で、二人とも将来は文学に行きたいという気持ちでは一致していた。そして二人とも、どういうわけか、哲学がやたらに好きだった。

突如として、弥三郎は猛烈な勢いで駈け出した。ある日、彼は言った、「カントの思想が完全にわかったぞ」と。『純粋理性批判』の難渋きわまる邦訳をかかえこんで途方にくれていた私はびっくりした。だが、弥三郎の意気込みはもっとすさまじかったのだ。当時、ようやく世に流行し始めていた「西田哲学」という新しい表現を横目に見ながら、弥三郎はある時、決然と、「おれは将来、池田哲学をつくる。そうだ、イケダ哲学にきめた」と宣言したものだ。私は唖然とした。

だが、予科時代が終わる頃には、彼の心は急速に国文学に傾いていたのだった。そして私と一緒に文学部に進んだ彼の目の前には、折口信夫のカリスマ的な姿が立ちはだかっていた。

もともと西脇順三郎先生の斬新な詩論にひかれて文学部に移った私だったが、折口先生にだけは少なからず関心があった。さっそく講義に出てみた。伊勢物語の講読。異常な経験だった。古ぼけた昔のテクストが、新しい光に照らされると、こうまで変貌してしまうものか。私は目をみはった。が、それよりも、どことなく妖気漂う折口信夫という人間そのものに、私は言い知れぬ魅惑と恐怖とを感じていたのだった。危険だ、と私は思った。この「魔法の輪」の中に曳きずりこまれたら、もう二度と出られなくなってしまうぞ、と。はたして弥三郎は、かつてのイケダ哲学などこへやら、手放しで折口国文学の流れの中に身を投じて行った。そしてそういう彼のまわりを、同じ折口鑽仰者の固い朋構造が、がっしり取りかこんでしまったのである。私にとってそれは近寄りがたい城砦だった。その中にいる弥三郎は、もう私の朋ではなかった。友だった。

　私自身の師事した西脇先生は根っからの孤独者だった。折口先生とは正反対で、私の性格にぴったりだったのである。学統も学派もそこにはなかった。朋構造もなかった。からっとした知的雰囲気の中にとっぷり身をひたして、飄々たる先生の講義を聴いているうちに、広い、無限な学問のひろがりの地平が、孤独者としての私の前にひらけてきた。それが私の学問の将来を完全に決定した。

　師と朋友。因縁の糸のしがらみがもたらすこれらの要素によって、若い学者の辿る道がまるで違ってしまう。折口先生の後継者としてすでに功成り名とげた池田弥三郎との四十年の交わりの起伏を憶うたびに、無量の感慨が胸に湧く。

「エラノス叢書」の発刊に際して
——監修者のことば

真昼時——地上の万物がそれぞれの輪郭線を露出しつつキラビヤカに浮かびあがる光の世界——に、どこからともなく夕闇の翳りがしのび寄ってくる。事物は相互の明確な差別を失い、浮動的・流動的となって、各自本来の固定性を喪失し、互いに滲透し合い混淆し合って次第に原初の渾沌に戻ろうとする。有分節的世界が己れの無分節的次元に回帰しようとする両者の中間に拡がる薄暮の空間、存在の深層領域が、人々の好奇心をさそう。地上の一切が真の闇の中に没して完全に無化されてしまう直前のひと時の暗さには、何か言いしれぬ魅惑がある。永遠にグノーシス的なるもの……秘教的なるもの……神秘主義的なるもの……存在の仄暗さへの志向性。

ただの暗さではけっしてない。この暗さには厚みがある、深みがある。密度の高いこの厚み、この深みは存在そのものの多次元性、多層性に由来する。存在は根源的に現象的なものだ。根源的現象性の見地から見るとき、われわれは普通何の疑念もなしに「現実」のすべてだと信じこんでいるものが、実はリアリティのすべてではなく、それのほんの表層にすぎないことをさとる。存在の表層は深層の可視的形姿にすぎない。すべての現象は「現象以前」から現象して来る。人は自らその「現象以前」に参入して、一切をそこから捉えなおさなければならない。

要するに、存在には裏側があるということだ。存在の裏側、存在の深層領域。そこにこそ存在の秘儀がある。現象を「現象以前」の根柢にまで執拗に追求してゆくことによって、存在の秘密を垣間見ようとするのだ。それは当然、真昼の出来事ではありえない。存在は、その内に秘めた前現象的、未発の形姿を、ただ「夕暮れ時」の仄暗さの中でのみ、わずかに垣間見せるだけだからである。

このような存在論的意義を担う「仄暗さ」を、西洋文化は世紀の変り目によく、時代的規模の大きさで経験してきた。世紀の変り目……世紀末。といっても、べつに世紀末だけ﹅﹅に特有の現象だというわけではない。ただ、この種の存在感覚は世紀末という語によって分節的に触発されがちな意味カルマ的事態である、ということにすぎないのである。

また元来、東洋では、こういう意味での「存在の裏側」にたいする情熱が、宗教・芸術・哲学のあらゆる分野にわたって、それらの本質構造そのものに深く組みこまれ織りこまれているということが、むしろ普通のあり方である。しかし、主題展開の筋道をあまり錯雑たらしめないために、ここでは、東洋の精神文化に関するこの問題は、ひとまず無視することにしよう。それに第一、例えばエラノス会議創始者の一人カール・グスタフ・ユングが東洋の精神主義的諸伝統にたいして異常な関心を抱いていたことは否定すべからざる事実ではあるけれども、だからといって、西洋文化史上に現われた存在の暗い深層への存在論的・意識論的志向性を、ひたすら東洋の影響として説明し去ることには、またそれなりの大きな危険がある。

遠い昔、新プラトン主義の終焉とともにヨーロッパを覆った古代文化の世紀末的「仄暗さ」の気分――それは西洋文化史が、世紀末を世紀末として明確に自覚した最初の時代であった――についても、今ここでは語らない。

もっと身近なところに留まることにしよう。いわば、ついこのあいだ、十九世紀が二十世紀に移ろうとする頃、ヨーロッパは、今いったような意味での存在論的・意識論的「仄暗さ」を典型的な形で経験したのだった。

至るところで存在の神秘が語られ、さまざまな次元での神秘主義への関心が高まった。「存在の裏側」への志向性によって学問も芸術も思想も色付けられた。客観的・外的リアリティだけにとどまらず、人間の内部、すなわち主体的リアリティ、意識の探究に向かって探究の目が注がれる。ユングとフロイトの深層心理学によって、従来気付かれていなかった、あるいは気付かれてはいても危険な禁断の領野として遠ざけられてきた人間意識の深みが、大胆な探究の対象としてあばき出される。

ちなみに、先刻も触れたように、エラノス会議の創始者の一人が、意識の深み構造に敢えて分け入ることを試みたユングであったことは、この点で意味深い。同じエラノスのもう一人の創立者が、インド系神秘主義の巨匠ルドルフ・オットーであったということもまた。ユング、オットーを中心として集まったエラノス会議の人々が、いずれも、それぞれ異なる分野において、内的・外的存在の深部に強い関心を抱く学者、思想家の一群であったことをわれわれは忘れてはならない。アンリ・コルバンが証言するとおり、最も広い意味でのグノーシス主義がエラノス運動の基調だったのだ。この純精神主義的運動は、世紀末的事態の煽りたてた不可視界にたいする暗い熱気いまだ醒めやらぬ一九三三年、今挙げた二人の巨匠たちを中心として、それのひとつの顕著な具体化として誕生したのである。しかも、このいわゆるエラノス的グノーシスの特徴は、それが従来のごとく、宗教家、宗教学者、形而上学者などの固有の思索フィールドにおいてのみ提起されたのではなく、それら前者と物理学、生物学、美学、数学などの第一級の学者たちの固有フィールドとに跨る共通の問題提起として提出されたということである。

そして今、二十一世紀の到来を目前にする現在、人々は再び、この深層体験を、同じ存在感覚をもって、同じ黄昏時の「仄暗さ」の中に繰り返そうとしている。私がここで特に同じということを強調するのは、第一の世紀末（ヨーロッパ的、局所的）と第二の、すなわち、現代の世紀末（全世界的、地球的）とのあいだにどれほど多くの、そしてどれほど大きな差違があろうとも、世紀末という語の喚起する根源的存在の「暗さ」の気分《スティムング》においては、文化記号論的に同じ一つのパターンの開示であるからだ。前述のごとく、すべての事物が相互間の分割線の鋭さを失い、各自が意味分節的に流動化し、それらの多重的錯綜によって全体がひとつの縹渺たる、そしてそれだけに濃密な存在性を露現し始めるとき、人はそこに存在の裏側を――表層の状況はどうあろうとも――表面には直接顕われてこない隠れた領域を覗き見るのだ。

エラノス会議の精神、その働きを活性化してきた原動力に関して最も注目すべき特徴のひとつは、今述べた点において、エラノスが、この前の世紀末と今度の世紀末とを、いっぷう変わった仕方で結び合わせる文化記号論的靭帯構造の役目を担ってきたということである。

支持者たちの熱烈な希求と期待とを、あたかも裏切ろうとするかのように、エラノスは、一九八八年の夏、突如として己れの終末を正式に（あるいは形式的に）宣言した。この宣言の意図はどこにあったのか。

発端から終焉まで、その間ほぼ半世紀。だがしかし、エラノス会議は終っても、エラノス精神は終らない。それは現に、今もなお生きているし、おそらく今後も生き続けてゆくだろう。いや、今までよりもっと大きく、もっと力強く生き続けてゆくだろう。存在の異次元、不可視の次元にたいして人々の胸に情熱が燃え続けるかぎり。実存の深層領域にたいする人々の探究心が働き続けるかぎり……。

思いがけぬ事態に直面させられたエラノス精神が、この新しい状況の中で、どんな形で、どんな方向に行こうとしているか、それは誰にもまだ正確にはわからない。だが、とにかく動きは既に始まっている。日本語によるエラノス講演集の発刊は、それの最初の第一歩たることの栄誉を担う。日本語版「エラノス叢書」という形で、今、世に送り出され始めた特異な講演の記録が、近付き来る二十一世紀に向かって、エラノス精神のために新しい道を拓く先駆者的役割を演ずるであろうことは明らかである。日本思想のこれからの進展のために、世界思想の今後の展開のために、そして何よりもまずエラノス精神の新しい発露のために慶賀に価することと言わなければならない。

*

それにしても、エラノスとは、そもそもどんな場所であり、それはまた、具体的にどういう人々の集いだったのであろうか。以下、エラノスの地理的・精神文化史的トポスを、私自身との個人的関わりも含めて、ごく粗雑な形ではあるが簡単に描出してみることにしよう。

イタリア側のスイス、アルプス連峰のそそり立つ断崖絶壁の直下に、神秘的なマッジョーレ湖（ラーゴ・マッジョーレ）に沿って、ティチーノ地区が延び拡がっている。この地方特産の赤葡萄酒（「ティチーノ・ワイン」）の、渋味のきいた豊饒さを憶わせるこのあたり一帯は、名高いモンテ・ヴェリタを中心に、強烈な（時には矯激な）精神運動の本拠地としてヨーロッパ中に古くから知られてきたところ。渺々とイタリアから続く湖水の最先端に近く、アスコーナという名の美しい中世風の小都市があり、その片隅、マッジョーレ湖の汀《みぎわ》にエラノス会議の場所がある。「エラノス」（ἔρανος）とは古典ギリシア語で一種独特の「会食」を意味する。幾人かの参加者が、ひとりひとり思い思いに用意した食物を持って来てそれを互いに頒ち合い、食卓を囲んで談笑し合う、いかにもギリシア人好みの高尚で高雅な集会である。二十世紀のエラノスは、この伝統的集会の形式と精神とを再現する。

毎年、八月末になると、志を同じくする約十人の学者、思想家が——その多くは夫人同伴で——集まって来て、湖面を眼下に見はるかす台地に据えられた円い大きな石の食卓（それをエラノスでは「円卓」table ronde と呼んでいた）を中心に十日間寝食を共にし、その期間中にそれぞれが、自分の専門領域で別々に用意して来た研究や思索の成果を特別の会場で披瀝する。話の内容は、その年その年の共通テーマの範囲をあまり逸脱しないかぎり絶対自由。講演会場は、「円卓」のある家と同じならびの湖水の岸辺にあり、聴衆は岸に打ち寄せる波の音をバック・ミュージックにして講演者の言葉に耳を傾ける。

聴衆は毎年ヨーロッパ諸国から参集する約四百人。講演の公式語が英仏独の三つのうちのどれかに限られているので、それを聴きに来る人たちの大多数はこれらの三ヶ国語全部か、少なくとも二つを自由に理解する。そのことからもわかるように、彼らはかなり高度の知識人である。学者、学生、大学教授はもとより、中には世界的に有名な原子物理学者、数学者、美学者や画家、音楽家もいる。そうかと思うと、かつてのハプスブルク家、マリ・アントワネットの子孫、某伯爵夫人など貴婦人の姿も見えるといった具合で、実に多彩、華麗。会期の半ば頃に当たる日曜日には、夕食後、ブダペストやウィーンの第一流の室内楽団の演奏会が催されるなどして、人々はこの世の塵埃からはほど遠い十日間を過ごす。

このエラノス会議に、正式の講演者として私が招かれたのは一九六六年のことだった。たまたまそれに先立つ年、日本人としては最初の講演者として、鈴木大拙翁が二年連続で禅の話をされ、禅および東洋宗教思想一般にたいする関心は、聴衆のあいだにいやが上にも高まっていた。翁の口真似で、意味もわからずに「空は青いのォ」(The sky is blue) と呟いたり、いきなり他人の面前に拳を突き出して「コレだ!」と叫んだりする者もいた。みんなそれなりに楽しそうだった。

要請されるままに、私はその後約十五年間、ほとんど毎年、東洋の宗教や哲学についての講演を続けた。禅のことは勿論だが、そのほかに老荘の形而上学、孔子の意味論、ヴェーダーンタ哲学、華厳、唯識などの存在論・意識論、易の記号論、二程子・朱子に代表される宋学、楚辞のシャマニズム等々。今から振りかえって見ると、まことに夢のように楽しい、しかし私自身の学問形成にとってこの上もなく実りの多い人生の一時期であった。

が、すべてのものには「時」がある。やがて私は身を引き、それからは、二人の親しい友、上田閑照、河合隼雄両教授(共にエラノスの同志)が交代で日本の立場を代表された。そして数年……先にも書いたとおり、エラノス会議は、私にはよくわからない複雑な内部事情の故に、突然閉鎖された。
半世紀にわたる有力な精神運動の終焉。今、平凡社の「エラノス叢書」はこの特異な会議の五十余年の活動の貴重な成果を、日本の土地で、日本の言葉で、後世への遺産として記憶に止め、さらに進んで、新しい方向に向かって創造力に転成させようとしている。監修者として深い感慨を禁じえない。

於鎌倉　平成二年七月記

語学開眼

人生、何事によらず、開眼体験というものがある。思いもかけない形で、それは突然やって来る。突然やって来て、その人の人生行路の方向をきめ、人生観を変える。今までどうしてもわからなかったことが一挙にわかってしまう、一種の内的飛躍。禅などでいう「悟り」はその典型的なものだが、体験のパターンとしては、べつにそんな高尚なところだけではなくて、人生のもっと卑俗な次元でも、よく起こる。俗に語学と呼ばれている外国語学習の現場で、少年時代、私はそれを経験した。

遠い昔のことだ。しかし、自分の「語学開眼」と称して、私は今でもその思い出を大切にしている。勿論《もちろん》、数学や物理学などの天才たちの頭のひらめきとは比較にもならない低次元の「開眼」ではある。しかし、私個人にとっては、学問への第一歩として、決定的重要性を、それはもっていたのである。事実、その一瞬の経験を契機として、私は学問の世界に踏み込んだ。学問という得体の知れないものの魅力が、予感的に私を捉《とら》えた。

今でもよく憶《おも》い出す。中学二年生、私は劣等生だった。世のなかに勉強ほど嫌なものはない。学問だとか学者だとか、考えただけでもぞっとする。特に英語は嫌いだった。

その日も、私は例によって、教室の窓から外の景色をぼんやり眺めていた。校庭で上級生たちの軍事教練が行われていた。小銃につけた剣の切っ先が、夏の日射《ひざし》を受けて時々キラッと光った。

教室のなかでは英文法の授業の最中で、大学出たての若い先生が熱心に何やら喋《しゃべ》っていたけれど、その言葉は私の耳に入ってはいなかった。ふと、我にかえった。「イヅッ」「イヅッッ!」と先生の声が呼んでいた。「どこを見ている。さ、訳してごらん。」見上げると黒板に There is an apple on the table. と書いてある。なぁんだ、これくらいなら僕にだって。「テーブルの上にリンゴがありま す。」「うん、それじゃ、これは」と言って先生は There are apples on the table. と書いた。「テーブルの上にリンゴがあります。」「へぇー」と、先生はさも軽蔑《けいべつ》したような口調で言った。「君にとっては、単数も複数も区別がないのかね。リンゴを一個貰《もら》っても十個貰っても、君には同じことなんだね。」みんながドッと笑った。が、先生は笑わなかった。厳粛な、そしてどこか悲しそうな真顔で、先生は言った。「いいかね、もう二度と説明しないよ。名詞が単数の時は一つのリンゴ、複数になると幾つかのリンゴ。君みたいに、この区別を曖昧《あいまい》にして訳しては駄目なんだ。」

その瞬間は、さして重要な問題とも思わなかった。だが、なんとなく心にひっかかるものがあった。

　青山の学校から四谷の家に帰る途中、チンチン電車のなかで不意にこの問題が心に戻ってきた。単数と複数。両方とも私はごく自然に、「テーブルの上にリンゴがあります」と訳した。確かに、普通の日本語ならそれでいいのだ。「一つのリンゴが」「幾つかのリンゴが」などと我々は、普通言わない。特別の必要がないかぎり、単数も複数も区別しない。強いて区別して喋《しゃべ》ろうとすると、かえってぎこちなくなってしまう。だが英語では、物があれば、必ずそれが一つなのか、一つ以上なのかを先《ま》ず意識しなくては喋れない。文法上そうなのだ。たとえリンゴの数など問題でないような場合でも。物を見る、そのたびに必ず単語を区別しなければ口が聞けない。そんな妙な言葉を幼い時から話してきた連中の心の働きは、よほど変わっているに相違ない。我々日本人とは、微妙に、しかし根本的に変わった仕方で彼らは世界を経験し、違う形でものを考えているのに相違ない。

　このような反省を、私の幼稚な頭がどんな内的言語で書きとめたのか、具体的には覚えていない。言葉って、なんと面白いものなんだろう。そんな漠然とした感慨であっただけなのかもしれない。だが、強烈な実感だった。

　夕暮れ時の斜光が電車の中を赫《あか》く染めていた。嬉《うれ》しさがこみ上げてきた。向こう側の座席で編み物をしていた人のよさそうなおばさんが、ひとりで有頂天になっている私を見て、くすっと笑った。

　家に帰りついた時、私は興奮しきっていた。世界中の言語を一つ残らずものにしてやろう、などというとんでもない想念が心のなかを駈《か》けめぐった。世界に、一体、幾つの言語があるのか、考えてもみなかった。しかし、とにかく、その時から、あんなに嫌いだった英語が急に好きになり、みるみる成績がよくなっていったことだけは、確かだ。だが、それが、後年、自分が言語哲学などという学問に進むきっかけになろうとは、当時の私には知る由もなかった。

解題

詩と哲学の間——井筒俊彦の境涯

若松英輔

本書は『井筒俊彦著作集』（中央公論社刊）未収の論文、詩、エッセイ、書評、追悼文、推薦文など七十編を収録している。一九三九年に書かれた最初期の文章から一九九〇年の「意味論序説」まで、期間は五十年を超え、井筒俊彦が一九九三年に逝ったことを考えれば、その公生涯全体にわたるといえる。

井筒俊彦研究において、本書が不可欠な文献であることはいうまでもない。また、この井筒俊彦の「新しい」著作は、彼の名前を知りつつ、未だその著作を繙いたことがない人を、あるいは、『意識と本質』などで通読をあきらめ、ひとたび彼から遠ざかった読者を再び招き入れるだろう。

読者は、まず、著作集所収の論考では、ほとんど自身を語ることのなかった井筒俊彦が、鮮烈に、ときに爽快に、またときには哀惜の念をもって、その生活と意見を書いていることに驚くかもしれない。発言された場所も、日本に留まらず、井筒俊彦の遍歴を示すように複数の大陸をまたいでいる。イスラーム学、言語学、宗教学、哲学、文学など論及された領域も多岐にわたる。

さらには、井筒俊彦と詩、あるいは文学との関係、内なる哲学者としての自覚、キリスト教の影響、現代思想の「読み」を含む彼の思想的遍歴だけでなく、師友、先行者との交わりなど伝記的事実においても、はじめて明らかになることが少なくない。

孔雀が広げる鮮やかな羽を前に、緑色だというだけでは、到底事実を伝えているとはいえない。井筒俊彦におけるイスラーム研究も同じである。井筒俊彦がイスラーム学、ことにスーフィズム（イスラーム神秘主義）において世界的権威だったことから、今も世間は、彼をイスラーム学者だという。それは誤りではないが、彼の一面でしかないことを本書が明らかにしている。

井筒俊彦は誰か、という問題は、日本よりも海外で真剣に問われて来たのかもしれない。イブン・アラビーと老荘思想の共時的交差と一致を論じた英文著作 *A Comparative Study of Key Philosophical Concepts in Sufism and Taoism*, 1966, 1967 の登場以降、サイイド・フセイン・ナスルやジェームス・ヒルマンらによって井筒俊彦を巡る論究は今も世界で続いている。日本ではどうだろうか。

井筒俊彦をイスラーム学者だという一方、一九三〇年代後半から始まる日本イスラーム学の黎明期における彼の業績すら、これまで論じられることはほとんどなかった。私たちは本書で日本回教研究の曙に、井筒俊彦が何をいい、書いたかをはじめて網羅的に目撃することになる。

井筒俊彦の生まれは一九一四年、丸山眞男、立原道造が同年である。『「文明論之概略」を読む』のはじめで、丸山眞男が自らを例に、人間の精神形成と時代の連関を論じている。一九三一（昭和六）年満州事変が起こったときに彼は高校に入学する。高校三年生のときに佐野学・鍋山貞親の転向があり、大学一年生のときに美濃部達吉が天皇機関説を唱える。二・二六事件はその翌年である。一九三七（昭和十二）年に盧溝橋事件、翌年には日華事変が勃発する。それはそのまま青年井筒俊彦の時代史だといっていい。晩年の井筒俊彦は、自分の人生を三つの時期に分けて考えることがあるといった。本書は彼の青年期以降、その三つの時期、それぞれの空白を埋める。

第一期は処女出版『アラビア思想史』から最初の英文著作 *Language and Magic: Studies in the Magical Function of Speech,* 1956 まで。二十余年にわたる海外生活は第二期に当たる。第三期は、彼の主著というべき『意識と本質』に代表され、死まで続く最後の時節である。

第三期のとき彼は、デリダ論、空海論など新しい論考を読者に提供しつつ、第二期に書かれた英文著作の命題を、日本語で表現することで発展深化させ、さらに第一期に出会った命題を再び問い直すことを強く意図していた。ここに収められた人生の後半に書かれたエッセイは、その道程を示す軌跡でもある。また、井筒俊彦がイランから帰国したのは一九七九年、この前後から、彼は日本語で書くことに新しい意味を見出し、また、自身が日本人であり、日本語を母語とする人間であるという自覚を年々深めていった。

井筒俊彦は三十に迫る言語を自由にし、英文著作の量は邦文のそれに勝るとも劣らない。もちろん、読者は世界に広がり、日本でのそれを遥かに超える。英語で書いた方が、多く、多様な読みに恵まれ、執筆者がそこに表現上の不自由を感じていないとしたら、それでもなお日本語で書くというとき、どんな理由があるのだろう。

著作は読まれることで生まれ、論じられることで変貌する。彼が希求したのは日本人の読者との邂逅ではなかったか。晩年の井筒俊彦は殊に、その意を強くしたと私は思う。

これも私たちがイスラームに無知であることの反作用なのかもしれない。井筒俊彦はキリスト教にはあまり関心を示さなかったという声を聞いたことがある。著作集に収録された作品に限定すれば、そう思う人がいても不思議ではない。確かにある時期から、キリスト教思想に関する論述は少なくなる。ここには収められなかったが、長編論考「アラビア哲学」にあったキリスト教に関する一部の記述も、のちに『イスラーム思想史』の一部となるときには削られた。

『神秘哲学』には続編の計画があった。第二部ユダヤ・ヘブライ思想における「神秘哲学」、さらには第三部キリスト教神秘思想が論じられる計画だった。

ユダヤ・ヘブライ思想に関しては、『意識と本質』の十、十一章、『意味の深みへ』にあるデリダ論、あるいは『超越のことば』収録の「中世ユダヤ思想史における啓示と理性」など第三期の論述があり、『神秘哲学』続編の片鱗を確認できる。しかし、パウロ、アウグスティヌス、エウリゲナ、エックハルト、十字架のヨハネらに現れたキリスト教神秘主義を主題とする『神秘哲学』第三部への鍵は、閉ざされたままだった。

「神秘主義のエロス的形態──聖ベルナール論」と二つのクローデル論、さらには、初期のイスラーム論にちりばめられた発言を確認すれば、彼のキリスト教への関心の深さと精確さを確認することができる。ベルナールに向かう彼の態度は、イブン・アラビーを論じるときのそれに勝るとも劣らない。

イランから帰国後も、井筒俊彦は、事あるごとにイブン・アラビーを語った。井筒俊彦以前、このイスラーム最初にして最高の神秘哲学者は、日本で存在すら知られることがなかった。ここに収められた「回教神秘主義哲学者　イブン・アラビーの存在論」は井筒俊彦に起こった邂逅の衝撃を直接的に伝えている。日本における本格的なスーフィズム研究は、この一編から始まったのである。同じころ、第二次大戦中、一九四四（昭和十九）年に彼が行った講演の記録「回教における啓示と理性」も収録されている。主催者は文部省の外郭団体日本諸学研究会であり、主題は「大東亜の文化建設と哲学的諸学」だった。彼は戦争にほとんど触れずに題名通りの講演を進めた。それはそのまま彼の戦争への態度でもあっただろう。この講演は、大川周明と井筒俊彦の関係を考えるときにも重要な示唆となる。二人の出会いは一九三七年ごろだと思われる。井筒俊彦が関心をもったのは、戦時中時代のイデオローグとして活躍した大川周明ではない。「イスラームに主体的関心をもった」人物としての大川周明だった。

井筒俊彦が交わった同時代人は、もちろん大川周明や大久保幸次、前嶋信次といったイスラームに関係した人々だけではない。思想家では鈴木大拙、柳宗悦、西谷啓治、下村寅太郎がいる。文学者では佐藤春夫、折口信夫、除村吉太郎。そのほかに慶應義塾大学で西脇順三郎、池田彌三郎、松本信廣、厨川文夫らは師友として交わった。

西脇順三郎への追悼文（「追憶——西脇順三郎に学ぶ」）で、井筒俊彦はこの詩人を「ただひとりのわが師」と呼び、最大限の敬愛を表現しているが、著作集には西脇順三郎に言及した文章はない。友といえば、まず池田彌三郎を思い出すとも彼はいったが、二人がそれほどまでの友情で結ばれていたという事実も、既刊の作品群からは確認することができなかった。

西脇順三郎が亡くなって間もなく、池田彌三郎も逝った。ここに収録された追悼文「幻影の人——池田彌三郎を憶う」は題名通り、池田彌三郎への追悼文として書き始められたが、自ずと師友双方のそれへと変化していった。読者はそこに井筒俊彦の死生観だけではなく異界観をもはっきりと見るだろう。

> 人間の存在には、実に不思議な次元がある。「幻影の人」彌三郎と逢うたびに、私はつくづくそう思う。（中略）
> 　存在の現実の次元では、かけがえのない一人の友を私はなくした。だが、彼はいま、「花をかざした幻影の人」の姿となって訪れて来ては、私をなぐさめ、はげまし、楽しませてくれる。こんな次元で、こんな新しい形で、我々の交遊は、これから育っていくだろう。ぜひそうあってほしい、と私は願う。

「幻影の人」の語源に説明は不要だろう。西脇順三郎がいうもうひとりの「私」の異名である。この一文は比喩ではない。彼はその実体験を率直に書き残しただけなのである。

先に井筒俊彦の海外での学究生活は二十年を超えるといったが、彼の同時代人は、日本人に限定されない。ここに収められた諸作からは、ジャン・ポール・サルトル、ポール・クローデル、ロラン・バルトなどのフランス人文学者、フランチェスコ・ガブリエリ、ルイ・マシニョン、アンリ・コルバン、ミルチア・エリアーデといった東洋学者《オリエンタリスト》への見解、あるいはサイイド・フセイン・ナスル、メフディ・ムハッキクなどの海外生活における同僚との日々が明らかになる。また小品ながらジャック・デリダへの関心を綴った「デリダ現象」は、現代哲学への井筒俊彦の鋭利な関心を示す興味深い内容を含んでいる。

井筒俊彦の年譜は未だ整備されていない。彼がいう第二期、一九六七年から一九七九年末まで、すなわち井筒俊彦が海外に拠点を定めた時期のことも、これまでは詳細に知られていなかった。

彼はボストン、カイロ、モントリオール、テヘランと移り住んだ。ここに収められた海外から慶應義塾大学へと送った二つの書簡やエッセイ「コーラン翻訳後日談」は、彼がどのような変遷を経て、海外赴任から定住へと移行していったかを伝えている。書簡の宛先人は松本信廣である。この人物が井筒俊彦を世界へ送り出した。

ミルチア・エリアーデの紹介者だった堀一郎の「エリアーデ教授との最初の出会い」にこんな一節がある。エリアーデと「一緒に昼食をくい、主として日本のシャーマニズムのことを質問される。(中略)岡正雄、松本信廣氏らのこと話題に出る」。一九六七年、井筒俊彦はエラノスに正式講演者として招かれる。彼はここでエリアーデと出会う。井筒俊彦と松本信廣の関係は本書からだけでは、未だ十分に明らかではないが、この人物が井筒俊彦のエラノス参加に何らかの働きかけをした可能性を考える糸口にはなるだろう。アンリ・コルバンは「エラノス会議」という表現はその実態に適さないと考えていた。エラノスは学会でも会議でもない。永遠につながる「時」だと彼はいった。

オルガ・フレーベ＝カプテインの霊感に端を発し、カール・グスタフ・ユング、ルドルフ・オットーによって牽引された、東西の霊性の統合を試みた賢者の集い、それがエラノスである。詳細は、本書に収められた「『エラノス叢書』の発行に際して」を読んでいただきたい。永年にわたって主体的に与した人物でなくては書くことのできない、また、日本人によって書かれたエラノスに関する最も優れた概説である。

井筒俊彦はそこで、エラノスの目的は高次の意味における「グノーシス」だといった。超越者と人間は、宗教、神学、教会などの媒介なく、直接的につながり得るというのである。井筒俊彦の超越と絶対に対する態度を表明している点においても、きわめて興味深い。

「エリアーデ追悼」もエラノスを巡る出来事が綴られている。それは、エリアーデ論として秀逸なだけでなく、井筒俊彦の学問あるいは学者観を鮮明に伝えている。「学者であることより先に、彼（エリアーデ）は危機的主体そのものだった。危機的状況への主体的関わりにおいて、彼は自分を一個の『病める魂』として感受していた」。自らの狭隘なる願望を棄て、超越者に向かって自身を無化するところに現れる実存的人間の在り様、それがここで井筒俊彦がいう「主体性」である。

エリアーデは学者である前に、一個の求道者だったというのだろう。それは井筒俊彦も同じだ。『神秘哲学』以来、井筒俊彦は自らを無化する道に生涯を捧げた人物を「神秘家」と呼び、敬意をあらわにした。

一九五三年、エラノスに日本人最初の講演者として参加したのは鈴木大拙、その十四年後に日本人として二番目の正式講演者として招かれたのが井筒俊彦だった。井筒俊彦は以後十二回、十五年間にわたってエラノスに参加し、その後半の時期では、中核的な存在としての役割を果たした。

仏教、ことに禅、神秘哲学、エラノスをはじめとした海外での活躍、こうした共通点を考えれば鈴木大拙と井筒俊彦の接点は容易に想像できる。しかし、以前は井筒俊彦が鈴木大拙に言及した日本語の文章を、容易に入手することはできなかった。

『鈴木大拙全集』の発刊に際して書かれた推薦文で井筒俊彦は、鈴木大拙を「第一級の国際人」と呼びつつ、敬意を表し、「東西文化の交流」では、花を巡る美しい表現とともに、先行者の衣鉢を継ぐ自らの志を書いている。

鈴木大拙に限らない。『井筒俊彦著作集』所収の文章で、先行する日本人思想家に触れた個所は極めて少なかった。こうしたことも手伝っているのかもしれないが、井筒俊彦を日本思想史に精確に位置づけるという仕事は十分になされているとはいえない。

西谷啓治の名前も晩年に復刊された『マホメット』の序文に一度出てくるだけでその交流が語られることはなかった。『西谷啓治著作集』は、晩年の井筒俊彦の書架にも揃えられていた。

その著作集への推薦文での井筒俊彦は西谷啓治を評してこういった。「世界思想史における『不易』を、東西の宗教哲学的伝統のうちに読み取り、人類の生んだこれら二つの強大な思想潮流を、構造的相関性において実存的に統合しながら、華麗多彩な独自の哲学を織り出して来た一人の文人哲学者」。そのままを私たちは井筒俊彦に当てることができるだろう。長尾雅人は、早くから異才としての井筒俊彦の名前を西谷啓治から直接聞いていたという。若き日の井筒俊彦に特別な才能を認めた人物は、言語的天才あるいはイスラーム学者としての彼に注目したのであって、独自の哲学を有していることを認めた哲学者は多くなかった。慶應義塾大学にあって井筒俊彦をよく知る人物は別に、西谷啓治は、最も早く哲学者井筒俊彦を発見した人物だったのかもしれない。

西田哲学は久松真一、下村寅太郎、西谷啓治によって継承され、独自の発展を遂げた。ここに収められた『下村寅太郎著作集』に寄せた文章（「下村先生の『主著』」）は、短いながらもこの人物への敬愛を伝える。

そもそも本書以前に井筒俊彦が西田幾多郎に触れた文章は一編だけ、それも積極的な論及があったわけではない。しかし、本誌に収録された意中の岩波文庫三冊をいうアンケート「私の三冊」の返答で彼が最初に挙げたのは『善の研究』だった。

西田幾多郎、久松真一、西谷啓治と続いた系譜は、上田閑照へと続く。この人物は河合隼雄とともに、井筒俊彦の紹介で、のちにエラノスに参加することになる。上田閑照によると、井筒俊彦は上田閑照、新田義弘らと最晩年まで西田幾多郎の読書会を続けたという。井筒俊彦は、西田幾多郎以降に登場した最も独創的な哲学者だといっていい。しかし、西田幾多郎と京都学派と井筒俊彦の関係を巡る研究は緒についたばかりなのである。

「哲学的意味論」に興味深い記述がある。エラノスの本部が井筒俊彦の専門領域を記載するときに「哲学的意味論」でどうかと打診し、それを聞いた彼は、自分の関心領域を全く的確に表現していると思ったというのである。

エラノスに正式講演者として参加するのは、毎年十名に満たない。そのためもあってだろう。不文律ではあったが、同じ専門から同じ年に複数の人物を招くということはなかった。唯一の例外のように映ったのが井筒俊彦とコルバンだった。

コルバンと井筒俊彦がエラノスで席を同じくしていた期間は短くない。このことはエラノスを巡る、また、コルバンと井筒俊彦の関係を考える上での小さな疑問だった。コルバンはイスラーム神秘主義の碩学として、井筒俊彦は「哲学的意味論」の哲学者として、エラノスはそれぞれを招いたのだとしたら、問題は氷解する。事実、その後十五年間にわたるエラノスでの講演で井筒俊彦はイスラームについてほとんど言及していない。問題はエラノス本部がいった井筒俊彦についての見解に留まらない。そこに集まった人々が二十世紀を代表する各界の叡智だったことを考え合わせるとき、問題は、世界は井筒俊彦をどう認識していたかということにつながる。

コルバンは二十世紀イスラーム神秘主義研究の第一人者である。「回教哲学所感」と題されたコルバンの『イスラーム哲学史』を巡るエッセイで彼は、この人物をこう描き出している。

> ルイ・マッシニヨンの直系の後継者となり、一九四五年イスタンブールでスフラワルディーの形而上学のテクスト校訂とその研究によって一躍学界に名をなした後の彼の多彩な業績は、回教思想に関する在来の西欧的視角にたいして、まったく別種の視角を加えた画期的なものであり、これが東洋の研究者に与えるであろう知的刺激は疑いの余地がない。

続けて、コルバンは、イランでは、イラン人以上に「イランの哲学・宗教精神の内奥を識る人として認められ」ているというのである。まるで井筒俊彦自身のことを書いているような一文なのである。

確かに、エラノスあるいはイスラーム神秘主義を中軸にしてみると、井筒俊彦とコルバンの比較は論じるべき点を多くもつ。しかし、学問が一つの道であるとすれば、その実存的深みにおいて井筒俊彦と対比すべきはコルバンではなく、その師マシニョンである。

R・A・ニコルソンの『イスラーム神秘主義におけるペルソナの理念』（中村潔訳）に井筒俊彦が寄せた「序詞」が収められている。彼のニコルソン観は直接本文で確認していただきたい。ここで興味を引くのは井筒俊彦のルイ・マシニョンへの評価である。

自分は「亡き畏友コルバンの業績を（中略）高く評価している」、彼の独自性、視野の広さは同時代人の追随を許さなかったとも思う。しかし、「それでもなお、コルバンはその師に比べれば一段落ちると言わざるをえない、特に東洋思想にたいする読みの実存的深さにおいて」、と井筒俊彦はいうのである。

コルバンの佳作は数編翻訳されていて私たちも読むことができる。しかし、マシニョンの文章はかつて小さなエッセイが翻訳されただけで、今ではその名前を挙げる人も少なくなってしまった。この人物は、井筒俊彦の学問への態度を決した、その境涯を考えるとき無視すべからざる人物のひとりなのである。

マシニョンは、イブン・アラビーの登場を準備した十世紀イスラームの神秘家ハッラージュを文字通り生涯かけて研究した。その学問への情熱を井筒俊彦はこう綴っている。

> あれはもう我々が常識的に考える「学問」などというものではない。全人間的「変融」体験の極において「アナ・ル・ハック」（我こそは神）と、己れの死を賭して叫んだ、あるいは叫ばざるをえなかった西暦十世紀のスーフィーと、二十世紀の真只中でそれをじかに受けとめる、マッスィニョンという魁奇な一精神との実存的邂逅の生きた記録、でそれはある。それが尽きせぬ興味を惹き起し、たんなる学問を遥かに越えた不思議な世界に我々を誘う。冷静な科学的客観性を標榜する現代の西欧のイスラーム学には、こんな感激はもはやない。

このように判然と、マシニョンへ評価を表現し得た日本人は彼のほかにはいない。マシニョンを読むという点では井筒俊彦に遅れをとらなかった宗教学者諸井慶徳も、ここまで直截的な言及を残してはいない。井筒俊彦が追い求めたのは学問の世界ではない。学問を通じ、「学問を遥かに越えた不思議な世界」に参入することではなかったか。

マシニョンとクローデルには往復書簡集がある。マシニョンは後年、キリスト教メルキト派の司祭になった。クローデルの文字通り頑強な信仰は、ときにモーリアックなど同じ神を信じる者を辟易させるほどだった。本書には「詩と宗教的実存――クロオデル論」と「クローデルの詩的存在論」という二つのクローデル論が収められている。私たちはそこに「永遠の詩人」クローデルにあらわれたカトリシズムを井筒俊彦がどうとらえていたか、その片鱗を目撃することになる。

「クローデルの詩的存在論」は一九五三年八月、「三田文学」に発表された。一九五三年には『ロシア的人間』が刊行されている。「トルストイに於ける意識の矛盾性について」が書かれたのはその前年だった。それらは哲学者井筒俊彦が書いたエッセイなのか、それとも文学者の彼が書いた批評だったのだろうか。

哲学者の自覚が、井筒俊彦の中でいつ芽生えたか。先に触れた戦時中の講演「回教における啓示と理性」の冒頭、井筒俊彦はこういった。

私は元来大体アラビヤ文学、ペルシア文学、トルコ文学というようなものが専門でありまして、それ等の文学が全部回教文学である為に、自然回教をやらなければならぬので多少研究いたしたまでであります。それ故、哲学御専攻の方々に申上ぐべきことは何も持って居りません（中略）。

言葉のままに受け入れるなら、井筒俊彦はある時期まで、自身を哲学の徒だと思っていなかったことになる。一方、彼の略歴は違った事実も伝えている。この講演が行われた時、著作としてはすでに『アラビア思想史』があり『神秘哲学』の原型となる慶應義塾大学での講義「ギリシア神秘思想史」もすでに終えられていた。

文学者と哲学者という定義にこだわっているのでは、もちろんない。しかし、井筒俊彦が文学と、極めて緊密な精神的連関を、文学者以上の熱情をもって接していたことは確認しておきたい。井筒俊彦はボードレールのいう、詩人の高みとしての批評家になることもできただろう。その精神は、後年、彼が、創造的読者として遠藤周作、安岡章太郎、日野啓三などの優れた作家を持ち得たこととも無関係ではない。ことに日野啓三は、井筒俊彦に同時代の文学者には見ることのできなかった形而上詩人の面影を見たのではなかったか。

井筒俊彦が詩を愛したことは、本書からもまた、それ以外の著作からもうかがえ、主著『意識と本質』は詩論として読むこともできる。彼が詩を好んだだけでなく作っていたことも本書に明らかだ。唐木順三は西田幾多郎を師としながら、哲学者としてではなく批評家として生きた。井筒俊彦は詩人西脇順三郎を師としつつ、詩人ではなく哲学者になった。唐木順三に『詩と哲学の間』という著作があるが、井筒俊彦に同様の著作があっても驚かないばかりか、むしろその境涯を素朴に表現するものになっただろう。

井筒俊彦の言語習得における特異な能力は、生前からすでに「伝説」となっていた。ここでそれを繰り返そうとは思わない。しかし、そうした話が生まれる所以を、本書に収められた言語論に発見することができるかもしれない。井筒俊彦は、ヘブライ語を小辻節三に、アラビア語はイブラヒムとムーサー、ロシア語は除村吉太郎、サンスクリット語を辻直四郎に、チベット語は多田等観から学んだ。

多田等観、十三世ダライ・ラマが日本に派遣した使節の日本語教師になったことが機縁となり、チベット語を修得、ついにはチベットにわたり、十年間現地で僧としての修行を積み、チベット仏教の頂点に立つ人物から大きな信頼を得た人物である。チベット密教は、古代インド哲学とともに、後年井筒俊彦の哲学に大きな痕跡を残す。井筒俊彦は彼らからは記号としての言語、あるいは語学を学んだのではない。言葉に秘められた叡智を学んだのである。

本書に「付録」として収められた文章は、すべての読者に開かれているというものではないかもしれない。しかし、横文字を厭わず、日本語を追ってみるだけでも、彼の言葉への愛情を感じることはできる。以下に引くのは井筒俊彦自身もまた、その文中に引用した一節である。

「何故ならば我々の言語を改革する事のみが、我々の信仰を改革する唯一の手段であるからだ。（中略）古典アラビア語の中には、どれ位多くの知識と文化の宝が埋蔵されているか分らない。そして此の財宝を掘り出すためには、古典語を完全に自分のものとするより他に途はないのである」。これを書いたとき、井筒俊彦は二十五歳だった。彼がこの言葉の通りの「途」を進んだことを私たちは知っている。

しかし、注目するべきは彼の語学力よりも、その「コトバ」への鋭敏な感覚である。井筒俊彦がいう「コトバ」とは、言語学がいう「言語」、パロールやラングとは無縁ではないが、イマージュを「コトバ」だというその領域は、明らかに大きく、深い。

井筒俊彦の中核思想として「言語アラヤ識」を論じる人がいる。それは確かに井筒俊彦独自の術語で、精神分析学のいう無意識すら閉塞的だといわんばかりの意識論は、論じるべき命題を豊富に携えている。しかし、それも彼が「コトバ」という言葉に込めた「意味」を前にするとき、重要性は比べるべくもない。

「東洋思想」と「意味論序説」は、本書に所収の文章中、最も近くに書かれたものである。前者は事典の一項目、もう一方は文庫の「解説」という制限がありつつも、「コトバ」と「意味」という井筒俊彦の中核的命題が端的にかつ明瞭に綴られている。

「東洋思想」で彼は、言葉と「コトバ」の差異、あるいは「コトバ」という術語の定義を経ずして、どんどん筆を進めていく。あたかもこの事典中の一文を読むすべての人が『意識と本質』、『意味の深みへ』のなじみ深い読者かのように、である。

彼が、「コトバ」という文字を使い始めたのは『意識と本質』が最初だった。その意味で「東洋思想」は、『意識と本質』の概論だともいえる。『意識と本質』に躓いたという声はこれまでも幾度となく耳にしたが、この作品は、よき導き手となるだろう。そこで、彼はいう。「神のコトバ(あるいは根源的コトバそのものである神)」。

「東洋思想」で、井筒俊彦が「コトバ」と書いたところをすべて、「神」あるいは「存在」(「存在者」ではない)と置き換えてみれば彼の真意が垣間見えてくるかもしれない。

「言語哲学としての真言」で空海を論じつつ、彼はいった。「存在はコトバである」。この一言こそ、井筒俊彦の哲学を代表するにふさわしい。

デカルトやパスカルがその代表的命題とともに記憶されるように、もしも井筒俊彦を象徴する一語なれば、私は迷わずにこの一節を挙げたい。

「存在はコトバである」の一語に読者は、新訳聖書ヨハネ伝の最初にある「始めに言葉があった」というコトバを思い出すかも知れない。井筒俊彦にとってヨハネ伝を通じた聖書体験が、その思想遍歴の最初にあることも、私たちはこの講演で初めて知る。

しかし、この一節に、イブン・アラビーの影響もまた直接的である。万物は「存在」の分節的自己展開、花が存在するのではない。「存在」が花する、といわなくてはならないとイブン・アラビーはいった。

さらに、ここで言葉を論じていた彼が「文字」の神秘哲学について語っていることも看過すべきではないだろう。言葉の原始性は声と文字に見ることができる。井筒俊彦がさらなる文字論を展開したとしたら一体何を語っただろう。

井筒俊彦の主要業績目録を最初に整備したのは、日本、イランで井筒俊彦に私淑した岩見隆である。その業績目録は『井筒俊彦著作集』と彼の追悼論文集 *Consciousness and Reality*, 1998 に掲載されている。その目録がなければ本書が生まれることはないばかりか、ここに収録されていた作品のほとんどは埋もれたままだっただろう。多くの作品はその記載に従い、収集された。

井筒俊彦の蔵書は、今も鎌倉の家に保管され、目録も整備されている。岩見隆は蔵書目録の整備にも参加している。井筒俊彦は自作のいくつかを抜き刷りの形で保管していた。そのため、未刊行の作品があたかも一冊の本のように蔵書にまぎれ、目録の作成によってそれらが掘り起こされたようなかたちになり、複数の論考が発見された。さらにそこに井筒豊子氏から提供のあった資料、編集部、編者が発見したいくつかの文献が加えられた。

偶然に助けられたことも少なくない。図書館の雑誌書架に分け入り見つけていく作業は、知識よりも好運に恵まれることが重要だという意味で、森で植物を発見する営みに似ていた。たまたま手を伸ばした本に見つけたこともあった。井筒俊彦が『プロティノス全集』の刊行に寄せた文章「『開かれた思想家』の精神」は編集部の女性が古書店で買った『プロティノス全集』に挟まっていた。最後に見つかったのは

「哲学的意味論」、提供者は岩見隆である。掲載されたのが雑誌ではなく、数ページの機関誌だったことが発見を難しくしていた。小品だが、先に触れたように哲学者井筒俊彦の始まりを告げている重要な記録である。

本書は全編を通じて、アラビア語の表記については岩見隆の校閲を経ている。編纂を巡って彼と話したときのことである。井筒俊彦からアラビア語を習った。しかし次第に授業の半分はアラビア語ではなく、朱子の読解になっていったというのである。本来アラビア語の教師である人が朱子を、というと奇妙に聞こえるかもしれないが、そこに何の違和感もなかった、自分が教わったのは語学ではなく「読むこと」だったと彼はいった。

本書の題名にはいくつも候補があったが自ずと『読むと書く』に収斂していった。ここでいう「読む」とは岩見隆が井筒俊彦から受け継いだこと、すなわち、歴史の叡智につながることであり、「書く」とはそれを万人が用いることを可能にする営みにほかならない。井筒俊彦の一生を表現するにふさわしい。

本書は井筒俊彦の「最新作」だが、作者はすでに「幻影の人」である。作者にかわってというのではなく、この作品集が完成までの経緯を報告するという意味で「謝辞」を記しておきたい。

井筒豊子氏は文献の提供、編纂への積極的な参与だけでなく、「言語哲学としての真言」のように、井筒俊彦がひとたび封じたものを再度収録することを快く承諾してくれた。夫人であるだけでなく、彼女は井筒俊彦の最も優れた「読み」手でもある。岩見隆氏が真実の編者であることは先に触れた。二人の理解と協力がなければこのプロジェクトが始まることすらなかっただろう。また、本書の刊行にあたり慶應義塾大学出版会の小室佐絵、片原良子の両氏は、無私な、しかし創造的な態度で終始向き合ってくれた。また、同出版会坂上弘会長は、当初から本書の刊行に深い理解を示してくれた。皆さんにこの場を借りて深く感謝申し上げます。

二〇〇九年八月一九日

付記——初版第二刷りの刊行に際して、岩見隆氏、木下雄介氏による全面的な校閲を得、適宜訂正をした。解題においても誤りを正した。なお、付録のアッカド語については、高井啓介氏による校訂をいただいた。記してお礼申し上げます。

初出一覧

ザマフシャリーの倫理観㈠——『黄金の頸飾』の研究（『回教圏』、四巻八号、回教圏研究所、一九四〇年八月）
ザマフシャリーの倫理観㈡——『黄金の頸飾』の研究（『回教圏』、四巻九号、回教圏研究所、一九四〇年九月）
アラビア文化の性格——アラビア人の眼（『新亜細亜』、二巻十号、東亜研究所、一九四〇年十月）
回教神秘主義哲学者　イブン・アラビーの存在論（『哲学』、第二五・二六輯、三田哲学会一九四四年六月）
回教に於ける啓示と理性（文部省教学局編纂『日本諸学研究報告』、特輯第十二篇、印刷局、一九四四年四月）
イスラム思想史（『西亜世界史』、世界史講座第五巻、弘文堂書房、一九四四年）
マホメット（『西亜世界史』、世界史講座第五巻、弘文堂書房、一九四四年）
アラビア科学・技術（『西亜世界史』、世界史講座第五巻、弘文堂書房、一九四四年）
マホメットとコーラン（『文庫』、七五号、岩波書店、一九五七年十二月）
コーランと千夜一夜物語（『文庫』、八二号、岩波書店、一九五八年七月）
イスラームの二つの顔——時局的関心の次元を超えイスラームという宗教・文化の精神を把握するための方途を説く（『中央公論』、一九八〇年七月号、中央公論社）
序詞（R・A・ニコルソン『イスラーム神秘主義におけるペルソナの理念』、中村潔訳、人文書院、一九八一年）
トルコ語（慶應義塾大学語学研究所編『世界の言語』、慶應出版社、一九四三年）
アラビア語（慶應義塾大学語学研究所編『世界の言語』、慶應出版社、一九四三年）
ヒンドスターニー語（慶應義塾大学語学研究所編『世界の言語』、慶應出版社、一九四三年）
タミル語（慶應義塾大学語学研究所編『世界の言語』、慶應出版社、一九四三年）
記号活動としての言語（『三色旗』一九五八年四月号、慶應義塾大学通信教育部）
言語哲学としての真言（『密教学研究』、第十七号、日本密教学会、一九八五年三月）

東洋思想（『コンサイス20世紀思想事典』、三省堂、一九八九年）
意味論序説――『民話の思想』の解説をかねて（佐竹昭宏『民話の思想』、中公文庫、一九九〇年）
ぴろそぴあはいこおん――philosophia haikôn（『ひと』第六号、一九三五年一月、池田弥三郎『手紙のたのしみ』、文春文庫、一九八一年所収）
詩と宗教的実存――クロオデル論（『女性線』、一九四九年十一月號、女性線社、一九四九年十一月）
トルストイに於ける意識の矛盾性について（『三色旗』、一九五二年七月号、慶應義塾大学通信教育部）
神秘主義のエロス的形態――聖ベルナール論（『哲学』、一九五一年第二十七輯、三田哲学会）
クローデルの詩的存在論（『三田文学』、一九五三年八月号、三田文学会）
哲学的意味論（『慶應義塾大学言語文化研究所所報』、六号、慶應義塾大学言語文化研究所一九六七年六月）
「読む」と「書く」（『理想』、六〇〇号、理想社、一九八三年五月）
単数・複数意識（『文学』、五十二巻四号、岩波書店、一九八四年四月）
気づく――詩と哲学の起点（『思想』、第一号［No. 751］、岩波書店、一九八七年一月）
第一級の国際人（『鈴木大拙全集』、全三十二巻、別巻二巻、岩波書店、一九六八―七一年、内容見本）
一九八〇年「みすず」読書アンケート（『みすず』「一九八〇年読書アンケート」、第二十三巻第一号［No. 246］、みすず書房、一九八一年一月）
一九八一年「みすず」読書アンケート（『みすず』「一九八一年読書アンケート」、第二十四巻第一号［No. 257］、みすず書房、一九八二年一月）
〔西谷啓治著作集への推薦文〕（『西谷啓治著作集』、第一期全十三巻、創文社、一九八六―八七年、内容見本）
「開かれた精神」の思想家（『プロティノス全集』、全四巻、別巻一巻、中央公論社、一九八六―八八年、内容見本）
〔私の三冊〕（『図書』、四五四号、臨時増刊号、岩波書店、一九八七年五月）
下村先生の「主著」（『みすず』、第三十巻第二号［No. 325］、みすず書房、一九八八年二月）
編纂の立場から（岩波講座『東洋思想』、全十六巻、岩波書店、一九八八―八九年、内容見本）
〔マーク・テイラー『さまよう――ポストモダンの非／神学』への推薦文〕（マーク・テイラー『さまよう――ポスト

モダンの非／神学』、井筒豊子訳、岩波書店、一九九一年）
松原秀治氏訳　ドーザ『言語地理学』に就いて（『三田評論』、一九三九年一月［No.497］、慶應義塾）
ガブリエリ「現代アラビア文学の主流」（『東亜研究所報』、二號、東亜研究所、一九三九年九月）
回教哲学所感――コルバン著「イスラーム哲学史」邦訳出版の機会に（『図書』、二九四号、岩波書店、一九七四年一月）
デリダ現象（『新刊の目』、九五号、誠信書房、一九八三年一月）
三田時代――サルトル哲学との出合い（『三田文学』、昭和六十年秋号、三田文学会、一九八五年）
テクスト「読み」の時代（『新日本古典文学大系』全百巻、別巻五巻、岩波書店、一九八九―二〇〇四年、内容見本）
追憶（『回想の厨川文夫』、三田文学ライブラリー、一九七九年）
追憶――西脇順三郎に学ぶ（『英語青年』、一九八二年十月号、研究社）
行脚漂泊の師　ムーサー（「忘れ得ぬ人」『読売新聞』、読売新聞社、一九八三年三月七日夕刊）
幻影の人――池田彌三郎を憶う（『中央公論』、一九八三年二月号、中央公論社）
西脇先生と言語学と私（『西脇順三郎全集』別巻月報、筑摩書房、一九八三年七月）
エリアーデ追悼――「インド体験」をめぐって（『ユリイカ』、一九八六年九月号、青土社）
レバノンから　ベイルートにて（『三田評論』、一九五九年十月号［No. 584］、慶應義塾）
カナダ・モントリオールにて（『三田評論』、一九六一年三月号［No. 592］、慶應義塾）
ボストンにて（『三田評論』、一九六一年七月号［No. 595］、慶應義塾）
コーラン翻訳後日談（『三田評論』、一九六九年六月号［No. 683］、慶應義塾）
東西文化の交流（『三田評論』、一九七三年二月号［No. 723］、慶應義塾）
国際会議・学際会議（『三田評論』、一九八〇年一月号［No. 799］、慶應義塾）
道程（『三田評論』、一九八〇年二月号［No. 800］、慶應義塾）
慶應国際シンポジウム所感（『三田評論』、一九八〇年三月号［No. 801］、慶應義塾）
武者修業（『三田評論』、一九八〇年四月号［No. 802］、慶應義塾）

正師を求めて（『三田評論』、一九八〇年五月号［No. 803］、慶應義塾）
師と朋友（『三田評論』、一九八〇年六月号［No. 804］、慶應義塾）
「エラノス叢書」の発行に際して――監修者のことば（『時の現象学』、平凡社、一九九〇年）
語学開眼（『道――昭和の一人一話集』、第七巻、中統教育図書、一九八四年）
新刊紹介（『言語研究』第一号、三省堂、一九三九年一月）
新刊紹介（『言語研究』第二号、三省堂、一九三九年四月）
ハイドン編「回教の現在と将来」（『東亜研究所報』二号、東亜研究所、一九三九年九月）
最近のアラビア語学――新刊紹介（『言語研究』、三、研究社、一九三九年九月）
アッカド語の -ma 構文について（『言語研究』第四号、三省堂、一九三九年十二月）
新刊紹介（『言語研究』第四号、三省堂、一九三九年十二月）
新刊紹介（『言語研究』第六号、三省堂、一九四〇年十月）

著者
井筒俊彦　Izutsu Toshihiko
1914年、東京都生まれ。1931年、慶應義塾大学経済学部予科に入学。のち、西脇順三郎が教鞭をとる英文科へ転進。1937年、同大学文学部英文科助手、1950年、同大学文学部助教授を経て、1954年、同大学文学部教授に就任。1969年、カナダのマギル大学の教授、1975年、イラン王立哲学研究所教授を歴任。1979年、イラン革命のためテヘランを去り、その後は研究の場を日本に移した。
主な著作に、『コーラン』（翻訳、上中下、岩波文庫、1957-58年）、『意識と本質』（岩波書店、1983年）など多数。『井筒俊彦著作集』（全11巻別巻1巻、中央公論社、1991-93年）がある。また、1956年に刊行された*Language and Magic*など、一連の欧文著作は海外で高い評価を得ている。1982年、日本学士院会員。同年、毎日出版文化賞、朝日賞受賞。1993年没。

編者
若松英輔　Wakamatsu Eisuke
1968年、新潟県生まれ。慶應義塾大学文学部仏文学科卒。『越知保夫とその時代』で第14回三田文学新人賞評論部門当選。その他の作品に「小林秀雄と井筒俊彦」など。2011年5月『井筒俊彦――叡知の哲学』（慶應義塾大学出版会）、同年8月『神秘の夜の旅』（トランスビュー）を刊行。

読むと書く――井筒俊彦エッセイ集

2009年10月26日　初版第1刷発行
2011年 8 月30日　初版第3刷発行

著　者――――井筒俊彦
編　者――――若松英輔
発行者――――坂上　弘
発行所――――慶應義塾大学出版会株式会社
〒108-8346　東京都港区三田2-19-30
TEL〔編集部〕03-3451-0931
〔営業部〕03-3451-3584〈ご注文〉
〔　〃　〕03-3451-6926
FAX〔営業部〕03-3451-3122
振替　00190-8-155497
http://www.keio-up.co.jp/
装　丁――――中垣信夫＋只野綾沙子
印刷・製本――萩原印刷株式会社
カバー印刷――株式会社太平印刷社

Printed in Japan ISBN978-4-7664-1663-3

付録

新刊紹介　〔言語研究　第一号〕

René Dussaud : Les découvertes de Ras Shamra et l'Ancient Testament, Paul Geuthner, Paris 1937

ラス・シャムラに於ける 1929 以来の発掘の結果は、旧約学はもとより一般セム学に対して文字通り驚異的な意義を持つに至った。此の発見によって、かの一世を風靡した Wellhausen 一派の主張が根本から誤謬であった事がいよいよ確実になって来た一事を以て見てもその重大さは推測に難くないであろう。而も一時は殆んど絶望視されていたフェニキア文学の再建が、紀元前十六世紀の古き資料によって可能になったのである。かくて、Henri Berr の《Ce qui frappe surtout chez les Cananéens, c'est la médiocrité morale》と言う評言は完全に覆されて了った。カナン人は高度に発達せる宗教を有ち、他に比類なき優れた文学を有っていたのである。のみならず此処に発見されたテクストによって、イスラエル人の Urheimat は他のカナン人のそれと全く同一であったと言う、実に旧約学にとって重要な結論が根拠を得る事になる。即ちモーセ以前のイスラエル人はその隣人たるカナン人、すなわちエドム人と地理的にも民族的にも全く同じで、その文明に於ても信仰に於ても何等異るところはなかった

のである。イスラエルが南パレスティナの他のカナン人と分離して、後に広義に於てカナンと呼ばれることになる地へ侵入したのはモーセの時に至って始めてなされたのであった。（但しこの結論には異論があるが、今は著者の意見に従って置く。）

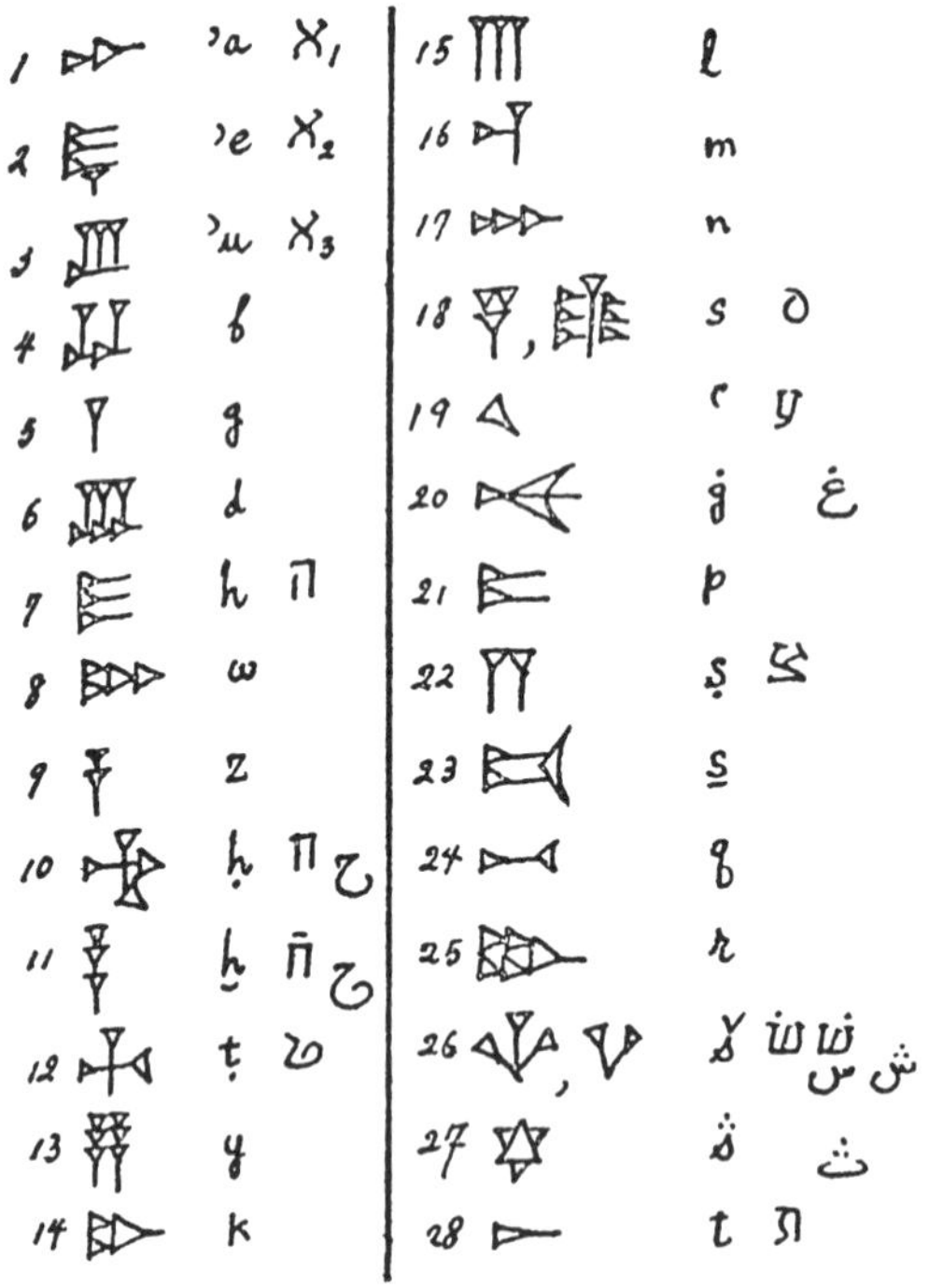

ともかくラス・シャムラで掘り出された資料が実に大なる価値を有する事は疑いもないが、使用されている文字の解読がやっと完了したばかりで、テクストの解釈に関しては難点続出の有様であり、しかも資料が未だ全部編纂出版されていないので、その本当の研究はこれから始まるところなのである。かかる時にあって、著者の如くこの仕事に実際携わっている人が今日までの調査を一応纏め上げ、更に将来の研究に見通しをつけてくれたことは我々にとって此上もない幸である。

さて著者 René Dussaud は言うまでもなくフランスが学会に誇る碩学 Ch. Virolleaud と並んで此方面の第一人者、該博な学識と稀に見る優れた直観によって常に大胆な仮説を立て、時には極端に走る嫌いが無いではないが、それだけに又読者が貴重な暗示を受けることが多い。

本書は著者がオックスフォード大学に招かれてラス・シャムラと旧約聖書との関係に就き講演したその原稿を出版したものである。

然し本書の内容を全体に亘って説明する事は紙面が許さないし、又それは言語学の範囲を越えることにもなる故、茲には一例として、現在学界の議論の的となっているラス・シャムラ文字に関する著者の意見を紹介して置くだけに止める。

およそかかる文字の構成を考えるに際しては私は Friedrich が主張する様に äussere Schriftform と innere Schriftform との二つを分けるのが必要であると思う（茲に内部形式・外部形式を詳しく論じている暇がないが、内部形式とは要するにその文字の “der geistige Inhalt” である。それに就いては、Lehmann-Haupt, ZDMG 1919; Friedrich, ZDMG 1937 等参照）。

ラス・シャムラのアルファベートが〈Mischprodukt〉なる事は始めから明らかである。そして其 äussere Form は一見して分る通り楔形文字である（但しその由来は未だ不明）。然るに内部形式は全く見当がつかない。しかも此文字の内部形式を決定する事は決して文字だけの問題ではないのである。何故ならば此によってラス・シャムラ（昔の Ugarit）に於て如何なる文化が相接触したかがきまる訳であるから。

Friedrich はもと此内部形式はエジプト文字の内部形式から来

たものであろうと言う説を出したが（Friedrich: Ras Schamra, AO. 33）、これに対してエジプト文字はバビロンの楔形文字に劣らず複雑を極めていて、ラス・シャムラ文字の単純な形には合わぬと言う反対を受け、最近に至っては前説を取消し、〈Mit grösserer Zuversicht möchte ich heute vielmehr in der inneren Form der Ras-Schamra-Schrift eine Parallelentwicklung zu der westsemitischen Buchstabenschrift sehen〉と言っている。然し極く単純にラス・シャムラの文字はセム系の Buchstabenschrift より後に出て、それを Vorbild として造り出されたと考えるのも疑わしい。なぜなら其場合には三つの母音を持つアレフ記号が出来る筈がないから。この三つの有母音アレフ文字に関しては彼は〈Die Vokalhaltigkeit der drei alefzeichen in der Schrift von R. Sch. bedeutet in jedem Falle eine Durchbrechung des konsonantischen Prinzips und scheint mir auf Mischung mit einer silbenmässigen Schrift hinzudeuten〉と言うのみである。結局ラス・シャムラ文字の内部形式は何等解決を見なかったのである（以上 J. Friedrich: Schriftgeschichtliche Betrachtungen, ZDMG 91, 2 参照）。

さて Dussaud はどうであろうか。彼は別に外部形式と内部形式とを別けて居る訳ではないが、彼が問題とするのも勿論、内部形式の方である。

彼はラス・シャムラの文字で最も注意しなければならないのは〈les sons simples〉を分けて、それだけで言葉を写している点であると言う。考えて見ると此の sons simples の発見はエジプト人によって始めて為されたのであって、未だエジプト人以外に於ては見出されない。従ってエジプト人と密接に関係のあった民族でなければかかるアルファベートは造り得ない。又この

仮定に立派な根拠のある事は所謂シナイの文字、ビブロスの偽象形文字の三テクスト及び古典フェニキア語のアルファベートによって立証される。又これによってラス・シャムラ文字単純化の説明もつく。

即ちラス・シャムラの文字とはカナン人が、エジプト文字を単純化せんと試みながら遂に之に失敗して結局アッカド式の文字に還って行ったその結果生じたものなのである——L'alphabet d'Ugarit est un nouvel exemple des tentatives des Cananéens pour simplifier l'écriture égyptienne qu'ils ne parvenaient pas à maîtriser, au point qu'ils préféraient employer le système accadien (p. 51).

私には此考えは実に卓見であると思われる。殊に彼の言う通りシナイ及びビブロスのテクストと考え合せて見ると、余程有力な反証があがらぬ限り此仮説が決定的価値を持つ様になるのではないかと思う。併しながらラス・シャムラに関する研究は全てこれからである。この問題も、それから本書に含まれている多くの興味ある見解も共に年月の試練を経なければならない。

Alan H. Gardiner: Some Aspects of the Egyptian Language [From the Proceedings of the British Academy XXIII] London, 1937

著者 Gardiner はエジプトロジストとしては、Erman, Sethe 等の学風を継ぎ、現代エジプト学界にその名を知られる大学者であるが、彼は言語理論に対しても堂々たる一個の見解を有し、此方面に携わる学者の間には勿論、たださえ一般言語理論家に乏しい英国に在って実に稀れな存在をなしている。彼の所論は

The Theory of Speech and Language に依って我国の読者にも親しまれて居るであろう。

さてこれから紹介する小冊子に於て彼は先ず冒頭に、言語をただ歴史的変化の見地より見る研究法の時代は既に過去った、現在では興味の中心は色々の言語を夫々異る体系として互に比較せんとする立場、即ち Saussure の所謂 “synchronique” な見地に立つ研究法に向いつつあると言っている。人間が話したいと思う物は場所と時代とを問わず大体同一であるとして、それを色々の言語共同体がどう解決しているか、又其等の言語が同一物を表現するのに別の方法によっているならば其事実を如何にして説明するか、これが目下、言語学者の前に置かれた問題である。この問題に対しては二つの解決法が考えられる。(1) James Frazer が全世界の信仰上の習慣を比較研究した様に或る意味範疇を異る言語が如何に表現しているかを比較研究する事。(2) 個々の言語体系を記述し、各言語体系を支配している諸傾向を求める事。

今著者は古代エジプト語の syntax に於ける最も著しい二つの特徴を捉えてこれを分析する事により上に述べた方法の内第二の方を説明せんとする。故に彼の目的は単にスィンタクスの事実を記述するのみにあるのではない。その言語現象の背後にエジプト人の心理の根本的特性を求めようとするのである。

さてその特徴とは彼に従えば第一、エジプト人が動詞文よりも名詞的構文を著しく好む事、及び此に附随して、能動的な表現より寧ろ受動的表現に向うこと。第二、エジプト語のスィンタクスが多くの点に於て極めて論理的なること、この二つである。

第一の点に就て（遂語訳及び著者の Egyptian Grammar ——略 Gr. ——への参照は評者が附けたもの）。エジプト語がセム語と共有する唯一の verbum finitum は古い完了形で、Adolf Erman が始めて発見し、アッカド語の permansivum と関係づけ、これに Pseudopartizip なる名称を与えたのであった。Gardiner が更に適当な名称として old perfective と呼んでいるのはこれである（Gr. §309）。さて此動詞形はエジプト語に於ては夙に活動力を失い、或種の古風な定型的表現にのみ姿を留める様になった（Gr. 311）。然し O. E. ではまだ第一人称の場合に限り独立に使われた例が少しはある。

wd• ki rn •i r bw ẖry ntr
（=I set my name at the place where the god was.）
置いた 私は 名を 私の に 場所 其処に（居る） 神が

そして M. E. になると他動詞では殆んど rh（知る）ḏd（言う）のみに限られ、それ以外は受身の場合と自動詞の第一人称の場合に限り使われた（fḳꜣ•kwi=I was rewarded, špss•kwi=I was wealthy）

然るにかかる用法もラムセス王朝時代に近くなると消失して、嘗ての Perfectum は遂に一種の副詞になって了う（英語の I paid no attention, *being occupied* with my lessons の如きもの）。

更に L. E. ではますます消滅の途を辿り、Coptic に至ると殆んどその形骸を留めぬ迄になってしまう。かくて古代エジプト語に残った唯一の本来の動詞形は我々の眼前で次第に死滅して行くのである。［序ながら此事実はセム語学に於ける大問題たる動詞の Entstehung を論ずる人々に重大な意義を有っている。何故ならばエジプト語に Imperfectum が全然存在していないのは動詞的表現を避けんとするエジプト語の傾向に従って既に歴史時代以前それが全く消滅し、その足跡すら残さなかったので

あると言う仮定に根拠が与えられぬ限り、セム語動詞に於ける Imperfectum の Priorität を主張する事は疑問たらざるを得ないからである。此に関しては Ad. Erman: Die Flexion des ägypt. Verbums 及び Hans Bauer: Die Tempora im Semitischen（S. 7–8）参照。]

以上の如くして消滅し去った old perfective 以外には真の動詞形は一つもない。一見動詞形の様に見えるものも実は分詞に名詞或は代名詞を附加したものに過ぎないのである。

エジプト語に於ては分詞は本質的に nominal な形である。しかもそれが動詞形を構成する要素として使われる場合に選ばれたのは能動的分詞ではなくて受動的分詞である。次にその一例を示す。

エジプト語には従属文の意を表わす時に使われる特殊な動詞形がある。

（1） śḏmw•f（w は男性のしるし）śḏmt•f（t は女性のしるし）——現在時、或は継続せるものを表現する。

例　nb　•f　mrrw　•　f　（= his lord whom he loves）
主人　彼の　愛するところの　彼が

sʒt　mrrt　it　•s
（= the daughter whom her father loves）
娘　愛するところの　父が　彼女の

（2） śḏmw•n•f［男］śḏmt•n•f［女］——過去或は瞬間的動きを表現する。

例　ẖt　nbt　rdit•n•　f　n•i
（= everything that he gave to me）
物　全ての　与え　た　彼が　私に

この（1）の形は明らかに passive participle＋agential genitive である。これには全然疑いがない。（2）の方は多少問題になろうが、著者の考えでは恐らくやはり受動の分詞に agential dative が附加されたものであると言う。すなわち此形の特徴たる -n- を前置詞の n（= to, for）と見るのである。この仮定が確実な事は件の前置詞がヘブライ語やアラビア語の le, li（= to）の様に極めて普通に「所有」を表わすのに使用されるし、又一般に perfectum に達する一番手近かな途は、何かがかくかくの状態に所有されてあると言うこと（例 He has found him.〈OE. Hé haefth hine gefundenne. I've got him beat. 其他、仏・独の完了形）及びかかる場合に与格が屢々使用される事（ラ mihi auditum; ギ *ἐμοὶ ποιητέον*）等によって明白である。しかもヘブライ語では le を受動の分詞の後に置いて agent を表わし（bārūk le = blessed by）、殊にシリア語の如きは此手段によって perfect tense を創った（s^{e}mīʿ lī hālēn=［heard to met this］I have heard this）事実等を見るといよいよ確実になる。

かくの如く此構造の起源は受動の分詞に基くものであったが、次第にエジプト人自身これを受動とは感じなくなって来た。即ち上述の n は前置詞である事が忘れられ、その次に来る agent が却って主語であるかの様に感じられ出した。要するに能動形となったのである。この変化を語る有力な証拠は n と次の agent との間に他の要素が介入している次の如き例に見る事が出来る。

wpt	tn	rdit•n	w(i)	ḥm•f	im•s
役目	此の	置いた	私を	陛下が	その中へ

（= this mission in which his Majesty placed me）

この場合 n は前置詞と感じられている筈がない。何故ならばエジプト語では前置詞に支配される名詞はその前置詞から絶対に離れることが許されないからである。而もこの様な用法の例は非常に多数発見されている。

以上は単に所謂 Relative form を説明しただけに過ぎないが、この外の narrative verb-forms（śḏm•f ; śḏm•n•f）も、それから所謂 suffix conjunction（śḏm•in•f ; śḏm•ẖr•f ; śḏm•kȝ•f）も、やはり受動の分詞を基にして出来た形である事が証明出来るのである〔此等に対する詳細な議論、特に後者の起りに関する著者の説は極めて興味があるが、余り複雑になる故ここには略す。原著 pp. 11–13〕。

結論―― passivity とは言うまでもなく activity の否定である。又、分詞とは特に名詞的性質を持つものである。更にエジプト語では infinitive をそのまま使って叙述を運んで行く事が多い。しかもエジプト語は昔有っていた本来の動詞形たる Perfectum も、それから恐らくは Imperfectum も死滅させて了った。此等の事実を考え合せて見ると其処に何かエジプト人の心理、彼等の物の見方・感じ方が暗示されてはいないだろうか。

併しながら或る言語と、それを喋る人々の民族性、或は国民性との関係は単に一般論としても非常に困難な問題で決して簡単には考えることが出来ないものである。現にこのエジプト語の場合にしても起源は受身の分詞であろうと無かろうと、ともかく其を盛んに用いて物を言っていた人々の Sprachgefühl にとっては active な動詞形であったことに違いはないのだから、その用法から直ちにエジプト人の心理を推測することは大いに疑問であろう。この難点を予知して Gardiner は問題を次の様に立

て直すのである。――エジプト人が第四王朝より可成り以前の時代に於て、何か新しい、表現力に富んだ active tenses の必要に迫られた時、動詞の内でも最も nominal な分詞を選び、しかも能動の分詞によらずして受動の分詞によったのは何故であるか。これに対して彼の答えは次の通りである。

"Perhaps it is not wholly fantastic to link together the passivity of the originating participles with the notorious tendency of the Egyptians to look backwards rather than forwards, and to associate the nominality of those same participles with the immobile rigidity of Egyptian statues and figured representations. How different the liveliness of the Greek narrative tenses, a quality that we might be inclined to associate with the adventurous quality of Hellenic enterprise, no less than with the physical movement which a Pheidias was so well able to impart to marble for the benefit of future generations!" (p. 16)

著者が次に説明するエジプト語スィンタクスの特徴はその驚くべき整然たる論理性である。これを彼はエジプト語の動詞形成法に見られる論理性、複文構成に見られる論理性、特に殆んど全く例外を許さぬ語順の規則的性格に現われた論理性を例にして示している。但し此を詳しく紹介すると余りに長くなるから茲には簡単に彼の結論だけを挙げて置く事にする。彼は第一の問題に於けると同じく言語に現われたこの論理性がエジプト人の性向を暗示するものではないかを考察するのである。

然るに古代エジプト文化の極めて広い諸分野に亘って最も人の眼を打つものは正にその整然たる性質である。誰でも知っている通り、エジプト建築の美は主としてその左右均斉の美であった。又かかる性質はエジプト人が神々及び死者に対して取る

態度にもよく現われている。古代エジプト人とは神々が自分の気に合わなければ平気で之を威嚇し、既に死んだ自分の妻に大真面目で長々と不平の手紙を書き綴る民族であった。彼等にとっては神々と死者と生存中の人々とはいずれも優位を占める事なき同等の存在であった。彼等の入念な墓の構造も、有名なミイラの習慣も全て死後の生活に対する彼等の logical な material な考えから出ているのである。［この点に関しては著者は本論文では単に一言しているだけであるが、彼は既に 1935 の Frazer Lecture に於て詳説しているので、それは一冊の本に纏まって出版されている――The Attitude of the Ancient Egyptians to Death and the Dead, Cambridge Univ. Press 僅か四十五頁の小冊子に過ぎないが古代エジプト人の宗教全般に亘って非常に興味深い観察を下している。］

かくして茲でもまた、エジプト語の一大特徴はその民族の根本的性格を反映していると考えられるのである。なお本文は以上の様に言語と国民性と言う甚だ危険な問題を取扱っているので、その結論には決定的な価値を与える事は出来ないが巻末の註は例によって頗る示唆に富み、専門にエジプト語やセム語の文法を研究している人にはこの方が遥かに興味があるであろう。其処では動詞の細かい点に就いて詳細な意見が述べられてあるのみならず、其等の問題に対する最近の学界の動きが手際よく説明せられている。

新刊紹介　〔言語研究　第二号〕

Ungnad Arthur SUBARTU, Beiträge zur Kulturgeschichte und Völkerkunde Vorderasiens. Walter de Gruyter, Berlin 1936

深大な学殖を以て、現代アッシリア学界に於て正に第一人者たる観のある Ungnad がその全力を傾注して書き上げた本書は、出版されるや直ちに学界の感謝と論議の的にならずには居なかった。我国に於ても Vorderasien の専門家で本書を一読して居られない方は無いと思う。それ故私は此方面の専門的研究者以外の方に Subartu とは何かと言う事を説明し、更に本書を離れてスバル語と Arrapḫa-Nuzi の言語との関係に対する最近の学説の異動を御紹介する事にする。

近年の小アジアに於ける研究は紀元前千年以前に此地に雄飛せる多くの文化と言語とを掘り出す事に成功したが、中でも最も驚異的結果を齎らしたのはスバル文化の発見であった。即ち従来知られていた三つの大文化圏たるスメル・アッカド、エラム・ペルシア、小亜細亜・ヒッタイトの他にも一つの大文化圏の存在が証明されるに至ったのである。この文化は中心点を上部メソポタミア、即ちバビロニアの北西に有し、その勢力は西はシリア・カパドキア、南東はバビロニア、東はアッシリアま

で拡がって実に驚くべき広大な領域を持っていたらしい。この民族を学者により Subaräer とも Churriter（Churrier）とも呼ぶ。この命名問題に就いては後述するとして、今 Subartu の語義を一応説明して置く必要がある。

Subartu が subar にアッカド語の女性語尾 -tu を附して構成したものであろうとは誰にも推定するに難くないから、結局問題は subar の意義を決定すればよい事になる。

さてスメル語をアッカド語で説明した或る語彙（Cuneiform Texts fr. Babylonian Tablets in the Brit. Mus. XII）の一節に

bi-ir EDEN e-de-nu šá SU. EDEN su-bar-tú

と言う説明があるが、この意味は「edenu なる名称の記号 EDEN は、SU. EDEN（即ちアッカド語の subar-tú に当る）と結合するとスメル語では bir と読む」と言う事である。故にアッカド語の subartu はスメル語では SU. EDEN と書き、これを *subir* と発音していたことが分る。しかし古いテクストでは subartu を指すのに subir の他に subur, subar 等の形があるが、スメル語の立場から見て、この内 subar が標準的な形で subir や subur は方言的な名称であろうと考えるのである。

スメル語の subar はアッカド語の elâtu に当り、「高い」と言う意味である。又此の地名を示すイデオグラムたる SU. EDEN の EDEN も高地とか天とかを意味する。此は立派に理由のある事なので、Subartu の地を地理的に正確に決定することは困難であるにしても、ともかくその地が山地、或は高地であった事は疑いないし、殊に河岸の低地に居住していたバビロニア人から見れば誠に当然な名前であると言わなければならない（この「バビロニア人から見て」という事は命名問題に際し重要な意義

を有す――後述)。

ところが茲に大きな難点となるのは或る地名語彙(K. 4337)で、Subartu が今度は反対に「低地」と呼ばれている事実である。

su-bir^{ki}――su-bar[-tum]	[序ながら、此表の読み方は、左側がスメル語で右側が夫々対応のアッカド語である。即ち subartu に対してスメル語では四つの名称があった事を示す。右肩の ki は地名の標]
su-gìr^{ki}――su-bar-tum	
sa-gìr^{ki}――su-bar-tum	
ḫu-bu-ur^{ki}――su-bar-tum	

問題となるのは最後の ḫu-bu-ur である。スメル語で ḫubur とは「深い」とか「下に在るもの」を意味し、アッカド語の šaplû に当るので、先の elâtu とは正反対である。同一の地が何故、高地と低地の二名称を同時に有っているのであろうか。subar の一 Variant たる subur と ḫubur とを並べて見ると違いは s と h だけなので、印欧語ならすぐ s>h の音韻変化が考えられるかも知れないが、スメル語ではこの Lautwechsel は全く例が無いから、殆んど採用される可能性がない。そこで両者を結びつける為めにはバビロニア人の mythologische Vorstellungen に依る必要がある。

一体スメル人が特に「低地」(ḫubur)と呼んだものは冥府、死者の国であった。死者の国は勿論、太陽の現れぬところ、即ち北方に在ると考えるのは当然である。然るに、バビロニアの地理知識では世界の北端は北の山地、Subartu であった。かくて Subartu は冥府への入口と考えられ、遂には冥府そのものと同一化されるに至ったのである。なお ḫubur の他に sugir, sagir なる形が出ているが、この g は Gubl から Byblos が出る過程と

照らし合せて見ればsubir etc.に於けるbに対し何等難点とはならない。

さて此のSubarは古アッカド時代に於ては広大なる領域と強力なる武力とを有して四方に君臨した大国で、殊に西方には遠くシリアのAmanus（所謂Zederngebirge）にまで達する程であったがアマルナ文書時代になると多数の独立小国に分裂した。そしてその内ミタニ王国がSubartuの名を継承した（但しミタニMitanniと言うのはUngnadの意見ではNominativたるMitannuがmâtに接続してGenetivとなった形で、独立して使われる場合はミタンヌと言う可きである。更に彼は、地名だけならまだMitanniでもよいかも知れないが、此地の人間までMitanniと呼ぶに至っては、まるでギリシヤ人の事を*'Ελλάδος*と言う様なものだと言っている。この意見の是非はともかく、呼びなれた名は容易に棄てられないから、Mitannuと言う名が一般に使われる様になるか否かは疑問である）。しかるに其に次ぐ数百年の間にSubartuはアッシリア王の侵略のためますます小さくなり、遂にはアッシリア王国の一部分として併呑されて了った。併し嘗ての大強国の名は全く忘れられる事はなく、後期バビロニア、及び時には後期アッシリアの文書にもSubartuがAssyrienの異名として用いられている。

命名問題に就いては先に一言したが、今でも此方面の権威の間に二つの意見が対立しているのである。即ちUngnadに従って此民族をSubaräerとし、言語をSubaräischとするか、或はSpeiserやGötzeに従ってChurri(t)er—chrr(it)isch（英Hurrian）とするかである。Joh. Friedrichは、もとUngnadに賛意を示し、Subaräischの方がよかろうと言っていたが（例えばHethitisch und „kleinasiatische“ Sprachen S. 48）最近では全くSpeiser, Götzeの方に従

って了った（ZDMG 1937）。

今、両者の意見を比較して見ると、明かに Churri 系の名称の方が勝っていると思う。一体 Subartu なる名が特に目立って出るのはバビロニア・アッシリアのアッカド語のテクストのみである。スバル語の文書には全く出ないし、ヒッタイトの文書ではアッカド語で書かれたもの、或は少くともアッカド語の影響を受けた文書に見出されるだけである。これに反して“churri”とか“churriter”とかの名はヒッタイト及びスバル自身の文書に極めて優勢で、しかもアッカド語の文書には見出されない。又旧約聖書に出る名（Choriter）を考え合せて見ると、“churri”とはその民族の自称（ヒッタイト人もこれを採用す）で、“Subartu”とはその同一民族をアッカド人が呼ぶ名前である事が分るのである。以上は Friedrich の考えであるが、唯一つ疑問になるのは、彼自身も注意している通り、ラス・シャムラから掘出されたスバル語（或はフリ語）の文書に hrj と šbr とが並んで出ている事実である。

けれども、いずれにせよ Subartu が紀元前 3 世紀、churri なる名が 2 世紀から現れるという一事を以て Ungnad の如く churri を時代的、地理的に限定されたものと考えるのは早計たるをまぬかれないであろう。

言語の方面では残念ながらスバル語に関する知識は未だ全く断片的であるに過ぎない。併しながらその僅かな知識の獲得も本書の著者 Ungnad 等の撓まぬ努力の結果はじめて成されたのであった。特に Ungnad はスバル語で書かれた Gilgamesch-Epos の断片をミタニ語の知識を助けにして解釈する事に成功したのである。ミタニ語を利用してスバル語のテクストを解読し得た

最初にして唯一なるこの紀念すべき解釈の記録はアッシリア学雑誌（Zeitschrift für Assyriologie）N. F. 第一巻に発表されている。但しこの断片のテクストは更に正確な形で Joh. Friedrich の Kleinasiatische Sprachdenkmäler S. 34-35 に Transskription が与えられている。

さて本書に於ては言語に続いて Subartu の宗教と人種の問題が取上げられていて、非常に興味があるが、今はこれを省略し、最近の一大論点たる Arrapḫa-Nuzi の原語とスバル語の関係に就いて一言したいと思う。

元来 Speiser 等の意見では（1）ラス・シャムラから出たスバル語のテクスト（2）Boghazköi から出たスバル語の資料（3）所謂「ミタニ」語で書かれた Tušratta の手紙（4）その他のアマルナ文書に出る諸関係要素（5）Nuzi から出た資料の中でセム語に属さぬものの大部分、此等五つの資料は結局唯一つの同じ言語を表わしていると考えられている。その言語とは “Hurrian”（即ち Ungnad の言うスバル語）である。それ故、紀元前二千年紀の中頃に於て Nuzi の substratum をなす重なものはスバル語であると云う事になる（但し古アッカド時代はそうではない。これに関しては Meek, HHS. 参照）。

然るに Oppenheim は 1936 年 Archiv für Orientalforschung II に於て此説に反対し、Arrapḫa の言語と親縁関係のあるのはエラム語 Elamisch であろうと言う説を立てた（それに就いては更に OLZ 1937 Sp I[2]）。但し Oppenheim はなお Bork と共に、エラム語とスバル語とが遠い親縁関係にあるのではないかと考えているので問題はますます複雑になっている。

併しともかく彼がエラム語との関係を考えるに至った根拠は、

多数の Nuzitexte の書記がアッカド語の動詞の形を誤用していると言う点にある。かかる誤用はそのアッカド語を書く人の Muttersprache が動詞の Objekt を Präfix で表わし、Subjekt を Suffix で表わすと言う構成を持つ事を前提とする、然るにスバル語には Präfix は全く存在しないから、親縁関係の可能性のあるのはエラム語のみであると言う。けれども動詞形の誤用と云う唯一つの点からエラム語と関係させようとするのは、Friedrich も言う通りすこぶる根拠薄弱と言わなくてはならない。併し Friedrich 自身は、Nuzi のテクストが「彼女の息子」と云う場合に mār-ša と書くべきところを誤って mār-šu（彼の息子）と書いているところから推して、これを書く人の母国語は男性と女性の区別をしていなかったのであると云う点は認められると言っているが、これも大いに疑問とすべきところであろうと私は思う。ša と šu とを間違えたからと言って直ちにその substratum に男性・女性の別がなかったのだとは考え難い。これは寧ろ Friedrich が、Nuzi の substratum は男女の性別なきスバル語であると確信しているから、すぐこう考えて了うのであろう。私の考えでは、Nuzi のアッカド語の混乱せる形を説明するためには、何でも標準的アッカド語と違うものはすぐにセム語以外の substratum に持って行かずに、もう少し他のセム語の影響も考えて見なければならないと思う。Speiser も注意している事であるが、Nuzi のアッカド語は言語上は純粋なバビロニア語でもアッシリア語でもなく、又この二方言の混合でもなくて、其処に West Semitic の影響が甚大であることは Nuzi の語彙を一見しただけで明かである（その一例。当時のアッシリアでは “threshing floor” を表わすのに adru［アラミ語 iddār］なる語を用いて

いたがNuziでは却ってWS *grn* から出たmagrattuと言う語を用いている)。従ってオックスフォードのG. R. Driver（及びMile）がNuziのアッカド語を“Middle-Babylonian”等と呼んでいるのは全く不当である（cf. Driver-Mile : The Assyrian Laws)。

それはともかくとして、Oppenheimのエラム説は直ちに、Friedrichの反駁するところとなった（ZDMG. 1937)。Arrapḫaに於てもスバル語が話されていたと言うFriedrich及び他学者の説は次の五つの点を根拠とするのである。

(1) Nuziの人名の内、セム系以外のものを見るに、僅かのものは何処の言葉か分らぬが、大部分は我々が既にスバルの人名として知っているものと名前の要素に於ても構成法に於ても完全に一致する。更にそのtheophore Personennamenは他のスバル領域に於て既知なる神の名を含んでいるのみならず、Kiribšeriとか Nuišeriとか Arih(h)urmeとか言う名にはŠeri、Hurri等の極めて特殊な神まで出て来る。

(2) Nuziには明かにsubaräischer Wortschatzに属すと思われる語がある。例えばBhoghazköi及びRas Schamraに出るauri-(“Feld”)がNuziではa-ui-i-ruとして出ている。

(3) 音の上で一致点がある。例えばStammの最後に来る-iは所属を示すSuffix -hiがつくとuに変る。Ḫatti—Ḫattuḫi（=chattisch）ašti（=Frau）—ašduḫi（=weiblich）等がBoghazköiの文書に見られるが、それと同じくNuziの方ではLubdiの都のIštarの事を^{d}Ištar Lu-ub-tu-ḫiと言っている。

(4) 文法上の一致。「汝の」を意味するattu-kaの代りにNuziではよくatti-ḫuなる形が見られるので、この言語には-ḫu（=dein）と言うSuffixのあった事が分る。しかるに此の-ḫuは既

にアマルナ文書のスバル語註に qa-tiḫu（qa-ti-ḫi）＝アッカド語 ana šēpē-ka（汝の足下に）として知られている。（Bork, OLZ 1932 Sp. 337）

（5）Oppenheim が OLZ 1937 Sp 1-6 にて取扱った数詞は少くともその一部はスバル語に現れている。*sin*(*t*)-（2）——参照 ZA. NF 2, S. 282 ; Messerschmidt : Mitannistudien 66. *tumni* ——ミタニ文書に出。Bork はこれを 3 と考えた（OLZ 1932）が、Speiser は 4 とする（JAOS 56)。ともかく此 tumni に -lla（=eos）が附加され tu-um-ni-il-la として Nuzi に発見される。其他の数詞には疑問があるが、いずれにしてもそれがスバル語なる事は疑いがない。

なお Oppenheim のエラム説は Friedrich に次で Speiser により更に詳しく論議された（AASOR 16, 136 ff）が最近では Oppenheim も再び説を改めたそうである（Speiser: Hurrian Phonology, JAOS 174, note 9 による)。——30, Dec. 1938——

Harris Zelling S. A Grammar of the Phoenician Language（American Oriental Series, vol 8）New Haven, 1936.

Paul Schröder の Die phönizische Sprache は 1869 に出版され、既に古典の領域に入ったが、それ以来フェニキア語に関する新材料が多数に発見されたにも拘らず、全体を概括する文法は一冊も書かれなかった。特に Byblos inscriptions と Ras Shamra tablets との発見によってフェニキア学は非常に促進され、学界の興味の一中心をなすに至った現在、新しくフェニキア語の文法が書かれたのは寧ろ当然の事と言わねばならない。

本書は本来のフェニキア語、すなわち所謂 Phoenician alphabetic inscriptions のみを中心としてフェニキア語を通観したもので、ラス・シャムラの言語とアマルナ文書のカナン語とは参考資料として用いられているに過ぎぬ。これは一見、甚だしく我々の興味を殺ぐ様であるが、此等の未だ不確実な材料を余りに重要視して之を多く論ずるならば結局仮定が多くなり、却って思わしからぬ結果を来すであろう。故に此点に関しては著者の態度は正しいとしなければならぬ。

本書は普通の文法書通り、序文（資料の説明、フェニキア語の位置）に始まって音韻論、形態論、スィンタクスの順に進んでいる。元来、フェニキア語全体の概観であるから、特に注目に価する卓見もなく、又重大な誤謬もない。私は次に二三の点を取上げてフェニキア語に対する著者の態度を調べて見たいと思う。

1、フェニキア語の位置　著者は先ずパレスティナ及びシリヤ沿海地方の諸方言を一括してカナン語 Canaanite なる名称を採用し、アラミ語に対立せしめ、その内でラス・シャムラの言語を North Canaanite とし、アマルナ文書に現われるものを South Canaanite とする。そして本当のフェニキア語を Middle Canaanite と呼ぶ。この分類法は Albright（J. P. O. S. 14［1934］）が本来のフェニキア語まで南カナン語と呼んでいるのと一致しない。然しこれは著者も注意している通り、本来のフェニキア語と、パレスティナ本土の “less urbanized people” の言葉との間には著しい違いがある点から見て著者の方が正確であると思う。又、彼がラス・シャムラの言語を North Canaanite とするのは、それがフェニキア語及び南カナン語に対立してアラミ語と多くの共通点を有するので、この共通点は北部地方に於ける後期の

言語変化によるものであろうと考えるからである。

2、ラス・シャムラの言語　ラス・シャムラの言語がフェニキア語と密接な関係がある事は特に著者の言を須つまでもないが、彼はそれが恐らく発生的にも関係があるであろうと考えるのみならず、更に幾つかの文体的類似点をも共有せる事を指摘している。但し後に一寸触れる通り彼は術語を何等規定せずに使用するので、この “stylistic similarities” とは一体何を指すのか明かでない。それは兎も角、彼の根本的な考えは次の言葉によって明らかである——Ras shamra reveals ...... an earlier linguistic stage（e.g. narrative use of the imperfect; absence of ā́＞ṓ） and seems to have undergone, perhaps in common with other north-Syrian dialects, certain sound changes which did not reach Phoenician proper（d̠＞d ; possible a’＞e’）——§21

3、スィンタクス　私は本書のスィンタクスの章まで来て全く失望せざるを得なかった。今日の如く言語理論が進歩した時代に於て、かかるものが書かれたと云う事は不可解である様にも思われる。併し此は本書一冊に限られた小さな問題ではなくして実はセム語学全体の弱点を暗示する大問題なのである。Arthur Ungnad はその Syrische Grammatik の序言に於て、シリア語を言語学的に研究する人の余りに少い事を嘆じているが、其は決してシリア語だけの事ではない。セム語全体を通じて、例えばイスラム研究のためのアラビア語、聖書解読のためのヘブライ語、歴史資料としてのアッシリア語の如く、この語族を研究する人は多く、又言語資料も豊富であるにも拘らず純粋に言語学として之を研究する人は意外に少いのである。そのためセム学に於ては言語理論の方面が全く等閑に附されている。セム

語の領域に於ける実証的成果を基にして自己の言語理論を樹立せんとする様な気概のある学者は殆んど皆無であると言っても過言ではない。のみならず、単に実証的事実の穿鑿にのみ留って、他人の一般的言語理論に注意する事も少く、従って音韻論の如き部門に於ては欠点が目立たないが、事ひと度スィンタクスの如く理論的立場を要する場合に当面すると忽ちその弱点を暴露せざるを得ないのである。かの Brockelmann の大著 Grundriss はセム語学を印欧語学の水準にまで引上げたものだと云うが、私は少くともその第二巻に関しては此評言は正当でないと思う。彼の見解は部分的には時に非常に優れた洞察力を示し、幾多の示唆に富んでいるが、全体的には単にヴントの体系をそのまま取入れて、それにセム語の事実を当嵌めただけで、皮相的なところが少くない。

もとより Syntax とは何かと言う問題は John Ries の “Was ist Syntax?” や、それに対する Emil Winkler の批判（Sprachtheoretische Studien）等を見ても、之に対して完全な解答を有つ事が如何に難事であるかは明らかではあるが、いやしくも言語学者として具体的言語の文法現象を論ずるには或る程度まで明確な自己の態度を持つ事が必要であろう。

本書の著者はスィンタクスの章に僅かに二頁足らずしか当てていない。そしてこれはフェニキア語の資料が不完全だからであると言っているが、実はそれよりも寧ろ著者の態度の不完全なるところに起因する事は、その資料を我々が自分で見ればすぐ明らかになる。第一、著者が何を以てスィンタクスと考えているかは、この 2 頁の中に色々なものが無統一に入れてあるのですこぶる曖昧であるが、主として個人的 style を意味してい

るらしい。言うまでもなくフェニキア語の資料は殆んど全て descripitive な刻銘であるから、かく解するならばそのスィンタクスは全く内容を欠くことになるであろう。

かかる状態故、彼が Morphology と呼ぶところのものも余り明確でなく、その中には我々がスィンタクスと呼んでいる様なものまで雑然と混入している。

要するに本書はフェニキア語の大体を通観せしめる目的は達していると思うが、少し厳密な文法学の立場から見れば極めて不完全であって、本書を以て今日の標準的なフェニキア文法書となすには足りないと言わなければならぬ。

又、実際上の問題として、刻銘のアルファベットを筆写なり写真なりで示して置けば初歩の人々に有益であろうが、本書に於ては全部ヘブライ文字に転写されている。

ただ巻末の Bibliography は所々に散在する材料を詳細に調べて分類してあるので非常に便利である。

ハイドン編「回教の現在と将来」

急激に変転して止らぬ現代社会に於て、宗教は従来の位置に悠々としている訳には行かなくなった。宗教は抽象物ではない。それは民衆生活の動きの中に深く根を下ろし、此と共に推移して行くものである。現に莫大な信徒を数える回教は如何なる動きを見せているであろうか。果して回教は現代の所謂 modernizing process に対して自らを適合せしめるであろうか。或は又この猛烈な動きに反して古来の伝統にのみ拠ろうとする悲惨な努力を続けるであろうか。此の問題に答えるため、今私は A. Eustace Haydon 編にかかる Modern Trends in World-Religions の回教の部を取上げて見た。もとより、一見単純に思われる此の問題は、実は極めて解答困難なもので、本書の筆者等が言うところも結局問題の提示に留って、決して根本的な解答にはなって居ない。又問題の性質上、本書の所論を学術的批判の対象とする事は出来ない。故に私は以下の解説に於てただ書かれてあるままを紹介するにとどめる。

さて現在の社会情勢と回教との関係を調べるには、先ずそれに先立って、現代の如き劇烈な社会変動期に入る以前の回教社会一般の特徴を一応考察して置く必要がある。

従前の回教社会の最も重要な特徴はそれが徹頭徹尾宗教的であると言う点にあった。神の意識があらゆる人間のあらゆる行動を規定する、これが回教世界の他に類を見ざる特徴であった。回教社会では法律は議員、或は人民から委任された委員の手によって作成されるのではなく、神の啓示たるコーランに基くものである（此を「神聖法」sharīʻah と言う。）

何れの都市に行っても美しい回教寺院の尖塔が空高く輝き、子供等は唯一の教育所たる寺院に通って神の聖なる言葉を教わるのである。子供が病気になれば母親は急いで道士のところへ駈けつけて、まじないのコーランのテクストを受けてくる。人々の間に議論・論争が起るとき此を裁く Kadi は聖なる書及びその註解に精通せる学者である。かくして全面的に宗教的色彩の濃い回教社会は直接宗教とは関係なき部門に於ても宗教の勢力の支配をまぬかれないのである。例えば戦争の庭に、異教徒を斃さんとして死ぬものは直ちに天国に入るとの固い信念あるが故に武人は古来、実に深い尊敬の的であった。又回教徒があれほど銀行家を侮蔑の目を以て眺めたのは、彼等がマホメットの教えに反して利息を取って金を貸しそれによって富を作り上げるからである。従来、回教社会に於て経済上、商業上の事業が如何に軽蔑の感と共にユダヤ人、ギリシヤ人、アルメニア人等の手にゆだねられて来たかを考えれば此辺の事情は想像に難くないであろう。のみならず回教に於ては施物は極めて重要な義務の一つになっている。特に宗教上の目的で行われる大きな寄附（所謂 wakf）に至っては他の宗教が殆ど此に類するものを有たぬ程大規模のものである。利己的な、反社会的な私有財産の堆積はイスラムの精神によく合致するものではなかった。

更に特に注目に価するのはイスラムに於ける道徳上の極めて高い標準である。回教徒は常に全く徹底的 prohibitionists であり、彼等の間に於ては何時の時代にも清教徒的色彩が濃厚であった。アラビアの多妻制の如きも元来は反社会的な売笑の行われる事を防止する目的を以ていたもので、此によって過剰な女達は売笑婦に身を落さず、社会上立派な地位を得る事が出来たのである。

もう一つイスラムの社会秩序の大きな特徴は階級及び皮膚の色の区別を全然つけない事である。教祖の時代以来色々の人種が西に東にこの信仰のプロパガンダに努めたのである。あらゆる回教徒は神の前に全く同等であると言うのがその根本的主張であった。

若し回教世界が以上の如き美点のみに恵まれていたのならば、それは今日の動揺せる世代に於ても依然として時流に超然たる態度を取っていられたかも知れないが、此等の特徴は必然的にその反面に重大な二つの欠陥を発生せしめたのである。その一は極端な宿命論的人生観であり他は自己に対する過信である。

神は全能にして遍く存在し此世にありとあらゆるものは神の意志によって、かく在るのである。アラーの全能遍在観は極端にまで推し進められて、全ての発展進歩、全ての失敗退歩、悉く超自然的な力に帰され、人間は如何なる時、如何なる処に於てもアラーの力にひたむきに倚りすがる他に為すべき事を知らぬ。かくて、全て現状（status quo）は神意の作り出せるもの故、人間はこれをそのまま受け入れねばならぬと言う宿命論が回教徒の人生観、世界観を一色に塗りつぶして了ったのである。

第二の欠点たる自己の優越性、確実性に対する過大な評価は、

イスラムが過去に於て数多の征服をなし、多数の知的業績をあげた事実に歴史的に裏づけられ、遂には回教徒は全て西欧の新発見や技術上の進歩を全く無視するか、或は少くとも軽蔑する態度をとるに至った。

以上の二因子によって内外共に刺戟を失ったイスラムは最近に至って突然巻き起った全世界の変動の大波に襲われて、恐るべき混乱状態に陥ったのである。

激変は主として世界大戦以後であった。もともと発生当初以来、表面的には大きな統一を形成しながらも、内部では分裂に分裂を重ねて来た所謂イスラム世界は、ますます統一を失って分散し、而もその各々が皆自分で此の新時代に適合して行かねばならなくなった。商工業、教育其他あらゆる文化的社会的方面に於て、実にめまぐるしい動揺を示している現状に、極めて短時間の裡に自らを適合せしめんとすれば混乱と不合理とが一時に生ずる事は初めから明白である。

新状勢に対する回教世界の運動は勿論決して一様ではない。それは地域的に見て大体四つに分ける事が出来ると思われる。

1、ロシヤ、バルカン半島の如くイスラムの中心から遥かに離れ既に回教は絶滅の道を辿っている地方。

2、イェーメン、アフガニスタンの如くイスラムは旧来の面目を保持してはいるが比較的沈滞しているもの。

3、トルコ、ペルシヤ、北アフリカの一部の如く地域的理由及び民族主義的力に依って回教を変形せしめ、これを民族主義的運動に適合せしめんとしつつある国々。

4、エジプト、近東のアラビア諸国の如く民族的差違がそれ程劇しくなく、未だ根本的な利害関係の共通性が破壊されず、

共通の習俗、共通の言語が保たれているもの。

併し乍ら変化の程度に差異はあれ、ともかくその変化の最大特徴は一の社会層から次の社会層へと宗教の支配力が取除かれ、嘗てはあらゆる社会層に透徹して社会的、個人的行動の全てを動かしていた宗教が次第にその領域をせばめて、遂には個人の意識だけのものになろうとする傾向である。この傾向の最も強く現われているのは勿論トルコである。トルコではイスラムの旧制度は全く社会的支配力から絶縁され、単に西欧に於ける教会位の力しか持たなくなって了った。但し他の回教国が全てトルコの範にならうか否かは、すこぶる疑問であって、回教は、かく社会進歩の敵と見做される様になる以前に寧ろ自ら進んで近代文化に自己を適合させて行くだろうと思われる。しかし、いずれにしてもトルコ以外の国々に於てもかかる進歩的傾向が可成り著しく働いている事は、例えばカイロのアズハル大学の新しい近代化、又インドに新しく建てられた諸大学（特にAligarh 大学）の傾向、更に Y. M. M. A.（Young Men's Moslem Association）の如き運動を見ても明らかである。ともかく旧来の宗教上の権力なるものは、若しそれが現代の人間生活の進展を妨げるならば全然立ち行かなくなると言う事だけは確実と考えてよいのである。

大改革の例は余りに多すぎて選択に苦しむが、茲に二三の例を出して考察の一助として見る事にする。そのいずれの場合に於ても、前述せる通り改革は必ず宗教の権力の減少を意味する。

1、神聖法（sharī'ah）

従来回教法の根幹をなしていた此の神聖法は個々の独立国が近代的な主旨を基として、各自の憲法を制定し始めたのにつれ

極めて大きな変化を受けざるを得なかった。エジプトは過去数年間、既に古くなった法律制度に近代化の補綴をあてようとして懸命の努力をしている。トルコはアンカラ政府以前には、その法典を現代に合う様にしようと長い年月をかけて居たが、アンカラ政府に至ってこの無益な企を全く放棄し、1924年、スイス、イタリア、ドイツ等の近代法典を採用した。法律は神の啓示に基くと言う思想は無くなって、「政府は全く無制限無条件にて国民に属し、行政体制の基礎は人民が自己の運命を厳密に且つ確実に支配する点にある」と言う規定が公けにされている。ソヴエート聯邦に於て此神聖法が如何なる形をとっているかは推測に難くないであろう。

2、教育

新文化の影響を全然受けぬ地方は別として教育は一般にモスクの専有物ではなくなった。回教世界を通じて教育、特に西欧洲の教育に対する熱望が日に日に強くなって行くのである。ところが宗教的な教養しかない教僧はかかる知識を授ける資格もなく、又資格はあっても之を潔しとしないので、多くの国々では寺院以外の俗系の学校が幾つも建てられ、此等の学校の教師達の教育の原動力はメッカより寧ろパリ、ベルリン、ロンドン、モスコウ等から来ているのである。トルコでは前代の人々が想像も出来なかった男女共学制度さえ行われつつある現状である。

3、医術

医術の改良もまた注目に価する。従来病気はアラーの意志の現れとして、人の生死は全くアラーの手にゆだねられ、此に対しては人力は如何ともすべからずと言う宿命論的な人生観が医療手段の発達を著しく阻害していたが、かかる見解は西欧の医

学知識の漸進と共に次第に後退し、道士の家や神堂は次々に療養所、病院等に姿を更えて行くのである。

4、商業

回教徒は一日一日と西欧の商業、経済の諸方法に関心を抱き、今まで長い間軽蔑して顧ず、キリスト教徒やユダヤ人の手に委せ切っていた此等の部門を自らの手によって開拓せんとしている。彼等は銀行経営は勿論、嘗てはイスラムの主旨に反するものとして極端に蛇蝎視していた高利貸まで盛んに行っている有様である。併し此の方面の事にかけては回教徒よりも多年の経験を有つユダヤ人やキリスト教徒の方が遥かに優れている事は言を俟たない。其故、かかる非回教徒に敗れぬために例えばトルコの如き独立国は法令によってトルコ人以外の人々が国内に於て商売する事は事実上不可能となる様にはからっている。又、経済上の問題が如何に人心を占めているかと言う事は欧洲の習慣にならって日曜日を休日とし、金曜日は仕事を休まず、回教徒のみが金曜日に株式方面で休業しなくともよい様にしている、その一事を以てしても分るのである。

5、遊牧生活から文化生活へ

もう一つ興味ある変化は、近代に至って回教徒が次第に遊牧生活を離れ近代的文明都市の生活に変りつつあることである。本来沙漠の住民たるベドウィネンは現在非常な速力を以て都会生活者及び農業経営者により駆逐されつつある。特にペルシヤでは油田を中心として遊牧民は次第に定住民となりかかって居る。

6、軍事に対する関心

嘗てはアラビア沙漠の花と言われ、男子の名誉之に過ぎるも

のもなかった武人の勢力は著しく減退し、殊に若い回教徒等は軍職に何等魅力を感じなくなって了った。平和主義の主張、即ちイスラムの精神は愛の精神であると言う叫びが特にインドでは極めて強調されている。

7、家庭生活

家庭生活の驚くべき変化、とりわけ女性の地位の変化については世人の既に親しく知るところである。今では回教世界には酒場やカバレーの類が多数に侵入して女性の隠退的な風習を破り、更に結婚に関してもトルコでは卒先してスイス民法を採用して正式に一夫一婦制とし、多妻制度は茲に蔭をひそめるに至った。

以上七つの改革を通観するに、結局其処に現われているものは宗教の権限の縮小と、科学的実践的精神の導入との二つであると思われる。

かつて回教世界の現状のみを見た西欧の人々はイスラムを以て近代的科学的思考能力に全く欠けたものとなしたが、実はこれが現在を見て過去を見ざる者の犯す誤りである事は歴史自らがよく証明するところである。

例えば哲学の方面では al-Ghazālī（died 1111 A.D.）の如き人は有力な正統派神学者であるけれども、同時にまた科学的精神に於て卓越していた。彼の主著の一たる「哲学者の衰頽」は英国の哲学者 Hume を思わせるのみならず、Kant をもしのばせるのである。彼がカントより七百年以前の人なる事を考えると、カントより先に「純粋理性批判」を書いたものは Ghazālī であると言えるかも知れない。

又北アフリカのアラビア人 ibn Khaldūn は今日の意味に於け

る社会学に余程近いものを考え出している。世界最初の実践的社会学者は西欧人ではなくて寧ろハルドゥーンである。しかも此が北アフリカに於てコロンブスのアメリカ発見以前に起ったのである。

回教世界は19世紀に至って世界の進歩と歩を合せず不幸にして西欧諸国に遥かに後れる結果にはなったが、其処に真の科学的精神を有せる人が出た事は上の二例に於ても充分知り得るであろう。

一時、文明に遅れた回教世界自身がこの自己の状態を自覚し始めた。己れが他に劣ることを自覚するとき優れた資質を有する民族は必ず之に反動し、その劣れるところを改善せんとする。かかる動きが現われて例えば、十九世紀初頭コンスタンチノープルに於ける Mahmud（The Reformer 1808–39）や Cario に於ける Mehemet Ali（1805–49）の改革運動となる。一度口火を切られた覚醒の運動は驚くべき速力で回教世界に弘り、例えば印度では Sir Saiyid Aḥmad Khān が Aligarh College を建てて西欧の科学と東洋の知識の結合を図り、エジプトでは Sayyid Jamāl al-Dīn al-Afghānī 及びその最も有力な門下生 Muḥammad ʻAbduh が周知の如き有力な運動を起した。又現代のアンカラでは Mustapha Kemal が自国に近代文化とその科学精神とを導入せんとし、アラビアでは、Ibn Saoud が従来夢想だにしなかった様な近代文化の産物（自動車、戦車、無電、飛行機、近代的経済・商業組織、出版所等等）をアラビアに入れ、カイロに於ては Ṭāhā Ḥusayn が有名な運動を起した。かくして回教世界の現在の活潑な動きを見、更にそれが過去に於て産み出した輝かしい幾多の業績と、優れた学者とを顧る時、今後のイスラム世界の人々は立派に近

代科学を取入れて之を自己のものとし、新しい将来に向って前進し得ると言わなければならない。

併しながら問題は之にとどまらないのである。若し近代科学の導入が宗教心の後退であり、新しく為される社会的改革がすべて宗教とは正反対の方向を取るものならば、回教自身はどうなるであろうか。回教国は自らを近代的西欧文化に適合させる事に於て回教国たる資格を失って行くのであろうか。宗教としてのイスラムは今後凋落の一路を辿るのみであるか。全て此等の問いに対する解答は本書の何処にも与えられては居ないし、又事実、此の問いに答える事は学問の領域内では不可能である。

［Modern Trends in World Religions, ed. by A. Eustace Haydon（Chicago, Illinois 1934）］

最近のアラビア語学——新刊紹介〔言語研究　第三号〕

S. Hillelson: Sudan Arabic Texts (1935)
M. de Aldécoa: Cours d'arabe marocain, I–III (1931–1936)
May Butcher: Elements of Maltese (1938)
E. E. Sutcliffe: A Grammar of the Maltese Language (1936)
Gaudefroy-Demombynes et R. Blachère: Grammaire de l'arabe classique (1937)

Hillelson S.　Sudan Arabic Texts, Cambridge 1935

現代のアラビア諸方言の内で、やや "koinē" と呼べそうな中心的言葉を有っているのはエジプトだけである。エジプトではカイロ方言を基にして、教養ある階級の作り出した言葉が全ての provincial dialects を圧倒して、現在ではカイロのアラビア語を知っている旅行者はエジプトの何処へ行っても先ず不便は感じない程になっている。併しそれとても、教養ある階級の文学趣味なるものが極めて低級なもので、到底それによって優れた文学が生れる様な状態ではなく、昔日の華かなアラビア文学を識る者には淋しさを禁じ得ないのである。かかる有様であるから、一口にシリアのアラビア語とかエジプトのアラビア語とか

言っても、それは極く概括的な名称で、その一つ一つにはまた多数の local patois が存在していて、言語学者にとっては興味もあるが、また同時に非常に調査困難な状態にある訳である。本書に取扱われている Anglo-Egyptian Sudan の方言もその例に洩れない。現在ではスダンでも既に近代的政治・経済状態の centralising な力が相当に働いてはいるが未だ一つの明確に規定された標準語を作り出す迄には至って居ない。また洗練された文学語の如きものが発生する余地は殆ど無い。

本書は 1930 年に "Sudan Arabic, English-Arabic Vocabulary" を著した稀に見る有能の人 Hillelson が、スダンの土語の上述せる如き種々のタイプを例示する為めに色々な種類のテクストを選出し、それに翻訳を附け、更に此の地方の特殊の語彙のために Glossary を加えて編纂したもので、出版されるや、直ちに各方面から、珍らしい名著として多くの賞讃を与えられた。

選ばれているテクストは次の通りである。

1 Proverbs 2 Riddles 3 Folk Tales 4 Nursery Rhymes 5 Anecdotes 6 The Saga of Shā' al-dīn Wad al-Tiwaym 7 The first aeroplane in the Sudan 8 Sketches of Gezīra life 8 Stories of the Rubāṭāb 9 An Arab's advice to his fellow-tribesmen 10 Tribal gossip 11 Kordofan jottings 12 Extracts from al-Murshid al-Sūdānī 13 Letters from the Khalīfa Abdullāhi to negro chiefs 14 Verse 15 Prophecies and sayings of Shaykh Farah Wad Taktōk 16 Extracts from the Tabaqāt of Wad Dayfallāh

中でも最後の Tabaqāt（本当のタイトルは Kitāb al-ṭabaqāt fī khuṣūṣ al-awliyā wa al-ṣāliḥīn wa al-'ulamā wa al-shu'arā' fī al-Sūdān）等は難解で普通の学者には近付き難いとされているものであるが本書の語彙と脚註の助けによって、我々も此の言語学上極めて重要なテク

ストの一部を読む事が出来るのである。また 12 の al-Murshid al-Sūdānī は Yūzbashī ʻAbd al-Qādir Mukhtār が編案した教育劇で 1910 年頃上演されたものだそうであるが、その台本はヨーロッパでも入手し難い貴重なものである。特に其処に出て来る人物の内、無学の連中の喋る言葉はその土地の土語まる出しで、実に面白い。

ともかく此だけ多方面のテクストを巧みに選出編纂し一般の学者に提供してくれた著者の手際には全く敬服の他はない。

なお巻頭の Introduction ではスダン方言の特色を発音、文法（代名詞、動詞、名詞、前置詞、助辞）に亘って要領よく説明し、随処に比較言語学上の知識を入れる等、本当に此地方の言葉に精通し、しかも学問的見地を離れぬ人にして初めて為し得る仕事で、正に最近五年間位のアラビア学界に於て第一に推さるべきものである。

但し本書も、相当に現代アラビア語に通じた読者を予想しているので、古典アラビア語だけの人や、全然アラビア語を知らぬ人には本書は難し過ぎる。そう言う人は、先ず G. J. Lethem の "Colloquial Arabic. Shuwa dialect of Bornu, Nigeria, etc (1920, London) か Worsley の "Sudanese Grammar" (1925, London) かを一読の上、本書に向う方がよいと思う。

Aldécoa M. de. Cours d'arabe marocain, I-III, Société d'éditions géographiques, maritimes et coloniales, Paris 1931–1936

アフリカのマロッカで現に話されているアラビア語を本当の初歩から普通の読書程度まで教導する目的で 1931 年に第一巻

を送り出した M. de Aldécoa の Cours d'arabe marocain は遂に 1936 年第三巻を以て完結した。

著者は Lycée de Casablanca の proviseur で、古典アラビア語に関しても実に要領よく書かれた Précis de grammaire arabe（arabe littéraire）と言う好著があるが、今度のマロッカ方言の講義はまた非常に優れた教本である。

一体現代アラビア方言は大別するとアラビア本土の方言、メソポタミア・バビロニア地方の方言、シリア方言、エジプト方言、マルタ島の方言、アフリカ方言の六つに分ける事が出来て、各々その地方土着の言語の影響や其他の理由から、相互に可成りの違いを見せ、同じアラビア語でも異る地方の二人の人は互に全く話しが通じない様な有様であるが、中でもアフリカの方言はベルベル語の影響を受けて、極めて特異な形となっている。殊にマロッカの方言は、音の組織も著しい変更を受け、文法上でも至るところに Analogiebildung が行われて、古典アラビア語だけを研究している者には非常に強く未知の感じを与えるものである。

アフリカの諸方言は従来どの程度まで研究されているかと言うと、既に 1800 年代も末の頃から言語学上価値のある研究が発表されている。その内でも Hans Stumme の Tunis の方言研究（Grammatik des Tunisischen Arabisch, Leipzig 1896; Tunisische Märchen und Gedichte, Leipzig 1893）、マロッカでは A. Socin の研究（Zum arabischen Dialekt von Marokko, Abh. der phil.-hist. Kl. der K. sächs. Ges. der Wissenschaft, XIV, 1893）等が比較的早くから知られていたがフランスでも W. Marcais が Le dialecte arabe parlé à Tlemcen, Grammaire, Textes et Glossaire.（Paris 1902）の如き名著を出し其後、入門書の類は多数

に出版されている。併し乍ら、マロッカ方言に限らず、広くアラビア語全体に亘って、M. de Aldécoa の本の様に巧に編纂された初等文法を私は他に一つも知らない。アラビア語の様に複雑な文法組織を有ち、あの様に親しみ難い文字を有する言葉にあっては、一番困難なのは学術的な高等な文法よりも寧ろ初等文法を書く事である。この点に於て私は本書の価値は実に大なるものであろうと思う。

本書の構造は、第一巻は 35 の短い課に分れ、易から難へ一歩一歩進む様に出来ている。そして此の一冊で文法全体が一先ず完了する。それと同時に一課に二つか三つ位ずつアラビア文字を覚えて行く組織になっている。文字の教え方等も実にうまいものである。第二巻は文法の復習と文章の構造に慣れる事を目的とし、アラビア語は全部アラビア文字で書かれている。vocabulaire の範囲も、多数の文例も先ず申分がないと言ってよい。第三巻は約 190 頁ばかりの全体をテクストだけにあてている。テクストは全部で 156、余り困難なものはなく内容も面白い。しかし私は此にもやはり glossaire は附けた方がよかったと思う。この本を教室で講義するのならそれでも構わないが、語彙も註も全然ないのでは独習者に対しては余り親切と言われない。然し、この短を補う一助として、同じ書店から出版されている辞引を推薦する事が出来る。

A. Belqacem Tedjini: Dictionnaire Arabe-Français (Maroc) 25 fr.

〃 : Dictionnaire Français-Arabe (Maroc) 37.50

小さなものではあるが、ともかく単語だけはこれで調べられる。

なお序ながらマロッカ方言の会話を中心とした入門書とし

ては、現在フランスのアラビア学の第一人者たる Gaudefroy-Demonbynes が L. Mercier と言う人と一緒に Manuel d'Arabe marocain (Paris) を出している。

Butcher May　Elements of Maltese, a simple, practical grammar, pronounciation in English Phonetics, Oxford 1938

現存アラビア方言の内でマルタ島の方言位特異な途を辿ったものは無いであろう。

アラビア語を学ぶ者にとって、マルタ島の言葉を知ると言う事は一つの全く新しい世界に入る事を意味する。マルタ島の文化は所謂アラビア沙漠のベドウィネンの文化ではない。その言葉はアラビア語でありながら、回教徒の言葉でなく、長い間イタリア文化の光を受けたキリスト教徒の言葉である。従って言語上ではイタリア語の甚大な影響を受けている。特に著しく目につくのは、文字がアラビア文字ではなくてローマ字が使用されている事である。もともと、セム語の魅力の一つは各々特徴ある美しい文字にあるもので、これをローマナイズしたテクストは実に殺風景な感じがするものであるが、それだけに、又一方から見ると初めてセム語を学習する人の第一の障害は此文字であるから、この点ではマルタ島のアラビア語が一番入り易いかも知れない。

Butcher の本は副題にもある通り本当の "practical" な文法で、比較言語学の立場からは殆んど無価値であり、歴史的説明は全く欠けているが、実用文法として、練習題の優れている事には感心せざるを得ない。大体、マクミランの Shorter Latin Course

の形式に従ったのではないかと思うが、ともかくアラビア語でよくこれだけの練習帳を考案したものである。若し学習者が本書の第二部 Recapitulary Advanced Exercises まで丁寧に読むならば、極めて多数の文例によって、この言葉の文章の構造が整然として頭に入るであろうと思う。価格も 3s. 6d. で安いし、印刷は例によって Oxford University Press の感じのよい活字である。

Sutcliffe Edmund F.　A Grammar of the Maltese Language, with chrestomathy and vocabulary, Oxford 1936

Butcher の本が文字通り "practical" に終始しているに反し、本書は同じくマルタ島のアラビア語を扱い、殆んど同じ位の頁数の文法書であるにも拘らず、その内容は全然違って、全く言語学的である。著者は Morphology の説明に当って常に歴史的、比較文法的説明を忘れない。巻末の Chrestomathy も少量ながら内容は面白いものが選んであり、研究のための Bibliography も非常に詳しい。ただ本書は初等の人には相当困難であろうと思われる。幸いに Butcher の本が出たから、この二冊を適当に読めば、マルタ島の方言は先ず正確に知る事が出来るであろう。

Gaudefroy-Demombynes et **Blachère** R.　Grammaire de l'arabe classique, Livre I. Morphologie, Paris 1937

本書はパリの東洋語学校名誉教授 Gaudefroy-Demombynes と同校教授 Blachère との共著で、アラビア語に対する確実な知識と、多年の経験によって最も科学的にして最も初学者に理解し

やすい形式の下に古典アラビア語の文法組織を叙述せんとしたものである。この二人の著者のアラビア語学者としての位置に就いては今更多言を要しないが、本書は更に、メイエが世に在った頃、彼と並んでフランス言語学界に輝かしい足跡を残したMarcel Cohenの指導を受け、その上William Marçaisの助力を受けると言う実に理想的な方法により書かれたもので、比較言語学者の立場からしても極めて興味ある著述と言わなければならない。

本書にMarcel Cohenの助力が加わっていると言う事は非常に重大な意義を持っている。それは本書に述べられている事実が、セム語学及びアラビア語学が現在までに到達した研究の結果の最先端たる事を保証しているのである。Cohenの影響は序文を初めとして本書の到る処に眼に附くが、例えば動詞のPerfectum—Imperfectumを《accompli》—《inaccompli》と呼び《… il est temps de rompre avec des habitudes de langage qui faussent la réalité des faits》と、はっきりした進歩的態度を示していて、学問のために喜ばしい限りである。

但し本書は未だ第一巻（morphologie）だけであるから、私は第二巻の出るのを待って、改めて詳しく論評したいと思っている。実は《accompli》—《inaccompli》にしても旧来の有害無益な伝統から決然と離れている点が共鳴出来ると言うのであって、その内容、即ちセム語の動詞の二大要素たる所謂Perfectum—Imperfectumが真にaccompli-inaccompliであるか否かに関しては、私個人としては大に異議を持っているのである。この名称の下に著者が如何なる具体的言語事実を意味しているかは勿論、第二巻に至って初めて明かになる訳であるから、私も今は私見を

述べる事を控えるが、実はこれが Cohen の大著《Système verbale sémitique》に従っている事は明瞭故、大体に於て予想に難くない。

それはともかく、第二巻は syntaxe 論で、西歴第七世紀の始から十世紀まで、即ちアラビア語が漸く固定して、あの絢爛眼を奪う如き文学を生み出す全盛期の、所謂 syntaxe pré-classique et classique を叙述する予定であると言う。この方面に於ける Cohen と Marçais との協力は実に注目すべき結果を齎す事であろうと思われる。

併し乍ら本書も亦、初歩の人が古典アラビア語を習得するに適した文法書ではない。序文を見ると、初歩の人に最も入り易い様に作ったと言っているが、実際は決してそうではない。例えば最初の発音の説明でも、既に動詞の十個の formes dériveés を知っていなければ理解されないのである。ヘブライ語の方では通常、理想的入門書と言われる Davidson の Hebrew Grammar が、私にはそれほど優秀なものとも思われないが、アラビア語ではそれに対応する程の初等文法すら今なお desideratum に止っている。

アッカド語の -ma 構文について

私はプラトンを読む度に *οἴεσθε τὶ ποιεῖν οὐδὲν ποιοῦντες* と言う仲間に自分も入っている様な気がして堪らない。私なぞは例のアポロドロスの悪罵に先ず第一にひっかかる部類の人間に属しているに違いないと思うと自分で自分が気の毒になって来る。今度の此の論文にしても決して最初からこの様な形で発表する積りではなかった。勿論計画は遥かに大きなものであった。今年の春、本誌の編輯の方から何かセム語に関するものをフランス語で書いて出して見ないかと勧められた時、私は迂闊にも早速承知して了ったのである。私はセム語の動詞の Perfectum-Imperfectum に関して、かねてから Marcel Cohen 流の説にも、又その反対の Hans Bauer 一派の考えにも大きな疑問と不満を抱いていたが、たまたま去年の秋 G. R. Driver の《Problems of the Hebrew Verbal System》(Edinburgh 1936) を読み、特にその第九章〈Hebrew Consecutive Constructions〉に於て彼が所謂 consecutive waw の waw とアッカド語の -ma とを起源的にも同一なりとする説（上掲書 p91–93）に可成り強く興味をひかれた。併し乍ら私には彼の証明は決して充分であるとも決定的であるとも思われなかったし、殊に G. R. Driver と言う人は、その所論は非常に面白いが、実は自分に都合のよい例だけを集めて来て立論す

る危険な傾向があるので、私は更に詳しく、果してヘブライ語のwa-とアッカド語の-maとは、スィンタクスの上のみでなく形態論上も同一物であるか否かを調査し、更に進んで此と密接な関係にあるcoversio temporisの問題、Perfectum-Imperfectumの正確な意義、特にアッカド語ではPermansivの表現価値の問題等を解決して見たいと思っていた。それで私は丁度よい機会だと考えたので此調査の結果を本誌上に発表する積りであった。ところが先ずエレミヤ記の例を初めから終りまで全部集めて見ると、Perfectum-Imperfectumだけに関しても正に疑問百出の有様となった。比較のため、余り人が利用しないけれどもアラム語系の内では最も重要なMandäischの動詞を調べるためJohannesbuchを読んで例を集めたが、疑問は益々増大するばかりであった。その内に、Ras Šamraの言語に就いても、次第に興味ある、長いテクストが順次に発表され、現にアメリカに在る一世の碩学Albrecht Götzeが早くもJAOS誌上にThe Tenses in Ugariticと言う大論文を書きセム語の動詞全般に対しても極めて影響する所大なる新説を提出する等、新しく調べなくてはならぬ問題は何処まで多くなって行くのか見当もつかない様になって了った。加之、私の個人に関しても此の四月以来身辺の瑣事が二重にも三重にも迫って来て到底、かかる大きな問題をゆっくり研究している事が出来なくなった。こうして私は不本意にも、問題を極度に縮めてアッカド語の-ma構文の本質だけにして、Perfectum-Imperfectumや、ヘブライ語のwawには全然触れないことにしたのである。

最初の大きな計画が次第次第に削り取られて、遂に-maと言うたった二字になって了ったのを見て私は我ながら苦笑を禁じ

得ない。アラビアの皮肉な格言に

rajul qatala asad fī al-jifās wa rajul qatala-hu al-fa'r fī al-dār

と言うのがあるが、考えて見ると、私もどうしても、此の「邸で泥鼠に殺される」方の一人であるに違いない。

併し言訳は言訳として、以下に述べる -ma 構文の意義、及び此に附随してセム語の Syntax 一般を支配する一つの大きな特色に関する私の意見は、現在セム語の文法組織に就いて私が抱懐している根本的な考えであって、此に対しては、この方面を専攻して居られる方々の厳正な御批判と、御教示とを切に願って止まない*。

* 以下に引用する例は全部 Ungnad 編の Babylonische Briefe と Luckenbill 編の Sennacherib の年代記（Chicago 版）から取った。実は、最初の計画ではバビロニア方言とアッシリア方言につき夫々もう一つずつ別のテクストを調査する筈であったが時日の都合上実現出来なかった。又 Epos の方言を全く無視したのも確かに欠点である。但しバビロニア方言ではハムラビ法典の例は前から一つ残らず分類して置いたが、茲には全然出さなかった。と言うのは、後で明かになる通り、私の分類は結果に於ては Ungnad のそれと殆んど一致するので、Kohler Ungnad: Hammurabi's Gesetz 第二巻の Ungnad の Glossar を利用する事により読者は自由にその例を私の説明と照し合せて検査する事が出来るからである。結局、調査するテクストを幾つ増加しても、単に例が多くなって実証的にしっかりするだけで、私の結論には少しも影響はない。なお私が利用した Babylonische Briefe（以下 B. と略）と Sennacherib（S. と略）に於ては、特にその前の三分の一位までは、テクストが傷んで居ない限り、殆んど出て来る例を全部採って、自分の説に好都合な例のみを集める通弊に陥らぬ様注意した。

*　　　*　　　*

如何なる言語に於ても副文、即ち、subordination と coordina-

tion との構造はスィンタクス上、非常に重大な意義を持っている。実際我々は少し複雑な思考を表現しようとする時、すぐ副文を用いる必要に迫られるのである。今茲に副文の発生や構成に関して一般的な説明を試る暇は無いが、簡単に言うと、いま例えば我々の精神が或る二つの観念間、又は二つの現象間に何等かの偶発的関係（例、時間上の偶然の一致）を認めた場合、これを言語で表現するには二つの文が相続いて使用される可能性がある。此が所謂 coordination である。ところが、多くの場合、我々はかかる共存と言う様な単なる外的関係を認めるに止らず、更にその背後に、或る何等かの論理的関係（例、原因・結果）を認めるものである。此時、二つの文は、ただ並置されるのみでなくて、その中の一つが他に対して従属的位置に立ち、二者相合して緊密な論理的構成を有つ構文法が成立する。これが所謂 subordination である。（以上、大体に於て Sechehaye による*。）

* Albert Sechehaye: Essai sur la structure logique de la phrase (Paris, 1926) Chapitre II, §1–2.

さてセム語に於ける coordination と subordination との問題は嘗て或る人々が考えていた程、簡単でもないし容易でもない。一般にどの言語でも、coordination の方が subordination より古いとすれば（Paul: Wundt II 308）セム語（特にヘブライ語）を langues《primitives》と考え違いした人が、此処に coordinadion の優勢なるべき事を初めから予想したのは当然である。かくてセム語には subordination（Unterordnung）は存在しない、或は存在しても、単に胞芽的形態に於て在るに過ぎないと言う、主として先入観に基く謬見が生ずるに至った。併しセム語を以て「原始」

語となす事自体が既に誤謬である事は今更言うまでもないであろう。

早くも 1885 年、Max Grünert はセム語の syntax に関する Whitney の極めて皮相的な見解を批判して次の様に言っている。

"Obwohl im semitischen Sprachkreise das Beziehungsverhältnis der Sätze zu einander im Wesentlichen nur das der Beiordnung ist, so wird doch durch die im Verhältnis zu der sonstigen Einfachkeit der semitischen Sprachen mannigfaltige Anzahl und Vielseitigkeit der Exponenten des Sätzeverhältnisses schon logisch-grammatisch auf ein Verhältnis der Unterordnung hingewiesen, ja die Mittel, die die einzelnen Sprachen zum Ausdruck dieses Verhältnisses bieten, werden auf Kosten der Deutlichkeit und Schärfe in der syntaktischen Auffassung nicht einmal in all ihrer Bestimmtheit verwendet.*"

* Max Grünert: Uber den arabischen Exception-Exponenten baida, Wien, 1885. S. 1.

序ながら問題の Whitney の言葉と言うのは "...... verbindende Partikel ...... als Mittel der Verschlingung und Unterordnung von Sätzen, der Periodenbildung, fehlen fast ganz; der semitische Styl ist kahl und einfach, die Sätze stehen unvermittelt neben einander"（M. G. 引用のまま）此の様な批評する気にもなれぬ様な意見を一世の大学者と称えられた言語学者が平然と述べていた時代と、現代の学界とを較べて見ると何人と雖も今昔の感無しには居られないであろう。

アッカド語に於ける -ma による動詞文の結合は此の言語の最も著しい特徴の一つであって、比較的早くから多くの学者により盛んに議論されたが、その多くは単に印象的解釈に留って、この構文の本質は依然として根本的に解決されていない。

実にかくの如き一個の particule が未だ完全に理解されていな

いと言う事に対しては、いささか奇異の感を抱かれる方があるかも知れないが、此はアッカド語のテクストを単に歴史上の或は文化史上の資料として利用している人々の間のみでなく、専門に此言語の文法組織を研究している学者の間に於ても、かかる状態なのである。しかし乍ら、丁度ギリシヤ語のテクストに散在する多くの particules を一々「意味がない」と称して棄てて顧ないならば、その文章から大部分の生命が遁れ去って了う様に、このアッカド語のテクストに無数に出て来る -ma を正確に理解せずしては、原文のニュアンスは捉うべくもないのである。

従って、今日まで数多く出版されているアッカド語資料の現代語訳は、この -ma だけに関しても正に無秩序、無統制の支配するところとなり、各訳者は自由に其の場其の場で勝手な訳をしている有様である。以下の本文に掲げるセナケリブの年代記の訳者 Luckenbill の如きは、かかる無責任な翻訳者の代表的なもので、これと一緒に用例の源としたバビロニアの手紙の訳者 Ungnad が、一字一句たりとも忽せにする事なく、よく原文の感じを活かしている驚嘆すべき手腕と比較して見ると、これが時代を同じくしている学者の仕事とは考えられない位である。

ともかく此問題を論じた著名なセム諸学者の内、Ungnad（Z. A. XVIII 67; Beiträge z. Assyriologie V 713–716）を除いては全部各自の母国語の現象に騙されている。すなわち Müller（Die Gesetze Hammurabis 252 ff.）Zimmern（ZDMG 58, 955）Langdon（Babyloniaca I）等は此の -ma 構文の意義をセム語の内部から（或はアッカド語の内部から）説明しようとせずに、彼等の母国語——英語や独逸語——に翻訳した場合の印象を分析し、それを反対にアッ

カド語の方へ投射しているに過ぎない。例えば Langdon* は、Rassam Cyl. II 79–80 の ana epēš Sal-Ši＋Dup-u-ti ana Ninā ūbilam-ma unaššiq šepēia はどうしても "having brought（his daughter etc.）to Nineveh as a concubine, he kissed my feet" と訳さねばならぬ、従って ma より前の文（英訳の having brought ...... に当る）は後の文（英訳の he kissed ......）に対して従属的であると言うのであるが、言うまでもなく英語とアッカド語とは別物であり、アッカド語を話していた人々は、かならずしも英国人と同じ様な物の観方をしはしないのである。英語で "having brought etc." と訳した方がよいからと言って、アッカド語の syntax でも第一の文が第二の文に subordinate であると言う結論にはならない。

＊ St. Langdon: The Particle Ma. Babyloniaca I の巻末にあるが、それよりも、同誌の抜刷 La syntaxe du verbe sumérien の末尾に付いているものの方が入手し容い。年代は可なり古く 1907 年である。

何故かかる誤謬が度々繰返されたかと言うと、それは -ma を一つだけ切り離してその価値を定めんとしたからである。一体ある一言語の syntax なるものは全体的に大きな傾向を持つ一つの組織体であって、その部分は言うまでもなく全体に対し密接な関係にあるものである。此事は現代の言語の如く Sprachgefühl の生きている場合にはそれほど重要でないが、何千年と言う時を距てた死語を解釈する場合には極めて重要である。若し此を無視するならば、今我々が問題としている -ma の場合の様に、如何に論争しても結局争いを裁断すべき基準はない訳である。

私は今、此 -ma 構文に対し全く新しい見解を提出しようとするのではないが、二つの良き保存状態にあるテクストを詳細に

調査する事により、その用法をアッカド語の立場から確定し、更にそれが古代セム語のスィンタクス一般を支配する特徴と如何なる関係にあるかを探らんとするのである。

*　　　*　　　*

セム語一般を通じて、思考の表現の最も著しい特徴は、先ず最初に表現せんとする思想の中心をなす idée を出し、それに続けて次第に此中心的観念を modifier し expliquer して行くやり方である。即ち或る思想の核心となり、全体の基礎となるものを首位に置き、それから此を展開させ、又は限定して行くのである。今、仮に語順に関して、文の第一位に被限定辞（déterminé）を置き、次に此を規定する限定辞（déterminant）を置く順序を régressif と呼ぶとすれば、セム語の語順は、その根本的な部分に於て régressif である。この語順は A ⟵ B で表わす事が出来る。（Jespersen の Analytic Syntax の記号を使えば 1.2.3...... となる）

例、 ^{A}toile ⟵ ^{B}blanche; ^{A}un monsieur ⟵ ^{B}[en redingote];

^{A}la verdure ⟵ ^{B}[encore grêle]（Maupassant.）;

^{A}die Erkenntnis ⟵ ^{B}der Schwierigkeit.

（文章でも同様である：^{A}(Dabei sah ich sie an, und auch sie kamen mir bekannt vor,) ⟵ ^{B}(während ich ihnen ganz fremd und gleichgültig zu sein schien.) Wilhelm von Scholz.

この A ⟵ B と言う図式に更に parole の方向をも加えて表現するとすれば、当然、AB 間に於ける相反する二つの矢に依って示される事になる。

A ⇄ B

茲で A から B に向う矢は言葉が次第に時間の線の上に展開

して行く方向を表わし、B から A に向う矢は上述せる通り parole の方向とは関係なく B が内的に有するヴェクトルを表わす。

これと反対に第一位に限定辞を置き、第二位に之によって限定され規定さるべき中心的観念を置く語順を仮に progressif と呼ぶ事にする：これを B ⟶ A で示す。(Jespersen の記号に依れば ......3.2.1)

例、der verlorene[B] ⟶ [A]Sohn. mit klarem[B] ⟶ [A]Auge.

πρὸς τὰς (τοῦ χειμῶνος)[B] ⟶ [A]*καρτερήσεις* (Platon)

(Statt Kranke zu besuchen,)[B] ⟶ [A](bin ich über die Kettenbrücke gegangen) Carossa.

上と同じく parole の方向も入れて表わせば、

B ⟹ A

序ながら一見して明らかである様に、此第二の語順、即ち progressif の方が第一の語順よりも一般的に Spannung の度が強い。そしてこの事は Stilistik 等では可成り重要な意義を持っている*。

＊茲に用いた progressif, régressif と言う術語は Charles Bally の Linguistique générale et linguistique française (Paris, 1932) のそれを借用したのであるが、私は考えるところあって、彼の用法を逆にして使用している。

さて形容詞或は形容句に関する限り概してドイツ語は progressif でありフランス語は régressif であって、それは Ch. Bally が対照させている例、

ein zwei Meter langer Tisch——une table longue de deux mètres (Ling. gén. et ling. fr. § 6)

等に非常にはっきりした形を採って現れているけれども、これはフランス語の語順とセム語の語順が内面的に同一だと言う

事を意味する訳ではない。フランス語では形容詞が名詞より後に置かれるのが普通であるけれども、都合によってどうにでもなる場合が非常に多いのである。

Il flottait sur Paris le pâle et frais azur des jours attiédis de l'hiver (Bourget);

Suivit une âpre discussion en russe. (Duhamel);

Il y avait eu un étonnant passage de rivière (Gide)

又ドイツ語は一見セム語と反対に形容詞が名詞に先行するけれども、これはセム語とは違って déterminant が déterminé に先行する（B ⟶ A）と言う一般的原則に基くのではない。この事は先にあげた例

Erkenntnis ⟵ der Schwierigkeit 其他 die Liebe ⟵ Jahwes ⟵ zu Israel 等の如き構造や、

ein entrückender ⟶ Duft ⟵ von lichtesten Weiß (Carossa) の如き例を見れば直ちに分る筈である。

ところがセム語に在っては、形容詞が名詞の後に来ると云う事は déterminant がかならず déterminé の後に来る、すなわち先ず基本になる要素が第一に置かれ、それを形容したり細かく説明したりする様な要素は第二位に置かれると云うセム人の思惟表現の大原則のほんの一端なのであって、フランス語やドイツ語の場合とは違って此の原則が syntax の全野に亘って滲透し、単に「傾向」と呼んだのでは尽せない、もっと深い物がある様な感じを与える。

それ故セム語に於ては、形容詞は形容詞なるが為めに名詞に後置されるのではない。ただ名詞と形容詞の関係に在っては多くの場合名詞が主で形容詞はその一属性を表現し、名詞が Grund

で形容詞が従と思われるから、原則として名詞が形容詞に先行するのである。従って表現する人の其時の感じ一つで、形容詞の方がGrundであり重要であると考えられる時は勿論形容詞が名詞より先に出る。もともと我々が名詞とか形容詞とか呼んでいるものは単に従来の文法の術語を使って居るだけの事で、セム語の立場からすれば形容詞も名詞も同位同格であるから、そのいずれが先に来ても少しも不思議はない。例えば今「美しい女」と言うとすればセム語で「女」（すなわち）「美しいもの(女)」と言う意味で、美の観念を表わす語が後置されるのであるから、若し「美しい」と云う方が強く意識に上れば当然「美しいもの」（すなわち）「女」の意味で反対の語順となるのである。セム語に於ける名詞と形容詞との関係に就いては稿を改めて詳しく説明する必要があると思う故、ここでは単に一言するだけに留めるが、その問題の好例はJeremia記IIIに発見される。(7、9、8、特に11節ではパラレリズムによって所謂形容詞が名詞と全く同価なる事を知ることが出来る)。

さて上述した第一の語順（A ⟵ B）では表現は先ずそのenoncéの基礎をなすべき中心的な観念から始まって、その観念を次第に限定して行く。言わば表現の濃度はparoleの進行に従って次第に淡くなって行く。

例、ヘブライ語 haḥese\underline{d} ⟵ haggā\underline{d}ôl ⟵ hazzeh（列王、III[6]）直訳すると the kindness ⟵ the great ⟵ this となって英語や日本語とは正反対である。

然るに第二の語順（B ⟶ A）では思想表現は先ず中心的観念から最も遠いところから始めて次第に明確の度を益し、最後に目指すGrundに至って終了する。その途中各語のヴェクト

ルは常に parole と同方向に向っている (D ⟶ C ⟶ B ⟶ A)。

例、this ⟶ great ⟶ kindness; cette ⟶ grande ⟶ bienveillance

両者の差は次の図によって明らかとなるであろう。

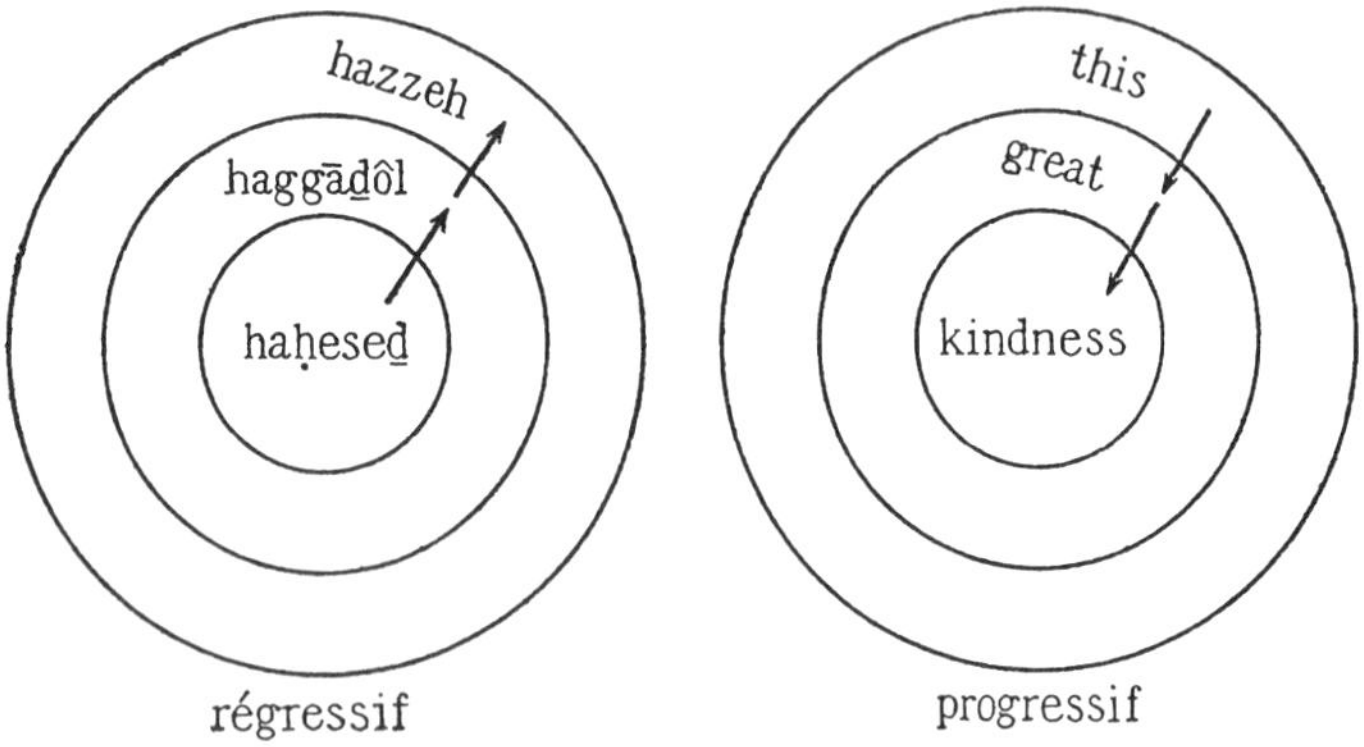

上図に見られる通りセム語の型の語順では第一に一番重要な要素が力強く打出され、次第にその響は細くなって消える。ところがもう一方の型の語順によると表現は最初漠然とした気分の様なものから、次第に朦朧たる霧の中に実体が輪廓を現わして来る。そしてこの事は、その言語によって書かれる文学を理解する上にも重大な意義を有っている。日本語は少くとも形容詞、形容句に関する限り本質的に progressif である。即ちセム語と反対の語順である。それ故いずれか一方の語句を他方に翻訳する時は語順は大抵正反対になる。一例として読者は

『なやましきクロッス

ミモザの花匂うやさしき小径」

と云う詩句をアラビア語かヘブライ語に訳そうと試みるならば、

クロッス——なやましき

径——小——やさしき——匂う——花——ミモザ

のと言う風に何から何まで反対になる事を直ぐに発見されるであろう。

語順の régressivité は原始セム語の根本的特徴であったと思う。併し乍ら此の原則が次第に細部的な変化を見せ、特にセム語系以外の言語と接触した国々の言葉、例えばアラム語の諸方言、アビシニアの方言、アッカド語等では可成りの変遷の跡が見える。我々のこれから問題とするアッカド語も一方にはスメル語との深い関係により、又一方には時の経過と共に同一構造でも語感が変更し、個々の点では却って progressif ではないかと思われるところも出来ているが、未だ大体に於て régressivité は守られているし、更にある点では著しく此特徴が強調されたところもある。-ma 構文の如きはその最も顕著な例ではないかと考えられる。

さて、それではこの régressivité はセム語の syntax 全般に亘ってどの様な現象を示しているか。

此問いに対する答えは私のテーゼに極めて重要な証拠を与える筈のもので、詳説する必要があるが、余りに大規模の研究となって了うので茲では単に、非常に明瞭な点を二三取上げて、その項目だけを記して置くにとどめる。

1 Status constructus 従来セム語の特徴と言えば誰でも先ず注意するのは、所謂 status constructus であるが、如何なるセム語にも必ず存在する此の名詞結合法の発生の内的意義を充分に説明した人のある事を私は聞かない。けれども此の構文も名詞結合法に於ける régressivité の現れと考えれば全く簡単に説明出

来るのである。

2　Apposition　かかる構造を特徴とする言語の syntax が apposition を実によく用いるのは決してあやしむに足りないであろう。apposition に於ては言うまでもなく第一の主要な観念が次の語により更に一段と展開せしめられ、或はこれにより限定され説明されるのである。

3　Relativsatz　既に形容詞は原則上名詞の後に来る事は前に述べたところであるが、形容詞と同性質の Relativsätze も亦勿論、それのかかる名詞の後に来る。尤も印欧語でも大抵そうであるが（例 Der Mann, welchem ich einen Brief geschrieben habe）、日本語はここでもセム語と正反対である。（私が手紙をやった──→男）。日本語ではかかる場合、本質的に前進的に結合するから、「私が手紙をやった」ところの「男」等と西洋風の言い方をしなくとも、ただ形容する句を、形容される名詞の前に置きさえすればそのまま結びついて了うのである。若し反対に「男」「私が手紙をやった」と並べたのでは二つは決して結びつかない。

ところがセム語では、名詞を先に置いて、その次に之を形容する句を置きさえすれば、régressivité が働いてひとりでに両者は結合して了うのである。

故に例えばアラビア語で laqītu rajulan kharaja min bayti-hi（直訳──私は一人の男に逢った、彼は彼の家から出て来た）と言えばそれだけで「私は自分の家から出て来た一人の男に逢った」と言う意味になる。嘗てセム語を研究した人々は、かかる構文を見て、セム語は非常に原始的な言語であって、其処では Relativsatz 等も何等独立文と形を更えずに並べるだけである、セム語の Syntax は簡単だと言う様な誤解も抱き、ヘブライ語

の教師等は盛んにそうした皮相的な見解を生徒に教えたので、今日でも日本のある論理学の教本では「ヘブライ語の如き原始語に於ては」と言う様な滑稽な言葉が見られる有様である。

二つの文をただ並べるだけと言っても、それは副文的な思考を未だ完全に発達させない原始人が、石ころを並べる様に二つの文を並べるのとは全く意味が違うのである。今言った様な考え方をするならば、「関係代名詞のない」日本語などは忽ち野蛮語か原始語になって了わなくてはならない。決してそうでは無いのである。日本語では progressivité が働くから、そしてセム語では régressivité が働くから、此等の言語では二つの文の間に結合のための要素を挿入しなくとも内面的に一方は他に従属関係を取るのである。

特に此の点でセム語の régressivité を非常にはっきり示しているものは、Relativsatz 自身の中に、論理上は不要と思われる代名詞等を入れて、その Relativsatz の向う方向を明示する場合が極めて多い事である。

例えば上に出したドイツ語の例「私が手紙をやった男」の如き場合、大抵は副文中に一見余計な様に思われる代名詞が挿入され、それによって此の副文が「男」と言う名詞に向っている事を示すのが常である。(アラビア語 al-rajul alladhī katabtu la-hu maktūban.) 時には Demonstrativpronomen や Demonstrativadverbium が使われる事すらある。

yawmun tamahhada majdu dhāka (=ein Tag, dessen Ruhm rüstig war)

bi-qafratin lā mā'un hunāka wa-lā khamrun (=ein ödes Land, wo es weder Wasser noch Wein gibt)*

* H. Reckendorf: Arabische Syntax § 201,[6]

又アッカド語では動詞の -u 語尾により、やはり之と同じ様に régressivité を強調する手段を創り出している。

4　Casus pendens　セム語に実に特徴ある色彩を与える一つは所謂 casus pendens であるが、これは先ず話者の意識を大きく占めている要素を第一に投げ出して置いて、それから次第に之を展開させて行く、即ち中心的な観念を首位に置いて次に従になるものを置く原則の一つの現れであるに過ぎない。

5　所有代名詞の位置　以上の説明によって所有代名詞の位置は自ら明らかであろう。セム語では「私の ⟶ 本」とか mon ⟶ livre とか言う事が絶対に許されないのである。

代名詞は suffix として名詞の後に置かれる。そして例えば此の「私の」と言う意味を特に強調するためには suffix の後に更に独立形の代名詞を置く（kitābī　anā の如く。仮りに英語に直訳すると book-my-I となる）

6　名詞文に於ける Prädikat の位置　茲では言語によって可成り動揺が見られる（参照 Brockelmann: Grundriss II.)。即ち主語が第一位に来る傾向と、Prädikat を首位に置く傾向との二つが認められるのである。此事実は一見すると非常に説明困難の様にも思われるが実はそうではない。もともと、どちらの要素が首位を占めるかは、両者の文法的価値によって——即ち主語だから先とか述語だから先とか云う風に——決められるのではなくて、いずれを Grund と見るか、その話者の感じによって定まるのである。元来、Prädikat は名詞文に於て極めて重要なもので、述語さえ言えば主語は言表する必要もない場合が可成り多い。従って多くのセム語では通常の場合述部が第一位に

来て主語が後に続く。併しこの様な構造を主とする言語に於ても、一度主語が少し強く感じられると直ちに述語を乗り越えて先に出る。この故に、特にヘブライ語等の syntax は極めて dynamisch な、弾力を感じさせるのである。

けれども又一方から考えると、かく主語の特別な強調と言う場合を考えなくとも、主語は一文の出発点、中心点、他の全ての部分の拠り所とも感じられる可能性がある。即ち主語は其の他の要素全部が其処から展開する基地と考えられ、アッカド語等では次第に主語前置の傾向が強くなっているのが見える。かかる変化は régressivité と云う同一の力が、内部形式としては全然変化する事なく、しかも二つの正反対の方向に外部形式を発達せしめる興味ある例である。

7　**動詞文に於ける動詞の位置**　動詞文の主語と述語との関係に就いても名詞文と全く同一の関係が認められ、例えばヘブライ語の如く弾性的な言語では、ほんの僅かの力の変化により主語が先にもなり動詞が先にもなる。例は無数にあるが、Genesis $\mathrm{I}^{1\text{-}2}$ はその一例である。併し正規的な文では動詞が首位を占める事は当然である。

以上、簡単ではあったが、syntax の色々な点に於て発見される特徴により、セム語では原則として、第一位に中心的な要素を thème として置き、次にこの thème に関する細部の説明や又はその展開を述べるものが正常の型である事が分った。そして茲に中心的要素とか thème とか言うのは例えば名詞と形容詞の結合では常に名詞、動詞文に於ては常に述語と一定しているものではない事も明らかになった。ある一つの énoncé の中心を

為すものが thème である。だから形容詞と名詞との関係に於ては形容詞の意味が強調されれば、その方が主になるから第一位に来る事が出来る。同様に動詞文で、動詞が先に来るか、主語が先に来るかは其等の termes の文法的価値により定まるのではなく、その énoncé に於ける重要さにより決定されるのである。

かくの如く、先ずテーマとなり Grund となるものを述べ、次でその Grund から発する développement を述べると言う文の構成法は、アッカド語の -ma 構文を理解する上に非常に重要である。

今仮りに二つの出来事が相継いで起ったとする。若しその内の一方が、他方の生起を先決条件としているならば、即ち他方なくしては生じ得ないとすれば、両者の間には単に時間的な偶然の継起と言う関係だけではなくて、主従の関係が認められる訳である、例えば一方が原因で他方が結果である様な場合はそれである。この様に一方が thème で、他方がそれを基礎として初めて生じ得る développement である時、この両者の関係をセム語が表現するには、上に述べた Syntax の特徴に依って、その thème になる方を最初に置き、thème あって初めて可能となるもう一方を第二位に置く事は当然である。併し単に動詞文を二つ並置する事は極めて原始的な手段で、かかる juxtaposition は共通セム語時代既に充分発達し独自の機能を有っていたものと思われる。そこで二つの出来事の間に上述せる如き特殊の関係がある時、これを表現するためにアッカド語は -ma と云う強調の助辞を用いたのである。

さて此から -ma の用法を詳説する前に、この助辞は一体何であるか、形態論上の説明をして置く必要がある。

St. Langdon は、此の -ma はセム語のものではない、スメル語から借用したのであると考えた。その理由は第一に ma と言う要素はセム語には無い、第二に postposition はセム語の syntax の性質に反すると言うのである。そして彼は此の -ma はスメル語で存在を表わす -me（am, im）から来たものであると主張した。なお初めに触れた通り彼は -ma を “an emphatic and subordinating particle” と呼び、A-ma B に於て A は B に対して従属的位置にあると言う謬見に陥ったのであった。

此の第二の点に就いては以下の叙述で充分解答が出来ると思うから茲ではそのままにして置くが、第一の点、即ち果して -ma はスメル語起源であるか否かを簡単に考えて見る事にする。

Langdon がそのスメル語起源説の論拠とする二つの証拠は、上に掲げた通り、第一に ma と云う element はセム語には無い。第二に ma の如く postposition を取る事はセム的でないと云うことであったが、若し事実此等二つの条件が充たされるならば、ma はスメル語起源と考えざるを得ないかも知れない。ところが実は二つとも、遺憾ながら甚だ表面的な観察の結果生じた結論であって、かかる危険な基礎の上に建てられたスメル語起源説も殆んど信ずるに足りないのである。

第一、この m なる要素はセム語に無いどころではない、セム語全般に亘って極めて広く使われている Demonstrativ Element たる n/m の一種に過ぎないのである。[n/m に就いては V. Christian:《Energicus》oder《Ventiv》in Akkadischen?, ZA. NF II 参照]。つまり ma は deiktisch な機能を有する助辞であって、此によって動詞は強調されるのである。即ち A-ma B に於て、ma により A が特に強勢を与えられる。何故、A を強調するかと

言えば、それは勿論、之にGroundとしての力を与えるためである。言い変えると、話者の意識裡にあってAが主と感じられる場合には、そのAの力が言語の上に現れてmaとなるのである。

第二にpostpositionは決して非セム的ではない。Christianが上掲の論文で明確に示している様に、セム語及びハム語に残っているtracesを辿って見ると、共通時代には同一要素が少しも意味の変更を惹起せずに自由にprefixともなりsuffixともなる事が出来た。此の点で興味があるのはセム語の格（Nominativ, Akkusativ, Genitiv）の起源である。例えばAkkusativを示す-anはja-h(u)but kalb-an（＝irgendwo Raub Hund-wärts, i. e. er raubte den Hund）の如く使われるが、この-anはprepositionのan(a)と同一要素で、単にpostpositionとなっただけの事である。又Genitivを示す-inはkalab ware(a)d-in（Hund Sklave-bei, i. e. der Hund des Sklaven）の様に使われるが、一見にして明白である様に、この-inは前置のin(a)と同一の要素が後置されたに過ぎない。［Ungnad: Verbum u. Deklination in Akkadischen, ZA. NF II, p107］

以上の如き理由により、-maを説明するためには何等スメル語まで行く必要はなく、セム語内部で充分説明出来る事が分る。

＊　＊　＊

アッカド語では動詞文の結合に三つの手段が相並んで使用されている。

1　単なる並置

2　uによる結合

3　maによる結合

言うまでもなく此等の三つは各々異る目的を以て使われるのであって、どれでも自由に選択して使う事が出来るのではない。

単なる並置（juxtaposition）は A, B, C ...... なる procès をただ枚挙する場合、或は相互に原因結果の如き特殊の関係なく、時間上に継起する時、A, B, C ...... は単に並置するだけでよい。此の手法は何処にでも見出される構文で、少しも珍らしくないが、その実際上の重要性は非常に大きい。

アッカド語に於ける文の単なる juxtaposition は外面的に単純であるにも拘らず、色々興味ある問題を提供するのであるが、当面の問題から全く離れて了うので今は触れない事にする。

ただ注意しなければいけないのは、此の juxtapositon と、文の切目——即ち一つの文が終って全く新しい文が始まる場合とを混同する事である。今まで書いて来た文が一まず終って、次の新しい文に移る時、その間には「そして」とか「そこで」とか言う語を挿入しない場合が非常に多い。併し此は文の juxtaposition（内部言語形式から見ると全部集って一つの文をなしているもの）とは文法上全く違った価値を有つ。句読点のないアッカド語のテクストでは結合の particule の欠如が屢々文の終末を示すことがある。これは普通の文法書の様に短い文例だけを取出して取扱っている時は気付かないが、少し長いテクストを読むと直ぐ注意に上って来る。此の問題は我々の論題と可成り関係があるから最後に少し例を出して説明する積りである。

第二の u による結合。ある一つの procès（A）に対し特にも一つの procès（B）を強調し、之を同格に置いて A に加える意があるとき、A と B とは u を以て結ばれる。即ち u は non

seulement A mais B の関係を示す。故に A と B とは全く ordre を異にするものであっても構わない。——単に A に対して「それに」「その上に」等の意であるから。Ungnad は大抵の場合之を auch と訳して、-ma と混同させないように気をつけている。

kaspa-am ú-ul id-di-nam ù bîtam ḫa-ab-la-an-ni (B. 229^{12-13})

> Er hat mir das Silber nicht gegeben und hat mich um das Haus geschädigt.

a-na a-ma-tim ù zu-ḫa-ri-e la ta-gi-a ù šá X Še-Gur pu-ḫu-ri i-na ga-ti-ku-nu ṣa-ab-ta (B. 131^{17-20})

> Den Sklavinnen und jungen Leuten gegenüber seid nicht nachläßig! Auch nehmt für 10 Getreidescheffel......in eure Hand.

N. N. a-na bâb-íl[i] tu-ur-da-áš-šú-nu-ti[-ma] it-ti-ia li-in-nam-ru ù i-na ta-ra-di-ka m[i-i]t-ḫa-ri-iš l[a t]a-ṭàr-ra-da-áš-šú-nu-ti a-xx a-we-lam a-na ra-ma-ni-šú tu-ur-dam (B. 30^{12-19})

> Sende NN. nach Babylon, [daß] sie bei mir erscheinen. Auch sollst du, wenn du sie sendest, sie nicht zugleich senden; sende jeden getrennt für sich.

IV nuḫatimmi šú-nu-ti i-na pí-i ka-an-ki-šú ú-šá-aš-ṭi-ra-an-ni ù i-na li-bi-šú-nu gi-mil-lum a-na ma-ḫar be-lí-ia aṭ-ṭàr-dam (B. 35^{9-13})

> Jene vier Bäcker hat er mich nach dem Wortlaut seiner gesiegelten Urkunde einschreiben lassen; auch schicke ich hiermit aus ihrer Mitte den Gimillum vor meinen Herrn.

ù ummâna-am ma-la a-na Má-Ni-Dub ta-ad-di-nu ù i-na-an-na ta-na-ad-di-nu šú-me-šá-am......[š]ú-uṭ-ra-am-ma šú-bi-lam (B. 51^{22-26})

[Auch schreibe die Truppe, soviel du für die Frachtflotte (bereits) gegeben hast und jetzt (noch) geben wirst, nach Namen ...... auf und sende mir dann (die Liste).]

ki-a-am ta-áš-pur-am ù sín-ili šú-a-ti a-na m[a-a]ḫ-ri-ia ta-aṭ-ru-dam (B. 39^{8-9})

[So schreibst du mir; auch sandtest du jenen Sin-ili [vor] mich.]

bîtum šá-lim ù zu-ḫa-ru-ú šá-al-mu (B. 113^{5-6})

[Das Haus ist wohlbehalten und die jungen Leute sind wolbehalten!]

áš-šum šamaš-da-a-a-an šá kaspam e-li-šú i-šú-ú e-im ta-ma-a-ru-šú ṣa-ba-as-zu ù ši-bi šú-ku-un-šú (B. 125^{23-27})

[Was den Šamaš-dajân betrifft, von dem er Silber zu fordern hat, so ergreife ihn, wo du ihn siehst, und Zeugen bestelle ihm!]

ma-la šú-nu iḫ-bu-lu-š[ú] bi-ra-am-ma šú-up-ra-am ù u-bar-sín i-na a-li-šú ma-la [i]l-ku-ú bi-ra-am-ma šú-up-ra-am (B. 103^{18-25})

[Was sie selbet ihm an Schaden zugefügt haben, stelle genau fest und schreibe es mir dann. Und alles, was Ubar-Sin in seiner Ortschaft genommen hat, stelle genau fest und schreibe es mir dann.]

最後の例は u で結ばれる A と B との中に更に ma 構文が入って複雑な形――A（*a*-ma *β*）u B（*a′*-ma *β′*）――を取っているが、u と ma の違いを観るのに都合が良い。

さて以上の例に見られる如く u によって A に附加されるものは B に於ける動詞自身よりも主語とか目的語とか、ともかく名詞である。

元来 u はアッカド語では名詞と名詞とを結合するための particule であったらしい。しかし上の様な例にあっては、単に

名詞を結合する場合（犬 u 猫）とは性質が非常に違っている。それはやはり A と云う文に、B と云う文を全体として結び付けていると見るべきである。ただ此の結合に際して動詞よりも名詞に重点が置かれるのである。

茲で我々は目的とする -ma に入る訳であるが、この構文を A-ma B（或は場合により A-ma B-ma C ......）で表わすとすると、今まで何遍も繰返した通り A は Grund であり thème であって B は従たる位置にある。何故 -ma によって A がかかる力を与えられるか——裏から見れば何故 A の Grund としての力は -ma に依って表現されるかと言うと、もともと此の particule は動詞に限らず名詞でも、その後に位置して之を強調し、勢力を与えるための要素だからである。次の例はいずれも名詞を emphasize するために使われた ma である。

eqla-am šú-a-ti a-na en-ki-ḫe-ù-tu-ma i-di-in (B. 54[10–11])

[Jenes Feld gib einzig und allein dem Enkiḫeutu.]

i-na ummân ṭupšikkim šú-a-ti I awêlum še[r]-ru[m] šîbum ù ṣiḫrum la in-nam-mar id-lam da-an-nam-ma tu-ur-dam (B. 48[20–23])

[Unter jener Frontruppe soll kein Schwacher, (kein) Greis und (kein) Kind sich finden; nur starke Männer sende!]

i-na-an-na gi-mil-lum šú-ú i-na nuḫatimmî-ma i-il-la-ak (B. 35[20–21])

[Jetzt soll jener Gimillum einzig und allein unter den Bäckern Dienst tun.]

さて A-ma　B の原則上の意味は上の如く、A がそれ以下のものに対し基礎となると云う事であるにしても、かかる原則としての関係は実際上は多数の種類を有し、可成り複雑なもので、

以下の叙述に於ては適当な項目に大別して説明する事にする。

I. 志向的関係（目的実現）

AとBとの二つの事が起って、Bが実現される前から既にAの中に潜在的に含まれている場合、即ちAがそれ自体で完結せずに更に他の événement（B）を志向的に含んでいる場合、A-ma Bと言う形で表現される。茲ではBはAの中に萌芽として含まれていた目的の実現を意味する。

次に掲げる例は全てB.（Babylonische Briefe）とS.（Sennacherib年代記）から取ったもので、夫々訳もそのままUngnadとLuckenbillとを附けて置いた。併しUngnadの訳とLuckenbillの訳とでは正に雲泥の差があり、後者の訳は単なる歴史家の資料として利用出来る程度に過ぎない。故に読者は彼の訳を一々その項目の説明と照し合せて訳し直して見ていただきたい。例えば

a-na Ia-ad-na-na šá ki-rib tam-tim in-na-bit-ma i-ḫu-uz mar-ki-tum (S.F 2^{17-18})

に対する彼の訳は（he）fled to Cyprus, which is in the midst of the sea, and there sought a refugeであるが、やや正確に-maを生かそうとすればhe fled to Cyprus ...... to seek a refugeと云う気持を含んで読まなければならない。

ki-i tar-ta-ḫi šam-ri i-na lìb-bi-šu-nu al-lik-ma si-kip-ti ummanâte-šu-nu aš-kun (S. $H3^{36-37}$)

[like a swift javelin I went into their midst and accomplished the defeat of their armies]

šú-ú Ma-dak-tu ...... e-zib-ma a-na Ḫa-i-da-la šá ki-rib šad-di-i iš-ta-kan

pa-ni-šú (S. H4$^{40-41}$)

[he (himself) forsook Madaktu, his royal city, and turned his face toward Haidala which is in the midst of the mountains.]

i-na šal-lat mâtâti ...... 30,500 qasti 30,500 a-ri-tú i-na lìb-bi-bi-šu-nu ak-ṣur-ma eli ki-ṣir šarru-ti-ia ú-rad-di (S. F1$^{102-104}$)

[From the booty of the lands ...... 30,500 bows, 30,500 arrows, I selected from among them, and added to my royal equipment.]

Ṣi-ṣi-ir-tu Ku-um-ma-aḫ-lum alâni (ni) dan-nu-ti ...... ul-tu ki-rib mâti-šu ab-tuq-ma eli mi-ṣir Aššur ú-rad-di (S. H2 II$^{23-27}$)

[Sisirtu and Kummahlum, strong cities ...... I cut off from his hand and added it to the border of Assyria.]

Aššur-na-din-šum ...... i-na kussi be-lu-ti-šu ú-še-šib-ma rapaštum(tum) Šumeri u Akkadi ú-šad-gíl pa-nu-uš-šu (S. H2 III$^{72-74}$)

[I placed on his royal throne Assur-nâdin-shum, ... I put him in charge of the wide land of Sumer and Akkad.]

it-ti-šu-un am-da-ḫi-iṣ-ma aš-ta-kan taḫtâ-šu-un (S. H2 III$^{2-3}$)

[I fought with them and brought about their defeat.]

pa-an ni-ri-ia ú-tir-ma a-na Bît-Ia-kin aṣ-ṣa-bat ḫar-ra-nu (S. H2 III$^{57-58}$)

[The front of my yoke I turned and to Bît-Yakin I took the way.]

dalâti šurmêni ṣi-ra-a-ti šá i-na pì-te-e ù ta-a-ri e-ri-eš ṭa-a-bu me-sir siparri nam-ri ú-šìr-kis-ma ú-rat-ta-a ba-bi-šin (S. A1^{81})

[Great door-leaves of cypress, whose odor is pleasant as they are opened and closed, I bound with a band of shining copper and set up in their doors.]

^{m}Ki-ru-a ḫazânu šá Il-lu-ub-ri ardu da-gil pa-ni-ia šá iz-zi-bu-šú ilâni-šu ba-ḫu-la-te Ḫi-lak-ki uš-bal-kit-ma ik-ṣu-ra ta-ḫa-zu (S. E1 IV$^{62-65}$)

[Kirua, prefect of Illubru, a slave, subject to me, whom his gods forsook, caused the men of Hilakku to revolt, and made ready for battle.]

ša-a-šu ki-rib Il-lu-ub-ri al dan-nu-ti-šu ni-tum il-mu-šú-ma iṣ-ba-tu mu-ṣu-šú (S. E1 IV 77–78)

[That one they besieged and attacked in Illubru, his stronghold and prevented his escape.]

i-na u-ud lìb-bi ù nu-um-mur pa-ni a-na Bâbili a-ḫi-iš-ma a-na ekal Marduk-apla-iddin (na) ...... e-ru-ub (S. A1 30)

[In joy of heart and with a radiant face, I hastened to Babylon and entered the palace of Merodach-baladan,]

narâ(a) šá parûtu ú-še-piš-ma ma-ḫar-šú ul-zi-iz (S. E1 IV 90–91)

[An alabaster stela I had (them) fashion and set up before him.]

narâ ú-še-piš-ma li-i-tu da-na-nu ša Aššur bêli-ia ú-ša-aš-ṭir (S. E3 48–49)

[A memorial stela I caused to be made, and I had them inscribe (thereon) the might and power of Assur, my lord.]

此等の例に全て共通するところは、A が為された時、既にその中に B が目的として含まれていると言う事である。例えば最後の文について見れば自分（即ち Sennacherib）が記念碑を造らせた（A）のは、それにアッシュール神の威光を書きしるす（B）ためである。併し B が起ってから外面的に見れば A, B は続いて起った二つの出来事に過ぎないから、上の様に訳しても悪い事はない。要するに -ma をそのまま訳す方法は無いのである。

以下に少し Babylon. Br. からの例をあげる。

i-bi-sín ù mu-te-ir-gi-mil-lim a-na eqlêtim ù kirâtim šá nu-ḫa-a ma-

an-nu-um i-si-šú-nu-ti-i-ma eqlêtim a-na e-ri-še-tim i-ta-na-di-nu (B. 188^{6-9})

Wer hat den Ibi-Sin und den Mutîr-gimillim auf die Felder und Gärten des Nuḫâ gerufen, so daß man die Felder zur Bewirtschaftung (ihnen) übergibt?

ù at-ti ma-ti-ma ki-ma um-ma-tim ú-ul ta-áš-pu-ri-im-ma li-ib-bi ú-ul tu-ba-li-ṭi (B.117^{10-13})

Und du hast niemals wie ein Mütterchen an mich geschrieben und niemals mein Herz (neu) belebt!

a-nu-um-ma í-lí-ip-pa-al-za-am akil nuhatimmi a-na niqê šá ûrim ú-wa-e-ra-am-ma aṭ-ṭàr-dam (B. 9^{11-13})

Jetzt habe ich den Ili-ippalsam, den Obmann der Bäcker, zu den Opfern in Ûr beordert und gesandt.

pí-i-šú-nu a-šar iš-te-en iš-ku-nu-ma parakkam šá marduk ra-i-mi-ka ú-šá-al-pí-tu (B. 238^{60-61})

Sie trafen eine Vereinbarung und rissen daraufhin die Kapelle Marduks, der dich liebt, nieder.

i-na-an-na eqla-am te-ki-mi-šú-nu-ti-ma a-na šá-ni-im ta-na-ad-di-ni (B. 145^{7-8})

Jetzt hast du das Feld ihnen fortgenommen und willst es einem andern geben!

B. 145^{7-8} の様な場合には、はっきり目的句に訳して了った方がよいと思う（tanaddini が Imperfectum だから）。

a-na mi-nim a-di i-na-an-na la ta-ad-di-in-šú-ma kasap-šú la tu-šá-bi-lam (B. 123^{12-14})

[Weshalb hast du bis jetzt ihn weder verkauft noch mir das Silber dafür zugeschickt?]

この Ungnad の訳は正しくない。A-ma は “weder ...... noch” ではない。茲では売る事の内にその金を自分の所へ送ってよこすと云う事が目的として隠在しているのである。「何故、金を送るために売らないのか」——「何故、売って金を送ってよこさないのか」の意味である。筆者がそう言う気持でいる事は、これに続いてすぐ ar-ḫiš i-di-iš-šú-ma kasap-šu šú-bi-lam とあるのでも分かる。

[ki-s]a-am il-ki-ma a-na gi-ir-ri it-ta-la-ak (B. 131^{9-10})

[Den (Geld)beutel hat er genommen und ist dann auf Reisen gegangen.]

これに対し Ungnad は “Das Prät. 《ist gegangen》 hier wohl de conatu = 《wollte gehen》” と言っているが勿論これは A-ma B の A, B が目的関係にあるからである。

A-ma B にかかる志向関係のある事は、上来説明して来た様なセム語の Syntax の大きな特徴たる régressivité からばかりでなく、アッカド語の内部からも証明出来る。

周知の通りセム語の難解なテクストを解読する場合に最も有力な手掛りとなるのはパラレリズム、及び同一本文の Variant であるが、この方面に於て、A-ma B の志向性は明瞭に現われている。すなわちアッカド語では目的句を構成するためには ana と云う前置詞に infinitif を加えて a-na šú-zu-ub nap-ša-te-šu-nu ma-tu-uš-šu-un in-nab-tu (S. $H3^{39}$)［自分等の生命を救うため、彼等はその地を棄てて逃れた］と言う構造を使うが、S. text の中

に、この構文法が丁度それと対応する個所に A-ma B となって出て来る例がある。

šú-ú a-na šú-zu-ub na-piš-ti-šu e-diš ip-par-šid (S. F1[4–5])

[That one fled alone to save his life]

i-na qabal tam-ḫa-ri šú-a-tu e-zib karas-su e-diš ip-par-šid-ma na-piš-tuš e-ṭí-ir (S. H2 I[23–24])

[In the midst of that battle he forsook his camp, and made his escape alone; (so) he saved his life.]

さて A と B との間の志向的関係は、要するに A を為す人の目的であるから、その人と B を為す人とが同一人でなくとも差支えない。

makkûr ali šú-a-tu ...... a-na qâtâ [nišê-ia] am-ni-i-ma a-na i-di ra-ma-ni-šu-nu ú-tir-ru (S. H3[47])

[The wealth of that city ...... I doled out (counted into the hands of) to my people and they made it their own.]

つまり茲で、セナケリブが金を人民の手に与えたのは (A)、その金を人民が自分のものとして所有する (B) ためであった。そして此の文によると此の目的は達成されたのである。だから B を and they made it their own と訳せば結果だけしか表現出来ず、in order that ...... と訳せば目的ばかり強調されて、その実現がはっきり表現に出ないうらみがあって、完全には訳せない。

a-na ilâni rabûte ut-nin-ma su-up-pi-ia iš-mu-ma ú-še-ši-ru li-pit qâtâ-ia (S. H3[29–30])

[I prayed to the great gods, and they heard my prayers, and prospered the work of my hands.]

A が神の加護等を表現する時は、現代西欧語等に訳す時、A

を従属文として分詞構文にする方がよいため、アッカド語でもBが主でAは従であると誤解され易いから注意を要する。

i-na ribê(e) gir-ri-ia Aššur be-lí ú-tak-kil-an-ni-ma um-ma-na-te-ia gab-ša-te ad-ki-ma a-na Bît-Ia-kin a-la-ku aq-bi (S. H2 III$^{50-52}$)

[In my fourth campaign Assur, my lord, gave me courage, and I mustered my numerous armies and gave the command to proceed against Bît-Yakin.]

i-na sibê(e) gir-ri-ia Aššur be-lí ú-tak-kil-an-ni-ma a-na E-lam-ti lu-al-lik (S. H2 IV$^{54-55}$)

[In my seventh campaign, Assur, my lord, supported me, and I advanced against Elam.]

もう一つ注意しなくてはならぬのはAの位置にTWR（繰返す）が来る場合で、此処でも釈訳に当っては、この動詞を一種の助動詞の様に訳す方が都合がよいので、本質は誤解されやすい。

ù la i-ta-ar-ma Má bâ'iri [a-n]a ugarim ra-bi-i-im ù ugarim ta-am-ka-[nim] [l]a ur-ra-ad (B. 60$^{20-24}$)

[Auch soll die Fischerflottille nicht wieder nach der großen Flur und der Flur Tamkanum hinabziehen.]

ki-ma la a-tu-ur-ru-ú-ma i-na pu-ḫu-ur aḫ-ḫi-i[a] šú-mi bît a-bi la a-za-ak-ka-ru te-te-ip-šá-an-ni (B. 210$^{9-13}$)

[(So) hast du mir getan, daß ich nicht mehr unter [meinen] Brüdern den Namen des Vaterhauses erwähnen mag.]

la ta-ta-ar-ma mârê iššakki ...... a-na rêdê la tu-ma-al-la (B. 39$^{21-23}$)

[Du sollst nicht wieder Angehörige der Verwalterklasse, ... zu Läufern beordern!]

A-ma B は、辞項の数が多くなると、勿論、A-ma B-ma C etc の形を採る。

例えば

a-na Bît-ri-e-ma-a-me ina šêpâ Mu-us-ri šadê(e) gir-ri aṣ-bat-ma aš-qu-ma a-di El-mu-na-kin-ni-e šup-šú-qiš at-tal-lak (S. E1 VIII[31–32])

[To Bît-rêmâme, which is at the foot of Mt. Musri, I took the road and climbed up and with great difficulty came to the city of Elmunakinne.]

ul-tu tam-tim e-lit a-di tam-tim šap-lit šal-meš lu at-ta-lak-ma mal-ki šá kib-rat še-pu-u-a ú-šak-niš-ma i-šu-ṭu ap-ša-a-ni (S. H3[4–5])

[From the upper sea to the lower sea, I have marched in safety, and the princes of the four quarters (of the world) I have brought in submission to my feet, so that they drew my yoke.]

いずれに在っても A は B を、B は C を目的として含んでいる。但しかならず目的関係、志向関係のみを表わすとは限らない。後述の諸項目に該当する様な場合も多い。

šú-ú bêlê piḫâti-ia e-mur-ma a-di gi-mir el-la-ti-šu Abûl Za-mà-mà uṣ-ṣa-am-ma i-na ta-mir-ti Kiš it-ti rabûte-ia e-pu-uš ta-ḫa-zu (S. A1[21])

[That one saw my governers, and with all of his troops sallied out of the gate of Zamama and did battle with my captains in the plain of Kish.]

nišê ...... sisê parê imêrê gammalê ...... aš-lu-lam-ma a-di la ba-ši-i ú-ša-lik-šú-ma ú-ṣa-ḫir mât-su (S. H2 II[19–22])

[The people, ... horses, mules, asses, camels, ... I carried off. I brought him to naught, I diminished his land.]

併し乍ら、如何に第三者の眼から見れば、A, B 間に目的関係

があるとしても、かならずしも筆者（或は話者）がそう見るとは限っていない。だから、客観的に同一の事態であっても、これを -ma 構文にするか、-ma を入れないかは或る程度まで筆者の自由選択に任されている。結局考え方一つでどうにでも表現されるのである。言語表現は、現実そのものの表現ではなくて、筆者の頭で解釈され、分析された現実を表現するのである。

此の事は同一内容を取扱った幾つかのテクストが在る場合、はっきり観取する事が出来る。

Tu-ba-'-lu i-na kussi šarru-ti-šu ú-še-šib ‖ man-da-at-tu be-lu-ti-ia ú-kin ṣi-ru-uš-šu (S. F1[19])

[Tuba'lu I placed on the royal throne, (and) imposed my kingly tribute upon him.]

このテクストでは ú-še-šib の次の -ma が無いが、此とパラレルなテクスト（H2）の、此に対応する箇所を見ると -ma が入っている。

Tu-ba-'-lum i-na kussi šarru-ú-ti eli-šu-un ú-še-šib-ma biltu man-da-tu be-lu-ti-ia šat-ti-šam la ba-aṭ-lu ú-kin ṣi-ru-uš-šu (S.H2 II[47–49])

同様に

askuppâti TUR-MI-NA-MAR-DA parûti ù askuppâti pi-i-li rabûti a-sur-ru-šin ú-ša-as-ḫi-ra ‖ a-na tab-ra-a-te ú-ša-lik (S. E1 VII[41–44])

[Slabs of breccia and alabaster, and great slabs of limestone, I placed around their walls; I made them wonderful to behold.]

と類似内容の

šêdâti parûti šin pîri ...... bal-tu ku-uz-bu ḫi-it-lu-pa lu-li-e ma-la-a i-na bâbâti-šin ul-ziz-ma a-na tab-ra-a-te ú-ša-lik (S. E1 VI[32–36])

[Female-colossi of marble and ivory, ... clothed with strength and vigor, full of splendor, I set up by their doors and made them a wonder to behold.]

とを比較して見ると、一方には -ma があり他方には無い。

šá Te-bil-ti ma-lak-ša uš-ṭib-ma ú-še-šir mu-ṣu-ša (S. A1^{75})

[The course of the Tebiltu I improved and directed its outflow.]

には -ma が使われているが、全く同一内容を取扱った

šá Te-bil-ti ma-lak-ša us-te-eš-na-a ú-še-šír mu-ṣu-ša (S. I1^{15})

[The course of the Tebiltu I changed; I directed its outflow ......]

にはそれが欠けている。

II. 希望・命令

これも I の志向的関係に入るのであるが、特殊な形であるので別に分けた。

けれども実は A-ma B の志向的関係が最もよく現われるのは此の II の場合なのである。

形式としては

(1) A (Précatif)-ma B (Précatif)

(2) A (Impératif)-ma B (Précatif)

の二つが一番多い。

以下の例に見られる如く、茲に至って A-ma B の志向的関係は否定すべくもないと思う。

lu-ul-lik še-ep be-el-ti-ia lu-iṣ-ba-at-ma lu-ub-lu-uṭ (B. 130$^{10-12}$)

[Ich will gehen; den Fuß meiner Herrin will ich ergreifen, daß ich lebe!]

šú-lu-um-ku-nu šú-up-ra-nim-ma li-bi li-nu-uḫ (B. 129$^{16-18}$)

[Euer Ergehen teilt mir mit, daß mein Herz sich beruhige.]

a-la-kam li-pu-šú-nim-ma i-na li-ib-bu II ûmi li-is-ni-ku-nim (B. 34$^{11-13}$)

[Man soll sich beeilen, daß man innerhalb zweier Tage eintrifft!]

si-ik-mi-šú-nu mu-ḫu-ur-ma ma-ḫa-ard šamaš li-ik-ru-bu-ni-kum (B. 116$^{14-17}$)

[ihre Bitten nimm an, daß sie vor Šamaš für dich beten mögen!]

[m]u-ši ù ur-ri [a-l]a-kam li-pu-šú-nim-ma [i-na] li-ib-bu II ûmi [a-n]a bâb-íli [l]i-is-ni-ku-nim (B. 15$^{16-20}$)

[Tag und Nacht sollen sie reisen, auf daß sie innerhalb zweier Tage in Babylon eintreffen.]

ummân Má-Ni-Dub ta-ri-ba-tum a-pu-ul-ma Má-Ni-Dub šá ga-ti-šú li-pu-uš (B. 51$^{14-17}$)

[gib dem Tarîbatum die Truppe für die Frachtflotte, auf daß er die Frachtflotte, die unter seinem Befehl (steht), mache.]

a-píl-amurrim a-na ^{d}na-bi-um-ma-lik i-di-in-ma eqil bilti-[š]ú ...... ki-ma ka-ia-an-tim-ma li-ri-iš (B. 53$^{22-27}$)

[Den Apil-Amurrim übergib dem Nabium-malik, daß er sein abgabepflichtiges Feld, ... wie bisher bewirtschafte.]

abul šamaš li-ip-pí-ti-ma še'u-um šú-ú a-na li-ib-bi a-lim li-ru-u[b] (B. 88$^{11-12}$)

[das Tor des Gottes Šamaš soll geöffnet werden, daß jenes Getreide in die Stadt hineinkomme.]

ar-ḫi-iš tu-ur-da-ás-šú-nu-ti-ma a-la-kam li-pu-šú-nim (B 40$^{25-26}$)

[eilends schicke sie fort, daß sie sich auf den Weg machen!]

awêlê šá i-na a-aḫ palag da-ma-nu-um eqlêtim ṣa-ab-tu di-ki-e-ma palag da-ma-nu-um li-iḫ-ru (B. 42$^{4-7}$)

[Die Leute, die am Ufer des Damanum-Kanals Felder haben, biete auf, daß sie den Damanum-Kanal ausgraben.]

a-wa-a-ti-šú-nu a-mu-ur-ma še'a-am šá lù-giš-túk-pi-lá šá a-we-il-ili il-ku-ú a-na lù-giš-túk-pi-lá li-te-ir (B. 10^{17-21})

[Sieh dir ihre Angelegenheit an, und dann soll das Getreide des Lu-gištukpi-la, das Awêl-ili genommen hat, (dieser) dem Lu-gištukpi-la zurückgeben.]

a-na a-bi-ni zi-ir-mi-ma a-bu-ni li-ip-tu-ru-ni-ti (B. 134^{11-12})

[Unseren Vätern gegenüber bemühe dich, daß unsere Väter uns auslösen.]

be-lí li-iq-bi-i-ma epiru li-ik-ka-áš-du (B. 135^{28-29})

[Mein Herr möge Befehl geben, auf daß die Erdmassen bewältigt werden können.]

ṣâba-am šá-di-id áš-li-im ...... šu-ku-un-ma iš-ta-ra-a-tim a-na bâb-íli li-šá-al-li-mu-nim (B. 2^{20-24})

[Leute, die das Seil ziehen ...... bestelle, daß sie die Göttinnen wohlbehalten nach Babylon bringen.]

この関係は A, B, C...... の類が幾つあっても同様である。次に掲げる例は A-ma B-ma C-ma D で A は B を、B は C を、C は D を目的として含んでいる。

šatammi šú-ku-un-ma še'a-am šá mâr-ûrim i-na-ad-di-nu-šú-nu-ši-im li-im-ḫu-ru-ma i-na Má-Ni-Dub ri-ki-im ṣi-nam-ma a-na bâb-íli šú-bi-lam (B. 21^{7-14})

[Bestelle Aufseher, daß sie das Getreide, das Mâr-Ûrim ihnen geben wird, in Empfang nehmen; und dann verlade es auf ein leeres Transportschiff und laß es nach Babylon bringen.]

この訳では今言った様な関係がよく現われていないが、全く

性質の違う言語に訳す以上仕方が無いであろう。

次の三つの例は訳が不完全であって、いずれも目的句に訳した方がよい。

ù na-bi-um-ma-lik na[n]na-tum ...... ù i-din-ilabrat it-ti-ka li-il-li-ku-ma i-na za-la-tim li-iz-zi-zu (B. 55^{15-23})

[Auch sollen Nabium-malik, Nanna-tum, ... und Idin-Ilabrat mit dir gehen und dann im Haushalt (zur Verfügung) stehen.]

ki-ma ta-aṭ-ṭa-ar-du ku-ub-bu-tum du-ur-dam-ma lu-ul-li-kam-ma še-a-am a-na ga-ti be-lí-ri-im-í-lí lu-šá-an-ni (B. 119^{12-16})

[Wenn du (sie) geschickt hast, schicke mir alsdann den Kubbutu; dann will ich gehan, um das Getreide dem Bêli-rîm-ili zu übergeben.]

ir-bi še'i-im la-bi-ri ki-ma ma-aḫ-ri-ka i-ba-áš-šú-ú šú-up-ra-am-ma še'a-am lu-ul-ki-a-am-ma lu-ul-li-ka-ku (B. 110^{6-11}) [A-ma B-ma C]

[Den Ertrag des alten Getreides, wie es zu deiner Verfügung steht, laß mich brieflich wissen; dann will ich das Getreide holen und dann zu dir kommen.]

此等の例と少し形を異にして、A-ma B の B が Précatif でなく Impératif である事もあるが意味は全く同じである。

se'a-am ma-la i-na eqil ib-ni-amurrum ib-šú-ú i-na kakkim šá ilim li-bi-ir-ru-ú-ma še'a-am mi-ki-is eqli-šú ib-ni-amurrum a-pu-ul (B. 12^{25-28})

[das Getreide ...... mittels Gotteswaffe genau bestimmen; dann gib dem Ibni-Amurrum das Getreide, die Abgage seines Feldes.]

al-ka-am-ma eqlam ù kirâm [š]ú-ur-ši-a-ni-ti (B. 127^{19-21})

[Komm und laß uns das Feld und den Garten in Besitz nehmen!]

[ù] ka-ni-ka-a-at ṣêni šá a-na ṣi-i-tim tu-še-zu-ú li-ki-a-am-ma a-na bâb-

íli al-kam (B. 83^{12-15})

[Auch] nimm Quittungen über das Kleinvieh, das du hinausführst, und dann komm nach Babylon.

id-ka i-di-in-ma še'a-am bi-la-at eqli-ia ka-la-šá-ma šú-di-in (B. 95^{14-17})

Bemühe dich und treibe das Getreide, die Abgabe meines Feldes, ganz und gar ein.

B が否定の場合：

ar-ḫi-iš Ab-Ba šú-nu-ti li-ib-lu-nim-ma gurgurru la i-ri-ik-ku (B. 52^{23-24})

Eilends soll man jene ...... Hölzer bringen, daß die Metallarbeiter nicht mit leeren Händen dasitzen.

be-lí at-ta i-na an-ni-tim ka-aq-ga-di ku-ub-bi-it-ma i-na bi-ri-it a-aḫ-ḫi-ia ka-aq-ga-di la i-ga-al-li-il (B. 158^{23-26})

Du, mein Herr, erweise mir in diesem (Punkte) Ehre, auf daß ich unter meinen Brüdern keine Schande erlebe.

wa-ar-ka-as-zu-nu pu-ru-uš ḫi-bi-il-ta-šú-nu a-pu-ul-šú-nu-ti-ma la ú-da-ab-ba-bu (B. 13^{11-15})

Prüfe den Sachverhalt! Ihren Schaden erstatte ihnen, damit sie nicht Klage führen.

III. 目的非実現

非常に興味あるのは、A-ma B に於て、A の中に含れている目的が、単に目的として終って了って、B で実現されぬ場合である。

此の場合には形式は極めて簡単で、B の前に否定を表わす particule を置けばよい。

翻訳するには、A, aber (mais, but) B の如くなるが、決して -ma

自身に mais とか but とかの disjunctive な意味がある訳ではない。I に述べた目的関係をそのまま否定したのである。だから翻訳では A と B との間に対立が見られるかも知れないが、セム人の思想ではそうではない。もし A と B との両者が同等の力を以て対立している場合は -ma を使う事が出来ないで、

si-it-ti nišê mâti-šu a-na dan-na-a-ti ú-še-li ‖ šú-ú Ma-dak-tu al šarru-ti-šu e-zib (S. H4[40–41])

[The remnant of the people of his land he brought up into strongholds, while he (himself) forsook Madaktu, his royal city.]

の如くなる。

茲で Luckenbill は "while" と訳しているが、これはまた but (mais, aber) 等で訳す事も出来る。しかし此の but と、今これから我々が調べようとしている A-ma B の否定の but とは全く価値が別である。

同じ例をもう一つ掲げる。

áš-šum elippêtim a-na ma-an-nu-um-[ki-ma-šamaš] na-da-nim áš-pu-ra-ak-kum ‖ elippêtim ú-ul ta-ad-di-in (B. 1[4–6])

[Daß Schiffe dem Mannum-[kîma-šamaš] gegeben werden sollten, hatte ich dir geschrieben, du hast (aber) die Schiffe nicht gegeben.]

さて、A-ma B の目的非実現は次の様に A-ma ul B と言う形を採って現れる。

áš-šum a-ḫa-ti-wa-aq-ra-at ...... ši-ni-šú ṭup-pí ú-šá-bi-lam-ma ma-am-ma-an di-'a-ti ú-ul i-sá-al (B. 206[11–17])

[Was die Ahâti-waqrat anbetrifft, ... (so) habe ich schon zweimal einen Brief von mir gesandt, doch niemand kümmert sich um meine Nöte.]

a-na bâb-íli al-lik-kam-ma ú-ul a-mur-ki (B. 160^{9-11})

[Als ich nach Babylon kam, fand ich dich nicht vor.]

áš-šum umâši a-na a-bi-ia áš-pu-ra-am-ma a-bi di-'a-ti-ma ú-ul i-šá-al (B. 137^{6-8})

[Wegen Fussangeln hatte ich an meinen Vater geschrieben, aber mein Vater kümmert sich nicht um meine Nöte.]

a-na ta-ap-pu-ti[m] a-la-ki-im a-na sín-i-din-nam warad b[e-lí-ia] aq-bi-ma ú-ul im-gu-ra-an-ni (B. 135^{15-19})

[Daß sie zu Hilfe kommen sollte, hatte ich dem Sin-idinnam, dem Knechte [meines Herrn], gesagt, doch hat er mir nicht willfahren.]

šá-ad-da-aq-da tu-šá-bi-lam-ma ma-am-ma-an ú-ul id-di-na (B. 154^{39-40})

[Früher hast du (es) mir (wohl) gesandt, aber niemand hat (es) mir gegeben.]

a-na NN. áš-šum šipât enzim ne-me-it-ti-šú a-na bâb-íli šú-bu-li-im ás-ta-na-ap-pa-ar-ma šipât enzim ne-me-it-ta-šú ú-ul ú-šá-bi-lam (B. 82^{6-12})

[Zum NN. habe ich wiederholt geschickt, dass er die Ziegenwolle, seine Abgabe, nach Babylon senden solle, doch hat er die Ziegenwolle, seine Abgabe, mir nicht gesandt.]

iš-tu šattim II m[a-ḫa]r kâ[r] sipparim ni-iš-ta-na-ak-ka-an-m[a] ú-ul uš-te-eš-še-ru-ni-a-ti (B. 68^{13-15})

[Schon seit 2 Jahren petitionieren wir andauernd vor dem Handelsamt von Sippar, doch gibt man uns nicht Recht.]

a-na li-ib-bi áš-šú-ur il-li-ik-ma kaspa-am a-na šá-ma-ia-tim ú-ul id-di-in (B. 126^{6-9})

[Nach der Stadt Aššur ging er, und so hat er das Silber dem Šamajatum nicht gegeben.]

此の最後の例は Ungnad は上の様に解釈しているが、私は正しくないと思う。Warad-ilišu が Aššur に行った時、Šamajatum は Aššur に居たのである。W. が Aššur に行ったのは、勿論預った金を Š. に渡すため（目的！）である。しかるに実際は W. はその金を Š. に渡さなかった（当然実現を予想されていた目的が実現されなかった)。そこで後に二人が Usganna で逢った時争いが起るのである。

Analogie によって、少し形式が異る場合もある。

áš-šum iškur-ra-ma-an-se šá ta-aq-bi-a-am al-li-kam-ma awêlum im-tu-ut (B. 162[31-33])

[Was Iškura-manse betrifft, hinsichtlich dessen du mit mir gesprochen hattest, so bin ich hingegangen, aber der Mensch ist verstorben.]

茲では、その男を探すため（目的）に自分は出掛けたのであった。然るにその男は既に死亡していた（＝発見出来なかった。）即ち imtūt は「発見しなかった」と同意で、内面的に否定を含む故、A-ma B の形で表現されているのである。

又次の例、

ur-ri-iḫ-ma arki-šu a-na Gu-zu-um-ma-ni mun-daḫ-ṣi-ia a-na ki-rib a-gam-me ù ap-pa-ra-a-ti ú-ma-'-ir-ma 5 û-me ú-ba-'u-šú-ma ul in-na-mir a-šar-šú (S. A 1[34])

[I hurried after him, sent my warriors to Guzummann, into the midst of the swamps and marshes and they seached for him for five days, but his (hiding) place was not found.]

に於ては

A

　に内在せる目的

　└── 実現 B

　　　に内在せる目的

　　　└── 実現 C

　　　　　に内在せる目的

　　　　　└── 非実現

　　　　　　ul D.

と言う可成り複雑な形が見られる。

A-ma B に於て、今まで取扱ったのは B が否定される場合ばかりであったが、A まで否定される時は、我々の論理から見ると、いささか不合理な構文が出来る。例えば

a-di û-mi ši-tim-ti-šu-nu ṭu-du la ip-tu-ma la e-pu-šú ta-ḫa-zu (S. H3$^{42-43}$)

では、「出て来る」のは「戦う」ためである。戦うため（目的）に出て来るのである。然るに彼等は出て来なかった。そこで A も B も否定される。日本語では「戦わないために出て来なかった」と言っては変な事となるがアッカド語では両方共に否定して了うのである。論理的に考えると B の la は無い方がよさそうであるが、これは文法上の慣用であって、此処に余り厳密な論理的構造を求めてはならない。茲では A-ma B の原形は非常に認め難くなっているが、依然として、本質的な姿は変らない。なお序ながら Luckenbill はこれを “To the day of their death they did not come out (lit. open any way) nor did they make war.” と誤訳している。

IV. 結果

Aが起ったために、その結果としてBが惹起された場合、AはGrundでBはそれから発生したものと考えられるからA-ma Bの構文により表現される。客観的に見ると原因よりも結果の方が重要な事が多いが、アッカド語では何処までもAが主、Bが従と見られる。アッカド語に限らず、セム語全体を通じて条件文の場合は条件（若し何々ならば）の方をGrundと見て第一位に置くのである。茲では条件を表わす文を従属的と見、主文を主と見る西欧語の文法は、あてはまらない。セム語では条件は、次の事が起るには欠く事の出来ない基礎、Grundだから当然首位を占めるのである。

それはともかく、BがAの結果である時は、Bが如何に重要でも、syntaxの上では従の位置に置かれる。

ilu-šú-ib-ni ma-ru-uṣ-ma ú-ul il-li-kam (B. 225[9–10])

[Ilušu-ibni ist krank und konnte deshalb nicht kommen.]

ka-al-la-at-ki i-zi-ir-ki-ma mi-im-ma ú-ul id-di-nam (B. 153[14–15])

[Deine Schwiegertochter hat Haß gegen dich bekommen, deswegen hat sie mir nichts gegeben.]

še'u-um i-na ga-ti-ia it-ta-zi-ma ú-ul ú-šá-bi-lam (B. 173[11–12])

[Das Getreide ist aus meiner Hand gegangen, sodaß ich nicht(s) senden konnte.]

ṭup-pa-am iš-tu a-li-im ub-lu-ni-šum-ma i-na bi-ti-šú ú-ka-al (B. 112[9–11])

[Einen Brief hat man ihm aus der Stadt gebracht. In seinem Hause hält er (ihn) nunmehr (bereit).]

i-na-an-na mi-lum il-li-kam-ma nâr-ir-ni-na a-na dûr kârim is-za-[ni-i]q (B. 78[9–10])

Jetzt ist die Hochflut gekommen, sodaß der Irnina-Kanal bis an die (obere) Mauer des Uferwalls reicht.

na-ki-mu-um ù rê'û-ú-um a-na ma-aḫ-ri-ịa ú-še-ri-bu-nim-ma áš-šum ṣêni šá ga-ti-ka ḫa-s[a]-nim ...... ú-wa-e-ir-šú-nu-ti (B. 66^{4-12})

Den Nâkimum und den Rê'ûm hat man vor mich geführt, darauf habe ich sie beauftragt, daß sie das Kleinvieh, das dir untersteht, beschützen sollen.

e-tel-pí-marduk ip-ta-na-ar-ri-kam-ma kaspam ga-am-ra-am ú-ul ú-šá-ad-di-in (B. 17^{8-9})

......, hat Etel-pî-Marduk sich ungesetzlich benommen, so, daß ich das ganze Silber nicht eintreiben konnte.

mârû-šú ta-ar-zu-ma a-na rêdê áš-tu-ur-šú-nu-ti (B. 39^{7})

Seine Söhne sind kräftig, deshalb schrieb ich sie zu den Läufern ein.

šar Elamti ka-šad alâni-šu iš-me-ma im-qu-su ḫat-tum (S. $H4^{39}$)

The King of Elam heard of the capture of his cities and terror fell upon him.

šú-ú a-na šú-zu-ub na-piš-ti-šu e-diš ip-par-šid-ma narkabâti ṣu-um-bi sisê parê šá ú-maš-ši-ru ik-šú-da qâtâ-ia (S. $F1^{4-5}$)

That one fled alone to save his life, and the chariots, wagons, horses and mules which he abandoned, my hands captured.

nišê-šu mê ši-qi la i-da-a-ma a-na zu-un-ni ti-iq šamê(e) tur-ru-ṣa ênâ-šun (S. $H3^{7}$)

its people did not have (lit. know) any water for watering, but turned their eyes heaven-ward for showers of rain.

giš-maḫ-ḫi eri-ni šá ul-tu ûmê arkûti i-ši-ḫu-ma ik-bi-ru danniš (S. E1

VI$^{49-51}$)

> The mighty cedar logs which had grown large in the days gone by, and had become enormously tall.

elippâte qu-ra-di-ia i-mu-ru-ma ṣâbê qašti ṣu-um-bi sisê parê e-muq la ni-bi ú-kap-pi-tú mit-ḫa-riš el-la-me-šu-un (S. F1$^{84-86}$)

> (they) saw the ships of my warriors and they gathered toghther bowmen, wagons, horses, mules, a countless host, against them.

A-ma B-ma C の例

ki-a-am iq-bi-a-am-ma li-ib-bi i-ri-im-šú-ma uš-te-ṣ[i]-šú (B. 143$^{33-35}$)

> So redete er zu mir. Mein Herz faßte Mitleid mit ihm, deshalb führte ich ihn hinaus.

此の構文に於て、B の位置に Permansiv が来るのに非常に適している事は、Permansiv そのものの性質を考える上にも重要である。

it-ti eqli-im šá ib-ni-amurrum eqla-am a-ḫi-a-am e-r[i]-iš-ma še'u-um a-šar iš-te-[e]n-ma šá-pí-ik (B. 12$^{8-10}$)

> Zusammen mit dem Felde des Ibni-Amurrum habe ich ein anderes Feld bewirtschaftet; das Getreide ist daher an Einem Orte aufgeschüttet.

XXX Še-Gur a-na sín-ma-gir šakkanakkim ad-di-im-ma ṭup-pa-šú na-ši-a-ku (B. 11$^{7-9}$)

> 30 Scheffel Getreide habe ich dem Sin-magir, dem Statthalter, gegeben und daraufhin eine Urkunde von ihm erhalten.

a-wa-ti-šú a-mu-ur-ma gi-mil-lum šú-ú du-úr-šú nuḫatimmum (B. 35$^{17-18}$)

[Seine Angelegnheit habe ich untersucht: demgemäß bleibt jener Gimillum dauernd ein Bäcker.
(jener Gimillum—sein dauerndes Bleiben ist Bäcker)]

全体が過去の叙述でなくて、疑問文の中に入っている場合がある。少し感じが違うが本質的には何等変化がない。

a-na mi-ni-im a-na bi-el-la-li-im la ta-na-di-in-ma la i-pí-šú (B.106$^{8-11}$)

[Weshalb willst du (es) dem Bellalum nicht geben, sodaß man nicht arbeiten kann?]

mi-nu-um šá li-ba-ki im-ra-zu-ma ki-a-am ta-áš-pu-ri-im (B. 128$^{4-6}$)

[Was ist es, das dein Herz traurig gemacht hast, so daß du folgendermaßen an mich geschrieben hast.]

特に注意を要するのはAとBとの主張が異る上に、Bの主語が casus pendens として一番始めに来ている場合で、注意しないとAは挿入句（parenthèse）と誤解され易い。

rabûte-ia kit-ru-ub ta-ḫa-zi nakri eli-šu-un id-nin-ma ul i-li-'-ú ma-ḫa-ar-šú (S. A1^{22})

[As for my captains, the enemy's onset of battle against them was mighty and they could not stand before him.]

Lu-li-i šar Ṣi-du-un-ni pul-ḫi me-lam-me be-lu-ti-ia is-ḫu-pu-šú-ma a-na ru-uq-qi qa-bal tam-tim in-na-bit-ma šad-da-šu e-mid (S. H2 II$^{38-40}$)

[Lulê, King of Sidon, —the terrifying splendor of my sovereignty overcame him and far off into the midst of the sea he fled. (There) he died.]

alâni-šu dan-nu-ti bît-dûrâni ...... ra-šub-bat kakki Aššur bêli-ia iš-ḫu-pu-šu-nu-ti-ma ik-nu-šu še-pu-ú-a (S. H2 II$^{44-46}$)

[his strong, walled cities ...... —the terrors of the weapon of Assur, my lord, overpowered them and they bowed in submission at my feet.]

先に一言した様に、此の原因結果関係に附随して、この構文法が条件文として用いられる場合も考えられる。

XXX puḫâdi ne-me-it-ta-[ku-nu] a-na bâb-íl[i] ú-ul tu-ub-ba-la-n[i]m-ma a-na I pu[ḫâ]dim I šiqil kaspim ú-šá-áš-ga-lu-ku-nu-[ti] (B. 73[23–27])

[Bringt ihr die 30 Lämmer, [eure] Abgabe, nicht nach Babylon, so wird man euch für I Lamm I Sekel Silber zu zahlen nötigen.]

ar-ḫi-iš ummân Má-Ni-Dub ú-ul ta-ap-pa-al-šú-ma pí-ḫa-tum ši-i i-na mu-úḫ-ḫi-ka iš-šá-ak-ka-an (B. 51[18–21])

[Gibst du ihm nicht eilends die Truppe für die Frachtflotte, so wird die Verantwortung dafür auf dein Haupt gelegt.]

ri-ku-us-zu i-il-la-kam-ma ka-al-bu i-ik-ka-lu-ni-in-ni (B. 154[27–28])

[Kommt er mit leeren Händen, dann werden nich die Hunde fressen!]

ú-ul ta-ad-di-in-ma it-ti ummânim šá i-mu-ut-tu na-pi-iš-ta-ka (B. 1[12–14])

[Wenn du (alles dieses) nicht gibst, so ist mit der Mannschaft, die sterben sollte, deine Seele.]

V. 補足、展開

或る一つの重な出来事（A）を述べ、次で此の A の細い点を説明したり、或はその行われた様式を叙述したり、又は A 自身の其後の展開を述べたりする時、言うまでもなく A が主で B 以下は従であるから A-ma B の形を取って表現されるのである。

ši-kin uš-še-šu ú-ḫal-lik-ma eli šá a-bu-bu na-al-ban-ta-šu ú-ša-tir (S. H3[52–53])

[The structure of its foundation I destroyed. I made its destruction more complete than that by a flood.]

この訳は "......, making its destruction ......" と分詞で訳した方が原文の感じに近くなる。

ummânâte na-ki-ri i-na uṣ-ṣi mul-mul-li ú-ša-kir-ma gim-ri pagrê-šu-nu ú-pal-li-ša (S. H2 V[80–81])

[I decimated the enemy host with arrow and spear. All of their bodies I bored through.]

ba-ḫu-la-ti Ḫi-rim-me i-na kakki ú-šam-kit-ma la iz-zi-ba pi-ri-'-šu-un (S. F2[14–15])

[The men of Hirimmu I cut down with the sword, and no offspring of theirs escaped.]

...... tam-la-a ú-mal-li-ma am-šú-uḫ me-ši-iḫ-ta (S. B1[51])

[I filled in a terrace, and made a careful survey of it.]

ri-ba-ti-šu ú-ša-an-dil-ma ú-nam-mir kîma û-me dûr šal-ḫu-ú ú-še-piš-ma ú-zaq-qir ḫur-ša-niš (S. E1 VIII[14–15])

[I widened its squares, and made it shine like the day. The outer-wall I built and made it mountain high.]

nišê Bît-Ia-kin adi ilâni-šu-nu ù nišê šá šar Elamti aš-lu-lam-ma la e-zi-ba mul-taḫ-ṭu (S. H2 IV[40–42])

[The people of Bît-Yakin, together with their gods, and the people of the king of Elam, I carried off—not a sinner escaped.]

ba-ḫu-la-te Ḫi-rim-me nakru ag-ṣu ...... i-na kakki ú-šam-kit-ma na-piš-tum ul e-zib (S. A1[58])

［The warriors of Hirimmu, evil enemies, ... I slew with the sword. Not a soul escaped.］

iṣṣurât šamê(e) igirê šá a-šar-šu ru-ú-qu qin-na iq-nun-ma šahê abi a-tan ki-ši ú-rap-pi-šu ta-lit-tu (S. E1 VIII[57–59])

［The birds of heaven, the *igiru*-birds, whose home is far away, built their nests; the wild-swine and beasts of the forest brought forth young in abundance.］

言語でものを表現するとは、結局、与えられた réalité を話者が解釈することに過ぎない。故に同一の事実も、これを表現する人により、又同じ人でも時と場所によって、異った構造の文で表現される事のあるのは当然である。今上に見られる最後の例では、客観的に見ればＡとＢとは全く同一の位置にある。しかし話者は、いずれか一方を主、他を従と考える事が出来る。すなわち、此処では、話者は鳥の方を主に見て、獣の方をそれに附随するものと見たのである。

又、

i-na dûr-gurgurrim ta-a-tum ib-ba-ši-ma a-we-lu-ú šá ta-a-ta-am il-ku-ú ù ši-bu šá a-wa-a-tim ši-na-t[i] i-du-ú i-ba-áš-šú (B. 31[7–13])

［In Dûr-gurgurrim ist Bestechung vorgekommenn und die Menschen, die die Bestechung genommen haben, und auch Zeugen, die jene Angelegenheit kennen, sind zur Stelle.］

に就いて Ungnad は “-ma bietet hier große Schwierigkeiten” と言っているが、我々の様に考えれば少しも困難はない。-ma 以下はその Bestechung が行われた結果の details に過ぎない。

Ｂは A と同じ事を、ただ別の言葉で繰返しているに過ぎぬ場合がある。

pu-ḫur-šu-nu ú-šap-pi-iḫ-ma ú-par-ri-ir el-lat-su-un (S. H3[37])

[Their hosts I shattered, I broke up their organization.]

a-na šú-te-šur šûq ali ...... ú-zu-un-šu ul ib-ši-ma ul uš-ta-bil ka-ras-su (S. A1[69])

[He had not his thought turned nor brought his mind to ......]

šum-ma eqlum šá-ad-da-aq-dam la e-ri-iš-ma na-di (B. 231[15–16])

[Wenn das Feld voriges Jahr nicht bewirtschaftet war, sondern branch lag, ...]

最後に、特殊な場合として、次の様な例がある。何故 A と B との間だけに -ma があって、B と C、C と D と E etc. の間には -ma がないのか。

la-ab-biš an-na-dir-ma at-tal-bi-ša si-ri-ia-am ‖ ḫu-li-ia-am ...... a-pi-ra ra-šú-ú-a ‖ i-na narkabat taḫâzi-ia ...... i-na ug-gat lib-bi-ia ar-ta-kab ḫa-an-ṭiš ‖ qaštu dan-na-tú ...... i-na qâtâ-ia aṣ-bat ‖ tar-ta-ḫu pa-ri-' nap-ša-ti at-muḫ rit-tu-u-a ‖ ṣi-ir gi-mir um-ma-na-te na-ki-ri lim-nu-ti û-me-iš zar-biš al-sa-a ‖ kîma Adad aš-gu-um (S. H2 V[67–75])

[Like a lion I raged | I put on (my) coat of mail. | (My) helmet I placed upon my head. | My great battle chariot I hurriedly mounted in the anger of my heart. | The mighty bow I seized in my hands; | the javelin, piercing to the life, I grasped. | Against all of the hosts of wicked enemies, I raised my voice (lit. cried out), rumbling like a storm. Like Adad I roared.]

実はこれは A, B, C, D, E etc. が同等の力を有っているのではなく、A は[B ＋ C ＋ D etc.] に対して之に -ma で結ばれているのである。換言すれば、B, C, D, E etc. 全部が一つになって A の細部的説明を為しているのである。

VI. 以上の諸型が一緒に出ている場合

以上五つの型は勿論常に独立して現れるとは限らない。色々の型が一度に現れる場合が相当に多い。与えられた紙数を越して了ったので、二三の例を出すに留める。

A—(III)—B—(IV)—C

A
áš-šum ilabrat-ta-ia-a-ar a-ḫi-ka a-na ta-ab-nu-uk al-li-ik-ma di-'a-ti ú-ul
B C
i-šá-al-ma [a-] na ṣi-e-ir šá-pí-ri-ia [a] t-tu-ra-am (B. 143[5-9])

[Wegen deines Bruders Ilabrat-tajâr war ich nach Tabnuk gegangen, doch hat er sich nicht um meine Nöte gekümmert. Deshalb, kehrte ich zu meinem Gebieter zurück.]

A—(IV)—B—(I)—C

A
šú-ú Ma-ni-ia-e tur-bu-' šêpâ ummânâte-ia e-mur-ma Uk-ku al šarru-ti-
B C
šú e-zib-ma a-na ru-qi-e-ti in-na-bit (S. H2 IV[23-25])

[That Maniae saw the clouds of dust raised by the feet of my armies, abandoned Ukku, his royal city, and fled to distant parts.]

A B C
......nam-ba-' a-mur-ma ênâ-šu-nu pi-qa-a-te ú-rab-bi-ma ú-tir a-na kup-pi (S. E1 VIII[34-35])

[I saw pools and enlarged their narrow springs and turned them into a reservoir.]

A—(I)—B—(IV)

A
šar Elamti a-na Bâb-ili (il) illiku-nim-ma Šú-zu-bu mâr Ga-ḫul i-na kussi
B
šarru-ti eli-šu-nu ú-še-šib-ma ṣâbê kakki narkabâti sisê ...... a-na mi-iḫ-rit šar
C
Elamti ú-ma-'-ir (S. H4 [28-30])

[The King of Elam, came to Babylon, and he placed Shuzubu, son of Gahul, on the royal throne over them. Soldiers, chariots, horses ...... against the King of Elam I sent.]

*　　　*　　　*

なお、-ma については、それと文の切目の問題に関し、可成り書くべき事が残っているが紙面の都合上、次の機会に、それだけを詳しく調べる事にする。特に ša-clause 内の -ma の意義は非常に興味があり、Luckenbill などは全く無統一な、でたらめな訳をしているので、茲に少しも触れる事が出来ないのは如何にも残念であるが仕方がない。

併し乍ら以上に依って、此の -ma 構文の内に、セム語の文法上の一大特徴たる régressivité が最も明瞭に現われている事は示すことが出来たと思う。

嘗て、-ma 構文に関して、果して -ma の前の文が主文であるか、-ma の後の文が主文であるかと言う問題がアッシリア学者の間に大論争を起した時、多くの論敵に取巻かれながら、一人 Ungnad のみは確たる信念を以て、A が主で B が従であると言う説を守り続けて来た。私は彼がこの -ma 構文と他の Syntax 上の特徴とを結びつけないで、ただ此れだけを切離して考えて居た事と、未だ充分に Grund とそれから展開する要素との関係につき調査し研究しなかった事とは欠点であると思うけれども、A-ma B に於ては A は Grund であると言う事を、多年テクストを読んでいる内に確信するに至った彼の慧眼には感服せざるを得ない。

しかし従来、此の問題が決定的に解決されなかったのは、此

れだけを孤立させて、印象的に解釈していたからである。一度かかる部分的な観点を棄てて、大きなSyntaxの分野の上に此問題を置いて見る時、解答は自ら明らかなのである。

若し、繊細なものの裡に全体を見るのがゲーテの精神であるならば、言語学者も当然、ゲーテ的な精神を有たなくてはならない。(31, 8, 1939)

新刊紹介　〔言語研究　第四号〕

Anastas Mari al-Karmali: Nushū' al-lughah al-'arabīyah wa numūwuhā wa-iktihāluhā—Cairo, 1938.
（アラビア語の起源、発達及び得熟）

西欧に於てはアラビア語の重要性は夙に学者の注目するところとなり、現代の言語学の発達に伴って多くの優れた研究がなされたが、当のアラビア自身に於てはそうは行かなかった。

言うまでもなくアラビア文法学は、かのアラビア文化の黄金時代、神学・哲学・法学が並び起って輝かしい回教学の花を咲かせた頃、此等の諸学の発達に呼応して異常な発展をなし、所謂アラビア文法学と言う大きな体系を作り上げるに至ったが、近世、回教国の政治的権力の減少、イスラム文化の後退と共に、言語に対する興味も次第に消失して了ったのであった。

然るに最近になって、嘗てのアラビア文法学とは全く別の意味に於て、アラビア人の自国語に対する関心が著しく目立って来た。その直接、間接の原因となったのは西欧文化との接触であった。そして此の言語に対する関心は、一方に於ては汎アラビア主義と言う政治的大運動によって、また他方にあってはフランスの十九世紀文学に心酔した若い文学者達の「言文一致」

運動によって、政治的にも文学的にも急速に弘められて行ったのである。

周知の如く、世界大戦後、にわかに起って全アラビア世界を熱情の坩堝と化したアラビア主義は、その政治的理想実現の手段として先ず第一にアラビア語に注目したのであった。雑然として殆んど収拾すべからざる混乱状態にある個々の方言を廃して、かの光輝燦然たる古典時代の言語を現代に生かし、これを共通語として、民族的にも文化的にも完全な統一を実現せんと言うのがその目的であった。それ故、この方面に於けるアラビア語の復活とは古典語の復活を意味するのである。

そしてアラビアの近代的改革の大多数が、Muḥammad ʻAbduhに端を発している如く、茲でもまた、この偉大なる人物が、先ず古典語研究の必要を強調したのであった。アブドフが、昔のアラビア語を標準語として之の復活を図ったのは決して単なるアカデミックな動機からで無い事は言うまでもない。彼はアラビア語こそ、イスラム教の本当の基礎であると固く信じて疑わなかった。アラビア語の隆盛はすなわち回教の隆盛であり、その凋落は取りも直さず宗教の凋落を意味する。彼はテュニスの学者に対する講演(Tafsīr sūrat al-ʻaṣr wa khiṭāb ʻāmm fī al-tarbiyah wa-al-taʻlīm, Cairo 1911)で次の様に言っている。

「何故ならば我々の言語を改革する事のみが、我々の信仰を改革する唯一の手段であるからだ。回教徒が、自分の宗教に関する書物や、また前代の学者等の言葉に含まれている重要な教訓を一つも理解出来ないのは要するに彼等がアラビア語に対し全く無智だからである。古典アラビア語の中には、どの位多くの知識と文化の宝が埋蔵されているか分らない。そして此の財

宝を掘り出すためには、古典語を完全に自分のものとするより他に途はないのである。」

彼は当時の journal officiel であった al-Waqā'i' al-Miṣrīyah（エジプトの出来事）の主筆として、また後に Tawfīq Pasha の死と共に即位した 'Abbās 二世の掩護の下に構成されたアズハル大学統治委員会の代表委員として、盛んにこの古典アラビア語の復活に努めたのであった。此の努力が具体に現われては、1900 年、彼を主席とする「アラビア諸学振興協会」の設立となり、修辞学や文法学に関する古い原稿が国外までも手を尽して求められ、彼自身の編纂による言語学書が続々出版された。

ところが、これと前後して丁度ムハンマド・アブドフの意図とは正反対の方向に進むもう一つの言語運動が次第に擡頭しつつあったのである。すなわち主としてフランスの自然主義、写実主義文学の深い影響を受けた文学者達の文学運動がそれであった。

現代アラビアの文学用語と言えば、それは日常生活の言葉、所謂 Umgangssprache とは非常に縁の遠いバグダード・カリフ時代の言語を細部的に修飾したもので、要するに何百年も前の言葉と言って差支えない。この言葉は今日ではアラビアの子供でも学校で教わらなければ読み書きの出来ない言葉である。それ故、これを以て論文を書いたり演説をしたりするのには少しも不自然ではないし、文学でも古典的な定型律の詩歌等にあっては、却って数百年の伝統を持つ此の言葉の方が便利であるに違いない。ところが小説となると事情が大部変って来るのである。古典語で書かれた小説では、そこに出て来る人物はいずれも現代の衣服をつけ、現代の思想を抱いている男女であるのに、彼

等は現実の世界では何処にも耳に出来ない様な古い言葉で喋っている。こうして此等の文学には、現実の地盤から遊離した一種異様な感じがつき纏って離れない。さすがの伝統尊重家のアラビア文学者も、これには無関心ではいられなかった。特に戯曲に於ては此の問題は実践的にも、理論的にも一大問題となって文学者達に迫って来た。かくて、文学語として口語を採用すべきか否かは現にアラビア全土の文学界の論事の中にあり、恰も日本の明治時代、自然主義文学の勃興当時の様で、第三者として眺めていると非常に面白い*。併し今までのところでは、色々の新しい試みが行われたにも拘らず、やはり古典語の方が優勢である。それは第一に、本当に俗語を使って優秀な作品を書き得る作者が未だ出ない事と、第二には先に一言した様なアラビア主義と言う政治的な思潮が、全アラビア世界の統一の手段として古典アラビア語に大きな勢力を持たせようとして努めて俗語の進出を阻んでいるからである。

* アラビアの現代文学は口語・文語の問題の他に、文体論の方からも極めて興味ある問題を呈するのでいずれ本誌を借りて紹介したいと思う。それ故茲ではこれ以上、文学語の問題に触れない事にする。なお今年の東亜研究所報第三号に私はイタリアのアラビスト Francesco Gabrieli の Correnti e figure della letteratura araba contemporanea を稍々詳しく紹介して置いたから、興味を持たれる方は一読していただきたい。この外、Gibb が Bulletin of the School of Oriental Studies I–VII に出した Studies in Contemporary Arabic Literature は非常に貴重な論文である。

以上の如く、文学界に於ける俗語の進出が余りはかばかしく無かったにしても、ともかく此によって、従来無視されていた言語の問題がアラビアのインテリゲンツィアの眼前に著しく押

し出されて来た事は事実であった。かくて、アラビア人自身の間にも、「言語」学者が次第に輩出して来たのである。又、個人の学者のみならず、公の機関が出来て、例えばダマスコでは「科学翰林院」が、カイロでは「アラビア語翰林院」が、いずれも国語の整理とその研究に少からぬ関心を払っている。但し現在、アラビアの学者及びアカデミーが最大の注意を向けているのは、先ず何よりも語彙の問題、即ち従来のアラビア語の語彙が近代生活の導入に対し如何にしてこれにアダプトして行くかとか、或はネオロジスムの問題、個々の単語の構成、外来の要素か本来アラビアの語根から派生せるものか等と言う問題が取扱われているので、モルフォロギー以上になると余り見る可きものがない。今、上に標題を掲げた Anastas Mari al-Karmali の本も、こう言う傾向に乗った書物の一つなのである。

著者アナスタス・マリは人も知る碩学で、エジプトのアラビア語アカデミーの会員、自ら「アラビア語」Lughat al-Arab と言う研究雑誌を編集し、現にバグダードに在って盛んに活躍している人である。彼は実に、複雑極まりなきアラビア語の語彙に文字通り精通し、之に加えて、一々の単語の持つ微妙なニュアンスを捉える力量は正に驚異に価する。

本書に於ても、モルフォロギーを取扱った部分などは、他の学者の追随を許さぬところがある。

然るにアラビア語の起源論に至って彼は恐るべき無謀を平然としてやってのけるのである。すなわち、茲で彼は、彼が得意とする所の説——アラビア語は印欧語の一つなりと言う説を持ち出して来る。而も、その証明にあたって、近代言語学で我々が見慣れている様な方法を使うのなら大いに傾聴すべきであろ

うが、その親族性証明の方法たるや、例の Honnorat 氏でも躊躇せざるを得ないだろうと思われる様な非科学的なものである。

此の著者の如くアラビア語の語彙の知識の深遠にして、しかも文法学・文学史に関しては博識世に並びなき学者が、つまらぬ先入観の犠牲となってかかる誤りを犯して反省するところがないと言う事は何という傷ましい事であろうか。

併し、この様な大きな欠陥にも拘らず、本書はその著者の語彙に対する驚くべき豊富な知識の故に、我々アラビア語を愛し、その研究を心から愛している者にとっては、一個の新しい喜びの源たる事を失わないのである。

新刊紹介　〔言語研究　第六号〕

Farrukh, Omar, A.: Das Bild des Frühislam in der Arabischen Dichtung (von der Hiğra bis zum Tode ʻUmars 1–23 D. H. 622–644 N. Ch.)

[Inaugural-Dissertation zur Erlangung der Doktorwürde der Hohen Philosophischen Fakultät der Friedrich-Alexander-Universität Erlangen] Leipzig 1937.

本書は見るからに面白そうな題目を持つ学位論文であるが、筆者はシリヤ（ベイルート）出の回教徒アラビア人で、ベイルートのアメリカ大学卒業の後、al-Maqāṣid でアラビア文学、回教哲学等を教授していたが、1935年ドイツに留学、エルランゲン大学で更に学業を進めたと言う経歴の学者である。

ベイルートと言えば勿論現代の広いアラビアの内でも文化上、学問上最も進歩せる都市で、茲に若いアラビアの学徒が自国の文学を研究し、教授し、なおその上に回教学に秀た学者に富むドイツの、而もアラビアの詩の研究で第一人者の観がある J. Hell の下に学んだとすれば、先ず此の様な題目を取扱う人としては資格は充分であろうと思われる。使用した文献の表を見ても、ヨーロッパの研究と、アラビア人自身の研究を巧みに利用

し、さすがにこう言う学歴の人だけあるという気がする。

さて本書で取扱っている内容は、最初に序文に於いてアラビアの詩が当時の社会なり思想なりを研究する上に極めて重大な意義を有せる事を指摘し、本論に入って

A. Glaubenslehre（1. 神の名と神の属性　2. マホメットの名　3. 天使とデモン　4. 死と彼岸の世界、賞と罰）

B. Die Frühislamische Dichtung und der Qur'ān

C. Sittenlehre（1. dīn と birr に就いて　2. 個人の義務　3. 社会的倫理）

D. Der Islam und der arabische Nationalismus の順序で興味深い叙述が為されている。

なお一々の立論に際しては多数の詩句を引用し、その全部に母音標示を附し、詩形の名称を明示すると言う非常に慎重な態度であって、初めてアラビアの詩を読もうとする人等には珍らしい入門書としての価値もあり、殊に各詩句に必ず附加されている正確な釈訳の助けを借りれば、アラビア語の学習の一助ともなる。又、かなり進んだ読者にも面白く読まれ、此種の学位論文としては142頁と言う相当大きなものではあるが、読み出すと一寸巻を閉じ難くなる様な本なのである。

尤も一歩進んで、学問上の業績と言う点から批評するとすれば、全体を通じて少し低調であるとの感じは免れない。別に新しい発見がある訳でもなく、特に興味あるCのSittenlehreにしても、それ程珍らしい事実を教えられもしないし、第一序文に於て、詩歌がGeschichtsquelleとしての価値を有する事を述べるあたりは、今更この様な事を主張しなくとも、既に分り切っているという気持が強くならざるを得ない。

要するにこの本は、アラビア語の初等の知識を獲た後に、散文とは非常な差のある詩の言葉を研究し、全く外からは推測出来ぬアラビアの古典詩の世界に此から入って行こうとする人々の手引きとしては実に稀に見る行きとどいた立派な著書であるけれども、初めに紹介した様な経歴の学者の、学位論文として見ては、少し不足ではないかと思う。

Spitaler, Anton: Grammatik des neuaramäischen Dialekts von Ma'lūla (Antilibanon) I. Teil: Lautlehre.
(Inaugural-Dissertation zur Erlangung der Doktorwürde der Philosophischen Fakultät zu München) Glückstadt-Hamburg 1938.

セム語学界に優れた業績を残しながら、不慮の死を惜まれて逝った Bergsträsser の直弟子が、師の意を受けて其の業を続け、之を完成させるために大きな努力を払っている事は如何にも奥ゆかしいものである。

本書は、現存する僅かなアラミ語の一方言 Ma'lūla の言語の正確な文法的研究を大きな一生の仕事としていた Bergsträsser の研究を継続して、比較言語学的に基礎づけられた此の方言の文法を纏めようとする Spitaler の仕事の一部で、僅か 44 頁の小冊子ながら、精密な調査と広い知識と殊に全体に流れている師 Bergsträsser への思慕の情とに依って非常に気持よく読める本である。

Ma'lūla のアラミ語方言と言うのは、西部アラミ語系に属する、比較言語学上の極めて重要な方言であって、相当に早くから立

派な研究がなされていた。すなわち1898年、既にJ. Parisotは Le Dialecte de Ma'lūla（Grammaire, Vocabulaire et Textes）なる甚だ大きな研究をJournal Asiatique誌上に発表したのである。私は今度この書評を書くについて、1898年のJournal Asiatiqueを出して来て読返して見たが、同誌上には、新刊批評のところにRené DussaudがKönigのヘブライ語Syntax等を紹介しているのを見てつくづく時の流れの早さに驚いて了ったのであった。

それはともかく、Königの文法が未だ新刊紹介の対象になっている程の昔、Ma'lūlaの方言は始めて、学問的な取扱いを受けて西欧の学者に知られたのである。Parisotの研究は此の言語の最初の研究と言う歴史的な価値の他に、現在我々が読んでも大いに得る所のある優秀な研究であって、後、Bergsträsserの調査により、材料の点から見ても文法的記述の点から見ても、此言語の研究は言語学的には正に一新された観があるが、philologischにはParisotの論文の方が興味がある。

さてBergsträsserは1915年E. PrymsとA. Socinとが集めて来たテクストを編んで一巻の書となし、Neuaramäische Märchen und andere Texte aus Ma'lūlaとして出版した。此処に集められたテクストは知的には大した興味もない短い童話の様なもので、言語学者でもなければ、わざわざ読む必要もないが、言語学的には甚大な価値を有するものである。

更にテクストは1919年、Bergsträsserに依って加えられ（Neue Texte im aramäischen Dialekt von Ma'lula; ZA 32, S103–163）、後1921年にはGlossar des neuaramäischen Dialekts von Ma'lūla v. G. Bergsträsser（Leipzig）が出版され、いずれも大きな本ではないが、ともかく一応、文法的調査の材料は揃った訳である。

Bergsträsser が此等の材料を基にして Ma'lūla 方言の文法を書きたいと言う希望を持っていた事は以上の如き書物の序文等にも明かであるが、1933 年に出版された Phonogramme im neuaramäischen Dialekt（München）を最後に、彼は志を果さずして死んで了った。

Spitaler の仕事は師の残した処から始まるのである。

本書は勿論その研究の第一部たる音論に過ぎないが、Vokale, Konsonanten, Lautueränderung と言う順で此の方言の音を記述すると共に、之に歴史的説明を加えたもので、叙述の方法も、分類の仕方も仲々手がたいところがあり、特に比較言語学的な説明をする部分は非常に面白い。

併し何と言っても此の研究は、他人が集めて来た少数のテクストに依る調査に過ぎないので、そう言う点はよく注意して読まなければならない。Bergsträsser のテクストだけでこの方言の完全な文法を作ろうと言うのは初めから無理である。私は本書の著者の様な青年学徒が師の精神を嗣いで、自ら新しいテクストを集めると共に、将来 Ma'lūla 方言の立派な比較方法を書かれん事を希望してやまない。

Ringel, Heinrich: Die Frauennamen in der Arabisch-Islamischen Liebesdichtung—Ein Beitrag zum Problem der Ost-Westlichen Literaturübertragung [Inaugural-Dissertation fur Erlangung der Doktorwürde der Hohen Philosaphischen Fakultät der Friedrich-Alexander-Universität Erlangen] Leipzig, 1938.

アラビア語学の中でも一番むずかしいものの一つは固有名詞（人名）の研究だと言う意味の事をトラウトゴットが何処かで書いていた様に記憶しているが、従来アラビアの学者の方からも、又ヨーロッパの学者の方からも人名を研究したものは可成り多いが、古典詩（qaṣīda）の恋愛詩の中に現れる女性の名を此様に詳しく調べて而も歴史的解説を加えた本は他にない。一方、恋愛詩の研究は言うまでもなく色々の観点から行われ、Ilse Lichtenstädter の調査（Das *Nasīb* der Altarabischen *Qaṣīde*, Islamica Vol. V. Fasc. I'1931, pp. 17–96）の如き綜合的なものも出ているが、Lichtenstädter の研究には女性名は特に調べられていない。

Ringel の本論文は女性名を更に Eigenname, Deckname, Kunje, Fremdname の四つに細分すると共に歴史的には無明時代からウマイヤ朝、アッバシード朝を経て古典以後の東方系の詩・西方系（スペイン及びシシリー）に至る長期間の代表的恋愛詩人の大部分の作品を調査し、その意味内容、文法的形態、文化的背景、時代による変遷を詳説した実に素晴らしい研究であって、この様な弟子を有った J. Hell 教授も幸福な人だと思わざるを得ない。

ところが此の本にはもう一つ別な問題が取扱われているのである。それは本書の副題にも明記してある通り、東西文学の交流、具体的に言えばアラビア文学がプロヴァンスのトルバドゥールの詩に影響を及ぼしたか否かと言う難問の解決に貢献しようとする試みがなされているのである。

すなわち本書は 133 頁の短い頁数の中に二つの相関聯はしているが全く別箇な独立した大きなテーマを含んだ極めて野心的な著述と言ってよい訳である。

さて、其の第一の問題に就いては（1）Die Arten des Frauennamens in der Liebesdichtung（2）Die Bedentung der Frauennamen in der Liebesdichtung（3）Die Form der Frauennamen（4）Der Wandel bei den Frauennamen in der arabisch-islamischen Liebesdichtung（なお此の第四章では恋愛詩に現れた女性名が全部表になっていて、それが使われた時代、場所が一目にして分る様になっている。この辺りは、何でも一つ残らず精密に調べて行くドイツの学風が如実に現れているのである）（5）Die Gründe des Wandels（6）Der fremde Kultureinfluss auf die Liebesdichtung unter den ʻAbbāside（主としてペルシヤ文学の影響が考察されている。但しペルシヤを通じてギリシヤ・ローマの恋愛詩の影響もあるかも知れない——例えば Danānīr［金貨—複数形］＝Argentaria; Fitan［＝Versuchungen——複数形］＝Apate［ギリシヤ女性名＝Täuschung, Versuchung］; Maknūn［＝Verborgene］＝Lanthanusa［＝die sich Verbergende］——と見ているのは少々考え過ぎではないかと思う。尤も、彼の指摘せる通り現に Muʻṭī ibn Iyās の詩には Barbar と言う言葉が女性の名として使われている位であるから、決定的に彼の仮説を否定することも出来ない。）

又第二のテーマに就いては第5章の Die Namen der arabisch-islamischen Liebesdichtung und der provenzalische Minnesang で彼の意見が述べられているが結局、この章は全て推測に過ぎぬことは言うまでもない。そして彼自身もそれを明らかに自覚していて、何等結論を与えてはいないのである。一体この問題の起りと言うのは S. Singer の Die arabische und europäische Poesie im Mittelalter (Z. f. Deutsche Philologie 1927) と、それより少し以前に出た K. Burdach の Über den Ursprung des mittelalterlichen Minnesangs, Liebesromans und Frauendienstes に始まるのであるが、この二人がプロヴァン

スの抒情詩はアラビアの恋愛詩の影響を受けているらしいと言う説を採っているに反し、アラビア学の第一人者たるJ. Hellはその Die arabische Dichtung in Rahmen der Weltliteratur, Erlangen 1927に於いてアラビアの恋愛詩と11世紀12世紀のMinnesangとは各々独立して別々に発達したものであると云う立場を取った。

さてRingel自身も上に述べた通り少しも結論は下してないのであるが、トルバドゥールの詩には、少くとも女性名から見る限りは、たしかにアラビアの詩の影響が認められると言う考えに傾いている。

勿論かかる問題を充分に論究するには、東西に亘る知識と、比較文学の深い経験とを要するので、私共には全く批評する能力が無いが、彼が例として挙げている十箇の女性名を見ても、何か両者が無関係ではない様な気がする。

(1) *I' timād* (=das Stützen) —— *Belh sostenh' amors* (=schöne Stützen der Liebe)

(2) *Ummīyah* (=Gegenstand der Wünsche) —— Mon Desir (mein Wunsch)

(3) *Jawhar*, Djauhara (=Edelstein) —— Bels Diamans; Mon Diamans (schöner bzw. mein Diamant)

(4) *'Īna* (=Schatz) —— *Treszaur* (=Schatz)

(5) *Fulānīyah* (Frau bzw Fräulein Soundso) —— *Na qu alqe siatz* (Frau, wer du auch sein magst)

大体こう言う具合に例を出し、一々その名の出所が明記してある。尚この他色々興味ある説明がある上に、本書の最後には、246箇の女性名をアルファベット順に並べて、訳を附し、その名を使った詩人の名と、その詩句の番号が示されてあり、更に

続いてプロヴァンスのMinnesangに現れるDecknameを品詞別にして120箇解説してある。

本書の内容をなす問題は上述の如く殆んど未開の地に等しいものであるから、彼の説に対しても多くの反対や議論をなす者も出るであろうが、いずれにしても本書が近来稀に見る優秀な論文である事には誰も異論は無い事と思う。

(1) 尤も古アラビアの女性名にはGratzlの非常に優れた研究(Gratkl: Die altarabischen Frauennamen, Leipzig 1906)があるが、この本は女性名の形態だけしか解明してくれないのである。

(2) pp. 64–65.